小説 M ムッソリーニ

IL FIGLIO DEL SECOLO

世紀の落とし子

上

アントニオ・スクラーティ著
Antonio Scurati

栗原俊秀訳

河出書房新社

小説ムッソリーニ　世紀の落とし子　上――目　次

下巻

小説ムッソリーニ

世紀の落とし子　上

このノンフィクション・ノヴェルに記された出来事や人物は、著者の想像力の産物ではない。反対に、あらゆる出来事、人物、会話、作中で交わされる議論は、史料か、信頼の置ける複数の証言に依拠している。とはいえ、「歴史／物語《ストーリア》」とはつまるところ、現実がもたらす素材による創作、それも恣意的ではない創作である。

私は過去の力だ。

ピエル・パオロ・パゾリーニ

主要登場人物（五十音順）

ファシスト、共鳴者、親ファシスト

アルピナーティ、レアンドロ　若き鉄道員で元アナーキスト、ロマーニャ出身でムッソリーニの年来の友人。貧しい階層の生まれ。長身で、屈強で、寛大で、誠実で、武装した男たちの生まれついての指導者。

ヴェッキ、フェッルッチョ　ボローニャ大学工学部で学ぶ。未来派を信奉する参戦論者。数多《あまた》の勲章を授かったアルディーティの大尉。「全国アルディーティ協会」創設者。サン・セポルクロ広場の戦闘ファッショ結成集会にも参加していた古参ファシスト。暴力的で落ち着きがなく、結核患者で無類の女好き。アマチュアの彫刻家。

ヴォルピ、アルビーノ　木工職人。数多の前科を持つ身ではあるが、戦争では英雄的な働きを見せる。暴力に取り憑《つ》かれた人物。敵の歩哨の喉をかき切るために、夜半に泳いで川を渡る特殊部隊「ピアーヴェの鰐《わに》」の一員。戦後はミラノで、退役したアルディーティの指導者となる。

グランディ、ディーノ　参戦派。アルプス歩兵旅団の大尉として勲章を受章。法学部卒。戦後はさまざまな政治組織を渡り歩いたすえに、一九二〇年十一月にボローニャ・ファッショに加入。知性に富み、思想的には明晰さを欠くものの政治的には目端《めはし》が利き、エミリア地方のファシズムの指導者としてたちまち頭角を現す。

ケラー、グイド　ブルジョワの子息。草創期のイタリア空軍の指導者。数多の勲章を授かった戦争の英雄。伝説的な「バラッカの飛行小隊」のエースパイロット。奇行を好み、ヌーディストで、バイセクシュアルで、ベジタリアンで、ダンヌンツィオの信奉者。

ジウンタ、フランチェスコ　フィレンツェ出身。法学部卒。志願兵として大戦に参加、歩兵隊の

大尉を務める。戦後はフィウーメ軍団に加入。物価高に抗する暴動を指揮する。一九二〇年、ミラノ・ファッショに登録。ムッソリーニから、ヴェネツィア・ジューリア地方のファシストの指揮を任される。

ジャンパオリ、マリオ　庶民階層の生まれ。社会主義の闘士として青年期を過ごし、やがて革命的サンディカリストとなる。一九一四年、イタリア参戦の立場をとり、アルディーティに入隊。ムッソリーニとともに戦闘ファッショを創設し、事務局の警備を監督する。つねに出身階層にとどまり、政治については独学で知識を得る。賭け事を好み、元娼婦と個人的な関係を保っている。窃盗と誘拐の前科有り。

シローニ、マリオ　画家。「未来派宣言」の署名者のひとり。大戦の勃発とともに、「志願兵自転車バイク大隊」に入隊。燃えさかる理想を胸に、一九一九年より、ファシズムの運動に身を投じる。ミラノの郊外で、かろうじて生計を立てながら暮らし、かつて誰も絵の題材にしたことがないような無機質な都市の風景を描く。

ダンヌンツィオ、ガブリエーレ　イタリアにおける第一の詩人にして、第一の戦士。国際的な名声を誇る文人。ダンディーで、類いまれな審美眼を有する、飽くことなき色事師。戦争に熱狂し、大戦の渦中では伝説的な功績をあげる。武力を用いた社会運動の英雄、および、凋落するブルジョワにとっての生ける神話。おそらく、この時代における、世界でもっとも有名なイタリア人。

タンブリーニ、トゥッリオ　小柄だが好戦的で悪辣な人物。詐欺罪の前科有り。大戦の勃発まではその日暮らしを送り、軍隊では中尉を務める。一九二〇年、フィレンツェ・ファッショに加入。戦闘部門の指導者となり、ファシスト行動隊「絶望団《ディスペラータ》」を設立。

デ・ヴェッキ、チェーザレ・マリア　トリノ出身の将軍。王政派。大戦では砲兵隊の中尉、アルディーティの大尉を務め、戦闘で負傷し、勲章の銀メダルを三つ、銅メダルをふたつ受章する。愚鈍で、愛国的で、衝動的な人物。一九一九年からの古参ファシスト。

ドゥミニ、アメリゴ　イタリア系アメリカ移民の子息。イタリア王国陸軍に加わるためにアメリカ合衆国の市民権を放棄。バゼッジョ少佐の「死の中隊」の一員として戦う。戦功により勲章を授かった傷痍《しょうい》軍人。戦後は反ボリシェヴィキを旗印とする市民防衛同盟に加入。フィレンツェ・ファッショの創設者のひとり。

トスカニーニ、アルトゥーロ　著名なオーケストラ指揮者。ミラノ・ファッショの熱心な会員。一九一九年十月、ファシストの名簿から下院議員選挙に立候補する。

パゼッラ、ウンベルト　革命的サンディカリスト。フェッラーラおよびパルマの労働評議会で書記長を務めていたが、参戦派に転じてのちはムッソリーニに追随。陰気で、小太りで、面白みに欠ける人物だが、政治集会の運営には長けている。一九一九年八月より、戦闘ファッショ書記長。

バルボ、イタロ　都市部のプチブルの子息（両親はともに小学校教師）。志願兵として戦争に参加。アルプス歩兵旅団およびアルディーティの中尉、戦功勲章受章者。戦後は、大土地所有者から資金援助を受けた、フェッラーラ・ファッショの行動隊に加入。長身で痩軀、腕っぷしが強く胆力に富み、冷笑的で無慈悲な性格。ファッショではたちまち頭角を現す。

バンケッリ、ウンベルト　父親不詳。庶民階層の母親に女手ひとつで育てられる。志願兵として、セルビア、アルゴンヌの森、クラス台地で戦闘に参加。ドゥミニの戦友で、戦後もファシストとして多くの戦闘をともにする。ボリシェヴィキ、および、都市のブルジョワの子息にたいし、激しい憎悪を抱いている。「魔術師《イル・マーゴ》」の通称で知られる。

ビアンキ、ミケーレ　南伊カラブリア出身。社会主義の闘士として出発し、やがて革命的サンディカリストとなって、きわめて急進的な立場をとるようになる。参戦派で、大戦には志願兵として参加。戦後は『ポポロ・ディタリア』で編集長を務める。戦闘ファッショ創立時からの古参ファシスト。ムッソリーニからの信頼が厚く、知的かつ狂信的。結核にむしばまれているにもかかわらず煙草を手放せない。早世の定め。

ファリナッチ、ロベルト　もとは社会主義者の鉄道員。苛烈な参戦派だが、周囲からは兵役忌避者ではないかと疑われている。古参のファシストで、文法と論理的思考が不得手な戦闘的ジャーナリスト。粗雑で無作法なことにかけては人後に落ちず、他に類を見ないほどに厚かましく頭が固い。ムッソリーニの友人で、ロンバルディア地方の行動隊の中心人物。

フィンツィ、アルド　飛行士、バイクレーサー。「速さ」を愛する一方で、ボリシェヴィキ革命を夢見る零細農民を激しく憎んでいる。ポレジネ地方の、ユダヤ系の富裕な企業家の子息。社会主義者のジャコモ・マッテオッティと同郷。戦時中には、ガブリエーレ・ダンヌンツィオとともにウィーン飛行を成し遂げた功績により、勲章の金メダルを受章。

フォルニ、チェーザレ　ロメッリーナの富裕な農場経営者の子息。青年時代はトリノのビリヤード場に入りびたり、自堕落な日々を送る。やがて、世界大戦の塹壕でみずからの生きる道を見いだし、戦功により銀メダルをひとつ、銅メダルをふたつ受章する。ブロンドの長身で、屈強な体格。ファシストの行動隊を指揮し、父祖伝来の地で農村同盟の粉砕に励む。

ベルトラーミ、トンマーゾ　傭兵、ラヴェンナ・ファッショの信奉者、バルボの補佐役、行動隊員でサンディカリスト。フィウーメ軍団、および、ダンヌンツィオ護衛団の一員。素性は不確かで、道徳心や倫理感に欠ける。娼館の常連であり、コカインの常用者。

ボッタイ、ジュゼッペ　アルディーティ所属の志願兵。戦争で負傷し、銀メダルの勲章を受章。未来派の信奉者で、もとは詩人志望。ローマの戦闘ファッショの創設者で、同地域における最初の行動隊の組織者。

ボナッコルシ、アルコノヴァルド　大戦の帰還兵。社会主義者との広場での闘争における中心人物。古参のファシストで、『ポポロ・ディタリア』の護衛の要《かなめ》。並外れた膂力《りょりょく》を誇り、おそろしく暴力的。イタリア中部でさかんな民謡「ストルネッロ」の愛好家。複数回にわたる収監経験あり。

マッツカート、エドモンド　赤貧の生まれ。サレジオ会の寄宿学校で育つ。気が短く暴力的で、あらゆる既存の権威に敵意を示す。筋金入りのアナーキストで、植字工・印刷工として、革命派のさまざまな新聞の発行に携わる。一九一七年にアルディーティに加入し、戦場で功績をあげる。一九一八年よりムッソリーニに追随。

マリネッティ、フィリッポ・トンマーゾ　詩人、著述家、劇作家、未来派の創始者、二十世紀イタリアにおける最初の歴史的前衛。ナショナリストの参戦派で、戦争を賛美し、アルプス歩兵旅団の志願兵として大戦に参加。装甲車「アンサルド・ランチア・1Z」を駆り、ヴィットリオ・ヴェネトの輝かしき進撃に貢献する。ファシズムの運動に草創期からかかわり、サン・セポルクロ広場における戦闘ファッショ創設集会にも参加している。

マリネッリ、ジョヴァンニ　もとはブルジョワ階級に属していたが、のちに社会主義者に転身。一九一四年よりムッソリーニに追随する。さもしく、卑しく、愚鈍で、恨みがましく、強度の近視かつ通風病み。主君にたいしては盲目的なまでに従順。ムッソリーニにより、戦闘ファッショの会計責任者に任命される。

ロッカ、マッシモ　青年期、「リーベロ・タンクレーディ」の偽名を用いて、アナーキズム系および革命派の新聞で健筆を振るう。『アヴァンティ！』編集長時代のムッソリーニと親交を結び、『ポポロ・ディタリア』創刊後はムッソリーニに追随。国民ファシスト党の最高幹部のひとりであり、正常化、穏健化の方針の支持者。

ロッシ、チェーザレ　もとは社会主義の闘士で、反軍国主義者。少年時代より印刷工として働き、やがて革命的サンディカリストとなる。一九一四年には参戦派の陣頭に立ち、一兵卒として戦地に赴く。傑出したジャーナリストで、明敏な政治的知性の持ち主。ベニート・ムッソリーニの主たる相談役。

社会主義者、共産主義者

グラムシ、アントニオ　哲学者、政治学者、ジャーナリスト、言語学者、劇評家、文芸評論家、雑誌「オルディネ・ヌオーヴォ」の中心人物、イタリア社会党における共産主義派のスポークスマン、労働者の権力の理論家。脊椎《せきつい》カリエスに冒され、膿瘍《のうよう》、関節炎の痛み、極度の疲労感、脊柱《せきちゅう》の湾曲、心臓疾患、高血圧に悩まされる。比類なき思想家。

クリショフ、アンナ　ロシアにルーツを持つ革命家、ジャーナリスト。イタリア社会党の創設者のひとり。医師として、産褥《さんじょく》熱の病因となる細菌の研究に取り組み、無数の女性の命を救うことに貢献する。庶民的な街区の住人にたいしては、婦人科系の看護活動を無償で行う。フィリッポ・トゥラーティの伴侶にして相談役。それ以前は、イタリアの国会で議席を獲得した最初の社会主義者、アンドレア・コスタの伴侶だった。当時のイタリアでは女性の参政権が認められていなかったため、政治に参画するには男性パートナーを仲介に立てざるをえなかった。

セッラーティ、ジャチント・メノッティ　政治亡命者、移民。亡命先のマルセイユでは、石炭の荷降ろしで生計を立てる。やがて、統一路線の共産主義者からなる「最大綱領派」の首領となる。同派は一九一九年、イタリア社会党内部の最大勢力に発展する。若き日のムッソリーニの友人にして庇護者。一九一四年、ムッソリーニが社会党から追放されたことにより、社会党機関紙『アヴァンティ!』編集長の座を引きつぐ。以後は、ムッソリーニにとっての不倶戴天の敵となる。

トゥラーティ、フィリッポ　弁護士、政治家、政治学者。弁論の技術に長けている。イタリア社会党の創設者。人道的かつ漸次的な、穏やかな社会改良を目指す一派の、高貴な理論的支柱。

トレヴェス、クラウディオ　社会民主主義者、下院議員。洗練された知識人で、反戦論者で、社会党「改良派」の指導者。一九一二年、社会党機関紙『アヴァンティ！』編集長の座を退く。ごく短いあいだ、ジョヴァンニ・バッチが後任を務めたあとで、ベニート・ムッソリーニが同紙の新編集長となる。一九一五年、ムッソリーニに決闘を申しこむ。

ブッコ、エルコレ　選挙運動の専門家。ボローニャの労働評議会の書記長。熱狂的な組織者《オルグ》で、政治集会に激しい情熱を注ぐ。ソヴィエト・モデルを支持し、共産主義革命が目前に迫っていると日頃から喧伝《けんでん》している。大言壮語の人物であり、行動がともなわない。

ボルディーガ、アマデオ　科学者の家系の生まれ。工学部卒。マルクス主義を信奉し、国際的な共産主義運動に参画。イタリア社会党内で、議会への不参加を掲げる共産主義派を設立。冷ややかで、周囲を見下す傾向があり、代議制民主主義や人道的社会主義の教育学にたいしては、激しい敵意を抱いている。

ボンバッチ、ニコラ　貧農の生まれ。もとは聖職者志望。健康上の事由により軍務不適格となる。虚弱で痩身、繊細で温和な人物。社会党最大綱領派（革命派）のメンバーのなかで、党員からもっとも愛されている指導者。工場労働者や農夫からは世俗の聖人として崇《あが》められ、ソヴィエト・ロシアの指導層からも信を置かれている。通称は「労働者のキリスト」、「ロマーニャのレーニン」。ベニート・ムッソリーニの古い友人で、たがいに学校教師として政治活動に勤《いそ》しんでいたころからの付き合い。

マッテオッティ、ヴェリア・ティッタ　富裕な家庭の生まれ。憂愁に沈みがちな性格。カトリック系の教育機関で学ぶ。著名なバリトン歌手ルッフォ・ティッタの妹で、ジャコモ・マッテオッティの妻。

マッテオッティ、ジャコモ　高利貸しを営んでいた疑いのある大土地所有者の子息。彼の父親のような人間のせいで、イタリアでもっとも貧しい生活を強いられているポレジネの農夫に、若いころから同情を寄せる。教養に富み、闘争的で、容易に自説を曲げない。一九一九年十一月、下院議員に選出される。生地《せいち》の農夫からは深く尊敬され、出身階級のメンバーからは「毛皮を着た社会主義者」と呼ばれ激しく憎悪されている。

自由主義者、民主主義者、穏健派、体制側の人物

アルベルティーニ、ルイジ　『コッリエーレ・デッラ・セーラ』主筆。保守的自由主義思想のスポークスマン。一九一四年より上院議員。

ヴィットリオ・エマヌエーレ三世　内向的、優柔不断、几帳面。身体的には虚弱で精神的には軟弱。おそらく、こうした人格形成は、くる病であったことにも関係している（身長は一五三センチだった）。一九〇〇年七月よりイタリア国王。

オルランド、ヴィットリオ・エマヌエーレ　法律家、大学教員。複数回にわたり大臣を務め、「カポレットの敗戦」の後に首相に就任し、対オーストリア戦を勝利に導く。一九一九年、イタリアの代表としてパリ講和会議に参加。

ガスティ、ジョヴァンニ　犯罪生物学の始祖チェーザレ・ロンブローゾの教え子。ジョリッティに忠実な、ミラノ警察署長。

コンティ、エットーレ　富豪の技師。電気産業のパイオニア。イタリア産業総連盟会長。上院議員。自由経済論者かつ保守主義者。ミラノ市民。

ジョリッティ、ジョヴァンニ　八十歳、身長一八五センチ、体重九〇キロ。擲弾《てきだん》兵を思わせる巨大な口ひげを誇る。五度にわたり首相をつとめた、多数派工作の巨匠。官僚機構に精通し、過去三〇年にわたりイタリア政界の頂点に君臨。

ストゥルツォ、ルイジ　生まれつき病弱。シチリアの高貴な家系の末裔。カルタジローネ司教から叙階された聖職者。一九一九年、国家の政治に参画するようカトリック信徒に呼びかけた初の政党、イタリア人民党を創設。

ニッティ、フランチェスコ・サヴェリオ　著名な経済学者、自由主義思想のスポークスマン。南部出身の南部問題専門家。強固な選挙地盤を有し、幾たびも大臣を務める。一九一九年六月より首相。脱走兵を恩赦したことで、ナショナリストから憎まれる。ガブリエーレ・ダンヌンツィオの天敵。

ボノーミ、イヴァノエ　弁護士、ジャーナリスト。社会民主主義の穏健派。一九一二年、リビア戦争に部分的に賛同の意を示し、ベニート・ムッソリーニの動議により社会党を追放される。改良社会党を設立し、ジョリッティ政権の支持にまわる。一九二一年七月四日、首相に就任。

モーリ、チェーザレ　堂々とした体軀と、四角いあごを誇る。パヴィアの孤児院で育つ。シチリアでは警察署長としてマフィアと戦い、武力を用いた容赦ない手法で山賊行為を根絶やしにした。一九二一年、全権を委任されてボローニャ知事に就任。

ルジニョーリ、アルフレード　ミラノ県知事。内務省の官僚としてキャリアを積む。一九二一年より上院議員。ジョリッティの忠実な使者として、ファシストとの交渉に当たる。

親族、友人、愛人

クルティ、アンジェラ　ベニート・ムッソリーニの社会党時代の古い同志、ジャコモ・クッチャーティの娘。流血沙汰で投獄された、ファシストの行動隊員の妻。黒髪、黒く甘やかな瞳、豊満な体つき。夫の拘禁中にムッソリーニに誘惑され、愛人となる。

サルファッティ、マルゲリータ・グラッシーニ　ヴェネツィア生まれのユダヤ人。父から莫大な遺産を受け継いだのち、社会主義に宗旨替えする。教養豊かな蒐集《しゅうしゅう》家、美術批評家。弁護士のチェーザレ・サルファッティの妻。一九一四年より、ベニート・ムッソリーニの愛人となり、知的な面から彼を導く。

ダルセル、イーダ　三十がらみの婦人。元美容師。神経衰弱者。第一次大戦が勃発する以前、長きにわたってベニート・ムッソリーニと愛人関係にあり、彼とのあいだに私生児を設ける。赤貧時代のムッソリーニに、金銭的な援助を与えたとも言われている。関係が破綻してからは、ムッソリーニをつけまわし、元愛人の卑劣な行為をあげつらい、人前で公然と非難を浴びせる。

チェッカート、ビアンカ　父親不詳の私生児。華奢《きゃしゃ》で愛らしい未成年の娘。『ポポロ・ディタリア』の秘書だったが、主筆のムッソリーニに誘惑され愛人となる。一九一八年、ムッソリーニから堕胎を強要される。

ネンニ、ピエトロ　共和主義者で、ムッソリーニの友人。リビア戦争の反対運動や投獄体験をムッソリーニとともにする。優れたジャーナリスト。一九一九年、ボローニャで戦闘ファッショの支部を創設するが、じきにファシズムから離反して社会主義者となる。

ムッソリーニ、アルナルド　ベニートの弟。農学の教師や地方自治体の書記官などを務める。大戦後、ミラノの兄のもとに合流し、兄が主幹する『ポポロ・ディタリア』の会計責任者となる。温和で慎み深い、一家の良き父親。気性の激しい対照的な性格の兄とは、深い愛情で結びついている。

ムッソリーニ、エッダ　ベニートおよびラケーレ・グイーディの長女。父親のお気に入りで、彼からは愛を込めて、「苦しい時代」の記憶を伝える「貧しさの娘」と呼ばれる。気性が強く、独立心が旺盛で、節度を知らない娘。父親の性格が受け継がれている。

ムッソリーニ、ラケーレ・グイーディ　ロマーニャ地方の農夫の娘。貧窮のなかで育ち、長じてからも字の読み書きに不自由している。一九〇九年よりムッソリーニの伴侶。ともに無神論者かつ社会主義者のベニートとラケーレは、婚姻制度には反対の立場をとっていたが、一九一五年十二月十六日になって、ようやく民事婚をあげる。

一九一九年

戦闘ファッショ創設　ミラノ、サン・セポルクロ広場、一九一九年三月二十三日

サン・セポルクロ広場を臨む部屋にいる、わずか百人程度の、なんの価値もない男たち。われわれはわずかであり、われわれは死んでいる。

男たちは、私が口を開くのを待っている。だが、話すことなどなにもない。

一一〇〇万の遺体。クラス台地の、オルティガラ山の、イゾンツォ川の塹壕《ざんごう》からあふれだした肉体の波が、原形をとどめない泥となって、からっぽの舞台に洪水のように押し寄せる。私たちの英雄は、すでに殺されたか、あるいはじきに殺されるだろう。最後のひとりまで、分け隔てなく、私たちは彼らに愛を捧げる。死者が堆積してできた聖なる丘に、私たちは腰かけている。

あらゆる洪水のあとで芽生える現実主義が、私の目を開かせた。いまやヨーロッパは、役者のいない舞台なのだ。ひとり残らず消えてしまった。ひげを生やした男たち、堂々としながらも感傷的な父親たち、泣き言ばかりの高潔な自由主義者、華やかで教養のある雄弁家、良識を備えた穏健派。最後の連中はいつだって、私たちの災難の原因だった。堕落した政治家は、途方もない崩壊を前に平静を失い、避けがたい出来事を少しでも先延ばしすべく、来る日も来る日も汲々《きゅうきゅう》としながら生きていた。彼ら全員のために鐘が鳴った。国境に圧力を加える五〇〇万の兵士たち、五〇〇万の帰還兵たち。この巨大なかたまりが、古い人間をなぎ倒そうとしている。密に、激しく、歩調を合わせる必要がある。展望に変わりはなく、むしろ見通しはいっそう暗い。戦争はなおも、今日《こんにち》の問題でありつづけている。世界はふたつ

の党派に裂かれつつある。かつて在った人びとと、かつてなかった人びとのふたつに。

私には見えている。錯乱者や打ち捨てられた人びとでごった返す平土間《ひらどま》席から、すべての情景がはっきりと見えている。それでも、私には話すことがなにもない。私たちは帰還兵からなる民衆、あぶれ者と敗残者の人類だ。殺戮《さつりく》にのぞむ夜、爆弾が作った地面の穴に身を隠しているとき、恍惚にも似た感覚に襲われたものだった。私たちは手短に、口数少なく、きっぱりと、猛烈な勢いで話す。自分のものではない思想を機銃掃射し、かと思うと、急に沈黙に閉じこもる。まるで、兵站《へいたん》基地の人びとのもとに言葉を置き去りにしてきた、いまだ埋葬されぬ者たちの亡霊のように。

それでも、目の前の男たちが、目の前の男たちだけが、私とともにある人びとなのだ。それはよくわかっている。私は正真正銘の敗残兵であり、除隊者たちの庇護者であり、道を探し求めさまよう羊である。しかし、運動を組織したからには、前に進まなければならない。半分も席が埋まっていないこの部屋で、鼻孔を膨らませ、世紀の臭いを吸いこみ、それから片手を伸ばして、群衆の脈を探る。そこに聴衆がいることを、私は確信する。

戦闘ファッショのはじめての集まりについては、『ポポロ・ディタリア』紙が数週間にわたって、宿命的な会合であるかのごとく宣伝に努めてきた〔「ポポロ・ディタリア」は「イタリア人民」の意。ムッソリーニが創刊した新聞〕。もともとは、三〇〇〇人を収容できる、ダル・ヴェルメ劇場の一室で開催される予定だった。しかし、大ホールの予約はキャンセルされた。空席だらけの大きな空間を取るか、ささやかな恥辱を受け入れるか。好ましいのは後者だった。私たちは、商工会議所の会議室で我慢することにした。この場所で、いま、私は話さなければならない。物悲しい深緑の壁に四方を囲まれ、灰色に染まる教区の小広場に面した部屋。ビーダーマイヤー様式のひじかけ椅子は、金めっきの呼びかけにはぴくりとも反応せず、無気力にたたずんでいる。ぼさぼさ頭、禿げ頭、隻腕、痩せ細った帰還兵……部屋に集まったわずかな男たちは、慣習に則《のっと》った商売やら、古くからの慎重さやら、収支をめぐるいじましいけちくささやらが発する空気を、苦しそうに吸いこんでいる。ときおり、詮索好きの商工会議所の会員が、部屋の入り口近くから中を覗いてきた。石鹸《せっけん》の卸売業者とか、銅の輸入業者とか、そうした手合いだ。困惑したような眼差しをこちらへ投げかけてから、ある者は葉巻を吸いに、ある者はカンパリを飲みに戻っていく。

しかし、どうして話さなければいけないんだ⁉

会合の進行役は、フェッルッチョ・ヴェッキが請け負っていた。熱烈な参戦論者であり、病のために除隊したアルディーティ〔第一次大戦で重要な働きを見せた突撃部隊〕の大尉であり、髪は焦げ茶色で、背が高く、肌は青白く、痩せぎすで、ひとめで伝染病の罹患者だとわかるような落ちくぼんだ目つきをしている。この結核病みは激情と衝動に駆られながら、ためらいも節度もなしに、苛烈な口調でまくしたてている。聴衆を前にして、ここが見せ場だと判断すると、神経症者のように興奮し、デマゴーグ特有の狂気に取り憑《つ》かれ、そして……そして、ほんとうに危険な存在になる。戦闘ファッショの書記長には、アッティリオ・ロンゴーニが任命されることがほぼ決まっている。無知で、熱意があり、いかにも誠実な人間らしい愚鈍さを備えた元鉄道員だ。あるいは、彼の代わりに、牢屋生まれのウンベルト・パゼッラが任命される可能性もある。看守を父親に持ち、長じてからは労働組合の支部代表、革命的サンディカリストとなった彼は、ギリシアではガリバルディ旅団の一員として戦い、曲馬団で奇術師をしていたこともある。戦闘ファッショのそのほかの指導層にかんしては、会合の最前列で気勢を上げている面々から、適当に選び出すつもりだった。

いったいなぜ、こんな連中の前で話さなければならないのか……？　事実がつねに理論を超えてきたのは、こいつらの責任でもある。この手の男どもは、奇襲部隊の隊員よろしく、なりふり構わず生に突進することを慣わしとしている。私の前にはただ、塹壕と、日々の泡と、戦闘地域と、狂人たちの野外劇場と、砲弾が大地に刻んだ溝ばかりが広がっている。狼藉者、落伍者、犯罪者、社会に適応できない奇才、怠け者、プチブルの遊び人、精神分裂病者、社会から忘れさられた人びと、行方不明者、不正規兵、夢遊病者、元囚人、前科者、アナーキスト、扇動的なサンディカリスト、捨て鉢になった三文記者、政治的ボヘミアンとして日々を送る元士官や元下士官の帰還兵、銃火器や刃物の扱いの熟練者、帰還後の日常のなかであらためて暴力性があらわになった人びと、自分の考えをはっきりと見通せなくなった狂信者、自分のことを死と向き合った英雄だと信じながら、重篤化した梅毒を運命の思し召しと取り違える生還者たち……

　わかっている。私には彼らの顔が見えているし、彼らがどこの誰なのか記憶している。ひとことで言ってしまえば、戦争の男たちだ。戦争の、あるいは、戦争という神話の男たち。男が女を欲するように、私は彼らを欲し、しかも同時に、彼らを蔑《さげす》んでいる。蔑んでいる、そう、だがそんなことはどうでもいい。ひとつの時代が終わり、別の時代が始まった。廃墟が積み重なり、残骸が互いを求め合っている。私は「後の」人間だ。それを忘れてはならない。私たちの歴史は、これら期限切れの素材によって、これら残滓《ざんし》の人類によって作られる。

　ともあれ、私の前には彼らがいる。背後には誰もいない。私の背後には、一九一七年十月二十四日がある。カポレットの惨敗。われらが時代の断末魔、あらゆる時代をとおしてもっとも無残な軍事的敗北。たった一度の週末で、一〇〇万の兵士からなる軍隊が壊滅した。私の背後には、一九一四年十一月二十四日がある。この日、私は社会党から追放され、博愛協会のホールでは呪詛とともに私の名前が連呼され、前日まで私を神聖視していた労働者たちは、私を袋叩きにする栄誉を得るためにわれ先にと大地に身を投げ出した。いまでは、私は毎日、かつての仲間から死を祈念されている。私や、ダンヌンツィオや、マリネッティや、デ・アンブリスや、さらには、四年前の第三次イゾンツォの戦いで命を落としたコッリドーニまでが、祈念の対象になっている。すでに死んだ者に向けて、死を祈念しているわけだ。裏切りへの憎しみはかくも根深い。

「赤い」民衆は、勝利は目前だと喧伝している。この六か月で三つの帝国が、ヨーロッパを六世紀にわたり統治してきた三つの家系が打ち倒された。スペイン風邪の流行は、すでに数千万の命を奪っている。これらの出来事は、終末を迎えんとする世界の動揺を伝えている。先週、モスクワでは第三インターナショナルの会議が開かれた。世界革命を主導する党。私の死を欲する人びとの党。モスクワからメキシコシティまで、地球上のあらゆる場所で。大衆の政治の時代が始まる一方で、ここにいる私たちはというと、わずか一〇〇人にも満たないちっぽけな集団だ。

しかし、これもまたどうでもいいことだ。もはや誰ひとり、勝利を信じている者はいない。勝利はすでに過去のものとなり、汚泥《おでい》の臭いを漂わせている。「若さよ、青春よ！」そう叫ぶ私たちの熱狂は、絶望による自殺の一形態だ。私たちは死者とともにある。この、半分しか席の埋まっていない部屋で、幾百万の死者が私たちの点呼に応じている。

窓の下の通りから、革命を希求する若者の声が聞こえる。私たちはそれを嗤《わら》う。革命は、すでに私たちが為したのだから。一九一五年五月十日、この国を戦争へ急き立てることによって。いまでは誰もが、戦争は終わったと言っている。私たちはまたも嗤う。戦争とは私たちだ。未来は私たちのものだ。もう無駄だ、打つ手はない、私は獣のように嗅覚を研ぎ澄ます。時が満ちるのを感じる。

ベニート・ムッソリーニは、梅毒に冒されているものの、屈強な体格の持ち主である。その頑強な肉体が、精力的な仕事の基礎になっている。

午前は遅くまで休み、家を出るのは正午だが、深夜の三時より早く帰宅することはない。食事のための短い休憩を別にすれば、この一五時間はまるまる、ジャーナリズムと政治の活動に捧げられている。

さまざまな女性と浮き名を流していることからもわかるとおり、性的に放縦な人物であることは間違いない。

ムッソリーニは感情的かつ衝動的な男である。だからこそ、その演説には説得力が宿り、聴衆の心を魅了する。もっとも、いくら弁舌が巧みとはいえ、この人物をたんなる弁論家と称するには無理がある。情に脆《もろ》く、感傷的なところがあるために、多くの人物が彼に共感を抱き、親交を結ぼうとする。私欲がなく、寛大で、こうした性格がムッソリーニに、利他主義や博愛主義の人物という印象を与えている。

きわめて知的かつ鋭敏であり、堂々としていて思慮に富み、人間というものの性格や、その美点、欠点を知り抜いている。

共感や反感をあからさまに表明し、友のためには進んで犠牲を捧げ、敵への憎しみはけっして忘れない。

ムッソリーニは勇敢にして大胆である。組織を動かす手腕があり、決断力に富んでいる。ただし、信念や覚悟にかんしていえば、それほど確固としたものがあるわけではない。

ムッソリーニは途方もない野心家である。イタリアの運命を導くために、目ざましい力を発揮したいという衝動に駆られている。かならずイタリアの価値を高めてみせると、心に決めている。組織の二番手に甘んじる男ではない。先頭に立ち、すべてを意のままに動かすことを望んでいる。

社会主義勢力に加わったのちは、末端の構成員から組織の重要人物へ瞬く間に成り上がった。大戦が勃発する前は、すべての社会主義者を導く新聞『アヴァンティ!』の、理想的な主幹として活躍していた。この分野において、誰もがムッソリーニの実力を認め、その仕事ぶりを褒めそやしていた。今日もなお、古くからの仲間や崇拝者の一部は、プロレタリアートの精神を把握し解説することにかけて、ムッソリーニの右に出るものはいないと公言している。そのプロレタリアートにとって、彼の裏切り(転向)は苦悩の種になっていた。なにしろ、真摯《しんし》で熱烈な絶対的中立論者であったはずの彼が、ほんの数週間のうちに、真摯で熱烈な参戦論者へ変貌してしまったのだから。

私としては、ムッソリーニのこの豹変は、金銭面も含め、なんらかの損得勘定に由来するものではないと判断している。

政治的主張にかんして言えば、ムッソリーニは公的には、社会主義者としての立場を否定したことは一度もない。とはいえ、その政治的立ち位置は、さまざまな要因によって曖昧になっている。たとえば、自身が創刊した新たな機関紙『ポポロ・ディタリア』をとおして闘争を継続するにあたり、ムッソリーニは財政面での妥協を余儀なくされた。さらに、さまざまな信条を持つ人物、団体との接触や、古くからの仲間との軋轢《あつれき》が相俟《あいま》って、もともとの社会主義的信念は行方知れずになっている。かつての同志は絶えず彼に、御しがたい憎悪、鋭い敵意、非難、侮辱、やむことのない中傷を浴びせている。ただし、より切迫した物事の陰に隠れて、彼の内部でそうした変化が生じていたのだとしても、ムッソリーニはそれを表に出すような人物ではない。彼はつねに、自分は社会主義者であると見せかけようとするだろうし、もっと言うなら、自分は社会主義者だと思いこんだままでいるだろう。

私の調査が描きだすかかる精神的人物像は、かつて彼と信条をともにした同志や党員たちの意見と、大きく食い違っている。

ともあれ、誰か、卓越した声望と知性を兼ね備えた人物が、ムッソリーニの心理的性格のうちに突破口を見いだしたなら……なによりもまず、ムッソリーニと親交を築き、その心に取り入ったなら……イタリアにとっての真の利益とはなにかを、ムッソリーニに示したなら（というのも、私は彼の愛国心を信じているので）……時宜《じぎ》を得た形で、懐柔が狙いではないかと勘繰らせることもなしに、的《まと》を射た政治活動のために必要な原資を提供できたなら……そうすれば、次第次第に、ムッソリーニの信頼を勝ち取ることができるはずだ。

しかし、その気質を鑑《かんが》みるに、なんらかの曲がり角に差しかかったとき、彼が離反しないという保証はどこにもない。ムッソリーニは、すでに述べたとおり、感情的かつ衝動的な男なのだ。

もちろん、敵対する陣営からしてみれば、思索と行動の人物であり、効果的な文体を心得た書き手であり、聡明で説得力に富む弁論家でもあるムッソリーニは、恐るべき指揮官とも、手に負えない刺客ともなりうるだろう。

ジョヴァンニ・ガスティ警視長によるレポート、一九一九年、春

参戦派の行動ファッショ

昨日、商工会議所の会議室で、参戦論者からなる地方ファッショの創立集会が開催された。企業家のエンツォ・フェッラーリ氏や、アルディーティのヴェッキ大尉ら、数名が登壇した。ムッソリーニ氏は次のごとく、ファッショの活動の基本方針を説明した。戦争の価値、および、戦争に参加した軍人の価値を正当に認めること。イタリアに責任があるとされる帝国主義は、ベルギーとポルトガルを含むあらゆる国家の人民が欲した帝国主義であり、したがってイタリアの帝国主義は、イタリアに害をなす諸外国の帝国主義とも、諸外国に害をなしイタリアだけに利益をもたらす帝国主義とも相反する概念であると示すこと。最後に、戦争という「事実」に立脚した選

挙戦を受け入れ、戦争に反対したあらゆる党や候補者と敵対することである。

ムッソリーニ氏の提起は、多くの弁士が演壇に立ったあとで承認された。出席者はイタリア各地から参集した。

『コッリエーレ・デッラ・セーラ』、一九一九年三月二十四日、コラム「日曜講話」より

石鹸三トンの盗難

ジュゼッペ・ブレン氏が所有する、ポンポナッツィ通り四番地の店舗が窃盗の被害に遭い、ひと箱あたり五〇キロの重量がある石鹸の箱が、じつに六四箱も持ち去られた。

これほど重く、しかもかさばる品を運びだしている以上、相当な人数が関与していることは明らかである。また、盗品の総重量が三トンにもなることから、荷車と馬、あるいは自動車を利用した犯行と見て間違いない。

短時間で遂行できるような作業ではなく、あたりには物音が響き、人目も引いたはずである。それにもかかわらず、有益な手がかりは得られていない。盗品の価値は、総額でおよそ一五、〇〇〇リラにおよぶ。

『コッリエーレ・デッラ・セーラ』、一九一九年三月二十四日、コラム「日曜講話」より

ベニート・ムッソリーニ　ミラノ、一九一九年初春

パオロ・ダ・カンノビオ通りには、仲間内で「アジトその二」と称されている、『ポポロ・ディタリア』編集部がある。「アジトその二」、すなわち、チェルヴァ通り二三番地の「アルディーティ協会ミラノ支部」までは、通り数本分しか離れていない。一九一九年春のとある晩、安食堂で夕食をとろうと、ベニート・ムッソリーニは編集部の外に出た。通りには悪臭に加え、貧困と犯罪の気配が濃密に漂っている。

ボットヌートは、二十世紀の街区の皮下に凝《こご》る、中世のミラノの欠片《かけら》だ。網目状に延びる狭い路地に、商店、初期キリスト教の教会、娼館、安宿に安酒場がひしめき合い、物売り、娼婦、浮浪者でごった返している。ボットヌートという名前の起源は定かではない。おそらく、かつて地区の南側に立ち、その下を兵士たちが出入りしていたという通用門の名に由来するのだろう。あるいは、腺の腫れを想起させるこの名称（「ボットヌート」はイタリア語で「吹き出もの」、「膿疱《のうほう》」の意）は、かつて皇帝バルバロッサのあとについて南下してきた、ドイツ人傭兵の姓が訛《なま》ったものだと言う人びともいる。いずれにせよ、ボットヌートが腐敗したぬかるみであることに変わりはない。ミラノの地理的な中心であり象徴でもあるドゥオーモ広場のすぐ裏手に、この界隈は広がっていた。

ボットヌートを歩くときは、鼻をつままずにはいられない。家々の壁から汚物が噴き出し、クワッリエ小路は小便所と化している。道行く人びとは、アパートの小さな中庭に生えたカビのごとく腐りかけ

ている。ほとんどなんでも売っていて、まだ明るいうちから強盗や暴行が頻発し、娼館の戸口の前には兵隊が群がっている。直接的か間接的かの違いはあれ、ここにいる全員が、売春を方便《たずき》として日々の生活を送っていた。

ムッソリーニの夕食は遅かった。主筆の巣穴、というより、狭い中庭に面した霊安室から這い出して来るのは、いつも午後十時を過ぎてからだった。煙草に火をつけ、早足できびきびと歩き、疫病の巣窟へ飛びこんでいく。裸足の孤児の集団が興奮して彼を指さし、「気違いだ《エル・マットウ》」と囃《はや》したてる。かと思えば、汚らしい道ばたに腰かけた乞食から施しを求められる。戸口の柱にもたれかかる娼館の用心棒が、うやうやしく、だが親しみを込めた仕方で、首を振るだけのあいさつを送ってくる。ムッソリーニは全員の相手をする。幾人かとは、二言三言、言葉をやりとりすることもある。なにかを了解し、約束を交わして、ささやかな合意を取りつける。彼を首領とする野外救貧院の声に耳を傾ける。兵隊にふさわしい男を探す将軍のように、檻《おり》のなかの人びとを精査する。

革命とはいつの時代も、このようにして起きるのではなかったか。つまり、下層階級全体が、拳銃と手榴弾で武装することによって。じっさい、社会に適応できない復員兵や、二リラの日給で新聞社を警護する退役者と、「贖われし者《ラシュテ》」と俗に呼ばれる、売春を糧に生きる常習の犯罪者とのあいだに、どんな違いがあるというのか。みな、熟練の労働者だ。もっとも近しい協力者であり、おそらくは唯一の真の助言者でもあったチェーザレ・ロッシは、ムッソリーニがこの種の人びとと親密な関係を築いていることに、いつも難色を示していた。そのたびに、ムッソリーニは次のように言うのだった。「あの連中を抜きにしてやっていくには、俺たちはまだ弱すぎる」。彼はそう繰り返し、盟友の怒りを静めようとした。たしかに、彼らは弱すぎる。ブルジョワの尊大な自由主義者を主たる購読層とする『コッリエーレ・デッラ・セーラ』は、戦闘ファッショの創設について、たったの一〇行しか割かなかった。六四箱の石鹸の盗難を伝える記事と同じ長さだった。
ともあれ、四月はじめのこの夜、ほんの束の間、自身の救貧院にあらためて思いをめぐらせてから、ベニート・ムッソリーニはまっすぐに首を伸ばして、口もとを引きむすび、胸に吸いこむ息を求めて、顔を空に、すでにほとんど禿げあがった頭を地面に向け、ジャケットの襟を立て、かかとで煙草の火をもみ消し、大股で歩いていった。街には闇が降り、腐臭を放つ路地が彼の背後を、衰弱した巨大生物のように、末期《まつご》に向けて足を引きずって歩く手負いの大型捕食動物のように、ずるずると重い足どりで進んでいた。

チェルヴァ通りは打って変わって、穏やかな静寂に満たされた、上品で歴史を感じさせる界隈だった。広々とした中庭が備わった、風通しの良い二階建ての貴族屋敷が、通りを華やいで見せている。光沢を放つアスファルトに一歩を踏み出すたび、夜のしじまに足音が響きわたり、同心円状に広がる小さな波のなかで、修道院の回廊を思わせる雰囲気がささやかに揺らめいた。アルディーティはこの通りの、とある店舗物件に居を構えていた。隊員の父であるプタート氏所有の建物の裏手にあり、真正面にはヴィスコンティ・ディ・モドゥローネ邸が立っている。冬でも軍服の襟を開き、裸の胸と腰に差した短剣をひけらかして通りをうろつく、そんな物騒な帰還兵のために住居を手配してやることは、簡単な仕事ではなかった。帰還兵を目にするたびに、ブルジョワの心は騒いだ。敵陣を急襲し恐慌におとしいれることを得意とする兵士たちは、戦時には重宝され、平時には疎《うと》まれる存在だった。いまでは隊員は、娼館のベッドやカフェのテーブルで過ごす晩を別にすれば、彼らのために用意された殺風景な二部屋に陣を張り、気楽に寝起きする日々を送っていた。昼間から酒を食らい、次なる戦いをめぐりあれこれとうわ言を並べては、地べたに横になって眠る。そうやって、いつ終わるとも知れない「戦後」を無為に過ごした。すぐそばにある過去を神話に仕立て、迫りくる未来を騒擾《そうじょう》の気配で満たし、ひっきりなしに煙草を吸って現在を呑みこもうとする。

戦争を勝利に導いたのは、危険な任務をものともしない突撃隊「アルディーティ」だった。あるいは、少なくとも、巷間にはそのように伝えられていた。その業績が神話化される過程で、突撃隊の熱狂的な崇拝者だった当時二十歳のジャンニ・ブランビッラスキは、新たに設置された協会の機関紙『アルディート〔「アルディーティ」の単数形〕』のなかで次のように書くにいたった。「突撃隊の一員として戦争に参加しなかった者は、たとえ戦死したとしても、戦争に参加したとは言えない」。実際、アルディーティがいなければ、一九一八年十一月の反撃でピアーヴェの戦線を突破することはできなかっただろう。そう考えれば、対オーストリア・ハンガリー戦を勝利に導いたのはアルディーティであるとする見解も、あながち的外れとばかりは言えない〔「ピアーヴェ」はイタリア北東部、ヴェネト州の川。第一次大戦におけるイタリアの防衛線〕。

アルディーティをめぐる血なまぐさい叙事詩は、俗に「死の中隊」と呼ばれる部隊の結成を端緒とす。これは、塹壕にこもっている歩兵隊が突撃を仕掛けるために、戦場の露払いを務めた工兵から構成される特殊部隊だった。夜半、工兵たちは鉄条網を断ち切り、敵方の地雷を前もって爆発させた。日中は、砲撃を受ければ簡単にばらばらになるような、まったくなんの役にも立たない防具に身を固めて、地面を腹ばいになって進んだ。やがて、歩兵隊、ベルサリエーリ〔高度な機動性を特徴とする軽歩兵の特殊部隊〕、アルプス歩兵旅団といった各部隊が、前線に配置された自隊からもっとも経験豊かで勇敢な兵士を選りすぐり、自前の突撃隊を組織するようになった。選抜された兵士たちは、手榴弾、火炎放射器、機関銃の扱いを仕込まれた。とはいえ、このうえなく古代ローマ的な装備である短剣こそが、突撃隊を突撃隊たらしめている要素だった。彼らの伝説はここから始まる。

先の戦争において、生身の兵士による戦闘という観念は、すでに過去のものになっていた。兵士は塹壕にはりつけになったまま、発疹を誘発するガスや、はるか遠くから飛んでくる何トンもの鋼《はがね》の弾で蹂《じゅう》躙《りん》された。銃火器による防衛力が、決死の襲撃の機動性を凌駕した時代における、科学技術に基礎を置いた殺戮《さつりく》だった。そんななか、アルディーティは肉弾戦を、身体的な接触をともなう襲撃を、刃の震えをとおして殺害者の手首に伝わる死にゆく敗者の痙攣《けいれん》を、戦争のもとへ連れもどした。塹壕戦が戦士を生むことはない。むしろ、わが身を守ろうとする内向きの性格を、無数の兵士の心に植えつける。かくして兵士は、避けようのない破局の被害者という自己認識を確立する。畜殺の宿命を従順に受け入れる羊たちの戦争の渦中にあって、アルディーティの兵士たちは、刃物で人を切り刻む腕前だけが与えてくれる自己への信頼を取りかえした。鋼の弾が飛びかう空の下、死が工業製品のごとく量産され、名もなき死体が次々と積みあがっていくのを尻目に、アルディーティは個を極限まで追求し、過去の勇士に捧げる英雄的信仰を復権させた。身を潜める相手を殺すため、一本の短剣を頼りにして、みずから敵の巣に乗りこんでいく戦士だけが、ほんとうの恐怖を与えられる。その恐怖を、人びとは思いだすべきなのだ……

加えて、アルディーティは精神病者が享受するすべての恩恵に浴していた。特殊部隊の兵士はさまざまな義務を免除されており、行進することも、塹壕のなかで過酷な任務に耐えることもなかった。地下道を掘って背中に割れるような痛みを覚えることもなければ、鑿《のみ》で岩にトンネルを掘ることもない。彼らはただ、後方の基地でのびのびと過ごしていればよかった。そして、いざ戦闘という段になると、兵《へい》站《たん》部のトラックが彼らを積みこみ、制圧すべき場所のそばに放りだしていくのだった。朝、オーストリア将校の喉をかき切ったかと思えば、同じ日の夕方には、ヴィチェンツァ人の店主が営む食堂で「塩漬け鱈《たら》のマンテカート〔ゆでた鱈にパセリ、にんにく、牛乳、オリーブ油を加えてペースト状にした料理〕」に舌鼓を打っている。それがアルディーティの男だった。殺しと平凡な日常が、一日のあいだで自然に同居していた。

社会党から除名処分を受け、プロレタリアートの兵隊を失ったベニート・ムッソリーニは、ただちにアルディーティの隊員を糾合《きゅうごう》した。それは本能的な選択だった。一九一八年十一月一〇日、戦争の勝利を祝ったこの日、「五日間蜂起」〔一八四八年にミラノで勃発した、反オーストリア感情を募らせた市民による蜂起運動〕」の記念碑の前でアニエッリ上院議員が演説したあと、『ポポロ・ディタリア』主筆のムッソリーニは早くもアルディーティの面々とトラックに乗りこみ、頭蓋骨が描かれた黒い旗をはためかせていた。カフェ・ボルサのテーブルにつくと、スプマンテのグラスを掲げ、幾万の兵士たちを差しおいて、まさしく攻撃隊の男たちのために祝杯をあげた。

「同志よ！　臆病者がきみたちの名誉を汚したとき、私はきみたちを擁護した。きみたちのなかに、私はなにか、自分と相通ずるものを感じている。おそらくはきみたちもまた、私と同じように感じているはずだ」

彼らは、この勇敢な兵士たちは、祖国が勝利の栄光に彩られた日々、最高司令部によって誇りを深く傷つけられた。戦争が終わるなり、場所ふさぎのじゃまものになったアルディーティは、数か月にわたり、ピアージェとアディジェのあいだに広がるヴェネト平原で、軍事的にはなんの意味もない行軍《こうぐん》に従事させられた。戦士たちはムッソリーニの言葉を聞いて、彼こそはみずからの理解者だと感じとった。憎むことと憎まれることにかけては人後に落ちないこの男は、戦士たちが怨みを募らせていることをよく知っていた。じきに彼らは帰還兵となり、身のまわりのすべてに不満を抱くようになるだろう。ムッソリーニはよく知っていた。兵士たちが野営用のテントの下で、政治家や、司令部や、社会主義者や、ブルジョワにたいして、夜な夜な罵倒の言葉を並べていたことを。まわりの空気には「スペイン風邪」

が、海へ続く低地の平原にはマラリアが潜んでいる。早くも社会から拒絶され、風邪に衰弱し、戦地における無遠慮な死が記憶のふちに沈んでいくなか、アルディーティの兵士はコニャックをまわし飲みしながら、声を合わせてムッソリーニの言葉を朗読した。「憂いとは無縁の生」を生き、「恥じらいとは無縁の死」を死んでいった勇士に、彼はミラノの編集部から惜しみなく賛辞を送った。隊員たちは三年間、戦士の貴族階級として扱われ、児童向け雑誌の表紙には、その姿が英雄のごとく描かれたものだった。襟を風にはためかせ、手には手榴弾を握りしめ、歯に短剣を挟んでいる。そんな彼らも、市民生活に戻って数週間もすれば、社会の不適応者の群れとなる。市中をさまよう、四万の地雷。

ムッソリーニが向かったのは「グランデ・イタリア」という質素な食堂だった。店内は油じみて、煙が充満している。調度は貧相で値段は手ごろだった。客の顔ぶれは時間帯ごとに決まっている。夜のこの時間は、たいていが新聞記者、俳優、物書き、喜劇役者らで、踊り子の姿を見かけることはまずなかった。薄暗い店内で目を引くものといえば、白と赤のチェックのテーブル掛けくらいだ。壁に備えつけられた棚には、ピアチェンツァの丘で作られる「グットゥルニオ」というワインのボトルが並んでいる。常連はみな男で、大半がすでに酔っぱらっている。

部屋の角のテーブルで、三人の男が先に席に着き、ムッソリーニの到着を待っていた。ほかのテーブルとは距離があり、店先の窓ガラスからも離れている。ここからなら、誰が店に入ってきたのか簡単に確認できる。向かって右手にある小さな個室では、社会主義者の印刷工が大声でがなり立てている。ベニート・ムッソリーニが、席に着く前にジャケットと帽子を脱いだとき、個室の客はふと黙りこんだ。それから、ますます興奮した様子でお喋りを再開した。ムッソリーニだと気づいたらしい。突如として、彼が会話の中心となる。

会食者たちも同様に、名の知られた人物だった。ムッソリーニの右側にはフェッルッチョ・ヴェッキが坐っている。ボローニャ大学の工学部で学び、ムッソリーニと同じくロマーニャ出身で、未来派のスポークスマンにして参戦派でもある。アルディーティの大尉として、数多の戦果をあげた男だ。今年の一月には、「アルディーティ相互扶助会」と、「イタリア・アルディーティ全国連合会」を設立している。マスケット銃兵式の黒いあごひげを生やし、眼窩《がんか》は落ちくぼみ、結核持ちで、無慈悲な遊び人でもある。彼については、およそ真実とは思われない、常軌を逸した噂が流布していた。戦場で二〇回も負傷したとか、オーストリア軍の塹壕に単身乗りこみ手榴弾で陥落させたとか、あるいは、上官である大佐の妻と、夜更けに夫が寝ている横で交わったとか、その手の噂だ。

とはいえ、このテーブルでもっとも流血沙汰を好む人物は、ムッソリーニの正面にいた。背が低く、ずんぐりとしていて、頭が胴体にじかに嵌《は》めこまれているような印象を与える猪首《いくび》の男だ。顔は丸々として、幼児期に犯した数々の残虐行為をしのばせる至福の笑みを、湿った唇に浮かべている。少年のようでもあり、雄牛のようでもあるこの男は、時おり顔をあげて息をとめ、被写体を前にした写真家よろしく、虚空に視線を固定させた。身ぶりだけでなく、服装も芝居がかっていた。灰緑色の軍用ジャケットの下に黒のタートルネックのセーターを身につけ、その中央には、歯に短剣を挟んだ白い頭蓋骨が刺繡されている。ズボンを支えるベルトからは、柄が真珠層でできた本物の短剣がぶらさがっている。

男の名はアルビーノ・ヴォルピ。三十歳の木匠《こだくみ》で、政治的背景とは関係のない犯罪を繰り返してきた。アルディーティの隊員であり、公人への侮辱、窃盗、押し込み強盗、傷害の咎《とが》で通常の裁判所から、脱走の咎で軍事裁判所から有罪判決を受けていた。彼については、途方もない冒険譚の類いが大っぴらに語られることはなく、人びとは声を潜めて噂するばかりだった。ヴォルピにはふたつの伝説がある。ひとつは英雄に、もうひとつは犯罪者にふさわしい伝説だ。従軍中、暴力の衝動に取り憑《つ》かれた彼は、夜半にみずからの判断で最前線の塹壕から出て、物音ひとつ立てることなく、短剣だけを頼みに敵の陣へ這っていき、血管から噴き出した血が奏でる、口笛のようなか細い音を聞きたいというだけの理由で、眠りこけている歩哨の喉をかき切ったのだった。兵士たちのあいだでは、短剣の持ち方にヴォルピ独特の流儀があるという噂が広まっていた。「ピアーヴェの鰐《わに》」と呼ばれる襲撃隊で、ヴォルピは水を得た魚のように活躍した。夜更けに川を渡り、オーストリア軍が陣を張っている岸の哨兵を殺すことが、この特殊部隊の任務だった。河岸の植物と見分けがつかないように、兵士たちは裸の体に灰色の泥を塗りたくり、凍てつく十月の川を泳いで渡って、ささやかで残虐な死を敵陣に送りとどけた。作戦を決行するにあたっては、戦術も戦略も一顧だにしなかった。それでも、鰐たちは戦争に勝つうえで、欠くことのできない戦力だった。伝説のなかの被造物、あるいは、おそらく現実には存在せず、プロパガンダの所産とも考えられる男たちは、歴史のはじまりから伝えられている秘密、「夜は闇と恐怖に満ちている」という秘密を、大事に胸におさめていた。

「もはや接近戦は存在しない」。世人は懐旧の念を込めて、先の大戦についてそう語った。「犯罪者が戦時の英雄であったことなど、一度たりともありません」。廉直で誠実な将校たちは、はるか昔からそう言ってきた。ムッソリーニの正面で、豚の皮、豚足、豚の頭とちりめんキャベツの和え物が入ったキャセロールに顔をうずめている男を見ていると、そうした言葉はどれも偽りであるように思えてくる。その姿はまるで、獲物のはらわたに鼻を突っこみ、顔中を血だらけにする獣のようだった。

ムッソリーニのテーブルでは、ろくに言葉は交わされなかった。一同は物静かに食事を進め、陰気な顔でグラスの底を見つめている。なにも言わずとも、すでにすべてわかっているのだ。そこへ、肥満体の騒がしい男がテーブルに近づいてきた。黒いネクタイで風を切り、つばの広い帽子を斜めにかぶっている。そして、詳細のつかめない曖昧な口ぶりで、重大事故、爆発、血みどろの喧嘩についてべらべらと喋りはじめた。新聞の内容を伝えているだけなのか、聞き耳を立てている者への脅しなのか、どうにもはっきりしない。ムッソリーニは黙るように合図をした。威圧感とうわ言をまき散らしていた男は、あんぐりと口を開けたまま、その場に棒立ちになった。広場の政治集会に参加した際に、投石を受けて折れた上あごの二つの門歯が、噴火口のような口から覗いている。ドメニコ・ゲッティという男で、彼もまたロマーニャ人だった。アナーキストで、若き日はムッソリーニとともに政治亡命者としてスイスで過ごし、教会を敵視している。陰気で、乱暴で、誰からも顧《かえり》みられることのない陰謀家だ。

それから、ムッソリーニは席につくよう合図して、彼のためにミートソースのラザニアを注文してやった。『ポポロ・ディタリア』主筆が、この物騒な界隈を、夜中にひとり徒歩で帰宅できるのはなぜなのか。それはひとつには、ミラノのきわめて暴力的なアナーキストたちのあいだで、ムッソリーニがいまもなお、ひとかたならぬ好意を勝ち得ているからでもあった。ゲッティは食事を始め、アルディーティのテーブルはまた静かになった。

反対に、隣の個室はますます騒がしくなっていた。ワイングラスが次々に空けられ、ついには歌まで歌いはじめた。社会党の機関紙『アヴァンティ！』の編集者たちだ。その編集部があるサン・ダミアーノ通りは、アルディーティの協会があるチェルヴァ通りのちょうど裏手に位置していた。酔った社会主義者の集団が、あらんかぎりの声で歌っている。「赤旗の勝利は近い！」歌がひと息ついたあとは、二月十七日のために乾杯している。積年の宿敵オーストリアを破り、勝利の美酒に酔いしれていたミラノとイタリアが、未来に待ちかまえる新たな敵、ボリシェヴィキ革命を発見して、狼狽のあまりすぐさま素面《しらふ》に戻った日だ。

この記念すべき日に、四万人の労働者が無数の赤旗を振り、勝利に終わったばかりの戦争を批判するプラカードを掲げながら、三〇の楽隊の音楽に合わせてアレーナ〔十九世紀に建造されたミラノの大規模運動場」まで練り歩いた。なんともサディスティックな浮かれ騒ぎだった。支配階級が始めた戦争が、いかなる悲劇をもたらしたかを伝える生き証人として、不具となった傷痍《しょうい》軍人が衆目にさらされた。社会主義者は、昨日まで自分たちに突撃を命じる立場にあった、制服姿の将校の顔に唾を吐きかけた。土地の分配や脱走兵の特赦を求めて、デモの参加者は気勢を上げた。

もうひとつのミラノ、すなわち、一九一五年に一万の志願兵を戦争に、ベニート・ムッソリーニのイタリアに提供した、ナショナリスト、愛国者、プチブルのミラノにとっては、この行進は「頽廃という怪物のよみがえり」のように映っていた。平和を取り戻したばかりの世界が、「病に倒れ」ようとしている。

ムッソリーニや彼の同類は、社会主義者が女子供に行進の先頭を歩かせていることに、とりわけ大きな衝撃を受けていた。女の官能的な唇や、まだひげも生えそろっていない少年の口から、政治にたいする憎しみが叫ばれる。それはぎょっとするような光景だった。戦争を欲した大人の男たちは、驚愕のあまり言葉を失った。理由はいたく単純だった。商売ひとすじで、権威主義的で、家父長制の信奉者で、女嫌い《ミソジニー》の男にとって、反軍国主義、反愛国主義を叫ぶ女や子供は、いまだかつて聞いたこともないような、恐ろしいなにかの前兆に感じられた。そのなにかを、あえて言葉にするのなら、「彼のいない未来」といったところか。デモ隊の行進の音が聞こえてくると、ブルジョワや商店主やホテル経営者はそそくさと窓を閉め、よろい戸を下ろし、玄関の戸にかんぬきをかけた。みずからをおびやかす未来を前にして、現在という牢獄のなかに閉じこもったのだ。

デモが行われた次の日、ムッソリーニは「帰ってきた野獣に抗して」という見出しのもと、署名入りの攻撃的な社説を発表した。参戦派の守護者たる彼は、戦死者の名誉を守ることを高らかに約束した。ムッソリーニに言わせれば、デモの参加者は戦没者を侮辱したのであり、「われらの町の道路や広場に、塹壕を掘ることになったとしても」、彼は最後まで死者を擁護する覚悟だと主張していた。

すでに社会主義者のテーブルには、リキュールやグラッパが並んでいた。喧騒がますます高まる。アルコールのせいで神経が鋭敏になり、憎しみは徐々に明確な形を帯びていった。ムッソリーニの名を、「裏切り者」という言葉を、誰かがしゃがれ声で叫んでいるのがはっきり聞こえる。

部屋の隅のテーブルでは、アルビーノ・ヴォルピが豚皮をばらばらに切り刻もうとして、咄嗟《とっさ》にナイフの持ち方を変えた。ムッソリーニは、かつての仲間による侮辱に怒りを覚え、顔面を土気色にしていた。それでも分別は失わず、見え見えの威嚇はやめるようにと、かすかに首を振ってヴォルピに合図を送った。目を軽く細め、口を半開きにして、歯のあいだから息を吸っている。それはまるで、いまだに引きずる過去の痛みや、若き日の恋の苦悩や、天然痘にかかった弟との死別にゆっくりと体を蝕まれ、四肢に壊疽《えそ》を起こしているかのような顔つきだった。

やがて、「裏切り者」はふと我に返った。個室の方に視線を向けて、自分を非難しているのが誰なのか確かめようとする。二十歳《はたち》そこそこと思しき、ひとりの若者と目が合った。ほっそりとしていて、髪は赤く、色白の顔にそばかすが散っている。青年は目を逸らそうとしなかった。圧迫された人間性を解放しようと決意している、誇り高い闘士のような眼差しだった。

ムッソリーニは帽子をつかんだ。アルディーティによる警護の申し出は、きっぱりと断った。戸口へ向かう途中、視界の端でアルビーノ・ヴォルピが、またもやナイフの握り方を変えるのが見えた気がした。

ムッソリーニは前を向き、通りへ出た。「アルディーティと反戦論者。社会主義者とファシスト。ブルジョワと労働者。昨日の男と明日の男」。ミラノの夜が彼を受け入れた。あたりはまるで、ふたつの力が入り乱れる戦場のようだった。ふたつの力は、同じ生を生きている。たがいにたがいを殺さねばならないという、明確で決然とした意識を持って、ムッソリーニの動脈のなかで隣り合っている。

フォロ・ボナパルテの自宅では、妻のラケーレと子供ふたりが、彼の帰りを待っている。しかし、まだ帰宅するには早い。ボットヌートに引き返し、クワッリエ小路に寄っていくことにする。一日のあいだに溜まった毒素を、娼婦のなかに排泄しよう。欲せられ、蔑《さげす》まれる、万人のための女たち。ムッソリーニや、彼に似た境遇の帰還兵は、こうした女たちを好んで「肉便器」と呼んでいた。

ベニート・ムッソリーニがチェルヴァ通りを歩いているとき、さっきの店から、なにやら痛ましい叫びが聞こえた気がした。だが確信は持てなかった。たぶん、街が夢のなかで喚《わめ》いているだけだろう。

きみよ、ムッソリーニよ、その功績によってわれらの先頭に立つ者よ。かまうな、やってしまえ、われらの歩みを阻《はば》む「古物」の山を打ちのめせ。われらの心はきみとともにある。もうじき、われらもきみの傍《かたわ》らで戦うだろう。

第二七突撃大隊の将校による電報、『ポポロ・ディタリア』、一九一九年一月七日

下層階級はひとり残らず、拳銃、短剣、小銃、手榴弾で武装している……こうした下層民のもとに、学校に通う若者たちが合流する。若者は戦争にロマンを求めている。煙のような愛国心で頭をいっぱいにして、私たち社会主義者を「ドイツ人」と呼ぶ。

ジャチント・メノッティ・セッラーティ、イタリア社会党「最大綱領派〔社会党の最大党派。「革命派」、「非妥協派」とも呼ばれる〕」の指導者

アメリゴ・ドゥミニ　フィレンツェ、一九一九年三月末

なにもかも、最悪だ。手元には小銭の一枚もない。飢えを凌《しの》ぐのにも苦労を強いられる。いったいなんのために戦ったのか?

ミッレ通りの陸軍病院から出てきた男は、すこしばかり足を引きずって歩いていた。包帯の巻かれた左腕が、がっしりした首に吊されているせいなのか、歩き方がどこかぎこちない。アルディーティの軍服を、ボタンをとめずに羽織っている。上着の両側には、手榴弾を素早く取りだすための裂け目があり、襟には黒い記章がついている。包帯に隠された左腕には盾形の腕章がついていて、ローマの剣闘士と、スフィンクスの頭部をかたどった短剣の柄があしらわれている。反対に、ベルトからぶらさがっている本物の短剣は、傍目《はため》からもよく見える。がっしりとして重そうなその体軀《たいく》は、戦時の負傷のせいであちこちに機能不全を起こし、線路側の歩道をすっかりふさいでしまっていた。ミッレ通りですれ違う通行人は、彼を避けるようにして歩いている。道路を渡って、反対側の歩道に移る者までいる。

陸軍病院に収容されていた突撃大隊の帰還兵は、誰しもが口を揃えて、怒気を含んだ愚痴を繰り返していた。女中を首にするみたいに、突然に除隊させられるとは、いったいなんという不名誉だろう。最初に侮辱を与えてきたのは将軍だった。戦争は終わったというのに、雨の下や泥のなかを、何か月も行進させられた。敵の塹壕を襲撃するのに必要なあいだは、誰ひとりアルディーティに課すことのなかった規律を、ここらですこし強要してやろうという魂胆だった。お次は政治家から侮辱された。夜半に、

ひっそりと、彼らは除隊を告げられた。「社会の混乱を回避するため」、それが先方の言い分だった。社会とは誰のことだ？　兵役忌避者か、敗北主義者か、カポレットの敗北を引き起こして軍隊の士気を阻《そ》喪《そう》させた社会主義者か、「塹壕で過ごす冬はもう来ない」と議会で叫んでいたトレヴェスのような政治家か、アルディーティの殺戮《さつりく》行為を「無益な虐殺」と断じていた教皇派の偽善者どもか。この悪党どもの意に沿うように、彼らは暗がりのなか、歌も、花も、沿道を埋めつくす旗もなしに任を解かれた。英雄は、教会に忍びこんだ泥棒のように、こそこそと市民生活に戻っていった。

　男は足を引きずりながら、アルティスティ通りからピンティ地区へ進み、フィレンツェの中心に向かっていった。ミゼリコルディア会〔トスカーナ地方の医療系慈善団体〕なら、おそらく力になってくれるはずだと、知り合いから助言を受けていた。この信徒会は、障害者向けの移送事業を行っていた。ひょっとしたら、彼に向いた仕事もあるかもしれない。なかったらおかしいだろう。彼が祖国のために命を賭けていたとき、脱走兵は故郷で仕事をくすね、いまでは兵役忌避者が職に就き、軍人は飢えに苦しむというありさまだった。フランスの帰還兵は、勝者としてナポレオンの凱旋門の下を行進し、国中のいたるところで神のごとく崇められた。なのに彼らは、かつて存在したなかでもっとも大きな帝国のひとつを打ち破り、壮大な偉業に力を使い果たしたイタリアの兵隊は、闇に紛れ、足音も立てずに家に帰らなければならなかった。ウィーンへの進軍もなければ、国王臨席の観兵式もない。植民地の獲得も、フィウーメの占領も、賠償金もない〔「フィウーメ」はクロアチアの都市「リエカ」のイタリア名〕。なにもかも、最悪だ。戦争が終わったあとは、その日暮らしの生活が待っていた。いったいなんのために戦ったのか？

　多色の大理石からできた大聖堂のファサードが、春の陽光に照らされて輝いている。石造りの建築物としては世界最大級の規模を誇る、ブルネッレスキの設計による巨大な丸天井《クーポラ》が、国民の栄光を讃えている。イタリア人は、カポレットの敗北を経てもなお、自分自身に打ち克つ力を見失うことはなかった。

ところがいま、イタリアはふたたび、底の見えない落とし穴に、ストライキに、イタリアの国土をモスクワに授けようとする「赤ども」のサボタージュに、まっさかさまに転落しようとしていた。彼らはまるで、自分たちがイタリア人であることも忘れ、勝利の栄光を恥じるべきだと声高に叫んでいるように見えた。償わなければならない。戦争の精神を償わなければならない。議会でトレヴェスはそう叫んだ。参戦派、帰還兵、傷痍軍人、高台で厳しい夜に耐えた同胞たち。すでに汗と血で償ったこうした男たちに、勝利の償いまでさせようというのか。ニッティ政権の遣り口は欺瞞そのものだった。脱走兵を特赦して、ピアーヴェの戦線で従軍した青年たちを侮辱し、勝利に終わったはずの戦争を、破綻した企てとして片づけようとしている。政権はしまいには、軍服を着て外を出歩かないよう帰還兵に要請してきた。理由はやはり、「社会の混乱を回避するため」だった。イタリア人は「勝者にかこまれた敗者」なのだと、『アヴァンティ！』の論説は言い切っていた。そのとおりだ。終わりなき後退戦を強いられて、国全体が総崩れになっている。なにもかも、最悪だ。

「資本主義を倒せ！」サンタ・マリア・デル・フィオーレ大聖堂の、横の入り口に面した広場を舗装している石工の一団から、そんな叫びが聞こえてくる。石工の敵意を感じる。軍服を身につけて、片手を首につるし、ミゼリコルディア会の事務所を目指してびっこを引いて歩くふてぶてしい兵隊に、石工たちは侮辱を浴びせた。支配階級を利するだけの、帝国主義的な戦争を欲したことが、彼に背負わされた咎《とが》だった。「人殺し！」「極悪人！」石工たちはそう叫んだ。

　慈善団体の事務所は、もう目と鼻の先だ。半ダースはいる舗装工にたいし、兵隊はひとりきりで、体も思うように動かない。それでも、その顔は怒りにわなわなと震えていた。彼はバゼッジョ少佐が率いる「死の中隊」に志願した。骨折りの苦役から逃れるためではない。下の名の由来でもある、アメリカ大陸で過ごした幼少期からずっと、冒険を好む性質《たち》だったのだ。アメリゴ・ドゥミニは、ヴァルスガーナ渓谷にて、サントズヴァルド山の攻略に参加した。この戦いでは、敵陣への正面攻撃が敢行され、中隊はほぼ壊滅した。ヴィットリオ・ヴェネトでは、標高一五〇〇メートルのグラッパ山頂に位置する難攻不落の敵陣を攻め、オーストリア軍と一進一退の攻防を繰り広げた。このときに、敵の戦闘機から機銃掃射を受けて負傷したものの、彼は病院への収容を拒み、すぐに前線へ戻っていった。その三日後には、砲兵隊の陣内で爆発した弾丸の破片が体に当たり、ふたたび負傷した。ヴァルスガーナ渓谷の拠点攻略に際しての働きが認められ、グラツィオーリ将軍も臨席の公的な場で、バゼッジョ少佐から功績を讃えられた。軍は彼に、銀のメダルと戦功十字章を与えた。戦争の痕跡は、麻痺した左腕の骨に刻まれている。その後、特別休暇を利用して、戦友のバンケッリとともにアルバニアを来訪した。ベルサリエーリ第三五大隊の中尉であり、前年の戦いで命を落とした、弟アルベルトの墓を探すことが目的だった。旅のあいだは苦労続きで、けっきょく墓は見つけられずに終わった。その彼に、冒険者を惹きつけてやまない大陸の名を持つこの男に、卑怯者が「極悪人」と罵声を浴びせる。

もはや我慢ならない。こんな思いをするくらいなら、グラッパ山の陥没地に残って、大地の肥やしとなった方がよほど良かったではないか。

兵士は広場のまんなかに直立した。「兵役逃れの卑怯者ども!」彼は叫び、短剣の柄に手をかけた。舗装工の一団はただちに反応した。背が低くがっしりとした、シャツ一枚の姿の若者が、ドゥミニの眼前に躍り出て、顔面に二発の拳をお見舞いする。輝かしい戦歴を誇る兵士は地面に倒れ、つばを吐きかけられ、さんざん足蹴にされた。叫ぶことも、許しを乞うこともせず、ドゥミニはただ沈黙した。大の男のたくましい肉体は、数秒のうちに二五年の時をさかのぼり、胎児の姿勢に逆戻りした。しかし、たとえ口を閉ざそうとも、その姿はサンタ・マリア・デル・フィオーレ大聖堂に向かって、助けてほしいと、取り違えようのない哀願を捧げていた。だが、その訴えを聞き届けるものはいなかった。最初に殴りかかってきた舗装工が、ドゥミニの上着からアルディーティの記章を引きはがし、ドゥミニの口のなかに突っこんだ。

ミゼリコルディア会の担架かつぎが駆けつけたときも、ドゥミニはまだ、大きな胎児のようにちぢこまっていた。彼はそのままの格好で担架に乗せられた。そこまでひどい怪我ではなかった。打撲と擦り傷、それに数本の歯が折れているだけだ。それでも男は、この世界でもう一度まっすぐに立つ理由など、ひとつたりとも見つけられそうになかった。ようやく喋る気力を取りもどしたのは、警官相手に、アクセントにかんする質問に答えているときだった。調書を作成するために、警官は彼の身元を調べていた。「ドゥミニ」。はっきりとした口調で彼は言った。「アメリゴ・ドゥミニ。頭の音節にアクセント。トスカーナ風に」

フィリッポ・トンマーゾ・マリネッティ、ベニート・ムッソリーニ

ミラノ、一九一九年四月十五日

この日、誰もが沈黙の殻に閉じこもった。ミラノは息をとめた。

車掌やガス工事の夜間作業班は、未明から仕事を中断した。中心街北部のあらゆるライフラインが機能しなくなった。公共サービスは停止された。イタリアでもっとも工業化が進んだ都市ミラノにおいて、莫大な数の労働者を受け入れているすべての工場が閉鎖された。いかなる例外もなかった。労働者はひとりたりとも、仕事にやってこなかった。

プロレタリア階級の大衆は郊外に暮らしているが、今回のストライキはミラノの中心街まで及んだ。ヴィットリオ・エマヌエーレ通りの、ドゥオーモ広場の、ガッレリアの、あらゆる店舗や盛り場が扉を閉ざした〔「ガッレリア」は商店の集まるアーケードのこと。ミラノにある「ヴィットリオ・エマヌエーレ二世のガッレリア」は、イタリアでもっとも著名なアーケードのひとつ〕。街のどの界隈でも、事情は同じだった。銀行は警察や軍隊によって警護されていたが、やはり営業はしていなかった。役所も、企業も、すべて閉鎖された。

二日前、四月十三日の朝、ガリリアーノ通りで社会主義者の政治集会が開かれた。集会のさなか、警察とのあいだに銃撃戦が勃発し、多くの負傷者とひとりの死者が出た。フィリッポ・トゥラーティが演説をする予定だったが、人道的改良派を指導する古くからのリーダーであるこの人物は、どういうわけか集会に姿を見せなかった〔「改良派」は「最大綱領派」に次ぐ、イタリア社会党の有力党派〕。代わって登壇し

たのが、エッツィオ・スキアローリだった。革命を志向するこのアナーキストはムッソリーニを猛烈に非難し、暴力によって権力を奪取せよと労働者を焚きつけた。ボルシエーリ通りを駆けてきた騎馬警察が、集会の参加者に激しく襲いかかった。はじめのうち、群衆は抵抗した。投石、破壊行為、棍棒による殴打が、いたるところで繰り広げられた。警察と市民の衝突は苛烈をきわめた。警察と憲兵は動揺し、集会の参加者の気勢に押される形で、やむをえず後退をはじめた。それから、砲兵隊に助けを求めた。一世紀前からつねに繰り返されてきたように、警察が市民に銃口を向けた。九月十五日のゼネストを宣告しながら、群衆は反抗した。また別の血が流されるであろうことを、誰しもが予感していた。暴力の螺《ら》旋《せん》はいつもどおり、プロレタリアートの虐殺に向けて急降下していく。

要するに、ミラノは四八時間前から、一触即発の状態にあった。もう、街は息をしていない。耐えがたいほどに神経が張りつめている。敵方が展開するキャンペーンの告示文に読みとれるような、「愚かしい混乱」が市民のあいだに蔓延していると、ムッソリーニはみずからの新聞で指摘した。とはいえ、もう何か月も前から、不安に苛《さいな》まれつつ待つことが、支配的な、あるいはこう言ってよければ、ほとんど恒常的な精神状態と化していた。一九一四年、社会党を除名されたムッソリーニに代わって、かつては石炭の荷降ろしで生計を立てていたレーニン主義者ジャチント・メノッティ・セッラーティを編集長に迎えた『アヴァンティ！』は、迫りくる革命の波に備えよと、常日頃からプロレタリアートに向けて檄《げき》を飛ばしていた。いままさに、その波がヨーロッパを沈めようとしている。

前年の十一月、ミュンヘンではクルト・アイスナーが社会主義バイエルン共和国の設立を宣言した。続く二月、ユダヤ系であるという理由で極右の秘密結社から除名された、ミュンヘンの貴族アントン・グラーフ・フォン・アルコ・アオフ・ファーライが、アイスナーを射殺した。四月六日、空位となった権力の座を共産主義者と争っていた社会主義者が、バイエルン・ソヴィエト共和国の設立を宣言する。

国のトップに就任したのは、政治家にはまったく向いていない、劇作家のエルンスト・トラーだった。過去に複数回にわたり精神病院に収容された経験を持つ同国の外務官僚は、スイスに宣戦布告した。それというのも、六〇両の機関車を貸与してほしいというバイエルン・ソヴィエト共和国の要請を、スイスが拒絶したからだった。宣戦布告の六日後、トラー内閣は倒れ、共産主義勢力に取って代わられた。権力の座についたのは、労働者から親しみをこめて「ドイツのレーニン」と呼ばれている、オイゲン・レヴィーネだった。その数週間前の三月二十一日には、ブダペストで、ガルバイ・シャーンドルとクン・ベーラがハンガリー・ソヴィエト共和国の設立を宣言している。ハンガリーはレーニンのロシアを同盟相手に選択した。敗戦によって失った領土を取り戻すため、スロヴァキアに侵攻し、ルーマニアに戦争を仕掛けた。

要するに、もう何か月も前から、毎日が革命前夜だったのだ。あの日、一九一九年四月十五日の朝に、ミラノの競技場「アレーナ・チヴィカ」の政治集会を埋めつくした無数のプロレタリアートは、アジテーターの火を噴くような言葉に耳を傾けつつ、大気が孕《はら》むかすかな血の臭いを嗅ぎとり、革命の足音を、革命がもたらす戦慄を感じていた。そこにいる全員が、間違いなく全員が、なんらかの大変革を期待していた。

午後の早い時間、事前の計画などなにもなしに、破局の磁力に引きつけられるようにして、数千人のデモ参加者から構成される尖兵隊が、巨大な行列から離れ、ドゥオーモを目指してオレフィチ通りになだれ込んだ。競技場《アレーナ》から広場へあふれだした抗議の叫びが、革命に向けて拡散していく。「戦後」は早足で進んでいた。破局を水平線に見据えたまま、漫然と日々を送ることなどできはしない。

ドゥオーモ広場の一角に兵士たちの隊列があった。じきに、社会主義者の行列もそこへやってくる。

初代イタリア国王ヴィットリオ・エマヌエーレ二世の騎馬像の台座には、大理石のライオンが彫られている。社会主義者が到着する前、ひとりの男がそのライオンにまたがって、ブルジョワ、官吏、学生、アルディーティやファシストからなる小ぶりの聴衆に向かって、激烈な調子で演説をぶっていた。この男は詩人だった。フィリッポ・トンマーゾ・マリネッティ、二十世紀のイタリアにおける最初の前衛派を組織した人物だ。マリネッティの起草により、一九〇九年に発表された未来派の宣言文は、パリからモスクワにいたるまで、ヨーロッパ全土で反響を呼んだ。未来派は博物館を、図書館を、あらゆる教育研究機関を破壊し、月明かりを殺すよう提唱した。労働、快楽、または暴動によってけしかけられた群衆の混乱を謳《うた》い、「世界の唯一の健康法」である戦争をはじめ、軍国主義や愛国主義、解放者の破壊的な身ぶり、そのために死ぬに値する美しき理想、女にたいする侮蔑などを賛美した。

言葉で好き放題に戦争を讃えたあと、詩人は一九一五年、かくも称揚された戦争を実際に経験した。新エジプト様式で家具調度が調えられた、ヴェネツィア通りに立つ邸宅の裕福なブルジョワをあとに残して、アルプス歩兵旅団に志願したのだ。戦地で負傷し、それでもまた前線に戻り、カポレットでは敗北の味を嚙みしめ、装甲車「ランチア」1Zモデルを操縦して戦ったヴィットリオ・ヴェネトでは勝利の美酒に酔いしれた。

いま、フィリッポ・トンマーゾ・マリネッティは、王の騎馬像の足もとに彫られたライオンから降りたった。そして、灰色のフロックコートと山高帽に身を包み、困惑した目つきで彼を見つめている聴衆に向かって、デモ隊襲撃の列に加わるよう、指揮官のような口調で命令した。第三者として傍観することも、中立の立場をとることも、闘争においては許されない。「きみたちは観客ではない！」ガッレリアを歩いていく中立のブルジョワに向けて、未来派の創設者が大音声《だいおんじょう》で呼びかける。「傍観はやめろ！」

騎馬像のまわりでは、社会主義者の襲撃が間近に迫っていることを、ひとりひとりが予感していた。

「来たぞ、来たぞ！」誰かが叫んだ。しかし、それはたんなる思い過ごしだった。マリネッティの後を継いで、工業化学分野の企業家エットーレ・カンディアーニが口を開いた。誰も彼の演説を聞いていない。「来たぞ、来たぞ！」今度は思い過ごしではない。アルディーティが拳銃を構える。

メルカンティ通りの出口をふさいでいる憲兵の隊列を挟んで、ほんのいっとき、ふたつの党派が向かい合った。社会主義者の行列の先頭にいるのは、またも女たちだった。レーニンの肖像画と赤旗を、頭上に高く掲げている。声を張り上げ、喜びに満ちた表情で、解放の歌を歌っている。わが子のために、より良い生を希求する母親たちだ。女たちはなおも、ここに来たのは行進をするためだ、革命のメヌエットを踊るためだと信じている。ずっと数の少ない、もうひとつの行列の先頭には、これまでの四年間、殺しを日常として生きてきた男たちがいる。この不均衡はグロテスクでさえあった。ふたつの陣営のあいだに横たわる越えがたい溝は、死との距離、死と築く関係性の違いに由来していた。

憲兵の隊列が開いた。ドゥオーモ広場の方から、軍服姿の将校やアルディーティが散開隊形で前進する。平然と落ちつきはらい、手には拳銃を握りしめている。戦闘そのものは、およそ一分しか続かなかった。

数千人の社会主義者の側からは、たくさんの石や、ときたま棍棒が飛んでくる。数百人の将校、アルディーティ、未来派の闘士の側からは、拳銃の弾丸が放たれる。まずは威嚇のために空中に、それから、社会主義者の隊列に向けて引き金が引かれる。社会主義者の態度は瞬く間に、抵抗、狼狽、沈黙へと推移した。そのあいだ、もう、誰も歌おうとしなかった。女たち男たちは、自分に向かって発砲してくる軍服姿の怪物を、当惑の眼差しで見つめていた。出てくるはずのない場面で、急に舞台に現れた俳優のごとくに、アルディーティが不意を突いて突進してくる。

次の瞬間、社会主義者の列は四散した。決壊の勢いは急激で、狂おしいほどの混乱があたりを支配した。一分前まで革命の讃歌を歌っていた二千人の男女が、いまや戦う気力もなしに逃げまどっている。恐れとともに敵を見つめる。兵士たちは散開の形を保ち、悠然と歩を進め、拳銃に弾を込めなおしている。ロッジャ・デイ・メルカンティの階段と階段のあいだに、多くの人びとがうずくまって身を隠した。ところが将校は、軍における階級に応じて国から支給される武器を懐にしまい、代わりに、下僕への懲罰にこそふさわしいと思われる武器を手にとった。将校が駆ける。恐怖におののく労働者の群れが、棍棒でめった打ちにされる。血が階段を流れていく。将校とアルディーティは、なすすべなく打ちのめされるデモ参加者に嘲《あざけ》りの言葉を浴びせた。「そら、レーニン万歳と叫んでみろ。レーニン万歳と言え!」動転したある青年は、地面に横たわったまま数リラの小銭を差しだした。あたかも、その金で許しを得ようとするかのごとくに。

詩人マリネッティは、がっしりとした体格の労働者と殴り合いになり、門衛の詰め所のガラス戸に倒れこんだ。アルディーティが二人がかりで、労働者からマリネッティを引き離した。詩人は荒れ狂うアルディーティを制止して、それくらいで大目に見てやってくれと懇願した。

拳銃を握った男たちが、左右の壁に発砲しながらダンテ通りを歩いていく。棍棒をふりまわしている者もいる。通りに人影はない。戦争の一年目で命を落とした、フィリッポ・コッリドーニという参戦論者の弟が、血に染まった右腕を抱えてフォロ・ボナパルテから引き返してきた。二〇〇メートル先では、社会主義者のデモ隊がまだ、ガリバルディの記念像のまわりに群がっている。ひとりの演者が、像の台座の上に立ってなにか喋っている。催眠術にでもかけられたみたいに、彼らにとっての祈禱の言葉を、なおも叫びつづけている。「レーニン万歳!」

アルディーティの隊員が、短剣の柄を握った。ひとりきりで、人通りのない道を弾丸のように飛んでいく。記念像によじのぼり、短剣を共産主義者の体に突きたてる。途端に、記念像のまわりから音が消えた。集会は終わった。
勝ち誇る男たちがドゥオーモ広場へ凱旋し、襲撃の出発点となった場所、王の騎馬像のまわりに戻ってくる。胸に傷を負ったマリネッティは、疲労困憊のきわみにあった。それでも詩人は、また演説をしようとして口を開いた。そのときマリネッティが語った言葉は、いまでは誰も覚えていない。

敵は敗走した。今度はやつらの家に火をつける番だ。社会主義者の家、それは新聞だ。イタリア社会主義の象徴たる、『アヴァンティ!』のミラノ編集部は、運河を渡った先のサン・ダミアーノ通りにある。夕方、襲撃者が現場に到着すると、軍服を着た兵隊が編集部の護衛に当たっていた。兵士たちの態度は、けっして敵対的ではなかった。というのも、戦時中に彼らの上官だった男たちが、襲撃者のなかには何人も含まれていたから。「護衛」はいつしか、「包囲」へと変質していた。

すると、突然に銃声が響いた。建物のなかにいる社会主義者が撃ったに違いない。殺意というより、むしろ恐怖が引き金となって放たれた銃弾が、護衛に当たっていた兵士のひとりを撃ち抜いた。ミケーレ・スペローニという二十二歳の兵士で、銃弾は背後から飛んできた。首すじから血が噴きだす。ひとりの将校が、アルディーティとファシストの群れから飛びだし、腰をかがめてから、社会主義者に殺害された兵士のヘルメットを高く掲げた。将校はなにかを語り、叫んでいたものの、ここでもやはり、お喋りに耳を傾ける者はいなかった。被害者を運ぶ担架を通すために、護衛の隊列のあいだに細い通路が開けた。襲撃者はそこから建物に入っていった。

建物の内部からまた何度か銃撃があり、それからアルディーティが窓へよじ登っていった。地上階の窓に取りつけられた格子が、足場の役目を果たしている。ついに建物のなかに入ったときには、編集部はもぬけの殻だった。社会主義者は全員、裏口から逃げたあとだった。打ち壊しが始まる。組織的かつ効率的な、有無を言わせぬ破壊行為が。

なにもかもが打ち壊された。引火性の液体をすべての部屋に振り撒き、同じ液体を書籍の上にぶちまけ、事務机をひっくり返し、タイプライターと資料を破壊する。歴史的な資料の山が、棍棒に打たれて崩れていく。書類はすべて床の上に散らばり、天井のモルタルが熱ではげ落ちていく。イタリア全土への発送準備が整っていた、石版で印刷された何千枚というレーニンの肖像写真が、窓から盛大にばらまかれる。あらゆるものに棍棒が振り下ろされた。冷静に、正確に、破壊の専門家として作業を進める。襲撃のあいだは、いかなる争いも起きなかった。そこにはなんの思想もなかった。むき出しの敵意もなければ、復讐心もない。そこにあるのはただ、純粋な破壊活動だけだった。

ただ一度、輪転機を相手にしたときだけは手を焼いた。印刷作業には欠かせないこのどっしりとした機械は、棍棒でいくら打ち据えたところでびくともしなかった。アルディーティの男たちが、空から降ってきた隕石を取り囲む大きな猿のように輪転機のまわりに集まって、次から次へ短剣の突きを浴びせても無駄だった。

どうしたものかと考えあぐねていると、巨軀の若者がつと前に出た。輪転機のまわりから男たちを遠ざけ、これ見よがしに鉄のかんぬきを持ちあげる。機械を調教してやるつもりなのだ。青年はエドモンド・マッツカートという名前だった。身に着けているのはアルディーティの軍服で、ジャケットの折返し部分に黒い炎の刺繡があり、その下にはいくつかの勲章がついている。無産階級の孤児として、幼少期からサレジオ会の寄宿学校で育ったマッツカートは、一九〇四年のゼネストに参加したために、十五歳で最初の職を失った。気が短く、手が早く、生まれつき利かん気の強い彼は、やがてミラノに移り住み、アナーキズムを信奉するようになる。文民当局や軍当局により投獄されたのも、一度や二度の話ではない。一九〇九年には、休暇の申請を拒否された腹いせに、伍長をさんざんに殴りつけている。社会の秩序を踏みにじって憚《はばか》らないこの男は、少年のころからさまざまな労働に従事してきた。倉庫番、書生、筆耕、行商人などの職を転々としたのち、植字工の仕事を天職と自覚する。こうしてマッツカートは、アナーキスト、絶対自由主義者、革命論者らによる定期刊行物の印刷を手がけるようになった。しかし戦争の勃発により、彼はもうひとつの召命を得ることとなる。志願兵として従軍してからは、戦場で幾度となく軍功を立て、昇進を果たし、多くの勲章を授かった。

マッツカートはその後、大方のファシストと同様に、社会主義陣営からその敵方へ鞍替えした。彼はいま、かつての戦友に思い知らせてやるために、最後の戒めを与えようとしていた。その場にいる全員によく見えるよう、鉄のかんぬきを高く掲げる。熟練した職人の手際で、輪転機の歯車にかんぬきを噛ませ、それから機械を作動させる。巨大な力を逃がすすべを失った機械は、鈍い音を立てて自壊した。こうして、革命論者の言葉を印刷することを生業《なりわい》としていた青年は、みずからの過去と決別した。

三〇分後には、建物全体が炎に包まれていた。サン・ダミアーノ通りでは、火を放った男たちと警察が肩を並べて、焼け落ちる建物を眺めていた。消防隊は、炎がすべてを焼きつくすまで、いっさいの手出しを許されなかった。

マリネッティが『ポポロ・ディタリア』の編集部に足を運び、現場に居合わせなかった主筆にこの記念すべき日の出来事を語って聞かせたのは、すでに夜も更けてからのことだった。じつのところ前日の夕方には、関係者が編集部に集まって翌日の計画を練っていた。しかし当日、ムッソリーニ本人は、小さな仕事場から一歩も動かなかった。昼食を取りに外出することさえしなかった。代わりに、正午に近所の食堂から軽食を取り寄せた。ムッソリーニはそれを、階段の踊り場に置いた小卓で味わった。ひと口分を口に入れるたびに、弾がすべて詰まった拳銃を手にとって、正常に作動するか確認した。だが、けっして新聞社の外には出なかった。

ムッソリーニはいま、わびしい仕事場の事務机で、詩人の報告に耳を傾けていた。ムッソリーニのうしろでは、花柄の黄ばんだ壁紙を背景にして、アルディーティの旗が存在感を放っている。机の上には、整頓されていない書類や古新聞、クランクハンドルのついた電話機に混じって、SIPE社製の手榴弾が三つと、拳銃が一丁並んでいる。左手には、紅茶用の食器一式が収められた、五段の飾り棚がある。そのかたわらに、紙くず用のごみ箱と背もたれのない腰かけが置かれている。床に起伏があるせいで、どちらもぐらぐらと安定を欠いている。古びた不潔な床に敷かれているのは、砂粒をセメントで固めて作った、白と緋色の六角形のタイルだった。

ムッソリーニはマリネッティの話を、頷きながら聞いていた。しかし視線は、小さな木の板に釘づけになっている。フェッルッチョ・ヴェッキが、部屋に入ってきたときからずっと抱えている板だ。それは『アヴァンティ！』編集部の玄関から引きはがされた看板だった。あと数分して、身ぶり手ぶりを交えた報告を詩人が歌い終えたとき、この戦利品は間違いなく、敬意とともにムッソリーニへ捧げられるだろう。敵の生首の代わりに、彼はその看板を両手に持ってバルコニーに立ち、中庭でどんちゃん騒ぎをしているアルディーティの面々に見せつけるのだ。小さな編集部のなかにいても、通りから陽気な歌がはっきりと聞こえてくる。「フー、フー……アヴァンティ！　もう消えた！　フー、フー……アヴァンティ！　もう消えた！　フー、フー……」。ムッソリーニは歌声を聞きながら、禿げた頭を撫でさすった。わずかに残る短い髪が、青みがかった灰色の頭皮に陰影を与えている。五年前、『アヴァンティ！』の編集長は彼だった。読者からこよなく愛され、発行部数を過去最大に伸ばしたのも彼だった。そしていま、同じ男が、『アヴァンティ！』の亡骸《なきがら》を踏みにじろうとしている。

マリネッティの話が終わり、ヴェッキが看板を差しだした。一瞬、ムッソリーニは体を反らし、拒絶反応を示した。内臓が体の外に飛びだして、六角形のタイルが敷かれた床に、隙間なく腸が広がる。花柄の黄ばんだ壁紙に、不気味な旗が鋲でとめられている。その下におかれた一脚の椅子に、ふたりの男が、ふたりの編集長が坐っている。父たちと、息子たちが坐っている。

「今日、われわれは革命をなしとげた」。数分後、不潔な中庭に群がるアルディーティに向かって、『ポポロ・ディタリア』主筆が宣言した。

「内戦の第一幕が、切って落とされたのだ」

もはや引き返すことは許されない。この日から、編集部の護衛として、武装した帰還兵からなる巡視隊が地下で寝泊まりすることになった。全国規模の発行部数を誇る新聞を守るために、屋上にはフィアット社製の古い機関銃が、近隣の路地には有刺鉄線の拒馬《きょば》が設置された。交戦地帯の司令部さながらだった。

しかしあの晩は、ムッソリーニはひとりで帰ると言って聞かなかった。深夜三時、紙面の割り付けを終えたあとで、やせ馬に引かれた乗り合い馬車を呼びとめた。馬車はフォロ・ボナパルテを進み、レニャーノ通りの角を曲がっていく。

砂利で舗装された道を、疲れきった馬が苦労して進むあいだ、ムッソリーニは完璧な孤独に浸っていた。この世界で、彼はひとりきりだった。

四月十五日、われわれはムッソリーニとともに、今後いかなる対抗示威運動も展開しないことを決断した。衝突が発生し、イタリア人の血が流れることを恐れたのである。今回、われわれの対抗示威運動は、民衆の不敗の意志によって自発的に形成された。われわれは、兵役忌避者が企んだ挑発行為に、対抗せざるを得なかった……われわれの介入の目的は、祖国を勝利へ導いた四〇〇万人の兵士の、絶対的な権利を支持することにある。なんと言われようと、彼らだけが、新しきイタリアを指導する権利を有し、また、実際に指導していくべきなのだ。われわれは争いを欲しない。しかし、もし相手が争いを望むのであれば、われわれが戦い抜いた四年間の戦争に、もう数か月を付け加えることを迷いはしない……

一九一九年四月十八日に、ミラノ市街の城壁に掲示された、フェッルッチョ・ヴェッキ、および、フィリッポ・トンマーゾ・マリネッティ署名による告示文。

ミラノの道々で血が流されたことに、われわれは深く心を痛めている。このたびの流血は、戦場で喫する敗北よりもさらにつらい。一方で、嘆き悲しむ権利を、異議申し立てをする権利を持たないのが、「赤色テロル」の賛美者にして内戦の賛美者でもある、『アヴァンティ!』の面々である。いったいやつらは、サン・ダミアーノ通りのねぐらから、参戦派と愛国者にたいし、憎しみの種を撒き散らすことができるとでも思ったのだろうか? 追放者の名簿を作成できるとでも思ったのだろうか? 祖国を愛する人びとに最後の審判を突きつけて、プロレタリアートの独裁を称揚できるとでも思ったのだろうか? 市民の反応は鈍く、力ないものであったというのに。

ピエトロ・ネンニ(ボローニャ戦闘ファッショの創設者)『イル・ジョルナーレ・デル・マッティーノ』、一九一九年四月十七日闘いに殉じた仲間たちの長いリストに、また新しい名前が加わった。われわれの新聞『アヴァンティ！』が言葉を奪われたのは、わずか一日のあいだにとどまる。なぜなら、われわれの献身と努力によって、『アヴァンティ！』は明日には、われわれの権利を擁護するため、より苛烈な、より反逆精神に満ちた紙面をともなって復活するから。イタリアの全プロレタリアートの団結を誇りに思う。この歴史的瞬間においてこそ、規律を堅持することが重要である。ついては、イタリア全国の各編集部は、明日金曜日の紙面のために仕事を再開してほしい。

イタリア社会党ミラノ支部の声明、一九一九年四月十七日

しがたって、現在われわれに求められているのは、計画的な挑発行為に応じることではない……そうではなく、粘り強く、熱意をもって、プロレタリアートの自主性を高めていくことが重要である……もはや押しとどめようのない、世界的なプロレタリア運動の後に続いて、われわれのゼネストを計画するために。このゼネストは、プロレタリア独裁を打ち立てて、支配階級から経済的・政治的権利を奪取するという、崇高な目的のもとに行われなければならない。

一九一九年四月二十日にミラノで行われた、社会党指導部の会合における発議

本来であれば、きみたちの敵の心には見当たるはずもない平静さをもって、われわれはきみたちに語りかけよう。きみたちは挫折する。仰々しい法的な暴力を振るおうと、路上の暴力に訴えようと、どの道きみたちは挫折する。

『アヴァンティ！』ローマ版、一九一九年四月二十二日

四月十五日、ミラノの社会主義最大綱領派は、その頑迷かつ臆病な魂を白日のもとにさらした。雪辱を果たそうなどという気概は、どこにも見られなかった……

ベニート・ムッソリーニ、『ポポロ・ディタリア』、一九二〇年四月十六日

ガブリエーレ・ダンヌンツィオ　ローマ、一九一九年五月六日

カンピドリオ広場に集まった巨大な群衆はじっと静止していた。その中央に坐している、マルクス・アウレリウス帝の騎馬像のごとく不動だった。誰もが頭をのけぞらせ、視線を上げ、ローマ市庁舎のバルコニーにガブリエーレ・ダンヌンツィオが現れるのを待っていた。それは数万人の男たちで、たいていが若く、たくましく、体のどこにも障害はなかった。それなのに、このダンヌンツィオという男の言葉を聴いていると、四肢のどこかが欠けてしまったような気分になる。詩人ダンヌンツィオが考えだした、「不具にされた勝利」なるメタファーは、二万人の男たち、五体満足で屈強な若い男たちに、手足のどれか一本を、臓器のどれかひとつを失ったように錯覚させる。

男たちの大部分は、第一次世界大戦の帰還兵だった。人類の歴史上、もっとも大規模な戦争だ。イタリア人にとっての先祖代々の敵とピアーヴェの河岸で戦い、最終的に勝利を収めてから、まだ一年もたっていない。それなのに、男たちはダンヌンツィオの言葉を聴きながら、自分たちは負けたのだと感じていた。だからこそ、彼らはこの詩人を崇拝していた。言葉の錬金術で奇跡を起こし、聴く者の心を惑乱させるこの魔術師を、男たちは崇拝し、敬慕していた。ダンヌンツィオはいま、かつてイタリア国家が戦場で収めたなかでもっとも輝かしい勝利を、惨めな敗北に変質させようとしている。

一九一九年五月六日の朝、マルクス・アウレリウス帝の騎馬像のまわりに集まった巨大な群衆は、身じろぎもせずに待ちかまえていた。もうすぐ、敗北の錬金術師が、市庁舎の欄干に手をかけて語りはじ

める。いまやイタリア全土が、恥辱、挫折、不公正の感覚に覆われていた。ほんの二週間のうちに、国民のあいだにそうした気分が醸成された。

四月二十四日、イタリアのオルランド首相およびソンニーノ外相は、パリ講和会議の内容に不服を示して、会期の途中で突然に帰国した。一九一五年に交わされたロンドン秘密条約は、イタリアがロシア、フランス、英国の側に立って参戦するにあたっての見返りを保証していた。勝利の暁には、数世紀にわたってヴェネツィア共和国の領土だったダルマチアが、イタリアのものになるはずだった。さらにイタリアのナショナリストは、「民族自決」という、アメリカ合衆国大統領ウィルソンが唱える新たな考え方にもとづき、フィウーメもまたイタリアに割譲されるべきであると主張した。フィウーメは国境沿いの小さな町で、イタリア系の住民が人口の大多数を占めていたが、ロンドン秘密条約の取り決めには含まれていなかった。そこで、ナショナリストはこんなスローガンを考えだした。「ロンドン条約、プラス、フィウーメ」。ところが、老獪《ろうかい》なアメリカ合衆国大統領に、同盟国イタリアの権利を認めるつもりはないようだった。

四月二十三日、ウィルソンはイタリアの国民に宛てて、フランスの新聞紙上に長い書簡を発表した。イタリアの外交団は事前になにも聞かされておらず、面目は丸つぶれだった。ウィルソンはその手紙のなかで、この弱小な同盟国の民草に向けて、ダルマチアも、フィウーメも、どちらもイタリアのものにはならないということを、噛んで含めるように説明した。ウィルソンの議論はじゅうぶんに筋の通ったものだったが、とはいえ、その文章はイタリア人への侮蔑の念に満ちみちていた。戦後世界に君臨する、温和な性格の新たなリーダーは、イタリア人に宛てられた書簡に見られるような、父親的温情主義《パターナリズム》の調子からにじみ出る侮蔑をもって、ムッソリーニが言うところの「勝利について教わる生徒たち」を教育した。巷間の噂によれば、フランスのクレマンソー首相はウィルソン大統領と会話するとき、イタリアのオルランド首相を「菜食主義の虎」と呼んでばかにしているらしかった。

イタリアでは、首相と外相がヴェルサイユでの交渉を放棄したあと、失望はただちに悲劇の相貌を帯びはじめた。昨日まで仲間だった人びとが、六〇万人の命の代償として約束していたものを渡さないと言っているのだ。参戦派の政治家イヴァノエ・ボノーミでなくとも、講和会議は「罠のように見えた」に違いなかった。

パリからの帰国という、イタリア外交団の誇り高き行動は、国内でたいへんな騒ぎを引き起こした。イタリア側からの自発的な交渉断絶が、どれほど深刻な経済的帰結をもたらすか警告する外交官にたいして、ソンニーノはこう答えたとされている。「われわれはつましい国民である。飢えて死ぬ術は心得ている」。その国民は、誇り高き自己憐憫に彩られた歓呼でもって、帰国した代表たちを迎え入れた。四月の最後の一週間は、イタリア全土の広場で、フィウーメとダルマチアを要求する声が響きわたった。剝奪の感覚を共有することで、イタリアの国民と政治家の距離はかつてないほどに縮まった。敗北が放つ普遍的な魅力に、破滅の快楽に、手持ちのチップがすべて置かれた。それはあまりにも危険な賭けだった。

議会では、社会党の改良派陣営を率いるフィリッポ・トゥラーティが、この思いきった賭けのリスクを言挙《ことあ》げし、オルランドとソンニーノを舌鋒鋭く論難した。「いったいあなたがたには、和解へいたる道筋がはっきり見通せているのだろうか……国家を挙げての世論の扇動に、どんな意味があるというのか?……あるいは、たしかな見通しなど存在せず、あなたがたが掻き立てた世論は行き場をなくし、さらなる恥辱のほかにはいかなる退路も残されていないということなのか」。まともな理性の持ち主にとって、こうした展望を描くことはじつに容易だった。

実際、ウィルソンをはじめとする「勝利について教える教師たち」は、イタリア人の不在など気にもかけずに、講和会議での交渉を継続し、新しい国境線を画定していった。愛国主義が絶頂に達した一五日間、イタリアの自由主義者、ナショナリスト、ファシストたちが、アドリア海の岩礁で恍惚状態に陥っていた一方で、パリでは同盟国の面々が、アフリカにおけるドイツの植民地や、中東におけるオスマン帝国の領土を山分けしていた。高慢に交渉の席を離れたわずか二週間後、オルランドとソンニーノは、尻尾を後ろ脚のあいだにしまった犬のようにして、しおしおとパリに引き返さざるをえなくなった。精神的な苦痛は計り知れなかった。ひとりでも全員に立ち向かえるのだと思い違いをしていた国民は、奈落の底に突き落とされた。戦時中は、争いを好まない農夫や、世のなかのことなどなにも知らない無学な市民が、じつに四年ものあいだ、いま自分が穴を掘っているのはどこの土地なのかもよくわからないままに、塹壕のなかで生活を送っていた。そんな彼らに、きみたちの死は無駄だった、きみたちが流した血にはなんの意味もなかったと宣告がくだされた。失望が、ほとんど絶望的な痛みとなって、彼らのなかで爆発した。

ソンニーノとオルランドを乗せた列車は夜通し走った。煩悶《はんもん》し、後悔し、ドイツの代表団と面会する機会を逃しませんようにと切望しながら、ようやくふたりがパリに到着したのと同じころ、カンピドリオのバルコニーに、ついにガブリエーレ・ダンヌンツィオが姿を見せた。魔術師の意図はすぐに知れた。開いたままの傷口を、衆目にさらすつもりなのだ。ダンヌンツィオの従卒がカンピドリオの欄干に、大きな三色旗を広げている。

ダンヌンツィオが、指に宝石をはめたほっそりとした手で、ジョヴァンニ・ランダッチョの亡骸を包んでいた三色旗を愛撫している。歩兵隊の大尉であり、ダンヌンツィオの親友でもあったランダッチョは、第十次イゾンツォの戦いのさなか、ティマーヴォ川の河口に位置する小丘で、詩人にけしかけられ自滅的な突撃を敢行した際に命を落とした。傷口からはいまもなお、血が流れつづけているに違いない。

「不具にされた勝利」の象徴たる旗の上で、歩兵の血が凝固し、ローマの太陽を受けて輝く鮮やかな緋色に、くすんだ赤の染みを散らしている。バルコニーの下に集まった群衆は、なおもその場から動こうとせず、三色旗をじっと見つめ、失われた手足を探すように、そっと自分の体をさすっていた。

槍騎兵隊将校の白い礼装に身を包んだガブリエーレ・ダンヌンツィオは、旗であり聖顔布でもある布が垂れている欄干を、両手でしっかりと握りしめた。生ける神話が、ここにいる。

一八六三年生まれのダンヌンツィオは、人生の最初の五〇年間を、イタリアで第一の詩人になるために費やした。その目的は達成された。彼の詩と散文――とりわけ小説『快楽』――は、同時代を生きる人びとの趣味嗜好に決定的な影響を与え、著者に国際的な名声をもたらした。ダンヌンツィオはみずからの業績を評して、「イタリア文学をヨーロッパに連れもどした」と豪語したが、この言葉には一面の真理が含まれていた。ヨーロッパ大陸の知識人の大半は、ダンヌンツィオを読み、ダンヌンツィオに感服し、おおっぴらにダンヌンツィオを賞賛していた。作家の生活に目を転じるなら、それはまるでひとつの芸術作品だった。彼は並ぶもののないダンディーであり、好戦的な享楽主義者であり、負け知らずの誘惑者だった。その身ぶりは演劇的かつ官能的で、想像力の広がりはとどまるところを知らなかった。作家の底知れない教養は、感覚を悦ばせ、果てしない肉の欲求を満足させるための道具だった。やがて、ベルエポックが最盛期を迎えたころ、ダンヌンツィオのなかで唐突に、美への崇拝が暴力への崇拝に変質した。時代の不安は、血の赤色を帯びていた。女性を支配せんとする飽くことなき欲求は、領土拡張の欲求に姿を変えた。終わることのない鬱屈《うっくつ》を詠《うた》った詩人は、殺戮《さつりく》の詩人となった。まずは「海の向こうのカンツォーネ」で植民地の獲得を賛美し、「クアルト演説」でイタリアを参戦に導いた。デカダンの唯美主義者は、預言者に、詩聖に、国家の栄光を説く先覚者になったのだ。

物語はまだ続く。第一次世界大戦が勃発したとき、ダンヌンツィオはすでに五十の峠を越していた。

当時の人間にとっては、じきに老境に入ろうかという年代にあって、ダンヌンツィオは、漆《うるし》を塗り琺瑯《ほうろう》を引いた虚無の蒐集《しゅうしゅう》家は、イタリアで第一の兵士になろうと決意を固めた。その目的は達成された。はじめ、作家はノヴァーラの槍騎兵の連絡将校として従軍し、それから飛行機の操縦免許を取得して、トリエステ、トレント、パレンツォの空襲や、クラス地方の戦線におけるサン・ミケーレ山の襲撃に参加した。しかし、あるとき緊急着陸を余儀なくされ、負傷して右目を失明する。療養中には、彼の著作のなかでもっとも神秘的かつ幻想的な一作である『夜想譜』を著している。その後、医師のあらゆる反対を押し切って前線に復帰し、ティマーヴォ川を越えたところにある「高度二八」への危険きわまりない攻撃を発案する。まさしくここで、ジョヴァンニ・ランダッチョは命を落とした。友の仇を取ろうとするかのごとくに、ダンヌンツィオは大々的な軍事パフォーマンスを展開する。作家はまず、カッタロの港を襲撃した〔「カッタロ」は、モンテネグロの都市「コトル」のイタリア名〕。次に、みずから飛行小隊を指揮してウィーンの上空を飛び、空から宣伝ビラを撒いて、敵国の首都に暮らす人びとに降伏を勧告した。ブッカリでは、魚雷艇の船団で敵をあざ笑うかのような奇襲をしかけ、オーストリアによる海上封鎖を侵犯した〔「ブッカリ」はクロアチアの湾港都市「バカル」のイタリア名〕。カポレットの敗北により士気を落としていたイタリア軍は、この襲撃に大いに奮起させられた。人びとが彼のことを、イタリア軍の勇士、英雄と呼ぶのは、なかば当然のことだった。

しかしここへきて、栄光の絶頂に達したところで、戦う詩人は昔なじみの鬱屈に絡めとられた。ムッソリーニが残したメモによれば、ヴィットリオ・ヴェネトにおけるイタリア軍の輝かしい反撃の後、ダンヌンツィオは突如として、もはや手の施しようのない感傷的な絶望に襲われ、自分の存在に価値などないと思い悩むようになった。一九一八年十月十四日、戦争の最後の月に、ブッカリでの奇襲攻撃をともにしたコスタンツォ・チャーノに宛てて、詩人は次のように書いている。「私にとってもきみにとっても、そしてわれらの仲間にとっても、やがて訪れる平和は災難でしかない。せめて、自分にふさわしい仕方で死ぬための時間があればいいが……、そうだ、コスタンツォよ、平和を押しつけられてしまう前に、なにかもうひとつ、大きな冒険をやってのけようではないか」。それから一〇日後、すでに戦争は終わり、だがまだ休戦協定は結ばれていなかった時期、『コッリエーレ・デッラ・セーラ』紙に寄せた文章のなかで、詩聖にして預言者でもあるこの男は、イタリアがペテンにかけられる可能性を早くも予見していた。ダンヌンツィオはこう書いた。「よもやわれわれの勝利が、不具にされることはないだろう」。この表現は、いまだ五体満足の兵士たちのあいだにも、速やかに広まっていった。口にする者の不安を煽《あお》る、自己成就的な予言のようにして、詩人の言葉は数か月のうちに現実となった。

兵士になり、海兵になり、飛行士にもなったダンヌンツィオは、過去数世紀を振り返ってみても、詩人と戦士、文学と生、サロンと広場、個人と大衆を融合させた、ただひとりの文人だった。人生に望むものをすべて手に入れ、自身が望むすべてのものであったこの男は、駆け足で幻滅の底に落ちこんでいった。かくして、詩人はいま、カンピドリオの欄干にしがみつき、次なる融合に、民衆と民衆指導者《デマゴゴス》の融合に取りかかろうとしている。

「ローマ人よ、昨日は千人隊の四年目の記念日に当たる。昨日、五月五日は、ふたつの意味で重大な日だ。ふたつの決定的な旅立ちの日だ」

これが、ダンヌンツィオがバルコニーから発した最初の言葉だった。半世紀以上も前、五月五日にジェノヴァから南イタリアへ出港したガリバルディと、およそ一世紀前、五月五日にセントヘレナ島で死亡したナポレオンのことをほのめかしている。恍惚とした面持ちで詩人の言葉を聴いている群衆は、いまだにぴくりとも動かない。演説はいつもどおり、高尚な文体を用いて行われた。多くのラテン語、教養に裏打ちされた謎めいた引用、解釈不能な暗示、荘重な宣言、入念に磨かれたメタファー、崇高な法悦、プレシオジテ〔十七世紀にフランスのサロンで隆盛を見せた、気どった表現を目指す文学傾向〕、擬古典主義、耽美主義に彩られた言葉たちが、怒濤《どとう》のように押し寄せてくる。一般市民に、その内容が理解できるはずもなかった。しかし、演説に宿るリズムに助けられ、聴衆の耳は言葉を心地よく受けとった。詩人は頭を波のように揺らして拍子を取り、夢うつつに民謡の一節でも口ずさんでいるような体《てい》で語りつづけた。

ところが、雄弁家は数分後、ついに旗に気がついたらしかった。詩人は旗に軽く触れ、それから愛撫し、旗の触感を通じて自身の存在を確かめようとするかのごとくに、指の腹で旗の手触りを吟味した。「ここにある。これだ。高度一二で、石切り場で折りたたまれ、瀕死の英雄の枕となった。これが、ローマ人よ、これが、イタリア人よ、これが、戦友たちよ、いま、このときの旗なのだ」失われた友の顔を見いだそうとするかのように、ダンヌンツィオが旗に目を走らせる。そして詩人は宣言した。かの歩兵の亡骸が顔を寝かせていた旗は、あたかも聖骸布《せいがいふ》のごとくに、この小さきキリストの崇高な面影をとどめている。奇跡ではあるが、驚くにはあたらない。われらが祖国の信仰において、すべての死者はたがいに似かよっているのだから。

詩人は静粛を求めた。よく聴いてほしい。国家の魂はまたしても、暗がりのなかで宙吊りになっている。静かに、だが目は見ひらいて、人びとは待ちうける。フィウーメとダルマチアがイタリアのもとへ還《かえ》るまで、ランダッチョの旗は黒く縁どられたままでいるだろう。その日まで、すべての善良なるイタリア人は、静かに旗を掲げて、弔意を表するべきなのだ。

すると不意に、詩人もまた口を閉ざした。ローマのカンピドリオ広場から、いっさいの人声が消えた。ダンヌンツィオは首を左にねじり、それから上を向いた。耳を澄まし、かなたから届く響きを捉えようとする。

「聞こえたか⁉」群衆に向かって詩人が叫ぶ。誰も返事をしない。

「聞こえたか？」詩人が繰り返す。

「向こうで、イストリアの道々で、ダルマチアの道々で、かつてローマ人が建設した道々で、軍隊が行進する足音が聞こえないか？」

ああ、聞こえる、聞こえるぞ。勝利の栄光に包まれながら、時の流れのなかに姿を消した古代の軍団《レギオン》、世界を征服するために故郷を発った、神話のなかの父祖たちの足音が、群衆の耳にもはっきり聞こえた。いま、カンピドリオ広場を埋めつくす群衆は、その足音を聞いている。そして、マルクス・アウレリウス帝の騎馬像のまわりで、本能的に、無意識に、古《いにしえ》のリズムに歩調を合わせ、棺の重みに耐える担ぎ手のように左右に体を揺らして、彼らはその場で行進を始めた。死者は生者よりも疾《と》く進む。ダンヌンツィオは知っている。群衆というものは、波立たせてやらねばならないことを。

これが、ローマ人よ、これが、イタリア人よ、これが、戦友たちよ、いま、このときの旗なのだ。旗に顔を寝かせていた、かの歩兵の崇高な面影は、いまもそこに刻まれたまま残っている。それはあらゆる死者の面影でもある。なぜなら、祖国の土地で、祖国のために死んだ者は、誰もがたがいに似かよっているのだから……よく聞いてほしい。けっして、ひとことも聞きもらさないように……孤独な時間を過ごすあいだに、規律と力を取りもどしたはずの国家の魂が、またしても暗がりのなかで宙吊りになっている。静かに、だが目を見ひらいたまま待ち受けよう。期待が誓願の役割を果たし、黙思には隙がなく、誓いが堅固であることを願い、戦没者が眠るアクイレイアの棺を片時も忘れずに、フィウーメがわれらのものになるその日まで、ダルマチアがわれらのものになるその日まで、私はみずからの旗を黒く縁どっていたいと思う。

善良なる市民なら誰であれ、フィウーメがわれらのものになるその日まで、ダルマチアがわれらのものになるその日まで、ただ静かに、みずからの旗を縁どっておくべきなのだ。

ガブリエーレ・ダンヌンツィオ、ローマ、一九一九年五月六日

いま、目の前で起きていることの愚かしさときたら……壁を殴りつけたい気分です。やつらを、やつら全員を銃殺せよ。私の考えを表明するのに、ほかの言葉は見当たりません。

ローマでのダンヌンツィオの示威運動について伝える、フィリッポ・トゥラーティによるアンナ・クリショフ宛て書簡、一九一九年五月

ベニート・ムッソリーニ　ミラノ、一九一九年五月中旬

帽子。ミラノのガッレリアに店舗を構える「ボルサリーノ」で購入した、なんの変哲もない四〇リラの山高帽。ムッソリーニの視線は、磁石に引きつけられる砂鉄のように、その黒いフェルト生地の縁なし帽に引き寄せられていた。

鼻を刺す性の臭いでいっぱいになっている、小さくみすぼらしい部屋全体に、サン・ゴッタルド教会の鐘の音が充満する。女は仰向けに横になっている。足はまだ開いたままだ。一糸まとわぬ肉体を、恬《てん》として恥じることなくさらすその姿は、力なく、それでいて気高かった。教会の鐘は、一五分刻みに時を知らせてくれる。ムッソリーニはまた帽子を見た。

女はじきに四十を迎えるが、いまなお美しかった。緑がかった灰色の瞳、赤みを帯びたブロンドの髪、かつて子に乳をやったために垂れさがっている豊かな胸。服を着ているときのこの女は、当然ながら、このあばら家の門番がかつて見たなかで、もっとも上品で洗練された生き物だった。ふだん門番が目にしているのは、生活の資を稼ぐために、時間ぎめで宿に入っていく女ばかりなのだ。サン・ゴッタルド教会から、一時間を刻む鐘が六回、一五分を刻む鐘が三回聞こえた。六時四十五分。いま、女は裸のまま、恋人が準備した演説の原稿を、よく通る声で読みかえしている。ムッソリーニは五月二十二日に、フィウーメのヴェルディ劇場で演説することになっていた。

イタリアには、地中海と東方で果たすべき使命がある。この主張が自明の真理であることを理解する

には、地図に視線を走らせるだけでじゅうぶんだろう。赤道と北極から等距離にあって、イタリアは地中海の、地球上でもっとも重要な海域の中心を占めている。国土の形成、海岸線の発達、国境線の的確さが、イタリアに特権的な地位を与えてきた。その地位ゆえに、イタリアは、地中海の統治者《ドミナトリーチェ》となるべく定められている。帝国の繁栄から二千年後、アルプスという巨大な防柵を奪回したいま、あらゆる時代を通じて富と偉大さをイタリアにもたらしてきた海へ向かうことは、ごく自然な成り行きといえる。アフリカはイタリアの第二の国土である。四〇〇〇万のイタリア国民には、当然のごとく拡張を続ける自由な領土を持つ権利がある。それは、地中海が定めた宿命なのだ。しかし、そのためには強くあらねばならない。イタリアの「時」を告げる鐘はまだ鳴っていない。だが、その「時」はかならずやってくる。物事の順序として、イタリアはまず、自分自身を征服する必要がある。それこそがファシズムの務めである。きわめて偉大な、帝国にふさわしい未来を切り開くのだ。千年に及ぶ伝統が、黒い大陸の岸辺でイタリアを呼んでいる。

女は納得し、首を縦に振っている。とくに、女性形で記された「統治者《ドミナトリーチェ》」という言葉が気に入った。それから、いくつかの余分と思われる表現に、ペンで勢いよく線を引いていく。最後に、あなたはガブリエーレ・ダンヌンツィオに会わなければいけないと、恋人に向かって断言する。この部屋は息が詰まる。ムッソリーニはまた帽子を見つめる。

マルゲリータ・サルファッティとベニート・ムッソリーニは、一九一三年の二月に知り合った。まだ三十歳手前のムッソリーニが、『アヴァンティ!』の編集長に任命されたころだ。この社会党の新聞で美術批評の欄を担当していたサルファッティは、紙面の路線が変わるたびにたいていの編集者がしてきたように、新編集長にたいして辞意を伝えた。このはじめての面会の際に見てとった、狂おしいほどの熱を帯びた瞳、野獣じみたエネルギー、瘦せぎすの体のことを、サルファッティは後々になってからよく思いだした。いまにもこじ開けられそうな扉を、力ずくで閉めたままにしておこうとして闘う男。それが、サルファッティがムッソリーニにたいして抱いた印象だった。もっとも、名前だけなら、はじめて会う前から聞き知っていた。彼女に向かって、最初にその名前を告げたのは、夫のチェーザレ・サルファッティだった。高名な弁護士であり、ミラノの社会党改良派のスポークスマンでもある人物だ。一九一二年七月十三日、社会党の党大会が閉会したばかりのレッジョ・エミリアから、チェーザレは自宅にいる妻に宛てて、熱のこもった短信を書き送っている。「ベニート・ムッソリーニ。この名を書きとめておきなさい。彼こそ次に来る男だ」。言われたとおり、マルゲリータはその名を書きとめた。

　そのレッジョ・エミリアでは、若く無名のフォルリ支部代表が演壇に立った。ジャケットも黒、ネクタイも黒で、死刑執行人のような風体をしている。顔は青白く、身なりは貧相で、骨ばった体つきをしている。目がぎらつき、ひげは三日も剃っていないように見える。その男が、かつて誰も聞いたことのないような語り口で演説をぶった。細かく区切られたフレーズが、断定的に、激しく打ちつけられるように繰り返される。ほとんどつねに、肥大化した「私」という主語が文頭に置かれ、威圧的な沈黙が語りに抑揚を与えている。戦闘的な文意に曖昧さが入りこむ余地はなく、病的な興奮をともなった断定は長く記憶に残るに違いなかった。ベニート・ムッソリーニ、フォルリ支部の無名の代表は、ほんの数分のうちに、調和と教養に基礎を置く、数世紀にわたる雄弁の伝統を一掃してみせた。中国人のように身ぶり手ぶりを交え、マッツィーニ風のつば広の帽子をもみくちゃにし、人民の目線に立って神を罵倒する。聴衆の反応はふたつに分かれた。傲慢な手合いや、現在の地位に安住する者たちは、道化を前にしたときのように彼を嗤《わら》った。そのほかの人びとはみな、唖然とし、魅了された。

　ムッソリーニの舌鋒の標的になったのは、改良派の席に居ならぶ、上品で温厚な、党の重鎮と目される老人たちだった。なにが彼をそこまで激昂《げっこう》させたのか。いきさつはこうだ。この集会に先立って、ローマのとあるれんが積み工が、国王を狙い拳銃の引き金を引く事件が起きた。すると、改良派の長老レオニダ・ビッソラーティに率いられた面々は、あろうことか、柔らかな帽子と麦わら色の手袋を身につけて、国王を見舞うために王宮を訪問するという愚を犯したのだ。ムッソリーニはジャケットを脱ぎ、王宮への訪問に参加した全員に詰め寄った。老人たちの顔面に、苛烈な言葉が降りそそぐ。「あなた方の宮廷人風の所作を、好意的に捉えられるはずがない。ビッソラーティよ、いったいあなたは、足場から転落したれんが積み工を見舞ったことがあるのだろうか？　馬車の下敷きになった御者を見舞ったことは？　さあ、返事は？　命を狙われることは王にとって、労働災害のようなものではないのか？」沸きあがる拍手。「社会主義者が企てる襲撃は、あるときは新聞沙汰になり、またあるときは史実として書物に記録されるが、その違いは出来事の性質による。王の個人的な特質などは問題ではない。われわれにとって、王とはひとりの人間であり、ほかのあらゆる人びとと同じように、宿命の悲喜劇的な気まぐれに翻弄《ほんろう》される主体に過ぎない。いったいなぜ、王のために、王のためだけに、心を震わせ、涙を流すのか？　王の身に起きた惨事と、労働者に降りかかった災難のふたつなら、むしろ前者にたいして無関心でいる方が自然だろう。王とはその本質からして、いかなる用の足しにもならない一市民でしかないのだから」。鳴り響く拍手。万歳の声。場内に満ちわたる勝利の空気。

この日、ビッソラーティ、ボノーミ、カブリーニ、ポドレッカから改良派の頭目たちは、社会党から追放される。反対に、地方からやってきた獰猛な革命家ベニート・ムッソリーニは、党の新たな偶像として祭りあげられるようになる。マルゲリータ・サルファッティ、ヴェネツィアの大ブルジョワのユダヤ人家庭に生まれ、カナル・グランデに面して立つベンボ宮で育ち、全国的な名声を誇る弁護士チェーザレ・サルファッティと結婚した、教養あふれるインテリにして社会主義の守護者、年に四〇、〇〇〇リラの不労所得がある卓越した美術批評家、未来派の画家ウンベルト・ボッチョーニの庇護者、やがて花開く前衛芸術運動のパトロンである女性が彼の愛人になるのは、その数か月後のことである。

とはいえ、いまはもう一九一二年ではない。あれから七年が過ぎ、そのあいだに世界を巻きこむ戦争が起きた。社会主義者は、戦争が始まる前は党の新星として崇めていたあのベニート・ムッソリーニを、平和主義から参戦派へ突然に鞍替えした廉《かど》で追放し、裏切り者の烙印を押した。社会主義者は、革命を志向する彼らの若き偶像を、恥辱まみれにして打ちのめした。かつてこの偶像が、改良派の老人たちを打ちのめしたのと同じように。正統派の社会主義者が、四年にわたり戦争に反対しつづけたあとにやってきた五月一日、帰還兵と参戦論者を憎む労働者階級が、労働者祭《メーデー》を祝う壮大なデモ行進を展開した。自分たちの力に酔いしれた大衆が、巨大な塊となって赤旗の下へ押し寄せた。『アヴァンティ！』の編集部が、ファシストの呼び名を与えられた最初の男たちに火をつけられ灰と化した一件は、大衆の肌にかすり傷さえ与えていないようだった。一か月足らずのあいだに、『アヴァンティ！』のために、一〇〇万リラを超える義捐金が集まった。ムッソリーニにしてみれば、あの火事によって、かつての仲間へ架かるすべての橋が焼け落ちたことになる。左翼参戦派の議会勢力を結成しようとする試みは、いままでことごとく失敗していた。加えて、戦闘ファッショの現状には目も当てられない。イタリア全国に、数百人の党員が点々と散らばっているきりだ。

霧が立ちこめる肌寒い夕方はよく、マリネッリかパゼッラがやってきて編集部のドアを開けてくれるまで、なにをするでもなく、モンテ・ディ・ピエタ通りを行ったり来たりしなければならなかった。ロシアのトロツキーはわずか数か月で、社会主義を信奉する労働者からなる大規模な赤軍を組織した。一方のムッソリーニは、戦闘ファッショの創設から何週間たっても、編集部の護衛部隊さえ用意できずにいた。しかも、新聞の発行部数は下降の一途をたどっている。取締役のモルガーニは、新聞の財政のために八方手を尽くしていたが、手形の支払いに窮することがたびたびあった。それだけではない。パリの講和会議でイタリアを虚仮《こけ》にしようと躍起になっている、アメリカ合衆国大統領がいる。ムッソリーニの顔に泥を塗ろうとする、復讐に燃えるいかれた女イーダ・ダルセルがいる。ムッソリーニとのあいだに生まれた婚外子を、父親にちなみベニート・アルビーノと名づけた女だ。ムッソリーニが一九一五年に『ポポロ・ディタリア』紙を創刊できたのは、フランスからの資金供与があったからだという告発と引き換えに、ダルセルはトリノの有力紙『スタンパ』の主幹フラッサーティから七〇〇リラの報酬を受けとっていた。ムッソリーニの頭を悩ませる人間はほかにもいた。彼の婚約者になることを望んでいる、「お嬢ちゃん《ビッチーナ》」ことビアンカ・チェッカートだ。新聞社の秘書の職を解かれた彼女は、まわりからムッソリーニの情婦扱いされると言っては泣きはらしていた。ムッソリーニは当初、エウスタキ通りの家具つきの部屋にチェッカートを囲っていたが、ここ最近は彼女から、ロマンチックな小旅行を強いられるようになっていた。ふたりでコモ湖畔にも行ったし、四月にはヴェネツィアにも行った。サン・マルコ広場では、頭の上に鳩を乗せて、思い出の写真まで撮っている。宿の門衛たちは、チェッカートをムッソリーニの娘と勘違いした。彼女は十九歳だった。レースの頭巾の下にお人形のような小顔を覗かせ、寝る前には祈禱を唱えるのを習慣とする女だった。

「ぜったいに、ダンヌンツィオに会わなければだめよ」

マルゲリータ・サルファッティが言うには、彼女と詩聖のあいだには親しい交流があるため、いつでもムッソリーニを紹介できるとのことだった。この女性のパトロンとしての横顔は、この部屋を一瞥すればすぐに知れた。世紀のダイナミズム、パリのボヘミアン、上昇する都市、一七日間のストライキのあとに一日八時間労働の待遇を得たノヴァーラの稲田の草取り人夫、それらをキャンバスに移し替えたウンベルト・ボッチョーニ、全国自転車大隊に志願し、平凡な事故のためにわずか三十三歳で命を落とした、同時代のもっとも偉大な画家……これと見込んだ男を惜しみなく援助する、富裕な女のみだらな肉体に、すべてが要約されている。女の胸が、子宮が、露わにされた恥知らずの腿《もも》が、世紀を映しだしている。プレダッピオで、父アレッサンドロのもとに生まれたベニート・ムッソリーニが、自分の体を貴婦人の腿に打ちつける。逆さにされたグラスのなかで、わけもわからずグラスに体当たりする蠅のように。ムッソリーニは早駆けで、女のなかにもぐりこんでいった。それがすべてだった。ほかのやり方など知らなかった。

部屋の臭いはますますひどくなっていた。サン・ゴッタルド教会の鐘が七回鳴った。一時間を刻む鐘が七回。

ムッソリーニは立ちあがり、ネクタイを締め、彼を山高帽へ引きつける磁力に身を任せた。もう終わった。さっさと帰ろう。どんな女にも、自分と関係を持ったあとに、満たされた思いで事を終えたなどと吹聴させてなるものか。きわめて短い行為を済ませ、女をなおざりに所有し終えるなり、早く帽子をかぶりたいという切実な欲求が、体の底から湧きあがってきた。

一八八三年七月二十九日、プレダッピオにて、ベニート・ムッソリーニは父アレッサンドロの息子として生を受けた。現住所は、ミラノのフォロ・ボナパルテ三八番地。革命を支持する社会主義者で、前科があり、中等学校勤務時は優れた教師として知られていた。チェゼーナ、フォルリ、ラヴェンナの労働評議会で書記を務めたのち、一九一二年に『アヴァンティ！』の編集長に就任。攻撃的、刺激的、非妥協的な紙面づくりに精力を傾ける。一九一四年十月、戦争におけるイタリアの「行動的中立」を支持する彼は、「全面的中立」を掲げていた社会党指導部と対立し、同月二十日に『アヴァンティ！』編集長の座を降りる。

続く十一月十五日、『ポポロ・ディタリア』紙を創刊。『アヴァンティ！』の向こうを張り、同紙の主要な支持者に苛烈な論争を仕掛け、中央同盟国の軍国主義に抗するために、イタリアも参戦すべきであると主張する。

そうした身ぶりは、社会主義者の同志たちから、道徳的、政治的に見て卑劣な行為であると糾弾され、結果として、彼は党を追われる身となる……

ムッソリーニはトレント生まれのイーダ・ダルセルとも愛人関係にあった……一九一五年十一月、彼女とのあいだに一子をもうけ、一九一六年一月十一日付の書面で認知している。ムッソリーニに捨てられたダルセルは、あらゆる機会を見つけては、元恋人への中傷を言いふらすようになった。自分は彼のことを経済的に支援してきたとも言っているが、ムッソリーニの政治的な来歴については、いっさいなんの言及もしていない……カゼルタで収容されていた際は、施設の職員にたいして、ムッソリーニはフランスから資金の提供を受け、イタリア国民の利益を裏切ったのだと告発した。ダルセルによれば、一九一四年一月十七日、ジュネーヴにて、ムッソリーニとフランスのカイヨー元首相が面会し、その後、カイヨーからムッソリーニに、合計一〇〇万リラが支払われたとのことである……

ただし、ダルセルは神経衰弱にかかっているうえ、ムッソリーニへの復讐心が昂《こう》じてヒステリーの症状もわずらっているため、彼女の告発は信用に値しない。

とはいえ、独自に調査したところ、ダルセルが証言した日付とは異なるものの、一九一四年十一月十三日（『ポポロ・ディタリア』の創刊号が発行される二日前）、たしかにベニート・ムッソリーニは、ジュネーヴの「オテル・ダングルテール」に滞在していた。

ジョヴァンニ・ガスティ警視長によるレポート、一九一九年六月

ベニート・ムッソリーニ、チェーザレ・ロッシ　一九一九年六月末

政治的な問題については、われわれは次のものを求めている。服従的でない外交政策、選挙法の改革、上院の廃止。

社会的な問題については、われわれは次のものを求めている。一日八時間労働、最低賃金の導入、企業の取締役会に組合の代表者が参加すること、製造業における労働者の自主管理、障害者および年金生活者向けの保険、耕作放棄地の農家への分配、官僚制度の効率的な改革、国家により運営される世俗の学校。

財政的な問題については、われわれは次のものを求めている。累進性の臨時税、あらゆる資産の部分的な収用、戦時利得の八五パーセントの没収、宗教団体の全資産の押収。

軍事的な問題については、われわれは次のものを求めている。武装した国家。

戦闘ファッショの綱領は、度重なる議論と修正を経たすえに、サン・セポルクロ広場での会合から三か月近くが過ぎた六月六日、『ポポロ・ディタリア』紙上に発表された。第一面に全段抜きの大見出しが躍り、六段組みの紙面が金切り声で喚《わめ》きたてている。革命にたいする姿勢を別にすれば、社会主義改良派よりもさらに左寄りの、社会主義革命派の綱領とほとんど変わらなかった。言ってみれば、社会主義陣営からの追放者が、かつての仲間を引き寄せるために起草した綱領だった。

しかしチェーザレ・ロッシは、この文章はなんの役にも立たないだろうと考えていた。あけすけに言

ったわけではないが、態度がそう語っていた。ロッシはプロレタリアートのことをよく知っていた。彼の考えでは、労働者大衆や農民を、社会党の指導部に居坐るブルジョワから引き離すことは――この指導部が役立たずの無能であることは事実であるとしても――もはや不可能だった。反対に、ムッソリーニはまだ、そうした筋書きに一縷《いちる》の望みをかけていた。おそらく、チェーザレ・ロッシは政治の分野において、ムッソリーニが耳を傾ける唯一の相談相手だった。彼もまた、ムッソリーニと同じくあごが四角く、目は丸みを帯び、頭髪がだいぶ禿げあがっていた。ちょくちょく弓なりになる黒い眉毛は、額と耳をつなげてしまいそうなほどに濃く、鼻の下には矢筈の形をした立派な口ひげを生やしている。

ダンヌンツィオの生地からほど近い、ピストイア近郊のペーシャに生まれたロッシは、幼くして父親を失い、物心ついたころから印刷所で労働に従事し、やがて社会主義の闘士、反軍国主義者となった。しかし、理論を戦わせてばかりで行動がともなわない社会党の指導部に幻滅し、早々に党を離れる決意を固める。そして、アルチェステ・デ・アンブリスとともに、直接行動を旨とする急進的労働組合「イタリア労働組合連合」を創設する。ムッソリーニのように参戦派へ鞍替えし、一兵卒として戦争に参加したロッシは、きわめて優れた報告記事を前線から発信した。政治を知り、新聞を知るロッシは、ムッソリーニが一目置くただひとりの同志だった。

『ポポロ・ディタリア』に出入りする面々を見まわしてみたところで、ロッシのほかに、ムッソリーニの役に立ちそうな人間は見当たらなかった。才気煥発だが頭のネジが狂っている男や、健全かつ愚図な男ばかりだった。要するに、危険人物か、毒にも薬にもならないような人物かの二択というわけだ。ミケーレ・ビアンキは、忠誠心に篤《あつ》く政治にも通じていたが、いつも復讐のことばかり考え、煙草なしでは片時も生きられない奇人だった。マリオ・ジャンパオリは、いまだにポルタ・ティチネーゼで売春稼業を営んでいるごろつきだ。パゼッラは、頭のなかに一片の思考さえ持ち合わせておらず、それゆえ弁士にはうってつけで、地方で政治集会を開くときだけは重宝した。ムッソリーニの弟アルナルドは、ほかに代わる者のない後ろ盾であり、良きキリスト教徒であり、良き父親であり、良き隣人であり、太っていて誠実で穏やかで従順で、牛のように鈍重な目つきをした男だった。たいするロッシは、狼のごとき黒い角膜を備えている。そのロッシが、もう後戻りはできないと主張している。

猛りたつ社会主義者の集団は、いまなおファシストの政治集会を妨害してやまなかった。一方のアルディーティは、路上でにらみ合いになった労働者のリーダーに、相変わらず短剣を突きたてている。もはや和解の道はない。ファシストと過去のあいだには、憎悪の、侮蔑の、血の壁がそそり立っている。

今月はじめより、北イタリアの各地では、物価高を原因とする民衆蜂起が起こっていた。しかしロッシの考えでは、この暴動が全国に広がる見込みはなかった。庶民の怒りの爆発は、純粋かつ自発的なものであるとはいえ、そこには政治的な内実が欠けていた。人びとは飢えている。ただそれだけの話だった。インフレの進行はとどまるところを知らず、四年におよぶ戦争を終えて前線から帰還した何百万もの兵士が、明日のパンにも事欠く事態に陥っていた。出征前、兵士たちは富を、土地を約束された。それは空手形ではないはずだった。

昼下がりに行われたその会合で、ロッシは何度も、民衆の暴動を過大評価すべきではないと警告した。青物商の屋台を襲ったり、イワシの油漬けを強奪したりしている主婦は、善良で気立ての良い市民でしかない。ようやっと、ワインひと瓶を二リラで買えたことに満足し、家族みんなが浮かれ騒ぐ顔を思い浮かべながら、女たちは家路を急ぐ。いくらブルジョワが怯えたところで、こうした暴動が革命の前兆であるはずがない。ワインと鶏肉をめぐる破壊活動が、どうやって革命に発展するというのか。そもそも、パン屋の前から暴動が始まるのは、イタリアという国に古くから根づく慣わしではないか。

それはムッソリーニにもよくわかっていた。たしかに彼は、新聞の紙面を通じて、「金持ちが税を払え！」と叫び、すすんで扇動家の任を負い、「民衆による聖なる復讐」をたたえ、「人びとを飢えさせる元凶に抗して立ちあがった」民衆に連帯を表明していた。しかし、現状においてストライキや暴動が、たんなる疫病、錯乱をともなう慢性的な熱病と化しつつあることは、ムッソリーニの目から見ても明らかだった。切迫した事情もなしに、鍛冶工場や農地が放棄され、看護師は病人の世話をやめ、墓掘り人夫は死者の埋葬を拒絶する。どこまでも歯止めのきかない、紛う方なき混沌だったが、それはあくまで混沌でしかなかった。革命と混沌はまったくの別物だ。そして、社会主義の指導者たちは、この自発的な反乱のエネルギーを、権力の奪取に振り向ける術を知らなかった。ファシストは社会主義者の無為無策を、『アヴァンティ！』編集部への放火によって知らしめた。この破壊行為はイタリア国内で大きな反響を呼び起こした。それにたいして、社会主義のリーダーたちは、ただ寄付を募っただけだった。彼らはほんの数日のうちに、焼け落ちた赤旗のまわりで肩を寄せる数多の国民から、一〇〇万リラという大金をかき集めた。ところが、集金を終えた社会主義者は、闘志を燃やす大衆に向かって、おとなしく仕事に戻るよう説いて聞かせたのだった。おおやけに告示され、だが絶えず先延ばしにされている、革命という決定的な報復がなされるまでは、辛抱するに越したことはない。それが、この無能どもの言い分だった。彼奴《きやつ》ら「福音的」社会主義者に、革命を遂行する力などあるはずはないとロッシは力説した。この点にかんしては、ムッソリーニもロッシと同意見だった。

チェーザレ・ロッシは、別の方向へ目を転じるべきだという確信を抱いていた。ボローニャでは地主たちが、大土地所有者の連合体を作り、ひとつにまとまっていた。この方角に、右側に、われわれは目を向けるべきなのだ。ロッシはそう繰り返した。サン・セポルクロの綱領はまずい、あれは書きなおした方がいい。郷愁も、左陣営で過ごした過去の残滓《ざんし》も、これをかぎりに一掃してしまえ。私たちは何者なのか？　この機会に、とことん自問して、答えを出しておくべきだ。

しかし、この点にかんして言えば、ロッシが間違っている。ムッソリーニはいつも、議論がこの曲がり角にさしかかると、ロッシの話を聞くのをやめた。私たちは何者なのか？　これは間違った、無益な、有害でさえある問いだ。意識の重要性を過大視した余計な問いだ。

ファシストとは誰だ？　ファシストとはなんだ？　ファシストの発明者ベニート・ムッソリーニは、こうした問いに意味はないと考えている。まあ、言うなれば……なにか新しいもの……なにか前例のないもの……反党の集団だ。そうだ……ファシストとは反党なのだ！　ファシストとは反政治だ。すばらしい解答だ。だが、アイデンティティの探求をこれより先に進めてはいけない。重要なのは、一貫性という障害物、原理原則というお荷物から、慎重に距離を置いておくことだ。理論や、その結果としての麻痺状態は、社会主義者の専売特許だ。ファシストがそんなものにかかずらう必要はどこにもない。

病状診断にかんしては、チェーザレ・ロッシは正しかった。ファッショには未来の展望がなく、当人たちさえどこを目指しているのか知らなかった。しかし、予後診断にかんしては、チェーザレ・ロッシは間違っている。ファシストの欠陥はやがて、致命傷というよりむしろ、救いであったことが明らかになるだろう。現実は大局的な見地から捉えなければならない。極言すれば、あらゆる生は別の生と等価であるし、あらゆる血は別の血と等価なのだ。ファシストは現実という書物を書きなおしたいわけではない。彼らはただ、この世界に自分の居場所を欲しているだけだ。そして、ファシストはそれを手にするだろう。肝心なのは、党派の憎しみを煽ること、憤慨が募るよう仕向けることだ。ファシストは何者も拒まない。いまはもう、右も左もない。あとはただ、戦争の黄昏時《たそがれどき》に花開く心理状態に、しかるべく栄養を与えるだけでよい。ほかにはなにも必要ない。これがすべてだ。

サン・セポルクロの綱領？　あんなものはただの紙切れだ、出来の悪い前置きだ。彼らはそこに、耳目を引く多くの要求を書きこんだ。しかし、組織の名は戦闘ファッショであり、彼らの真の綱領は、

「戦闘」という言葉のうちに完璧に要約されている。状況に応じて反動主義者であったり革命の扇動家であったりすることは、ファシストの特権であり使命でもある。なにも約束しないことによって、ファシストは約束を守るだろう。

ロッシの間違いは、右旋回を理論化して綱領を書きなおそうとしたことだ。正しいのは、綱領など歯牙にもかけないガブリエーレ・ダンヌンツィオだ。力点は行動に置かれなければならない。ダンヌンツィオが掲げるモットーにあるような、「生を目指して進む」若者たちは、行動にこそ惹きつけられる。政治綱領の理論的問題など、雑草のように引き抜いてしまえばそれで解決する。ファシストはただ行動を、あらゆる種類の行動を起こさなければならない。そうすれば、すべてが単純になる。この瞬間、思索が行動のなかに排出されるとき、内面の生は矮小化《わいしょう》し、この上なく単純な反響となって、神経の中枢から周縁へと追いやられる。ああ、なんという救い……

一九一九年六月のとある日、ひとりで編集部にいたムッソリーニは、紙とペンを手にとりダンヌンツィオに手紙を書いた。

「親愛なるダンヌンツィオ……ミラノにはいついらっしゃいますか。それとも、私がヴェネツィアをお訪ねした方がよろしいでしょうか。お返事を待っています。あなたのご都合に合わせます」

ダンヌンツィオとムッソリーニは、その数日後の六月二十三日、はじめて直《じか》に対面した。ヴェネツィアからローマにやってきた詩人は、いつもどおり「グランド・ホテル」に泊まっていた。同日に、詩人は国王にも拝謁している。王宮に上がる前に、詩人は世間に広まっている流言《るげん》をきっぱりと否定しておく必要があった。巷間では、ムッソリーニや、愛国主義者の頭目フェデルゾーニや、建国の英雄の孫であるペッピーノ・ガリバルディや、国王の従兄アオスタ公と共謀して、詩人が政府を転覆させようとしているという噂が、まことしやかにささやかれていた。詩人による反駁の言葉は広く知られている。「私の行動は明晰であり、純粋であり、それゆえに、敵にも、友にも、今日にも、明日にも、なんら恐れを抱くことはありません。わが胸中にあるのは敢行であって、奸計ではないのです」

しかし同時期、『イデア・ナツィオナーレ』紙に掲載されたインタビューでは、詩人は転覆的な声明をまくし立てていた。「損なわれ辱《はずかし》められた生の形式を、あらゆる手段をもって引きのばそうとする政治カーストに抵抗して、民衆の新たな信仰を、あらゆる手段をもって勝利に導かなければならない。突撃ラッパを鳴らす必要があるのなら、私が喜んで鳴らしてみせよう。そのほかのすべては、腐敗へといたる堕落なのだ」。この記事が世に出ると、かつて詩人が「不具にされた勝利」という表現を広めたときに匹敵する素早さで、社会から隔絶された特権的「カースト」としての政治階級のイメージが、不満だらけの庶民の胸中に速やかに根づきはじめた。

一方のムッソリーニは、ダンヌンツィオとの面会に先立って、戦闘ファッショのローマ支部で開かれた初会合に出席していた。ローマ支部は五月十五日に、未来派のマリオ・カルリとエンリコ・ロッカ、アルディーティの若き中尉であり自称詩人のジュゼッペ・ボッタイらの主導によって創設された。例によって例のごとく、会合は閑散としていた。

ムッソリーニはその後、第一回全国軍人会議に参列した。開会式はカンピドリオで執り行われ、ムッソリーニは電話で『ポポロ・ディタリア』にコメントを伝えた。会場では、度重なる危機のあとにヴィットリオ・エマヌエーレ・オルランドの後を継いで首相となったフランチェスコ・サヴェリオ・ニッティや、議会政治を影で操る老練な政治家ジョヴァンニ・ジョリッティの名が、抗議の口笛とともに高らかに叫ばれていたという。あるいは、帰還兵の守護者だが社会主義者の裏切り者である、ムッソリーニの名を野次る声が聞こえたとする向きもある。もっとも、そのように些細な事柄は、『ポポロ・ディタリア』の紙面では取りあげられなかった。

なんにせよ、ムッソリーニとダンヌンツィオの面会は、この日の午後にグランド・ホテルで実現した。ムッソリーニには記者のニーノ・ダニエーレが同伴していた。およそ一時間続いたというこの会合で、二人がなにを語ったのかについては、なんの証言も残されていない。記者のほかにただひとり、幻影のごとくそこに居合わせていたのが、マルゲリータ・サルファッティだった。詩人を崇拝し、その良き友人でありつづけたとはいえ、サルファッティは一九〇八年よりずっと、ダンヌンツィオの誘惑を斥《しりぞ》けてきた。両者を引き合わせたのは彼女であり、詩人の発案による飛行計画をムッソリーニの前で激賞してみせたのも彼女だった。ダンヌンツィオは、戦争で用いられた飛行機のひとつに乗って、ローマ-東京間を空路で旅する計画を立てていたのだ。航空機に大いなる憧れを抱いていたサルファッティは、この計画についての噂が広まりはじめた当初から、自分を遠征隊のメンバーに入れてほしいとダンヌンツィオに懇願していた。最近はムッソリーニも、この愛人に背中を押される格好で、ダンヌンツィオと飛行機の操縦訓練に励んでいた。しかし、彼はまだまだ駆け出しだった。空の征服という分野でも、ムッソリーニはライバルの足もとにも及ばなかった。

官能をそそる大空への夢想を共有する二人の男は、いまのイタリアの政治になにが必要かという点についても、同じ考えを抱いているはずだった。戦闘的な政府を樹立すること、ならびに、全ヨーロッパの社会主義者がレーニンの赤軍と連帯するために布告している、大規模なストライキに正面から反対すること。このストライキには早くも、「最大級スト」なる呼び名がつけられていた。

「あのムッソリーニというのは、なかなか面白い男だ」。古くからの友人マルゲリータとその愛人に別れを告げ、自分の帰りをいまかいまかと待ちかまえていたハウンド犬の一群のもとへ戻ったとき、ようやく飼い犬の前でくつろぐことができた詩人は、そんなふうにつぶやいたとも伝えられている。

問題の所在は明らかだ。イタリア国家とは、一個の大きな家族のようなものである。いま、この家庭の金庫はからっぽである。いったい誰が、金庫を金で満たすべきなのか？　ひょっとして、私たちか？　家も、自動車も、銀行も、鉱山も、土地も、工場も、札束も、なにひとつ持っていない私たちか？　払える者が払うべきだ。払える者が負担すべきだ……私たちには、二通りの未来がある。ひとつは、祝福された資産家が、みずから財産を投げだす未来だ。そうすれば、暴力的な事態にいたることはない。ひとつは、私たちは、同じ民族に属す人びと、同じ空の下に暮らす人びとのあいだで振るわれる暴力を、なによりも憎んでいるから。もうひとつは、資産家が目を開かず、耳を貸さず、けちな皮肉屋のままでいる未来だ。その場合、私たちは戦士たる大衆をこの障害のもとに派遣し、障害をなぎ倒そう。いまこそ、万人のために犠牲を捧げるべきときだ。血を流さなかった者は、金を血の代わりとするしかない。

ベニート・ムッソリーニ、ミラノ、一九一九年六月九日、物価高に抗する民衆の暴動をテーマに、ポルタ・ロマーナ通りの学校で行われた演説、戦闘ファッショのはじめての公的な政治集会

彼らの綱領には芯がなく、それゆえに、戦闘ファッショとはいかなる協定も結びえない。くわえて、ベニート・ムッソリーニはまったく信用の置けない人物である。

マリオ・ジベッリ（共和主義者のスポークスマン）、一九一九年六月

私は準備万端だ。私たちは準備万端だ。かつてない戦いがこれから始まる。あらかじめ言っておくが、私たちは一五回目の勝利を得るだろう。

ダンヌンツィオによるムッソリーニ宛て書簡、一九一九年五月三十日

ベニート・ムッソリーニ　一九一九年七月十九日

地雷一〇個。

チェーザレ・ロッシのなかで、かつての仲間への怒りが沸点に達した。戦前からその存在を伏せてあった、中央駅付近の地下倉庫にみずから赴き、爆発物を回収してきた。もともとは、鉄道ストライキのあいだにサボタージュを遂行するために用意された爆弾だった。隠し場所のことはよく知っていた。というのも、ロッシはかつて、労働組合のもっとも暴力的な派閥でトップを務めていたから。それが、ほんの数年後のいまでは、社会主義者の度重なるストライキに激しい怒りを募らせている。しかも、翌日にはまたもやストが、連中の言葉を借りるなら、「最大級スト」とやらが敢行されるというではないか。事ここにいたって、ロッシのように理性的な男も平常心をかなぐり捨てた。危険も顧《かえり》みずに、信頼のおける友人と連れ立って、夜中に秘密の保管所へもぐりこむ。待ち受けていたファシストの車掌が、一〇個の地雷をひとつずつ渡していく。ロッシはひとつ受けとるごとに、トランクを持って駅前の広場で待っている友人のもとへそれを運んだ。もし誰かに呼びとめられたら、旅行者の振りをすればいい。駅から宿への移動手段がなく、鉄道の運行がとまっているため旅を続けるわけにもいかない、気の毒な旅行者だ。もっとも、トランクには着替えではなく、一〇個の地雷が詰まっているのだが……。ストライキの混乱に乗じて、『アヴァンティ！』の編集部と労働評議会に地雷を敷設するというのが、怒りに分別を失ったロッシの計画だった。

ムッソリーニはなんとかして、ロッシの乱心を収めようとした。その計画が、罪のない市民をも巻きこむ凶行であることを指摘されたロッシは、『アヴァンティ！』の印刷工は例外なく社会主義の闘士であり、労働評議会に出入りしているのはファシズムの敵だけだと反論した。地雷はいまも、『アヴァンティ！』編集部からほど近い、ドゥリーニ通りに立つ協力者の自宅に保管してある。

ロッシのような人物までもが襲撃行為を企てるようになったのなら、もはや引き返す術はない。いかなる道を選んだところで、悲劇に行き着くことに変わりはないのだ。七月二十日の「最大級スト」は、破滅的な大変革を引き起こすきっかけとなるだろう。この予感はあまりに強く、市街地のど真ん中の集合住宅に一〇個の地雷を持ちこむことさえ正当化してしまう。時代の転換期を生きているという感覚が、人びとのあいだに広まりつつあった。対立するふたつの党派が、妥協点を見いだす望みはない。ロッシはかたくなに主張した。多少の停戦期間はあったとしても、社会主義者とファシストとは、最後は潰し合いになる定めなのだ。

ムッソリーニはぎりぎりのところで均衡を保とうとしていた。かつての仲間への郷愁と、新しい仲間の必要性を天秤にかけ、その傾きに目を凝らす。七月十七日にミラノで開かれた、中・北部イタリア戦闘ファッショの第一回会合では、「最大級スト」に断固として抵抗する決議がなされた。一ダースに満たない都市の代表者と、わずか数百人の党員が参加しただけの会合だったが、ファシストはそこでついに、強硬路線を採るはじめての決定をくだした。オーストリア軍を撃破した栄光ある祖国ではなく、レーニンのロシアを手本とする「赤色の」扇動者たち、「イタリアの名誉を汚す劣等人種ども」を、このままのさばらせておくわけにはいかなかった。

運動の方向性は定まった。その一方でムッソリーニは、戦闘ファッショの立場を悪化させないよう、行政当局への根回しも忘れなかった。ムッソリーニの命を受けたミケーレ・ビアンキは、すでにミラノ県知事にたいし、戦闘ファッショは治安維持のために知事の指示に従うことを約束していた。その際、知事はビアンキに驚愕の報《しら》せを伝えた。政府から送られてきた部外秘の通達によると、政府は今回、ファシストとの共闘を推奨しているという。もちろん、ファシストが当局の完全な指揮下に入ることが条件ではあるものの、「最大級スト」を目前に控えたいま、暴力的な手段に訴えてでも革命の企てを鎮圧するために、政府はファシストとの協力関係を模索していた。要するに、自由主義国家イタリアは、「赤」の前進を食いとめるためであれば、ファシストを味方に引き入れることも辞さないということだった。ファシストにとって、大衆のストライキに正面切って反対の意思を表明するのは、今回がはじめてだった。

他方、二か月前から完全な漂流状態に陥っている左翼参戦派の各陣営では、「最大級スト」の日が近づくにつれて、選挙前に勢力を結集して共闘態勢を整えておくべきではないかという声が強まっていた。開戦前の一九一五年、党の公式路線に逆らってイタリアの参戦を唱えた社会党の実力者たちは、今般の「最大級スト」を前に、ミラノのベッカリア高校の大講堂に再結集した。正統的社会主義からの亡命者、愛国的左派の急進主義者が、ひとり残らず馳《は》せ参じた。

この会合で、ムッソリーニは最初に壇上に立ち、たくみに演説をぶった。労働者の福利を中心に据えつつも、いかなるボリシェヴィズムにも縛られることなく、社会と経済を再編してみせようと訴えた。ほんの束の間、誰もが同意し、納得したように見えた。そこではおそらく、かつての不和や、指導者個人への傾倒を乗りこえ、ともに十一月の選挙に臨もうという掛け声さえ聞かれただろう。沈没寸前だった船は、ようやく沖に出たようだった。ひょっとしたら、「政治カースト」に宣戦布告を叩きつけた身でありながら、沿岸で穏やかな航海を続け、国会の議席に着岸することもあるかもしれない。

しかし、革命が扉を叩いているこの時代に、複雑な地形を読み、障害物を避けながら航海を進めることは、簡単な話ではなかった。ロシアにたいしては、反革命勢力を支援するため、諸外国が介入の姿勢を強めている。「最大級スト」は、そうした状況への異議申し立てを目的として、全ヨーロッパの労働者組織により公式に告知されたものだった。表向き、純粋な示威運動の体裁をまとってはいたものの、正面衝突に発展する事態は避けようがないように思われた。社会党穏健派のダラゴーナ議員でさえ、次のような見通しを立てざるをえなかった。「革命の企てや流血の報せが届いたところで、驚くにはあたらない。さしたる結果は得られないとしても、民衆の蜂起はもはや不可避である」。ロンドンでは、英国の陸軍と空軍を統率する若き大臣ウィンストン・チャーチルが、反対側の前線から気勢をあげていた。チャーチルによれば、ボリシェヴィキは「人類の敵」と言っても過言ではなく、この一派は「文明を転覆させるための世界的な陰謀」をモスクワで主導しているのだった。少しでも扉を開ければ、「アジアのペスト」が家のなかに押し寄せてくるだろう。一〇個の地雷は、ドゥリーニ通りの石炭ストーブのなかに隠したままだ。

ベッカリア高校での会合を終え、深夜に編集部へ戻る際、『ポポロ・ディタリア』主筆ムッソリーニは、入り口を守る有刺鉄条網をよけて建物のなかに入っていった。その横ではアルビーノ・ヴォルピが、拳銃の弾を込めたり抜いたりして、落ち着かない様子で時間をつぶしていた。いたるところに、血の臭いが充満している。

いまや行政当局は、官僚と警察組織だけを頼みに孤立していられる状況にはない……ファッショおよび戦闘的結社が存在する各都市では……治安の維持に協力し、暴力と革命の企てを鎮圧する意図があるファッショらが、各都市の行政当局に進んで従い、統制された精神をもって当局の指揮を受け入れるのであれば、比類のない愛国的な功績を立てるだろう。

フランチェスコ・サヴェリオ・ニッティ首相、各県知事宛ての部外秘通達、一九一九年七月十四日

マッティーナより、行政当局と面談したとの報告有り。マッティーナはそれに先立ち、『ポポロ・ディタリア』主筆ムッソリーニのローマ滞在中にビアンキと面会。マッティーナの執り成しもあり、ビアンキと県知事は同意を交わす。ゆえに各地の戦闘ファッショは、不測の事態にあっては当局の側につくと考えて問題ない。

ミラノ県知事より警視総監宛ての電報、一九一九年七月十五日

このプロレタリアートどもを、血の海にひたしてやらねばならない。

ベニート・ムッソリーニ、ミラノ、ベッカリア高校の会合にて、一九一九年七月十九日

ニコラ・ボンバッチ　ミラノ、一九一九年七月二十日

「赤旗の勝利は近い」

一九一九年七月十九日、『アヴァンティ！』のトリノ版にはこのような見出しが躍った。六段組みの、大きな活字の紙面だった。『アヴァンティ！』に追随して、社会党フィレンツェ支部の機関紙『ラ・ディフェーザ』も、一行のうちに三つも感嘆符をつけて檄《げき》を飛ばした。「プロレタリアよ！　戦いの時が迫っている、決定的な瞬間に備えよ！　さあ、ともに立ちあがろう！」

ロシアでは一九一七年十月に、すでに赤旗が勝利を収めていた。いまや、ヴィリニュスからサマラ、ウラジオストクにいたるまで、バルト海からヴォルガ川、太平洋にいたるまで、少なくとも一六の戦線で赤旗がはためいている。赤旗は勝利を続けるだろう。なぜなら、レフ・トロツキーは一年足らずのあいだに無から赤軍を創設し、この軍隊は戦争の捉え方まで変えてしまったのだから。赤軍が臨む戦争に、もはや定まった形はなく、空間と軍隊の配置のあいだには新しい関係が築かれる。戦場は惑星のように移ろい、普遍的な友愛が各地の同志たちを結びつける。かくして、地球全体が軍事行動の舞台となり、巨視的な観点から戦争という概念について考えられるようになる。すでに、具体的な成果が出ている土地もある。十九年の春、赤旗はブダペストでも勝利を収め、共産主義を奉じる労働者クン・ベーラの主導により、ハンガリー・ソヴィエト共和国が建てられた。一九一九年七月二十日の午前十一時、ここミラノでも、博愛主義協会が労働評議会に提供しているマンフレード・ファンティ通りの事務所の前で、

無数の赤旗が波打っていた。

社会主義改良派の指導者である、優雅で教養豊かなクラウディオ・トレヴェスも、最大綱領派の勇猛な頭領であるジャチント・メノッティ・セッラーティも、すでに演説を終えていた。しかし、そこに集まった人びとはみな、ニコラ・ボンバッチが話すのを待っていた。英仏の労働組合は直前になって「最大級スト」からの撤退を決めた。もう、ロシアの同志を支えられるのは、イタリアの労働者しかいない。あたりはまるで、革命というよりお祭りのような雰囲気だった。労働者は、なにもしないで日中を過ごすという贅沢を満喫し、昼前からパイプをふかしている。馬に乗った巡視隊は、重苦しい空気を漂わせつつ、敵対関係にある軍隊と遭遇することもないままに、町はずれの大通りを行き来している。しかし、そんなことはどうでもいい。いまはただ、ニコラ・ボンバッチの言葉に耳を傾けなければ。ボンバッチは労働者たちのお気に入りだった。さあ、早くお前の声を聞かせてくれ。

ボンバッチがバルコニーに姿を現わすなり、群衆は水を打ったように静まりかえった。それは、視線と父性愛に満ちた静寂だった。小さな子供を夢から守ろうとするかのように、静けさがあたりを包む。ボンバッチはがりがりで、背が低く、上品な顔立ちをしていた。生成《きな》りの麻の、くすんだ色合いの修道服が、そのほっそりとした体格を隠している。体は空気のように軽いのに、黒く光る髪は豊かで、栗色のひげは顔半分を覆うほどに生い茂り、首から上にばかり精気が集中しているように見えた。この調子でひげと髪が伸びつづければ、げっそりした顔も、骨ばった頬も、天使のような青い瞳も、そっくり毛に呑みこまれてしまうに違いなかった。

ボンバッチの前で赤旗が振られている。彼は貧しい農家の息子として、チヴィテッラ・ディ・ロマーニャの辺鄙《へんぴ》な田舎に生まれた。神学校で学び、だが修道士になることは叶わず、健康上の理由で軍隊からも退役させられた。その後は小学校で教職に就き、やがてサンディカリストとなり、ついには、戦後に社会党の主導権を握った最大綱領派で、指導者の地位にまでのぼりつめた。頂《いただき》へ続く道を歩むあいだ、ボンバッチは絶えず福音的社会主義の祈禱を唱えていた。つねに貧しい人びとの側につき、不安定な立場にある労働者の連盟や、紡績工場で働く女性のための組織を設立すべく奔走した。サロンに生息するインテリ――「思考を持たない人のための、観念の製造業者」とボンバッチが呼んでいる手合い――から は意識して距離を置き、ゆるぎない革命の信条《クレド》を唱えてやまなかった。人は彼を「ロマーニャのレーニン」と呼んだ。社会主義者として積極的に活動していたころのムッソリーニは、「モデナの皇帝《カイゼル》」なる称号を彼に与えている。しかし、この人物にもっともふさわしい呼び名は、「労働者のキリスト」を措《お》いてほかにないだろう。十字架から降ろされて、母の膝のうえで抱かれているキリストのイメージを、人びとはボンバッチに重ね合わせた。

落ち着きがあり、しかし情熱的でもある声でボンバッチが話しはじめると、北から降りてきた霧が、夏のミラノの町を満たした。

「赤旗はロシアで勝利を収めた」

これが、ボンバッチが発した最初の言葉だった。議論の余地のない明確さ、単純きわまりない事実が、素朴な表現によって提示されている。続けてボンバッチは、ごく自然な結論を口にした。「われわれは、ここもまたロシアとなることを欲している」

聴衆はほっと安堵し、激しく拍手喝采した。これこそ、誰もが理解できる言葉だ。

続けてボンバッチが語った言葉は、恐ろしく、しかも同時に、慰めに満ちていた。それはまるで、過去に何度も起きてきた、すでに私たちが経験してきた破局を、あらためて予告しているかのようだった。大変革は、ときに甘美でさえある。

ボンバッチは博愛主義協会のバルコニーから、小学校の教師に似つかわしい辛抱強さでもって、ストライキに臨む労働者たちに語りかけた。戦争を合図にして、マルクスの言う第六の勢力が、革命が、古いヨーロッパに押し寄せてきた。したがって、古い世界が崩壊する日も、そう遠くはないだろう。腐敗の徴候はいたるところに認められる。社会主義の時代が、自由の時代が、完全なる民主主義の時代がやってくる。ロシアはすでにその時代に突入した。イタリアも間もなくだ。党の指導者たちは革命の尖兵《せんぺい》であり、労働評議会は党の軍隊である。団結して、ブルジョワのバスティーユ監獄を陥落させよう。

ボンバッチはこう語った。単純で、透きとおるほどに明快だった。付け加えるべき言葉などなにもない。ストライキの参加者は、うっとりと聞きほれていた。これからの一五日で、世界を作りなおさなければならないのかと思うと、興奮せずにはいられなかった。一方で、はじめて娼館にやってきた若者のように、不安に慄《おのの》いているのも事実だった。ほんとうに、今日という日が、新たな生の第一日となるのだろうか？　古い生は、もう終わったのだろうか？

ところが、水で喉をうるおすための短い休憩を挟んだあと、ボンバッチはこう言い足した。今日、一九一九年七月二十日のストライキは、あくまで示威が目的であり、革命とじかに結びつくわけではない。「収奪スト」の準備はするが、遂行はまだ先だ。他方で、革命は目前に迫っている。それは歴史的必然である。ひとたび革命が実現すれば、経済および政治の状況はひとりでに変化するだろう。あと少しの辛抱で、すべてが変わる。

聴衆は気が楽になり、グラッパを二杯ばかり引っかけたあとのように、張りつめていた神経が和らいだ。最後の戦いは今日ではない。明日か、明後日か、もっと先か。疲労ですり減っていた労働者の脊柱はわずかな安らぎを覚え、臀部の痙攣《けいれん》はほぐれていった。労働者の怒りは収まった。なぜなら、正しいのは彼らであると、ボンバッチが請け合ってくれたから。痛みが薄らいでいく。時はまだ満ちていない。

ベニート・ムッソリーニ　セニガッリアの海水浴場、一九一九年八月末

「飛べ！　さらに、さらに高く。死すべき人間の卑小な体にできうるかぎり、神経を、意思を、知性を、極限まで緊張させて。日常という、この恐ろしく終わりの見えないあらゆる塹壕戦の上を、やすやすと飛び越えてゆけ」。これは、『ポポロ・ディタリア』紙が企画したマントヴァ上空での試験飛行を宣伝するため、ムッソリーニが八月二十日の紙面のために書いた文章である。

とはいえ、セニガッリアの焼けつくような砂浜に寝転がってじっとしているのも、これはこれで悪くなかった。足を開き、両手を腰に当てて、照りつける太陽の下に裸の肉体をさらし、股間を前に突きだして海水浴客を挑発する。泳いだあとに、地中海の酷暑のなかで、禿頭《とくとう》から冷たい水が蒸発していくのを感じるのも心地よかった。なにもかもが、この蒸気のなかに消えていく。熱気はすべてをむさぼり食らう。

「最大級スト」は煙となって儚く消えた。失敗の理由はふたつある。ひとつは、指導者たちが兎のように小心者だったこと。もうひとつは、イタリアが貧しい国であることだ。おそらくイタリアは、過去二千年のあいだに、革命も真正の宗教戦争も経験していない、ヨーロッパで唯一の国だろう。なにも起こらず、なにも継続しない国。それがイタリアだ。そもそも、社会主義者のリーダーがいくら浅はかな声明を出したところで、革命という歴史的事件が、たんなるお祭り騒ぎや流行り病、舞踏病や癲癇《てんかん》の発作に帰することなど有りえない。革命には、もっと別のものが必要なのだ。ひょっとして社会主義者は、

貧しさを国営化できるとでも思っていたのか？

そんな次第で、かくも待ち望まれた「最大級スト」の日を迎えたにもかかわらず、革命は「無期延期」の扱いとなった。同志よ、家に帰るのだ。私たちの間違いだった。運命の日は今日ではない。イタリアの社会主義者は、権力者が住まう宮殿への襲撃を先送りした。ロシアでは一九一七年に、冬宮《とうきゅう》が陥落している〔「冬宮」は歴代ロシア皇帝の居所〕。一メートルの高さまで積もった固い雪に囲まれながら、ボリシェヴィキは一片のためらいも見せることなく、圧政を打ち倒すべく、ツァーリの冬の住み処へ駆け足で入っていった。だが、イタリアを支配しているのは夏だった。そのために、この土地では、起こりえたかもしれないことはすべて、喜劇じみた延期のうちに呑みこまれてしまう。「次だ、同志よ。次が勝負だ」。

たとえばボンバッチだ。あいつの成功はすべて、キリスト風のひげとオランダ陶器のような瞳に負っている。そのほかに、見るべき点などなにもない。ムッソリーニは、あの「労働者のキリスト」のことは、もうずっと前からよく知っていた。世紀のはじめ、ボンバッチはレッジョ・エミリア県のカデルボスコ・ディ・ソプラで、学校の教師をしていた。若きベニート・ムッソリーニも、そこからほど近いグアルティエーリで教職に就いており、ふたりはそのころからの知り合いだった。はじめて顔を合わせたのは、もう二〇年近くも前、サンタ・ヴィットリアで開かれた教職者の会合においてだった。このときにはもう、友人はいまと同じく、革命をめぐる妄想に取り憑《つ》かれていた。ボンバッチの頭に詰まっているような、不出来な神学生の貧相な脳みそでもなければ、ロシアの革命を地中海の岸辺に移植しようなどという発想を、まじめに受けとれるはずがない。あの役立たずの悪魔憑《つ》きは、私たちの気候に合った「イタリアの革命」を唱えるのでなく、ロシアの農民の上っ張りをイタリアに着させようとした。ムッソリーニはニコラ・ボンバッチを気の毒に思っていた。なんのかのと言っても、彼はあの友人のことが好きだった。蠅一匹にも悪さできないような男を、どうやって嫌えというのか。

　ボンバッチとそのお仲間がたいそう持ちあげていたハンガリー・ソヴィエト共和国も、わずか数か月で瓦解した。ウクライナでは、反革命勢力の指導者であるデニーキンが、ボリシェヴィキに対抗するためドイツ人と同盟を組み、コサック兵を率いてキエフを攻めようとしている。共産主義者がほんの数か月前に制定した、農民に土地を分配することを決めた法令は、ツァーリを支持する将軍によってすでに撤回されていた。

　なんという空騒ぎ、なんという無駄死にであったことか。恐ろしく終わりの見えない塹壕戦。なんの益もない殺戮《さつりく》。これが、正気を失った時代の素顔だ。

　じりじりと気温が上がりつつあった。セニガッリアの浜辺が誇りとする、桟橋の先に建造された海上のテラスから、人の波が引いていく。じきに、娘のエッダが妻のラケーレに言われて、彼を昼食に呼びにくるだろう。ムッソリーニはエッダのことも好きだった。パンと玉ねぎが毎晩の夕食だったころに生まれた娘だ。彼はエッダを、「貧しさの娘」と呼んでいた。

「最大級スト」に備えて厳戒態勢を敷いていたファッショからすれば、とんだ無駄骨だった。ストライキが行われた数日間、ファシストはほとんど単独で現場に出向き、無数の社会主義者と対峙した。それにしても、ファシストの数は少なかった。おそらく、以前よりさらに少なくなっているようだった。四月にピエトロ・ネンニが創設したボローニャ支部は、すでに消滅していた。内部の諍《いさか》い、思想をめぐる非難合戦、脱退者の続出、そして……みんな海へ行ってしまった。ごく少数で「最大級スト」に立ち向かったファシストは、心の底から軽蔑しているブルジョワ階級のために、派手なパントマイムを演じたようなものだった。傍《はた》から眺めていると、哀れをもよおしてくるほどだった。ストライキのさなかに数本のトラムを走らせたり、革命を心待ちにする清掃員が放りだしたスコップで歩道を叩き割ったり、ファシストにはその程度のことしかできなかった。これがイタリアという国なのだ。すべてが喜劇になってしまう。つねに喜劇になってしまう。私たちは、そうした定めのもとで生きている。喜劇的な幕引き。見方を変えれば、いかなる定めも持たない定め、とも言えようか。喜劇か、悲劇か。イタリアではたいていの場合、このふたつはいっしょにやってくる。一方、ついぞお目にかかったことがないのが、まじめさだ。

試験飛行という英雄的な試みも、悲劇と喜劇のあいだで宙ぶらりんになっている。むせかえるような政治の熱気を和らげるため、『ポポロ・ディタリア』が八月二日に企画した第一回の宣伝飛行は、痛ましい惨事を引き起こした。ヴェネツィアからの帰還中、大戦のエースパイロットであるルイジ・リドルフィが操縦していた機体が、ヴェローナのパリオ門付近、空港から五〇〇メートルの地点に墜落したのだ。この事故で、一七人の命が失われた。

士気を鼓舞するため、ムッソリーニは再度の飛行を企画しようと躍起になった。八月八日と二十二日に、あらためて宣伝飛行が敢行された。もちろん、ローマと東京を結ぼうという、ダンヌンツィオの壮大な計画にはほど遠い。目指すのは、あくまでも近隣の目的地だ。今回はマントヴァと、アルプス前山地域の湖に向けて飛ぶことになった。ムッソリーニは編集部の人員を、ひとり残らず飛行機に乗せた。しかし、良好とは言いがたい気候条件、機械の故障、燃料不足が相俟《あいま》って、宣伝飛行はまたも物笑いの種になった。『ポポロ・ディタリア』編集部は、ブレーシャとゲーディの飛行場を、三日にわたって行ったり来たりせざるをえなかった。果ては、搭乗者を大型馬車まで運んでくれた軍の下士官たちに、朝食代まで支払う羽目になった。

悲劇、喜劇、論争。最後のひとつに事欠くことはけっしてなかった。ちょうどこの時期、カポレットにおける軍事上の大失態をめぐる、政府の調査報告書が公表された。カポレットの敗北からもう数年がたち、最終的には輝かしい勝利でもって戦争を終えたというのに、軍司令部の責任について検討したその資料は、反戦派のなかでくすぶっていた不満にまたも火をつけた。かくして、まるで参戦も終戦もなかったかのように、すべてが初めから出直しとなった。ムッソリーニがまだ若く極貧の移民だったころ、彼に住む場所と仕事を提供してくれた、社会主義最大綱領派の指導者ジャチント・メノッティ・セッラーティは、ムッソリーニをめぐる古くからの非難を蒸し返していた。それは、ムッソリーニが『ポポロ・ディタリア』を創刊するにあたって、フランスから内密に資金援助を受けていたという噂だった。ムッソリーニはお返しに、これまた古くからささやかれている、セッラーティはかつてスパイだったという噂を持ち出してきた。侮辱が行き交い、過去の出来事がほじくり返され、誰もかれもが面目を失った。純朴さ、怨恨、不実。私たちは塹壕のなかにいる。途切れなく、不合理な戦いを強いられている。

体はもうすっかり乾き、汗をかきはじめている。浜辺には誰もいない。

十一月の選挙に向けての左翼参戦派のポスターも、漂流状態に陥っている。終わりの見えない塹壕戦ではおなじみの、平凡にして残酷な理由からだった。戦争に賛成する左翼の同志たちは、ファッショとの同盟は受け入れても、ムッソリーニを名簿に加えることは望んでいない。この点にかんして、彼らの態度は頑なだった。「ムッソリーニ、お断り」。これが左翼参戦派の総意だった。

セニガッリアの浜辺では、海水浴シーズンは終わりに近づいていた。じきに九月になる。なのに、熱気はいたるところに充満している。

結成後に迎えた最初の夏の終わり、戦闘ファッショは見るも無残に落ちぶれていた。わずか数百人の闘士、数十の支部。政治的展望はなにもなし。

さいわい、イタリアにはありあまるほどの太陽があった。陽射しが容赦なく照りつける。ロシアの革命が、この国にやってこられるはずがない。

飛べ！　さらに、さらに高く。死すべき人間の卑小な体にできうるかぎり、神経を、意思を、知性を、極限まで緊張させて。

日常という、この恐ろしく終わりの見えないあらゆる塹壕戦の上を、やすやすと飛び越えてゆけ。

飛翔の美のために、飛べ！　あたかも、芸術のための芸術のごとくに……

飛べ！　きみよ、飛べ、なぜなら、人類にとっての最初の勇敢なる行為とは、みずからの命と引き換えに、空の栄光を少しばかり強奪しようとした、イカロスのそれなのだから。きみよ、飛べ、なぜなら、人間の心はいかなる逆境よりも強いことを、プロメテウスが教えてくれたのだから。

ベニート・ムッソリーニ、『ポポロ・ディタリア』、一九一九年八月二十日

ガブリエーレ・ダンヌンツィオ　一九一九年九月十一日

まだ熱が下がらないというのに、詩人はベッドから身を起こし、ノヴァーラの槍騎兵の白い軍服を着て襟を立てた。デザインから、中佐のための軍服であることがわかる。戦時の功績によって、軍の階級をここまでのぼりつめた文民は、過去に例がない。五十六歳の詩人は、まっすぐに立つのにも難儀していた。

カナル・グランデの一角に立つ自邸、通称「赤い小さな家《カセッタ・ロッサ》」の桟橋で、屋根つきのモーターボートが詩人を待っていた。ここは、戦時中に航空事故で片目の視力を失ったあと、闇のなかで長い時間を過ごした館だ。ヴェネツィアの夜が明けようとしている。

干潮の時間帯だった。一行が潟《ラグーナ》へ出ると、むき出しになった浅瀬の上で、腐敗の過程にある泥が息をしていた。リド、ポルトグルアーロ、マラモッコの港口から陽射しが入りこんでくる。低く垂れこめる雲の下で、青白い光の筋が東へ伸びる。干潟の淀んだ水から放たれる湿気が、関節の硬直した膝や、もともと斜視でいまはからっぽの眼窩《がんか》に、ひりつく痛みを呼び起こす。体全体にがたがきている。くず鉄のかたまりと変わらない。一方、メストレから見るヴェネツィアは魚のようだった。はらわたを抜きとってから、あらためて形を整えてやった魚。

本土でガブリエーレ・ダンヌンツィオを待っていたのは、フィアットの「ティーポ・クアトロ」だった。車体は燃えるような赤に染まっている。屋根がないので、風邪がぶり返しそうになる。車には運転手のほかに、サルデーニャの選抜歩兵隊の中尉と、イタリア空軍の新星グイド・ケラーが乗っている。選抜歩兵隊は、反乱を起こしてでも、フィウーメに駐屯する多国籍軍を追い払ってみせようと、ひそかに詩人に誓っていた。グイド・ケラーは、幾たびも勲章を授けられた戦争の英雄であり、あの伝説的なバラッカの飛行小隊のエース、さらにはヌーディスト、バイセクシュアル、ベジタリアンでもある、イタリア空軍の新星にして奇人だった。鷲を肩に乗せて散歩し、みずからもその階級の一員であるブルジョワたちの眉をひそめさせるのが、グイド・ケラーの楽しみだった。

日暮れからほどなくして、詩人と反逆の選抜歩兵隊を乗せた車は、陰謀の協力者が待ち受けている、国境近くの新開地ロンキに到着した。ところが、事前に電話電報で依頼し、ロンキの守備隊長から約束を取りつけていたはずのトラックが、未明を過ぎてもパルマノーヴァの駐車場にやってこない。さては、裏切られたか。

疲れ果てたダンヌンツィオは、木の板を釘で打ちつけて作った即席のベッドの上に横になった。グイド・ケラーは、コカイン中毒の傭兵トンマーゾ・ベルトラーミと連れ立って、闇夜のなかをどこやらへ出かけていった。数時間後に広場に出てみると、まるで奇跡でも起きたかのように、戦後に軍から放出された約三〇台のフィアット・15・Ｔｅｒが、詩人たちを待ちかまえていた。

トラックの列が東へ、国境の先を目指して走りはじめたとき、あたりはまだ深い闇に包まれていた。夜空に散らばる星々だけが淡く大地を照らし、それからしばらくして、ようやく曙光のおののきが伝わってきた。

選抜歩兵隊の兵士たちは、銃を懐に隠し、記章が見えないよう軍服の襟を立てた。彼らが所属する大隊は、八月末にフィウーメから遠く離れた土地へ移転させられたばかりだった。原因となったのは、フランスから派遣されている兵士とのあいだに起きた衝突だった。フランス兵は、フィウーメの女性たちが着ている服から、イタリアの三色旗を剝ぎとったのだ。選抜歩兵隊をともなって町に入るということは、あらゆる「不意打ち」を断固として退ける方針の、イタリア軍司令部の命令に背くことを意味していた。それはまた、フィウーメの管理のために派遣されてきた、フランス、イギリス、アメリカ、クロアチアの兵からなる連合国側の軍隊と対立し、さらには、フィウーメをユーゴスラヴィア人に委ねようとする、アメリカ合衆国大統領ウッドロー・ウィルソンの意志や、その大統領に唯々《いい》諾々《だくだく》と従おうとするイタリア政府の意志の欠如に、反旗を翻すことも意味している。選抜歩兵隊の味方といえば、フィウーメ市民の義勇兵で構成される、非正規の部隊だけだった。義勇兵のほとんどはイタリア人で、いつでも蜂起する用意があった。敵の側には、大まかに言って、今日の世界全体が控えている。たいするこちらは、一八七人。戦争で障害を負った老いた詩人が、燃えるような赤のスポーツカーに乗って、選抜歩兵隊を先導している。同じ時期、フィウーメからそう遠くはない高地のサナトリウムで療養していたフランツ・カフカが、ノートにこんなメモを残している。「個人と世界が対峙する戦いにおいては、つねに世界の側に賭けよ」。この言葉とは反対に、一八七人の反逆者は、個人の側に賭けていた。ガブリエーレ・ダンヌンツィオというひとりの男に。

軍用トラックの隊列は、カステルヌオーヴォで最初の障害に行き当たった。ベルサリエーリに取り巻かれた四台の装甲車だ。ダンヌンツィオは装甲車に近づいてゆき、イタリア人の将校たちと言葉を交わした。将校を説得するために、詩人がなにを話したのかは定かではないものの、四台の装甲車は数分後には、本来なら行く手を阻むべきトラックの隊列の護衛に当たっていた。熱狂の声に迎えられながら、ベルサリエーリの兵士たちは反乱軍に合流した。

またしばらくして、フィウーメへ続く街道の十字路に差しかかったとき、隊列はいったん停止した。全将校が、司令官のもとに集まった。ダンヌンツィオは地面が盛りあがった場所に立った。

「全軍の将校よ、きみたちの顔はよく見えている」

詩人は語った。旗と銃の上で立てた誓いについて。決闘に臨むとき、やけになって左手に握りしめた、肩を切り裂く短剣について。積み重なる心身の障害について。人間のうちに巣くう悪魔《デモン》と熱望について。信仰と暴力について。残骸に囲まれた草原について。さあ、柵を打ち破ろう。

隊列はふたたび進行を開始した。トラックの歩兵選抜隊が歌っている。カントリダの封鎖所で、アルディーティの部隊が待ちかまえていた。隊の指揮官ラッファエーレ・レペット中佐は、なんとしてでもダンヌンツィオをとめるようにと、上官であるピッタルーガ将軍から直々に命令を受けていた。もし指図に従わなかったら、お前を銃殺刑にしてやるぞと、将軍は脅しをかけていた。ところが、レペット中佐はダンヌンツィオの姿を認めるなり、詩人のもとに駆け寄って抱擁した。アルディーティはトラックに飛び乗った。車内は人であふれんばかりだ。一キロ前に進むごとに、蜂起者の数が増えていく。心棒が折れないように、徒歩と同じ速さでトラックは前進した。

国境の柵の前では、フィウーメ連合軍を統率するピッタルーガ将軍がダンヌンツィオと対峙した。レペット中佐の率いる部隊が自分の命令に背いたことを見てとると、将軍は取り巻きの大佐ふたりを連れて隊列を検分し、銃剣を抱えるアルディーティのあいだをかきわけて進んでいった。ただちに引き返すようにと、将軍はダンヌンツィオに命令した。国家権力に代わろうとしてはいけない。あなたはイタリアを破滅させようとしている。自分を全能だと信じているなら、とんだ思い違いというものだ。

すると詩人は、不意に追憶に絡めとられた。片目が見えず、手足も思うように動かない老人が、ひどく長く感じられる一瞬、学校の机に向かう高等学校の生徒に戻っていた。高熱の体を包むコートの前を開き、百年前のナポレオンの仕種《しぐさ》を繰りかえす。エルバ島を脱出しフランス本土に上陸したナポレオンは、ラフレ湖のそばで、かつての従卒であるフランスの将軍の前に胸を突きだし、とめられるものならとめてみろと挑みかかった。一生涯、この瞬間を待っていたと言わんばかりに、詩人はナポレオン風の仕種でせわしなく胸を叩いた。

「さあ、このメダルを狙って撃つがいい」。自分をとめにきた将軍に向かって、詩人はそう言ってすごんでみせた。

ダンヌンツィオの胸にかかる、金のメダルの青いリボンに、将軍は目を奪われた。彼もまた、生と世界を経《へ》めぐる冒険の感覚に魅せられていた。生と世界の炎の前で、戦士は反乱を、兵士は反逆を、ただひたすらに志向するようになる。将軍は詩人にたいし、自分の父と祖父の名を告げ、ふたりともガリバルディの義勇兵だったことを伝えた。その瞬間、ふたつの国、ふたつの時代が、その境目で響きあい、歴史はたんなる比喩表現に過ぎなくなった。ひとつのメタファーがまた別のメタファーを招き寄せ、象徴の力が数世紀の時を飛びこえ、なにもかもが入り混じり、装甲車は速度を上げ、国境をふさぐ柵はちりぢりになって吹きとんだ。

錨をおろした船を港に並べ、山々を背にくつろぐフィウーメは、ダンヌンツィオの目にはまるで、純白の衣装をまとった花嫁のように見えた。道を曲がると、まだ残っている方の瞳に、欲望の閃光が走った。わがものにすべき町が、詩人の眼下に控えている。町を包囲し、配下の傭兵を略奪へ解き放とうとする指揮官の恍惚を、おそらく歴史上はじめて、文人が味わおうとしていた。のちにニッティ首相が評したように、老境を控えたいま、「戦う詩人」にとってはイタリアさえ、彼に悦楽をもたらす多くの女のひとりに過ぎなかった。

午前十一時をすこし過ぎたころ、ダンヌンツィオの軍隊はフィウーメに入っていった。住民は歓呼の熱狂をもって一行を迎え入れた。晴れ着をまとったフィウーメの女たちは、みずから進んで解放軍の兵士に身を委ねた。家々の屋上から、月桂樹の葉が振り撒かれる。

「オテル・エウローパ」に投宿したダンヌンツィオは、すぐに横になり休息をとった。善き星が彼を導いている。彼自身がその星だった。それ以外の星に導かれたことなど一度もなかった。午前十一時四十五分。一発の銃弾も放たれることのないままに、フィウーメは詩人の手中に落ちた。

「なんだって⁉　私が知事？」

日もだいぶ傾いたころ、ひっきりなしに打ち鳴らされる鐘の音でダンヌンツィオは目を覚ました。フィウーメの住民は鐘の音に導かれ、中央の広場で開かれる会合に向かっていた。詩人が眠っているあいだに行政の実権は掌握したのだと、グイド・ケラーはあらためて説明した。ケラーは議会の面々に、全権を詩人に譲渡するよう勧告した。フィウーメの市議会で議長を務めるアントニオ・グロシッヒは高名な医師だった。ヨードチンキの発明者であり、不妊手術のパイオニアであり、イタリア国王から勲章を授かったこともある、国土回復主義者《イッレデンティスタ》にして愛国者でもあるグロシッヒは、医師の鋭敏な眼差しで交渉相手の気質を見てとり、狂人を相手にするときの配慮と用心をもってケラーを迎えた。しかし、驚くべきことに、フィウーメ議会はケラーの提案を受け入れた。三か国のあいだで争われ、国際的な外交問題の中心に位置しているこの都市の行政を、ガブリエーレ・ダンヌンツィオに、自分自身の財布さえ管理できないことで有名な人物に委ねることを認めたのだ。ダンヌンツィオの浪費癖はつとに知られ、本人はそれを誇りにさえ思っていた。宝石、陶器、漆器、邸宅を飾る華美な家具など、虚栄の夢を追うための品々を次から次に買いあさり、自分と他人の財産を蕩尽《とうじん》して、ヨーロッパ全土の債権者から追われる身となったのがダンヌンツィオという男だった。

　しかし詩人は、この計算不能な方程式を前にしてたじろいでいた。この私が、行政府の長になる？　むりだ。ありえない。

ダンヌンツィオがアルディーティの一団に付き添われ、予告されていた六時ちょうどに市庁舎にやってきたとき、広場は歓喜する群衆でごった返していた。詩人にとって、それはけっして忘れられない光景となった。フィウーメの「解放者」を乗せた車は、苦労して群衆をかきわけながら進んでいった。ダンヌンツィオを抱擁しよう、ダンヌンツィオに口づけしようと、誰もが躍起になっていた。詩人はまっすぐに立っているのがやっとだった。見るからに疲弊しており、顔面は蒼白で、おぼつかない足どりをしている。すでに七十歳を越えているグロシッヒが、まだ六十にもならないダンヌンツィオを支えてやらなければならなかった。

市庁舎のバルコニーに到着すると、広場から吹きあがってくるとめどない愛情を体に浴びて、詩人は息を吹き返した。稀代の色事師を目にした女たちは、無意識に髪を直し、スカートを整え、両の腿をこすり合わせた。癇癪《かんしゃく》を起こしているのかと思うような尊大な身ぶりを交え、ダンヌンツィオは話しはじめた。

「フィウーメのイタリア人よ！　狂気と怯懦《きょうだ》の世界にあって、今日のフィウーメは自由の象徴である。狂気と怯懦の世界にあって、ただひとつ純粋なものが存在する。それはフィウーメである。ただひとつの真実が存在する。それはフィウーメである！　ただひとつの愛が存在する。それはフィウーメである！　卑劣の海原の中央で輝く灯台、それがフィウーメである！」

あまりにも度の過ぎた誇張だが、群衆は熱狂した。

今朝方の進軍のあいだにつきまとっていた不安や、先の五月にローマで過ごした日々に触れながら、ダンヌンツィオは演説を続けた。春に行われたナショナリストの示威運動から四か月しかたっていないが、あれから今日までの時間はすでに、詩人の胸に叙事詩として刻まれていた。生ける詩人は、時間を相手にペテンを働き、神話の始祖としてみずからを言祝《ことほ》いだ。まだ生きているというのに、死後の栄光を勝ちとってしまった。
詩人は大事そうに抱えていた歩兵用のリュックから、ジョヴァンニ・ランダッチョの三色旗を取りだしてバルコニーに広げた。いまやそれは聖遺物に等しかった。高価な布地を知りつくした目利きが、喪に服すためにかつてみずから縫いつけた黒い縁取りを、軍旗から取り除いていく。

ここまでは、すべて舞台の上での出来事だった。フィウーメは冒険の驚異に彩られた一場面だ。英雄と、文人と、喜劇俳優が、バルコニーでいっせいに声を張りあげている。しかし、その直後、前代未聞の事態が起こった。広場から立ちのぼる大音響に興奮したダンヌンツィオは、声を増幅させるいかなる機器の力も借りずに場の騒音を圧倒すべく、ぶるぶると体を震わせた。喉の血管が膨れあがり、首筋は硬く張りつめている。そうして詩人は、ハンガリーの皇帝たちが数世紀にわたって、民衆との絶対的な距離を保ちながら国を統治するのに利用してきたバルコニーから、群衆にじかに問いかけたのだった。
「十月三十日の、きみたちの投票を、ティマーヴォ川の旗の前で、きみたちは認めるか?」〔一九一八年十月三十日、アントニオ・グロシッヒを議長とするフィウーメ民族評議会は、フィウーメのイタリア王国への併合を宣言していた〕

詩人のかたわらで、アントニオ・グロシッヒはよろめいた。聴衆に意見を求める演説者など、いままで聞いたためしがなかった。場面は突然に変質し、舞台と観客を隔てる壁が崩れ落ちた。いま、聴衆は舞台へと呼ばれている。さあ、民衆よ、王国を分かち合おう。

フィウーメ市民の口から、狂乱の叫びがあふれだした。投票の結果を追認するため、群衆は三度叫んだ。「応《シ》!」「応《シ》!」「応《シ》!」ガブリエーレ・ダンヌンツィオは、フィウーメのイタリアへの併合を宣言した。約束を実行するのに、たった四か月しか費やさなかった。カンピドリオの誓いは果たされた。議会のメンバーがわれもわれもと詩人に近づき、キスを浴びせようとする。彼は好きにさせておいた。

その晩、普段の習慣からは考えられないことに、ダンヌンツィオは五時までベッドに入らず、ピッタルーガ将軍に手紙をしたためていた。「将軍へ。いま必要とされているのは、私がただちにフィウーメのイタリア軍の指揮権を握ることです。これは治安を維持するための措置です」。ローマからはフィウーメ進軍にたいしてなんの反応も返ってこなかったため、ダンヌンツィオはそのまま権力の座についた。唯美主義者として生きるのは、しばらくお休みだった。詩人は政治の舞台に躍り出た。これからは、彼がフィウーメを統治するのだ。詩人が着手した最初の施策は、フィウーメの義勇兵とフランス兵のいがみあいを防ぐために、一時的に娼館を閉鎖することだった。飽くなき色事師であるダンヌンツィオにとって、これは多大な痛みをともなう決断だった。しかし、彼は軍の司令官として、兵士に模範を示すつもりだった。生涯を通じて、けっして手放せないだろうと思っていた奢侈《しゃし》な生活とも、これをかぎりに決別することにした。詩人の住居に欠かせなかったつづれ織の布の代わりに、部屋の壁には旗を飾った。クリスタルの花瓶に生けられたひと束の花と、どっしりとした銀の盃《さかずき》に盛られたひとつまみのチョコレート。それだけが、詩人がみずからに認めた贅沢だった。

ベニート・ムッソリーニ　ヴェネツィア、一九一九年九月二十－二十二日

九月二十日の夕方から、ムッソリーニは何日かをヴェネツィアで過ごした。警察が作成した資料には、マルゲリータ・サルファッティを同伴していたことが記録されている。ここ数日にイタリア全土から参集した数知れない義勇兵と同様に、『ポポロ・ディタリア』主筆もまた、ニッティ首相が反逆の都市に設置した脆弱な封鎖を突き破って、ダンヌンツィオのもとに馳せ参じるのではあるまいか。当局はそんな懸念を抱いていた。

恋人たちは尾行されていた。私服警官がふたりにぴたりと張りついている。路地の曲がり角、水路にかかる橋のたもと、広場の片隅……どこへ行っても、背後に刑事が顔を出すのが見えた。片時も気が抜けなかった。ところがサルファッティは、この小説じみた冒険を楽しんでいるようだった。恋に落ちた女にとって警察の尾行とは、ふたりで過ごす時間に興趣を添える、ちょっとした刺激にほかならなかった。

逃げる手段はいくらでもあっただろう。モーターボートで海に出てもいいし、飛行機で空に向かうのもいい。だがふたりは、漁網のなかの魚のように、迷路のごとく入り組んだ都市の内部に閉じこめられたままでいた。九月十一日の夜明けごろ、ダンヌンツィオは矢のように駆けるボートに乗って、潟《ラグーナ》の外へ飛びだしていった。その一〇日後の九月二十一日、ムッソリーニの目にはヴェネツィアは、細い路地が幾重にも重なりあう、よじれた腸のように映っていた。ヴェネツィア生まれのサルファッティは恋

人の先に立ち、石でできた腸のなかをすいすいと歩いていった。かつて娼婦が、近隣の娼館の窓から乳房をさらして客引きをしていたという「おっぱい橋」を渡ったあと、ふたりはマドネッタ小路で唐突にうしろを振りかえった。刑事はまだついてきている。

詩人が計画を実行に移してからというもの、書簡のやりとりのみで成り立つムッソリーニとダンヌンツィオの関係は、密でありながら悩ましいものに変じていた。ムッソリーニは最初の手紙を、決起当日である九月十一日の晩に受けとった。この晩、ムッソリーニは妻のラケーレと劇場に行っていた。それはラケーレにとって、主婦業の苦役から少しのあいだ解放される、滅多にない機会だった。ホールから出てきたところで、ムッソリーニは書簡を渡された。

「わが親愛なる同志よ、賽《さい》は投げられた。これから出発する。明朝には、武力でフィウーメを奪取する。イタリアの神はわれわれの味方だ。私は高熱を押してベッドから起きあがった。計画を延期するわけにはいかない。今回も、みじめな肉体を精神が屈服させるだろう。『ガッツェッタ・デル・ポポロ』に掲載される記事を要約して、きみの新聞に載せてほしい。末尾の部分は全文を頼む。対立が続くあいだは、われらの大義を力強く支持してくれ。きみを抱擁する」。詩人は言葉でベニート・ムッソリーニを抱擁し、愛情のこもった言葉を投げかけ、みずからの行動について（事後の報告であるとはいえ）彼に知らせた。ただし、世界に向けて声明を発信するのに選んだのは、ムッソリーニの『ポポロ・ディタリア』ではなく、別の新聞だった。要するに先の書簡は、部下に宛てた命令文書にほかならなかった。

それからの数日間、ムッソリーニは詩人の優秀な代理人として、『ポポロ・ディタリア』の紙面から輝ける英雄にあいさつを送りつづけた。詩人への恭順を誓う一方で、反乱を鎮圧すると議会で息巻くニッティ首相を罵倒し、ダンヌンツィオの行為はたんに高貴であるばかりでなく、道理に適ってもいるのだと主張した。ただし、ダンヌンツィオが望んでいたような、全国的な蜂起への呼びかけは、ムッソリーニが作る紙面にはいっさい見当たらなかった。しかも、編集長は銃後のミラノから、一歩も動こうとしなかった。九月十六日に開かれたファッショ執行部の会合でも、政府によるフィウーメ周辺の封鎖を突破しようという提案はいっさい聞かれなかった。そこではただ、フィウーメを包囲する軍隊の活動を妨害するため、国境付近に女性と子供を送りこんではどうかという案が出ただけだった。

一週間後、フィウーメの司令官から二通目の手紙が届いた。「親愛なるムッソリーニよ、きみにたいしても、イタリアの民衆にたいしても、私は驚きを禁じえない。この私は、持てるすべてを危険にさらし、そしてすべてを手に入れた。いまや私はフィウーメの君主だ……そしてきみは、恐怖に震えている！　この世に生まれたあらゆる悪の歴史のなかでも、もっとも卑しいペテン師の豚のような足が、きみの首を踏みつけている。だのにきみは、その足を払いのけようともしないのだ。きゃつは、きゃつらは、イタリア以外の国ならどこであろうと、ラップランド〔ノルウェー北部から白海までの沿岸地帯で、フィンランド、スウェーデン、ロシア北部を含む地方〕においてさえ、とうに転覆させられていたはずだ。そしてきみはそこから動かず、お喋りに花を咲かせ、われわれはそのあいだも、絶え間なく闘争を続けている……アルディーティは、戦士は、義勇兵は、未来派はどこにいる？　署名や義捐金で助けようという動きさえないではないか。おかげでわれわれは、貧しさに耐え、すべてを自分たちでやりくりする羽目に陥っている。目を覚ませ。そして、みずからを恥じるがいい……きみにはなにも望んではいけないのか？　私と交わした約束は？　せめて、きみの体を圧迫している腹に、穴を開けてみたらどうだ。ふくらんだ腹をへこませろ。それが無理なら、ここで権力を確立したあと、私がそちらまで出向こう。ただし、きみの顔をまっすぐ見つめることはないと思え」

まさしく、不実な下僕にたいする打擲《ちょうちゃく》だった。「お巡《まわ》り」の蔑称で呼ばれるニッティ首相が、フィウーメから届くすべての報《しら》せに逐一目を通しているのと同じように、ムッソリーニもまた、ダンヌンツィオの手紙を『ポポロ・ディタリア』に掲載する前に、その内容を検分せざるをえなかった。それから原稿を作成し、傷つけられた誇りに唾《つば》をつけ、けっきょくは詩人の言葉に従った。九月十九日から、フィウーメ併合を支援するための募金運動が始まった。しかし、この段階になってもまだ、ムッソリーニはミラノから離れなかった。理由は単純だった。ニッティ内閣は、土台がぐらついているとはいえ、まだ倒れてはいないのだ。「豚」であり、「お巡り」であり、「野心だけはある退屈な大学教授」であり、「英米の富裕層の不感症靴舐め野郎」であり、銀行家と企業家の下僕であり、「古着売り」であり、さもしさをもって英雄的行為の替わりとしたニッティ首相ではあるが、それでもやはり、まだ失脚してはいないのだ。ダンヌンツィオが思い描く構想に下っ端として付き合って、国家理性にぺしゃんこにされるリスクを冒《おか》すよりは、愛人といっしょにヴェネツィアでゴンドラに乗っている方がずっとよかった。

いま、ふたりはサン・ロレンツォ教会を背にして立っていた。柱廊の下の窮屈な暗がりに、小さな奉納聖堂が立っている。サルファッティはムッソリーニを、表面が磨滅して輝きを放っている、赤い大理石の前に連れていった。四〇〇年前の民間信仰によれば、このどっしりと重いイストリア石に、ペストを鎮める力を持つ慈悲深き神の母が宿っているということだった。当時の庶民にとって、ペストは大虐殺と変わらなかった。この疫病が原因で、ヴェネツィアの人口の三分の一が失われた。医師たちは、口の部分が鉤状に曲がった怪物じみた仮面をつけて、患者のもとを診療してまわった。遺体を燃やすための薪が、バロック様式の教会の前で燃えさかっていた。

生来が迷信深い性質《たち》であったムッソリーニは、薬効があるという石に靴底をこすり合わせた。世界の終わりの震えが、梅毒に冒された体に伝わり、ふくらはぎを通じて全身に広がった。なぜ自分は、フィウーメに向けて発たないのか？　なぜ、ダンヌンツィオ司令官にすべてを捧げないのか？　なぜ、若い世代を送らないのか？　なぜ、疫病は終息しないのか？

軍隊が動かなかったからだ。ニッティが失脚していないからだ。ニッティが靴の裏を舐めている英米の富裕層、銀行家、製鉄所経営者は、ファッショにとっても必要だからだ。もし、なけなしのファッショの軍勢をフィウーメに送りこんでしまったら、ミラノには誰もいなくなってしまうからだ。彼はいまだに、左翼参戦派との和解という、困難な道を探っているからだ。海軍はダンヌンツィオの側についたが、陸軍の対応は割れているからだ。もちろん、下士官の多くは今回の蜂起に共感を寄せているものの、軍の上層部は敵意を剝き出しにしているからだ。金属加工業に従事する四〇万人の労働者が、いまだにストライキを解かず、「ダンヌンツィオを倒せ！」と叫んでいるからだ。おそらく、ダンヌンツィオが切望する「内《うち》への進軍」は、共産主義者による革命に筋道をつけてしまうからだ。そして、もし詩人の軍勢をローマへと導いたなら、彼は、ベニート・ムッソリーニは、誉れ高き司令官のわきに控える準主役という、受け入れがたい役どころを演じざるをえないからだ。ムッソリーニがフィウーメに行かないのは、これらすべての理由に加え、まだ一〇〇個は挙げられそうなその他の理由があるからだった。なかでも彼にとって見過ごせないのは、若く暇を持てあました夢想家たち、満ち足りて無気力なブルジョワ家庭の退廃した子息たち、事によれば命を危険にさらすことさえ厭《いと》わない一方で、自分のベッドにシーツをかけることもできないような甘ったれた連中を、ダンヌンツィオが口をきわめて褒めそやしているからだった。病的な興奮をともなった言葉の秘術で、詩人は若者たちを魅了する。そうして彼らは、自分は常人とはかけ離れた超越的な存在なのだと錯覚する。そして、魔法にでもかかったように、聴衆はみずからを演説者に重ね合わせ、「選良」としての自覚を得る。彼らの精神は、心地よい一等客室でくつろぎながら、快適な船旅を楽しんでいる。船の下には、ふつうの人びとが暮らしを営む、「闘争」という不潔なぬかるみが広がっている。もはやその起源さえ忘れられた、終わりない復讐の連鎖のなかで、人びとはかわるがわる喉をかき切り、首をはね合っている。生活の苦しみのせいで獣のようになり、粗末な食事が消化不良を起こすために頭は呆《ほう》け、ひっきりなしにワインをあおり、だますこと、気晴らしをすること、情欲を発散させることだけを、ただひたすらに望んでいる。ムッソリーニが、絶景のカルナーロ湾を臨むフィウーメへ発たないのは、突きつめて言えば、ダンヌンツィオが詩人だからだ。現実は詩に似ていない。これこそ、現実が私たちのために用意してある、もっとも大きな落胆なのだ。しかしムッソリーニは、このプレダッピオの鍛治屋の息子は、そうした現実を好いていた。低劣で、頑丈で、粗野で、どんな力を加えても曲がらない現実というものに、彼は好感を抱かずにいられなかった。現実の外にある喜びなど、彼は知らなかった。

迷宮のような島の縁《ふち》にあるチェレスティアの桟橋で、ヴェネツィアは内海の潟《ラグーナ》と向き合っている。サルファッティはムッソリーニに、サン・ミケーレ墓地の優美な糸杉を指し示した。墓地の先では、早くもムラーノ島が、今年はじめの霧に包まれつつある。さらに先のブラーノ島やトルチェッロ島にいたっては、もはやたんなる観念か、言葉だけの存在としか思えなかった。そこからもっと遠いところに、アドリア海が、トリエステが、フィウーメが、ダルマチアがある。

夜明けに目覚め、芝居小屋と操り人形を飛びあがらせ、赤のスポーツカーに乗ってローマへ進軍し、若い世代の頭目となって二十歳《はたち》そこそこの兵士やアルディーティに命令をくだすのも、見ようによっては美しい行為だろう。荒ぶる詩人の狂乱は美しい。あまりにも美しく、目に涙がこみあげてくるほどだ。しかし、あれは政治ではない。政治に必要とされるのは、突撃にかかる槍騎兵の伸びやかな勇気ではなく、道ばたのけんかで発揮されるちっぽけで粗悪な勇気だ。政治の闘技場で戦わされるのは、悪徳であって美徳ではない。ただひとつ、政治に有用な美徳があるとすれば、それは忍耐である。ローマへたどりつくにはまず、この老いらくの喜劇で自分の役どころを演じなければならない。老人ばかりの最高法院《サンヘドリン》、世界を統《す》べる半ダースの耄碌《もうろく》した悪党集団に、自分の主張を届けなければならないのだ。

ベニート・ムッソリーニ　フィウーメ、一九一九年十月七日

霧のかかった空のなかを、高度五三〇〇フィートまで上昇した。一行はノヴィ・リグレの飛行場で、アンサルド社の機体S.V.A.に乗りこみ、周りになにも告げずに東に向けて出発した。ぎりぎり片道分の燃料だけ積んで、靄のなかを一九〇分、アドリア海の上をグロブニコ飛行場までまっすぐに飛んでいった。飛行場では、司令官が手配してくれた自動車が一同を待ちかまえていた。

一九一九年十月七日、あの「聖なる進軍」からほぼ一か月が過ぎたころ、ベニート・ムッソリーニはフィウーメにやってきた。ムッソリーニが降りたった町は、すでに伝説のヴェールに覆われ、不平の声が霧となってあたりを包みこんでいた。聞けばダンヌンツィオはこの町を、ザーラ、ダルマチア、スパラトなど、さらに東へ領土を拡張していくための、たんなる基地にしようとしているらしい〔「ザーラ」と「スパラト」は、クロアチアの都市「ザダル」と「スプリット」のイタリア名〕。一方で、司令官が目指しているのはあくまでも西であり、いまは「内への進軍」を準備しているところだという声も多く聞かれた。ポーラ、トリエステ、ヴェネツィアを経由して、最終的にはローマに到達する計画だ〔「ポーラ」はクロアチアの都市「プーラ」のイタリア名〕。アルベルト憲章〔イタリア王国の憲法〕を無効にして、君主政体を打倒し、アオスタ公と共謀して軍事政権を発足させる。この計画は、すでに九月十九日から、仲間内で共有されていたと伝えられている。月末には、司令官を支えるために集まってきた最初の装甲車の一団が、将校に率いられて到着した。将校たちも、司令官に食事の席に招かれた際、この計画について知らされたよ

うだった。エドモンド・マッツカートはこの件を、ミラノにいるムッソリーニにただちに伝えた。また別の人びとは、詩人の唯一の目的は、憎っくきニッティの政府を倒し、軍人により構成される新政府を樹立することだと主張していた。この新政府は当然ながら、フィウーメのイタリアへの併合をただちに宣言するだろう。

ひとつ確かなのは、この時点まで、司令官がフィウーメから動いていないということだった。命令に違反した個々の兵士や部隊を除けば、イタリア陸軍も動いていない。そして、損得勘定しかできない愚鈍なニッティは、相も変わらず自身のポストにしがみついている。ニッティはダンヌンツィオの奇計を受けて、首相の職を辞するかわりに、高名な政治家や元首相、軍の首脳部などからなる枢密院を招集した。時間稼ぎに徹すること。これが、時代の遺物たちが頭を突き合わせて出した結論だった。フィウーメの併合など、話題にのぼることさえなかった。こうしてニッティは、見込みのある唯一の手段に出た。彼は議会を解散し、選挙を公示した。兵糧攻めで敵の自滅を待つという、古来の戦術をとったわけだ。フィウーメへの商船の入港が禁止されると、町は真綿で首を絞められたように息を切らしはじめた。国家に講じることのできる策といえばこれくらいで、あとはいつもどおり、なにをするでもなくその場を行ったり来たりするだけだった。一方、ダンヌンツィオを支持する人びとの詩的熱狂には、絶えざる運動が、心臓のまわりを荒々しく駆けめぐる熱き血潮が必要だった。

視線を国外に転じるなら、フィウーメをめぐる詩人の冒険は、世界の新たな強国であり、第一次大戦における唯一のほんとうの勝者である、アメリカ合衆国大統領ウィルソンの怒りを買っていた。ウィルソンはフィウーメを、国際連盟の構築を脅威にさらしかねない、老いた若者の気まぐれと見なしていた。国際連盟。それは司法、外交、人道を律する偉大な構造物であり、ウィルソンが思い描く未来においては、世界に公正と平和の世紀をもたらす組織だった。自身の生涯を賭した大事業が、浅はかで幼稚な野望に脅かされるという事態に直面して、成熟した責任ある大人であるウィルソンは、ダンヌンツィオに激しい怒りと軽蔑を抱かずにいられなかった。だが、問題はそれだけではなかった。ウィルソンはダンヌンツィオを嫌悪している。牧師の子であり、宣教師の娘婿であり、プリンストン大学の元学長であり、歴史学者であり、清教徒であり、志操堅固であり、厳格であり、福音主義の虜《とりこ》であり、世界を浄化し悪に打ち克つことを説いた福音書の預言者であるウィルソンは、おそらく不倫など一度もしたことがないであろう男だった。彼の目にはダンヌンツィオが、矯正不能の罪人《つみびと》に、ブルジョワの道徳の破壊者に見えた。罪の種を蒔《ま》くことだけが、この男の担わされた宿命なのではなかろうか。巷間の流説によればウィルソンは、ダンヌンツィオが数年前から演説の始めに口にしている、「万人の神」への呼びかけにたいする熱狂を、イタリア国民総白痴化の兆候にほかならないと捉えていた。また別の噂によれば、大統領の相談役が詩人の淫蕩《いんとう》な作品の内容を、いくらか表現を和らげたうえで要約してみせた際、あまりのおぞましさにウィルソンは発作に襲われたとも言われている。十月二日に起きた発作もやはり、イタリアの詩人への怒りが原因だったらしい。なんでも詩人は、自分は一〇〇人の女と姦淫《かんいん》したと嘯《うそぶ》きながら、アメリカ合衆国大統領を挑発したそうである。

そのあいだダンヌンツィオは、崇高なる恍惚と、目も当てられないような狂乱のあいだで揺れ動いていた。詩人はフィウーメを「犠牲の町」と名づけた。かくして、いままでは菓子作りで有名だった、小さくのんびりした中欧の港町に、荘厳な悲劇の舞台を思わせる雰囲気が漂うようになった。十月五日、詩人はムッソリーニに宛てた書簡のなかで、こんな脅しをかけている。「もし、通常の生活環境が戻ってこないようであれば、私は一〇日以内に、ふたたび賽《さい》を投げるだろう。殉難の町にさらなる殉難が強いられるのであれば、私は莫大な反撃をもって雪辱を果たすつもりだ」

ムッソリーニも揺れていた。九月末、ヴェネツィアへの小旅行から帰ったあとは、詩人が演出する熱狂にすっかり取り憑《つ》かれてしまったようでもあった。フィウーメで始まった「行進する革命」は、ローマにて結末を迎えるとムッソリーニは新聞に書いていた。併合の是非を問う投票を実施するよう、彼は議会に勧告した。詩人になりかわって、彼もまた脅しをかけた。「ただちにフィウーメを併合せよ。さもなくば、軍人のイタリアと寄生者のイタリアのあいだで、内戦が勃発するだろう」。ところが、ムッソリーニは十月のはじめには、司令官が早まった行動に出ることのないように、ミケーレ・ビアンキをフィウーメに派遣して説得に当たらせている。『ポポロ・ディタリア』主筆の態度は揺れつづけたが、ただひとつ、どうしても無視できない指標があった。新聞の売り上げだ。ダンヌンツィオがフィウーメに行ってからというもの、『ポポロ・ディタリア』の発行部数は上昇の一途をたどっていた。

　ウィルソン大統領は正しかった。フィウーメは狂乱に陥っている。十月七日、ムッソリーニがはじめてこの町に入ったとき、彼を乗せた車は、デモ行進をして浮かれ騒ぐ民衆のあいだを縫って、ごくごくゆっくりと進まなければならなかった。火曜日なのに日曜日のようであり、秋なのに聖母被昇天の祝日〔八月十五日〕のようであり、もう夕方なのに昼間のようだった。町全体が、オルガスムスに達しているような有り様だ。野外で開かれる大饗宴が、生活の一部と化している。抑制の利かない詩人の淫蕩が、町全体を覆っている。兵士が、水兵が、女が、市民が、軍楽のリズムに合わせ、さまざまな組み合わせを作ってはくるくると舞っている。アルディーティの一団が、激した調子で抜き身の短剣に誓いを立てている。若い娘が、花輪で飾りつけをして奉納像のような格好になったり、揃いの衣装で少年風に着飾ったりして、列をなして練り歩いている。町中の壁のいたるところに、ダンヌンツィオのモットーである、「どうでもいいさ《メ・ネ・フレーゴ》!」という言葉が書きつけてある。あちこちで軍服を見かける。上着のボタンをとめず、シャツの襟元をはだけ、むき出しの首をさらしている。軍服をよく見ると、胸の部分が黒い襟章で飾られたり、アラベスク模様の肩章がついたりしている。頭には、銀の星飾りがついたフェズ帽をかぶり、勲章のカラフルなリボンを帽子につけて、風変わりな垂れ布として利用している。風にはためくリボンはまるで、虚空の表面に引かれた多色の琺瑯《ほうろう》のようでもあった。なにもかもが奇妙で、異様で、常軌を逸していた。それにしても、このお祭り騒ぎには、なにやら嫌悪を抱かせるところがあった。今世紀の若者は、じつに四年にわたりヨーロッパ全土を巻きこんだ、死と隣り合わせの塹壕戦を生きのびたあと、貯蓄や、家族や、信仰や、父祖の教えや、美徳や、日常に立ち返ることはしなかった。彼らは知らぬ間にフィウーメに流れつき、酩酊して呆《ほう》けたようになって、この愚かしく、なんの益にもならない生に身を捧げているのだ。

ダンヌンツィオとムッソリーニの面会は一時間半におよんだ。この二回目の対話にかんしても、六月二十三日にローマで行われた面会と同様に、いかなる証言も残っていない。ただ、司令官の部屋の前までやってきて、あとは取り次いでもらうばかりというところで、ダンヌンツィオに仕える当直将校が、片方しか残っていない腕を伸ばして、少しのあいだムッソリーニを引きとどめたと伝えられている。将校はウリッセ・イリオーリという男で、歩兵隊の中尉だった。大戦で片腕を失い、マウトハウゼンの戦争捕虜収容所で一か月を過ごした経験を持つ。勲章の金のメダルが軍服を飾っている。一九一六年五月十六日の、マロニア山におけるオーストリア軍の砲座への襲撃が、英雄的行為として認められたのだ。応戦したオーストリア兵は彼から片腕を奪ったが、血まみれの死体の山の上で、イリオーリはまだ息をしていた。数年後、サッカーチーム「A.S.ローマ」を創設することになる隻腕の英雄は、ローマ進軍の実現性について、訪問者の意見を知りたがっていた。ムッソリーニはまだ、アマチュア飛行家の白い服装のままだった。ひさしのついた帽子の下から、ムッソリーニが返事をする。ローマは確かに最終目的地だが、時機を計ることがなによりも重要だ。

「イタリア人にはまだ、心の準備ができていない。時期尚早のうちに決行すれば、とんでもない悲劇に終わる可能性もある。国民の脈を診《み》る必要がある。その任務は、私がミラノで受け持つつもりだ」

九月二十五日付の書簡でも、ムッソリーニは同じような言葉を使って、司令官の胸裡《きょうり》で燃えさかる炎に水をかけていた。ムッソリーニは書簡を通じて、次のような計画をダンヌンツィオに提案していた。トリエステへの進軍、王の廃位の宣言、ダンヌンツィオを首相とする政府の組閣、憲法制定議会の招集、フィウーメ併合の宣言。そして、共和政体の樹立を見据えて民衆の蜂起を扇動するため、司令官に忠実な部隊をロマーニャ地方に送りこむこと。しかし、これらすべてを実行するのは、十一月十六日の選挙結果を待ってからだと、ムッソリーニは忘れずに書き添えておいた。ムッソリーニが司令官に与えた助言とは、つまるところこういうことだ。悲劇を回避するためには、喜劇的な先延ばしを選ぶしかない。

夕方近くになると、フィウーメ全体が花で覆われた。「犠牲の」町は、最初の死者を埋葬するため準備を進めていた。亡くなったのは、憲兵隊のジョヴァンニ・ゼッペーニョ曹長と、偵察隊のアルド・ビーニ中尉だった。ふたりは偵察飛行の途中で、スシャク近辺に墜落した。ビーニ中尉は、救助された際はまだ息があったものの、ほぼ全身に火傷を負っており、それから間もなく息を引きとった。ゼッペーニョ曹長は、操縦席から投げ出され、田舎の別荘のまわりに張りめぐらされた大型の柵の先端に体を貫かれた。即死だった。

その日は朝から、葬儀の準備をするために、フィウーメ市民は熱に浮かされたように花を探してまわっていた。昨夜はずっと、葉を折り月桂樹の冠を編むのに忙しかった。正午前には、花屋の棚はからっぽになっていた。温室は略奪にあった。売り物が底をつくと、公私の別を問わず、庭園という庭園に市民が押し寄せた。ここフィウーメで、遺体安置所にこれほど多くの花が飾られたことはかつてなかったと、土地の記者が伝えている。

葬列ではさまざまな色彩がきらめきを放っていた。花、旗、制服。いったい、この行列はどこまで続くのか。行進の先陣をつとめているのは選抜射手の二小隊で、そのうしろから、公的機関のメンバーと楽団がついてきている。銃と音楽の背後には、子供たちの隊列がぴたりと張りついている。子供のあとから、すっかり花冠に埋めつくされた霊柩車がやってくる。霊柩車の両脇には、傷痍軍人と受勲者が控えている。銃と音楽と子供と傷痍軍人と花の後ろに、われらの司令官がいる。そのまわりを、参謀本部が取りまいている。背後からは二台の馬車が、司令官を守るようにしてついてくる。荷台には、墓の上やその周りに撒き散らすための花がいっぱいに積まれている。次いで、あらゆる職種の人間が姿を現わす。兵士、鉄道員、政治家、学校教諭、消防士、音楽家、工場労働者、体操教師。最後に、数えきれないほどのフィウーメ市民。この地に暮らし、イタリアの血が血管に流れているすべての人びと。

　行進の熱気はダンテ広場で最高潮に達した。広場は人で埋めつくされ、厳粛な雰囲気があたりを覆う。ムッソリーニは群衆のなかに紛れて事の推移を見守っていた。誰もが一張羅で着飾っているというのに、彼はまだ場違いな飛行服のままだった。いま、フィウーメの全住民は劇場にいる。屋根も壁もなく、町の道々が舞台となる劇場だ。ムッソリーニは観客として、芝居のすみずみまで観察し、記録した。ダンヌンツィオが話しはじめると、生者が群がる町全体が、突如として墓地に変貌した。

「犠牲の町に、自由のための最初の犠牲として命を捧げた、翼あるふたりの男に栄光あれ！」

　演説者はバルコニーにひとりで立ち、遠くの聴衆からは小さな点のようにしか見えない。ところが、墓地の静寂に包まれたその声は、広場の隅々まではっきりと響いた。ダンヌンツィオは拡声器の類をいっさい使っていなかった。気管から喉へ横隔膜が押し上げる、肺の空気だけが頼りだった。喉にきつく力を込めているために、金属音を思わせる響きが声に宿り、まるで裏声《ファルセット》で歌っているように聞こえる。それでも、声は巨大な広場を満たし、聴衆の心をしっかりとつかんだ。彼の言葉に耳を傾ける数千の人びとは、息もせず、生きてさえいないように見えた。市民は亡霊と化していた。皓々《こうこう》と輝く満月の下で、詩人は語った。誰かが泣いている。どこか深いところから泣き声が聞こえる。その純粋な死のために、詩人は夜を賛美する。

「天翔けるふたりの使者に栄光あれ！　この地で永遠の生を生きたのだということを、ほんの短い時間に起きた出来事によって、彼らは私たちの心に教えてくれた！」

　嘘だ。荘厳な儀式で口にされた、とんでもなく厚かましい大ぼらだ。下手な操縦が原因で墜落し、炎に焼かれ、別荘の柵を飾るとがった先端に運悪く突き刺さって終わった人生……そんな人生が、「永遠の生」だというのか⁉　やつは毒を盛っている。詩人の言葉は空中を伝わって、毒ガスのように、群衆の肺胞まで浸潤する。人びとはなにも考えることができなくなり、詩人のなすがままになっている。嘘が、全身をめぐる毒となって、群衆を蝕《むしば》んでいく。

　すると、毒を盛る詩人は不意に風向きを変え、その場にいる全員を魔法から解いた。

「フィウーメの市民よ、帽子を取れ。イタリアの兵士よ、武器をかかげろ」彼らは言われたとおりにした。男はみな帽子を取り、兵士はみな銃を持ちあげた。

「わが操縦士よ、ふたつの棺を布で覆え」。言われたとおり、彼らは棺に布をかぶせた。

「フィウーメ市民よ、議会の長老よ、聖なる大地に、自由な大地に、われわれの最初の死者を引き渡そう。亡骸を守るのは、きみたちの役目だ」。いまや司令官は、聴き手に向かって話すのではなく、群衆と対話していた。彼が言葉を発するたびに、身ぶりか声で、広場は反応を返した。町の道々が劇場に変貌する。町全体が、自分を鑑賞するために劇場に出かけ、舞台に立つ自分と向き合っている。

「この死を、誰に？」詩人が絶叫した。

「われらに《アノイ》！」詩人の問いかけと対称をなす、巨大な叫びが広場から返ってくる。

　駆け出しの飛行士は、ノートにメモを取りつづけた。

アメリゴ・ドゥミニ　フィレンツェ、一九一九年十月十日　オリンピア劇場

もう何時間も、サンタ・マリア・ノヴェッラ駅の前で待ちつづけている。しかし、ようやく到着した深夜便にも、ベニート・ムッソリーニは乗っていなかった。

もっとも、アメリゴ・ドゥミニにとって、待つことは少しも苦ではなかった。ただ黙って、ひたすら待つ。じつに簡単な話だ。そのがっしりとした体格のなかに縮こまり、ドゥミニはじっとしている。ずんぐりとして、頑強で、背はいくぶんか丸まっている。黒く、濃く、まっすぐな髪の毛が、狭い額にかかっている。視線は動かず、どんよりと曇り、考えごとにふけっているようにも見える。彼は何時間でも、その場を動かずに黙っていられる男だった。どうしても話さなければならない場合は、低い声で静かに話した。煙草を吸い、酒を飲みながら、ドゥミニは待った。クラス台地の擂鉢状窪地《ドリーネ》で、頭上を臼砲の砲弾が飛び交うなかでしていたように、小瓶を取りだし、しびれた左手で握りしめる。きちんと動く方の手でキャップを緩め、二口三口グラッパをすする。こんな風だから、周囲はよくドゥミニのことを、口数が少なすぎると言って非難した。ふつうの人間は、ドゥミニのような男を怖がるものだ。ドゥミニはカフェに入っても、虚空をにらんだまま何時間でも黙っていられた。そんな男が近くにいたら、せっかくの楽しい気分も台なしになってしまう。

仲間内で「魔術師」と呼ばれている、酒飲み仲間で喧嘩仲間のウンベルト・バンケッリも、ドゥミニのように煙草を吸い、酒を飲んでいた。ただしこちらは、列車の到着を待つあいだ、ずっと興奮してい

た。舌足らずの、息苦しそうな話し方ではあるものの、とにかく彼は、黙って静かにしているということができない性質《たち》だった。深夜便に乗っているはずのムッソリーニを待つあいだ、「魔術師」はまたしても、もう何度目になるかわからない戦争の回顧談を繰り返した。バンケッリは十六歳のときに、元ガリバルディ義勇兵とともにエピルスに赴き、トルコ軍と戦った。二十歳のときには連隊長としてセルビアで戦い、二十五歳のときは陸軍の軍曹として、マラリアが猖獗《しょうけつ》をきわめるアルバニアを進軍した。バンケッリはひっきりなしに、自身の戦争体験を語ったり、列車の遅れに呪いの言葉を吐いたりしていた。

ドゥミニは違った。むしろ、黙っている方が楽だった。酒と煙草さえあれば、男が退屈することはない。男は、酒と煙草さえあれば、一生涯でも待っていられる。生きて、息をしている時間。アメリゴ・ドゥミニにとって、生とはそのようなものでしかなかった。ただ黙って、ひたすら待つ。戦争が終わってからというもの、それ以外のことはなにもしていないような気がした。

フィレンツェには明るい話はひとつもなかった。三月から八月までに、合計で一一期分の兵士が除隊になり、そのなかの誰ひとりとして仕事にありつけなかった。付近の農村で繰り広げられるストライキはきわめて苛烈で、憲兵が現場に急行せねばならないほどだった。雇用者がロックアウト〔工場や作業所を閉鎖して、労働者の就労を拒否すること。労働争議における雇用者側の対抗手段〕に打って出た工場の前では、ひっきりなしに怪我人が出ていた。カシーネ公園や、カレッジ病院付近の道々では、子供たちが物乞いに精を出していた。一九一四年に戦争を望んだ仲間たちは、もうほとんど残っていなかった。生き残った連中は、ぼろぼろになって帰ってきた。四肢のいずれかを失ったり、神経衰弱にかかったり、あるいは、復員後に乞食になった者もいる。傷ついた兵士たちは、戦後に乱立した愛国的な結社に吸収されていった。そのなかのひとつが「未来派政治ファッショ」だった。理念に乏しく、掛け声ばかり勇ましい、なんとも奇天烈な集団だった。プロレタリアート向けの愛国教育、上院の廃止と三十歳以下の若者による議会の設立、虚弱者にたいする処罰としての強制的運動の導入。これが、「未来派政治ファッショ」の政治プログラムだった。十一月、この空想力豊かな未来派たちは、無数の「赤」に抗するための示威運動を決行し、ヴィットリオ・エマヌエーレ広場で政治集会を開催した。集まったのは一三人だった。

不満を鬱積《うっせき》させた傷痍軍人のなかには、マッジョ通り三八番地に立つ貴族の館に集まった者もいる。この貴族はクラス台地の戦闘に歩兵として参加し、障害を負って帰ってきた人物だった。そこでは、「赤」の連合を押しとどめるための、武装組織の結成について検討が行われた。機関銃の導入は、とくに熱心に話し合われたテーマだった。あるいは、コッラッキオーニ伯爵夫人が、グイッチャルディーニ伯、ペルッツィ・デ・メディチ侯、ペッローネ・コンパーニ侯らを集めて自身のサロンで主宰している、「イタリアとヴィットリオ・エマヌエーレ」なる協会もあった。伯爵夫人のサロンはたいへん開明的だった。怒りに燃える庶民の群れが、穏やかで、上品で、教養のある人士のあいだに紛れこんでも、夫人はけっして拒絶しなかった。バンケッリはいそいそと夫人のサロンに通いつめた。夫人は彼のことを、「わが黄金の従者」と呼んでいた。「魔術師」は貴族の館から館へと、アヒルのような足どりでよたよたと渡り歩いた。教授や侯爵が集まる部屋で、しかつめらしい顔を作り、自身の武勲を滔々《とうとう》と語って聞かせた。だが、けっきょくのところ、なにもかもお喋りに過ぎなかった。お喋りの材料ならいくらでもあった。

「全国軍人協会」は、戦時中に妻の手に渡ってしまった働き口を、ふたたび男のものにすべく運動を展開していた（「女は去れ！　女の仕事は裁縫だ！」）。アルディーティの協会や、絶望に明け暮れる志願兵の協会もあった。詐欺師、ペテン師、ほんとうは目が見える自称盲人らが紛れこんだ、「傷痍軍人協会」というのもあった。さらには「自由主義連合」や「反ボリシェヴィキ同盟」、大地主から資金援助を受けた「市民防衛連盟」というのもあった。弁護士のフランチェスコ・ジウンタは、「市民防衛連盟」の活動の一環として、自警団のような部隊を組織した。物価高を背景に起きた七月の暴動では、ジウンタの組織した部隊が、布地や油といった商品を共産主義者のプロレタリアートから守る場面があった。反対に、商品の値段があまりにも高すぎることを口実に、自警団が略奪行為に及ぶこともあった。あるときはジウンタ自身が、四八リラもする靴を振りまわして、プロネルという靴工場の略奪を先導した。ワインのボトルで武装した人びとが、これほど多くフィレンツェの町角にあふれたことはかつてなかった。

要するにフィレンツェでは、誰もが無駄話に花を咲かせ、誰ひとり口を閉ざさず、裏切られたという感覚ばかりが市民のあいだに充満していた。カフェ・パスコウスキの店先では、将校の制服と片眼鏡で着飾った紳士が、自分の指揮した戦闘について得意げに語っていることがよくあった。そうした場面に居合わせると、労働者はとたんに横柄な態度になり、戦争とは貧乏人の命を元手にした投機だったのだと確信して、紳士の顔に唾を吐きかけた。また別の町角では、戦時中は前線で小隊を指揮したこともあり、勲章のリボンやメダルまで授与されたようなプチブルが、いまでは市民生活に戻り、社会に適応できない失業者となって、かつての部下たちから痰の雨を浴びせられていた。これでは、裏切られたと思わない方がどうかしている。ブルジョワとプロレタリアートの双方に、とめどない失望の感情が蔓延していた。勝利に終わった戦争は、敗北の苦《にが》みを残していった。

いまはムッソリーニだけが、参戦論の唱道者だけが頼りだった。サンタ・マリア・ノヴェッラ駅で夜更けまで待ちぼうけを食らわされた翌日、ドゥミニや、バンケッリや、フィレンツェの元アルディーティ隊員たちは、チマトーリ通りのオリンピア劇場でなおもムッソリーニを待ちつづけた。そこでは、戦闘ファッショの第一回全国大会が開かれる予定になっていた。

フィレンツェの戦闘ファッショは、取るに足らないちっぽけな存在でしかなかった。初会合は、四月末にオッタヴィアーニ広場で、全国軍人協会の施設を借りて開催された。しかし、創設メンバーはすぐに行方が知れなくなった。六月末に、やはりオッタヴィアーニ広場で、フィレンツェのファッショは再出発した。総勢二七名のグループだった。九人につき一人の代表者を出すという規則のもと、三名からなる執行部が結成された。

第一回全国大会は、すでに三〇分前に開会していた。小さなホールに、三色旗や、トスカーナ連隊の軍旗や、黒い隊旗や、フィウーメの自由を称揚するポスターが飾られている。最前列は、ほかの党の代表者のために空席にしてあった。ムッソリーニと同様に、他党の代表者もまた、いまだに姿を見せていない。来場者の数は、せいぜい二、三百人といったところだった。すでに十時を過ぎているのに、ムッソリーニはまだやってこない。しかし、ファッショの創設者が約束を違《たが》えるはずはない。そして彼は、アメリゴ・ドゥミニは、待つことを知る男だった。また別の煙草に火をつけ、グラッパをぐいと喉に流しこむ。

舞台の上には、戦闘ファッショの書記長であるウンベルト・パゼッラがいる。太った体をグレーの服に包みこむ、見るからに品のないパゼッラは、ムッソリーニを待つあいだのつなぎを頼まれ、普段のセールスマンのような声音を、不意に劇的な調子に変えた。いったん話すのをやめると、戦争で盲目になったカルロ・デルクロワに向かって、視線と両腕を上げた。デルクロワは付き添いの兵士といっしょに、舞台わきのボックス席に寄りかかっていた。ホールにいる全員が立ちあがった。帰還兵は、体のバランスを崩さずに聴衆からの歓呼を受けるために、介添え人に体重を預けたままにしていた。なにしろ彼は、視力ばかりか、両の前腕部をも失っていたのだ。ない腕を振りまわすようにして、デルクロワは口を開き、ファシストの同志に誓った。戦争で障害を負った軍人は、「肘から先が切断された残りの腕でもって、あらゆる臆病者に死刑判決を突きつけるだろう」。大喝采。聴衆は腰を下ろした。セールスマンの軽薄な調子で、パゼッラはお喋りを再開した。

ところがそのとき、ホールはふたたび歓呼に沸いた。パゼッラはまた口を閉ざした。一階席の奥から、ベニート・ムッソリーニが入ってきた。舞台の方へ、大股で進んでいく。そのうしろを歩いているのが、頭に山高帽をかぶった、未来派の頭目フィリッポ・トンマーゾ・マリネッティだ。ふたりのあとには、灰緑色の軍服と黒シャツを身にまとい、たくさんの勲章で胸を飾りたてたフェッルッチョ・ヴェッキと、背が高くがっしりとした、私服姿の若者が続いている。

歓喜の叫びがひとつになってホールを満たす。これもまた、ダンヌンツィオが考案しファシストが採り入れた、多くの手法のうちのひとつだった。「われらがドゥーチェ、万歳！　ベニート・ムッソリーニよ、エヤ、エヤ、エヤ、アララ！」〔「ドゥーチェ」は「指導者」の意。「アララ」は元は、古代ギリシアの戦士が発したとされる歓喜の雄叫び〕

熱狂的な歓迎にもかかわらず、ファッショの創設者の顔には疲労がにじんでいた。ひげも満足に剃られておらず、いたるところに油染みのある奇妙な白いつなぎと、自転車乗りがかぶる庇《ひさし》つきの滑稽な帽子を身につけている。

パゼッラはわきに退いた。ムッソリーニが舞台に上がる。人の好さそうな笑みを浮かべ、前方の席に坐っている聴衆と言葉を交わす。遠くへキスを届けようとするかのように、唇を前に突きだす。腰に手を当て、左右に体を揺らす。ホールがあまりに騒がしいので、手をさっと前に差しだし、何度も静粛を求めている。それからようやく、彼は話しはじめた。

「遅れて申し訳ない。ついさっき、飛行機で到着した。昨日はフィウーメに行ってきた。そう、あの奇跡と驚異の町、フィウーメに！」

フィウーメ。ダンヌンツィオが統《す》べる伝説の都市。イタリアおよびヨーロッパの、すべての愛国者と冒険家のために、戦う詩人が用意してくれたエルサレム。この町の名を耳にして、オリンピア劇場に集った数百人のファシストは、万雷の拍手を響かせた。誰もが拍手していた。アメリゴ・ドゥミニも、まともに動く方の手で、麻痺した手の甲を叩いている。

拍手が収まるのを待ってから、ムッソリーニはまた語りはじめた。フィウーメを封鎖している政府の検問所のはるか上空を、戦争のエースパイロットとともに通過したこと。ダンヌンツィオと三時間にわたって意見を交わしたこと。帰路の途中、ウーディネ近郊に不時着したこと。憲兵隊に逮捕され、バドリオ将軍と面会したあとで飛行を再開したこと。操縦席を降りたあと、その足でここにやってきたこと。チマトーリ通りのこの小さな公営劇場の舞台に、空から直接に降りたったというわけだ。喜悦と驚嘆の叫び声が、客席から湧きあがる。

ベニート・ムッソリーニ　フィレンツェ、一九一九年十月十日　オリンピア劇場

飛行士のつなぎで現れるというのは、まったくもってすばらしい考えだった。聴衆の熱狂は尋常ではなかった。孤独にたいする、ささやかな見返りだった。

前日の深夜、最終列車でサンタ・マリア・ノヴェッラ駅に到着したとき、ムッソリーニを待っている者は誰もいなかった。ひとりだとわかると、ムッソリーニは気が楽になり、「オテル・バリオーニ」に投宿してぐっすりと眠った。翌朝、マリネッティが起こしにきた。すでに会合は始まっていて、ムッソリーニが来ないことには出席者は納得しないと言っている。そこでマリネッティは機転を利かせ、清潔な服に着替えるのではなく、油で汚れた白いつなぎを着てはどうかと提案した。

フィウーメからの帰還飛行は、ウーディネのそばのアイエッロ飛行場で幕引きとなった。パイロットのロンバルディは、憲兵に逮捕されてはかなわないと考え、同乗するムッソリーニを途中で降ろし、エンジンも切らずにそのまま飛びたっていった。ムッソリーニは、ヴェネツィア・ジューリア地方の臨時軍事監督官を務めるピエトロ・バドリオ将軍の世話になった。カポレットの敗北という汚辱《おじょく》を被ったあとで、ヴィットリオ・ヴェネトの勝利という栄光に浴した軍人だ。おおやけには、フィウーメのイタリア併合のためなら命をも捨てる覚悟だと宣言していたムッソリーニだが、将軍と内密に交わした会話では、自分には妥協の用意があると伝えていた。さらには、当のダンヌンツィオでさえ、併合とは異なる解決策を受け入れる可能性があることをほのめかし、反逆の都市にたいする批判を緩めて、経済的な支

援を与えるよう将軍に助言した。短い時間ではあったものの、常識人として和やかな会話を交わしたあとで、バドリオはなんのお咎《とが》めもなしにムッソリーニを解放した。おかげでファッショの創設者は、フィレンツェ行きの最終列車に乗車することができた。

いま、劇場のホールにいるファシストたちは、つなぎに染みついたモーターの油汚れに魅了されている。染みの魔法にかかった聴衆は、そこに未踏の大陸の地図を見るような思いだった。それにしても、ホールはがらがらだった。すでに全国一三七か所にファッショの支部が設立され、会員は四〇、〇〇〇人にのぼることを、パゼッラはファシストの前で発表した。失笑物の嘘だった。ムッソリーニにたいしては、五六の支部と、一七、〇〇〇人の会員と伝えていたというのに。もっとも、それすらも嘘だった。ファッショの創設者にはよくわかっていた。支部は多くても二〇か三〇、会員はせいぜい数千人といったところだろう。いずれにせよ、現在のファッショの数は、三月に目標として設定した一〇〇〇にも、七月に設定しなおした三〇〇にも、遠く及ばなかった。数は少なく、まわりとは対立ばかりしている。社会主義者はファシストを憎んでいる。共和主義者は、君主制反対の旗幟《きし》をもっと鮮明にするようファシストに求め、君主制支持者は、ファシストが君主制反対の主張を取り下げることを望んでいる。ブルジョワはファシストの暴力に満足の笑みを浮かべつつ、金持ちの財産を食い荒らそうとするファッショの綱領を読んでは悪態をついている。ナショナリストは、ファシストの愛国精神を称揚する一方で、ファッショの主張に社会主義の残滓《ざんし》が認められると言って非難を浴びせている。そして民主主義者はというと、ファシストを過激派の一種と見なしている。ファシストの側に付いているのは、アルディーティと大戦の志願兵くらいのものだった。

反対者の数は多く、かと言って、明確に「敵」と呼べる勢力は少なかった。そしてベニート・ムッソリーニは、どんな可能性も排除するつもりはなかった。ファシストは「反教条主義者であり、問題提起者であり、躍動者である」ことを、油染みに魅了されているオリンピア劇場の観衆に向けて表明する。ファシストの合い言葉は、未来派のそれと同じだった。統合的であること、陽気であること、速いこと、「いま」を生きること、実践的であること、現代的であること。フィウーメから帰還したばかりだという飛行士は、ファシストは「なんでないか」ということを強調した。ファシストは共和主義者でも、社会主義者でも、民主主義者でも、保守主義者でも、民族主義者《ナショナリスト》でもない。そうではなく、あらゆる肯定と、あらゆる否定を統合する存在なのだ。ムッソリーニは結論づけた。ファシストは、あらかじめ形を与えられているいかなる思想にも与《くみ》しない。ただひとつ、われわれの主義と呼べるものがあるとしたら、それは現実である。

唯一、ムッソリーニが容赦なく切って捨てたのは、ブルジョワの富裕層だった。

「ブルジョワの用心棒、とりわけ、成金どもの用心棒と見なされるようなことだけはあってはならない。この新たな富裕階級は、卑しむべき臆病者でしかないのだから。こうした手合いが、自分自身を守る術を知らなかったとしても、われわれファシストが連中を守ってやる義理はない」

チェーザレ・ロッシとミケーレ・ビアンキは、いまではおおっぴらに「右旋回」を主張していた。ムッソリーニがこだわっている、左派参戦派との共闘という考えは、ロッシやビアンキからすれば埒《らち》もない夢想に過ぎなかった。それにたいしてムッソリーニは、かつての仲間とのつながりは維持すべきだと反論した。少なくとも、戦争を選択した仲間とのつながりは、簡単に捨ててはいけない。孤立だけは、なんとしてでも避ける必要がある。民衆の心は離れていない。われわれはただ、馬にまたがり民衆を導いている口ばかり達者なブルジョワを、鞍から落としてやるだけでいい。民衆とは、その指導者よりも優れているものなのだ。かつて民衆は、ベニート・ムッソリーニを愛していた。きっとまた、昔のように愛するときが来るはずだ。

ムッソリーニが演説を終えると、次はマリネッティの番だった。じつに珍奇な主張ばかりだった。「イタリアの脱ヴァチカン」、二十代の若者から構成される「扇動者機関」を上院の代わりとして設置すること、知識層の礼賛、美術展覧会への入場無償化。未来派の突飛な計画は聴衆を楽しませたものの、政治集会の時間はもう終わっていた。劇場の外では民衆が、ムッソリーニが「まだ心は離れていない」と幻想を抱いている民衆が、ファシストを待ちかまえていた。彼らの手には、石が握られている。

日も傾き、カフェで食前酒《アペリティーヴォ》を楽しむのにちょうどいい時間になった。ムッソリーニとその取り巻きは、カフェ・ガンブリヌスの屋外席でひとやすみすることにした。そのとき、トラムの一五番線で仕事から戻ってきた労働者とのあいだに、乱闘騒ぎが持ちあがった。ほかのファシストは、軍人協会の宴席に参加したあと、カフェ・パスコウスキで締めの一杯を引っかけようとしているところだった。ヴィットリオ広場の店舗はみな、迫りくる騒乱の気配を察知して、すでによろい戸を下ろしていた。警察署長がじきじきに警官を率いて、付近の通りをパトロールしている。拳銃の弾が続けざまに放たれたとき、ムッソリーニ一行はまだ、屋外の席に腰を下ろしてさえいなかった。社会主義を奉じる労働者の一団が、非難の口笛を浴びせかける。籐椅子が宙を舞う。椅子が、棒が、拳が、次から次へと振りおろされる。かつてムッソリーニに心酔していたとあるアナーキストが、混乱に紛れてテーブルに近づき、裏切りへの意趣返しに、ひとつかみの銅貨をムッソリーニの顔に投げつけた。オテル・バリオーニまでは、護衛をつけざるをえなかった。午前中、ムッソリーニやマリネッティとともにオリンピア劇場に現れたのは、フォルリ生まれでかつては鉄道員の仕事をしていた、元アナーキストのレアンドロ・アルピナーティという若者だった。しかし、背が高くがっしりとした体格のアルピナーティは、ファッショの創設者を背後から守っていた。またしても、オテル・バリオーニの前まで追いかけてきた人びととのあいだでふたたび乱闘が起こり、棒を振りまわしての殴り合いが繰り広げられた。ファシストたちはやっとの思いで、建物のなかに入っていった。一行はホテルの広間で飲みなおした。広場には石が散乱していた。

十月十一日の朝、ムッソリーニはようやくフィレンツェを離れることができた。かつて彼を愛し、きっとまた愛するようになるはずの「民衆」に、すげなく追い払われた形だった。自動車に乗って、ロマーニャの生家を目指す。車を運転しているグイド・パンカーニは、空中の戦場で数々の功績を立てた著名パイロットだった。助手席にはパンカーニの義弟であるガストーネ・ガルヴァーニが、後部座席にはムッソリーニと、戦闘ファッショのボローニャ支部に所属するレアンドロ・アルピナーティが坐っている。

後部座席のふたりは、アルピナーティがまだ反抗的な若者で、ムッソリーニがロマーニャ地方の社会主義者のリーダーだったころからの知り合いだった。当時十八歳だったアナーキストのアルピナーティは、社会党のフォルリ支部に乗りこんできては、ムッソリーニ書記に口論を吹っかけていたものだった。あれは一九一〇年のことだった。「労働者のキリスト」ことボンバッチの郷里でもあるチヴィテッラ・ディ・ロマーニャで、アンドレア・コスタの名を冠した市場の発足式が行われた。イタリア社会主義の祖であるアンドレア・コスタは、アナーキストからは裏切り者と見なされていた。なぜならコスタは、王を頂点とする議会に選出されることを受け入れた、最初の政治家だったから。フォルリからやってきた名高い演説家の話を聞こうと、大勢の群衆が演壇のまわりに押し寄せた。頭からつま先まで黒い身なりにまとめたアルピナーティとお仲間たちは、のんびりと壁にもたれかかって、諍《いさか》いが起きるのを待ち受けていた。ムッソリーニは燃えるような目で若者たちをぎろりと見つめ、それから演説の口火を切った。後から振り返ってみるならば、あれは彼の生涯を通じて、もっとも短い演説だった。「アンドレア・コスタの例に続け。墓掘り人の言葉など、耳を傾けるに値しない」。それだけだった。ムッソリーニは壇を下りた。しかし、「墓掘り人」呼ばわりされた十八歳の悪童たちはその後、ムッソリーニの友人となった。

ムッソリーニが思い出にふけっているあいだも、車は快調に走りつづけ、気づけばファエンツァを通過していた。フィレンツェで騒ぎを起こした労働者は、一〇年前に、ムッソリーニがロマーニャの社会主義者のリーダーだったとき、彼を歓呼して迎え入れた人びとだ。同じ人間が、いまは彼に背を向けている。カフェで軽く休憩してから、車はまた出発した。顔に銅貨を投げつけられた男は、車の座席でまどろんでいた。戦闘機のパイロットがギアを入れる。裏切りの鎖は、エンジンの騒音に吹き消された。

全速力で飛ばす車は、踏切の遮断機に激突した。

車に乗っていた四人は、何メートルも離れた場所に、おもちゃみたいに投げ出された。遮断機が下りていることに気づかずに、不注意にもそのまま通り過ぎようとしたこの瞬間、すべてが終わっていた可能性もあった。パンカーニとその義弟は、用水路のなかで仰向けになり、痛みに呻きをあげていた。アルピナーティも打撲傷を負っていた。ところが、ムッソリーニは無傷だった。怪我人が近隣の病院に運ばれていくのを見届けたあと、ムッソリーニとアルピナーティは旅を再開した。敵の憎しみが護符になったのだろうと、ムッソリーニはひとりごちた。

報告二七六四四。本日、フィウーメ帰りのムッソリーニがアイエッロ飛行場に到着。当地まで引率の上、長時間におよぶ意見交換を行う。内容については口外しないとの保証を得る。政府提案の解決策に、ダンヌンツィオが反対を表明しないかぎりは、自身の新聞で政府案を積極的に支持することを当方にたいし言明する。かかる計画をダンヌンツィオがどう見ているかについては、ムッソリーニは明らかにしていない。とはいえ、ダンヌンツィオもまた、併合が唯一の解決策との考えに固執しているわけではないと、ムッソリーニは確信を抱いている模様。

フランチェスコ・サヴェリオ・ニッティ首相宛てのピエトロ・バドリオ将軍の電報、ウーディネ、一九一九年十月八日

われわれに同盟相手はいない。戦闘ファッショの賛同者は、アルディーティと大戦の志願兵だけである。

ベニート・ムッソリーニ、『ポポロ・ディタリア』、一九一九年十月六日

ベニート・ムッソリーニ　ミラノ、一九一九年十月末

悲壮感を漂わせるほかなかった。何百人という聴衆の前で。ロッサーリ通りの学校で、政治集会を開いていたときのことだ。

次回の選挙で、ファシストはどの勢力に投票すべきか。反社会主義という一致点があるからといって、政府与党に投票することは有りえない。ムッソリーニはえんえんとまくし立てた。ファシズムとは革新的で、躍動的で、若々しく、生気に満ちた勢力である。イタリアの政治を若返らせ、大衆の政治参加への道を開くためにファシズムは誕生した。自由主義者、民主主義者、ナショナリストを支持するという選択肢はない。連中は「在庫処分」の対象となるがらくたであり、死者の大陸にほかならない。ファシズムとはあらゆる異分子の避難所であり、あらゆる異端の教会である。カトリックの教会に通いつめる信心家など、遠慮なく嘲笑してやればいい。ファシズムとは、不安、不服、不敵といった性格からなる特殊な思考様式である。過去にはさしたる注意を払わず、現在に奉仕して、未来へ跳躍するための踏み台になる。未来には、特定の主義に閉じこめられた囚人の居場所はない。

すると、ウンベルト・パゼッラが立ちあがり、いつもどおりあれこれと遠まわしな言葉を重ねた末に、選挙に向けて左翼参戦派と連合を形成するのは、ファシストにとっては危険な選択であることを参加者に理解させた。理由はこれまでと変わらなかった。連中は、ムッソリーニの名を名簿に載せる気はないと言っている。社会主義の全陣営から怒りを買うことを、左翼参戦派は恐れているのだ。

昨日まで、参戦派との連携をかたくなに主張していたムッソリーニだったが、先方の拒絶の意思が揺るがないことを見てとると、今度はファシストにたいして、連合の形成は避けるべきだと説得しなければならなくなった。ムッソリーニはアクロバティックな身ぶりでもって、一八〇度の旋回をやってのけた。ふたたび声を張りあげて、参戦派との連携に反対の意を示す。錯綜する理屈、震える声、昂《たかぶ》る感情。ムッソリーニにとって、参戦派の名簿から除外されるのは、ファシストの名簿に不記載となるよりも受け入れがたいことだった。なぜなら、ムッソリーニこそが、イタリア参戦の主唱者だったのだから。警察の打擲《ちょうちゃく》に耐え、戦場では全身に五六個の臼砲の破片を浴びた。その自分が、参戦派の名簿に載らないだと？　考えられない。左翼参戦派を擬人化したのがこの私だ。私の肉には、参戦派の瘢痕《はんこん》が刻まれているのだ。それに、参戦派はとんだ思い違いをしている。どこの馬の骨ともわからない連中ばかりの名簿を提出したところで、社会主義者がムッソリーニを無力化できるわけではない。

しかし、今回ばかりはファシストを説き伏せるのは難しかった。個人的な事情にもとづく方針転換であることが、あまりにも明白だったからだ。演説者がひと息ついている隙に、聴衆のなかのひとりが立ちあがり、次のように異議を唱えた。「なら、どうして二日前の集会で、いま話したようなことを伝えてくれなかったのですか？」この局面を乗り切るためには、悲壮な表情を作らざるをえなかった。「それは、息子が死にかけていたからだ！」両の拳を握りしめ、ムッソリーニは叫んだ。

すべての出席者が立ちあがり、傷心の父親に拍手を送った。少なくとも、この場にいる半数以上は、もうムッソリーニの方針に抗おうとはしないだろう。集会はいつもこんな具合だった。いま、その場で必要となる感情を、うまくつかみとらなければいけないのだ。なにもかもが芝居だった。たとえその感情が、嘘偽りのないものであったとしても。いや、むしろ、嘘偽りのないものであった方が、集会はより芝居じみたものになった。

事実、このときムッソリーニが味わっていたのは、正真正銘の苦悶だった。妻のラケーレはまる二日間、変わり果てたぼろぼろの顔で彼を見つめていた。全身が麻痺したようになりながらも、時おりびくりと身を震わせて、息子ブルーノの揺りかごの傍《かたわ》らにたたずんでいた。言葉より行動の男として、多くの人びとから恐れられ、崇められ、あるいは憎まれてきたムッソリーニは、まだ生後一八か月にもならない、この小さな存在に迫りくる危機に、完全に打ちのめされた。ブルーノは顔を黒く染め、息を切らし、ほとんど窒息しそうになっていた。ジフテリアに感染し、扁桃腺《へんとうせん》が赤く腫れて、体がひどくむくんでいる。高熱が出て、すぐに気管支肺炎を併発した。赤ん坊の父親はその場に立ちすくみ、激しい苦悩に体の自由を奪われたまま、息子の体のなかでなにが起きているのか想像した。気管の上方に細菌が忍び入り、小さな喉頭に偽膜《ぎまく》が次々と積み重なって、呼吸障害を引き起こしている。呼吸はどんどん荒くなり、ついには「ひゅーひゅー」と耳障りな音まで響かせるようになった。戦闘ファッショの創設者には、赤ん坊の上で身をかがめ、かすかな吐息が立ちのぼる小さな乾いた唇を見つめることしかできなかった。

病気が相手のときはいつもこうだ。内なる敵の襲撃はムッソリーニを戦慄させる。というのも、やつらはけっして戦いの舞台に現れないから。観客はいない。見せ場もない。病の前で芝居はできない。これでは、病に立ち向かう勇気など持ちようがなかった。

妻のラケーレは違った。彼女には学がなかった。二十九歳にもなって、読み書きも満足にできなかった。ラケーレから届く手紙には、いつもかならず綴り字の間違いがあった。ムッソリーニがラケーレを欲したのは、抑えがたい性の衝動につき動かされたからだ。ラケーレは、ムッソリーニの継母の末娘だった。ブロンドの、豊満な体つきをした娘だった。ある晩のこと、若きムッソリーニはラケーレの手を引いて、フォルリの酒場でグラスを傾けていた父親と継母の前に姿を現わした。この娘と結婚させてほしい。駄目だと言うなら、彼女を殺して自分も死ぬ。ムッソリーニはそう言ってふたりを脅した。けっきょく、ラケーレとの結婚は認められた。

ラケーレは無学な女で、学校にはいちども通ったことがなかった。小さなブルーノが死の危機に瀕していることさえ、彼女にはわかっていなかった。むしろ、ただの風邪だろうと言って高をくくっていた。深刻な状況を察知したのは、妻ではなく、愛人のサルファッティだった。逢瀬に遅れた言い訳として、息子の症状を語って聞かせるなり、サルファッティは診断を言い渡した。「ジフテリアだわ！　タクシーでお医者さまを呼んできなさい」。家族ぐるみの付き合いがある友人で、ムッソリーニが戦争で負った傷を治療してくれたこともあるビンダ医師は、赤ん坊の気管にカニューレを挿入し、口からこぼれ落ちないように注意してほしいと夫妻に伝えた。無神論を標榜する家庭では、祈りを唱えるわけにもいかなかった。だから、苦悩に打ちひしがれた父親は、壁を向いてただ願った。

たいするラケーレは、無知な女なりに、朝も夜も両腕に息子を抱いて、呼吸が楽になるよう願いながら、薄暗い廊下を行ったり来たりしていた。よくできた、善良な母親だった。ブルーノより前に、三人の子供を産んでいた。母親の腕のなかで、ブルーノはまた息をしはじめた。すると、魔法にでもかけられたかのように、赤ん坊の父親も息をできるようになった。

しかし、それは毒を孕んだ魔法だった。束の間の喜びに浮かれたあと、すぐにペテンに気づかされた。目には見えない細菌が、あとひとつ、咽頭の粘膜に張りつくだけでじゅうぶんだった。生まれたばかりの赤ん坊は、もう死んでいた。こんな些細なことで逝《い》ってしまった。スペイン風邪の猛威はいまだ衰えず、無数の揺りかごから小さな命を奪っていった。幼子たちの儚い生は、茶番めいた道化芝居のようなものだった。しかし、それを言うなら選挙も同じだ。投票箱から救世主が現れることを期待するなど、茶番でないならなんだと言うのか。鉛筆で線を引かれた紙切れの山が、歴史の暴力を埋め合わせると、人びとは本気で信じているのだろうか。

彼は彼で茶番を演じていた。ローマ進軍を熱望するダンヌンツィオに、ムッソリーニは相変わらず、選挙の結果を待つようにと助言していた。ファッショの創設者はフィウーメの司令官に、何度も同じ言葉を繰り返した。なにがあろうと、十一月十六日までは待たねばならない。というのも、ムッソリーニが確信しているところによれば、まさしくこの日に、フィウーメをめぐる全国民の意思が明らかになり、「新たな人びと」が選挙集会から巣立っていくだろうから。

実際には、ムッソリーニは時間稼ぎをしているだけだった。選挙はネズミ捕りの罠であり、たんなる目くらましでしかない。選挙集会からはいっさいなにも出てこないし、ましてや、投票箱から救世主が出てくることなど有りえない。いま必要なのは、ふたたび火器を用意しておくことだ。この旗のもとに集う者は、投票をしている場合ではない。それよりも、次なる勝利のために、血みどろの勝利のために備えるべきだ。

決意は固まった。社会主義者が彼を憎むなら、左翼参戦派の同志が彼を名簿に載せないと言うなら、歴史ある政党が廃棄を待つばかりの「がらくた」であるなら、ファシストは単独で立つしかない。軍人とアルディーティが支えてくれる。そのほかに仲間はいない。ムッソリーニの名は、名簿の筆頭に記されるだろう。

サルファッティはせせら笑った。「本気なの？　選挙なんてくだらない、自分はぜったいに立候補しないって、つい昨日まで言ってたのに」

ああ、そうとも、昨日までは……だが、明日は昨日とは別の日だ。

わが親愛なるダンヌンツィオ、すでにペドラッツィが、現状にかんする私のおおよその見解をお伝えしたことと思います。いまは書類の沼に埋もれつつあります。情けない話ですが、やむをえません。社会主義者の喧《やかま》しく汚らわしい思索にとって、選挙とは格好の口実なのです。たいする私たちにとっては、選挙は結束と擬態の手段です。ようやく、なにがしかの準備を済ませることができました。軍服を着て武装した男たちによる、二〇人単位の部隊を組織しているところです。言葉の自由を取り戻すため、先々の計画のため、あなたからの指令を実行するための部隊だと思ってください。総体的に見て、状況は芳《かんば》しいとは言えず、運動の足並みはそろっていません。私たち大都市に暮らす人間は、いつ社会主義の波に呑みこまれてもおかしくありません。

ベニート・ムッソリーニによるダンヌンツィオ宛て書簡、一九一九年十月三十日

ガブリエーレ・ダンヌンツィオ　フィウーメ、一九一九年十月二十四日

ラ・スペツィアの港を出た汽船「ペルシャ」は、メッシーナに寄港して積み荷を済ませたあと、シチリアの沖に出て、マグロやメカジキの群れが行き交う鏡のような水面を進んでいった。本来なら、そこからウラジオストクや、あるいはどこか中国の港を目指して、スエズ運河の方角へ向かうはずだった。ところが「ペルシャ」の船員は、突如として航路を変えた。鉄砲、弾薬、食糧など、船には貴重な品々が山と積まれている。これらはもともと、ロシアに届けられる予定だった。いまなおツァーリに忠誠を誓うコサックの将軍に率いられた、反革命の部隊を支援するための物資なのだ。それなのに、船はアドリア海を北上し、自由都市フィウーメの反逆者に武器を提供することになった。

のちに創作された伝説によれば、「ペルシャ」の航路を変えさせたのは「ウスコック」と呼ばれる海賊だということになっていた。ダンヌンツィオに心酔するウスコックは、イタリアの正規軍に包囲されたフィウーメを援助するために、アドリア海での海賊行為を活発化させた。食糧を略奪し、汽船に襲いかかり、そうやって、新たな神話を創出しているとの触れ込みだった。実際には、汽船を制圧し、フィウーメに向かうよう船員に強要したのは、船員連盟でトップを務めるジウレッティ将軍だった。民衆の自由のため、それになにより、組合の労働者にたいする譲歩をイタリア政府から引き出すために、ジウレッティ将軍はダンヌンツィオと結託した。こうした次第で、十月十四日以降、「ペルシャ」はカルナーロ湾に停泊していた。ロシア白軍に届けられる予定だった武器弾薬は、ダンヌンツィオの軍団の倉庫

にて保管された。フィウーメという小さな町が、いまや世界的な闘争の火種になりつつあった。虐げられた若き民衆と、フィウーメ抜きに戦後秩序を構築しようと躍起になっている世界の老いた権力者との戦いだ。

他方、わずか一か月かそこらのあいだに、フィウーメは現代世界の縮図のような土地に変貌していた。民族主義者《ナショナリスト》と国際主義者、君主制支持者と共和制支持者、保守主義者と労働組合主義者《サンディカリスト》、聖職権主義者と無政府主義者《アナーキスト》、帝国主義者と共産主義者など、あらゆる主義を掲げる人びとが、この反逆の自由港に集結した。全ヨーロッパの政治的、社会的、芸術的前衛が、驚異の見本市に駆けつけた。夢想家、絶対自由主義者、革命家、反順応主義者、冒険家、英雄と落伍者、気忙《きぜわ》しく奇行に富む才人、苦行者と行動家、失うものなどなにもなく捨て鉢になった人びと、心躍る経験を探しもとめる億万長者、乱暴な若者、パリの文壇で名を馳せていた作家、菜食主義の芸術家、改革派の司祭、軍服を着た勇ましい女性、バレリーナのように着飾った軍人、女性をものにしようとする遊び人、少年をものにしようとする同性愛者。混淆《こんこう》が熱狂をもたらし、祭りは完全な無礼講と化し、放縦が日常となって、いっさいの抑制が忘れられ、見せ物は途切れることなく、ひっきりなしに祝典が催された。個人主義、海賊行為、奇行、侵犯、薬物、性の自由、世界主義、フェミニズム、ホモセクシュアル、アナーキズムが、フィウーメを世界の外側へ押しやり、しかも同時に、世界の上部に鎮座させた。もはやひとつの世界ではじゅうぶんではなかった。権力者が住まうローマの宮殿の廊下では、相も変わらず政治屋どもが奸計をめぐらし、策略を練り、時間稼ぎをして、妥協案をこねくりまわしていた。これが、言うなれば「下の世界」だ。フィウーメは、ガブリエーレ・ダンヌンツィオの見方によれば、「超-世界」だった。ふたつの世界は断絶されており、たがいに往き来することは叶わない。

ニッティ政府はティットーニ外相を通じて、反逆者たちに外交上の妥協策を提示した。それはすなわち、フィウーメをイタリアの監督下に、港と鉄道を国際連盟の監督下に置くことにしてはどうかという提案だった。いかにも時代遅れのごまかしだったが、ニッティにはそれより良い策は思いつかなかった。大衆政治は、伝統的な権力者の関心の埒外にあった。彼らにとって民衆とは、遠ざけ、監視し、飼い犬のように躾《しつ》けてやる対象だった。そうすれば民衆は、永遠に成熟を知らずにいるだろう。権力を牛耳《ぎゅうじ》る老いたがらくたは、民衆の合意を形成する術を知らなかった。そんなもの、理解する気も、追い求める気もさらさらなかった。丘のどこかの会員制クラブに閉じこもり、古くからの顔なじみを相手にカードゲームに興じることが、彼らにとっての政治だった。

反対にダンヌンツィオは、みずからの意志に沿って大衆を造り変えることに全力を注いでいた。交渉の行き詰まりからくる危機に直面すると、民衆の合意に信を置いたうえで、十月十六日に知事を辞職し、新たな市議会を発足させるための選挙を二十六日に行うと告示した。ダンヌンツィオの計画は単純明快だった。第一次大戦末期の一九一八年十月三十日、フィウーメのイタリア人は、この町のイタリアへの併合を宣言した。それからちょうど一年後のいま、民衆が怒りに沸騰するなかで選挙を行うことにより、フィウーメ市民の揺るぎない意思をあらためて内外に示すつもりなのだ。権力者から無視されなければ、権力者がきちんと注意を払ってやりさえすれば、大衆は望むとおりに動いてくれる。統治者は、ただ導くだけでいい。そうすれば、大衆はみずから進んでついてくる。

選挙運動の熱狂は、ヴェルディ劇場で開かれた大規模集会で最高潮に達した。十月二十四日の晩、集会が始まる二時間前から劇場は大入り満員だった。午後九時きっかりに、ダンヌンツィオが姿を見せた。いったん静かにするようにと、司令官はかなり長い時間をかけて、聴衆に言い聞かせなければならなかった。度重なる懇願にもかかわらず、愛情のこもった割れんばかりの拍手は、少なくとも一五分間は鳴りやまなかった。ようやく詩人が語りはじめると、なにか新しい事態が起きたことが、ただちに明らかになった。

ダンヌンツィオはまず、イタリアたらんとするフィウーメの意志を、自由なイタリアの自由な町たらんとするフィウーメの意志を称揚した。そして、この自由な国家の国境線がどこで引かれるべきなのか、地図製作者も顔負けの正確さでもって詳述した。土地や、国家や、島や、群島や、果ては、なんの重要性も持たない小さな岩礁にいたるまで、事細かに列挙していく。ここまではいつもどおり、貪婪《どんらん》な衒学《げんがく》者による愛国的な議論だった。ところが、ある段階までくると、演説が上昇をはじめた。詩人はいま、第二の離陸を試みようとしている。この日の演題は「イタリアと生」に設定されていた。しかし、今夜のフィウーメはもう、たんなるイタリアの一都市ではなかった。フィウーメは魔法にかけられ、世界に光を与える灯台に、「西洋を照らすであろう新たな炎のきらめき」になった。しかも、フィウーメはもはや「犠牲の町」ではなかった。まるで、人生のなかばで信仰の危機に陥ったあと、ふたたび神を見いだした司祭のように、ダンヌンツィオは今宵、第二の召命を、より困難な召命を得るにいたった。いまこそ詩人は、フィウーメを「生の町」に変えなければならない。

ダンヌンツィオは行政府の長として、経済の状況が日に日に悪化していることを把握していた。港に商船の姿はなく、生活必需品も不足するようになり、新通貨のインフレは昂進を続けている。それでも、勝負師たる彼は賭けに出た。飛行士は操縦桿をみずからに引き寄せ、大いなる理想とは魂の理想、不死の理想であると宣言した。詩人はなおも上昇し、高度を上げる。

あらゆる背景を持ったあらゆる蜂起者が、われわれの旗のもとに集うだろう。武器を持たない人びとは武装するだろう。力には、力でもって対抗することになるだろう。アイルランドの不屈の政党シン・フェーンから、半月と十字を組み合わせたエジプトの緑の旗にいたるまで、あらゆる反乱の精神がわれらの炎に触れてふたたび燃えさかり、生き血を啜る強欲者どもに抗おうとするだろう。富を横領し積み立てることに長けた国家に抗して、略奪を生業《なりわい》とする血統に抗して、貧しく自由なすべての男たちからなる新たな十字軍を結成しよう。われわれの理想はなによりも偉大で、なによりも美しく、この世界の愚昧と卑劣の対極に位置している。いまこそ、未来に向けて飛びこんでいくときなのだ。

一九一九年十月二十四日、ダンヌンツィオがヴェルディ劇場で話しているあいだ、時間は宙づりになっていた。退屈に感じるまでに拡張されたかと思うと、ほんの一瞬を目がけて急降下する。戦術もなければ、戦略もない。いま、フィウーメ市民に向かって語りかけているのは、人ではなかった。彼はひとつの出来事、ひとつの事件だった。結果がどうなるかは測りようがない。詩人の行動に目的はなく、歴史的な企てと子供じみた気まぐれのあいだで蕩尽《とうじん》される。フィウーメは、「生の町」は、イスラーム神秘主義の乞食僧《デルヴィーシュ》のように、みずからの背骨を軸にして永遠に回転しつづける。

フィウーメの民衆は選挙を通じて、詩人と、詩人が掲げる「未来」に、圧倒的な信任を与えた。

ベニート・ムッソリーニ　ミラノ、一九一九年十一月十一日

戦闘ファッショの一度きりの選挙集会は、ベルジョイオーゾ広場で開かれることが決まった。ミラノの優雅な中心部で、まわりには新古典主義様式《ネオクラシック》の洗練された邸宅が立ちならんでいる。貴族のための野外広間といった趣がある界隈だ。集会の数日前、ムッソリーニは下調べのために、実際に広場を訪れていた。「ここなら問題ないな」。わずか五分で彼は決定を下した。ここを選んだ理由は、一方の側にのみ開けているため、襲撃を受けた際に身を守るのに適しているからだった。

選挙運動はものものしい雰囲気のなかで展開された。救世主《メシア》の到来を待ち受けるような、狂信的な空気があたりを満たしていた。社会主義を奉じる労働者は、一九一五年に戦争に賛意を示した陣営の政治集会を、手当たり次第に襲撃していた。労働者は、拷問の被害者が加害者にたいして抱くような激しい憎悪をもって、参戦派を攻撃した。広場で参戦派と遭遇しても、プロレタリアの群衆は彼らのことを、「政治的見解を異にする人びと」とは見なさなかった。そうではなく、参戦派はプロレタリアにとって、単純に「敵」だった。社会主義穏健派のトップを務める、高名かつきわめて廉直なビッソラーティは、一九一五年に参戦肯定の立場を示し、齢六十にして志願兵となって、実際に戦地に赴き従軍した。ただそれだけの理由で、ビッソラーティは生地クレモナでの選挙演説を妨害された。共和主義者のピエトロ・ネンニが登壇した、ロマーニャ地方のメルドラでの政治集会は、会場で発砲騒ぎが起きたために中断を余儀なくされた。サンピエルダレーナでは、参戦派の社会主義者カネパの政治集会が、棍棒を振り

まわす最大綱領派の社会主義者によって中止に追いこまれた。

予期される襲撃から身を守るために、ムッソリーニは年季を積んだ共和主義者とアナーキストの一団を、ロマーニャから呼び寄せた。「儀仗兵《ぎじょう》および死の小隊」として、自身の傍《かたわ》らに控えていてほしいと、ムッソリーニは要請した。フィレンツェの乱闘騒ぎのときと同様に、レアンドロ・アルピナーティが背後を守ることになった。ダンヌンツィオは自身の軍団から、六〇名の兵隊をミラノに派遣した。ムッソリーニにたいしては、彼らを護衛として雇うために、フィウーメのための寄付金を使うことを許可していた。さらに、近隣の都市からもファシストの集団がやってきた。旅費および滞在費の名目で、一グループにつき三〇リラが支払われる取り決めになっていた。ファッショのクレモナ支部の創設者で鉄道員のロベルト・ファリナッチは、総勢四名の自身のグループにたいし、三〇リラではなく一〇〇リラを支給するよう要求した。自分が連れてきたのは、いざというときもっとも頼りになるごろつきなのだと主張していた。要するに、悪事の専門家だ。アルビーノ・ヴォルピをはじめとするアルディーティは、リュックサックに鉄パイプや手榴弾をいっぱいに詰めこんでいた。ムッソリーニは各人に正確な指示を出した。集会を妨害しようとする輩《やから》をいち早く見つけだすために、ファッショのメンバーは息を潜めて会場の警備にあたること。衝突が起きた場合は、一般の聴衆をモローネ通りに誘導して速やかに避難させること。女と子供を広場に入れないこと。集会の進行は迅速を心がけること。雨天でも、集会は予定どおり挙行される手筈になっていた。

候補者の選定も迅速だった。ファシストが独自に候補を立てて選挙を戦うことが決まると、一〇分もたたないうちに名簿の顔ぶれが確定した。素性の卑しい手合いのなかに、時おり有名人も混じっていたが、いずれにせよ、全員が先の大戦に参加した軍人だった。一九人の候補者のうち、一八人が前線での戦闘を経験していた。そのなかには志願兵が七名、銀メダルの勲章を授かった者が五名いた。一八人のうち八人が戦闘で負傷し、二人は障害を負っていた。名簿筆頭者のムッソリーニのほかには、未来派の詩人フィリッポ・トンマーゾ・マリネッティ、反聖職権主義者のポドレッカ、サンディカリストのランジッロ、起業家のデ・マジストリスらが目ぼしい候補者だった。変わり種としては、著名なオーケストラ指揮者で、ミラノ・ファッショの熱心な会員でもあるアルトゥーロ・トスカニーニがいた。この「巨匠《マエストロ》」は、学校の体育館で開かれた会合の最中に、自分の名前が立候補者名簿に載っていることを知らされた。そのとき彼は、ほかの聴衆から離れた場所で、用具棚にもたれかかりながら話を聞いていた。立候補を受け入れるよう、マリネッティが巨匠を説得した。トスカニーニは承諾したばかりでなく、選挙資金として三〇、〇〇〇リラを提供することを約束した。綱領は、「サン・セポルクロ綱領」から変わりなかった。ムッソリーニがぐずぐずと断ち切れずにいる社会主義への未練は、けっきょくそのままに放置してあった。上院の廃止、税制改革、個人資産の大幅な縮減、教会財産の没収、傷痍軍人や退役者を対象とする就職斡旋、軍備の拡張。選挙戦のシンボルには、戦時中にアルディーティに支給されていた、フランス企業「テヴノ」が製造する手榴弾が採用された。選挙ポスターにも「テヴノ」の文字が躍り、選挙名簿を貼りつけた手榴弾が高々と掲げられていた。

集会は午後九時からの予定だった。八時になり、あたりがすっかり暗くなっても、ベルジョイオーゾ広場には人気《ひとけ》がなかった。中心街の邸宅に暮らすブルジョワは、早々と家のなかに閉じこもっている。やがて、唯一通行どめになっていない、エウローパ通りの側で警備に当たるアルディーティの隊列の傍らを、ちらほらと小ぶりな集団が横切ってゆき、仮設の演壇の前に人垣ができていった。演壇というのは、兵士の移送のために使われる軍用トラックのことだった。隊旗に飾られたその車両は、モローネ通りと旧アレッサンドロ・マンゾーニ邸のあいだを斜めに陣取り、交通を遮断していた。一八四八年、オーストリアによる支配に反旗を翻した若者たちが、イタリアでもっとも偉大な作家に陳情するためにこの家を訪れた。路上に出て、バリケードに群がる人民を導いてほしいと要請したのだ。ところが、実年齢にも増して老成してしまったマンゾーニは、長く続く不眠のために神経が衰弱していたことも相俟《あいま》って、若者たちの申し出を撥《は》ねつけた。イタリア人民の決起を生涯にわたって待ち望んでいたはずなのに、作家はけっきょく、その現場に居合わせることはなかった。耐風たいまつがファシストのトラックを照らし、背後のマンゾーニ邸に影を浮かばせている。それはまるで、バラ色のテラコッタからできた優美なファサードを破壊しようとする、巨大な猛禽のくちばしのようにも見えた。トラックの四方では、武装した少人数の男たちが、間隔を詰めて隊列を組んでいる。

小さな広場に、徐々に人が集まってきた。たいまつが点々と輝く闇のなかで、群衆は静かに定刻を待っていた。夜は深まり、あたりを照らす明かりはいかにも陰鬱だった。たいまつのほかには、傾《かし》いだ月のわずかな光しか届かない。柱の部分が弓形になった街灯が、広場からやや離れたオメノーニ通りの曲がり角を、ぼんやりと照らしている。

すると不意に、大戦中に「中間地帯《ノーマンズランド》」を照らすのに使われた照明弾が、トラックの裏手で「シューッ」という音を立てた。沈黙が戻るまでのほんのわずかなあいだ、砲弾の放つ光がミラノの夜空に乳白色の放物線を描き、見る者に交戦地帯にいるかのような錯覚をもたらした。軌道を描き切った砲弾は、新古典主義様式の邸宅の屋根に光を反射させながら、ぱらぱらと落下していった。広場にいる全員が、魔法に魅せられた子供のように、神秘を前にした太古の人類のように、光り輝く虹色の泡を目で追っていた。それは信号拳銃「ベリー」から放たれた照明弾だった。先の戦争では、闇夜に包まれた塹壕に身を潜める兵士の頭上を、この照明弾が流れ星のように行き交っていたものだった。

アルディーティの大尉であるフェッルッチョ・ヴェッキがトラックの荷台に上がった。いつもどおりの激越な口調で、聴衆を相手に猛烈にまくし立てる。敵陣への襲撃や、自軍が陥った窮地など、戦争が血を噴き出して溶解していく瞬間について、ヴェッキは熱弁を展開した。四散する兵士、クラス台地の溶鉱炉で花開く歩兵、短剣に姿を変えた反逆の魂について、ヴェッキは語った。どす黒い私欲の絡まり、ペテン、不誠実な議会主義、貧乏人や零細企業に金を貸さない銀行、ブルジョワによる永続的な裏切り……私心なき使徒であるアルディーティは、こうしたすべての「黴《かび》」と敵対することをここに誓おう。この手で破滅させてやりたいのは、「富」ではなく「富者」である。善良なる人びとよ、潮は満ちている。われわれ貧者が、正義を実行するときがきた。かつては平静そのものだった潟《ラグーナ》でさえ、熱狂に波立っている。はるか先で、黒い旗がはためいている！

ヴェッキは声を張り上げて、錯乱の産物としか思えない比喩を次々に繰り出した。力を込めるあまり、喉の血管が膨らんでいる。だが、「ベリー」の照明弾の前では、ヴェッキの言葉は無力だった。空を行き交う、物静かな絢爛《けんらん》さをたたえた光に、聴衆はみな目を奪われていた。

次に、ベニート・ムッソリーニが演壇に上がった。小ぶりな群衆は歓呼して彼を迎えた。「死の中隊」の創設者であるバゼッジョ少佐が、棒を振りあげて静粛を求めた。ムッソリーニのそばにたいまつが設置されると、聴衆はぴたりと話すのをやめた。ムッソリーニは、小雨を防ぐためなのか、奇妙な防寒帽をかぶっている。

哲学者のような語り口で、ムッソリーニは話しはじめた。

「現代社会の生には、驚嘆すべき複雑さが備わっている」。この社会が突きつけてくる、先延ばしできないさまざまな要請に応えるためには、技術的な専門家や、偏見に囚われていない自由な人間が必要になる。言い換えるなら、いま必要とされているのは、「過去の崩壊」である。悪事によって得た富と、誠意も実行力も欠いた愚鈍さをひけらかす、他者に寄生するしか能がない怠惰なブルジョワを、われわれは一掃しなければならない。私はプロレタリアートの敵ではない。それは謂れなき中傷だ。私はつねに、金属労働者の一日八時間労働を勝ちとるために闘ってきた。私はただ、独裁に反対しているだけであり、だからこそ、プロレタリア独裁にも反対なのだ。それがすべてだ。私たちはときに暴力的な集団と見なされるが、これも間違っている。たしかに、攻撃を受ければ応答はする。しかし、ファシストはけっして血を好まない。個人としての見解を述べさせてもらうなら、私は暴力には反対だ。選挙に勝つかどうかは重要ではない。国会議員のバッジなど、私にはどうでもいい。

先に舞台に立ったヴェッキと同様、ムッソリーニも声をからしてがなり立てた。しかし、彼もやはり、照明弾の魅力には勝てなかった。会場に、社会主義者らしき人物はひとりもいない。集会開始の合図に魅せられたまま、群衆は静かに演説を聴いていた。人びとはため息をついた。なるほど、現代社会の生には驚嘆すべき複雑さが備わっている。そして、「ベリー」の照明弾のなかに、集会の始まりと終わりを知らせる彗星の尾のなかに、そのすべてが溶け去って、やがて鎮まるのだ。戦争の単純化がこうも露《あら》わになったのは、戦後はじめてのことだった。

集会が終わり、マンゾーニ通りを歩いているとき、マリネッティはファシストの肩に馬乗りになり、目の前の光景を凝視した。中心街の優雅な通りを、夜半に群衆が行進していく。密集し、整然とした列を作って、旗や、棍棒や、たいまつを揺らしている。

今日《こんにち》の謎めいた大都会の市民に、濃く密な暗がりの住人に、実存というものを理解せぬまま実存に打ち負かされた人びとに、暴力の輝きを与えるがいい。光への血塗られた欲望に、きらめく照明弾を与えるがいい。人びとに宿命を与えるがいい。そうすれば、彼らはきみたちについてくるから。

いま起きているのは、もともと予見されていたことだ。プロレタリア人民は、長きにわたり傷つけられ、苦しめられてきた激情の暴発をもって、彼らを侵害する者、迫害する者に反抗している。現在の政治が抱えている問題について、穏やかで宥和的な空気のもと議論を交わしたいと請われても、土台無理な相談だ。そうした呼びかけは、毒を孕んだ空気のなかに消失してしまう……プロレタリア人民が目の前に見ているのは、政治的見解を異にする人びとではない。参戦派の各陣営は、敵そのものである。プロレタリア人民にとって参戦派とは、戦争を欲し、強要し、そこから利益を掠《かす》めとった存在なのだ。

『アヴァンティ!』、一九一九年十一月一日

今夜の集会にかんする注意事項。

ファシスト、アルディーティ、復員兵、義勇兵、軍人、未来派、未来派の学生は、集会会場に参集するため、定刻通り自身の持ち場に集まること。

集会は雨天の場合も決行される……衝突が起きた場合、一般の聴衆を速やかにモローネ通りに誘導し、そこからマンゾーニ通りの方角へ避難させること……閉会に合わせて、「エヤ、エヤ、アララ」と掛け声をかけること。その後、ファシストは密に隊列を組んで、モローネ通り、マンゾーニ通り、スカラ広場、シルヴィオ・ペッリコ通りを行進する。最後まで騒動を起こすことなく、ファシストの選挙対策委員会事務所前で散会することが望ましい。

ファシスト選挙集会が、混乱なく、厳粛な空気のもと挙行されるよう（もちろんそうなるに違いないが）、このほかにも、おおやけにするのに適さない細やかな対策がとられている。

『ポポロ・ディタリア』、一九一九年十一月十日

ニコラ・ボンバッチ　ボローニャ、一九一九年十一月はじめ

ネットゥーノ広場では、海神の像のまわりに一〇万を超える人びとが群がっていた。一〇万どころか二〇万、あるいは、もっと多いかもしれない。「ロマーニャのレーニン」がなにか言うのを、全員が待ちかまえている。だが、彼はためらっていた。すでに二〇分前から話しつづけているというのに、肝心な言葉を口に出せずにいた。神聖な事物を前にしたときの気おくれが、彼の口を重くしていた。

群衆の背後、ニコラ・ボンバッチから見て正面に、身をよじらせた巨大なブロンズ像が、大理石に覆われた水槽の上で屹立している。広場の名前の由来になっている海神《ネットゥーノ》は、四匹のイルカを従えている。この海の獣は、ガンジス、ナイル、ドナウ、アマゾンの四河川を、すなわち、彫像の制作当時に知られていた四つの世界を象徴している。海神は垂直方向に力強く伸びあがり、時化《しけ》を宥《なだ》めようとするかのように、風が吹く方へ左手を伸ばしている。しかし、十六世紀に、みずからの権力の象徴としてこの像を彫らせた教皇は、もはや世界の支配者ではない。二十世紀には別の神がいる。もう、「革命」という言葉を抑えつけておくことはできない。

十月はじめにボローニャで開かれた社会党の第一六回党大会で、革命をめぐる党の方針が決定された。最大綱領派の大多数は、「プロレタリアの歴史においてもっとも幸福な出来事」である、ボリシェヴィキ革命に依拠する綱領に賛意を示した。革命の実現を考慮に入れて、党の憲章さえ書き換えられた。それは、イタリアではじめて労働運動を繰り広げた、十九世紀の英雄たちが起草した文章だ。時は移ろい、

革命の時代がやってきた。時の成熟を早めるために、党大会ではニコラ・ボンバッチが書記長に選出された。ほかでもない、イタリアにもソヴィエト共和国が到来すると予言していた、「労働者のキリスト」だ。すべての権力が、会議《ソヴィエト》に集ったプロレタリアートに委ねられることを、ボンバッチは力説した。腹を満たす資格があるのは、労働に従事する者だけだ。ボンバッチはただちに、ロシアのプロレタリア委員会のシンボルを採択した。交差する槌《つち》と鎌が、二本の麦の穂に取り巻かれている。この上なく新しく、それでいて永遠でもある、偉大なシンボルだ。この図像は完璧な循環を、解放された世界の全体性を、終末に達したのちに再出発する歴史を表現している。それでも彼は、労働者の群衆と海神を前にして、あの言葉を口にするのをためらっていた。革命。

左手で時化を宥めようとしている海神は、右手には三叉の戟《ほこ》を握りしめている。これさえあれば、七トンある鯨の内臓を引きずりだすこともわけはない。そう、問題はここだ。暴力と、どう向き合うか。これについては、党大会でも長らく議論を重ねてきた。毎日のように議論が交わされ、結論はひたすら先送りにされた。ジェンナーリは革命を「歴史的に必須」であると判断し、ラッツァーリは「数学的確実さ」が得られるまで待つべきだと警告した。セッラーティによれば、「高らかな一歩を踏み出す前に、せめて地ならしをしておくことが必要」であり、トゥラーティは革命を狂気の沙汰と見なしていた。人道的社会主義の長老トゥラーティの議論は明快だった。現時点では、社会主義者が革命を唱えたところで、誰も本気にはしないだろう。しかし、革命の成就のためにほんとうに暴力に訴えたなら、喜ぶのはむしろファシストたちだ。なぜなら、ファシストは社会主義者より、はるかに暴力に長けているのだから。いつもどおり、トゥラーティは正しかった。社会党の指導者のなかに、前線で戦った経験がある者はひとりもいない。われわれと敵のあいだには、世界大戦という、埋めようのない隔たりがある。ファシストの短剣が、社会主義者の鎌と槌に恐れをなすなど考えられない。

イタリアにおけるコミンテルンの代表であり、労働大会の舞台の裏側でひそかに革命に備えていたウラジーミル・ドゥゴットも、さしあたってはトゥラーティと同じ考えだった。彼はイタリア社会党の指導者であるセッラーティを、権力志向の政治屋と見なしていた。いまは左派、いまは改良派と、そのときどきで協調する相手を取り替えるセッラーティには、自分の信念というものがない。まさしく、メンシェヴィキによくある態度だ。こうした手合いは、革命について美辞麗句を並べることには長けていても、いざ実行という段になると、途端に怖じ気づいてしまうものなのだ。ジェンナーリは「非凡なマルクス主義者だが、進取の精神に欠けている」し、グラムシは「ほかのどの同志よりもロシアの革命について深く理解しているものの、大衆に影響を及ぼす術を知らない」。ドゥゴットや、彼を通じてイタリアの状況を知らされていたレーニンは、ボンバッチに希望を見いだし、この「労働者たちのキリスト」に信頼を寄せていた。ニコラ・ボンバッチは、その時が来れば、前進するプロレタリアの前衛に連なるはずだと、ロシアの同志は確信していた。だが、ボンバッチは神学校で学び、健康上の理由から軍隊を退役させられた、蠅一匹にも悪さのできないような男なのだ。実際、ボンバッチはなおもためらっていた。「ことばの典礼」を挙げるためにやってきたネットゥーノ広場の民衆たちは、肩透かしを食らった気分だった。

わかっている。トゥラーティはつねに正しい。だが、未来がトゥラーティのように道理を弁《わきま》えているとはかぎらない。未来とは、過ちを贖《あがな》うために存在する。社会主義者は暴力には怯《ひる》まない。暴力のことならよく知っているのだ。手錠、牢獄、それでも足りないときは、腹に打ちこまれる銃弾。民衆のために用意されているのは、いつもそれだけだった。暴力の担い手は、ブルジョワ、地主、企業家だ。父親たちの世代であれば、ブルボン朝支持者、教皇派、親オーストリア派と呼ばれ、現在であれば、自由主義者、民主主義者、果ては、共和主義者などと呼ばれる人びとだ。この広場に集まった群衆は、誰よりも暴力をよく知っている。暴力の犠牲者となることにかけては、もはや熟練の域に達している。

例ならいくらでも挙げられる。十月十一日、ピアチェンツァの田園地帯でゼネストが始まって六日が経過したとき、メルコーレ・ディ・ベゼンゾーネでは、押し寄せるストライキ集団から自分たちの土地を守るために、ベルガマスキ兄弟が銃を取った。威嚇ではなく、人を狙って、何度も銃弾が放たれた。このときは五人死んだ。十月二十六日、アレッツォ県のスティア広場では、憲兵隊の兵舎の指揮官が、デモ行進する社会主義者の集団に脅威を覚えて発砲した。二人の女性が重傷を負い、そのうちのひとりロー・ザ・ヴァニョーリは、翌日に死亡した。まだ十八歳だった。十一月十一日、トリノでは、トラムの車掌で社会主義者のジョヴァンニ・チェレーアが、二人の警官に棍棒と鞭で滅多打ちにされた。制裁の理由は、ただ単に、町角で党の選挙ポスターを貼っていたからだった。チェレーアは逃げようとしたが、途中で転んでしまい、警官に打擲《ちょうちゃく》された。パンクした自転車のタイヤとか、煙草の吸い殻とか、その手のごみ屑《くず》にたいする扱いと変わらなかった。警官はチェレーアを見るも無惨な状態のまま放置し、彼は病院に運びこまれる前に息を引きとった。

殺された同志はみな、暴力のことをよく知っていた。そもそも「暴力」という言葉は、ボローニャの党大会で賛成多数を取りつけた動議のなかに、はっきりと書きこまれていたではないか。当の彼は、ニコラ・ボンバッチは、その大会で書記長に選出されたのだ。それに、戦争はまだ終わっていない。今日の平和とは、いかなる角度から検討しようとも、たんなる停戦状態でしかない。そして、ネットゥーノ広場には一〇万の、二〇万の、あるいはもっと多くの同志がいる。これらすべてが、ただのまやかし、ただの錯覚であることなど有りえようか？　これから起こる出来事には決定的な性格が備わっている。その確信は疑いようがない。党の勝利は目前に迫っている。その信頼は揺るぎようがない。時は満ちている。

心は決まった。ベルガマスキ兄弟に葬られた人びとのために、十八歳の農婦ローザ・ヴァニョーリのために、トラムの車掌で社会主義者のジョヴァンニ・チェレーアのために、確信のために、信頼のために、未来のために、ニコラ・ボンバッチは勇気を奮い起こし、そして言った。

「ひと月以内に国王を退位させることができなければ、私の首を斬り落とすがいい！　ひと月以内に、ここイタリアで革命を起こすことができなければ、あなた方が私の首を斬り落とすのだ！」

ブルジョワの暴力に対抗するため、権力の奪取のため、革命によって得た成果を安定化させるために、プロレタリアートは暴力に訴えるべきであることが、党大会において確認された……労働者による、暴力的な手段を通じての権力奪取は、ブルジョワ階級からプロレタリア階級への権力の移行を指し示すものであり、その結果、プロレタリア独裁の臨時政体が設立されるだろう。

イタリア社会党の綱領、ボローニャで開催された党大会にて、一九一九年十月八日

ベニート・ムッソリーニ　ミラノ、一九一九年十一月十七日

腐敗した死体が運河から引きあげられた。どうやらベニート・ムッソリーニのものらしい。わずか二行の新聞記事。社会主義者の新聞『アヴァンティ！』は、元編集長ムッソリーニの身に起きた惨事に、たった二行しか割かなかった。しかし、それは毒に満ちた二行だった。一方の第一面、新聞の題字の下には、社会主義者の勝利を告げる大きな活字が躍っていた。曰く、「革命のイタリアが誕生した！」

ムッソリーニの葬儀に駆けつけた群衆の喚き声が、『ポポロ・ディタリア』主筆の小さな執務室まで響きわたる。群衆は、ムッソリーニの遺体の代わりとなる人形を担いで、ボットヌート地区の不潔な通りを練り歩いている。歓喜に満ちた、耳を刺すような音程で、声をかぎりに葬送歌をがなり立てている。通りのあまりの騒々しさに、界隈の娼館に足を運ぶ客もなく、暇になった娼婦たちが、あられもない恰好で戸口から顔を覗かせている。

もちろん、ムッソリーニはまだ生きている。みすぼらしい部屋のなかを、物思いにふけりつつ、檻に入れられた野獣のようにうろうろしている。しかし、部屋中をくまなくうろついてみたところで、すべてを包みこむ憎しみの壁には、いかなる亀裂も認められなかった。誰かが戸を叩くたび、体の表面積を減らすため肩のあいだに首をうずめ、猛禽に襲われた獲物のように、音がした方へ本能的に振りかえる。そして、観衆を得たことに気づくやいなや、たとえそれが使い走りの少年だったとしても、自制を取り

戻し、なんでもない風を装うのだった。生ける屍《しかばね》の健康状態を確かめに、誰か知り合いが訪ねてくると、ムッソリーニはかならず虚勢を張った。「たしかに、われわれが得た票はわずかだ。だが、その代わりに、拳銃の弾はたっぷりと撃ってやったぞ」。すでにミラノでは、こんな皮肉がささやかれていた。「トスカニーニのような巨匠《マエストロ》が名簿に載っていたんだから、もっとまともなソナタが聴けると思ってたよ」。客人からこうした陰口の報告を受けたときは、蔑《さげす》むような高笑いさえ響かせてみせた。

事実はと言えば、今回の敗北はファシストにとっては致命的であり、「ミラノの代議士」になる自分を想像していた彼にとっては、屈辱以外のなにものでもなかった。十一月十六日の選挙は、「赤」の勝利に終わった。社会主義者は、イタリア全国で一、八三四、七九二票を獲得し、一五六の議席を得た。華々しい勝利、革命を予感させる結果だった。反対に、ファシストの挫折は誰の目にも明らかだった。ミラノの有権者数が約二七万であるのにたいして、ファシストの得票はわずか四六五七票にとどまった。ムッソリーニに投じられたのは、二四二七票だった。ファシストは誰ひとり当選しなかった。誰ひとり、名簿の筆頭に記載されていた彼でさえ。まれに見る大失態だ。

ムッソリーニは、妻にだけは本音を伝えた。「完敗だ。一議席も取れなかった。ガッレリアでは、反ファシストの連中が暴れまわっている」。妻ラケーレを落ち着かせるために、ムッソリーニは彼女を編集室に呼び寄せざるをえなかった。というのも、彼を嘲るために社会主義者が企画した葬列は、フォロ・ボナパルテにあるムッソリーニの自邸までやってきたから。「そら、ムッソリーニの死体だぞ」。群衆はそう叫び、建物の戸を叩いた。ムッソリーニの棺の背後に、からっぽの棺がもうふたつ控えており、そこにはマリネッティとダンヌンツィオの遺体が入っていることになっていた。戸を叩く音が響くあいだ、自分は子供たちといっしょに屋根裏部屋に隠れていたのだと、ラケーレは夫に伝えた。まだ小さなエッダは、神経が過敏になって発作を起こしてしまったらしい。

まるで、ほんとうに葬儀が営まれているかのように、編集部にはひっきりなしに来客があった。扉を閉めたままにしておこうとしても無駄だった。通りで群衆がムッソリーニの遺体を埋葬しようとしている傍《かたわ》らで、友人知人が、生きたムッソリーニの声を聞くために押しかけてくる。

自分は変わりないということを示すために、ムッソリーニは一杯のミルクを持ってこさせた。飾り気のない部屋に置かれた小さな仕事机に坐り、編集者のアルトゥーロ・ロッサートを呼びにやる。そして、フェッラーリ枢機卿と、社会主義者でミラノ市長のカルダラの住所を丁寧な筆跡で記し、新聞紙に包まれたふたつの丸い小包みに添えるよう指示を出した。机のまわりにはほとんど物が置かれておらず、じきに引っ越しなのかと思わせるほど寒々しかった。壁にはイタリアの地図だけが貼ってあり、フィウーメの上に小さな三色旗が留めてある。机の上には、牛乳の注がれた大きなグラスと、需品《じゅひん》係下士官が携えている古くて堂々とした拳銃だけが置かれている。社会主義者の叫び声が、表の通りから威圧的に立ちのぼってくる。ムッソリーニはことさらゆっくりと牛乳をかきまわし、一滴ずつ啜るようにしてちびちびと飲み、それからグラスを置いて、ふたたび牛乳をかきまわした。ねっとりした白い波が、隣に置かれた拳銃の、どっしりと動かない鈍い色の金属と対照をなしている。

「叫んで、喚《わめ》いて、まったく騒がしい連中だ。だが、ネクタイと旗を取りあげてやれば、たんなる愚者の群れでしかない。やつらに革命などできるものか。あの口先だけの革命家どもが約束を反故《ほご》にすれば、哀れな民衆は革命に反旗を翻すだろう。そうなれば、塹壕のなかでよく言われていたように、ぜんぶぱあだ……。この世には、敗北に等しい勝利というものがあるんだよ」

指示されたとおり、住所を書いた封筒を持ってきたアルトゥーロ・ロッサートには、かすかに頭を振りながら口にされる上司の空威張りを、額面どおりに受けとることはできなかった。通りから聞こえる社会主義者の絶叫が、さらに一オクターブ音階を上げる。

「いいか、あの連中がここに来たのは、私が死んだからじゃない。私はもう、影のない男なんだ」ロッサートに狼狽するための時間をたっぷり与えてやるために、ムッソリーニは数秒のあいだ口を噤《つぐ》んだ。牛乳をかきまぜながら、またおもむろに口を開く。「やつらは私を死人扱いしている。だが、死んだも同然だからこそ、もし連中がここまで上がってきたら、私は迷いなくこの拳銃の引き金を引くだろう。やつらにはそれがわかっているんだ。お前が知らないなら教えておくが、ミラノの社会党のどこを探しても、危険に立ち向かう気概のある党員などいやしない。愚者の群れだ。そう、まさしく愚者の群れだ。だから私は……牛乳を飲む」

経理のフロアからアルナルド・ムッソリーニが上がってきた。普段の温和な気性に反して、めずらしく兄にたいして激昂《げっこう》している。

「本気なのか？　なら、あんたは正真正銘の犯罪者だ！」編集部全体に聞こえようがお構いなしに、アルナルドは思いきり叫び、それから両手で頭を抱えた。枢機卿とミラノ市長に宛てたふたつの丸い小包みの中身は、ＳＩＰＥ社の手榴弾だった。ムッソリーニはよくよく考えをめぐらしてから、自身が喫した敗北への対抗措置として、手榴弾を送りつけることを決めたのだ。わざわざロッサートに住所を書かせたのは、取り調べ官に疑いをかけられたときのための用心だった。

「百の集会よりも、一個の爆弾の方が効果がある」

それは、彼がまだ若く、活力に満ちた扇動者だったころに、さかんに口にしていた決まり文句だった。当時の彼は、ロマーニャの広場の焼けつくような熱気を感じながら、お得意のテーマである社会主義革命について熱弁をふるっていたものだった。いまや壮年に達し、全国規模の発行部数を誇る新聞の主筆となったものの、通りではかつての仲間が、彼の亡骸になぞらえた人形に唾を吐きかけている。そして、編集部にこもりきりの当人は、いっさい動揺の色を示すことなく、穏やかな声でこの古い決まり文句を言い放った。それは編集部全員と、アルナルドの叫び声に引き寄せられた、警護のアルディーティのために発された言葉だった。それから、爆弾魔ベニート・ムッソリーニは、アルミのスプーンを手に持って、またゆっくりと牛乳をかきまぜはじめた。いいからみんな、仕事に戻れ。見せ物は終わりだ。

階段にできた小さな人だかりのなかから、アルビーノ・ヴォルピがアルナルドをわきに引いていった。大丈夫、心配する必要はない。ヴォルピがアルナルドに説いて聞かせる。郵送されるＳＩＰＥ社の爆弾は、信管の仕組みを考慮するなら、爆発の危険はまったくないから。

アルビーノ・ヴォルピ　ミラノ、一九一九年十一月十七日、二〇：〇〇

ＳＩＰＥは、爆発時に破片を飛散させるタイプの手榴弾だ。点火のためには、安全ピンを抜いたあとに、頭部を点火装置にこすりつけるか、じかに火をつけてやらなければならない。戦場では、たいてい葉巻の火が使われていた。加害半径が投擲《とうてき》距離に勝《まさ》っているため、ＳＩＰＥは「防御手榴弾」に分類される。この種の爆弾は通常、敵の前進を食いとめるために使用される。反対に、テヴノ社の手榴弾は、いわゆる「攻撃手榴弾」の部類に入る。優れた射手の投擲距離と比して、加害半径が狭い範囲にとどまるため、遮蔽物のない戦場で用いたとしても、味方は無傷のまま敵を攻撃できる。使用の際は、安全ピンを抜くだけでいい。あとは、地面か標的にぶつかりさえすれば、勝手に爆発してくれる。さらに、テヴノの手榴弾は心理面でも甚大な効果を発揮する。その強力な爆発は、敵を恐怖に陥れ、戦意を喪失させる。ひとたび爆発すれば、攻撃側はいともたやすく、敵の体に短剣を突き立てることができる。

午後七時、アルビーノ・ヴォルピは、ミラノ中心部に位置するシレネッテ橋にたたずんでいた。真珠の柄の短剣に加えて、テヴノの手榴弾をふたつ、腰にぶら下げている。誰の視界にも入っていないにもかかわらず、写真撮影のポーズでもとっているかのように、胸を膨らませ、あごを持ちあげている。誰もヴォルピを見ていない。しかし、彼はもう三〇分も前から、選挙の勝利を祝ってサン・ダミアーノ通りの近辺を練り歩いている、社会主義者の集団を観察していた。運河沿いの道を、何千という人びとが、歌い、旗を振り、喜びをひけらかしながら歩いている。男も、女も、子供もいっしょに。行列はだいぶ

前にヴェルツィエーレ通りを出発したが、集会が開かれる予定の『アヴァンティ！』編集部前に全員が到着するには、まだ時間がかかりそうだった。

　水路に面して緩いアーチを描く橋の上には、ヴォルピひとりしかいなかった。顔は隠さず、むき出しにしている。チェルヴァ通りのアルディーティ協会から、人目につかないようにここまでやってくるには、ヴィスコンティ邸の囲い壁を乗り越えて、庭園を横切ってきさえすればよかった。たった五分の道のりだ。ヴォルピに付き添っているのは、欄干の端に設置された、鋳鉄《ちゅうてつ》製の四台の彫像だけだった。「シレネッテ」という橋の名前は、手に櫂を持った四体の海の精《セイレーン》に由来する。アルビーノ・ヴォルピは、錫《すず》でメッキされた鉄の筒をなでさすった。

　孤独な男が、世界から無視されたまま、軽く頭を振った。わけがわからない。こいつらは全員イタリア人だ。それなのに、この社会主義者どもはロシアを褒めたたえている。多くの、ほんとうに多くの、軍を組織できるほどの人数がいる。だが、こいつらはけっして行軍《こうぐん》しない。わけもわからず、隣の人間についていくだけだ。蜂のように。羊のように。旗は赤く、鳩目には緋色のカーネーションが挿されている。だが、ズボンはずり落ち、見るからにだらしなく、しわくちゃの飾り帯《サッシュ》を無様に巻きつけている。いまいましい、品位の欠片もない連中だ。こいつらは「群衆」ではない。ただの「群れ」だ。堕落した屑《くず》どもの集まりだ。ワインとグラッパのグラスを掲げ、飲めや歌えの大騒ぎに興じている。無数の赤旗が、足もとの覚束《おぼつか》ない旗手たちの手ではためいている。どいつもこいつも貧相で、骨と皮ばかりに痩せ衰え、脳みそには欠陥を抱え、空腹のあまり目をぎらつかせている。人間に使役される家畜と同じだ。そう、こいつらは人間じゃない。動物なんだ。猛《たけ》り立つ羊の群れだ。

　それにあの歌……「いざ、闘わん！　われらが目指す理想、それはインターナショナル、人類の未来……」。いっさいの活力を欠いた歌だ。荘厳だが陰気で、鈍重で、埃まみれで、遊牧民の群れが発する不明瞭なつぶやきのようだ。この歌が……この歌こそが……なによりも最悪なんだ。単調な槌の音が、見渡すかぎりの平原を想起させる。荒れ地、異邦人、凍えるような寒さ、味気ない甜菜《ビーツ》のスープ、終わりない空腹を予感させる大草原《ステップ》。アジアの大地で草を食《は》んでいるこの羊の群れを、われわれは「歴史」と呼ぶのか？

いいや、違う。そんなものが「歴史」であるはずがない。もしそうなら、いまからその流れを変えてやろう。歴史の流れは、いともたやすく殺戮《さつりく》に傾き、あらゆる暴力にさらされるものなのだ。

アルビーノ・ヴォルピは視線を人だかりに固定させたまま、ベルトから鉄の筒を取りだし、撃鉄を固定させている安全ピンを抜いた。それから、胴体に垂直に両腕を伸ばし、夜の湿った空気を肺に吸いこむ。飛び立つのに適当な気流を待つかのように、ほんのしばらくのあいだ、羽を広げた格好のまま動かずにいる。やがて均衡が崩れ、右腕が下に、左腕が上に傾き、ばねが張りつめ、解き放たれ、どっしりと重い筒が勢いよく射出された。爆弾は群衆に気取《けど》られぬまま、完璧な放物線を描いて飛んでいった。すさまじい爆音が鳴り響いた。もう、歌は聞こえない。叫びや、罵りや、怪我人の泣き声や、母親への呼びかけがあたりを満たす。群れが四散していく。

橋の上の男は、両腕を脇に垂らし、観察者の姿勢に戻った。状況を把握するには、軽く一瞥するだけでじゅうぶんだった。たったひとりで、何千という人びとを追い散らしてやった。犠牲者を数えるには暗すぎたが、そもそもヴォルピは、死人の数などはじめから気にしていなかった。人間の種類は、金属片と対峙したときの態度によって分けられる。それがヴォルピの考えだった。歴史を作る資格のある人間かどうかは、爆弾にたいする反応を見ればわかる。前線で戦った経験がある者なら、即座にうずくまって胎児の姿勢を取り、両腕を腹の下で交差させる。賢明にも、人間からちっぽけな動物へ身を落とすことで、体の柔らかい部分を守ろうとするのだ。そのほかは例外なく、まっすぐに立っていても助かるはずだと思い違いをして、足を振りあげて逃げていく。

この日、サン・ダミアーノ通りには、地面にうずくまるという判断をした者はほとんどいなかった。集まっていた人間の大半は労働者だった。工場に行かなければならないからと言い訳をして、けっきょく戦争に参加しなかった労働者たちだ。兵役忌避者の群れどもめ。けっして消えない恐怖を教えてやる。

アルビーノ・ヴォルピは、ふたつめの鉄の筒をつかむと、ふたたび両腕を広げた。

狂気の沙汰

社会主義者の行列は、サン・ダミアーノ通りの『アヴァンティ！』編集部前で歩みをとめた。人びとはそこで、社会主義を讃えるセッラーティの演説に喝采を送った。目撃者の証言によれば、ふたたび行列が組まれ、群衆が行進を始めたとき、通りを見下ろす位置にある鋳鉄《ちゅうてつ》の橋から、何者かが行列の先頭に向けて物体を投げつけたという。それは地面に触れるなり爆発した。半径二〇〜三〇メートルの範囲に破片が飛び散り、行進の先頭にいた人びとを負傷させた。混乱に陥った現場では、負傷者が痛みのあまり叫びをあげ、難を逃れた参加者たちは怪我人の救助に奔走した。なかには犯人を追いかけようとする者もいたが、すぐに闇夜に見失ってしまった……。おそらく「テヴノ」の手榴弾を用いたと思われる、この恐るべき狂気の沙汰は、報《しら》せに触れた市民のあいだに、広く公憤を掻きたてることになった。

『コッリエーレ・デッラ・セーラ』、一九一九年十一月十八日

ミラノ　一九一九年十一月十八日

一九一八年十一月十八日、ファシストは一網打尽にされた。ペーシェ知事が強硬路線を採ったのは、ニッティ首相からじきじきに命令を受けたことも一因だった。この日の朝、ニッティはミラノに宛てて次のような電報を送っていた。「手榴弾を所有する者は、問答無用で犯罪者と見なすこと」

まずはチェルヴァ通りのアルディーティ協会が捜索され、SIPE社およびテヴノ社の爆弾、拳銃、弾薬の入った段ボール箱、短剣、先端に突起のついた棍棒などが多数押収された。フェッルッチョ・ヴェッキ、ピエロ・ボルツォン、エドモンド・マッツカートの逮捕をもって、捜索は終了した。アルビーノ・ヴォルピや、爆破事件の実行犯として疑いがかかっていたそのほかの帰還兵は、屋根から逃走して逮捕を免れた。

午後には、シルヴィオ・ペッリコ通り一六番地にあるファッショの事務所に強制捜査の手が伸びた。同じころ、トレヴェス、トゥラーティ、セッラーティ、それにミラノ市長のカルダラからなる社会党の代表団がミラノ県庁を訪問し、アルディーティのミラノからの追放と、戦闘ファッショの解散を要請した。そのあとは、『ポポロ・ディタリア』の番だった。警察は暖炉のなかに多くの火器が隠されているのを発見した。さまざまな口径の未使用の拳銃が一三丁、薬莢が四一九個、最近使用した形跡のあるベリー式信号拳銃が一丁。ウンベルト・パゼッラ、エンツォ・フェッラーリ、フィリッポ・トンマーゾ・マリネッティが逮捕された。国家の安全にたいする侵害行為と、武装集団の組織化が、この三名にかけられた嫌疑だった。ベニート・ムッソリーニはサン・ヴィットーレ監獄に移送され、四〇番の独房に収監された。もっとも、監獄に入れられていたのは二四時間に過ぎなかった。

十一月十九日、ムッソリーニは尋問を受けたあとで釈放された。釈放の決め手となったのは、ルイジ・アルベルティーニがニッティ首相にかけた電話だった。イタリア王国の上院議員であり、大ブルジョワであり、『コッリエーレ・デッラ・セーラ』の社長にして主筆でもあるアルベルティーニは、今回の壊滅的な選挙結果によってファシズムの命運は決したと確信していた。ムッソリーニを解放するよう、アルベルティーニがニッティを説得したときの論法は、イタリアの指導階級によく見られる自由主義的な考えによるものだった。「ムッソリーニはもう終わった。わざわざ殉教者に仕立ててやることもあるまいよ」

いつでも行動を起こせる部隊を、ムッソリーニは以前より構想していた。そして、それはやがて現実となった。ファッショに所属する、恐れを知らない市民およびアルディーティが、ファッショの援助のもとに武装し、デモが行われる広場で虎視眈々と機会を窺っていた……結果として、一種の戦闘集団が存在すること、ならびに、その集団が本物の軍隊のように、指導者と兵卒からなる階級構造を備えていることが判明した……集合の仕方、命令の内容、戦場向けの信号の使用など、この組織はさまざまな面で軍隊同様の性格を備えている。兵卒に供給されている装備は軍隊仕様であり、ファシストの武装集団の将校および兵卒の一部は、フィウーメの司令官が派遣した援軍だったことがわかっている。組織の指導者や構成員がいかなる思想の持ち主であれ、ひとつたしかに言えることがある。ミラノの戦闘ファッショが擁する武装集団は、たんに国家秩序に反していたり、政治権力の奪取を目論んでいたりするだけではない。むしろより重大なのは、この組織が、市井の人びとの権利をためらいなく踏みにじる犯罪者集団だという点である。

ジョヴァンニ・ガスティ警視長による、ミラノ検察への告発、一九一九年十一月二十一日

ムッソリーニが飛ぶ鳥を落とす勢いだった時期は、誰も手出しをしなかった。今日、彼が逮捕されたのは、以前のような勢いを失ったからだ。かかる政治に、手放しで賞賛を送るわけにはいかない。このたびの逮捕は、法の尊重よりも日和見主義が幅を利かせた結果なのだから。

『コッリエーレ・デッラ・セーラ』、一九一九年十一月十九日

一陣の突風がファシズムをなぎ倒した。だが、息の根をとめることはできないだろう。

ベニート・ムッソリーニ、『ポポロ・ディタリア』、一九一九年十一月二十日

ニコラ・ボンバッチ　ローマ、一九一九年十二月一日　モンテチトリオ

イタリア王国の新議会が発足するこの日、誰もがその場で、上をじっと見つめていた。

社会党の新人議員は、新たな議場を飾るためにアリスティデ・サルトリオが手がけた、勇壮な壁絵に見とれていた。蠟画の革新的技法を用いて描かれた、一辺あたり四メートル近くある五〇枚のキャンバス画、全長で一〇〇メートルもある作品が、半円形の議場の高さ二〇メートルの位置をぐるりと取りまいている。目もくらむような色彩を放つ空には、油絵具と蠟を混ぜた顔料が、緑、朱、橙、白といった色で、男や、女や、子供や、動物など、二〇〇以上の像を生き生きと描きだしている。絵具をふんだんに使うことで得られる、穏やかで温かみのある色調が、本物の空の光、日よけからしたたり落ちるローマの空の光を照り返している。若きイタリアの美徳や、覚醒した民衆が織り成す歴史の重大局面が、その華々しい寓意画によって象徴的に表現されている。裸体の男性や、台座の上を勢いよく駆ける馬にとりわけ多くのスペースが割かれた絵画のなかで、二〇〇の巨大な像はすべてまぶしく輝いていた。それらはまるで、堂々とした足どりで、ほんとうに前に進んでいるように見えた。

二〇メートル下に位置する議場では、絵画のなかで栄光を讃えられている民衆の正統な代表者が、この壮大な叙事詩に視線を這わせ、そこにみずからの姿を探していた。社会党の下院議員一五六名は、そのほとんど全員が初当選者で、たいていは工員、馬車引き、肉体労働者の息子だった。彼らの父親は、教会の祭壇画を別にすれば、油絵など生涯に一度も見たことがないような人物ばかりだった。無学文盲

の家庭に生まれ育った息子たちが、今日、はじめて国王陛下に謁見《えっけん》する。新たに成立した議会を言祝《ことほ》ぐため、王はこれから、初登院の日の慣例となっている「王冠の演説」を披露する予定だった。ヴィットリオ・エマヌエーレ三世は閣僚席の隣に設置された玉座に腰かけ、その両脇に、抜き身の剣を持った二人の憲兵が控えている。民衆が生身の王と直接に対峙するのは、イタリア王国の歴史上はじめてのことだった。これこそ、叙事詩が最高潮に達する瞬間、サルトリオによる見事な壁絵に欠けていた最後のピースだ。

王の演説は十時半からの予定だった。しかし民衆の代表者は、準備の悪さを咎《とが》められることのないように、早くも九時には議場に参集しつつあった。社会主義者は、まだ人影もまばらな議場でひとつにまとまり、半円形の左側に位置する座席の、はじめの三区画を占領した。全員が、ジャケットの鳩目に赤いカーネーションを挿している。かつてこの区画に坐っていた再選議員は、自分の席がすでに埋まっているのを目にして不平を漏らした。だが、受け入れるより仕方ない。十時少し前に、ジョヴァンニ・ジョリッティが議場に姿を現わした。三〇年にわたって議会を支配してきた長老のジョリッティでさえ、左側の第三区画にある自身の定位置を断念せざるを得なかった。今日、鳩目に挿された赤いカーネーションとともに、左派にとっての新しい歴史が始まる。そこにジョリッティの居場所はない。

十時五分、対オーストリア戦を勝利に導いたヴィットリオ・エマヌエーレ・オルランド元首相が到着した。オルランドは第四区画の席に着き、ジョリッティと握手を交わした。続けて、ルダンゴット〔十八、九世紀に流行したフロックコート〕を着たビッソラーティ議員がやってきた。かつて下院で議長を務めたビッソラーティは、どこか覚束《おぼつか》ない足どりで半円形の議場を横切り、委員会席の方へ歩いていった。するとただちに、古参の議員らがあたたかい歓迎の意を表した。左の区画にぎっしりと人が詰まっている一方で、右側はなかなか空席が埋まらない。外交官向けの特別席には、ラウレンツァーナ公爵夫人やサルヴァゴ・ラッジ侯爵夫人、ルーマニア公使、スペイン、ポーランド、ベルギーをはじめとする近隣各国の大使らの姿がある。

十時二十八分に王の従者が右側の小さな扉を開けたときには、すべての議員が席に着いていた。王の眼前に、イタリアを代表する約五〇〇名が居並んでいる。下院と上院双方の議員が立ちあがり、拍手し、声を合わせてこう叫んだ。「国王陛下、万歳!」ところが、半円形の左側三区画を占めている赤いカーネーションの男たちは、全員が椅子に腰かけたままだった。

左側の光景が全体の調和を乱していたものの、議員らの歓呼はやはり盛大であり、一部の背信行為は見て見ぬふりをしても差し支えなかった。ヴィットリオ・エマヌエーレ三世は、議員の拍手を浴びて心を震わせ、何度もお辞儀をした。それから、国王は玉座に坐った。ニッティ首相は議場に向きなおり、議員らに着席するよう促した。

すると、赤いカーネーションの男たちが立ちあがった。議場はしんと静まりかえった。数秒間、誰も口を利けなくなった。不測の事態に備え、護衛の憲兵はサーベルの柄を握った。しかし、なにが起ころうとしているのかはすぐに知れた。社会主義者は、ただ単純に、議場から出ていった。民衆の代表は国王との対面を拒絶した。民衆が国王を認めていないことを、彼らは行動で示してみせた。

髪はぼさぼさでひげは伸び放題のニコラ・ボンバッチが、離席した議員の先頭を歩いていた。玉座の前を通りかかったとき、ボンバッチは王の顔をまっすぐに見据えてこう叫んだ。「社会主義共和国、万歳!」ボローニャ選挙区でのボンバッチの得票率には目を見張るものがあった。一部の新聞は彼のことを「得票王」などと呼びさえした。そのほかの著名な社会主義者を勘定に入れずとも、ボンバッチただひとりで、一〇万を超えるイタリアの有権者が国会議事堂を後にしたのと同じだった。国王は、半分が空席になった議場で「王冠の演説」を始めた。

それは忘れがたい一幕となった。彼らの行動は、計り知れない演劇的な効果を発揮した。国王を否認した議員たちは、モンテチトリオ広場に出てくると、ともに笑い、喜び、抱擁を交わし合った。純粋で、憚《はばか》りのない笑いだった。自由で公正な生という夢が、ついに現実となったのだ。柔らかな冬の陽射しが降りそそぐローマの広場で、民衆の代表は子供に戻った。彼らはしばらく歓喜を味わっていた。だがじきに、下院議員も上院議員も途方に暮れた。一日の残りをどう過ごすか、なんの計画も立てていなかったことに気づいたからだ。社会主義者はイタリアを征服した。しかし、征服したあとなにをすべきか、誰もわかっていなかった。

けっきょく、左も右もわからない社会主義者は、いつもどおり暴力をふるわれた。昼前にはもう、ナショナリストの集団から暴行を受けていた。ナショナリストはローマの道々で社会主義者を追いかけまわし、共和主義者の黒い蝶ネクタイをつかんで、「国王、万歳!」と叫ぶように強要した。夕方ごろになってもまだ、暴行は続いていた。「王国護衛兵」なる、治安維持の名目で新たに組織されたばかりの警察集団も、初仕事のために町に出て暴行に荷担した。社会党の指導者であるジャチント・メノッティ・セッラーティは、力ずくで警察まで連れていかれたあと、拳で滅多打ちにされた。

社会主義者は、またしてもゼネストを断行した。翌日には、エゼドラ広場で最初の被害者が出た。殺されたのは、『アヴァンティ!』の印刷所で働く二十三歳の工員ティベリオ・ザンパだった。

工場はふたたび稼働を停止した。ミラノは今度も、革命の予感に震えつつ、足もとに武器を置いたまま眠っていた。激情を孕んだ空気、テロリズムの風が、いたるところに感じられるとトレヴェスは綴った。ボンバッチは相変わらず熱弁をふるっていた。革命は歴史的必然であり、議会は過去の遺物である。いまにも倒れそうなこの廃墟に、つるはしを振るってとどめを刺してやることが、自分に課された使命である。ボンバッチは議会の自席で、そのように宣言した。

ゼネストが終わるころには、トリノ、ミラノ、アドリア、モデナで、一〇人にのぼる死者が出ていた。それに加えて、一九一九年にはすでに、社会主義者と警察の衝突によって一一〇人が死亡していた。戦争が終わり平和を迎えた最初の年は、このようにして暮れていった。

ガブリエーレ・ダンヌンツィオ　フィウーメ、一九一九年十二月十八日

司令官は、ひとり自室に閉じこもっていた。夜明けごろ、フィウーメのカフェで人気を博している歌手のリリ・デ・モントレゾルが、戸口からそっと出ていった。ハンドバッグには、司令部の資金から提供された五〇〇〇リラが忍ばせてある。ダンヌンツィオはそのあとで、報《しら》せが届くまで誰ひとり司令部に通さないよう指示を出した。

誰も司令官の孤独を乱すことがないように、玄関のホールにはトンマーゾ・ベルトラーミが見張りに立っていた。ベルトラーミは、グイド・ケラーが人員を集めて組織した、通称「絶望団《ディスペラータ》」という私設の護衛部隊に属していた。非正規の義勇兵からなるこの集団は、造船所にたむろしては酒を食らい、音楽に興じて日々を過ごしていた。ときには、イタリア政府による出港禁止措置を受けて港に釘づけになっている船の舳先《へさき》から、裸のまま海に飛びこむこともあった。元アルディーティで元サンディカリストのベルトラーミは、ある者に言わせれば、ならず者集団を統率する実力を備えた真の首領であり、また別の者に言わせれば、娼婦と賭博とコカインの常習者だった。おそらく、いずれの見方も間違ってはいないのだろう。

じきに、ベルトラーミが護衛している扉の向こうから、住民投票の結果がもたらされる。ニッティ政府が提案した妥協案を受け入れるか否か、フィウーメ市民の意思が示されるのだ。ダンヌンツィオは、ロンキの町で「聖なる進軍」を決行した夜と同じ、お気に入りの軍服を身につけていた。ノヴァーラの

槍騎兵の、襟が立った、染みひとつない白い制服だ。胸ポケットには、銀のカニューレが入っている。

イタリア政府が提示した妥協案とは次のようなものだった。占領終結と引き換えに、政府はダンヌンツィオの軍団に名誉降伏の特典を与える。加えて、フィウーメの併合を視野に入れ、同地に正規軍を駐屯させる。司令官の護衛を務める血気盛んな若者は、これは奸計であり一蹴すべきだと主張し、より冷静な参謀本部の面々は、自分たちの面目を保つには良い方策だと考えた。おそらく、この件にかんしても、どちらの見方も間違ってはいなかった。

およそ一か月前の十一月十四日、ダンヌンツィオはフィウーメを発ち、一路ザーラを目指した。イタリアとユーゴスラヴィアが領有を争っているもうひとつの町で、ダンヌンツィオは英雄のごとく迎えられた。司令官はこの町でも、群衆の面前でジョヴァンニ・ランダッチョの旗を広げた。すると、その場にいた全員が、旗の前のぬかるみに膝をついた。フィウーメの灯火《ともしび》を世界に広めるという企てが、ほんのいっとき、自己に酔いしれた詩人の妄想には見えなくなった。小さなフィウーメという「大いなるイタリア」は、もう一度、アメリカに挑みかかる気力を奮い起こし、司令部はあらためてローマ進軍の計画を練りなおした。「進軍するのか、しないのか。いまこそ決断のときだ」。ダンヌンツィオはそう叫んだ。

ところが、その二日後には、国政選挙の結果が明らかになった。勝利を収めたのは社会主義者だった。国家の誇りよりもパンと働き口が支持を集め、憎っくきニッティが首相に再選された。イタリアはダンヌンツィオの栄光なしでもやっていけるが、アメリカの金がなくては生きていけない。それが、国民の出した答えだった。

では、フィウーメの現状はどうか。就労可能な三〇、〇〇〇人の成人のうち、じつに六〇〇〇人が失業状態にあり、これは酩酊の後遺症だとする恨み節が市民のあいだに広がっていた。そこで司令官は、ローマとの水面下の交渉を再開するよう、補佐役に指示を出した。やがて妥協案が提示され、ダンヌンツィオはフィウーメの民族評議会に決定を委ねた。度重なる会合を経たすえに、十二月十五日、評議会はニッティ政府の提案を、賛成四六、反対六の大差で可決した。かくして、フィウーメの反乱は幕を閉じようとしていた。反逆の精神はもう、かつてのような輝きを失っていた。

　ところが、妥協を受け入れる決定がなされたという報せが市中に広まるなり、軍団の兵士や一般市民、とりわけ女たちが、猛りたつ群衆となって、ダンヌンツィオ邸のバルコニーの下に押し寄せた。これは裏切りだ、蜂起こそが採るべき道だという叫びが渦巻き、いますぐバルコニーに出てくるよう、幾千もの声が司令官に呼びかけた。広場で、喧騒のなかで、またしても野天の議会が開かれようとしていた。

　綴じられていない用紙の束を手に、真っ青な顔色のダンヌンツィオが姿を見せた。いつものように熱弁するのではなく、年端もいかない生徒のごとくに、ローマの政治屋たちが作成した妥協案を読みあげていく。広場の反応は単純だった。ダンヌンツィオが条項をひとつ読み終えるたびに、「応《シ》」と言って受け入れるか、「否《ノ》」と言って拒絶した。最後の条項を読みあげるころには、反逆の精神にふたたび火がついていた。すでに民族評議会は、賛成多数で協定を受け入れている。しかし、ここ広場では、反逆の精神が風を吹かせ、直接民主制が具現化しつつあった。ダンヌンツィオは興奮する群衆に呼びかけた。

「諸君はこれを欲するか？」

　答えを聞くまでもなかった。併合、自由、抵抗。それが広場の総意だった。

「だが、抵抗には痛みがともなう。諸君はそれを望むのか？」そう、広場はそれを望んでいた。

　ダンヌンツィオは、十八日に国民投票を実施することを告示した。フィウーメをイタリアのものにするという、栄光に満ちたかつての誓いを守るためには、軍団の武器と奉仕が必須のはずだ。その軍団を不要だと言うのなら、市民は投票で意思を示せば良い。ダンヌンツィオはまたもランダッチョの旗を広げ、町角で軍歌を歌うようアルディーティに指示を出した。広場では夜更けまで、熱狂に彩られた激しいデモが展開された。妥協案を受け入れるか否かは、国民投票の結果次第となった。

そしていま、広場の興奮から二日後、司令官はひとりきりで、民衆の声が届くのを待っていた。ダンヌンツィオは夕方まで待ちつづけた。ベルトラーミが護衛する扉の先からは、暴力行為をめぐる報せが絶えず漏れ伝わってきた。軍団の兵士たちが、自由投票を妨害しているのだ。兵士は複数の投票所に押し入り、投票立会人の業務を妨げ、勝手に開票作業を行おうとした。それにもかかわらず、日没前には、あまりにも明白な結果が出た。フィウーメ市民の大多数は、あの卑しいニッティが提示した妥協案に賛成だった。ダンヌンツィオはふたたび自室に閉じこもった。

フィウーメの声は耳障りになった。すっかり変質し、司令官にはもう聞き分けられなくなった。ローマの疫病がフィウーメの水を汚し、舌に苦みを与え、喉を焼いたのだ。フィウーメ人よ、同胞よ、あの叫びは、あの苦悩はなんだったのか？　英雄的な同志が、なぜ悲嘆に暮れなければならないのか？　過ちに次ぐ過ち、暴力に次ぐ暴力、暗闇に次ぐ暗闇だ。光のないまま、集会を生きて出ることはできない。

戦う詩人の視線の先、栗材のテーブルのくすんだ木目に、白い粉の筋が浮きあがっている。かつてこの地を統治していたハンガリーの君主たちの厳《いか》めしい肖像画が、夕日を照り返す銀のカニューレを見つめている。粉を吸いこむと、鼻がひりつき、焼けつき、毛細血管が血を噴いた。ドーパミンがシナプスを駆けめぐり、ウィーンの上空を飛んだときの勇気が戻ってきた。

知覚が鋭敏になり、反応の速度が増した。眠気や、空腹や、渇きが消え失せ、意気が横溢《おういつ》し、しぼんでいた欲望が噴きあげてきた。司令官はまた、不屈の男になった。

ダンヌンツィオは扉の向こうの私兵を呼び、開票中の国民投票を無効とするように命令した。民主主義など、けっきょくのところは、プチブルが抱いた大いなる幻想でしかないのだから……

レアンドロ・アルピナーティ　ローディ、一九一九年十二月十八日

十二月十八日の朝、仮釈放の決定がくだされ、レアンドロ・アルピナーティは牢を出た。三六日にわたり、二二番の監房で、ファシストのアルコノヴァルド・ボナッコルシとともに過ごした。収監されたのは十一月十三日だった。ガッフリオ劇場で、あの忌まわしい夕方を過ごしたあとだ。

選挙を目前に控えたあの日、アルピナーティはミラノからローディへ向かった。約六〇名が、三台の軍用トラックに乗っていた。顔ぶれはいつもどおりだった。制服を着た軍の将校、アルディーティ、未来派、ファシスト。本来なら、ムッソリーニとバゼッジョも現地で演説することが望ましかったが、今回は危険を冒すべきでないという判断がくだされた。ローディでは三日前にも、社会主義者の武闘派がファシストの候補者の集会を妨害していたのだ。

広場に到着するなり、アルピナーティをはじめとするファシストの護衛集団は、今夜の集会も荒れるに違いないと察知した。ガッフリオ劇場は、数えきれないほどの「赤」によってまわりを囲まれていた。なんとしてでも集会を妨害してやろうと、社会主義者が劇場を監視している。多勢に無勢であることは明らかで、ファシストを一とすれば、敵方は一〇はくだらなかった。しかし、アルピナーティのように血の気の多い若者からすれば、数字のうえでの不利などたいした問題ではなかった。

ローディのファシストであるサリンベーニが演説者を紹介するために舞台に上がると、社会主義者に占拠されたバルコニー席からなにか飛んできた。殴り合い、物の投げ合いが、数分間続いた。要するに、

いつもどおりの光景だった。やがて、バルコニーから引きはがされた軒蛇腹《のきじゃばら》が、舞台の上に降ってきた。事ここにいたって、アルディーティは拳銃を抜いた。

ボローニャ支部の仲間のなかには、人を狙って撃った者はいなかった。少なくとも、アルピナーティにはそう思えた。もっとも、ひとたび乱闘が起きてしまえば、誰にも確かなことなどわかりはしない。たとえば、元アルプス歩兵旅団で、激しやすく、二十歳そこそこの荒くれ者であるボナッコルシという男は、この晩の騒動が原因で、懲役九か月の刑に服した。アルピナーティはボナッコルシと連れ立ってボローニャを発ったのだが、帰路をともにすることは叶わなかった。

アルピナーティはボローニャの自宅に帰るために、戦闘ファッショ書記長のウンベルト・パゼッラに切符代を乞わなければならなかった。逮捕されたときにはポケットに一五〇リラが入っていたが、いまではその金も失っていた。鉄道会社は獄中のアルピナーティに、訴訟の決着がつくまで切符の払い戻しはしないことを伝えてきた。牢屋で過ごすあいだに工学部の第二学年への登録期間が終わってしまったので、アルピナーティは大学から籍を抜かざるを得なくなった。騒動のすべての原因である選挙は、ファシストの大敗に終わった。要するに、アルピナーティにはもう、いっさいなにも残っていなかった。彼は髪の毛まで失っていた。シラミが巣くうことのないように、やむをえず丸刈りにしたのだ。一九一四年の八月を思いだす。参戦派のアナーキストだったアルピナーティは、広場で衝突が起きるのを目の当たりにして、ただちに頭を丸く刈った。乱闘の最中、社会主義者に髪をつかまれでもしたら、顔に拳の雨が降ってくることは避けようがないからだ。

彼はすべてを失った。残ったのは、恋人のリナだけだった。二人が知り合ったのは、「技芸と労働《アルス・エト・ラボル》」という夜間学級だった。リナは役所の消費窓口で働いていたので、勉強に充てられるのは夜の時間だけだった。友人からは、リナとは関わり合いになるなと言われていた。というのも、リナはひどく冷淡で、内陸の地面が凍りつく二月の朝のような女だったから。まっすぐに、つねに一定の歩幅で、なにかにうんざりしているような態度で歩いていた。まるで、下水が故障して水浸しになった床の上を、いつ転びやしないかと冷や冷やしながら歩いているみたいだった。几帳面で、熱意があり、ごくやさしい問題にかんしても、つねに教師を質問攻めにしていた。教師の返事のうちに、貴重な生の意味を見いだそうとしているかのような、そんなひたむきさだった。学習に向かうリナの姿勢には、どこか鬼気迫るものがあった。

それでも、この悲しげな女性の堂々とした美しさは、鼻面《はなづら》にお見舞いされた平手のように、したたかに彼を打った。それは、俗世の快楽と妥協することなど決してない、絶対的な美しさだった。ふたりは恋人になった。

アルピナーティの逮捕の報せは、ムッソリーニみずからが、電報でリナに伝えた。「レアンドロはローディの騒動で逮捕された。近く釈放される見込み。心を込めて。ムッソリーニ」。弁護士のマリオ・ベルガモは、訴訟の費用をリナに要求した。もうひとりの弁護士チェーザレ・サルファッティは、訴訟の進行について知らせる手紙をリナに書き送った。

しかし、訴訟はずるずると長引いた。これではもう、リナに捨てられたとしても、文句を言える立場ではない。アルピナーティはなかばあきらめの心境に達していた。実際には、リナ・グイーディはすべてにしかるべく対処した。十二月のはじめにミラノに赴き、新聞の編集部でムッソリーニと、法律事務所でサルファッティと会ったあと、今度はローディへ行って、獄中の恋人と面会した。面会所で、悲しげな娘は一滴の涙も流さなかった。生まれたときから、不幸には慣れっこだった。牢屋を出たら、レアンドロは彼女のもとへ戻るだろう。

ベニート・ムッソリーニ　ミラノ、一九一九年十二月

もう、誰もいない。みんな消えてしまった。日曜の夕方だった。ポー川から伝わる霧に包まれた、冬の日曜の夕方だった。

編集部にはニコラ・ボンセルヴィーイと、チェーザレ・ロッシと、あとは主筆のベニート・ムッソリーニしかいない。主筆は自分の机に、マストが折れた難破船のようにしがみついている。『ポポロ・ディタリア』編集部に続く廊下は、地震が起きて住民が避難したあとの町のような、奇妙な孤独に支配されていた。護衛のアルディーティも見当たらない。おそらく、酒場でくだを巻いているうちに眠りに落ちたか、母親に会いに郷《さと》へ戻ったのだろう。いまでもまだ、社会主義者の行列が、大声でがなり立てながらパオロ・ダ・カンノビオ通りを練り歩いていることがある。だが、武装解除されたファシストなど、もはや脅威ではなかった。それどころか、脅威を与えてやる価値さえない。もう誰もムッソリーニを訪ねにこないし、誰も手紙を送ってこない。編集部を構成するいくつかの小部屋は、アフリカの砂漠を思わせる荒涼としたわびしさのなかに打ち捨てられていた。

日々はそのようにして過ぎていった。アルナルド・ムッソリーニが、内密の話をするために、兄を編集部の片隅へ連れていく。新聞の売り上げが急減している。八方手を尽くしているが、それでもまだ資金が足りない。債権者の取り立ては激しくなる一方だ。なんとかして金を用意する必要がある。このままでは、新聞の刊行を続けられるのは、もってあと二〇日というところだろう。主筆は平静を装った。

「いいだろう」。ムッソリーニは弟に言った。「廃刊になるなら、一週間前には伝えてくれ。椅子や机を編集者に引きとらせて、新聞社を畳もうじゃないか」。編集者……彼らこそ、ムッソリーニが味わっている屈辱のもうひとつの原因だった。十二月五日、武装集団を非合法に組織した嫌疑で、ムッソリーニは五時間にわたる取り調べを受けた。警察から戻ってくると、ロッサートとカポディヴァッカの辞表が机の上に置かれていた。新聞の創刊時からムッソリーニを支えてきた編集者だ。辞職の理由は「途方もない疲弊」だと説明されていたが、ほんとうのところを言えば、このふたりは前々から新聞の編集方針に不満を抱いていた。ムッソリーニは彼らのことを、口をきわめて罵った。

関係が断絶したあと、ムッソリーニに反旗を翻したふたりの編集者は、『ポポロ・ディタリア』の金庫には一リラもないことを知りながら、ロンバルディア報道協会の調停委員に、退職手当の支払いを求める訴えを起こした。こうして、ムッソリーニはまたひとつ、厄介事を抱えこむ羽目になった。そのあいだも、ニッティ政府の使節は相変わらず、ムッソリーニにとって旨味があるという触れこみの、突拍子もない亡命を勧めてきた。その一例が、ロシアの南方に逗留して、自治共和国の現状について研究してきてはどうかという提案だった。向こうでは、良い取引ができますよ。そんなふうに言って、政府の使節は目配せしてみせた。ついには郵便局員までムッソリーニを虚仮《こけ》にするようになった。ある局員など、ムッソリーニが誰だかわからないふりをして、委任状の発行を拒絶する始末だった。ウンベルト・パゼッラは内々に、戦闘ファッショにかんするほんとうの数字を告白した。支部が三七、会員が八〇〇人ということだった。

「裏切り者、豚野郎、女たらし！」着弾前の臼砲を思わせる、耳をつんざくような女の声が、人気《ひとけ》のない中庭に響きわたった。からっぽの中庭は、共鳴箱のように女の声を増幅させた。

まったく、笑えるではないか。またあのイーダ・ダルセルだ。三十がらみの、頭のいかれた哀れな女だ。ただし、今日はひとりで来たのではなく、息子のベニート・アルビーノを連れてきていた。母は息子を両足のあいだに挟んで、きつく自分の体に押しつけている。猛獣と対峙したとき、子連れの親はこのような態勢を取るべきだとされている。捕食者が、わが子を小さな獲物として認識することを避けるためだ。しかし、この汚らしい路地のサバンナでは、むしろ彼女こそが猛獣に見えた。ダルセルは悪魔憑《つ》きのように喚《わめ》きつづけた。

「薄情者、豚野郎、人殺し！」

ベニート・ムッソリーニが机にかじりついているあいだ、元愛人は中庭で、彼の息子や、同僚や、アルディーティの一団を前に、彼のことをひも呼ばわりしていた。お前が素寒貧の野心家だったころに貸した金を早く返せ。お前は重婚者だ。私と結婚したあとに、別の女のもとに走ったんだ。中庭に、老婆や、洟垂《はなた》れ小僧や、こそ泥や、娼婦や、娼婦のひもが集まってくる。しかも、いまは日曜の晩だった。すでにできあがっている近所の酒屋の客たちが、大挙して押し寄せてくる。チェーザレ・ロッシとボンセルヴィーツィが、女を宥《なだ》めに中庭へ下りていった。

「隠れてるのかい、ええ？　男なら出てきなよ！　下りてきて、自分の息子にキスしてやったらいいじゃないか。この臆病者！」

多少なりとも面子《めんつ》を気にする大人の男であれば、こんな侮辱に耐えられるはずがない。母の口から放たれる罵倒にたまりかねて、小さな息子は咄嗟に逃げだそうとした。だが、母は息子をひっ捕らえ、ふたたび体に押しつけた。

「このくそったれが《ボイア・デン・スィニュル》！」

ドヴィア村の鍛冶屋の息子ムッソリーニは、ロマーニャ方言でそう吐き捨てると、悪罵をつぶやきながら螺《ら》旋《せん》階段を下りていった。中庭に姿を現わし、いい加減にしろとダルセルを怒鳴りつける。こうして、いつもどおり、臆病者という汚名は返上した。中庭を埋めつくす観衆は、いつもどおり、ムッソリーニの勇気を認めた。ところが、ムッソリーニはなにを思ったか、ハンドバッグにも入るくらいの、おもちゃのような小さなピストルを手にとった。見ようによっては、妾腹《しょうふく》の息子のために用意した、ささやかな贈り物のようでもあった。

ムッソリーニがばかげた真似を仕出かす前に、チェーザレ・ロッシがすんでのところで割って入り、きつい口調で彼を咎《とが》めた。ムッソリーニは軽率な振る舞いを悔やみ、なにかよくわからない言葉をつぶやいてから、編集部へ戻っていった。ボットヌート地区を巡視するふたりの用心棒が、イーダ・ダルセルと、気の毒なベニート・アルビーノを、敷地の外まで引っ張っていった。満足したダルセルは、とくに抵抗はしなかった。見せ物は終わった。

無為な日々が続いた。相変わらず、二日ごとに乱闘、ストライキ、労働争議が勃発していた。何か月も、何年も、こんなふうにして人が死に、負傷者が出て、母親が発狂し、子供の未来が台なしになってきた。とはいえ、男にはいつの時代も、心を休めるための宿が用意されている。人生には毒があると実感せずにいられない、わびしさが募る昼下がりに、男はそうした宿を訪れる。ムッソリーニが通っていたのは、フォンターナ広場の宿だった。ドゥオーモから見て右側の、編集部から歩いてすぐの距離にある広場だ。ムッソリーニはそこに、元秘書のチェッカートという娘を連れこんでいた。路上でキスをすることもあった。チェッカートは恋人の破廉恥な振る舞いを咎めたが、そのじつ、まんざらでもない様子だった（「ちょっと、ベニート！　まだ昼間よ。人が見てるわ！」）。宿の女主人と常連客はすぐに友人になり、共犯者の関係になった（「遠方からやってきた、ひどく疲れているこのふたりの巡礼者のために、どうか仮の宿りをお許しいただけないでしょうか」）。

若い娘の傍《かたわ》らで過ごすことで、敗者は活力を取り戻した。日暮れ時のミラノの町角で、ムッソリーニは気が触れたようにげらげら笑った。ふだん、家族や同僚の前では、滅多に笑顔など見せないこの男が。そうして彼は、破滅の悦楽に身を委ねた(「なあ、お前、もうどうでもいいんだよ。議員になって、ムッソリーニがなにをするつもりだったのか、世の中に話してやれるのはお前だけだ」)。いつもどおりの短く激しいセックスを終えたあとで、彼はみずからが打ち立てた孤独の理論をひけらかした。落伍者の境遇に身を置くことが、これほど愉快だとは思わなかった。みすぼらしく、それでいて高貴な現在の生活を、自分は心から楽しんでいる。ようやっと、闘争の興趣を再発見した思いだ。彼はそんなふうに嘯《うそぶ》いた。ついには、政情にかんする見解までチェッカートと共有するようになった。社会主義者の成功は、公約の重みに押しつぶされる。選挙の最中、やつらはあまりに多くを約束した。いったい何度、「レーニン、万歳」と叫んだことか。選挙に勝ってしまったいま、革命に向けて動き出さざるをえない。変化のサイクルにおいては、動かない者は死ぬしかない。だが、やつらが動くことはないだろう。なぜなら、革命を起こそうにも、まったく実力がともなっていないのだから。ぽっと出の「野獣」のように議会に現れた連中だが、その手綱を引いているのはボンバッチをはじめとする無害な獣だ。健康な人間を生き埋めにする、永遠の病人とでも呼ぶべきか。国民は、ほんのわずかな時間を与えただけだ。じきに、社会主義の波は引いていく。そのときこそ、ほんとうの野獣とはどんなものか、この私が見せつけてやる。なんにせよ、勝ち誇る社会主義の獣とまっすぐに対峙しないからと言って、誰からも非難される謂れはない。

それからふたりは、フォンターナ広場の片隅に位置する小部屋で隣り合って眠った。チェッカートは有頂天だった。季節外れのリヴィエーラの安宿で、ムッソリーニの意を受けた産婆に堕胎を強いられた日が、遠い昔のことのように感じられる。いま、彼女は幸福だった。「私の隣に、この世でいちばん賢い男がいる！」この時期、彼女は日記にそう綴っている。

反対に、サルファッティの面前では、ムッソリーニは消沈を隠そうともしなかった。この聡明な女性の成熟した肉体は、男を満足させると同時に、男に挑みかかってくる。放置、逃避、無気力、臆病が織り成す卑しい見せ物にたいして、サルファッティはあれこれ批判を浴びせてきた。ムッソリーニはサルファッティの言葉に膝を屈した。チェッカートといっしょにいるときは、メルクリウスも顔負けのほら吹きとして、好きなだけ放言を吐いていればよかった。そんな彼が、サルファッティの前に出ると、告解に臨む陰鬱《いんうつ》な男に変貌した。振り出しに戻った気がする。こんなに惨めな気分になったのは、スイスに移住して橋の下で眠っていたころ以来だ。このままでは、苛立ちが募るあまり、神経が参ってしまうかもしれない。ムッソリーニはしまいには、仕事を変えたいとまで言いだした。もう、新聞はたくさんだ。れんが積み工なんていいかもしれない。職人も顔負けの腕前だぞ！　飛行機の操縦技術を活かす道もあるだろうし、あるいは、バイオリンを片手に世界をめぐり歩くのも悪くない。さすらいの吟遊詩人では生計が成り立たないなら、いっそ俳優か作家にでもなろう。じつはすでに、三幕の悲劇を構想している。タイトルは『光のないランプ』だ。知り合いの興行主が、舞台にかけようと約束してくれている。一五日間の隠遁生活を送るあいだに、ひと息で書きあげた脚本だ。未来の職業をめぐる妄想の船旅は、どういうわけか、最後はかならず小説家に着岸した。頭のなかには、三つのタイトルが浮かんでいる。『召命』。若い修道女が独房で過ごす、クリスマスの夜を描く。『炎の運び手』。情熱的な悲劇。『エンジンの闘争』。色恋沙汰の入りこむ余地のない物語。要するに、彼ほどの男であれば、生きるための手段などいくらでも見つかるのだ。

自分が賭けた男が、いまにも挫折しそうになっている。そう感知したサルファッティは、ある晩、ムッソリーニに罰を下した。それは、ヴェネツィア通りの邸宅で、サルファッティがサロンを開いた晩の出来事だった。そこには全員が揃っていた。マリネッティ、詩人のアダ・ネグリ、ウンベルト・ノターリ、グイド・ダ・ヴェローナ。そのほかさまざまな芸術家、詩人、画家、文学者、ジャーナリスト、実業家。この日の主賓は、アルトゥーロ・トスカニーニだった。すばらしい才能を持つ若きヴァイオリニストを紹介したいと、トスカニーニは予告していた。ボヘミア生まれの、まだ十九歳のその青年は、各地を放浪したのちに、運命の導きによってミラノへたどりついたという。サロンの期待は大きかった。というのも、巨匠《マエストロ》は冷酷で気まぐれな完璧主義者として知られており、著名な奏者を有無を言わせずにスカラ座から放逐することも珍しくないからだった。その巨匠がそこまで推すならば、これは本物に違いない。

さいわい、この晩のトスカニーニはいたく上機嫌で、選挙の敗北も気にしていないようだった。演奏が始まる前には、ほかの客からひとり離れた場所に坐っているムッソリーニに歩み寄り、約束の三万リラはかならず払うからと保証してくれたほどだった。それから、謎めいた過去を持つ若き才能、ヴァージャ・プルシーホダの出番となった。演奏はすばらしく、割れんばかりの拍手が鳴り響き、この青年の未来は約束されていると誰もが確信した。屋敷の使用人たちが、客人に振る舞うリキュールの準備を始めた。

そのとき、サルファッティが銀のスプーンでクリスタルのグラスを叩いた。すぐに一同は静かになり、サロンの女主人は口を開いた。みなさん、この部屋にもうひとりのバイオリニストがいることをお忘れかしら？　そして、ムッソリーニに演奏を披露するよう要求した。ふたりの関係は周知の事実だった。ムッソリーニがどこにでもいるようなアマチュアの演奏家に過ぎないことも、その場にいる全員が知っていた。サルファッティが仕掛けた残酷な悪ふざけを前に、客人たちは哀れみの表情を取り繕った。

ムッソリーニはなにかつぶやき、気が乗らないという素振りを示した。立ちあがり、なおも急き立ててくるサルファッティと、梃子《てこ》でも椅子から離れようとしないムッソリーニ。女主人の毒を孕んだ慇懃《いんぎん》さを、礼儀知らずの田舎者が冒瀆《ぼうとく》している。それでも彼女は、自分のためになにか弾いてくれと言って聞かなかった。

二分後には、田舎者は路上にいた。ひとりだった。十二月のミラノの寒さが身にこたえる。ブエノス・アイレス通りの突き当たり、ミラノの市街地が途切れるあたりに、中国人の娼婦を揃えている宿があると聞いたことがある。ヴェネツィア通りからは、早足で歩けば二〇分もかからないだろう。ベニート・ムッソリーニは、ロレート広場に向かって歩きはじめた。

ベニート・ムッソリーニ　ミラノ、一九二〇年一月一日

第五の季節の輝きが、世界を照らしている。

昨日、ダンヌンツィオは自身の軍団にそう語りかけた。記念すべき年が終わろうとしている。平和の年ではなく、情熱の年だ。一九一九年は、フィウーメの年として記憶されるだろう。ヴェルサイユ条約の年ではけっしてない。そこでは、大戦に勝利した権力者たちが、一年以上も前から、獲物の分け前をめぐって争っている。ヴェルサイユとは要するに、老衰、疾病《しっぺい》、鈍重、不実、詐欺であり、揺らぎ、怯え、口ごもるヨーロッパであり、発作症状で危うく命を落としかけた、無能な大統領が統《す》べる獰猛なアメリカである。フィウーメとは要するに、若さであり、美であり、深淵なる新しさであり、光であり、生であり、大いなる昼夜であり、心からの信頼であり、われらの歩調が刻まれた歌唱である。フィウーメとは要するに、背後にはわれらのすべての死者が、そして眼前には胎児が、まだ生まれていない軍団が、殺された数よりもさらに多い兵士たちが控えている場所である。それゆえに、詩人はフィウーメ市民の意思に反して、この土地に残ることを選択した。地球上のほかのどの土地よりも、魂が自由を謳歌できる、ここフィウーメに。

見事なり、ダンヌンツィオ。なんて力強い言葉だろう。だが、現実には、彼のあとにつづくイタリア人はいなかった。「新しさ」を象徴するのは、フィウーメではなく「赤ども」だった。彼の口から流れでる美しい言葉には、もう誰も耳を傾けない。詩聖は終わった。悪戯《いたずら》心を起こした運命が、この老人を

担ぎ上げ、「若さ」を統べる君主となるよう仕向けたのだ。

ケインズは正しかった。イギリスの至宝であるこの経済学者は、パリ講和会議を中途で離脱し、著作のなかで条約の内容を批判した。ケインズに言わせれば、アメリカ人、イギリス人、フランス人が押しつける平和とは、「カルタゴ的平和〔敗者に厳しい和平協定のこと〕」にほかならなかった。もしアメリカが、経済制裁と賠償金でドイツを貧窮に追いこむと言って譲らないなら、今後二〇年のあいだに、世界はふたたび戦争に突き進むだろう。辱《はずかし》めを受けたドイツ人は、恐ろしい復讐を企てるはずだ。その恐怖は、第一次大戦の塹壕戦の比ではない。いずれにせよ、古い世界の社会秩序は、もう息絶えた。時計の針を後戻りさせることはできない。「戦後」が抱える問題を、国境と商売をめぐる問題に矮小《わいしょう》化することはできないし、内戦を先延ばしすることもできない。この点にかんして、ダンヌンツィオとケインズの、詩人と経済学者の見解は一致していた。民主主義とは傷つきやすい制度である。戦争が民主主義に負わせた傷は深い。自由主義国家が打ち倒される可能性はじゅうぶんにある。まさしく、フィウーメがそれを実証しているではないか。

われわれは東に目を向ける必要がある。もし、アメリカという名の西洋がわれわれを拒絶し、飢えさせ、辱めるなら、われわれ地中海の民は東方を見据えて政策を展開しよう。平和協定だろうと自由貿易協定だろうと、アングロサクソンが主導する資本主義的協定はなんであれ否認してやろう。喉に短剣を突きつけられたままで、いったいどうやって生きていけというのか。西洋に欠けているものを、東洋に見いだそう。電気事業で巨万の富を築いたコンティ上院議員は、コーカサス越えの事業を計画していた。アゼルバイジャンには巨大な鉱床が存在し、アゾフ海には果てしないチャンスが転がっているとコンティは主張していた。『ポポロ・ディタリア』の「精力的な」主筆にも、事業に参加するよう呼びかけていた。ムッソリーニは承諾するだろう。ジャーナリストという身分に、いつまでもしがみついているつもりはない。ベニート・ムッソリーニはまたしても、自分自身を見捨てたいという誘惑に屈しつつあった。

あるいは、さらに東を目指してもいいかもしれない。さいわい、飛行機の操縦証は持っている。フィウーメの司令官といっしょに、ローマ－東京横断飛行に参加するのだ。日出《い》づる国へ、一直線に飛んでいこう……。ムッソリーニはいつも言っていた。計画や、展望や、聖人や、使徒を、ファシストは信じない。とりわけ、幸福を、救済を、約束の地を信じない。ファシストに必要なのは、つねに、どんなときでも、航海を続けることだ。解決策もなければ、対応策もない。いくら帆に風を受けたところで、原始の欲求が形づくる円環の内部には、いかなる寄港地も存在しない。生の緯度が高まる方角へ、ひたすら航海を続けるだけだ。海の上に、ファシストの未来がある。眼前に海が開けているのに、出帆しないなどばかげている。まわりを尻に囲まれているのなら、股のあいだのものをぶちこんでやるのが道理というものだ。

そう、航海だ。ただし、片時も気を緩めてはならない。それ以外にどうしろというのか？　議会で交わされた議論の報告など、誰ひとり読もうとしない。読者はすぐにスポーツのページに飛んで、ボクシングの試合結果に目を凝らす。フランスの偉大なボクサー、ジョルジュ・カルパンチエを見るがいい。ウェルター級から徐々に階級を上げてゆき、いまでは最重量のヘビー級で戦うこの選手に、人びとは賞賛と熱狂の眼差しを注いでいる。カルパンチエが、狙いすまされたパンチを一発放つだけで、ドイツ軍の侵攻に勝利したときと同じ狂喜を、何百万というフランス人に与えてやれる。そういうものなのだ。隠したところでしようがない。この「戦後」とやらは時化《しけ》と同じだ。あちこちで渦が巻いている荒れ狂う海だ。目につくものといえば、衝動、衰弱、痙攣《けいれん》、貧弱きわまりない政府、扇動家のいかがわしい説教、そして、人から眠りを奪う警句ばかり。

悲しくとも、無視するわけにはいかない事実がある。夜、大の男たちが郊外の自宅で、夢のなかで、ベッドのなかで、涙を流している。彼らは慰めを必要としている。聖水ではなく、炎でもって、男たちを祝福してやらねばならない。慈愛に満ちた説教師も、神学者も、退場してくれて結構だ。あらゆるキリスト教信仰といっしょに消えてくれ。赤かろうが黒かろうが関係ない。キリストだろうがマルクスだろうが関係ない！　あらゆる教会に、信仰に、救済の希望に、あらゆるものに抗して立ちあがるときだ。味方の数など問題ではない。重要なのは、ひとつになることだ。巨大な労働者大衆にたいして、日給三〇リラの専門家をぶつけてやろう。人間の現実は、個人の外部には存在しない。闘争の場が、塹壕から広場へと移っただけだ。暗がりの苦悩は、ほんの束の間、休止状態にあるだけだ。いっときの中断を挟もうとも、それはまた始まる。かならず始まる。鋭い痛みをともなって再開する。だから、工場の機械がたてるくぐもった音を、また響かせなければならない。再開を助けなければならない。国家の産業を助け、軍艦の民間転用を支えなければならない。休戦後に手に入った物資でやりくりし、莫大な発注額を帳消しにしなければならない。私は新聞にこう書いた。「進め、イタリアの船舶よ！」すると、ジェノヴァの企業家、製鉄や銑鉄《せんてつ》の業界に君臨する神々は、いくらでもやりようはあると請け合った。新しいデスクが、より広い編集部が、より現代的な輪転機が、私たちに与えられるだろう。

航海を続けなければならない。片時も気を緩めずに。昼となく夜となく、陸地に視線を張りつけにして。凪いだ海原のゆったりとした靄《もや》のなかで、獲物を狙う猛獣のように目を光らせて。流れに逆らい、ちっぽけな港が連なるわびしい海岸沿いを進んでいく。大いなる痛みとともに、鉛筆で引かれた航路を進んでいく。航海を続けなければならない。未来は海の上にあり、遭難が私たちを待ち受けている。

親愛なる司令官へ。先に便りを差しあげてから、ずいぶんと日があいてしまいました。ですが、私の熱意が冷めたなどとは思わないでください。フィウーメのことさえ容赦しなかった謀略の網に、イタリア全土が捕らわれていたあの時期、私は深い疑念に取りつかれていました……。ここしばらく、私は大いなる痛みとともに過ごしていました。ふたりの編集者から見捨てられた、というよりむしろ、裏切られたのです！　このたびペンを取ったのは、以前から心に抱いていた件についてお伝えするためです。東京行きの飛行計画に、ジャーナリストとして同伴させていただけないでしょうか。危険を顧《かえり》みず、東京まであなた方についていくことで、この上ない名誉を手中に収めたいのです。航空局に問い合わせたところ、すでに多くの志願者が集まっていると聞きました……もちろん、私はあなたの決定に従いますが、イタリアの報道界において、私の存在はけっして軽くはないと自負しております。

ベニート・ムッソリーニによるダンヌンツィオ宛て書簡、一九二〇年一月十日

私が座長を引き受けたコーカサス越えの事業は、すでに定員に達した……昨日、ムッソリーニがインタビューのためにやってきて、参加を約束してくれた。あの精力的な人物と数か月をともに過ごせるというのは、私にとってきわめて貴重な体験になることだろう。

電力業界の著名実業家エットーレ・コンティの日記より、一九二〇年一月二十七日

一九二〇年

ガブリエーレ・ダンヌンツィオ　フィウーメ、一九二〇年三月十八日

一九二〇年三月十八日、ガブリエーレ・ダンヌンツィオはアルチェステ・デ・アンブリスより、憲法の草案を受けとった。革新的な憲法であることは疑いようがなかった。土台となっているのは、ヨーロッパの急進的社会主義のなかでももっとも先進的な学説、もっとも発達したアナーキズム的原理だった。直接行動を旨とするサンディカリストのデ・アンブリスは、この年のはじめ、官房長としてダンヌンツィオに招聘された。彼はフィウーメのために、時代を先取りする憲法を、労働者と個人――すべての個人――の権利に基礎を置く民主主義を考案した。白い絹の手袋をはめた手で、詩人がひとり草案のページをめくっているあいだ、窓の外のクラス台地では、すでに桜の木が花を咲かせていた。開花の季節の到来を受けて、軍団の兵士たちは火器の銃身に、春の花のつぼみを詰めた。

とはいえ、フィウーメの春は見せかけだけのまやかしだった。去年の九月から、イタリアへの併合を待ちつづけている「生の町」は、七か月の長きにわたって昏睡状態に陥っていた。イタリア政府はフィウーメに人工呼吸器を取りつけ、患者の様態を見つつ養分を投与し、気まぐれに酸素の供給管をふさいだり開いたりしていた。今年の一月には、イタリア人の「家庭第一主義」に感情面から訴えかけるために、包囲されたフィウーメの人びとは「子供たちの十字軍」を布告するにいたった。通商禁止のせいで腹を空かせている、フィウーメの何百という貧しい子供たちが、カルナーロの港から慈悲深いイタリア人家庭のもとへ発っていった。このときはムッソリーニも、自邸にひとり引き受けようと申し出ている。

加えて司令官は、ハプスブルク帝国の時代からこの町の特産品として知られていた、おとぎ話に出てくるような菓子類の製造と販売を禁止するにいたった。バターを塗ったサンドイッチも、たっぷりのクリームが載ったコーヒーも、「マルケンバザール」も、フィウーメから姿を消した。食糧は配給制になり、重油不足が原因で、町は寒く、薄暗かった。

しかし、司令官は民主主義の炎で暖をとった。デ・アンブリスの憲法が定めるカルナーロ共和国は、性別、人種、言語、階級、信仰の別を問わず、全人民の集合的な主権を認めていた。この憲法は、出版、言論、思想、信仰の自由のみならず、性の自由さえ保障している。さらに、初等教育および体育の授業を受ける権利、最低賃金、病気や障害、失業や老年などの問題を抱えた際の社会福祉サービスについて定め、ひとりひとりが健全な生活を送れるよう保障している。しかも、ここが決定的に重要な点なのだが、この憲法は市民の生活が、たんに健全であるばかりでなく、美しくあることをも保障している。

「生は美しい」。デ・アンブリスの文章に手を加える過程で、ダンヌンツィオはそう書いた。「自由によって作り変えられた人間には、美しい生を堂々と生きることがふさわしい」

こうした理由から、すべての同業者組合は固有の紋章、象徴、音楽、歌曲、祈禱《きとう》を持つことが推奨される。建設労働者の組合はひとりひとりの働き手にたいし、もっとも卑しい階層の住居であっても、庶民的な芸術の意匠で飾るよう勧告する。音楽は社会的な制度と見なされ、その背景には次のような考え方がある。「神をみずからの似姿として創造する民衆だけが偉大なのではない。神のために讃歌を創造する民衆もまた、同じように偉大なのだ」。最後に、ほかにも増して重要な、労働にかんする規定がある。労働は、数千年の人類の歴史を通じてはじめて、背中を痛めるだけの忌まわしい苦役であることをやめるだろう。労働は「苦役なき苦役」となり、もっとも目立たない仕事であっても、美に向かい、世界を飾りたてるだろう。

これらすべてを保障するために、デ・アンブリスは正当にも、私的所有権を社会的有用性に結びつけることを考えた。未来のカルナーロ共和国においては、いち個人と一体化した所有権は認められないし、権利者が財産を活用せずに放置したり、他者を排除し社会を貧しくするような仕方で財産を運用したりすることは許されない。高貴な理想だ。それは疑いようがない。しかし、やがて財務大臣としてダンヌンツィオに仕えることになる、偉大な経済学者マッフェオ・パンタレオーニの考えによれば、まさしくこの最後の条文のせいで、高潔なカルナーロ憲章は、資本主義の世界におけるあらゆる経済・商業活動と両立不可能となる。カルナーロ憲章が早晩行き詰まることは明らかだった。

デ・アンブリスから草案を受けとったあと、ダンヌンツィオはそれを長らく手元に留めておいた。草案を却下するのではなく、人目につかないよう大事に管理し、来る日も来る日も改訂に取り組んだ。そうやって、憲章の内容はそのままに、神託のような響きを持つ典雅な言語に書き換えていった。なんといっても、この司令官は詩人であり、彼のような人間にとっては、文体がすべてなのだ。昼食のあとの時間はデ・アンブリスの草稿の改訂に充てたが、午前中の、日が昇りはじめたばかりの時間帯は、部隊の先頭に立って、町を取りまく渓谷を行進して過ごしていた。集合場所は、司令官官邸の正面に位置するローマ広場だった。日ごとに異なる連隊が、司令官に同伴する栄誉に浴した。革のゲートルと拍車、アルディーティのジャケットとぴったりとしたコルセットという出で立ちのダンヌンツィオは、毎日かならず点呼の場に現れた。ラッパが三度吹き鳴らされると、一同は広場を発つ。兵士たちは歌を歌いながら、海岸や山の方へ歩いていく。全員が、司令官の隣を歩きたいと望みつつ、早足できびきびと行進する。この春の夜明けのなかで、司令官は活力に満ちあふれ、兵士たちと同年代の、二十代の若者に変貌していた。命令も、階級も、出発したときの律動的な歩調も、たちまちに忘れさられる。昼前に戻るころには、行列は散開隊形に変わり、隊全体が小枝や、花輪や、花をつけた灌木の枝に覆われている。

それは軍隊というよりも、野趣にあふれる動く庭という風情だった。一部の兵士は二人組を作り、伝説のテーベの軍団のように、手に手を取り合って行進していた。

夕食は「オルニトリンコ〔カモノハシの意〕」という食堂でとった。この店はもともと「金の鹿」として知られていたが、奇人のグイド・ケラーが自然科学博物館からカモノハシの剝製《はくせい》をくすねてきたあと、詩人がこのように改名したのだった。ここの小エビのリゾットは絶品だった。若者たちは、この土地の特産である、甘く、とろみがあり、くすんだ色合いのチェリーブランデーを、浴びるように飲んでいた。なお、想像力豊かな詩人はこの飲料にも、「モルラッキアの血」なる新しい名前を与えていた〔モルラッキアはダルマチアの一地方〕。

夕食のあとはよく劇場へ行った。ある晩の演目は、『覆われたる灯《ともし》』だった。これはダンヌンツィオが一九〇五年に執筆した終末観のただよう悲劇で、遺伝的欠陥があったり、病気だったり、呪われていたり、腐敗していたりする人びとによってのみ構成される、とある旧家の破滅を描いている。

悲劇の著者は、参謀本部の面々といっしょに、舞台わきの桟敷席で芝居を鑑賞していた。二階席や天井桟敷は、兵士たちでひしめき合っている。しかし、俳優の演技はひどいもので、若い兵士の気晴らしにはならなかった。第二幕が終わったとき、嫌な沈黙を破る声がどこかから響いた。

「この退屈きわまりない悲劇を中断させて、われわれの歌を歌おう！」

ダンヌンツィオの作品にたいして不満の声を上げたのは、ほかでもない、詩人その人だった。朝の行進で二十代に戻った司令官が、かつての自分と対立している。

卒業を迎え浮かれ騒ぎをする学生のようだった。ダンヌンツィオの合図に従い、舞台正面の席と天井桟敷の面々がただちに歌いはじめた。まずは「青春」、それから「ガリバルディの讃歌」、その次は「マメーリの讃歌」だった。劇場全体が歌っていた。若さが、喜びが、昂《たかぶ》りが、いたるところに撒き散らされる。ダンヌンツィオは、舞台わきの桟敷席で歌っていた。自身の文学をようやく脱ぎ捨てることができて、詩人は幸福に浸っていた。

ところが、しばらくすると、兵卒たちが「カフェで一杯」を所望してきた。これはナポリの大衆歌で、カフェで偽りの輝きを放つ生を歌った、まったく内容のない一曲だ。

将校たちは戸惑いの表情を浮かべておたがいを見つめた。兵卒はなおも言い張る。司令官は「われわれの歌」と言ったではないか！　伴奏なしのアカペラで、粗野な歌唱が鳴り響いた。はじめは軽く、快活で、やがて激しさを増し、性急になり、歌が我《が》を張りはじめた。無数のバリトンが、タランテッラの三連符をがなり立てる。「モルラッキアの血」と、制服の下に隠された四肢のなかの、若き心臓から送り出されるテストステロンが、男たちをしたたかに酔わせている。ジュゼッペ・ヴェルディの名を冠した劇場に、傷ついた巨大な獣が喉を鳴らすように、男たちの声が轟《とどろ》きわたる。中身のないカンツォーネが膨れあがり、むき出しの獰猛な姿をさらして、格式ばった歌曲の虚栄を生き埋めにした。

舞台わきの桟敷席では、誰もが目配せをしていた。将校たちも、いままでは眼前の滑稽な光景を、愉快な見ものだと思っていた。だが、ダンヌンツィオはもう歌っていなかった。詩人の顔は真っ青になっていた。いま、大衆は、自分たちの歌を詩人に教えている。詩人はなにかを悟ったようだった。

カルナーロ共和国においては、共有される財産の熱意ある生産者と、共有される力の熱意ある創造者だけが、完全な市民として認められ、ただ活動的な実体のみを、ただ上昇する充溢《じゅういつ》のみを、共和国とともに構築する……あらゆる職業組合は、それぞれに固有の紋章、象徴、音楽、歌曲、祈禱を創出し、それぞれの祭典および儀式を制度化する。能《あた》うかぎり堂々と、共通の楽しみや、記念式典や、地上および海上の遊戯といった催しに協力する。死者を崇め、古参を敬い、英雄を讃える……あらゆる信仰が認められ、尊重され、信者たちはそれぞれの神殿を建造できる。ただし、いかなる市民も、現行法が定める義務の履行から逃れるために、信仰や儀式を利用してはならない……生は美しく、自由によって完全に作り変えられた人間には、美しい生を峻厳《しゅんげん》に、堂々と生きることがふさわしい。完全な人間とは、日々、新たな恵みを同胞に捧げるために、日々、自己の美徳を創出する術を知っている人物のことを指す。労働は、もっとも卑しく、もっとも目立たないものであっても、それが然るべく遂行されれば、美に向かい、世界を飾りたてることになる……

カルナーロ憲章より

マルゲリータ・サルファッティ　ミラノ、一九二〇年春

目の血走った男たちが居並ぶテーブルで、彼女はただひとりの女性だった。

この社交界の女領主は、ヴェネツィア通りの自邸でサロンを開いては、まる二日にわたり、堕天使のように美しく繊細な若い画家たちと愉しみに耽る習慣があった。あるいは、この日の晩のように、ブルジョワ階級の頂点に位置する貴婦人でありながら、興奮する未来派や、獰猛な帰還兵や、足を引きずって歩くジャーナリストらが占めるテーブルに、みずから進んで身を落とすこともあった。どっしりと重いトゥラーニのワインが、大衆食堂のチェック柄のテーブルクロスに、血痕のような染みを作っている。痙攣《けいれん》的な美に彩られたこうした晩、熱に浮かされた男たちのテーブルで、サルファッティはただひとりの女性だった。

すると、フィリッポ・トンマーゾ・マリネッティがいつものごとく、体に電流を通されたかのようにテーブルに手をかけた。

「気取り屋を打倒する！」マリネッティは椅子の上に立って叫んだ。「王を打倒する！」、「過去を打倒する！」、あるいは「月明かりを殺せ！」などと叫んでいたときと、同じくらい熱がこもっている。絶滅の危機に瀕している人間性の救い主として、耳をつんざく狂乱の叫びとともに、未来派の創設者が演説をぶっている。聴衆は、一日の仕事を終えたあとの馬車引きや印刷工だ。店の客は少しのあいだ、面白がったり呆気に取られたりしながら、スープの皿から顔を上げた。女性の奢侈《しゃし》への耽溺《たんでき》が、男性の愚

鈍さと共謀して、社会のあらゆる階層にはびこりつつあると、マリネッティは苛烈な口調で警告した。「この耽溺は伝染する」。マリネッティは議論を続けた。「偽装された、しかし避けがたい売春行為へ、ますます女性を駆り立てる。一日に三度も身なりを変えるのは、自身の体をショーウィンドーに並べて、購買者たる男性の視線にさらすのと同じことだ。値打ちを強調すればするほど、貴重さや神秘性といった価値は減じていく。男は陳列された商品には手を出さない。なぜなら男は、たやすく手に入る女を軽蔑しているからだ！」

馬車引きは大喜びし、グラスの中身を一気に飲みほした。塹壕からの帰還兵は、女性への軽蔑の念を確かめあって乾杯した。このテーブル、この喧騒に居合わせた唯一の女性であるマルゲリータ・サルファッティは、一流の仕立て屋の手になる夜用の衣装《トワレット》にしっかりと守られながら、母親のように優しく上品な笑みを浮かべていた。

サルファッティの態度はどこまでも自然だった。その優雅な姿勢からは、ほんのわずかな不快感さえ見てとれなかった。なにしろ、彼女は自分の芸術家に囲まれているのだ。マリネッティはサルファッティを、「未来派の女教皇」と呼んでいた。一九一九年三月にミラノで開催された、「全国未来派大展覧会」において、サルファッティは自身が所蔵する作品を四つも貸し出し、会の運営に貢献した。ちなみに、貸し出した作品のうちのひとつは、サルファッティの肖像画だった。この安酒場のテーブルでくだを巻いている男たちの大部分は、サルファッティと個人的な親交を結んでいる芸術家だった。主だった顔ぶれには、画家のアキッレ・フーニやレオナルド・ドゥドレヴィッレ、そして、『ポポロ・ディタリア』にも寄稿している詩人のジュゼッペ・ウンガレッティらがいる。誰も彼もが、芸術から歴史の陶酔へ鞍替えした男であり、戦争という出来事がもたらす名状しがたい内的経験によって結びつけられた元軍人であり、塹壕で過ごす冬という真実の学校で学んだ輩《ともがら》だった。

自然を欠いた、都市の無機質な風景を得意とする、マリオ・シローニという画家もいた。鑑賞者を脅すような雰囲気、敵意に満ちた世界で捕らわれの身になった男、中心街に暮らすブルジョワにとっては未知の郊外……彼のように、そこで生きることを強制された人びとにとってのみ存在する世界をシローニは描いた。この謎めいた郊外で暗礁に乗りあげている、元軍人の哀れな芸術家を、サルファッティは勇気づけ支援した。彼女から援助を受けた芸術家のなかには、すでに死んだ者もいる。彼らもまた、このテーブルに坐っている。天賦の才に恵まれた建築家アントニオ・サンテリアは、配下の兵の先頭に立っていたときに、煙草をくわえたまま命を落とした。「同時発生的ビジョン」や「上昇する都市」を手がけたウンベルト・ボッチョーニは、もっとも偉大な、もっとも未来を嘱望された画家だった。両者とも、「ロンバルディア志願兵自転車バイク大隊」に従軍し、その一員として命を落とした。

そして、サルファッティの隣には彼が、「忠実この上ない野獣」がいた。彼もまた、マリネッティの罵詈雑言を聞きながら、黙って静かに微笑んでいた。詩人は場の中心を占めようと、身ぶり手ぶりを交えて喚《わめ》きたてているものの、主賓席はいつの晩も、彼が、ベニート・ムッソリーニが坐っている場所と決まっていた。秋の選挙は、屈辱、苦痛、悲嘆以外のなにものでもなかった。それでも、サルファッティは固く信じていた。この男は、路上から湧き出る力を発散させている。彼は、この鍛冶屋の息子は、前世紀のドイツにおけるもっとも偉大な哲学者、ゲオルク・ヴィルヘルム・フリードリヒ・ヘーゲルが言うところの、「低きより出《い》づる勇気」を体現している。顔にひげはなく、瞳の色は狂人と見まがうほどに濃く深く、その視線はなにを見つめているとも知れず、卑しく厚かましい、追いつめられた獣のような肉体に男らしさをたぎらせる彼、ほかの誰でもない、このベニート・ムッソリーニこそが、新たな世紀の使者となるだろう。社会主義者を統率する太鼓腹の老人たちの礼儀作法と、食うや食わずの大衆の怒りに満ちた飢えとのあいだに、もはや妥協は成立しない。古い世界はもう終わった。いまこそ、爆発の瞬間を待つ手榴弾のごとくに、内から外へ飛び出していくときだ。

いまのところ、ベニート・ムッソリーニは手持ち無沙汰に坐っているだけだ。しかし、政治的闘争のために怨恨を利用できることに、最初に気がついたのは彼だった。社会から爪はじきにされ、不平不満を募らせている落伍者に、最初に声をかけたのは彼だった。男たちが短剣を磨いて日々を送るあいだ、ムッソリーニは編集部と路上を行き来して過ごし、なにかが爆発するときを待ちかまえていた。爆風から身をかわし、その爆風について新聞に書くことができるのは、彼を措《お》いてほかにいない。

もはや疑いようがない。子を成し育てた、父親たちの忍耐強い鎖は、戦争によって断ち切られた。規範が消失した時代にあって、歴史を形づくる権利を運命から委ねられた世代を導くことができるのは、ムッソリーニのような男だけだ。いずれにせよ、サルファッティが、このテーブルに坐っている唯一の女性が政治に携わることを、いまの社会は認めていない。ならば、彼女もまた、かつてはアンドレア・コスタに、やがてはフィリッポ・トゥラーティに自身の願いを託したアンナ・クリショフのように、これと見込んだ男に賭けるしかない。

こうしたわけで、この高貴な女性は、『ポポロ・ディタリア』編集部の狭苦しく不潔な部屋に出入りするようになった。編集部が閉まってからは、洗練された知識人であるサルファッティが、粗削りな独習者であるムッソリーニを連れて、悪臭漂うどこぞの小さな宿に引きこもり、たがいの気が済むまで愛し合った。会うたびに、なにか新しい書物を持参して、ムッソリーニの脳を押し広げ、みずからの肉体を惜しみなく与えた。古典の読解を手ほどきし、零落した革命家を思わせるかかとのすり減った靴の上に、ゲートルを巻くように教育した。マキアヴェッリも、ローマ帝国の滅亡も、胸ポケットに挿す白いチーフも、夏に似合う麦わら帽子も、すべてサルファッティが教えてくれたことだった。接続法〔直説法、条件法などと並ぶ、イタリア語の「法」のひとつ〕の正しい使い方を仕込み、ぴったりの寸法に仕立てた黒服の鳩目に花を挿してやりながら、彼女もまた、歴史を形づくる準備をしていた。男という第三者を介して。

彼はたちまち、激しく女を愛するようになった……はじめて出会ったときにはもう、豊満で蠱惑《こわく》的な体つきをした、このブロンドの女性を熱望していた……いまでは彼は、海と、風と、恋人の美しさを言祝《ことほ》いだ素人くさい詩を彼女に献じ、荒々しい優しさを込めた愛の手紙を書き送るようになっていた。

わが愛、わが思索、わが心はあなたとともにあります。すばらしい時間でした。できることなら、タピアーノに参りましょう。あなたには到底信じられないほどに、深く、深く愛しています。強く抱きしめ、荒々しい優しさを込めてキスをします。今夜、お休みになるまえに、この上なくあなたに忠実な野獣のことを考えてください。野獣はいささか疲れ、倦《う》んでいますが、表面から内奥まで、すべてあなたのものです。ほんの少しで構わないから、唇の血を分け与えてください。

あなたのベニートより。

ベニート・ムッソリーニによるマルゲリータ・サルファッティ宛て書簡、日付なし（ただし、一九一九年から二二年のあいだに書かれたもの）

ベニート・ムッソリーニ　ミラノ、一九二〇年春

一九二〇年春の時点で、当時二十八歳のアンジェロ・タスカは、若手の社会主義者のなかでは、イタリアでもっとも影響力のある人物のひとりだった。トリノのブルジョワ家庭に生まれ、上流階級の子弟が通う文科高等学校「ヴィンチェンツォ・ジョベルティ」で学び、その後、プロレタリアートの大義に生きることを決めた。社会党地方支部の党員となり、やがて、トリノの労働評議会の書記に任命された。一九一九年、アントニオ・グラムシやパルミロ・トリアッティ、ウンベルト・テッラチーニらとともに発刊した週刊新聞『オルディネ・ヌオーヴォ』は、いまではオペライスタ〔労働者の権利擁護を訴える人びと〕の思想を打ち鍛える炉《ろ》とも、工場評議会が主導する革命運動の揺りかごとも言われていた。若き共産主義者たちに、雑誌の発刊に必要な資金の半分を貸してくれたのは、タスカの舅《しゅうと》だった。若者たちの目的は、彼のような資産家から、あらゆる財産を収奪することだというのに。

一九二〇年の春、ミラノの「ヴィットリオ・エマヌエーレのガッレリア」でベニート・ムッソリーニを見かけたとき、なによりタスカを驚かせたのは、この政敵が健康を絵に描いたような外観をしていたことだった。歩道には大理石が敷きつめられ、軒を連ねる優雅な商店や飲食店が、世界で最初期の商店街を形成している。ガッレリアをたまり場とするブルジョワ市民は、すぐさまここを「ミラノのサロン」と命名した。頭上を覆うネオ・ルネサンス様式の曲面天井《ヴォールト》のおかげで、このアーケードはヨーロッパでも随一の鉄骨建築という名声をほしいままにしていた。そのガッレリアを歩いていたタスカの眼前

を、黒い服に身を包んだ、壮健としか形容のしようがない男が通りすぎていった。タスカはムッソリーニをまじまじと観察した。力強い胴体からがっしりとした首が伸び、まるまるとした顔つきは尊大そのもので、身ぶりはいかにも横柄だった。火をつけられたばかりの、まだ本来の長さを保っている煙草が、肉感的な唇のちょうどまんなかに挿しこまれている。それはまるで、厚かましくひけらかされた陰茎のようにも見えた。要するに、このときのムッソリーニは、成り上がりものに特有の野性的な活力を発散させていた。ふたりが知り合ったのは一九一二年だった。そのころのムッソリーニはまだ、アナーキズム的傾向を持つ若き革命家であり、身なりはみすぼらしく、頰に張りはなく、悔悛者のように瘦せこけ、熱病にとりつかれたように目をぎらつかせていた。かつてといまの姿の落差に、タスカは当惑を覚えずにいられなかった。この男は堕落した。つましい過去とのつながりを断ち、安逸の在り処《あ　か》を見つけたのだ。幾人もの情婦をはべらせ、生の快楽を堪能しているに違いない。

とはいえ、タスカがガッレリアで見かけたときのベニート・ムッソリーニは、破産寸前の事業家であり、窮地に陥った女たらしであり、そしてなにより、挫折した政治家だった。これまで歩んできたすべての道にじゃまが入り、それ以上は進めなくなっていた。たとえば、プロレタリア大衆の心を掌握するという道や、前衛的国家主義の頭目になるという道だ。前者は復讐心に満ちた憎悪の壁によって、後者はガブリエーレ・ダンヌンツィオという巨人によって遮断された。ファシズムはいま、袋小路に迷いこんでいる。

もっとも、袋小路に迷いこんでいるのはイタリアも同じだった。ムッソリーニがガッレリアを——たいていは、アルディーティの大尉の制服を着たフェッルッチョ・ヴェッキを引き連れて——歩いているあいだ、イタリア王国は、過去に例のない巨大なストライキの波に呑みこまれていた。一月に郵便局員が先陣を切り、その後、一九〇七年以後はストを打っていなかった鉄道員が続いた。もともとは、たんなる賃上げ要求として始まった運動が、完全な交通麻痺に変質した。駅周辺は戦場のごとき様相を呈し、臨戦態勢を整えた軍隊がつねに監視の目を光らせていた。ストライキは中小の業種にも連鎖していった。門番、御者、裁判所書記官、パン屋の従業員、トラムの車掌、ガス工事人ときて、しまいには理髪師までストライキに突入した。一日おきに、ミラノは死んだ町のようになった。通りからは馬車も自動車も姿を消し、郵便物は配送されず、生活は中断された。数千の業種、数百万の労働者がストライキを繰り広げ、商品の卸売価格は五倍に跳ねあがった。

トリノのフィアット社では三月末に、時計をめぐる争議が勃発した。政府はこのほど、戦時中に採用された夏時間を、今後も継続して適用することを決定した。労働者はこれを受けて、今後は社長のアニエッリ上院議員ではなく、自分たちこそが工場の時計の主人になることで一致した。経営層はロックアウトでもって、労働者の反抗に応えた。その結果、一〇日間におよぶゼネストが勃発し、トリノとその近郊だけで、一二万の労働者が巻きこまれる事態に発展した。そのうちの六万人は、時計の針をいち目盛進めることに反対して、工場を占拠した。もちろん、ほんとうの問題は時計の針ではなかった。夏時間ではなく至高の時間、革命の時間こそが、ここで争われているテーマだった。

ところが、社会党の指導者はまたも問題を先送りにした。彼らの多くは、「時計の針のストライキ」をあけすけに糾弾した。ムッソリーニが予見していたとおり、選挙での大勝は党派分裂を引き起こし、社会党に深刻な危機をもたらしていた。最大綱領派は権力への荷担を望まず、改良派は全面的な権力の奪取に消極的だった。要するに、社会主義もまた、袋小路に迷いこんでいたというわけだ。

党でもっとも強い影響力を持つ指導者のひとりであるクラウディオ・トレヴェスは、議会における劇的な発言をとおして、社会党の窮状を認めた。このときの発言は、その後ただちに「贖罪《しょくざい》演説」と名づけられた。革命とは、「一日ではなく、一時代を費やして」実現されるものであることを、トレヴェスは言明した。それは自然現象に似た様相を帯びている。侵食はゆっくり進み、土砂崩れは一気に起こる。その時は近づいている。ただし、まだ数年は待つ必要がある。月日を、出来事を、時間を積み重ねなければならない。一度で片をつけてしまいたい気持ちはわかるが、それは無理な相談だ。われわれは死ぬことを恐れるのではなく、生きようとしないことに憤慨するのだ。

社会主義者がこうした議論を交わしているあいだ、ムッソリーニはミラノの町を散歩していた。トレヴェスのことならよく知っている。一九一二年に決闘した相手だ。それは、革命的社会主義の新星と呼ばれる野蛮な青年ムッソリーニが、『アヴァンティ！』編集長の座を射とめた直後のことだった。その席には少し前まで、思慮深い改良派の知識人トレヴェスが坐っていた。党員同士があんなに恐ろしい決闘を繰り広げるのは見たことがないと、介添え人はのちに語った。八度目の勝負のあと、決闘は痛み分けに終わった。両者のサーベルは、刀身が激しくぶつかり合った結果、ゆがんだふたつの鉄屑に変貌していた。

ムッソリーニはミラノの町を散歩している。企業家は今回も、一致団結して闘いに臨もうとしていた。企業家が集会を開き、自分たちの利益を守るための全国連盟をはじめて創設したのは、散歩コースのガッレリアからそう遠くない、ミラノの一角でのことだった。『ポポロ・ディタリア』主筆は、つねに枯渇状態にある新聞の資金を調達するため、ますます右に接近していった。革命の扇動家だった若き日の自分には、いまではなんの未練もない。産業総連盟の誕生に、ムッソリーニは祝意を込めてあいさつを送った。それは「生気ある現代性の息吹」だと彼は書いた。さらに、ムッソリーニはストライキをはっきりと非難した。もちろん、労働者の権利は守られるべきだ。だが、労働者の支持を受けているはずの社会党の指導層は、なんの方針も打ち出していないではないか。ふたつの文明のうち、どちらを選択すべきかという問題に答えるのはじつに容易《たやす》かった。ブルジョワの文明は、何世紀にもわたる進歩と実現の歴史を背負っている。たいするプロレタリアートの文明には、未熟と狂気の新聞沙汰があるきりだ。もはや疑いようがない。まもなく、ブルジョワの反撃が始まるだろう。いまはただ、足もとに武器を置いて、時機を待っていればいい。その時がくるまでは、ガッレリアの散歩を楽しもう。

二月四日の日暮れ時、われわれはローマを出発した。参加を表明していたメンバーは全員集まった。ただひとり、イタリアに残ることを決めたムッソリーニを除いて……じつに残念だ。さまざまな行動や演説を通じても、容易には真意を読みとれない、あの精力的かつ風変わりな男と近づきになることを、たいへん楽しみにしていたのだが……今回の旅に同伴している、ムッソリーニの記者仲間であるピエトロ・ネンニは、まだ政治的に反目していなかったころに、彼と親交を築いたということだった。ネンニが見たところ、ムッソリーニは民衆の指導者、強い男としての、翳《かげ》りのある魅力を湛えており、どのような仕方であれ、筆頭者になること、他に抜きん出ることを欲しているという話だった。今日はブルジョワ、明日は貴族と、その時々で敵を変える。要するに、善きにつけ悪しきにつけ、人びとの口の端にのぼらずにはいない男というわけだ。土壇場になって参加を辞退されてしまったことが、つくづく残念でならない。非常に意義深い時間を過ごせたはずなのに……

電力業界の著名実業家エットーレ・コンティの日記より、一九二〇年二月

戦闘ファッショは本日、約三〇の主要都市の支部に向けて通達を出しました。現在の騒擾《そうじょう》を念頭に、いざ反抗に出るときのための準備を呼びかける内容です……危機が表面化した暁には、軍当局の指揮に従って武力を展開するように、通達は各支部に促しています。

内閣官房エンリコ・フロレスがフランチェスコ・サヴェリオ・ニッティ首相に電話で報告した内容、ミラノ、一九二〇年四月十九日

ここ数日、すでに除隊した将軍が、戦闘ファッショの使者としてモンツァ郡の各地域をめぐっていた。将軍は企業家にたいし、混乱またはストライキの最中、アルディーティの部隊が彼らを守ることを請け合

った。

エンリコ・フロレスによるフランチェスコ・サヴェリオ・ニッティ首相宛て電報、ミラノ、一九二〇年四月十九日

崩壊へ向かうこの動きにブレーキをかけ、停止させることは、集合的な生の根本的な価値を救う行為である以上、反動的とはけっして言えない……紛い物の詐欺師たち、社会党の党員証を持つ卑怯なブルジョワ、あらゆる種類の愚図どもに抗して、高らかに、澄みやかに、私は叫ぼう。さあ、反撃だ。

ベニート・ムッソリーニ、「労働者諸君！　ペテン師の軛《くびき》から逃れるときだ」、『ポポロ・ディタリア』、一九二〇年四月二十五日

レアンドロ・アルピナーティ　ボローニャ、一九二〇年四月

ボローニャで、レアンドロ・アルピナーティはひとりきりだった。

年明けからずっと、戦闘ファッショの書記長である、ミラノのウンベルト・パゼッラに援助を要請していた。「どうしても、あなたに来てもらわないといけません。でないと、うちのファッショはばらばらになります」。誰もが抱くであろうこの見通しは、二か月後に遅滞なく現実となった。一九一九年四月にボローニャ・ファッショを創設した、ピエトロ・ネンニやそのほかの共和主義者は、一九二〇年に入ってから、ひとり、またひとりと、ファッショから去っていった。弁護士のマリオ・ベルガモは、ファッショ草創の地であるミラノの同志に向けて、個人的に次のような診断を伝えていた。「ボローニャ？　共和主義者がいなくなった時点で、あそこのファッショは死んだよ」

この診断は正しかった。ボローニャに残ったファシストは六人だった。この支部には、事務所を借りるための資金さえなかった。アルピナーティは仕方なく、ふだん昼食をとりに通っているマルサラ通りの食堂を、郵便物の宛て先に指定した。戦前はフェッラーラの労働組合でリーダーを務め、エミリア地方の事情をよく把握していたパゼッラは、最初の半年分の家賃を補助すると約束してくれたものの、アルピナーティのもとにはまだ一リラも届いていなかった。それでもムッソリーニは、指揮を執《と》るのは友人のアルピナーティを措《お》いてほかにいないと言って譲らず、彼をエミリア東部全体の責任者に任命した。ミラノの例に倣《なら》うようにと、ムッソリーニは助言した。進むべき道は、終わりの見えないストライキに

対抗して、市民を守るための民兵団を組織化することだ。アルピナーティは、広報活動のための弁士を派遣してほしいと要求した。彼は行動の人間であり、言葉を操ることには長けていなかった。

現実を公平に観察するなら、すべてが台なしになりつつあると言ってよかった。ローディの件で服役していたアルピナーティが、刑期を終えてボローニャに帰ってきてからというもの、事態は日に日に悪化していた。ボローニャは正気を失っていた。この都市にはふたつの労働評議会が混在し、たがいに競合関係にあったために、革命主義が際限なく先鋭化していた。社会主義者の市長ザナルディでさえ、本来は穏健な思想の持ち主であるにもかかわらず、票田を失うことを避けるために、富貴な人びとの邸宅への押し入りを扇動し、借家人にたいしては、自分こそこの家の主《あるじ》であると主張するよう推奨した。「指のたこ」が主人面する世の中になっていた。ついには、組合員証を持たない市民はパンも売ってもらえないようになり、中産階級は身動きがとれなくなった。多くの雇用者は、命を失うよりはましだと考え、不動産を売り払った。この激流をとめる手立てがあるとは思えなかった。

それでも、都市部の状況にはまだ見込みがあった。一方で、農村部は完全に失われた。社会党の影響下にない村落はひとつもなかった。あらゆる自治体に農家の組合が、「人民の家」が、生活協同組合が、党の支部があった。地域一帯を、「赤」の同盟が支配していた。実質的に、土地の所有権がほとんど無効になるような労働条件を、「赤」たちは地主に受け入れさせた。同盟が設けた規定に違反した土地所有者には重い罰金が科され、それはストライキの実行者を支援するための基金の一部になった。農地の賃借人や小規模土地所有者に向けられた敵意は、とりわけ苛烈だった。これらの隣人にたいし、耕す土地を持たない日雇い労働者は、言いようのない憎しみを抱いていた。ポー川の両岸は、その水源から河口にいたるまで、農地の支配権をめぐる大規模な闘争の場と化していた。

闘争の口火が切られたのは、「赤」の同盟に支配された県、フェッラーラにおいてだった。二月二十四日、小作農の支援を受けた日雇いの農夫たちが、労働契約の更新のために抵抗運動に突入した。ストライキが呼びかけられ、麻や、県民の主たる食糧である砂糖大根の種まきが中断された。威嚇、干し草置き場への放火、家畜の世話の放棄などが頻発した。ストライキ実行者の意志は揺るぎなく、その団結はきわめて固かったために、争いの原因となっているすべての点にかんして、土地所有者は敗北を受け入れざるを得なかった。ストライキ実行者は三月六日、賃上げ、労働者自身によって管理・運営される雇用事務所の設立、そしてなにより、十一月から四月までの期間、耕作地三〇ヘクタールごとに五人の労働者を雇用する義務を、土地所有者に認めさせた。十一月から四月とは、要するに、農村での仕事がなくなる季節だ。三月五日に、ノヴァーラ県、パヴィア県、カサーレ・モンフェッラート郡が、フェッラーラの例に続いた。抵抗運動は四七日間続いた。四七回、戒厳令下で過ごす夜が繰り返された。これらの土地でも、放火、家畜の連れ去り、闇討ち、発砲、野営地に変貌した農場といった光景が繰り返され、ロメッリーナでは「赤の同盟」が巡視隊を組織して、スト破りの摘発に努めた。四月二十一日、土地所有者は降伏した。日雇い労働者、賃金労働者はひとり残らず運動に参加し、圧倒的な勝利を収めた。

次はボローニャの番だった。農村協定のための戦争は始まったばかりだが、すでに一〇人の死者が出ていた。虐殺が起きたのは、サン・ジョヴァンニ・イン・ペルシチェートにあるデチマという村だった。田園のなかにひっそりとたたずむ、取るに足らないちっぽけな集落だ。ここで、小作農契約にかんする政治集会が開かれ、ボローニャの労働評議会から派遣されたシジスモンド・カンパニョーリが演説していた。シジスモンドは農村の問題に軽く触れたあとで、すぐさまお得意の話題に移り、資本家、聖職者、憲兵にたいする罵詈雑言を繰り広げた。最後には、いつもどおり群衆を扇動するために、いつもどおり魔法の言葉に訴えた。革命。

この恐るべき言葉を聞いた瞬間、治安維持を任務とする曹長は、演説に割って入る義務を感じた。演壇には、やはりボローニャの労働評議会から派遣されてきた、ピエトロ・コマストリという別の弁士が登っていた。コマストリは、人びとの心を落ち着かせることが自分の役目だと前置きしたが、彼もまた、一五分かそこら話しただけで、雇用義務から革命へテーマを移行させていた。憲兵隊の曹長はコマストリを、木製の演壇から引きずりおろした。敵と味方の力関係も測れない、愚か者の所業だった。警備にあたる二〇人の兵士の背後には、卑しく凶暴な一五〇〇人の肉体労働者が控えていたというのに。

一本のサイフォンびんが投げつけられた。質の悪いワインの味を、炭酸水の気泡で整えるのに使う器具だ。現場は一瞬、悲劇と喜劇のあいだで宙づりになった。このときはまだ、すべてを笑い話にすることもできただろう。ところが、軍服をまとった愚者は、そうすれば安全が確保されるとでも思ったのか、隣接する農家に正面から向き合う形で、憲兵を整列させていた。サイフォンは農家の壁に当たって砕け、あたりに破片が飛び散った。副巡査部長の右のこめかみから、ひとすじの血が流れた。これが惨事の号令となった。弁士はしたたかに打ち据えられ、群衆は衝動的に圧制者に詰め寄り、憲兵は壁際に追いつめられた。命令を発するまでもなかった。武器はひとりでに火を噴いた。拳銃と機関銃から、約五〇発の弾丸が放たれた。憲兵のラッファエーレ・バリーレとジュゼッペ・シンミアは、無防備な農夫にたいし、それぞれ七発と一〇発の弾丸を撃ちこんだ。まぎれもない虐殺だった。地面には八人の遺体と、約三〇人の負傷者が横たわっていた。兵士は自分の命を守るために発砲したのだと言う向きもあるだろう。しかし、ほとんどの死者は背中を撃たれていた。ひとりめの登壇者だったカンパニョーリは、銃剣で滅多突きにされて事切れた。

このときから、この死を受けて、事態は急転した。労働評議会は、県全体で三日間のゼネストを敢行することを告示した。七二時間にわたり、公私のあらゆるサービスが停止され、あらゆる職種の労働者が完全に業務をとりやめた。大ブルジョワであれ、プチブルであれ、もはや我慢の限界だった。農場経営者、企業家、商売人、知的職業に従事する人びと、公務員、不動産所有者らは、自力で防衛策を講じることを決めた。四月八日、商工会議所の主導により会合が開かれ、「社会防衛のためのボローニャ協会」が設立された。同月十五日、協会の代表はニッティ首相に嘆願書を提出した。嘆願書は、社会主義者の暴力を前にした国家の無為無策を告発すると同時に、協会が目下、国家に代わって自衛の手段を準備していることを告げていた。

レアンドロ・アルピナーティは、どうしたらいいのかわからなかった。彼は貧しい階層出身の、アナーキズム的な考えを持つ元鉄道員だった。六人兄弟の末っ子で、父親のサンテ・アルピナーティは貧相な宿屋の主人だった。父親の宿が立つチヴィテッラ・ディ・ロマーニャは、アペニン山脈を流れるビデンテ川の、狭苦しい流域に位置する辺鄙な村だった。アルピナーティはいま、イタリアの行く末になどなんの興味もない、エミリア・ロマーニャの半分を所有する地主集団から、一〇〇、〇〇〇リラの提供を打診されていた。この金と引き換えに、貧しい人びとから、彼自身もその一員である人びとから、地主たちを守れというのだ。他方では、彼の同類である貧しい人びとが、革命の狂気に取り憑《つ》かれ、ストライキに明け暮れることで、イタリアを破滅させようとしている。アルピナーティはミラノに宛てて次のように書いた。

「ひとつ確かに言えるのは、ボローニャのブルジョワ――私が言うブルジョワとは、無気力で臆病な人間の別称です――は、直近のストライキを目の当たりにして、自身の安全と財布が脅かされていると感じとるまで、なんの手立ても講じなかったということです。しかし、だからと言って、武器としての金銭を受けとらないことが、果たして賢明な選択でしょうか？　われわれの闘争は、切実に金を必要としています。たとえ恐怖に由来する申し出であるにせよ、いまこのとき、ブルジョワがわれわれに差しだそうとしている金を、果たして拒絶するべきなのでしょうか？」

なによりもまず、われわれは準備ができており、政府もそれは承知しているはずである。われわれは家族を、家庭を防衛する。われわれの労働の権利を擁護する。耐えがたい破滅的な事柄の生起になんとしてでも終止符を打つために、われわれ自身を形づくる日々の営みの高貴さを擁護する。これまで国家の法に委ねてきた、防衛のための手段を擁護する。

社会防衛のためのボローニャ協会、フランチェスコ・サヴェリオ・ニッティ首相宛ての嘆願書、一九二〇年四月十五日

ニコラ・ボンバッチ　ミラノ、一九二〇年四月十九日

一九二〇年三月末、ボンバッチがコペンハーゲンに到着したとき、ハムレット王子のデンマークはまだ、北風が運んでくる重い雪のじゅうたんの下で眠っていた。ボンバッチはアルピナーティと同じく、チヴィテッラ・ディ・ロマーニャの生まれだった。アペニン山脈を流れる、ビデンテ川流域の僻村《へきそん》で育った彼は、世界を知らなかった。メキシコからウラジオストクにいたるまで、地球上のすべてのプロレタリアートを、革命の友愛のなかで隔てなく抱擁したいと夢見つつも、すでに四十の峠を越した「ロマーニャのレーニン」は、それまでいちどもイタリアの国境を越えたことがなかった。

コペンハーゲンでボンバッチを待っていたのは、ソ連の外務人民委員マクシム・リトヴィノフと、「赤い商人」という通り名で知られる通商産業人民委員レオニード・クラーシンだった。ふたりとも、本物のレーニンの側近だ。エーレ海峡の岸辺に上陸し、偉大なるレーニンの特使に会えたことは、ロマーニャの「小レーニン」にしてみれば、自分の家に、四十歳になるまで知らなかったわが家に帰ったような感慨を抱かせる経験だった。

ロマーニャの革命家は、とある奇妙な使節団の代表だった。公的には、それは「赤」の組合の全国同盟によって組織された使節団で、社会主義者のカルダラが市長を務めるミラノから後援を受けていた。ところが、じつのところこの使節団は、ニッティ首相のイタリア政府からも政治的な承認を取りつけていた。社会主義者はつねひごろから、ニッティ内閣の転覆を声高に叫んでいるというのに。逆説的にも、

ニッティはロシアとの渉外の役割を、自身を打ち倒そうとしているイタリアの社会主義者に委ねざるを得なかったのだ。

すでに一九一九年の十二月から、ボンバッチはイタリア政府にたいして、レーニンのロシアと外交関係を再構築するよう懸命に働きかけていた。ロシアとの貿易にかんしては、ボンバッチは「兵站《へいたん》部の事案」と評し、さして重要視していなかった。しかし、経済の結びつきが生まれれば、資本主義国イタリアが、ソヴィエトのロシアを外交的に承認するきっかけになるかもしれない。突きつめればイタリアは、かつて詩人パスコリが評したように、つねに「偉大なプロレタリア国家」だった。貧しく高潔な人びとが暮らすこの国が、ロシアの同志が創建したプロレタリア国家の正統性を、認識できないはずがない。あれこれの任務はさておくとしても、これからイタリアで成し遂げるべき革命について、すでにロシアで革命を成就させた人物たちとじかに語らえることが、ボンバッチには待ち遠しくてならなかった。

ボンバッチは革命の理想に身も心も捧げていた。一月十一日にフィレンツェで開催された社会党の全国大会では、ロシア・モデルに則《のっと》ったソヴィエト国家の樹立を、一刻も早く実現するよう声高に訴えた。四四〇人の投票者のうち、じつに四〇一人が、ボンバッチの提言に賛成票を投じた。目を見張る勝利だった。しかし、指導層の見解はふたつに割れた。ボンバッチの側につくと思われていた、トリノの若き指導者パルミロ・トリアッティは、革命の計画に皮肉を浴びせた。時期尚早で、不完全で、理論的に無根拠だというのが、トリアッティの見解だった。もし、イタリアにもソヴィエトを設立するなら、それはロシアのソヴィエトの痛ましい模倣品、「影の影」でしかありえないだろうと、トリアッティは冷ややかに切って捨てた。

しかし彼は、「労働者のキリスト」は、インテリの共産主義者が突きつけてくる反対意見には屈しなかった。彼らは自身の孤立を喜び、多数派と対立することに満悦し、自分の力を推し量ることにばかりかまけている。だが、イタリアの社会主義の力は強大だ。わずか一五か月のあいだに、登録者の数は倍増し、二〇〇、〇〇〇人を超えた。だが、いま必要なのは、その力を内に溜めこむのではなく、外へ発散させてやることだ。周囲を注意深く見まわし、手を組めそうな相手は残らず引きつけてこなければならない。たとえそれが、ダンヌンツィオであったとしても。しかしこの件にかんしても、トリアッティがソヴィエトの計画にたいしてしたのと同じように、社会主義者のリーダーたちは留保をつけたり、細かい立場を言い募ったりしたすえに、けっきょくは詩聖との連携に背を向けた。またしても、皮肉、論理、当てこすりだった。イタリアの共産主義者が些末《さまつ》な事柄に拘泥《こうでい》し、疑念にとらわれ、嫌味を言い募っていたとしても、モスクワの人びとならわかってくれる。ボンバッチはそう繰りかえした。革命の父たち、ほんとうに革命を成し遂げた男たちに、わからないはずがない。

デンマークに着いたボンバッチは、まずは「赤い商人」ことレオニード・クラーシンと話をした。四月七日、イタリアから来た大所帯の代表団は、社会主義港湾労働者組合の地方支部に通され、クラーシンと面会した。コペンハーゲンの波止場では、灰色のみぞれが氷を溶かしはじめている。クラーシンはボンバッチに、自分はモスクワからの指示で、イタリア王国を承認する任務を負った唯一の人間であると表明した。話はそれで終わりだった。いまのところ、ロシアの赤い商人たちは、イタリアのプロレタリア革命にはなんの興味も抱いていないようだった。

そこでボンバッチは、リトヴィノフとの面会にすべてを託した。ソヴィエトの党会合で、レーニンのすぐ右隣に坐っている大物だ。リトヴィノフ外務人民委員は、熟成されたハムを思わせる、壮健な顔立ちのぽっちゃりとした人物だった。歓迎の意を表して、リトヴィノフはきんきんに冷えたウォッカを振る舞ってくれた。まだ午前十時を過ぎたばかりで、からっぽの胃袋に流れこんだウォッカが、ほっそりと虚弱なボンバッチの体に激しい痙攣《けいれん》を引き起こした。胃の引きつりに耐えながら、間近に迫るイタリアの革命について熱っぽく話しだすと、すぐにリトヴィノフが彼を凍りつかせた。イタリアでは、社会党の力は強くても、革命を志向する勢力は弱い。そう言って、レーニンの右側に坐る男もまた、トリノの同志トリアッティと同じように、皮肉を利かせた分析を展開した。イタリアの社会主義者が権力の座についていられるのは、せいぜい二か月といったところだろう。「革命は……」なかばからかうような調子で、リトヴィノフは言い足した。「すでにロシアで実現したのです。いま、喫緊の問題と言えるのは、革命ロシアが資本主義各国とのあいだに、貿易と政治の関係を再構築することだけです。ほかはすべて、些事《さじ》に過ぎませんよ」

数日後にデンマークから帰国したボンバッチは、四月十八日から二十二日にミラノで開かれた社会党全国大会で、面会の内容について言及せざるをえなかった。イタリアに招待しようとボンバッチが提案した際、リトヴィノフはまたしても、皮肉とからかいで応じたのだった。この報《しら》せを『ポポロ・ディタリア』の紙面で取りあげたのが、古い友人のムッソリーニだった。ボンバッチは、「楽園の岸辺」であるコペンハーゲンより先へは進まなかった。もっと奥へ、モスクワまで行ってみたいなどという好奇心は露ほども抱かなかったし、そうすべきだという義務感も覚えなかった。『ポポロ・ディタリア』主筆はそんなふうに茶化してみせた。

四月二十日、ミラノで開かれた社会党の会合で、ボンバッチはみずからの悲嘆を隠そうともしなかった。世界は自分の望むとおりの姿ではないことを、ボンバッチは直感していた。報告の前半部分には、極寒の地で味わった鬱屈が絶えずにじみ出ていた。しかし、もはやお得意のテーマとなった、社会民主主義者の慎重さにたいする批判を始めるなり、ボンバッチの情熱は息を吹き返した。彼は叫んだ。穏健派の過ちとは、新たなる革命は議会の外で、議会抜きで、議会に抗して実現されなければならないことを、いまだに理解していない点にある……事実、社会主義者は、すでに議会を去ったというのに……プロレタリア独裁へ向けて……未来の太陽に向けて……議会になんの関心もないままに、議会のなかを歩くことは可能なのだ。地上を歩きながら、天国に行くことを欲している聖職者のように。

たとえ、ボンバッチが今回、引き返す道を選んだとしても、天国は変わらずに、最終目的地でありつづける。ただし、皮肉の名人たちもまた、天国へいたる途上で、ボンバッチを待ち伏せしつづけている。革命についてボンバッチが語れば語るほど、革命は「影の影」のなかへ沈んでいく。

われわれはマルクスから次のように学んできた。革命とは、社会的関係の発展と変化のプロセスである。革命は、この関係が織り成す現実、すなわち経済との結びつきを欠いたままでは、人間の欲求それ自体を具現化した、現実的かつ具体的なものにはなりえない。しかるに、ボンバッチはうわべの形だけで満足している。革命は……彼にとってひとつの言葉、ひとつの影と成り果てた。ボンバッチが構築しようとしている革命機関は、影の影であるに過ぎない。

パルミロ・トリアッティ、『オルディネ・ヌオーヴォ』、一九二〇年三月

どうやらリトヴィノフ委員は「都会人」ボンバッチの熱狂を、取り返しがつかないほどに冷ましてしまったらしい。おかげで彼は、ソヴィエトという至高の楽園へ続く道を進むより、悪臭漂うブルジョワのイタリアへいたる道を引き返すことを選んだのだ。

ベニート・ムッソリーニ、『ポポロ・ディタリア』、一九二〇年四月

戦闘ファッショ第二回全国大会　ミラノ、一九二〇年五月二十四日

右旋回が決定的になったのは、日付が変わるころだった。

五月二十三日の午前中、リリコ劇場で大会が始まり、アルディーティとファシストの新しい隊旗がお披露目された。引き渡しの瞬間まで、三角旗はパステルカラーに染まった薄い羊皮紙の下に、大切に保管されていた。フェッルッチョ・ヴェッキは、アルディーティの旗を受けとったあとで宣言した。これから先、手榴弾と短剣が、鎌と槌の前に膝を屈することはけっしてない。ファッショの旗を受けとったムッソリーニは、戦後の行き過ぎた寛容主義が終わりつつあること、イタリアが近くアルディーティの価値を見直すこと、フィウーメがイタリアのものになるであろうことを請け合った。今回は、会場の装飾にもそれなりに気を遣っていた。舞台には大量の軍旗が飾られ、制服姿の兵士が半円状に整列し、旗の下では少女たちが愛国的な歌を合唱した。舞台の正面席では、あのフィリッポ・トンマーゾ・マリネッティから「かわいらしい」との評価を受けた母親たちが、そらで覚えた演説を「力強く」唱えていた。ファシストの政治集会に美しい女たちが居合わせたのは、これがはじめてのことだった。

しかし、ほんとうの意味での大会は、五月二十四日に始まった。この集会について、トリノのファシストで王政主義者のチェーザレ・マリア・デ・ヴェッキは、「いつもどおり、運動の貧弱さを思い知らされる、なんとも貧相な集まりだった」と評している。数週間前から、ムッソリーニは『ポポロ・ディタリア』の紙面で「反撃の時は近い」と予告し、パゼッラは景気の良い数字を伝えていた。しかし実際

には、ミラノの登録者は六〇〇人、ロベルト・ファリナッチが熱心な勧誘に取り組んだクレモナで三〇〇人、首都ローマでもわずか三〇〇人、ボローニャ、パルマ、パヴィア、ヴェローナでおよそ一〇〇人、マントヴァ、オネリア、カウロニアで四〇人、ピアデナ、レッコで二〇人という具合だった。イタリア全土では、戦闘ファッショの正規の登録者は二三七五人にとどまった。これが、闘争の基盤となる、信頼のおける戦力だった。

ファッショの創設から一年以上が経過していたが、リリコ劇場の客席を埋めている人びとの数は、サン・セポルクロ広場で行われた結成集会のときと比べて、ごくわずかしか増えていなかった。それでも、なにかが変わっていた。数字が似たようなものであっても、顔ぶれは同じではなかった。山師、落伍者、除隊兵の一団は、変わらず定位置を守っている。帰還兵の怨みが消えることはない。だが、左翼参戦派のサンディカリストは、すでにファッショを見限っていた。ピエトロ・ネンニのような共和主義者は、年が明けてからの数か月でファッショから離脱し、エノ・メケーリに代表される理想主義的なナショナリストは、一月にフィウーメへ発っていった。かつてのように、駆け出しの詩人や、劇作家や、不満をためこんだ物書きや、失業者が、客席をあざやかに彩ることはもうなかった。彼らに代わってリリコ劇場を埋めているのは、商売人、国家公務員、下級士官、かつての品を偲《しの》ばせる擦り切れたジャケットに身を包む、急激なインフレのせいで貧窮したプチブルといった面々だった。マリネッティを筆頭に、未来派は不満を募らせていた。ファッショは輸血により変質した。

とはいえ、午前中のムッソリーニの発言はあくまで慎重だった。五月のはじめから、彼は社会主義者にたいして、あからさまな脅し文句を並べ立てていた。敵対する人びとが、自分にたいして憎しみを抱くのも無理はないと、『ポポロ・ディタリア』の主筆は論評した。事実、党から追放された夜に口にした約束、この恨みはけっして忘れないという約束を、彼はいまも守りつづけているのだから。あとすこしで、容赦ない復讐の日がやってくる。

それでも、二十四日午前、リリコ劇場の舞台に立った復讐者ムッソリーニは、ファッショと民衆の調停者の立場から演説を行った。決起のタイミングを特定することはせず、プロレタリアートと社会党の指導層は別物であると強調し、自分は民衆の側に立ちたいのだと言明した。

左に架かる橋を焼き落とす仕事は、チェーザレ・ロッシに委ねられた。ロッシはもう何か月も前から、ファッショは保守であり反動であると、遠慮なくきっぱりと宣言すべきだと主張していた。リリコ劇場の集会でも、民衆の闇雲な行動に反意を表し、プロレタリアートを批判した。やつらがブルジョワに取って代わることなど到底できない。あの赤い下層民どもは、利己的で、無教養で、心がなく、愛国の価値に耳を傾けようとしない。生まれながらに道徳の面で欠陥がある、夢見がちな羊の群れだ。ロッシはいままでは、プロレタリアートと社会党を一体不可分のものと見なしていた。やつらは社会主義の理想に添い遂げる道を選んだ。もはや、一切の寛容に値しない。ファッショが目を向けるべきは、「腕で働く」ことをしない人びとだ。プチブルは肉体労働者と比較しても、なおいっそう苦境に置かれている。決戦に臨もうにも、ふたつの勢力を同時に相手どることはできない。したがって、ファッショはひとまず、現体制と足並みを揃える必要がある。忌まわしい選択だが、やむをえない。反君主制の方針にこだわるのではなく、純粋に現実主義的な道を選ぶときだ。共闘相手は時に応じて変えればいいし、闘争の場にかんしても同様だ。反政党の月に向かって吠えているあいだは、ファッショは霞《かすみ》を食《は》んで生きてこられた。だが、今後は社会的基盤が必須になる。堕落した自由主義国家と取り結んだ関係は、のちのち清算してやれば問題はない。

ロッシは怒りに震えながら発言を終えた。戦前、革命的サンディカリストだったころは、雇用主を憎み、パルマやピアチェンツァの農村で、干し草置き場に火をつけてまわったものだった。あのころの過激な姿勢は、まだ捨てていない。ただし、いまでは憎しみを向ける標的が変わっていた。現在のロッシの敵は、かつて彼自身が蜂起を促していた農夫たちだった。聴衆の大半から拍手を浴びつつ、チェーザレ・ロッシは舞台を下りて自席に戻った。

反対に、未来派にとっては右旋回など論外だった。マリネッティは猛り狂った。王政とは、破棄すべき旧時代の遺物がいっぱいに詰まった背負い袋であると叫び、いつもどおりヴァチカンを罵倒した。羊飼いをファッショとするなら、未来派は牧羊犬である。主人が酩酊しているときは、賢く忠実な犬が羊を見張ってやらねばならない。それから、マリネッティは詩人として演説を締めくくった。「われわれはクラス台地から来た」。詩人が聴衆の記憶を喚起する。「反動へ向かうことはない」

劇場の裏手にある、ボットヌート地区の食堂で、ムッソリーニは気の置けない仲間たちと夕食をとった。脂ぎった食事と、悪酔いを誘う強いワインがテーブルに並んだ。パゼッラが、一枚五〇チェンテジモ〔一〇〇チェンテジモで一リラに相当〕で販売した会員証の売り上げを数えている。組織を査定することが必要だ。地方書記を罷免《ひめん》する権限、そしてなにより、どの支部にどれだけの予算を振り向けるか決定する権限を、ミラノの中央委員会が保持しなければならない。経理の責任者であるジョヴァンニ・マリネッリが、決算についてくどくどしい説明を繰り広げている。ムッソリーニは黙っていた。食事には少ししか手をつけず、グラスはいつまでも空にならない。頭にこびりついて離れない考えと、静かに格闘しているような面持ちだった。集会の夜の部に参加するため、そろそろ劇場に戻らなければならない。そのとき、ロッシがマリネッティの先の演説を非難しはじめた。魅力と個性に富んだ未来派の創始者にたいする批判を、ムッソリーニはあえて諫《いさ》めようとはしなかった。「政治に顔を突っこみたがっている、あの頭のおかしな道化は、いったい何者なんだ？　やつの言うことを真に受けている人間など、イタリアにはひとりもいないぞ！」

劇場内の人数は激減していた。残った人びとも、動物性たんぱく質が胃にもたれて浮かない顔をしている。そんななか、ムッソリーニは時計の針が零時をまわる前に、もう一度舞台に立った。ファシストは企業家が望むとおり、国家が自由主義的な路線を採用して、その機能を縮小させることを支持しなければならない。要するに、国家が国民に提供すべきは、兵士、警察、裁判官、収税吏だけである。それから、プロレタリアートおよびブルジョワの生産部門と、協調関係を構築する必要がある。ブルジョワの船を沈没させてはならない。そうではなく、ファシストもまた船に乗り、機関室を占拠すべきなのだ。制度的な前提にかかずらうことはない。ファッショはその発足段階から、つねに共和制を志向してきたが、もし必要とあらば、舳先《へさき》を君主制に向けることもあるだろう。

ファッショの創設者は数秒にわたり沈黙し、客席にマリネッティの姿を探した。どこにもいない。すると、まだ目を覚ましているひと握りの聴衆は、自分の子供に洗礼を施すことさえしていない、この神をも畏《おそ》れぬロマーニャ人が、次のように言うのを耳にした。ヴァチカンは、世界中に散らばる四億のカトリック信徒を代表している。分別を弁《わきま》えた政治家なら誰であれ、この巨大な力を利用すべきだ。ロシアのレーニンも、聖シノド〔東方正教会の最高指導機関〕の権威の前では膝を折ったというではないか。信仰をないがしろにしてはいけない。

ムッソリーニが話しはじめてすでに二〇分がたっていたが、左派への未練がにじむ「サン・セポルクロの綱領」にかんしては、その残響さえ聞こえてこない。右への旋回は、日付が変わる前に達成された。

ファッショの第二回全国大会は、翌日の午前中に幕を閉じた。第一中央委員会のメンバーに選出された一九人のうち、再選者は一〇名に過ぎなかった。そのうちの二名であるマリネッティとカルリは、翌日に辞任した。新しく選出された九名は地方支部の出身で、全員が右派だった。

北イタリアを春の空気が覆う、良く晴れた一日だった。ムッソリーニとロッシは劇場の入り口近くで、すこしのあいだ無駄話をしていた。ほの暗い室内から陽光のもとへ出て行くのは、いくぶん勇気のいる行為だった。ミラノの町は、数分前まで劇場の穴倉で繰り広げられていた激しい議論のことなど、まったく興味がない様子だった。昼休みを終えて仕事机に戻る途中の、中心街のオフィスで働く人びとが、リリコ劇場の入り口周辺にたむろする暇人たちのあいだを、迷惑そうにすり抜けていく。傍《かたわ》らでは、青物屋が棚に売り物を並べている。農家が運んできた木箱からプラムを取りだし、つる籠に敷きつめる。果実を霧吹きで湿らせてやったあと、やわらかな布でひとつずつ、真鍮のドアノブのような輝きを放つまで磨きあげる。

チェーザレ・ロッシはムッソリーニの目を見ながら、青物屋の方へあごをしゃくった。未来は商店主のものだ。未来派の奇人たちの出る幕ではない……

ブルジョワの船を沈没させてはならない。必要なのは、船の内部に入りこみ、寄生的な要素を排出させることだ……復旧こそ、今日における中心的な課題だ。トリノでも、フランスでも、そのほかの都市でも、大規模なストはすべて、破綻が運命づけられている。ある限界より先へ進むことは、けっしてできない。ファシストは行動方針を変えるべきではない。誰であれ、ほかの誰かとの比較のなかでは、反動的との誹《そし》りを免れないのだから。

ベニート・ムッソリーニ、戦闘ファッショ全国大会における演説　ミラノ、一九二〇年五月二十五日

イタリアのフィウーメ　一九二〇年六月十五日

フィウーメでは、聖ヴィトゥスの日である六月十五日になると、誰もが祭りの準備をして出かけていく。もっとも、近ごろのフィウーメは毎日が聖ヴィトゥスの日であり、市民はつねに祭りに出かけていく最中だった。

六月十日、あの憎っくきフランチェスコ・サヴェリオ・ニッティの政府がついに倒れ、フィウーメは連日お祭り騒ぎの状態だった。イタリアという飢えた国で、パンの公定価格を値上げしようとしたことが、ニッティの命取りになった。中央で混乱が起きているのを尻目に、トリエステではアルディーティの部隊が反乱を起こしていた。アルバニアに駐屯しているイタリアの守備隊を増強するため、船で同地に向かうはずだったのが、将校の命令に背き、手榴弾を投げながら町を駆け抜けていったのだ。なんにせよ、フィウーメが祭りに興じていることに変わりはなかった。ダンヌンツィオは「復讐の女神」を称揚しつつ、ニッティを侮辱する陽気で辛辣な声明を発表した。

しかし、途切れることのない祝祭は町を混沌に引きずりこんだ。「秩序」と名のつくあらゆる要素が、フィウーメのもとを去っていった。五月には、憲兵の部隊がフィウーメを発った。カントリーダの封鎖地点でアルディーティが憲兵を包囲し、イタリア人同士の発砲をともなう衝突が発生した。馬にまたがった下士官が小銃を構えた瞬間、そのわき腹に弾丸が撃ちこまれ、下士官はそのまま地面に倒れこんだ。馬は騎手を欠いたまま、防柵を越えていった。

市街地でも部隊間の小競り合いが起こり、将校たちは義勇兵を集めるために武器を取った。もはやフィウーメの兵士たちは、酒に酔った略奪者と大差なかった。革命の方向へ目を転じるなら、ともに権力を奪取するためにボンバッチが提案した、社会主義者との協調の試みは、なにもかも水泡に帰していた。こうして、ダンヌンツィオはイタリアの左翼からも見捨てられた。いまではフィウーメ民族評議会も、あからさまに彼に敵意を示している。司令官はますます孤立し、世界から隔絶されていった。毎朝、新聞に目を通すまでは、世の中でなにが起きているのかもわからなかった。それでも、生は祝祭であり、フィウーメは「生の町」であり、詩人たちは彼らを拒絶した世界への復讐を準備していた。

数か月前から、レオン・コシュニツキ——ベルギーの若き詩人で、ほどほどの才能と遠大な理想の持ち主——は「フィウーメ同盟」のために精力的に動いていた。この同盟は、アメリカのウィルソンが設立を主導した国際連盟に立ち向かうべく、抑圧されたあらゆる民衆の代表が集う会議だ。ダンヌンツィオは国際連盟を、「特権階級に属す盗っ人とペテン師の陰謀」と断じていた。なるほど、フィウーメは世界から孤立している。だが、そんなことはどうだっていい。なぜなら、司令官の熱狂のもとでコシュニツキが着想した計画は、「宇宙全体」へ拡張していくからだ。民族、国家、人種の別なく、地球上のすべての被抑圧者はこの計画に参加しなければならない。司令官宛てに送られてきた覚え書きのなかの一覧表には、フィウーメを筆頭として、自由を欠いたすべての国（およびその民衆）が列挙されていた。ダルマチア、アルバニア、オーストリア共和国、モンテネグロ、クロアチア、旧ドイツ東部領土、カタロニア人、マルタ人、ジブラルタル、アイルランド、フラマン人。そして、モロッコのムスリム、アルジェリア、チュニジア、リビア、エジプト、シリア、パレスチナ、メソポタミア、インド、ペルシャ、アフガニスタン。そこからさらに、カルナーロ共和国の対蹠《たいせき》地に向かって歩を進めれば、ビルマ人、朝鮮人、フィリピン人、パナマ人、キューバ人も視界に入ってくる。コシュニツキは被抑圧者の一覧を作るにあたって、ユダヤ人、アメリカ黒人、カリフォルニアの中国人のことも忘れなかった。これが、ダンヌンツィオの隻眼に映る世界だった。自由と、尊厳と、反乱に輝く地球。歓喜する心が舞い踊るダンスホール。コシュニツキの精神は昂揚《こうよう》していた。二十八歳で、彼もまた詩人だった。かくして、司令官は彼を外務大臣に任命した。

観念の世界では、物事はこのように進むはずだった。しかし現実の世界では、フィウーメ同盟の活動は、バルカン半島における広がりも輝きもない紛争の構図に呑みこまれていった。クロアチア、モンテネグロ、ダルマチア、アルバニアの、素性の知れない反乱軍のリーダーたちが、かわるがわるフィウーメの扉を叩いた。彼らは要請した。自分たちを強大なユーゴスラヴィアのもとに屈服させようとしているセルビア人に対抗するため、武器と資金を提供してほしい。イヴォ・フランク博士は、クロアチア分離主義者を代表して、春に反乱を起こすことを約束した。武器は不要だ。一二〇〇万リラがあればいい。それも、いますぐに。現状を鑑《かんが》みるに、成功は間違いない。コシュニツキにはこのフランク博士が、バルカンの火薬庫の鍵を握る人物、きわめて重要なリーダーに思えた。イタリア政府のスパイが得た印象は、コシュニツキの所感とはかなり異なる。四月にカヴィリア将軍宛てに送られてきた電報のなかで、当時の首相ニッティはフランク博士を、「裏切りをたくらみ、ハプスブルクの再興を任とする詐欺師」と評している。フィウーメ司令部の大使はこうした手合いに信を置き、自由な世界の地図を描きなおすための秘密協定を結んだのだった。

夏がくるまえに、コシュニツキは辞任した。司令官のために用意したメモのなかで、コシュニツキは次のような認識を吐露していた。「フィウーメ同盟は、バルカン半島の勢力に利用される道具に成り下がりました」。こんなものが、ガブリエーレ・ダンヌンツィオが両腕に抱くにふさわしい、光り輝く地球であるはずがない。

フランドルの低地地方に戻る前に、ベルギーの若き詩人は、最後にもう一度祝祭に参加することにした。六月十五日には、フィウーメの守護聖人の祝祭が催される。土地の習いでは、それは単純に「聖ヴィトゥスの祭り」と呼ばれていた。今年の式典はとりわけ荘厳だった。というのも、司令官と参謀本部の面々に加え、ヴェネツィアの代表団も参加していたからだ。ヴェネツィアからの客人たちは、聖マルコを象徴する有翼の獅子をかたどった、大理石の碑板を進物として持参していた。午前十一時、市庁舎前の広場に集まった市民たちは、市庁舎のファサードにはめられた碑板を目にした。聖マルコの獅子は、爪の生えた脚で福音書を支え、フィウーメの上、ガブリエーレ・ダンヌンツィオが夢見る世界の上で羽を休めている。詩人は興奮していた。なにしろ彼は、フィウーメが、晴朗きわまるヴェネツィア共和国の思想上の末裔であることを、常日頃より強調していたから。海の覇者の意志において刻まれた、栄光ある一日についてダンヌンツィオは語った。ムッジャにはじまり、ピラーノ、パレンツォ、ザーラ、セベニコ、スパラトにいたるまで、かつてヴェネツィア共和国の領土だった、イストリアとダルマチアのすべての都市を列挙していく。彼の地の住人たちはみな、福音書を閉じた。誰もが獅子になった。今日こそ逆襲の日だ。フィウーメの市民は、午後にはスポーツの試合を、晩には民俗舞踊を旧市街で楽しんだ。

コシュニツキはフィウーメとの別れを惜しみ、祭りの光景を目に焼きつけようとした。この町に充満する、永遠に終わりのこない祭りの空気を、彼は生涯忘れないだろう。行進、夜間の松明行列、軍楽隊、歌、踊り、花火、喜びのかがり火、演説、雄弁、雄弁、雄弁……明るく照らされた広場で、若き詩人は旗や、垂れ幕の文章や、花柄のちょうちんをかかげた舟をつくづくと眺めた。なぜ舟が出ているのかと言えば、海もまた祝祭の会場になっているからだ。そして踊り……どこへ行っても、誰かしら踊っている。広場でも、十字路でも、波止場でも。昼も、夜も、いつでも誰かが踊り、歌っている。聞こえてくるのは、ゴンドラで歌われる哀切な舟歌ではなく、勇壮な軍楽だ。兵士が、船乗りが、女が、市民が、軍楽のリズムに合わせて舞い、踊り、乱痴気騒ぎに興じている。どこに視線を向けようと、踊りが目に入らないことはない。街灯、松明、星々までが踊っている。飢えと痛みに苦悶の呻きをあげるフィウーメが、激しく松明を振りながら、海を前にして踊っている。

フィウーメが踊っているあいだ、もうひとりの若い詩人、イタリア人のジョヴァンニ・コミッソが、祝祭の渦中にある町を歩いていた。世界に向けて発砲する準備ができている、血気盛んな若い兵士でごった返すこの町では、間違いなくいちばん繁盛している部局だった。コミッソは度肝を抜かれた。農婦か洗濯女と見まがうような、若くて活力に満ちた女が治療を担当していたのだ。シャツの袖をまくり、肉づきのよい白い腕をむき出しにして、あの恐ろしいアルディーティの男たちを、洟垂《はなた》れの利かん坊かなにかのように扱っている。服を脱げと厳しい口調で命令し、粗末な台の上に約一〇人を寝かせ、男どものぐにゃりとした逸物《いちもつ》を無造作につかむ。傷口を開き、汚れた縫合糸を取り除き、消毒し、傷を閉じ、洗浄してから、脂肪のついていないがりがりの体をマッサージしてやる。男たちの痩せぎすなことといったら、健やかな生活というものを一度でも経験したことのある人間であれば、とても想像がつかないほどの痩せ方だった。彼らは従順に、狡猾に、礼儀正しく寝返りを打ち、横向きになるときは悲しげだった。

生は祭りだ。旧市街の貧相なあばら家では、すでに女たちが壁から聖人画を外していた。小さなランプの明かりはいま、ガブリエーレ・ダンヌンツィオの肖像画を照らしている。それは、触れれば火傷しそうな舞踏だった。敵意に満ちた臆病な世界と対峙しながら、フィウーメは海の前で踊り、死の前で踊っていた。まだ演目は残っているが、終わりは近い。いまは最後のひとつ手前の冒険だから。だが、そんなことはどうだっていい。司令官はツァラトゥストラの祭壇で、明かりのともった奉納ランプを手にとった。人間の偉大さは、人間が橋であり、目的ではないということにある。ときとして人間を愛しうるのは、人間が没落であるからだ。

ベニート・ムッソリーニ　一九二〇年夏

惨殺された男の亡骸が、ロレート広場に横たわっている。男が殺されたバール〔コーヒー、アルコール、軽食などを出す飲食店〕の店主たちは、店から歩道へ遺体を引きずりだした。通行人は、思いがけず視界に入った人間の残骸の前で、息を呑み立ちどまった。

殺されたのはジュゼッペ・ウゴリーニという人物で、憲兵隊の曹長だった。事件当日、鉄道員のストライキでまたも麻痺状態に陥り、またも戒厳令下にあったミラノの町を、ウゴリーニはトラムに乗って移動していた。途中、ストライキ実行者の一団がトラムの前に立ちはだかり、乗客に降りるよう命令した。武器を渡せと迫られたウゴリーニは、トラムを降り、引き金を引いた。十九歳の労働者と、元財務警察官が即死した。群衆はウゴリーニを追いまわし、捕まえて襲いかかり、被害者に代わってリンチを加えた。逃げこんだバールのなかで、すでにぼろくずのようになったウゴリーニの肉体に、至近距離から複数発の銃弾が撃ちこまれた。それで終わりだった。新聞の報道によれば、結婚指輪を含め、ウゴリーニがはめていたいくつかの指輪を奪うために、何者かが指を切断していったということだった。

「イタリアの歴史を振り返ってみても、ロレート広場の事件ほど残忍な逸話に行き当たることはない。人食いの慣習を持つ部族でさえ、死体に危害を加えるような真似はしないだろう。リンチに荷担した者たちは未来ではなく、過去への逆行を象徴していると言わねばならない」。ムッソリーニは『ポポロ・ディタリア』の紙面にそう書いた。真に心を揺さぶられた者の、重々しくもきっぱりとした筆致だった。

普段とは違って、ほんとうに衝撃を受けている様子だった。過去への逆行という、明確に否定的な文脈で触れているにもかかわらず、どうやら記事の著者は食人習俗の影を、未来の水平線のうえに見てとっているらしかった。

ファッショの創設者は怯えていた。ふたりのアルディーティを護衛につけて、少し離れた場所から、つねに背後を守らせるようにしようという提案さえ了承した。もう何週間も前から、ストライキ、デモ、広場の衝突が頻発し、悲惨な混乱が再開していた。何週間も前から、イタリアのいたるところで、極度の興奮状態に陥った憲兵が、労働者に向けて発砲していた。またしても、死者や負傷者の数は数十人規模になり、今日は殺す側だったものが明日は殺される側となり、食人種が人に食われるような事態が続いていた。それでも、ウゴリーニの遺体はムッソリーニの目には、ほかとは違って見えていた。今回ばかりは、本心を隠す仮面を脱ぎ、世界と、世界にたいして抱いている感情との距離を縮めたようだった。『ポポロ・ディタリア』の読者たちは、主筆の懊悩が紙面に表れているような印象を受けた。

アンコーナでは六月末、ベルサリエーリの一個連隊が反乱を起こした。本来なら、船に乗ってヴァローナに赴き、アルバニア人の蜂起によって脅威にさらされているイタリア軍の要塞を増強するための部隊だった〔「ヴァローナ」はアルバニアの都市「ヴロラ」のイタリア名〕。アンコーナの労働者は、軍の命令に服従しない兵士たちの支援を受けて決起した。兵舎に立てこもる兵士や労働者を引きずりだすため、軍はとうとう大砲まで持ち出した。イタリア軍の士気の低下は深刻だった。ムッソリーニはふさぎこみ、ダンヌンツィオに宛てた手紙で、「恐るべき蹉跌《さてつ》の危機」がイタリア全土に広がっていると嘆いてみせた。

一方で、胸躍る興奮を覚える時期もあった。これもまた、傍《はた》から見るかぎりでは、真摯な感情のようだった。七月十七日、フランチェスコ・ジウンタ率いるファシストの集団が「ホテル・バルカン」に火を放った。トリエステのスロヴェニア人が、事務局の本部を置いている施設だった。ムッソリーニはこの報せに歓喜した。「レトリックに淫することなく、はっきりと言おう。ファシズムの時代がやってきた！」

　トスカーナ出身の弁護士であるジウンタは、かつて参戦派の志願兵として戦地に赴いた元大尉で、ダンヌンツィオの軍団の兵士だったこともある。一九一九年には、物価高に抗議する暴動のさなか、フィレンツェのとある靴屋の襲撃を指揮したことで名を上げた人物だ。ジウンタがフィウーメを去ったあと、ムッソリーニは彼をスロヴェニアとの国境に派遣し、ヴェネツィア・ジューリア地方のファッショを組織させた。ジウンタは軍隊の規律をもってファッショを統率し、兵士たちを分隊に振り分けたうえで、各地の支部にバランスよく配置していった。トリエステの成果は目ざましかった。国境地帯では、階級の敵に祖国の敵が合流し、ボリシェヴィキに外国人が合流し、社会主義者にスラヴ人が合流していた。スロヴェニアで労働者といえば、要するに共産主義者のことだ。ファシズムが根を張るには最適の、一触即発の土壌だった。

　クロアチアで起きた、イタリア兵二名の殺害事件にたいする抗議集会の最中にも、激しく火の粉が飛び散った。ジウンタが同害刑法〔被害者が受けたのと同じ危害を加害者に加える法〕の適用を叫んでいる舞台からかなり離れたところで、ひとりの青年が、イタリア人とスロヴェニア人の乱闘に巻きこまれて刺殺された。ノヴァーラ生まれの十七歳で、「ボナヴィア」という食堂でコックをしている、ジョヴァンニ・ニーニという青年だった。何人かの目撃者によれば、ニーニはただたんに、その場を通りかかっただけということだった。暴行を受けているあいだ、短剣の刃で肝臓を刻まれる前に、「関係ない、俺は関係ない！」と叫んでいたらしい。だが、関係の有無など問題ではない。いかなる思想信条を持っていようと、殉難者は殉難者だ。

　イタリア人の愛国者が刺殺されたあと、ジウンタ率いるファシストはただちに広場を出発し、整然とした隊列を組んで行進していった。その光景を眺めていた人びとは、なにかあらかじめ用意された計画があるのだと察知した。それから一時間もたたないうちに、「ホテル・バルカン」の重厚な建物は炎に包まれていた。事務局に詰めていた、トリエステのスロヴェニア人の代表たちは、まわりをファシストに包囲され、突然の砲撃にさらされた。その翌日、ファッショのトリエステ支部は、会員証を求める人びとでごった返した。新しい会員の前で、ジウンタは意気揚々と宣言した。「ホテル・バルカン襲撃は、われわれの綱領である」

胸躍る出来事だ。そこは疑いようがない。これぞ、ファッショが進むべき道だ。戦闘集団を組織化すること。チェーザレ・ロッシは何か月も前から、この路線を採るようにとムッソリーニを説得していた。七月十八日、チェルヴァ通りのアルディーティは、戦闘ファッショの創設者にたいして、あらためて忠誠の誓いを立てた。その数日後、今度はフィウーメのダンヌンツィオが、アルディーティを鼓舞する声明を発表した。刃物にも爆発物にも、自分はけっして屈しないと詩人は叫んだ。ムッソリーニは熱狂の羽に乗って――まさしくこの表現がぴったりだろう――飛行機の操縦の練習を再開した。教師を務めたレダエッリ中尉は、ムッソリーニが大急ぎで、ときには自転車に乗ってやってくるのをよく目にした。黒いスーツ、山高帽、灰色のゲートルと、新聞社にいるときの格好のまま、着替えてさえいなかった。ファッショの創設者はあまりに果断で、あまりに性急であったために、彼が現れると人びとは道を開け、そこにはぽっかりと空洞が、恐れを漂わせる空洞ができた。

ところが、やがてイタリアは鬱状態になり、彼もまたそれに続いた。新政府はアルバニア保護領を手放すことに決めた。六〇万人の命と引き換えに勝利を得た第一次大戦後、イタリアに残されたわずかな征服地のひとつである、あのアルバニアを。すべてが崩壊しようとしている。ブルジョワもプロレタリアートも、政府も政治家も、すべてが汚らしいぬかるみと化してしまった。未開部族の掟と、四日熱と、チフスとマラリアが幅を利かせるあの悲惨な大地で、イタリアの兵士は這うように道を進んだ。亡霊のように、さまよう白骨のようになって、草を食《は》み、人や動物の骸《むくろ》で汚染された井戸の水を飲んで、セルビア人の戦士たちを撃退していった。いま、一国全体を巻きこんだ蹉跌が露わになり、政治家から民衆にいたるまで、あらゆる人びとの心を挫《くじ》こうとしている。われわれはいま、海の向こうに得た最後の所有物まで手放そうとしているのだ。アルバニアから出ていけ、あらゆる場所から去ってしまえ。骨と皮だけになって、自分に唾を吐きかけろ。だが、無理強いされた平和はかならずや、次の戦争を招き寄せるだろう。われわれは立ち向かう。いま、自分の家を救うためには、あえて家に火をつける勇気が必要なのだ。

のちにチェーザレ・ロッシが確言したところによれば、ムッソリーニは八月二日、アルバニア撤退の報を耳にして涙を流したという。胸が締めつけられる夏だった。萎えた心が、靴下のなかにもぐりこもうとしている。山の先も、海の向こうも、もうけっして見ることは叶わない。いつもどこかに、革命ごっこの舞台となっている場所があり、そうした土地がひょんなことから、国民の関心の的となる。そのあいだも、国境の向こうでは、誰かがイタリア人を虚仮《こけ》にしている。われわれが住んでいるのはカーニバル国家だ。この国は道化芝居の舞台なのだ。思いつくままに歌うがいい！「カフェで一杯」を歌え！「赤旗」を歌え！すべてが崩壊しようとしている。すべてが蹉跌を来たそうとしている。

一九一五年、彼はイタリアの歴史を世界史に、世界大戦に組み入れるのに貢献した。うたた寝するヨーロッパの田舎者を揺さぶって、強引に目を覚ましてやった。だが、このイタリアはいまもって、昨日のイタリア、変わることのないイタリアのままだ。いつも祭りの準備をしている。たまらなく甘いイチジクの季節が、またやってこようとしている。世界を舞台とする政治に携わりたいのであれば、国家規模の破局に耐えるところを見せねばならない。悲劇のスタイルに合わせるために、自分の衣装に鋏を入れられることを受け入れなければならない。フィウーメのダンヌンツィオが良い例だ。自分は刃物など怖くないと、詩人は言っていたではないか。ところが、ここではいつも、夏があまりにも早くやってきて、一年中居坐りつづける。

最悪なのは裕福なブルジョワだった。彼らはもう、右も左もわからなかった。革命はいつ起こるのかと周囲に尋ねてまわり、今年の夏は避暑地で過ごしていいものかと思案に暮れている。またしても、イタリア人は歴史を見捨て、新聞の雑報に閉じこもろうとしていた。すでに商店主は、八月の休暇に着るための衣類を揃えていた。

イタリアの歴史を振り返ってみても、ロレート広場の事件ほど残忍な逸話に行き当たることはない。人食いの慣習を持つ部族でさえ、死体に危害を加えるような真似はしないだろう。リンチに荷担した者たちは未来ではなく、過去への逆行を象徴していると言わねばならない……今日《こんにち》、社会主義者の布教活動は、憎悪と暴力を主たる原動力としている。大衆の利己的な衝動をこれでもかと煽りたて、明日の赤色テロルを担う機関を構築しようとしている……われわれは今後も群衆から、「刺客」「腐敗者」との指弾を受けつづけるだろう。内戦がやむ見込みはない。

ベニート・ムッソリーニ、「鰐《わに》たちよ！」、『ポポロ・ディタリア』、一九二〇年六月二十六日

親愛なる司令官、このところ、なかなか便りを書く時間がとれません。というのも、氾濫《はんらん》する堕落した獣性との戦いに、呑みこまれてしまっているからです……おびただしい流血をともなう混沌とした暴動が二週にわたって続いたあと、ようやく落ち着きを得ました。方針もなければ指導者もなく、目的さえ欠いた暴動でした。恐るべき蹉跌の危機が、イタリアを覆っています。命令の言葉は次のとおりです。去れ！ヴロラから去れ！ トリポリから去れ！ ダルマチアから去れ！ こうして精神が崩壊し、個人は怯懦《きょうだ》に染まっていきます。

ベニート・ムッソリーニによるダンヌンツィオ宛て書簡、一九二〇年六月三十日

レアンドロ・アルピナーティ　ポー平原、一九二〇年夏

ポー川流域には、南ヨーロッパでもっとも大きな平原が広がっている。きわめて肥沃な土地で、農作物の栽培がさかんに行われ、収穫高は他を寄せつけない。ポー平原では何世紀もかけて、働き者の農民たちが、淀んだ水や、葦の原の腐敗物や、マラリアから、農地をもぎとってきた。排水の仕組みが整い、肥えた土地が浮かびあがると、いたるところに農園や、関連の工場や、道路や、豊かな人口を迎え入れるための住居ができた。大河は今日も、慈しみを湛え、悠々と流れている。

一九二〇年八月、刈り入れは済んだが脱穀は行われていない畑で、穀物が朽ちようとしていた。北アフリカから亜熱帯性のサイクロンが吹きつけると、盆地型の平原が熱く湿った空気を停滞させ、腐敗はさらに早まった。ポー盆地の気温は四〇度近くまで上昇し、殻から離れられない穀物の実は、穂の苞《ほう》にくるまったまま窒息していた。腐敗を進める穀物の上では、乳を搾ってもらえずに放置されている雌牛の悲痛な鳴き声が、数キロ四方にわたって警報サイレンのように響いていた。決死の闘争に臨む農夫たちは、雇い主に抱く憎悪のせいで残虐になっていた。乳房をマッサージして乳の生産を促進しておきながら、牛小屋の扉に釘を打ちつけて人が中に入れないようにした。乳は発酵し、細菌が繁殖して、雌牛は乳房炎にかかった。あんぐりと口を開き、ざらついた大きな舌を震わせて、頼むから乳を搾りに来てくれと、大平原に絶望的な呼び声を響かせている。人間が当てにならないとわかると、母牛は子牛を頼り、乳を欲してやまないその口で、自分を助けてほしいと哀願した。

乳搾りの放棄とは、農夫の同盟が雇い主に仕掛けたきわめて広範な攻勢のなかの、ひとつの事例に過ぎなかった。オペライスタの共産主義者を指導するパルミロ・トリアッティから、「赤の専制」と皮肉られた闘争を、農夫たちは極限まで推し進めた。エミリア地方では、二八〇の自治体のうち、じつに二二三の市町村が社会主義者の支配下に入った。この地方では、農村経済と産業活動には大きな利潤を生みだす力がある。しかし、「経済」にせよ「産業」にせよ、雇い主からすれば収益にかんする概念であるものが、農夫にとっては生きるか死ぬかを決する言葉となった。当時の日雇い人夫は平均して、年に一二〇日間しか仕事にありつくことができなかった。したがって、仕事がない数か月のあいだに飢え死にしないようにするためには、高い賃金をもらう必要があった。春の争議で農夫の同盟は、収穫の季節が終わったあと、農場での雇用契約が出荷事務所での雇用契約に移行することを認めさせた。いまでは、社会主義者が農村経済全体を支配し、すべてを管理下に置いていた。勤務体系、脱穀機の稼働、種まき用の種や収穫物の供給。こうした仕組みがあやまたず機能するには、システムが包括的であり、かつ、労働者の管理が徹底していなければならない。日雇い労働者のプロレタリア的規律を小作人が遵守しなかったり、やけを起こした一部の困窮者が規定より低い賃金を受け入れたり、スト破りの突破口がほんのわずかに開いたり、これら些細な出来事が起きるだけで、システムは簡単に崩壊する。こうした理由から、妥協して低賃金を受け入れ、ほかの農夫が生きる余地を狭めた者は、容赦のない罰を受けた。パン屋に行ってもなにも売ってもらえず、周囲の人間からは背を向けられ、よその土地に移住せざるをえなくなる。雇用義務契約に違反した雇い主には、罰金が科されることになっていた。

　フェッラーラは、イタリアでもっとも「赤い」土地だった。筆頭であることを強調するには、たんに「赤い」というだけでは足りず、そこはいつしか「真紅の県」と呼ばれるようになった。五月なかばに開かれた、プロレタリア統一同盟の第一回大会には、農業関連労働者、小作農および折半小作農、小規模土地所有者らからなる、八一、〇〇〇人の参加者が詰めかけた。一〇年前の二倍以上の数字だった。継続的かつ累進的な、目を見張る伸び方だ。春の争議では、有無を言わさぬ圧倒的な勝利を収めた。まずは日雇い労働者が、それから折半小作農および小作農が、雇い主に要求を突きつけた。雇用条件、給与水準、果ては栽培作物の選択まで、労働者の主導で決まっていった。これでは土地所有者は、たんなる資本の提供者とほとんど変わらなかった。雇い主のあいだには、土地の配分に不満を漏らす乞食どもへの先祖伝来の憎しみが、ひたひたと広がっていった。

　農夫の期待は沸騰状態にあった。一九一九年を通じて、革命は間近だという予言をさんざん聞かされてきたのだから、当然といえば当然だった。雇い主にたいする大勝利は、革命が秒読み段階に入った徴候に違いない。この機を逃してはならない。こうして、反対者の家畜小屋には釘が打たれ、干し草置き場には火が放たれ、さらには家畜の四肢が切られ、人間は暴行された。コッパーロ近郊のタマラという村では、ある会計士が同盟との同意なしに、自身の土地を二五戸の家庭に貸そうとした。畑は燃やされ、家畜は殺され、土地を借りようとし[illegible]た。二五戸のうち、八月まで残っていたのは四家族だけだった。ベルラ村でルイジ・ボナーティなる人物が、自分や家族のための作物を育てるつもりで、小さな土地を購入した。同盟は彼を終身排斥刑に処し、村から立ち退くよう強制した。サン・バルトロメオ・イン・ボスコでは、ある若い帰還兵が、ナショナリストの指導・育成を目的とする勉強会を発足させた。父親は村八分になり、息子を勘当するまで罰は解除されないと言い渡された。父親は、畑で腐っていく収穫物を、指をくわえて見ているしかなかった。やはりコッパーロでは、自分に任された家畜の世話を放りだすわけにはいかないと言って、ストライキへの参加を拒否したロンカリアという小作農が、暴行を受けて半殺しにされた。汝ノ死ハ我ガ生ナリ《モルス・トゥア・ウィタ・メア》。ところが、じきに権力は変質し、死だけでは飽き足らず、生にまで触手を伸ばすようになった。コナでは同盟の支部長が、どの祭日であれば若者が踊ってもよいかを決め、人形劇の上演日程も独断で組んでしまった。

いま、熱狂の前線はボローニャに迫っていた。一九一九年末、新しい雇用契約の獲得のために始まった農夫たちの運動は、すでに八か月も続いていた。臨時雇いの労働者が、収穫物の脱穀を拒否するにいたって、いよいよ闘争は劇的な様相を帯びてきた。警察の逮捕を避けるために公道に集まった労働者は、鐘を打ち鳴らして人を集め、千人を数えるほどに膨れあがったところで、畑へとなだれこんだ。男や、女や、子供たちが、ひとつの大きなかたまりとなって氾濫《はんらん》し、脱穀機を破壊した。この月のなかばまでは、流血沙汰は一度も起こらなかった。だがもうすぐ……もうすぐ……かならずそのときはやってくる。

八月十七日、海へ行く余裕のある者が町を去ったあと、焼けつくようなポー盆地の真ん中に位置するボローニャで、土地所有者がはじめて全国連盟を結成した。農業総同盟の誕生だ。憎しみが募り、膨らみ、渦を巻いている。総同盟は県知事や警察署長らと、内密の協定を交わした。さあ、神明裁判〔神意により罪科を判定しようとする裁判。ここでは、法に依らない私的な制裁を指すものと思われる〕をはじめよう。

レアンドロ・アルピナーティは姿をくらました。ファッショのミラノ中央委員会には、アルピナーティの消息がいっさい聞こえてこなくなった。おおかた、ポーの大河の長い流れのどこかで、失意の沼か、生が横溢する若さの沼か、あるいは、美しく冷ややかなリナへの愛の沼に、どっぷりとはまりこんでいるに相違ない。

ベニート・ムッソリーニ　ミラノ、一九二〇年九月二十八日

ミラノの北東郊外、ポルテッロに立つアルファロメオ自動車工場は、ヨーロッパの最先端に位置づけられる、きわめて現代的な工場だ。同社の技師は、「アルファロメオＲＬ」を世に出す準備をしているところだった。直列六気筒のエンジンを搭載し、「魚雷型」のスパイダーという車体を採用した、二人乗りの革新的なスポーツカーだ。スポーツタイプの車としては、戦後に製造されたはじめてのモデルになる予定であり、それまで空白だった新たな市場領域を開拓して、アルファロメオ社のラインナップを完璧なものにする役割を担っている。幹部、経営層、オーナー一族は、この赤いトルペード〔魚雷型のオープンカーのこと〕に大いなる期待を寄せていた。第一弾の発表後は、同モデルをシリーズ化して、さまざまな型を売り出すつもりだった。しかし、大きな期待を抱いているのは、労働者たちも同じだった。九月一日、ポルテッロのアルファロメオ自動車工場の上に、赤旗がはためいた。トルペードを思わせる赤を背景にして、鎌と槌が描かれている。

すべてはここから始まった。いきさつはいつも同じ、賃上げをめぐる果てしない争議だった。交渉は八月なかばに打ち切られた。雇用者側の代理人であるロティリアーノ弁護士は、労働者側の代表と議論を交わすなか、つと立ちあがり、ズボンの形を整えながら次のように言ったと伝えられている。「なにを話しても無駄ですね。経営側はあらゆる譲歩に反対しています。戦争が終わってからというもの、われわれはつねに妥協を重ねてきました。もうたくさんです。手はじめに、あなた方の要求を撥《は》ね返しま

す」。

交渉の断絶を受けて、労働者は怠業戦術に打って出た。仕事を放棄するのではなく、生産のリズムを緩める順法闘争だ。ミラノ知事の懇願にも耳を貸さずに、ニコラ・ロメオは自社工場のロックアウトを宣言した。ロメオはナポリ生まれの技師で、戦争で財をなし、黒い噂の絶えない銀行「バンカ・ディ・スコント」の融資を受けて、アルファロメオを急成長させた傑物だった。たいする金属労働者連盟は、工場を占拠すると発表した。ほんの数時間のうちに、ミラノのあらゆる工場に労働者が押し寄せた。工場の責任者や、ときにはその所有者が、人質として捕らえられた。翌日、イタリアの企業家は全国レベルのロックアウトを決断した。もちろん、労働総同盟は黙っていなかった。五〇〇、〇〇〇人を超える労働者が、イタリア各地で六〇〇の工場を占拠した。あまりに迅速かつ激越な行動だったので、誰もが驚きにとらわれずにはいられなかった。イタリア各県の知事たちは、まだ日も昇りきらないころ、新聞の紙面をとおして報せに触れた。サヴィリアーノからバニョーリにいたるまで、モンファルコーネからカステッランマーレ・デル・ゴルフォにいたるまで、トリノからバーリにいたるまで、イタリアの工場はことごとく労働者の手に落ちた。中庭や倉庫は野営地に変貌した。アルファロメオの工場の上には赤旗が立った。同企業の創設者であるチェーザレ・イゾッタとヴィンチェンツォ・フラスキーニは、工場からそう遠くない彼らのオフィスに監禁された。

ブルジョワ階級は恐怖に震えあがった。農業協定をめぐるポー平原の争議はつい先ごろ、農夫側の全面的な勝利で幕を閉じた。次は工場の番だった。この国は内戦に向かいつつある。工場で咆哮《ほうこう》をあげながら、社会主義がやってくる。「これは宣戦布告だ」。自由主義経済学者のルイジ・エイナウディは工場の占拠について、『コッリエーレ・デッラ・セーラ』の紙面にそう書いた。アントワープで開催された第七回オリンピックで、イタリアの選手が華々しい活躍を見せたことにたいする愛国的な歓喜も、工場占拠に由来する心理的ショックに吹きとばされた。ウーゴ・フリジェリオは競歩でふたつの金メダルを獲得し、フェンシング競技者のネド・ナディはフルーレの個人と団体、サーブルの個人と団体、エペの団体の五種目で金メダルを獲得した。しかし、もはや国民の誰ひとり、新聞一面の大見出しで報じられた彼らのことを思いだそうとはしなかった。

暴力が事欠くことはなかった。労働者たちは守備隊、監視所、歩哨、ヘルメット、銃を用意して、急造の武装司令部を組織した。「赤衛隊」の面々は、カメラのレンズの前で二列に並び、学校の遠足かサッカーの試合のように、後列は立ったまま、前列はうずくまってポーズをとった。赤衛隊はつねに、銃を水平に構え、いつでも引き金を引けるようにしていた。ジェノヴァでは、早くも九月二日の時点で、ひとりの死者と多数の負傷者が出た。だが、これはまだ火花に過ぎない。トリエステのサン・ジャコモ地区では、金で買われた打擲《ちょうちゃく》者の一団に、ひとりの労働者が殺されるという事件があった。その後、被害者の葬儀のさなかに民衆が決起し、今度は王国護衛隊の兵士がずたずたにされた。民衆が築いたバリケードを撤去するため、ついにはサッサリ旅団まで出動した。しかし、トリエステの騒動はあくまで局所的だった。トリノでは、企業家で、熟練した猟師で、鋳造場の所有者でもあるフランチェスコ・デベネデッティが、日曜の正午過ぎ、労働者に占拠されたカパミアント工場から放たれる銃弾に、自分の鋳造場の屋根裏から応戦し、ベルギー人の靴職人ラッファエーレ・ヴァンディヒと、トンマーゾ・ガッティ・ダ・ベルレッタの二名を殺害した。それでも、ここに挙げたケースはすべて、個別の暴発にとどまっていた。人びとは革命の到来を、今や遅しと待ち受けていた。

労働者の栄光の日々、自身の宿命の高みまで登りつめた日々だった。事実、生産行為は労働者の手中に収まった。銀行からの融資も、原材料の供給も、技師や専門家の指導も欠いた状態で、旋盤工や、フライス盤作業員や、鉛管工や、はたまた、なんの技術もない肉体労働者が、自分たちだけの力で、生産工程を進めていった。屈強で、素朴で、武骨な男たちは、厳格に自己を律した。勤務中のアルコールの摂取を禁じ、窃盗防止のために見張り番を置き、機械設備と原材料を注意深く管理した。労働者階級は三〇日間にわたって、道徳的な活力を融合させ、人間活動をより高次元な形態に引き上げるという大それた展望を描くことで、資金と、組織と、技術の不足を埋め合わせた。この四週間、労働者はもう、たんなる腕でも、割れそうに痛む背中でもなくなった。彼らはもう、機械の生きた付属物ではなかった。それはまさに、革命の名に値する偉業だった。

ところが、またしても、革命は到来しなかった。社会主義の指導層は、またしても、革命を先送りした。トリノで工場占拠を主導したリーダーたちは、この闘争を、閉ざされた工場から開かれた路上へ独力で移行させた場合、たちまち敵に押しつぶされるだろうと懸念した。工場の中と外には、途方もない違いがあることを、労働者は察知していた。たしかに彼らは武装している。しかし、実際に銃撃戦になったら、彼らの装備では一〇分も持たないだろう。労働総同盟のリーダーは、社会党の指導層に決定を委ねた。協定により、党には同盟の行動に介入する特権が与えられていたからだ。ところが、社会党の指導層はその特権を行使せず、事態は膠着《こうちゃく》状態に陥った。こうして、ジョヴァンニ・ジョリッティの出番となった。

運命の浮き沈みに揉まれながら、三〇年のあいだに五度も首相を務めることになった、齢八十を数えようとする政界の巨人。がっしりとした体格に似つかわしい、長くて濃い口ひげをはやしている、身長一八五センチ、体重九〇キロのジョリッティは、肉体の面でも巨人だった。マホガニーの彫像のように重厚な長老政治家で、任期ではなく、時代を刻んだ男たちのひとりでもある。調停、可能性、妥協の技術を駆使して、前世紀の末からイタリア政治の生を支配してきた。議会勢力の組み合わせ、階級ごとに割り当てられる特権、行政組織の官僚機構を自在に操ってみせたことが、ジョリッティの権力の源泉だった。一九一五年、イタリアの参戦に断固として反対した際は、ナショナリストにたびたび自邸を襲撃されそうになった。その後は誰もが、ジョリッティはもう、政治家としては終わったと思っていた。しかし、六月にフランチェスコ・サヴェリオ・ニッティの政府が倒れ、社会主義革命が飢えた国家の扉を打ち鳴らすにおよんで、国王はジョヴァンニ・ジョリッティを任用して、第五次内閣を組閣させるにいたった。イタリアの政界が、かつて経験したことのない長い日照りに見舞われるなか、ブルジョワはジョリッティを、雨乞いの祈禱師のごとく迎え入れた。

ジョリッティは昔から、ストライキの背景にあるのは経済的な動機であって、政治的なそれではないという確信を抱いていた。そこで今回も、ピエモンテ生まれのこの老練な政治家は、企業家が彼にさかんに要請してくる苛烈な弾圧を否定した。フィアットの創業者ジョヴァンニ・アニエッリから、なぜ労働者にたいして強硬な手段に訴えないのかと問い詰められたジョリッティは、皮肉交じりにこう返した。「たいへんけっこう。ちょうどトリノに、砲兵大隊が駐屯しています。フィアットの門前に砲兵隊を一列に並べ、工場に集中砲火を浴びせるよう命令しましょう」

こうしてジョリッティは、トリノの「ホテル・ボローニャ」で、アニエッリ、デ・ベネデッティ、ピレッリらに妥協案を飲ませることに成功した。企業家たちは、労働者の賃金上昇、法的裏づけをともなう待遇改善、さらには、労働者自身による業務管理や、利潤配分への参加の原則まで承認した。最後のふたつは、ジョリッティの意図としては、あえて実現させる必要のない、たんなる口約束という位置づけだった。これらの妥協と引き換えに、プロレタリアートは工場の明け渡しを要求された。労働者から見ればこの妥協は、経済的には意義ある勝利であり、政治的には完全な敗北だった。ひと皿のレンズマメと引き換えに、革命を差しだせと言われているのだ。〔『創世記』にもとづく表現。イサクの長子エサウが、弟のヤコブを相手に、一杯の豆の煮物と長子の特権を引き換えにした故事を踏まえている〕

かかる混乱の渦中にあって、ムッソリーニはずっと動かなかった。気がたかぶり、あれこれとまくしたて、あちこちを訪ね、賛成や反対の文章を書き散らしはしたものの、具体的な行動は起こさなかった。時間稼ぎに徹すること。ときには、それしか打つ手がないこともある。まわりの世界が音を立てて崩れているなら、じっと動かずにいた方がいい。国王がジョリッティを首相に任用した六月から、ムッソリーニは早くも様子見の態勢に入っていた。ムッソリーニにとってジョリッティは、リビア戦争からイタリア参戦へいたる時期まで、激しく対立した政敵だった。『ポポロ・ディタリア』主筆が、編集部で開かれた集会でジョリッティの復帰に歓迎の意を表したとき、周囲は驚嘆の面持ちでその言葉を聞いていた。ムッソリーニが評して言うには、ジョリッティこそ、社会にふたたび均衡をもたらし、内的な秩序を修復することができる、ただひとりの為政者だった。九月以降も、ムッソリーニは動かなかった。あちこちに顔を出してはいたが、行動は起こさなかった。急進的なファシスト、「赤の」サンディカリスト、労働者、トリエステのナショナリストなど、誰かれ構わず媚を売り、それでいて、誰の側にもつこうとしなかった。

九月のはじめには、ロベルト・ファリナッチが幹部を務めるクレモナ支部に赴き、戦闘ファッショのロンバルディア地方集会で脅迫的な言辞を吐いた（「われわれを攻撃する者にたいしては、もれなくその鼻面に銃弾を放ってやろう」）。ところが、九月十六日には、ミラノのアニエッロ通りに立つ「ロンバルディア」というホテルで、金属加工業者の組合長であるブルーノ・ブオッツィと内密に面会し、闘争を政治の場に持ちこまないかぎりは、自分は労働者の闘いを支持すると請け合った（「私にとっては、工場を管理するのが労働者だろうと企業家だろうと、なんの違いもありません」）。彼がいつもしてきたように、その場その場で、相手の耳に心地よい言葉を並べたてた。十九日にはトリエステを訪れ、千人規模の聴衆の前で、イタリアのボリシェヴィキの狂気を嘲《あざけ》ってみせた。「イタリアで、世界でもっとも個人主義が根づいたこの国で、いったいどうすれば、共産主義が可能だなどと夢想できようか？」集会はたいへんな盛りあがりを見せた。こんなふうに聴衆に揉みくちゃにされるのは、かつて社会主義者として政治集会に参加していたころ以来だった。

そのあいだ工場では、退却と敗北のサイレンが鳴り響いていた。占拠からまるまる一か月が過ぎたいま、工場を立ち退くか否かは、占拠者の投票に委ねられることになった。ミラノでは、七割の労働者が立ち退きに賛成した。一方のトリノでは、なかば自棄《やけ》になった労働者が、ますます過激化する向こう見ずな暴力に溺れていった。夜襲、工場オーナーの監禁、警察との銃撃戦が頻発し、連日のように労働者の葬儀が営まれた。棺のまわりで、血みどろの戦闘が繰り広げられた。度重なる葬儀のあと、フィアットの従業員で、先の大戦に志願兵として参加し、はじめから今回の占拠には反対だった青年と、二十歳そこそこの看守のふたりが、ベヴィラックア工場の占拠者たちに身柄を拘束された。判事に三人の女性を含む、即席の人民裁判が開廷し、ふたりには死刑判決がくだされた。ストライキのために火を落としていた溶鉱炉に突き落とすという案もあったが、これは退けられた。判決の三日後、九月二十四日の明け方に、暴行を受けて激しく損壊したふたりの遺体が発見された。ついに、非難と憤慨の声が内部からも湧きあがった。工場から人波が引いていく。労働者階級は疲労し、憔悴し、失望していた。プロレタリアートの幻滅にさらなる追い打ちをかけるかのように、ポーランドのヴィスワ河岸からは、西欧に向かう赤軍の栄光に満ちた進軍が、ワルシャワの城門前でポーランド人によって阻まれたという報《しら》せが届いた。戦場にはいま、革命の亡骸が横たわっている。

事ここにいたっても、ムッソリーニは動かなかった。主筆のデスクに張りついたまま、あくまで空想上のものにとどまる労働者の勝利を称揚し、論説欄には次のように書いた。彼らの生産者としての美質をもってすれば、あらゆる経済活動を管理する権限を掌握できるだろう。何世紀にもわたる法的な屈従関係が、ついに終わりを迎えるのだ。もっとも、主筆は次のとおり書き添えるのも忘れなかった。「闘争が、イタリアかロシアかというジレンマに突き当たったときには、闘いを極限まで推し進め、最終的な決断へ至らしめる必要があるだろう」

だが、それもこれも、すべて言葉に過ぎなかった。敵が仲違いし、残忍な殺し合いを演じているとき、取るべき手段はただひとつ、待つことだけだ。敵の数が多ければ、そのぶん長く待たなければならない。鉄には錆《さ》びるための時間を、ガスには燃えるための時間を、胃には食物を消化するための時間を与えることが肝要だ。ムッソリーニはいつからか、待つ術《すべ》を身につけていた。時と場合に応じて、革命家と保守主義者の顔を使い分けた。その点は心得たもので、けっして思い違いはしなかった。自分はただの試薬に過ぎない。大事なのは、たがいに激しく衝突するための時間を、分子に与えてやることだ。

トリノ・ファッショの統率者として確固たる地歩を固めたチェーザレ・マリア・デ・ヴェッキの報告によれば、トリノでは占拠二日目の時点で、労働者を工場から追い払うために、モンカリエーリ通りにある軍人協会事務局に企業家が殺到し、一〇〇〇リラ紙幣を振りまわして助力を請うていたらしい。いまはただ、待つだけでいい。機はかならず熟す。トリノの町を統《す》べるジョヴァンニ・アニエッリ上院議員は、フィアットの社屋に戻るとき、赤旗のアーチの下をくぐらなければならなかった。自分の会社の従業員が、オーナーである自分に向かって「ソヴィエト、万歳！」とがなり立てている。執務室に入ると、デスクの上に、鎌と槌を頭部に戴くレーニンの肖像画が掛かっていた。

時に時を与えよう。支配階層の手ひどい復讐が、いまに始まる。たとえ経営者の地位に復帰したとしても、アニエッリのような企業家の目にはまだ、工場に棲みついて離れない悪霊の姿が見えている。悪魔祓いの儀式が必要だ。それも、途方もない規模の儀式が。

企業家は例外なく興奮と激情に駆られ、協定の受け入れを公然と拒否したり、協定の結果をないがしろにしたり、議会または広場で憎っくき政府を打ち倒したりといった、狂気の沙汰としか言いようがない行動に出ようとしている。

オッタヴィオ・パストーレ、『アヴァンティ！』トリノ版、一九二〇年九月二十二日

事態は深刻だ！……労働者の組織は監督権を要求している。いわゆる「主人」を抜きにして、企業を統治しようというわけだ。だが、これは明確な退化であり、生産行為の劣化へとつながるだろう……いずれにせよ、交渉に当たる人びとのためにも、企業家の見解をはっきりとさせておく必要がある。絶対的な条件として、工場の中であれ外であれ、法がなによりも優先されるという原則が回復されることを、企業家は望むだろう。この前提が共有されないかぎり、いかなる交渉にも臨みようがない。

私がこのように考えるにいたったのは、数えきれないほどの小銃、拳銃、爆弾、何トンものチェダイト〈塩素酸カリを油性物質と混合してつくる爆薬〉やニトログリセリンが、多くの工場に運びこまれている現実があるからだ。なんと哀れな国だろう！　建物に赤旗がはためくのを見て、私は悄然《しょうぜん》とうなだれずにはいられなかった。あの悪人どもはなにが望みなのだろう？　みずからの破滅を誘っていることがわからないのか？

電力業界の著名実業家エットーレ・コンティの日記、一九二〇年九月八–十日

それと比べればどんなものでもましに思える、この痛ましき生、この恥ずべき苦悩のなかで、イタリアが、世界大戦の戦勝国が、恐怖の言葉をつぶやいている。

工場占拠にかんする論評、『コッリエーレ・デッラ・セーラ』、一九二〇年九月二十日

アメリゴ・ドゥミニ　モンテスペルトリ、一九二〇年十月十一日

広場の中央に立つ市庁舎の柱から、旗がだらりと垂れさがっている。通りを何本か挟んだ先にある、二本の時計塔のれんがのように赤い旗だ。ひだはぴくりとも動かず、セメントで作った旗なのかと疑いたくなる。北風が強く吹きつけでもしないかぎり、重量が五キロもあるこの巨大な赤旗が揺れることはないだろう。選挙の日、楽隊が労働者讃歌の演奏を始めたのを合図に、興奮した青年の集団が市庁舎の二階に運んだらしい。社会主義者の勝利は圧倒的だった。だが、明日の陽が昇る前には、あの赤いぼろ切れは引きずり降ろされる。いいや、ただ引きずり降ろすだけでなく、ずたずたに嚙みちぎってやれ。

そうでなければ、いったいなんのためにフィレンツェからやってきたのか。この地域のファシストを組織するため、斥候《せっこう》の任を負って一週間前から現地に滞在しているアッバテマッジョは、こんな田舎ではなにもすることがないとぼやいていた。ただし、キアンティのワインを飲むことは別として。

アメリゴ・ドゥミニが、フルッリーニと、そのほかふたりのファシストを引き連れて、フィレンツェのサンタ・マリア・ノヴェッラからシタ社のバスで当地に赴いたとき、ナポリの同志はすでに酔っぱらっていた。ジェンナーロ・アッバテマッジョは、たいへんな美丈夫だった。長身で、筋骨たくましく、黒い立派なひげを生やし、喧嘩早く、拳で幾たび人の歯を折ったかわからない。口数の多い男でもあり、バリトンの声音《こわね》と南部のアクセントで、絶えずお喋りに興じている。さいわい、土地の人びとはこの男の正体に気がついていないようだった。ここいらに暮らすのは農夫ばかりで、誰もが畑仕事に明け暮れ、

『アヴァンティ！』の説法に耳を傾けるほかには、社会の情勢など気にもかけない。しかし、アッバテマッジョは戦前には、仲間たちの悪事を「歌った」名うての悪党として、大いに口の端にのぼった男だった。

ジェンナーロ・アッバテマッジョは、裏社会では「オ・クッキアレッロ」、すなわち「御者」と呼ばれていた。これは、アッバテマッジョが従事していた表向きの職業に由来する通称だ。あるとき彼は、一味の仲間六名を殺人の罪で告発した。殺されたのは、やはりならず者のジェンナーロ・クオーコロという男とその妻だった。妻の方は、寝室で一六回もナイフに刺されて死亡していた。殺人罪に加えて、強盗罪の嫌疑も持ちあがった。被害者が身につけていたはずの指輪が、のちに敷布団のウールのなかから発見されたのだ。それからアッバテマッジョは告発を取り下げ、また別の、主犯者と推定される人物たちについて不利な証言を並べた。さらに、本件とはかかわりのない強盗事件について、あれは自分の犯行だと自白を始めた。捜査は混迷を深めた。憲兵は証拠をでっちあげ、六〇人近くを牢屋に放りこんだ。ヴィテルボで行われた裁判では、凶暴な被告集団から引き離すため、「オ・クッキアレッロ」はひとり小さな被告席に隔離された。

しかし、アッバテマッジョは大戦中に汚名を雪《そそ》いだ。グラッパ山で戦果を上げ、アルディーティの軍曹まで登りつめた。ドゥミニは塹壕のなかで彼と面識を得た。アッバテマッジョは、恐れを知らない兵士だった。前線から帰還したあとは、家庭でいざこざがあったと言われている。どうやら夫の留守中に、妻が不貞を働いたらしい。お相手は憲兵だった。犯罪者集団のボスによる復讐から、アッバテマッジョの妻を護衛するために派遣されていた兵のひとりだ。傷心のアッバテマッジョは、ともに塹壕で戦った同志に手を貸すため、ナポリを離れフィレンツェへ向かった。

とはいえ、新天地も景気が良いとは言えなかった。フィレンツェではファッショの退潮が続いていた。

ヴァル・ディ・ペーザの玄関口に位置し、フィレンツェからはおよそ二〇キロの距離にあるここモンテスペルトリでも、人口一万人にたいして、ファシストの数はせいぜい四、五人といったところだった。社会主義者との衝突に備えて武装集団を組織するよう、ミラノはもう何か月も前から指示を飛ばしており、ドゥミニもそれなりに努力はしていた。自身が組織した部隊を「絶望団《ディスペラータ》」と名づけ、塗装工を本職とするフルッリーニに、髑髏《どくろ》、短剣、軍旗など、おなじみの意匠を盛りこんだ隊旗をデザインするように依頼した。しかし、カヴール通りにあるファッショの支部は、仕立て屋から借り受けた、部屋がひとつあるきりの小さな物件に過ぎなかった。机が一台、椅子が二脚、痰壺《たんつぼ》のかわりに床に敷かれたレーニンの肖像画、「イタリア戦闘ファッショと学生前衛派」と記された、やはりフルッリーニの手になるポスター。それですべてだった。この調子では、遠からず活動が行き詰まるのは目に見えている。しかも、ミラノは拳銃の購入代金をけっして支給しようとしなかった。それどころか、中央委員会のウンベルト・パゼッラは、ビラを刷るのに利用した「ヴァルジウスティ印刷所」の領収書まで、差出人に送り返してきた。同封された手紙には、「前例を作らないため」と書かれていた。

それでも、やるべきことはいくらもあった。八月十日、サン・ジェルヴァジオで火薬庫が爆発し、多くの人命が失われた。浅ましい社会主義者どもは今回も、痛ましい惨事を軍当局への批判に利用した。ドゥミニはそうした手合いを非難すべく、個人的にポスターを作成した。しかし、警察はポスターの張り出しを禁止した。内容が「残忍」過ぎるというのが、その理由だった。サンタ・マリア・ノヴェッラでは、デモ隊と警察がたびたび衝突し、双方の側に死者が出た。葬儀の場でさえ、町が二分される事態となった。相手側の死者にたいしては、誰ひとり、いっさいの同情を覚えなかった。しかし、この状況下でも、「絶望団」の面々を町なかで見かけることはほとんどなかった。組織化も武装化も、ろくに進んでいないのが実情だった。九月に入ると、工場の占拠が始まった。真剣かつ規律の行き届いた労働者は、主人がいなくとも見事に生産活動を展開した。企業家や大地主は、希望を失い途方に暮れた。こうして、ようやっと、拳銃の代金の請求相手が見つかった。

そしていま、ドゥミニ率いるファッショの面々は、あのセメントの旗を引きずり降ろすために、モンテスペルトリまでやってきた。社会主義者がわが物顔にのさばり歩いている、フィレンツェの丘陵地帯のすべての自治体で、同じことをしてやるつもりだった。かつてグラッパ山の前線でしていたような、夜間の急襲だ。

ところが、モンテスペルトリに社会主義の闘士は見当たらなかった。広場はからっぽで、赤旗は力なく垂れさがっている。土地のファシストであるリーノ・チゲーリは、ドゥミニらを自宅に招き夕食をふるまった。チゲーリの妻は「フィカットラ」と呼ばれるひと皿を用意してくれた。地元の豚の塩漬け肉、「チンタ」という豚のサラミ、豚の首肉と背肉のサラミ、フェンネルシードの入ったサラミなどをパンに詰めて揚げた、この土地の名物料理だ。

夕食のあとはバールへ行った。営業している店は広場に一軒しかなく、看板には「カフェ・ラッツォリーニ」と記されていた。夕食のときに飲んだワインで気が大きくなっていたファシストたちは、密集隊形を組んで店のなかに入ると、あいさつがわりにこう叫んだ。「イタリア、万歳！　イタリアのフィウーメ、万歳！」

店内は五〇人はくだらない客でごった返していた。しかし、ファシストの挑発に応じる者はひとりもいなかった。そればかりか、入り口の方へ顔を向けたり、話すのをやめたり、ファシストのことを気にする素振りを見せたりする客さえいなかった。明らかに、「赤ども」はたがいに示し合わせていた。誰の目にも留まらなければ、存在しないのと同じなのだ。しかし、誰であれ、たとえ社会の最下層をうろつく屑《くず》であろうと、五杯目のグラスを空けたあとでは、いやでも人目に留まるようになる。そこで、ファシストたちはこの店で飲みなおすことに決めた。

ダンヌンツィオの軍団に所属していたこともあるアッバテマッジョは、「モルラッキアの血」を所望した。フィウーメの軍人たちが兵舎の食堂で飲み交わしていた、マラスカチェリーのリキュールだ。数十年前からこのバールを営んでいる老ラッツォリーニは、苦々しげに冒瀆《ぼうとく》の言葉を吐きつつ、自分が知っている血はキリストのものだけだと返事をした。あるいは、来月あたりまた店に来てもらえれば、ノヴェッロのワイン〔仕込んで二か月ほどで瓶づめするワイン。ヌーヴォーワイン〕をふるまうこともできるだろう。お気に召すかわからないが、あれぞ血のしたたるようなワインだ。

ファシストはヴィン・サント〔干しブドウで作った甘口の貴腐ワイン〕とつまみのパンで我慢することにした。店のすみのテーブルに陣取り、アルディーティの隊歌をがなり立てる。いくら声を張り上げようと、地元の客にとってファシストたちは、相も変わらず存在しないままだった。ひとしきり歌ったあとで、フルッリーニは戦争の話を始めた。したたかに酔い、ドゥミニにたいしても、グラッパ山での知られざる武勲について、なにか話してくれと頼みこんでいる。ドゥミニはつねのごとく、軽く頭を振って拒絶の返事の代わりとし、グラスの底をぼんやり眺めた。その場に存在することなしに、不作法な歌を歌いつづけているうちに、二、三時間が経過して晩の十一時になった。とうとう店の主人が彼らに近づいてきた。老人がテーブルの脇に立ってくれるだけで、彼らを世界に引き戻すにはじゅうぶんだった。だが、主人はただ、店を出るよう頼みにきただけだった。閉店時間は、法の規定により決まっている。

アッバテマッジョがくだを巻き、脅しの言葉を並べているうちに、地元の客はみな、ひとつしかない出入り口から、整然と列をなして去っていった。フィレンツェ発のバスに乗ってモンテスペルトリまでやってきたファシストなど、この世に存在しないかのようにふるまうべしという命令に、相も変わらず忠実に従っている。アッバテマッジョがナポリ方言であれこれとまくし立てているあいだ、チゲーリをはじめとする当地のファシストたちは、あからさまに当惑の色を浮かべていた。この地で生活している者からすれば、面目丸つぶれの状況だった。ドゥミニのひと声で、一同は店を出た。

ひとたび外へ出ると、またしても、あたりはからっぽだった。闇が下りた広場には、ひとっこひとり見当たらない。魔法でも使ったみたいに、全員が消え失せていた。武装した八人の男たちは、またしても、唯一の存在理由を喪失した。

フルッリーニは腹立ちまぎれに、すでにかんぬきの掛けられたバールの戸口を、拳で乱暴に打ち鳴らした。店主の娘がなかで片づけをしているのが見えたので、ここを開けろ、さもなければ爆弾で扉を吹きとばしてやるぞと脅迫する。上階のバルコニーから、別の女たちが大声で叫んだ。「助けて！　助けて！　殺されるわ！」ところが、あんなものは本気の脅迫ではないとでもいうかのように、あたりは静まり返ったままだった。ひとりだけ、まだ帰らずにいた近隣の住民が、店の玄関の方へ駆けつけてきた。ファシストは男性を蹴りつけた。「浮浪者め、さっさと寝ろ！」数人の若者が、広場の奥まった場所にたむろしていた。ファシストは空に向けて発砲し、若者を追い払った。これで誰もいなくなった。われわれが広場の主人だ。ファシストが、世界を寝床につかせてやった。もっとも、そのファシストにしても、あとはベッドに入るくらいしかすることがなかった。チゲーリの妻が床に広げた敷布団の上で、ファシストたちは横になった。

翌朝は、昨晩の深酔いがたたって、遅くまで寝床から起きなかった。敵はすでに、広場で陣形を組んでいる。あの酔いどれどもが目を覚ますのを、夜明け前から待っていたのだ。一〇〇人規模の男たちが、市庁舎の前で半円形に並んでいる。自分たちの統治者を、自分たちで選ぶ権利を守るために、鋤《すき》、鎌、鍬《くわ》、熊手など、ふだんパンを稼ぐために使っている道具で武装している。

家や子供たちのことが心配になったチゲーリの妻は、ひとりで外出し、憲兵を引き連れて帰ってきた。

コッキ准尉率いる分隊は、隣接する兵舎までファシストを案内した。服はしわくちゃで、ひげの手入れも済んでおらず、ワインのせいでひどい口臭を発している。そんな状態で、壁際を這うように進む彼らを、広場の反対側から、武装した町全体が微動だにせず見つめている。闘う意志は揺るぎなく、それでいて、いかなる見解も表明しない。ファシストと相対《あいたい》したところで、自分はなんの怨みも、いやむしろ、なんの感情も抱きはしないのだと言っているかのようだった。ファシストの暴力は、野生の獣が人間を襲うのと同じことだ。それを怨んだところで仕方がないではないか。

ドゥミニとその一行は、兵舎に数時間とどめおかれた。すでに噂は広まっているに違いないから、フィレンツェのファシストが増援に来るのではないかと期待したが、当ては外れた。代わりにやってきたのは、憲兵隊の装甲車に乗ったロンキ大尉だった。装甲車にはほかにも、六〇人の憲兵と、社会党の下院議員と、地方議員のダル・ヴィトが同乗していた。社会党のピラーティ議員は、ファシストの猛り立つ心をなだめる一方で、赤旗の除去についてはまったく取り合おうとしなかった。

ファシストをフィレンツェに護送する装甲車に乗りこむために、ドゥミニらが広場を横切って歩いているとき、フルッリーニがアルディーティの讃歌を歌いはじめた。「われは強く誇り高きアルディート／胸の裡《うち》の心臓は震えることなく／笑みを浮かべ死に赴く／恥辱に赴くよりも先に」〔「アルディート」は「アルディーティ」の単数形〕。鎌で武装した農夫から、ファシストを護衛するために派遣されてきた憲兵が、二面の壁を作っている。そのあいだを一列になって歩きながら、ファシストが歌っている。アメリゴ・ドゥミニは、詩句の繰り返し部分を小声でささやくにとどめておいた。「若さよ、青春よ／美の、生の／春よ、陶酔のなかで／お前の歌は鳴り、飛びたつ」。兵長がエンジンの点火装置の鍵をまわす前、農夫がピラーティ議員に不平を訴えているのがはっきり聞こえた。「半日がふいになりましたよ、たかが四人の酔いどれのために！」

そのときになってようやく、ドゥミニは口を開いた。アルコールに焼かれた胃から、激しい怒声がせりあがってくる。また来るからな。ドゥミニの誓いは、装甲車のディーゼルエンジンの騒音にかき消された。

二〇キロも行かないうちに、茶番は叙事詩に変貌していた。フィレンツェの近郊街区が見えてきたころ、フルッリーニは一行の勇気を讃え、一歩間違えれば全員が死んでいたと強調した。なるほど、あの農夫たちならためらいなく、鍬でファシストをばらばらにしただろう。それから、同じ農具を使って、ファシストの遺体を畑の泥炭と混ぜ合わせたかもしれない。だが、ドゥミニはもう聞いていなかった。エンジンの揺れに同調し、沈黙のなかに閉じこもる方がいい。もう何度演じたかわからない醜態に、また新しい一幕が加わった。ただそれだけの話だった。

市民よ、誰もが共通の痛みに涙を流しているあいだ、少なからぬ社会主義者が、卑しく浅ましいその本性をさらし、野蛮な嘲笑と残忍な皮肉に彩られた言葉を口にしている……司法がその務めを果たし、赤どもに責任者がいるのであれば、その者に情け容赦ない罰がくだされることを願おう。そのあいだに、市民よ、あなた方自身もまた、この生まれながらの犯罪者どもに、無慈悲なリンチを加えるのだ。

サン・ジェルヴァジオの火薬庫が爆発したあとにアメリゴ・ドゥミニが作成した、反社会主義を訴えるポスター、一九二〇年八月十一日、フィレンツェ

ジャコモ・マッテオッティ　フラッタ・ポレジネ、一九二〇年十月十二日

雌牛は伝染病の炭疽《たんそ》で死んだ〔「炭疽」は牛、馬、羊などが罹患する伝染病。急性の敗血症で、ヒトにも感染する〕。炭疽にかかった家畜の死骸は、手つかずのまま葬られる決まりだった。そのため、自治体から派遣された獣医は牛の体に大きな切れ目を入れ、そこへ灯油を流しこみ、人間の死者と同じように地中へ埋めるよう命令した。役人の立ち会いのもと、三、四人の農夫が作業を行った。穴を掘り、病原菌に汚染された亡骸を放りこみ、その上に土をかぶせる。作業を見届けた役人は、ただちにその場を立ち去った。一度も後ろを振りかえらない。その背中は、まるでこんなふうに言っているみたいだった。「務めは果たした。あとはお前たちの好きにしろ」

役人が畑の境界線を踏みこえるなり、三〇人はいようかという農夫たちが、茂みのなかから飛びだしてきた。全員の手に、シャベルや、鎌や、斧が握られている。敵に攻めかかろうとする軍勢のような風情で、列をなし、間隔を詰め、早足で進んでいく。農夫は牛が埋められた場所を掘りかえし、亡骸のそばまで達したあとは、素手で土を掻きだしていった。ものの数分で地中から引きずりだされた牛は、穴の縁で腹ばいに寝かされた。飢えに目をぎらつかせた農夫たちが、牛の体をずたずたに裂き、レバーやすね肉を奪い合う。若い男が、牛の頭を斧で叩き切った。不意に、がりがりの老婆が悪魔憑《つ》きのような悲鳴をあげた。牛の頭部の上に身を投げだし、角をつかんで肩に背負い、そのまま逃げていこうとする。ふたりの青年が老婆を追いかけ、殴りつけ、牛の頭部を取りあげた。戦利品を奪われた老婆は、足をふ

らつかせながら引き返し、穴の縁で崩れるように膝をついた。祈っているのか、懇願しているのか。この距離からは、なにも聞こえないのでわからない。ひょっとしたら、牛が取り除けられてからっぽになった穴のなかに、骨と皮だけの自分の体をうずめようとしているのかもしれない。

政治集会の舞台に上がるあいだ、社会党のジャコモ・マッテオッティ議員は、少年時代に目にしたこの光景を思い出していた。ほんの一瞬、彼は病弱な子供に戻った。あのとき、マッテオッティの父親は、広壮な邸宅のバルコニーで、息子に双眼鏡を手渡した。自分たちの富の源泉である貧窮について、息子になにかしら学ばせようという考えだった。しかし、掘り返された雌牛の逸話は、あれから家庭で何度も繰り返し語られてきたために、はたして真正の記憶かどうか、もはや確信が持てなくなっていた。牛が炭疽で死んだというのは、ほんとうに確かだろうか？　いまではそれさえもあやふやだった。マッテオッティの生まれ故郷、ペラグラ〔ビタミンB群の欠乏による全身性疾患〕とマラリアが蔓延する、陸地とも水中ともつかない土地にあっては、ただ貧窮のみが、確かな実体をともなう存在だった。

ポレジネの農夫は、イタリアでもっとも悲惨な境遇に置かれていた。何世紀にもわたり、獣のような生活を強いられてきた。瘴気《しょうき》で感覚が鈍り、いつも熱にうなされ、若くして死ぬ定めから逃れられず、親や、子や、祖父母や、兄弟姉妹でごった返す小屋に暮らしていた。人と、鶏と、豚が、ぞっとするような共同生活を営み、食べ物と酸素をたがいに奪い合っている。堕落と、遺伝的欠陥と、栄養失調に基盤を置くこの世界では、近親相姦は日常茶飯事で、命ある者はつねに衰弱しており、病気は例外なく慢性的だった。家畜の雌牛の死を悲しんで涙を流した男が、妻の死は恬然《てんぜん》として受け入れる、そんな土地柄だった。

この黙示録的日常、この社会的な梗塞《こうそく》、緩慢とした梗塞が原因となって、ジャコモ・マッテオッティ議員——鉄と銅の商いで財を成したマッテオの孫で、高利貸しをしていた疑いのある大土地所有者ジロラモの息子――は、自身が属す社会に背を向けた。敵は彼を、プロレタリアートに寝返った旧資産家、みずからの階級を拒絶した大地主、「毛皮を着た社会主義者」、高利貸しを親に持ちながら道徳家を気どる男などと呼んで非難した。父は父で、運命から付与された土地を放棄したと言って、息子マッテオッティを罵倒していた。

しかし、「自身が属す社会」とはなにを指すのか？　自分の社会を、彼はみずからの意志で選びとった。彼の社会は、父や祖父が属していた社会ではない。この悲惨な農夫たち、寒さに震え青白い顔をした子供たち、まだ二十歳《はたち》なのに四十歳に見える母親たち。これが、彼が選んだ社会なのだ。いまでは、マッテオッティが生まれたポレジネは、呵責《かしゃく》の地ではなく蜂起の地だ。このあたりの沼地は、河川、水路、幹線運河、掘り割りなど、五〇〇の水域によって区切られている。直近の二〇年で幾たびも干拓事業が行われ、労働者の同盟が組織され、病気の治療が促進され、貧しい人びとの権利が擁護されてきた。そのポレジネは、去年の十一月の選挙では、ジャコモ・マッテオッティを含め六名の社会党員を議会に送りこみ、フェッラーラと並んで、イタリアでもっとも「赤い」県となった。父の土地を放棄して、彼が自分のために選びとった土地、それがポレジネだった。未来のポレジネをわがものとするために、社会主義者はいま、地方選挙でも大勝を得ようとしていた。

投票は十月のはじめから行われ、ひと月かけて各自治体に投票日がめぐってくる仕組みだった。出だしの結果は、熱狂をもたらさずにはいなかった。これまでのところ、ペラグラ病の息子たちは、すでに開票が済んだ二五の自治体すべてで勝利していた。残る自治体は三八で、そのなかにはマッテオッティの生まれ故郷であるフラッタも含まれている。後期ルネサンスの建築家パッラーディオが、ファサードに前廊とペディメントの意匠を施した最初の邸宅《ヴィッラ》を建てた土地であり、青銅器時代のヨーロッパにおけるもっとも大規模な墓地が眠る場所でもある。情勢を鑑《かんが》みるに、社会党の同志は残りの自治体でも勝利を収めるに違いなかった。こうして、党は県全体を掌握し、新しい世界が始まるだろう。

土地だけでなく、人心の改良も必要なのは確かだった。憎しみをはじめとする、ごく少数の悪習だけが、取りかえしのつかないほど民衆を退廃させる。そして、農夫たちはマッテオッティを、父やそのほかの領主が彼を憎むのと同じくらい強く愛していた。これからは、人心を干拓して暴力を取り除いてやらねばならない。現状では、教区司祭は教会の扉を閉ざすことを余儀なくされ、ミサに通う人びとは襲撃の対象となっている。棍棒で武装した共産主義者の集団が投票所を占拠して、すでに記入が済んでいる投票用紙を有権者に押しつけ、それを投票箱に入れるよう強要する。マッテオッティ自身も、下院議員のメルリンを暴力から救出したことがあった。メルリンはカトリック政党であるイタリア人民党の代議士で、マッテオッティとは高等学校の同窓という間柄だった。マッテオッティを慕う立派な農夫たちは、レンディナーラの投票所から出てきたメルリン議員を棍棒で打擲《ちょうちゃく》した。マッテオッティが割って入らなければ、その場で惨殺していたとしても不思議はなかった。

小規模土地所有者を標的にした農夫の襲撃がやむ気配はなく、メルリンはとうとう、社会主義者の指導層に非難の矢を放つようになった。あなた方は憎しみの種を蒔《ま》いている。労働者を革命の希望へとまっさかさまに突き落とし、ロシアにのぼせあがるように仕向け、途方もない幻想のなかに閉じこめている。あなた方のやっていることは、恐怖政治とどこが違うというのか。社会主義者は「ポレジネを、食人種の土地に変えてしまった」。残念ながら、レンディナーラ投票所での襲撃は、こうした批判に正当性を与える根拠になった。メルリンは力説する。三〇年前、この土地で社会主義者を名乗るには勇気が必要だった。今日では、社会主義者ではないことを告白するのに、同じだけの勇気が必要になっている。

この点にかんしても、やはりメルリンの言うとおりだった。

それでも、この見捨てられた人びとの群れは、社会党の代議士マッテオッティ、商人で大地主で高利貸しでもあるジロラモの息子マッテオッティの口から語られる、蜂起の言葉を待ち受けていた。憎しみを噛み砕くことなど、この土地の人間にとっては造作もない。何世紀も、野垂れ死にした野獣の肉を、病原菌もろとも飲みくだしてきたのだから。この人たちを理解しなければならない。この人たちの苦しみを知らなければならない。この人たちが奴隷のように暮らしてきた大地を、われわれは干拓した。今度は、この人たちの魂を干拓する準備をしなければ。

マッテオッティは「最大綱領派」――「いま、ここ」における革命の実現を志向する勢力――には属していない。マッテオッティは反対に、時間のかかる、しかし壮大な作業を通じて、虐げられた人びとを徐々に解放していく道を目指していた。それは犠牲と努力をともなう道だった。だが、苦しみにもがく人類には、いまなおその作業が必要なのだ。明日のプロレタリアの革命は、喜びに満ちた勝利の王冠ではないことが、マッテオッティにはよくわかっていた。この前日にレッジョ・エミリアで開催された、社会主義改良派の結集大会でも、マッテオッティは同じ主張を繰り返した。ローマの議会では、マッテオッティ議員はつねに、理性と節度をもって発言した。

しかし、ここポレジネで、陸地とも水中ともつかない土地に立ち、すねに傷を持つ農夫たちを前にすると、彼はもはやマッテオッティ議員ではなく、あの日のジャコモ少年に戻っていた。脳裏には、埋葬された雌牛が八つ裂きにされる光景が浮かんでいる。人びとは、ジャコモ・マッテオッティが、罪を贖《あがな》われた高利貸しの息子が、その言葉を口にするのを待っている。そして、彼はその言葉を口にした。

「同志よ、小麦を売れ。小麦を売って、拳銃を買うのだ」

ベニート・ムッソリーニ　ミラノ、一九二〇年十月末

「あの面倒な男は、いつになったら諦めるんだ⁉」

ムッソリーニはたまらず叫んだ。彼の個人秘書を務めるアルトゥーロ・ファショーロから、「ダンヌンツィオの日本人」こと下位春吉が、またしても編集部を訪ねてきたという報告を受けたからだ。来訪の目的は、フィウーメの司令官に合流するという約束を早く履行するよう、あらためてムッソリーニに迫ることだった。日本人はいつもどおり、ダンヌンツィオの手紙を携えてやってきた。書き出しはこんな具合だった。「不在かつ冷淡な同志よ、このサムライを、使者としてきみのもとへ派遣しよう……」

ダンヌンツィオのサムライは、アルディーティの制服を身にまとい、銃を吊るす革帯に脇差《わきざし》をさし、ひどいナポリなまりのイタリア語を話す、なんとも滑稽な小男だった。ナポリの国立東洋学院で日本語と日本文学を講じる教授であり、戦時中はイタリア軍の志願兵として戦線に赴いた。突撃隊の一員として戦ったことを誇りとしていたが、アルビーノ・ヴォルピの言によれば、「傷病兵の輸送車を運転していただけ」とのことだった。

前日まで立てつづけに約束を反故にされたことに驚いてみせてから、下位は今後の計画について伝えた。それによると、やはりダンヌンツィオの側近であるウンベルト・フォスカネッリが、深夜零時発トリエステ行き鈍行列車の先頭車両で、今夜もムッソリーニを待っているという。フォスカネッリは一昨日から三夜続けて、購入済みの寝台車の切符を握りしめ、むなしくムッソリーニを待ちつづけていた。

下位と同じく、彼もまだ諦めていない。列車が発つまであと四時間だった。

ダンヌンツィオは最近また、「ローマ進軍」に意欲を燃やしていた。九月末には、イタリアで革命運動を組織化するための新しい計画を、ムッソリーニに宛てて送ってきた。イタリアに「新たな秩序」を打ち立てることが必要であり、それは「国家のあらゆる健全な活力を分極化させること」を通じて実現されるべきだとその計画は予見していた。「分極」の担い手となるのは、当然のことながら、ダンヌンツィオ自身でなければならなかった。フィウーメのイタリア編入は、当然のことながら、フィウーメの憲法にもとづいて実施されなければならなかった。司令官はかたくなに信じつづけていた。フィウーメこそが、イタリアを救うのだと。

ムッソリーニは、全権をダンヌンツィオに付与するという点に修正を加えたうえで、反乱計画を司令官に返送した。ファシズムの創設者により改訂された新たな計画書では、義勇兵部隊の組織化は、戦闘ファッショの中央委員会に委ねられることになっていた。ダンヌンツィオはこの案を了承した。ところがムッソリーニは、スフォルツァ外務大臣から極秘に情報を提供され、次の事実を把握していた。首相のジョリッティは一方では、ダンヌンツィオにたいする軍事行動を起こすために、フィウーメとの境界に軍隊を集結させている。しかし、また一方では、ユーゴスラヴィアを相手に、主権国家間の外交協定を結ぼうとしている。こうした情勢を念頭に置いて、ムッソリーニはダンヌンツィオにふたつめの条件を提示した。クーデター、すなわち、ファシストとフィウーメ軍団によるローマ進軍は、アドリア海におけるユーゴスラヴィアとの係争で、非道な解決策が採られた場合のみ（すなわち、ジョリッティの秘密交渉が失敗した場合のみ）実行に移される。ムッソリーニとは違い、水面下で進行中の交渉について知らないダンヌンツィオは、この提案も受け入れた。話はこれで終わりだった。十月五日には、司令官はもったいなくも、ファッショの会員証まで購入してくれた。

ダンヌンツィオが承諾しなかった唯一の条件は、一九二一年春の蜂起を先送りすることだった。司令官は、ただちに行動を起こしたがっていた。「無線電信」を発明した天才グリエルモ・マルコーニが、ジョリッティの命を受けてフィウーメを来訪して以降、詩人はまたも興奮状態に陥っていた。マルコーニは詩人に降伏を勧め、交換条件として、ダンヌンツィオのヨット「エレットラ」に無線局を設置し、雄大で、理解不能で、なんの役にも立たない彼の演説を、世界に向けて放送させてやろうと提案した。フィウーメを去る前に、マルコーニはこの貴重な機会を利用して、妻との離婚を申請した。イタリアの法律では禁じられている離婚が、絶対自由主義を掲げるフィウーメの法律では認められていたからだった。

しかし、ムッソリーニにとって、ダンヌンツィオとの離婚は一筋縄ではいかない難事だった。ファシストの多くは、司令官の驚嘆すべき冒険にいまなお憧れを抱いている。それがよくわかっているから、ムッソリーニも新聞の紙面で、命に代えてもフィウーメを守ってみせると宣言しつづけていた。しかし、ほんとうのところを言えば、ふたたび敗北の袋小路に迷いこむ気はさらさらなかった。たしかに、ダンヌンツィオが飛翔する天空には、人を酔わせる力がある。だが、それを言うなら、ジョリッティがフィウーメの周辺に配置している大砲には、ここ地上における、歴然とした説得力があるではないか。ファシストの時代は目の前だ。闘争は、ここ地上において、ついにお遊びではなくなった。

ほんの数か月前まで、ファシストはすべてのイタリア人からばかにされていた。人は彼らを、犯罪者集団、殺し屋、背徳漢などと呼んだものだった。ところが、昨日までファシストを嗤《わら》っていた者の多くが、いまでは恐怖を抱きはじめている。はじめはぼんやりとした懸念だったものが、はっきりとした精神的苦痛に変わりつつある。ムッソリーニは十月十日の会合で、ファシストは地方選挙に参加しないことを、ファッショの全国評議会に承認させた。投票用紙にかかずらっている場合ではない。自由主義および保守主義の各政党は、ようやっとひとつになり、全国ブロックを形成しようとしている。ブルジョワのメディアはすべて、小異を捨てて大同につき、連合ブロックの支持にまわった。だが、ファッショはあえて、こうした流れの外にとどまっていた。発砲、砲火、破壊によって世に存在を誇示することが、ファッショに期待されている役割だった。ほかの連中は、投票所で老いさらばえていればいい。各人には、各人の務めというものがある。ファシズムは政治家の群れではなく、戦士の集団なのだ。そこで、十月十六日の晩、ファシズムの創始者はミラノ県知事のルジニョーリと面会した。知事はローマの中央政府に向けて、次のように請け合った。イタリアを破滅させようとするボリシェヴィキの目論見を、ファッショはあらゆる手段を用いて叩きこわすつもりである。ルジニョーリは「あらゆる手段を用いて」という箇所を強調し、行間に安堵をにじませながら、ジョリッティに宛てて電報を送った。

事態が決定的になったのは、ムッソリーニとルジニョーリの面会の二日前、十月十四日のことだった。この日、社会主義者はイタリア全土でロシア・ソヴィエトを支持するデモ行進を企画し、ファシストは「赤」の襲撃に対抗すべく、卑しむべき自由主義国家を守護する立場を鮮明にした。トリエステでは、日刊紙『イル・ラヴォラトーレ〔「労働者」の意〕』の編集部が、ファッショによって焼き討ちされた。新聞社の護衛のために配置されていた財務警察の小隊は、いかなる抵抗も示さなかった。サン・ジョヴァンニ・ロトンドでは、市庁舎の前でファシストと対峙した社会主義者に向かって憲兵隊が発砲した（死者一一人、負傷者四〇人）。ボローニャでは、革命家マラテスタが率いるアナーキストの一団が、カルトレリア通りにある王国護衛隊の兵舎を襲撃した（死者五人、負傷者一五人）。ミラノでは、やはりアナーキストが、「ホテル・カヴール」でふたつの爆弾を爆破させた。翌日の晩、アナーキストの反乱は、被疑者の大量検挙によってほぼ鎮圧された。これらすべてが、二四時間のうちの出来事だった。北はトリエステから、南はプーリアにいたるまでの各土地で、夜明けから日没までのあいだに、約二〇名の死者と、約七〇名の負傷者が出た。密度の濃い、驚くべき展開を見せた時期だった。ファシストにとっては、疑いなく、前途に希望を抱かせる事態だった。

同時期、地方選挙における社会主義者の圧勝が確定するにつれて、イタリアでもっとも「赤い」各県から、ファッショの新支部創設の報せが舞いこんできた。ボローニャではアルピナーティが対応に当たり、フェッラーラでは十月十日に支部が創設された。ロヴィゴでも、選挙運動が山場を迎えるころに、大土地所有者の支援を受けてファッショが発足した。ミラノの中央委員会には、武器や、武器を買うための資金を求める手紙が殺到した。支部の創設を担ったのは、新たに台頭してきた人びと、中産階級の利益の代弁者たちだった。それでも、見方を変えるなら、彼らは旧来のファシストそのままだった。世の中に怨みを募らせ、ひとつの主義には拘泥《こうでい》せず、まわりからは恐れられ、社会主義者のことは断固として認めない。なにもかもに不満を抱く、戦争の息子たちだ。

要するに、ついに好機が到来したのだ。あとは近々、ビアンカ・チェッカートが、親と子ほども齢の離れた愛人が、子供を産むことになっていた。庶子ということになるが、かといって、知らぬ存ぜぬを通すわけにもいかないだろう。

いまのベニート・ムッソリーニに、ダンヌンツィオの感傷に付き合っている暇はない。トリエステ行きの深夜列車は、今夜も彼を乗せないまま、ミラノの駅を離れるだろう。

ムッソリーニと面会。ファシストおよびナショナリストは、イタリアを破滅へ導く過激党派の凶行に、暴力を含め、あらゆる手段を用いて対抗するとの確約を得る……政府が無事に公務員を通常の職務に復帰させた際は、ファシストは法と秩序を尊重する。ただし逆の事態が生じれば、いかなる不法行為も辞さない由。

ミラノ県知事によるジョヴァンニ・ジョリッティ首相宛て電報

――――

権力とは、法とは、権利とは……寄生者たる者たちの権力や、法や、権利に抵抗するための、われわれの権力、われわれの法、われわれの権利のことにほかならない。人類が文明社会を構築してからというもの、つねにそうであった……われわれは敵と議論をしたいのではない。敵を打ち倒したいのである。

マントヴァの社会主義者による、地方選挙のための綱領より

――――

内戦が不可避というなら、起こるに任せよ！

ミラノ・ファッショの機関紙『イル・ファッショ』の全段抜き大見出し、一九二〇年十月十六日

――――

フェッラーラ　一九二〇年十一月三日

フェッラーラのエステンセ城が着工したのは、一三八五年の九月二十九日、城門と城砦の守護者とされる聖ミカエルの日のことだった。同年五月に勃発した、大規模な民衆の反乱を受けて、エステ家の侯爵ニコロ二世が建造を決意したと言われている。

それから二世紀が経過したころには、フェッラーラの城砦は、建築、芸術、都市工学といった観点から見て、ヨーロッパのルネサンスにおける最大の傑作のひとつとなっていた。城の広間では輝かしい宮廷文化が花開き、沼沢地《しょうたく》にぽつりとたたずむ鄙《ひな》びた町でしかなかったフェッラーラは、世界に冠たる美麗な都市に変貌した。エステ家の当主でありルクレツィア・ボルジアの夫でもあるアルフォンソ一世が、浮世離れしたアラバスター造りの小部屋に集めた芸術品の数々は、世界史上もっとも早い時期に形成された美術コレクションに相当する。

アルフォンソ一世の治世から、さらに四世紀の歳月が流れた一九二〇年十一月三日、エステンセ城の南西角、フェッラーラのまさしく中央にそびえるサン・パオロ塔の頂上に、赤旗がはためいていた。侯爵家の礼拝堂とオレンジ園の真向かいに位置する巨大な城壁には、赤紫色の蛍光塗料で殴り書きされた文字が浮かびあがっている。そこにはこう書いてあった。「W、社会主義」〔「W」は、「ｖｉｖａ」の略字で、「万歳！」の意〕。

地方選挙は社会主義者に、もはや何度目かわからないほどの勝利をもたらした。フェッラーラ選挙区では、社会党が単独で一〇、一八五票を獲得したのにたいし、そのほかの政党の得票をすべて合わせても二九二一票にしかならなかった。プロレタリア革命を志向する労働者の政党は、全五四の自治体を余さず掌握し、県を完全に支配下に置いた。

城壁の内部では、選挙を終えた社会主義者が、「遊戯の間」で最初の会合を開いていた。そこはかつてエステ家の当主たちが、運動競技や神話の場面が描かれた壮麗な曲面天井《ヴォールト》の下で、高貴な客人たちを迎えた広間だった。農村同盟と労働評議会の指導者は会合を終えたあと、今度は「統治の間」で宴《うたげ》を催した。悪意を孕んだ喜びを、隠そうともしていない。金持ちどもがさんざんやってきたことを、俺たちがしていけないという法はないだろう。さまざまな形の格間《ごうま》が設えられた木造りの天井の下で、労働者たちが食べ、飲み、歌っている。食卓の皿には、汁気の多い庶民的な料理が盛られている。サラマ・ダ・スーゴといって、腰、頰、舌、レバーなど、豚肉のさまざまな部位を挽《ひ》いて作ったソーセージを、塩、胡椒、ナツメグで味つけした一品だ。グラスには、昼下がりの胃になじむワインが注がれている。宴にプロレタリア的な興趣を添えるため、この城の門番に主賓席が割り当てられている。名をゲランディといって、県知事が作成したレポートには、暴力的な人物として言及されている。門番は、かつてルネサンスの君主が坐っていた主賓席に鎮座して、ランブルスコ〔エミリア地方で作られる、発泡性の赤ワイン〕のグラスを何杯も空にしたあと、会食者に向けてこう促した。「みんな俺のようにしたらいいんだ。俺はいつもデモの先頭を歩いている。じゃまするやつはぶちのめすだけだ」

地方選挙が終了してすぐに、フェッラーラ県知事のエウジェニオ・デ・カルロは、ローマに宛てて書簡を送った。状況は緊迫している。フォッサーナでは五人の憲兵が残忍な暴行を受けた。有権者の多くは、なかば連行されるようにして、両手を高くあげた状態で投票所へ誘導された。プロレタリアートの闘士たちは、自分は無謬《むびゅう》であると思いこみ、権力の濫用は日に日に度を増している。社会党の地方議員は、党が負担した選挙や宣伝のための費用を、公金で埋め合わせる法案まで通してしまった。フェッラーラの社会党は、ジュゼッペ・グジーノ書記長が策定した行動計画に則《のっと》って選挙を戦った。書記長が明言したところによれば、社会党が選挙に臨む目的はただひとつ、革命を実行するのに必要な国家機構を掌中に収めることにあった。労働評議会の指導層は、いままさに革命が進行中であると信じて疑わなかった。会計士風の小ぶりな眼鏡をかけた小男で、フェッラーラとマントヴァにおける宣伝工作を担当し、いままではボローニャの労働評議会で書記長を務めているエルコレ・ブッコ議員は、農夫にとって有利な内容であろうとお構いなしに、あらゆる協定をきっぱりと斥《しりぞ》け、破滅を招きかねないほどに賭け金を吊りあげていった。エミリア街道という巨大な賭場で、革命に勝利するため、ブッコは動乱に賭けたのだった。

時を前後して、アゼルバイジャンの首都バクーでは、九月に「東方諸民族大会」が開催され、アジアに共産主義を広める動きが活発化していた。ロシアの同志はカザフスタンを征服し、マンギト朝を倒して、サマルカンドに進軍した。アゼルバイジャンのバクーは、中央アジア、カスピ海の西岸に位置している。マルコ・ポーロの『東方見聞録』にも記され、かつてはシルクロードの中継地として栄えた町だ。いま、この都を覆う革命の陶酔がフェッラーラにも押しよせ、ポー川に沿って拡散している。陶酔は深まり、赤い染みは広がり、血の気配がじわじわと迫ってきている。一歩道を踏み外せば、谷底へまっさかさまだ。「困難な局面です。この先数年にわたって、ひょっとしたら永遠に、この県は失われるかもしれません」。知事はローマの政府に向けて、そう警告した。

報告書は、みずからの運命を甘受する殉教者を思わせる筆致で書かれていた。執務室の東側には、いまなお満々と水を湛える、エステンセ城の堀が見える。フェッラーラの歴史を振り返るなら、過去にはここで、歓迎されざる隣人が溺死させられたこともある。

とはいえ、ロシアの西方に目を転じるなら、赤軍はワルシャワの城門で予想外の敗北を喫していた。同じころ、フェッラーラ周辺の耕地では突然に雹《ひょう》が降りそそぎ、前年の収穫量の三分の一に相当する砂糖大根が被害にあった。麻の売値も、七月に急激に下落したあと、いまだに持ち直していない。ときには、不作ひとつで、がらりと風向きが変わることもある……

社会党県大会では次の決議が採択された。党は選挙に臨むにあたって、市町村および県の奪取を目指す。その唯一の目的は、あらゆる権力、ブルジョワが司るあらゆる国家機構を掌握し、機能不全に陥らせることにある。それにより、革命およびプロレタリア独裁の実現を、より容易で、より確実なものにしていかなければならない。

フェッラーラ社会党県大会、一九二〇年九月十八日、グジーノ書記長の策定による行動計画

自殺へ向かうこの狂乱の疾走に、決然たる意志をもって「もうたくさんだ！」と叫ぶことのできる人物が、いまのイタリアには必要なのだ。議会の均衡維持などという、日々の煩瑣《はんさ》な悩みとは無縁の人物［……］。妥協を容《い》れる余地がない現実に、正面から向き合うことのできる人物［……］。壊疽《えそ》は温湿布では治らない。どこかにいないものだろうか？　このような人物が現れたなら、われわれは国を挙げて、満場一致の信任を与えるだろう。

『ガッツェッタ・フェッラレーゼ』（保守系の新聞）、一九二〇年十月二十日、解説欄より

レアンドロ・アルピナーティ　ボローニャ、一九二〇年十一月四日

ようやく、舞台中央に躍り出た。荒涼とした夏を過ごしたあと、九月にボローニャに戻り、そして出番がめぐってきた。とはいえ、やっていることは、少年のころからなにひとつ変わらなかった。争いの場へ、脇目も振らずに突っこんでいく。今回も、争いこそが、すべてをもたらす要因になった。いったん戦いが始まれば、あとの成り行きはひどく単純だ。群れの頭《かしら》につき従う狼のように、男たちはアルピナーティのあとについてくる。

九月にボローニャに戻ったアルピナーティは、柱廊《ポルティコ》の下に、妙な人びとがたむろしているのに気がついた。夏前とは、明らかに様子が違っている。働き口のない退役将校。食うや食わずの公務員。社会主義者の労働組合と消費組合、および事業の公営化に憎悪を募らせている、仲買人や、商店主や、小作人や、事業主。老いた政治屋に牙を剝かんとする学生や、大卒の若い失業者。革命を夢見ながら、大衆に見放された元サンディカリスト。生まれてくるのがわずかに遅かったために、戦場で暴れまわる機会を逃してしまった、猛り狂う十八歳たち。扇情的な映画を見て育った、これまでの社会には存在しなかったような若者の群れ。要するに、誰にも顧《かえり》みられることのないままに、瞬く間に忘却の淵に沈んだ英雄の集まりだ。数か月、数年と家に引きこもっていたあとで、秋の訪れとともに、冬の気配に背中を押されて、歯にナイフをくわえて通りにあふれだしたかのように、突然に市中に現れた不穏な男たち。カフェのなかを覗いてみれば、ここは戦場かと錯覚させる帰還兵の演説に、多くの若者が聞き入っている。

アルピナーティは戦争には行っていないが、争いに身を投じるなり、男たちは彼のあとについてくるようになった。生まれは卑しく、アナーキズムに傾倒し、もとは鉄道員として生計を立てていたアルピナーティは、どこをどう捉えても労働者階級の一員だった。その彼が、ふと気づけば、大土地所有者や企業家ら、これまでずっと軽蔑してきた人びとの利益を守る側にまわっている。だが、もうそんなことはどうでもいい。争い事の天分は、こうした矛盾さえ打ち砕いてしまうだろう。

勇気が必要だったが、それでも争いのなかに飛びこんだ。完全に「赤く」染まった広大な農村地帯の中央に、ボローニャは君臨していた。十月には、組合運動の歴史上もっとも長く続いた、農業協定をめぐる闘争が決着した。労働者たちは一〇か月間、ストライキと騒擾《そうじょう》に明け暮れた。大土地所有者は壊滅的な敗北を喫し、農夫たちは華々しい勝利を収めた。大衆の怒りに対抗するには胆力が必要だった。アルピナーティは手はじめに、現状の把握に努めた。偵察隊を放ち、市中の道々、とりわけ、労働運動の牙城となっている地区を巡回させた。偵察隊は、アルピナーティの指示に従い、アルディーティの讃歌「青春」を歌いながら町を練り歩いた。彼らは毎回、いちども敵に遭遇することなく戻ってきた。こうしてアルピナーティは、社会主義者が革命を実行に移すことはけっしてないと確信した。ところが、まさしく同時期、大土地所有者は恐怖に震え、独力ではわが身を守ることさえ覚束《おぼつか》ないと考えるようになっていた。どこかに闘争の心理を備えた者はいないかと、大土地所有者はあたりを見まわした。そして、お誂《あつら》え向きの男たちを発見した。

アルピナーティと配下のファシストは九月二十日、サラボルサ図書館前で本格的な活動を開始した。最初の標的に選ばれたのは、インディペンデンツァ通りに立つガリバルディ像のまわりで、イタリア国家統一から五〇周年を祝っていた社会主義者の一団だった。多数の負傷者が出たのに加え、そのうちのひとりが間もなく死亡した。たちまち、アルピナーティのもとにはファッショへの加入希望者が殺到するようになった。十月十日、マルサラ通りに、ファッショのボローニャ支部があらためて創設された。アルピナーティはミラノに宛てて、熱狂とともに現状を書き送った。時を措《お》かず、大土地所有者から金を受けとることを嫌うファシストとのあいだに、激しい議論が交わされた。アルピナーティは早々に議論を打ち切った。いまは論争をしている場合ではない、戦闘に身を投じることが必要なのだ。ミラノはアルピナーティの立場を支持した。ムッソリーニはチェーザレ・ロッシを介して、アルピナーティに多大な権限を認めた。白紙委任だ、とことんまで戦い抜け！　ボローニャ支部再建から四日後、労働評議会書記長のエルコレ・ブッコにけしかけられ、革命家マラテスタ率いるアナーキストがカルトレリア通りの兵舎を襲撃した。襲撃者一名のほか、王国護衛隊の曹長と、警察の警部補が死亡した。ファシストにとってみれば、まさしく待ち望んだ事態だった。十月十六日には、ファシストが葬送行列の先頭を練り歩いた。こうして、闘争は転換点を迎えた。

それまでは、もっぱら市民の防衛、反ボリシェヴィズムがファシストの旗印だったが、ここへきて、積極的な攻勢へ転換した。まずは、つねのごとく、象徴的な闘争が仕掛けられた。アルピナーティみずからが陣頭指揮を執り、市庁舎に三色旗を掲げようとした。しかし、あいにくこの襲撃は撥《は》ね返された。そこで、今度は野戦に打って出た。市庁舎の裏手にある社会党の書店に、ファシストは銃弾を撃ちこんだ。市場で物を売るために町に出ていた農夫が、流れ弾に当たって死亡した。ものの一週間のうちに、ファッショの加入者は一〇〇〇名を超えた。こんな状況は、誰ひとり想像していなかった。若者の群れがファシストのあとをついて歩き、行動隊《スクワドラ》〔ファシストの武装集団の呼称〕の規模はますます膨れあがった。誰もがアルピナーティを、自分たちの怨恨の代弁者と見なしていた。

そして、十一月四日、世界大戦の勝利から二年目の記念日を迎え、闘争の水準を引き上げる時機がやってきた。昨年は、この栄光の一日を祝う記念行事は、なにひとつ企画されなかった。というのも、あの臆病者のニッティ元首相が、一触即発の当時の世情を鑑《かんが》みて、暴力の激発を恐れるあまり祭事の敢行を禁止したからだった。だがいま、象徴の闘争は再開され、暴力は爆発の時を迎えた。アルピナーティはアックルシオ宮に突入し、通りから見えるよう三色旗を掲げた。警察官は命令を無視して、ファシストの好きなようにさせておいた。これに勢いを得たアルピナーティは、制服姿の将校の一団とともにポデスタ宮の塔をのぼり、頂上にある「大鐘《カンパノーネ》」を盛大に鳴らした。ここでもやはり、ファシストをとめようとする者はいなかった。こうして、市立劇場での集会が終わったあと、愛国者の行列は旗を風に揺らし、打ち鳴らされる鐘の音を全身に浴びて、歓喜に酔いながら通りを行進していった。

道ばたでは、市民が呆然とした面持ちで行進を眺めていた。ポケットに手を突っこみ、多くは帽子をかぶったままだ。あまりにも長い期間、祖国が祭事を疎《おろそ》かにしてきたせいで、作法を忘れてしまったらしい。なら、ファシストが教えてやる。「帽子を脱げ。国旗に敬礼しろ!」言葉ではわからない連中には、したたかな平手打ちをお見舞いした。それでもじゅうぶんでない場合は、いざというときのために携行していた牛追いの棒の出番となった。同じころ、ファシストは広場でトラムの運行を妨害し、車体を三色旗で飾っていた。抵抗した車掌は暴行され、警察はその様子を傍観し、車掌——ひとりの例外もなく社会主義者——は抗議の意を示すために職務を放棄した。これでじゃま者はいなくなった。ファシストは三色旗で飾られたトラムに乗って、市中を狂ったように駆けずりまわった。トラムは夜まで、町全体をぐるぐると走りつづけた。ようやく走行がとまったのは、県知事が管内の送電をとめたときだった。

広場にはもう、ファシストを除けば、まったく人影が絶えていた。しかし、市民は誰ひとり眠っていない。トラムを動かしていた電気とはまた違う、分散することのない別の電気が、地面から立ちのぼっている。すると、かつてグラッパ山で戦った経験を持つ予備役の中尉が口を開いた。「連中を狩りにいくとしようか」。アルピナーティを先頭に、男たちはひとつのかたまりになって、マッシモ・ダゼリオ通りへ向かった。

労働評議会の事務局は、小さな要塞と化していた。なにも驚くには当たらない。一〇〇人規模の「赤衛隊」が、小銃と拳銃で武装して昨晩から事務局に立てこもっていることは、ボローニャの人間であれば誰でも知っていた。フランチェスコ・クアランティーニ議員の指示を受け、共産主義派の拠点であるイモラからやってきた兵隊たちだ。伝え聞くところによれば、一丁の機関銃まで配備されているらしい。象徴の闘争に、ふたたび火がつこうとしている。

ファシストが目的地に到着するなり、手品にでもかけられたかのように、王国護衛隊は姿を消した。マッシモ・ダゼリオ通りに大勢の味方が集結したことを見てとると、アルピナーティはただちに攻撃を開始した。建物と路上のあいだで、激しい銃撃戦が展開される。野天で戦うファシストには、銃弾を防ぐための遮蔽物がなかった。ひとりの同志が傷を負って倒れ、ファシストは身を隠す場所を探した。何人かは、建物の玄関口の前でうずくまった。中に押し入る手段は見つかりそうになく、敗者として家に帰るよりほかないかと思われたそのとき、小銃を構えた憲兵の小隊がやってきた。玄関口で憲兵を迎えたのは、最大綱領派に属す労働評議会の議長である、エルコレ・ブッコ議員だった。チェントの農村地帯で農夫を相手に革命の理念を説いてからというもの、もう何年も前から、一日たりとも欠かさずに、革命、革命と唱えつづけてきた人物だ。ブッコが恐怖に怯えていることは、遠目に見てもはっきりわかった。憲兵が近づいてくると、明らかに安堵した様子で、そそくさと建物のなかに招じ入れた。たちまち、警察に電話をしたのはブッコだという噂が広がった。最初の銃声が聞こえた段階で警察署に電話して、助けにきてくれと頼みこんだのだ。

数分後、ふたたび表玄関の戸が開いた。「赤衛隊」の数十人の兵士たちが、手錠をかけられ、憲兵に護衛されながら、一列になって外に出てくる。彼らを指揮していた国会議員も手錠姿で連行された。そして、日々権力の打倒を叫び、それでいながら権力側の勢力に救助を頼んだ、革命扇動者のブッコも逮捕された。ブッコが建物の外に連れ出されるとき、憲兵の大尉が彼に向けて、袋に入れられた一〇丁の小銃と、果物用の小箱に詰まった何キロもの爆薬を所持していた罪を通告した。

憲兵とファシストの視線を一身に浴びつつ、ブッコは取り乱しながら自己弁護した。身の潔白を主張し、武器は自分の知らないうちに住居に運びこまれたのだと強弁している。素性の知れない連中が、「私の妻《シニョーラ》」に武器を渡し、そのままどこやらへ去っていった。ブッコは悲嘆の涙にかき暮れ、なおも無実の主張に努めた。最初の銃声が聞こえたあと、「私の妻」が、労働評議会の隣にある住まいの扉を、素性の知れない連中に開いてしまった。武器はそのとき、家のなかに持ちこまれた。だが、自分たち夫婦はなにも知らないし、なにも知らされていない……。昨日まで、毎日のように革命、革命と連呼していた扇動者が、いまでは見えすいた嘘を重ね、仲間に罪をなすりつけ、妻を隠れ蓑にしようとしている。いったい何度、「私の妻」という言葉が聞こえたかわからなかった。ブッコは終わった。さすがに哀れを催したのか、嘲《あざけ》りの視線から逃れさせてやるために、憲兵はブッコを兵舎へ引きずっていった。

武装解除された労働評議会の玄関口は、無防備なまま開け放しにされていた。ポーの低地で、農家の老婆の口から語られるおとぎ話にもあるとおり、夜中に戸を開けたままにしていると、埋葬されなかった死体の呪われた魂が、家のなかに入ってくる。現場に残ったファシストは、ブッコの小心に手招きされ、誰にもじゃまされることなく略奪にふけった。時計の針が、深夜の零時をまわったころだった。塔の鐘が、ボローニャの革命的社会主義の、象徴的な死を知らせていた。

ベニート・ムッソリーニ　ミラノ、一九二〇年十一月十五日

アドリア海をめぐる問題の解決策として、十一月十二日にイタリアとユーゴスラヴィアが発表した「ラパッロ条約」は、社会に大きな衝撃を与えた。イタリアの東の国境はスネズニク山で引かれることになり、トリエステの領有は保証された。だがイタリアは、ダルマチア地方の併合は断念した。イタリアに与えられたのはザーラだけであり、後背地や周辺の群島はそこに含まれていなかった。こうしてザーラは、「クロアチアの海に囲まれたイタリアの岩礁」ということになった。外交における妥協の精神の産物として、フィウーメには十全たる独立国家としての地位が認められた。ただし、バロス港を含め、東部沿岸のスシャク地方はクロアチアの領土となった。「犠牲の」、もとい、「生の」町は、さしあたっては、イタリアのものともクロアチアのものともならず、しかも、東方との海上貿易からは除け者にされる仕儀となった。とんでもない報《しら》せだった。ダンヌンツィオの夢のうえで、一トンのＴＮＴ火薬が炸裂した。

にもかかわらず、ムッソリーニはこの日の『ポポロ・ディタリア』の紙面で、「率直に言って、満足している」ことを表明した。もちろん、フィウーメにかんしては、また別の議論が必要だろう。しかし、総体として見るならば、このたびの条約は、事前に予想された解決策のなかでは最良のものであると、主筆は断言した。イタリアがダルマチアを断念したことは残念だが、この土地の領有は、将来の可能性に賭けるとしよう。民族自決の原則に、時効は適用されないのだから。ともあれ、大筋においては、ム

ッソリーニは公然と、熱烈に、ジョリッティの手になる妥協を賞賛した。主筆の記事は、棍棒の一撃だった。フィウーメのファシストは、首筋をしたたかに打たれた気分だった。

フィウーメでは、この犯罪的な記事が掲載された『ポポロ・ディタリア』の束を火あぶりにすべく、会員証を持つ正規のファシストでさえ、ダンテ広場で行われた焚刑《ふんけい》に参加した。編集部にはムッソリーニを激しく糾弾する電報が届き、またしても、あの言葉があけすけに口にされるようになった。裏切り者。

この呪いの言葉を祓《はら》うために、彼は、永遠の裏切り者にして戦争の賛美者であるベニート・ムッソリーニは、平和を訴えることを余儀なくされた。平和に、偉大さに、われわれは向かわなければならない。主筆は翌日の紙面で力説した。偉大さを見いだすには、水平線へ視線を向ける必要がある。アドリア海に視線を釘づけにしていても仕方がない。むしろ、この慎ましやかな湾を包みこむ大いなる海、地中海にこそ、イタリアの拡張の途方もない可能性が広がっている。

例によって、ムッソリーニは新聞の紙面で平和を訴えておきながら、裏では戦争の準備を進めていた。ポー平原やミラノの戦線は、クレモナ、ボローニャ、フェッラーラに移行した。スネズニク山のふもと、イタリアとユーゴスラヴィアの国境は、ファシストの戦場ではない。選挙で大勝したはずの社会主義者は、広場では敗北を重ね、早くも後退を始めている。いまこそ、壊滅状態の軍勢に追撃を加えるときだ。そのためには、すべての反動勢力を糾合《きゅうごう》し、革命のおとぎ話を本気で恐れていたブルジョワの力を結集させなければならない。ファシストはこれまで、一対一〇〇の戦いを強いられてきた。だが、いったん敵が退却を始めれば、誰もが勇気を取り戻すだろう。ダンヌンツィオは、アドリア海に張りついていたらいい。なんなら、そこで首をくくってくれても構わない。ムッソリーニは、ミラノ県知事のルジニョーリを介して、次のような明確で力強いメッセージをジョリッティに伝えていた。必要とあらば、厄介者ばかりを製造する蒸留器もろとも、フィウーメの軍団を鎮圧してもらっても問題ない。そのような事態になっても、ミラノのファシストは静観を貫くだろう。

ムッソリーニの古い友人であるピエトロ・ネンニは、この年の九月にフィウーメを訪れていた。それはちょうど、フィウーメ進軍の一周年を記念して、「カルナーロ憲章」が発布された時期だった。ミラノに戻ってきたネンニは、町を覆っていた度外れの狂騒、途方もない浮かれ騒ぎについて報告した。ネンニの言によると、ダンヌンツィオは日ごとに、中世の領主の猿まねをしたり、ルネサンスの君主の仮装をしたりして楽しんでいたらしい。警察が作成したレポートのなかでフィウーメは、「あらゆる悪徳の黄金郷《エルドラド》」、「逸楽の園」などと呼ばれている。他方、市民生活の水準劣化は深刻で、域内の病院では腺ペストの症例が多数確認されていた。ネンニはさらに、執政府のバルコニーから民衆と対話する詩聖の物まねを、ムッソリーニの前で披露してみせた。なにもかもが、目も当てられないほどにばかげていた。詩人の出番はもう終わりだ。

ムッソリーニはジョリッティを相手に、大きな駆け引きに臨んでいた。そして、大きな駆け引きには折衷主義が付き物だった。ザーラやらフィウーメやら、アドリア海の岩礁で呆けているつもりはない。それは近視の人間がやることだ。少年のころから、ムッソリーニはずっと遠視だった。全体を見通す力に長けている一方で、細部に焦点を合わせるのは得意ではない。遠望がきく代わりに、子細な事柄を弁別することができず、些事を前にすると視界不良に陥ってしまう。些事のみが重大な意味を持つ局面においては、これは明白な欠陥だった。だが、ムッソリーニはそんなことは気にかけていなかった。世界の下半分にこびりついている、ちっぽけなインクの染みを見なければならないとき、たしかに彼の視界はぼやけてしまう。しかし、世界の上方に刻まれた巨大な活字を、彼ほどはっきりと見分けられる人間は滅多にいない。いまは、大きな駆け引きに臨むときだ。

しかし、十一月十五日に開かれた戦闘ファッショ中央委員会の会合には、近眼のファシストばかりが集まっていた。そのせいで、会の雰囲気はきわめて緊迫したものになった。モンテ・ディ・ピエタ通りにある事務局で、一同がテーブルについたときから、ふたつの陣営の対立が露わになった。チェーザレ・ロッシ、マッシモ・ロッカ、ウンベルト・パゼッラは、ムッソリーニの側についた。テーブルの反対側には、チェーザレ・デ・ヴェッキ、ピエロ・ベッリ、ピエトロ・マルシク、そのほかすべてのフィウーメのファシストたちが、冷ややかな態度で坐っている。加えて、ダルマチアの代表団が、ギリシア悲劇の合唱隊《コロス》のように、壁を背にして立っている。

口火を切ったのは、戦闘ファッショの創設者ベニート・ムッソリーニだった。ジャーナリストとして発信してきた見解を、同志たちの前であらためて繰り返す。ヴェネツィア・ジューリア地方に新しい境界線が引かれ、フィウーメの独立が保証されたことを考えるなら、ラパッロ条約は総体として、じゅうぶんに満足のいく内容といえる。もちろん、ダルマチア地方にかんしては残念だった。それでも、国家の判断により取り決められた条約である以上、ここは受け入れておく必要がある。イタリアは疲れきっている。社会主義者は勢いを盛り返すために、国家の危機を手ぐすね引いて待ちかまえている。おおかたの国民はと言えば、ダルマチアの正確な場所さえわかっていない。それぞれの立場を勘案した計画を策定すべきだ。なるほど、ダンヌンツィオの反乱は壮大な事業だが、それもいまでは壊疽《えそ》を起こしている。壊疽ならば、切除する以外に選択肢はない。

内部の抵抗勢力は、かつてない激しさでムッソリーニを攻撃した。ファシストの指導層のなかでも、とりわけ熱烈にダンヌンツィオを信奉していたピエトロ・マルシクは、面と向かってムッソリーニを痛罵した。ファッショのヴェネツィア支部のリーダーであり、弁護士であり、廉直な理想主義者であり、たいへんな教養人であるマルシクは、処置なしの愚図でもあった。その口の利き方は、まるでリソルジメントの志士のようだった〔「リソルジメント」は「復興、再生」の意で、十九世紀なかばにおけるイタリア新王国成立にいたるまでの、愛国的な諸潮流を指す言葉〕。たとえ、「ラパッロの卑劣な取り引き屋ども」が、この「忌まわしい条約」を発効させたとしても、輝かしいフィウーメ主義が息絶えることはない。「ジョヴァンニ・ジョリッティが正しく体現していた、惰弱《だじゃく》で怯懦《きょうだ》な、皮肉屋の老いたイタリア」に抗するために、一九一五年に始まった「恐れを知らぬ革命」は、今後もその火を燃やしつづけるだろう。

マルシクを黙らせるのは難しいことではなかった。ただひとこと、お前が正しいと言ってやればそれで済む。事態が紛糾したのは、ダルマチアの代表団が喋りはじめてからだった。古代ローマの時代から、彼らはずっとイタリア人だった。今回の協定はその彼らを、クロアチアに隷従させようとしているのだ。部屋のなかに興奮が噴きあがり、興奮が危険を招き寄せる。

ここで、ムッソリーニはふたたび口を開いた。ダルマチアのファシストは、自分たちがなにを代表しているのかはっきりさせてほしい。この部屋にいる者は全員、ダルマチアのファシストを支持している。だが、目的が明確でなければ議論にならない。ダルマチアのファシストはなにを望む？　アドリア海の東岸を、カッタロまでイタリアの領土とすることか？　イタリア＝ユーゴスラヴィア共和国の建設か？　完全な自治権か？　議論を続けたところで、興奮の波はいっかな収まらなかった。ムッソリーニは三度《みたび》口を開いた。ダルマチアのファシストは自分たちを、ダンヌンツィオのたんなる兵卒として認識している。だが、それは違う。ダルマチアのファシストには、みずからの行動に責任を負う義務がある！　明日、熱に浮かされたダンヌンツィオが、ダルマチア全体を併合すると言い出したとしても、まさか司令官についていく者はいないだろう。ダルマチアのファシストよ、きみたちはなにを望む？　議論は続き、部屋の雰囲気にまったく変化は見られなかった。ムッソリーニは、四度目の発言のために口を開いた。ことは感情の問題にとどまらない。問われているのは、国家の命運なのだ。納得してもらえなくても、自分はただ、ファッショの行動計画を前に進めるだけだ。

二時間後、ベニート・ムッソリーニは譲歩を示した。行動計画を撤回し、新しい合意を受け入れた。またしても、お得意の妥協だった。新たな国境を賛美し、ダルマチアの放棄を厳しく批判し、フィウーメはイタリア領であることを再確認した。こうして、内部崩壊の危機は回避された。腹心のチェーザレ・ロッシにも、ムッソリーニの翻意は理解不能だった。ロッシでさえ、この急旋回に当惑していた。激しい論争が交わされるあいだ、ずっとムッソリーニの傍《かたわ》らに控えていたロッシに、いまさら後退を受け入れるつもりはなかった。ロッシが反対票を投じたファッショの新たな行動計画は、けっきょく、賛成多数で可決された。

その日の晩、戦闘ファッショの創設者はダンヌンツィオに手紙を書いた。「親愛なる司令官、長いあいだ便りを差しあげずにいましたが、私の声が弱まったわけでも、忠誠が薄らいだわけでもありません……われわれの目的をはっきりさせたうえで、国家の意識を駆り立て、揺り動かし、方向づけなければなりません。つまり、こういうことです。いったいわれわれは、ザーラからカッタロにいたるまでの、ダルマチア全体を望むのか？　あるいは、せめてロンドン条約が定める領土を回収すべく、努力を集中させるべきなのか？　この点にかんして、あなたのお考えをお聞かせください。方法と時期については、あなたの判断を信頼します」。偽善の鑑《かがみ》のような手紙だった。しかし、よくよく考えてみるに、ふたたび「裏切り者」呼ばわりされることは、それほど重大な問題だろうか？

ダンヌンツィオからの返事は届かなかった。以後、司令官からミラノへ手紙が届くことは一度もなかった。ラパッロ条約の発表から数日のあいだに、多くの協力者、とりわけ軍の高官たちが、司令官から離れていった。海軍のミッロ提督、歩兵精鋭部隊のカルロ・レイーナ司令官、オーストリアの戦艦セント・イシュトヴァーンを撃沈した英雄ルイジ・リッツォ師団長、そして、幻に終わった蜂起において、ベルサリエーリを指揮してローマの国会議事堂を襲撃するはずだったチェッケリーニ将軍などだ。司令官は沈黙し、運命に身を任せた。十一月二十日、フィウーメのヴェルディ劇場でトスカニーニがコンサートを開いた際、司令官ではなく詩人として、ダンヌンツィオは返答を口にした。「これで独りだ。独りで全員に立ち向かおう。われらの孤独なる勇気を胸に」

立ち直るために、よみがえるために、けっしてこの国から失われることのない偉大さの道を歩むために、イタリアは平和を必要としている。不意の襲撃を仕掛けることで、新たな戦争を引き起こそうなどと考えるのは、狂人か犯罪者の類いだけだ。

ベニート・ムッソリーニ、『ポポロ・ディタリア』、一九二〇年十一月十三日

レアンドロ・アルピナーティ　ボローニャ、一九二〇年十一月二十一日

「今週日曜、女子供は外出を控えること。祖国に貢献したいと望むのなら、窓に三色旗を掲げること。日曜は、ファシストとボリシェヴィキを除けば、ボローニャの町を出歩いてはならない。これは試練である。イタリアの名のもとに戦われる、偉大なる試練である」

アルピナーティの筆致は明快だった。取り巻きの青年たちとともに、市中のすべての道々に最後通牒を貼ってまわった。警察から印刷の許可が下りなかったため、ビラは手動の輪転機を使って、自前で用意しなければならなかった。

両陣営とも、じりじりと衝突の瞬間を待ちかまえていた。その時がきたら、戦闘を開始する。これが、敵方との唯一の合意事項だった。クレモナでは十一月十二日、ファリナッチ配下のファシストが、社会党の地方議員に警告を伝えた。「明日、われわれが市庁舎を占拠したあと、社会主義者が広場を占拠しようと目論むなら、覚悟しておくがいい。そこには、敵を殺し、みずからは敵に殺される覚悟のある男たちが集まっているだろう」。六八の自治体のうち、社会主義者が五九を制したモデナ県では、その二日後、県議会の議長が議会を発足させる際、安全地帯からの反論のような形で、次のように宣言した。「敵と議論する気はない。われわれの望みは、敵を打倒することだ」。いまや、戦線はポー平原の端から端まで伸張していた。

十一月十六日、ボローニャでは社会主義協議会の会合が開かれた。ファシストの暴力を暴力によって

斥《しりぞ》けるために、党派の対立を越えて準備を進めることが確認された。選挙での社会主義者の勝利は明白であり、有権者の意思は歴然としている。かといって、警察を頼ることはできない。なぜなら国家は「ブルジョワの執行部」に過ぎないから。社会主義者は、自分たちの力でファシストから身を守ろうと決めた。選挙での勝利を強調するため、アックルシオ宮で開かれる議会の就任式に合わせて、大がかりなデモが実施されることになった。大勢の労働者がデモに参加できるよう、日取りは十一月二十一日、日曜日に設定された。当日は、「赤衛隊」が護衛の任に当たるだろう。こうした動きを察知するや、翌十七日の晩、ボローニャ支部のファシスト約四〇〇名が、マルサラ通りに集結した。彼らもまた、闘争の準備を整え、厳戒態勢を敷くことを決めた。

どちらの勢力も、同じように興奮状態にあり、荒々しい昂揚《こうよう》に包まれ、生気の泡がふつふつと弾けていた。あと少し、あと少しの辛抱だ。

衝突は不可避であるという認識が共有されると、戦いは告知や、計画や、さらには交渉の対象となった。十一月十八日、社会党のニッコライ議員が、議会ではじめてファシストの暴力の拡がりを告発し、社会党の機関紙『アヴァンティ!』は、政府とファシストの共犯関係を指摘した。それにたいして、『コッリエーレ・デッラ・セーラ』は、社会主義者の横暴にたいする「世論の神聖なる反発」に触れ、『アヴァンティ!』の主張に反論した。ボローニャでは、知事も警察も、軽く火花が散るだけで点火にはじゅうぶんであることを、はっきりと認識していた。社会主義者が、議会の発足式に備えて、アックルシオ宮に箱づめの爆弾を運びこんでいるという噂が広がった。匿名の手紙が行き交い、象徴をめぐる交渉が重ねられる。ポーリ警察署長は、マルサラ通りにあるファッショの支部にみずから赴き、交戦条件について話し合った。警察は両陣営と密談を重ねたすえに、皇帝の勅令にも比肩する同意を取りつけた。議会の就任式が終わったあと、広場の有権者に礼を言うため、新たに就任した市長がバルコニーに姿を現わした際に、「大鐘《カンパノーネ》」が鳴らされたり、赤旗が掲げられたりしないかぎりは、ファシストは攻撃を開始しない。ファシストが容認できるのは、党の旗だけである。署長はさらに、知事にたいして、すでに配置についている四〇〇人の王国護衛隊を増強するため、陸軍から一二〇〇人、憲兵隊から八〇〇人を派遣するよう強く求めた。ヴィスコンティ知事の報告書によれば、十一月二十一日朝、中心街には九〇〇人の歩兵、二〇〇人の騎兵、八〇〇人の憲兵、六〇〇人の王国護衛兵が配備されていた。ボローニャ全市が、戒厳令のもとにあった。

元老院の時代であれ市議会の時代であれ、アックルシオ宮はつねにボローニャの世俗権力の在り処《あか》だった。外壁には銃眼が備わり、サン・ペトロニオ大聖堂の傍ら《かたわ》、マッジョーレ広場に向かい合う形で立っている。十四時を過ぎたころ、社会主義者の代表団の行列が、徐々に広場に集まりはじめた。警察との同意に則り《のっと》、人数は多く見積もっても三〇〇〇人は超えなかった。広場は封鎖され、リッツォリ通りからもインディペンデンツァ通りからも進入できないようになっている。憲兵が隊列を組み、広場へいたるあらゆる経路をふさいでいる。

ところが、一部のファシストは、封鎖される前に広場に入りこんでいた。おそらく一〇人程度のファシストが、レストラン「グランデ・イタリア」のテントの下に集まって、海神《ネットゥーノ》の噴水のまわりに群がる社会主義者を眺めていた。アックルシオ宮の内部では、就任式を始める準備が進んでいる。中庭では、およそ五〇人の王国護衛兵が入り口を見張っている。広場に面したバルコニーには、小銃と手榴弾で武装した「赤衛隊」がいる。ここからなら、誰が攻めてこようと仕留められる。蠅一匹さえ、見逃してなるものか。

しかし、十四時半になると、知事の根回しがあったにもかかわらず、警察との同意は反故にされ、アジネッリの塔に赤旗が掲げられた。

アルピナーティを先頭に、ファシストはマルサラ通りの事務所からいっせいに飛びだし、隊列を組んで広場へ向かった。ウーゴ・バッシ通りに設けられた、騎兵を通すための抜け道から、少人数の部隊が中に入りこむことに成功した。せいぜい一五人というところだった。社会主義者の群衆の端の方で、ファシストの讃歌を歌う。

建物の内部では、十五時に議会が始まった。新市長の就任演説は、なにごともなく進行した。共産主義者で、もとは鉄道関連の労働者だったエニオ・ニューディ市長は、もはや恒例となっているロシア革命への賛辞を連ねた。三〇分後、ファシストの部隊の叫び声がいよいよ議場まで届くようになると、ニューディはびくりと体を震わせ、群衆にあいさつを送るために赤の間のバルコニーに姿を見せた。社会主義協会の赤旗が、バルコニーをぐるりと取り囲んでいる。ニューディにとっての記念すべき一日が、破滅の一日に変わろうとしていた。鳩のかごの扉を開くと、社会主義者とファシストの区別など知らぬままに、鳥は広場に集まる人びとの頭上を、群れをなして飛んでいった。鳩の尾にも、小さな赤旗が括りつけられている。レストラン「グランデ・イタリア」から銃声が響いた。

惨禍へいざなう合図を聞いて、フェッラーラのファシスト二六名が棍棒を振りまわし、警備の隊列を突破した。「グランデ・イタリア」からはまだ銃声が聞こえてくる。バルコニーから銃撃への応酬があり、海神《ネットゥーノ》の噴水からも誰かが発砲している。無防備な群衆は、飛び交う銃弾の下で恐慌をきたし、あらゆる方向へ散り散りになって逃げていく。その大半は、アックルシオ宮の中庭に押し寄せた。決壊が始まる。

社会主義者の農夫と労働者は、汗だくになって震えていた。死に怯え、痺れを感じ、息が詰まり、手足を蟻が這うような感覚にとらわれ、胸が圧迫され、いまにも気を失いそうになり、発狂するのではないかという恐怖に襲われ、呼吸は浅く、動悸はますます速まり、血圧が上昇と下降を繰り返し、顔が紅潮し、悪寒を感じて吐き気をもよおし、もう元には戻れないのだと悲嘆に暮れ、最悪の瞬間はこれからやってくるのだと予感し、目の前の世界が非現実の感覚に覆われていく光景を、なすすべもなく見つめていた。

バルコニーにいる「赤衛隊」は、助けを求める同志が中庭に殺到するのを見て、ファシストもそこへやってくると考えた。爆弾を五つ、バルコニーから投下する。中庭と広場をつなぐ玄関に、同志の亡骸が積みあがる。

議会で、社会主義者が発言を終えようとしているときだった。傍聴人、警察官、「赤衛隊」、収税吏でごった返す議場に、広場で轟く爆発音が伝わってきた。窓から外を覗くと、仰向けになった肉体が転がっている。外でなにが起きているのか、実際のところはわかっていない社会党の議員が、消防士が傍《かたわ》らに控えている多数派の議席から、跳ねるように立ちあがった。「人殺しめ！　よくもわれわれの同志を」。そう言って、少数派の議員たちに食ってかかる。弁護士でナショナリストのアルド・オヴィリオ議員は、自分の拳銃をテーブルのうえに放り投げた。「私は誰も殺さない」

この日、アックルシオ宮は武装した男たちが統《す》べる世界だった。議場の反対側で、そうした男たちのひとり、名もない社会党の闘士が立ちあがり、無抵抗の右派の議員らに銃口を向けた。虐殺の大部分は赤衛隊によって引き起こされたものだったが、このとき議場にいた人びとは、右派の勢力に責任があるとばかり思いこんでいた。社会党の闘士は引き金を引いた。警察が実行犯を特定することも、党の指導層が彼を警察に引き渡すこともけっしてないという確信があった。ナショナリストの少数政党に属す、弁護士のジュリオ・ジョルダーニ議員は、一撃で即死した。元軍人で、戦場で片足を失い、褒章として銀のメダルを授かった人物だった。生前は、一度たりともファシストを名乗ったことはなかったが、この死をもって、彼はファシストと目されるようになる。軽傷を負ったビアージ弁護士は床を這って進み、チェーザレ・コッリーヴァ弁護士は、血を流しながら、四つん這いになって出口を目指した。

後の証言によれば、レアンドロ・アルピナーティは海神《ネットゥーノ》の像にしがみついて、ファシストに襲撃の号令をかけていたという。あるいは、拳銃を握りしめて、アックルシオ宮の中庭へ押し入るところを見たという声もある。噂、流言、伝説が広まっていく。確かなのは、一〇人の死者と、五〇人の負傷者が出たということだけだった。社会主義者の戦闘部隊は完全に信用を失い、党の名声はこなごなに砕け散った。多数の逮捕者を出したこのたびの不祥事は、民主的な手続きのもと発足した市議会に壊滅的な打撃を与え、総辞職に追いこんだ。当面、ボローニャの統治は県の行政委員が担うことになった。こうして、時代は新たな区切りを迎えた。

———はたして誰が悪いのだろう？　イタリアに内戦を引き起こそうと熱望する社会党でないのなら、いったい誰が？　この野蛮な戦争状態を欲し、生みだした社会党でないのなら、いったい誰が悪いというのか？　闘争は必然的に、敵対する側にも戦士をもたらすものである……

『コッリエーレ・デッラ・セーラ』、一九二〇年十一月二十三日

———魂の武装を解き、心を静めることを決心すべきときだ。物質としての武器を下に置くだけでなく、魂を武装解除し、静めなければならない……手を高く掲げるのだ、全員が！

社会党の指導者、フィリッポ・トゥラーティの議会演説、一九二〇年十一月二十四日

———アックルシオ宮に巣くう赤どもの、見るもおぞましい卑劣さに抵抗せよ……目には目を、歯には歯を……蛮族は去れ！

『ラッヴェニーレ・ディタリア』（カトリック系の新聞）、一九二〇年十一月二十四日

ベニート・ムッソリーニ　トリエステ、一九二〇年十二月はじめ

「市中の部隊が包囲され、補給が絶たれてしまった場合、壊滅を免れる道はひとつしかない。町を出て野戦に臨むことだ」

アルチェステ・デ・アンブリスは身を乗り出し、マスケット銃兵式のあごひげを対話相手に近づけた。

イタリア労働組合連合の創設者であるデ・アンブリスと、ファッショの創設者ムッソリーニは、もう何年も前からの知り合いだった。戦前は参戦論者として協調し、戦闘ファッショの最初の声明文の起草にはデ・アンブリスもかかわっていた。一九〇八年に、デ・アンブリスがパルマで、イタリアの歴史上はじめてとなる農業系の大規模ストライキを指揮して以来、ムッソリーニはこの革命的サンディカリストに賛嘆の念を抱いていた。プロレタリアートの巣窟であるオルトレトッレンテの、御しがたい労働評議会を屈服させるために、国王はモンテベッロの槍騎兵まで派遣しなければならなかった。あの日、デ・アンブリスは革命的社会主義の万神殿《パンテオン》に、力ずくで押し入ったのだった。

あれから一二年後、アルチェステ・デ・アンブリスはガブリエーレ・ダンヌンツィオの使者として、ファシストをフィウーメ軍団の味方に引き入れるための、最後の交渉に臨んでいた。十二月一日未明、ジョリッティ首相の命を受けて、二隻の大型軍艦、八隻の駆逐艦、二隻の引き船が、フィウーメの港のまわりに配備された。包囲は始まっている。町が砲火を浴びようとしている。デ・アンブリスはますます前のめりになって言った。

「ムッソリーニは友人か？」

質問は、ふたりの旧友のあいだで宙づりになった。問われた側は、つねに携行している黄色い革のかばんからハンカチを取りだし、洟《はな》をかみながら答えた。

「しつこい風邪でね。しじゅう出歩いてるものだから、いっこうに治まる気配がない」

「ムッソリーニは友人か？」デ・アンブリスが畳みかける。

「友人だとも、当然だろう！　昨日も紙面に書いたばかりだ。政府が軍に、フィウーメ相手に砲門を開けと指示を出すようであれば、私はまっさきにイタリア人に呼びかけるだろう。一丸となって、蜂起せよと」

「なら、ファシストをダンヌンツィオの配下に組み入れる用意があるわけだ？」

部屋にはもうひとり、面会の記録係を務める、ウンベルト・フォスカネッリという青年がいた。フォスカネッリは用紙から顔を上げ、ムッソリーニの答えを待った。面会の記録は、ファッショの中央委員会とダンヌンツィオの双方に伝えられる取り決めだった。

ムッソリーニは吐き捨てた。「まずはラパッロ条約を受け入れるよう、ダンヌンツィオを説得してくれ。この条約を白紙撤回させる方法はひとつしかない。条約を締結した政府に抗する、イタリア国民による革命だ。だが、イタリア人が革命を起こすなど考えられない。国民の九九パーセントは、条約が結ばれたことに深い安堵を覚えているんだ。フィウーメを見放す人間が後を絶たない現状を、きみたちはわかってるのか？」

フィウーメから離れていった人びとを列挙する作業は、なかなか終わらなかった。経済学者のマッフェオ・パンタレオーニは、ダンヌンツィオに宛てた書簡のなかで、もう野心を捨ててほしいと哀願した。イタリアの正規軍とともにザーラに駐屯していたミッロ提督も、国王への忠誠を誓い、ダンヌンツィオとの関係をきっぱりと断ち切った。チェッケリーニ将軍やシアーニ大佐は、フィウーメ軍団の度を越した規律の乱れに辟易して去っていった。司令官は、次々と舞いこむ苦渋に満ちた暇乞《いとまご》いの手紙にたいし、自分はこの絶対的な権力を手放す気はないと返答した。「この大権を維持しなければならない。多くの倦怠のなかにあって、それは唯一の喜びなのだ」

デ・アンブリスはなおも食い下がる。蜂起は可能だ。フィウーメからローマへ進軍することは、けっして絵空事ではない。そう言って、フィウーメ脱出計画の詳細を打ち明ける。こちらもやはり、手短には済まない作業だった。フィウーメにはさまざまな艦隊が存在する。巡洋艦のミラベッロ、駆逐艦のアッバ、ブロンゼッティ、ヌッロ、駆潜艇の小艦隊、そして、それらを運用するのにじゅうぶんな搭乗員たち。「ダンテ」をはじめ、王国海軍の船がフィウーメの湾を監視しているのは事実だ。しかし、先に挙げた艦隊によるザーラへの試験航海は、すでに複数回にわたり実施されている。そして、アドリア海東岸のザーラから西岸のアンコーナまでは、航海をためらうような距離ではない。フィウーメの部隊はアンコーナに上陸するだろう。同地のベルサリエーリ連隊は、すでに今年の七月、ヴァローナへの派兵が決まった際に反乱を起こしている。あとは、マルケ地方のファシストの同意さえあれば問題ない。ジュリエッティ将軍傘下の海兵たちは、いまでもダンヌンツィオを支持している……

「なら、北イタリアの社会主義者は⁉　赤どものボローニャはどうなる⁉」ムッソリーニは激昂《げっこう》した。それまでは、ハンカチをしわくちゃにして、鼻を押さえながら話を聞いていた。それが不意に、相手を眩惑しようとするときいつもしているように、かっと目を見開き、目玉をぎょろりと回転させて、威圧的な怒声を響かせた。「アックルシオ宮の虐殺が起きてからずっと、北イタリアは戦争状態だ。フィウーメの連中は新聞も読んでいないのか⁉」

ムッソリーニに説明を遮られても、デ・アンブリスは意に介していないようだった。自身が策定した進軍計画について、詳細にわたり解説を加えていく。パルマは完全に味方につけた、これは保証する。ダンヌンツィオの兵隊は、「カルナーロ憲章」を広めるために戦っているのだと、労働者大衆に理解させることが必要だ。この法律は、とりわけ労働者の権利保護に重点を置いたものなのだから。ダンヌンツィオの革命は、まずもって民衆のための革命となるであろうことを、理解させなければならない。カルナーロ憲章の普及が進んでいない現状を、打破しなければならない……その革新的な精神は、まだじゅうぶんに伝わっていない……この点にかんしては、『ポポロ・ディタリア』にも責任がある……

ムッソリーニは、もうなにも聞いていないような印象を与えるべく努めていた。返事は素っ気なく、態度は冷淡かつ曖昧で、ひっきりなしに鼻をかんでいる。そして、いかにも投げやりな調子で、ユーゴスラヴィアの部隊が国境に圧力を加えているとか、兵站《へいたん》の準備ができていないとか、もう冬なのに石炭がないとか、さまざまな障害を並べたてた。

冬の過酷さ、湿気や寒気に話題が移ったところで、面会は打ち切られた。フォスカネッリは、面会の内容を記した書類を破棄するよう求められた。それは、ムッソリーニとデ・アンブリスが同意にいたった、唯一の事項だった。こうして、用紙は引き裂かれ、暖炉の火にくべられた。

トリエステのイタリア人よ、イストリア全体のイタリア人よ、ティマーヴォ川からカルナーロ湾にいたるまでの、ヴェネツィア・ジューリアのすべてのイタリア人よ、いままさに、罪が犯され、血が流出しようとしている。瀕死の民が、あなたがたにあいさつを送ろう。瀕死の民が、近くの祖国と遠くの祖国にあいさつを送ろう。これらの民は、未来のためにみずからを犠牲にする……。いままさに、勝利の盲人が、目端の利く裏切りの易者に打ち倒されようとしている。これは定めだ。驚嘆すべき定めなのだ。やあ、兄弟よ！　たとえ喉を撃たれようとも、血を吐きかけ、叫びをあげる力は絞り出してみせる。圧制の泥で、耳をふさいでおくがいい。イタリア、万歳！

ガブリエーレ・ダンヌンツィオ、ラパッロ条約に抗議する声明、フィウーメ、一九二〇年十一月二十八日

ベニート・ムッソリーニ　ミラノ、一九二〇年十二月二十日

ロヴァニオ通りで停まった車は、ビアンキ社の「S3型トルペード」だった。大戦中、軍事演習を巡視するためにイタリア軍の参謀本部が使用していた自動車の発展型だ。四つの座席に加え補助席も備えている、コンメンダトーレにぴったりの洗練された車だった〔「コンメンダトーレ」はイタリアの勲位のひとつ。「カヴァリエーレ・ディ・グラン・クローチェ」、「グランデ・ウッフィチャーレ」に次ぐ第三等級〕。それでいて、ホイールにタンジェント組みを採用するなど、スポーツカーの世界への目配せも見てとれる。

運転をしていたのは彼本人だった。歩道の側で、優雅な婦人が車から降りるのを待っている。マルゲリータ・サルファッティは、期待に違わぬ装いだった。ジャージー織りの、伸縮性と光沢がある生地のフレアスカートをはき、パリのモードに合わせてウェストをきつく絞っている。ロヴァニオ通りも、優雅さでは負けていなかった。ブレラ・アカデミーからほど近く、ブルジョワの大新聞『コッリエーレ・デッラ・セーラ』が本拠を置くソルフェリーノ通りの、ちょうど裏手に位置している。

数日後には、『ポポロ・ディタリア』の編集部がここに移転してくる予定だった。すでに印刷所の引っ越しは終わっており、輪転機は稼働を始めている。同じミラノとはいえ、小便の臭いが漂うボットヌートの界隈とは似ても似つかない。パオロ・ダ・カンノビオ通りの不潔な霊安室ではもう、ムッソリーニのタイプライターが、飾り物の拳銃やアルディーティの旗といっしょに箱づめにされている。

この日は主筆まで、普段と違ってりゅうとした身なりを整えていた。黒いスーツに山高帽、固いカラ

ーのシャツ、絹のネクタイ、胸元に挿された白のポケットチーフ。さらに珍しいことには、ここに来る前、わざわざ床屋に行って剃刀《かみそり》を当ててもらっていた。主筆は今日、はじめての写真撮影会に臨むことになっており、洒落た恰好はそのための準備だった。男を着替えさせてここまで連れてきた女は、車から降りるなり、満足気に男と腕を組んで歩きはじめた。

編集長のミケーレ・ビアンキ、現在は広告集めを担当しているマンリオ・モルガーニ、兄から経営を引き継いだアルナルド・ムッソリーニが、主筆の到着を待っていた。編集部を迎え入れる予定の部屋を、ざっと見てまわる。日当たりがよく、カンノビオ通りの霊安室とくらべて、少なくとも三倍は広く感じられる。マホガニー製の書き物机、棚、そのほか編集作業に必要な備品、新聞の美術批評欄を担当しているサルファッティが選んだ絵画、そして、読書用のソファなどが設えられている。

「ソファ⁉　私の仕事場にソファだと⁉」不倶戴天の敵を見つけたかのように、このありふれた家具をぎょろりとにらみつけ、ムッソリーニは悪態をついた。「こんなものを置いてどうする⁉　運びだせ、でないと窓から投げ捨てるぞ。ソファとスリッパこそ、人類の破滅の元凶だ！」部屋の内装を担当したサルファッティは、すこしも動じる様子を見せずに微笑んでいる。ムッソリーニの憤慨は、自分を楽しませるための小芝居だとわかっているのだ。

続けて、隣の部屋を視察した。まだ未完成で、家具はひとつも運びこまれておらず、屋根もなければ、セメントの床に敷かれるはずのれんがもない。ここはフェンシングの練習場になる予定だった。日々の習慣としている練習をここで行えば、日中の時間を節約できるだろう。ブルジョワ然とした身なりのムッソリーニは、頭に山高帽をかぶったまま、からっぽの室内でサーブルの選手になりきり、武器を水平にして「第三の構え《ティエルス》」をとった。暴力はますますもって、国民的な関心事となりつつある。

ボローニャの虐殺の後、事態は一挙に激化した。予想をはるかに超える速度で、種の本能に導かれているかのように、一方向の軌道をまっすぐに進んでいった。虐殺の直後、まだ広場が死体や負傷者であふれかえっているとき、ファシストは早くも縦隊を組み、自分たちの讃歌を歌いながら市中の道々を練り歩いた。翌日にはもう、ボローニャ支部の目ざましい拡大が始まった。数日のあいだに、千人規模の新規加入希望者が事務局に殺到した。ファシストには、武装解除する気などまったくなかった。アルピナーティはおおやけに、はっきりと宣言した。農村地帯での暴力がやまないかぎり、国家機構による統治が完全に復旧しないかぎり、ボローニャのファッショが武器を手放すことはない。

ムッソリーニはただちに、ミラノからチェーザレ・ロッシとチェルソ・モリージを派遣し、部隊の編成にあたらせた。ファシストを準軍隊的な集団として組織化することは、力への意志をみなぎらせる創設者が、長きにわたりむなしく夢見つづけてきた大望だった。それがいま、ボローニャのマッジョーレ広場で流された血を養分として、ひとりでに芽吹こうとしている。ロッシが報告したところによれば、早くも十一月二十三日には、ジョルダーニ議員の葬送行列が道を練って行くなか、通りの両側に並んだ群衆のあいだを、市の旗をかかげるファシストが隊列を組んで行進したとのことだった。そこに社会主義者の姿はなかった。ファシストの襲撃に抗議するために、ゼネストに打って出る勇気さえないらしい。社会主義者の政治的無力化は、火を見るよりも明らかだった。この日、ボローニャ市議会は市民から託された権利を放棄し、同日晩には臨時の行政権が県知事に委ねられ、その翌日、県の行政委員が市政の代行者として着任した。そして、赤狩りが始まった。

十一月二十八日、ファシストの行動隊を引き連れてパデルノ山へ赴いたアルピナーティは、農村同盟の支部長に警告を与えて赤旗を取りあげた。没収された赤旗は、インディペンデンツァ通りで燃やされた。十二月四日、市立劇場には、反ボリシェヴィキを旗印とするあらゆる団体が集結した。会議の場に現れたファシストは、ほかの参加者から喝采を浴び、「蛮族は去れ！」という号令が鳴り響いた。十二月七日、ファシストはカステル・サン・ピエトロの労働評議会で略奪行為を働き、九日にはモンズーノで武力闘争が発生した。十八日、社会党のベンティーニ議員とニッコライ議員が、裁判所から出てきたところを棍棒で打擲《ちょうちゃく》され、十九日には、すでに社会党を離党していたミシアーノ議員が暴行を受けた。こうして日々は流れ、クリスマスまであと五日となった。

猛り立つ民衆の支持を受け、ファッショのボローニャ支部書記長に選出されたアルピナーティは、ちょうどこの日の朝、フェッラーラのファシストを支援するために遠征に出るという電報を送っていた。アックルシオ宮の殺害から三〇日が経過したのを機に、フェッラーラのファシストはジョルダーニ議員の追悼集会を挙行しようとしていた。フェッラーラの支部は、集会を成功に導くために、じつに三〇〇〇もの記章をミラノに要請し、それのみか、代金の先払いまで約束していた。

事実、熱狂の波は高まり、ファシストの行動隊はどこへ行っても、市民の同意のもとに迎えられた。ファシストの攻撃は、社会主義者が積み上げてきた勝利を転覆させ、赤の魔法から人びとの目を覚ました。ボローニャだけではない。エミリア街道の端から端まで、伝染病が広がるような速さで、暴力が勝鬨《かちどき》をあげながら拡がっていった。ロヴィゴ近郊では、地主からの支援を受けて、カヴァルゼレ、コナ、コッレッツォラ、ボヴォレンタをつなぐ線に沿って、ファッショが勢力を拡大させた。アードリアでは、大規模農地を占拠した季節労働者の協同組合を、行動隊が駆逐した。モデナでは市議会議員を、カルピでは労働評議会を襲撃し、ファシストの行動はそこからさらに、レッジョやマントヴァまで浸潤していった。クーネオ県のブラでは、デ・ヴェッキに指揮されたファシストが、棍棒を片手に「赤衛隊」を追いまわし、ついには市庁舎の内部まで突入した。雪崩《なだれ》が起きるようにして、自衛から反撃へと局面が入れ替わり、イタリア全土でファシズムがいっせいに花開いた。いま、農村地帯には戦争の空気が漂っている。

ムッソリーニは新聞の紙面で次のように宣言した。じきにわれわれは無敵になる。偉大な、きわめて偉大な瞬間が近づいている。心を高く掲げよ！　恐れを憎しみに変えて敵に襲いかかれ。われらの生を総動員して、破城槌を製造するのだ！

たいする社会主義者は、なんとも気の毒なことに、「両手を高く掲げよ！」と叫んでいた。議会でフィリッポ・トゥラーティは、その預言者風のひげを震わせながら、じつに高貴な演説を披露した。政府当局がファシストの暴力を黙認していることを指弾し、社会主義者の同志による意図せざる虐殺に涙をそそぎ、憲法にもとづく制度と自由を擁護した。自分としては、敵を詰《なじ》るよりも、明日を見据えることにしたいとトゥラーティは言明した。原因を取り除き、各陣営の行き過ぎた振る舞いを制止しなければならない。いまこそ、全員が心を静め、魂を武装解除すべきときだとトゥラーティは結論づけた。そして、演説の締めくくりには、文学作品から諷刺的な一節を引用して、深い教養をほのめかすことも忘れなかった。

モンテチトリオ宮の議事堂では、トゥラーティの声のほかにはなんの物音も聞こえず、誰もが強く胸を打たれていた。蒙《もう》を啓《ひら》かれたジャーナリストは、トゥラーティに感嘆の拍手を送った。社会党の老いた聖者は奇跡を起こし、自陣の議員には社会主義者としての自覚を、民主主義を奉じる議員には自由主義者としての自覚を取り戻させた。

トゥラーティの演説の書き起こしを読みながら、ムッソリーニはさも愉快だというふうに頭を振っていた。まったく、手の施しようがない。この連中は、「獣性」というものをまったく理解していないのだ。たしかに、立派な演説だ。そこに異論はない。だが、そもそもの間違いは、社会主義者が暴力に手を染めたことだ。なるほど、同盟は農村地帯で主人面をしているし、都市の労働評議会は罰金やボイコットや賠償金で階級の敵を締め上げているし、社会主義者の農夫は干し草置き場に火をつけたり、雌牛の脚を切断したり、小作農を半殺しにしたり、自衛のために警察や地主に発砲したりもしているだろう。ごくまれな事例ではあるが、遺体を手ひどく痛めつけたり、ミサから帰る途中の若い娘に乱暴を働いたりといった、おぞましい蛮行にも及んでいる。それどころか、ファシストを棍棒で殴りつけて殺害したことさえある。だが、突きつめて考えるなら、これらはすべて、父祖伝来の怒りが暴発した結果でしかない。鞭で打たれつづけた背中が、ある日、絶望をきっかけにまっすぐに伸び、彼らもまた鞭をとった。何世紀も不当な取り立てに耐えてきた小作農が、満月が皓々《こうこう》と照るとある晩、グラッパの酔いに任せて、娘を犯した農場管理人の寝込みを襲い、喉をかき切り、干し草置き場に火を放ち、そのあとで首を吊る。社会主義者が暴力を振るってきたことは厳然たる事実であるにせよ、彼らの暴力はけっきょくは、こうした衝動的行為の仲間なのだ。社会主義の指導者たちは、武装した兵隊を通じて革命を組織するなどと吹聴してきた。ところが現実には、そんな部隊はどこにも存在しない。ムッソリーニは、イタリアの社会主義者のことなら知りつくしている。社会主義者の暴力は、かつても、これからも、かりそめの営為でありつづけるだろう。

フェンシングの練習場が、不意に騒がしくなった。編集部の使い走りが、カンノビオ通りから駆けつけてきたのだ。フェッラーラで惨事が起こったという。

見えない剣を握りしめ、熟考に沈んでいたムッソリーニは、使い走りの声を聞いて我に返った。詳細を話すよう求め、説明に耳を傾ける。

使い走りの報告は、おおむね次のとおりだった。社会主義者のフェッラーラ市長が開いた政治集会の会場周辺で、激しい衝突が起こった。アルピナーティを先頭に、約五〇人のボローニャのファシストが反対デモを先導していたところ、赤旗を掲げて集会に向かう看護師の行列から銃弾が放たれた。最初に発砲したのが誰なのかは判然としないが、ボリシェヴィキの銃弾は、先だって警察が爆弾を押収したエステンセ城の斜堤《しゃてい》からも飛んできたらしい。要するに、黒シャツにたいする「赤ども」の襲撃は、あらかじめ計画されたものだった。少なくとも三人のファシストが、凶弾に斃《たお》れたと見られている。

「アルピナーティは？」

「無事です」

頸筋が収縮し、神経が張りつめ、ムッソリーニはぐるりと体の向きを変えた。ロヴァニオ通りの新社屋の視察は、これで終わりだ。

ムッソリーニはトルペードに乗りこんだ。先ほどサルファッティが坐っていた助手席には、いまはミケーレ・ビアンキがいる。ファッショとジョリッティ首相の仲介役である、ミラノ県知事のルジニョーリが彼らを待っている。ダンヌンツィオをめぐるファシストの行動について、政府は保証を求めている。ミラノを一歩も動くつもりはないと、ムッソリーニは以前から請け合っていた。ところが先日、主筆は『ポポロ・ディタリア』の紙面で、フィウーメに砲門を開くと脅しをかけるジョリッティに厳しい批判を浴びせ、関係者を驚かせた。ルジニョーリ知事は確約を欲している。知事の望みは果たされるだろう。ジョリッティとの約束は守られる。論争的な紙面は、ダンヌンツィオに心酔するファシストを欺くための、目くらましでしかないのだから。

県庁に立ち寄ったあと、ムッソリーニはすぐにS３型トルペードで出発した。エンジンを吹かし、全速力で飛ばしていく。どんなときも、複数のテーブルで賭け、複数の前線で戦い、つねに動きつづけることが必要だ。このあとは「自動車クラブ」のホールを訪ね、「フィウーメおよびダルマチア軍団全国協会」の発足一周年を祝う会でスピーチをしなければならない。エリーザ・リッツォリ会長や、協会の後見役であるカルラ・ヴィスコンティ・ディ・モドゥローネ・エルバ伯爵夫人も参加する予定だ。彼女たちもまた、期待を裏切られることはないだろう。

今月二十日、ここフェッラーラでは、ボローニャのジュリオ・ジョルダーニ弁護士の死から三〇日が経過するのに合わせて、大規模な追悼集会が劇場で開かれます。われわれとしては、これを機に、市および県にたいし、われわれの力を余すところなく見せつけたいと考えています。当地のファシスト、およびその友人たちのために、二〇〇〇、あるいは三〇〇〇の記章を、いますぐに送ってください。こちらには、ただちに全額を送金する用意があります。繰り返しになりますが、可能なかぎり迅速な発送をお願いします。記章がどうしても必要なのです。フェッラーラのファッショがどれほどの力を有しているか、万人に、とりわけ敵対者に、思い知らせてやりましょう。

フェッラーラのファッショによる中央委員会宛ての書簡、一九二〇年十二月八日

イタロ・バルボ　フェッラーラ、一九二〇年十二月二十二日

一九一九年十一月の国政選挙では、フェッラーラ県の社会党は四三、〇〇〇票を獲得した。フェッラーラの有権者の四人のうち三人が、革命に票を投じたことになる。翌年、すなわち一九二〇年十一月の地方選挙では、反革命の政党連合による得票数は、県全体で七、〇〇〇にも満たなかった。ところが、それからわずか一か月後の十二月二十二日には、エステンセ城前の戦闘で社会主義者に殺害された三名のファシストの葬儀に、一四、〇〇〇人が参列した。力関係は逆転し、両陣営の勢いには日に日に差がついていった。

衝突の引き金となったのは間違いなく、アルピナーティがボローニャから引き連れてきた行動隊の襲撃だった。しかし、社会主義者は事前に、防衛の名目でエステンセ城に爆弾を持ちこんでおり、しかもそれが警察に発見されるという経緯があったために、ファシストは責任の所在を相手方に押しつけることに成功した。市民生活の自衛を謳うブルジョワの協会は、フェッラーラからジョリッティ首相に宛てて、不安のこもった電報を送った。「社会主義者に牛耳られた県庁舎、エステンセ城の塔の前でも、公職に就く人間が計画的かつ卑劣な仕方で、市民を殺害しています。ボローニャで行われた議会の捜査を、ただちにフェッラーラまで拡大することを要請します。敬具」

中央政府は贖罪の山羊《スケープゴート》を選びだし、すぐさま公職を解いた。「殺人犯の名前」について情報提供した者には、二〇、〇〇〇リラの報奨金が与えられた。ブルジョワやファシストの新聞は、今回の衝突を

「冷酷に計画された虐殺」と表現し、その責任者と目される人びとは厳しく迫害された。社会党のテミストクレ・ボジャンキノ市長や、ジラルディーニをはじめとする労働評議会の指導者は、外を出歩けばかならず、罵倒と脅迫の言葉を浴びるようになった。プロレタリアートの戦線は後退した。土地の社会党の機関紙『ラ・シンティッラ』は、休刊を余儀なくされた。プロレタリアートの犠牲者は無視された。衝突の際に命を落とした、社会主義者の闘士で看護師だったジョヴァンニ・ミレッラは、カトリック系政党である人民党の所属ということにされてしまった。

反対に、ファシスト側の死者は、自由のために没した「殉難者」として賛美された。衝突の犠牲になったのは、ボローニャ・ファッショの一九人目の登録者ナタリーノ・マニャーニ、ガイバーナの季節労働者ジョルジョ・パニョーニ、そして、ベルサリエーリの元中尉でフェッラーラのファシストの草分けでもあるフランコ・ゴッツィの三名だった。葬儀の場で、弁士は故人の勇気を讃えた。ゴッツィはフェッラーラ県全体で、たった五つしかファシストの団体を組織できなかった。同じ県では、一九二〇年に入ってから今日までに、「赤ども」が一九二回も干し草置き場を放火している。数十人で数千人の敵に立ち向かった男たちの勇気を、どうして讃えずにいられようか。この無名の男たちを称揚しよう、彼らは「友の無関心という氷、敵の傲慢という鉄を、先陣を切って打ち砕いてくれたのだ。だが、われらの嘆きで花輪を編むことはない。死者は生者の傍《かたわ》らを行進している」

荘厳で、雄大で、深く記憶に刻まれる葬儀だったが、死者を埋葬することは考えていなかった。むしろ説教も、メア・クルパ〔「わが罪により」を意味するラテン語句。ミサの始まりに唱えられる〕も、主の祈りも、ずらりと居並ぶ参列者も、葬儀のすべてが、死者を埋葬しないように求めている。彼らの墓の上に、どうか大地が落ちませぬよう。大切なのは、死者を悼むことではない。死者の怨みを晴らすことが、生者に課せられた使命なのだ。

葬送行列が終わると、約千人のファシストはそれぞれ自分の隊に戻り、整然とした列を作って、ファシスト讃歌を歌いながら中心街へ続く道を引き返していった。大ブルジョワもプチブルも、みなファシストのために道を開け、喝采を送った。そこにいるのは企業家、工場経営者、商売人、商店主、小規模土地所有者、小作農、折半小作農、企業社員、自由業の専門家、職人たちだった。労働者階級に見捨てられ、けだるい眠りにまみれていたフェッラーラの中心街が目を覚ました。広大な農業帝国に寄生する都市は、プチブル的な怠惰に別れを告げた。あと二日でクリスマスだ。今年のカッポン・マグロ〔ピラミッド状に盛った野菜と魚のサラダ。クリスマス・イヴに供されることが多い〕は、例年とは違った味わいがすることだろう。

ファシストの「殉難者」の葬儀に参列した無数の人びとのなかに、とくに名を知られているわけでもない、アルプス歩兵旅団の大尉がいた。背が高く痩身で、精悍《せいかん》な体つきをしている。県の小学校の優秀な教師を父に持つ、二十四歳の青年だ。フェッラーラの名門、アリオスト高等学校に学んだものの、成績不良と素行の悪さが相俟《あいま》って放校となった過去を持つ。少年時代から、その情熱はつねに政治へ向けられていた。マッツィーニやフォスコロの思想に心酔する熱烈な共和主義者で、アルバニア人民の自由を支援するための部隊を組織していたガリバルディの孫に合流すべく、十六歳のときに早くも家を飛び出している。父は息子を連れもどすために、わざわざ警察の友人の手を借りなければならなかった。

少年から男になると、今度こそ戦地に赴き、輝かしい功績を立てた。グラッパ山の最終戦では、突撃大隊の指揮にあたった。敵の塹壕を攻略したあとで窮地に陥り、まる一日死んだふりをして難を逃れたこともある。戦時の功績により、銅メダルをふたつ、銀メダルをひとつ授かっている。一九二〇年五月に軍を除隊になると、フリウリ地方の中央に位置する小さな町ピンザーノ・アル・タリアメントに配属され、ほかの予備役の将校たちと同様に、県の行政委員の職に就いた。彼はそこで、エマヌエーラ・フロリオという女性と恋に落ちた。エマヌエーラはダルマチア地方の生まれで、実家はフリウリでも指折りの富豪だった。父親のフロリオ伯爵は、どこの馬の骨とも知れない文無しとの結婚に反対した。しかし、アルプス歩兵旅団の勇猛な大尉に、撤退という選択肢はなかった。このときも、エマヌエーラに会うために、タリアメント川の岸辺に戻る旅の最中だった。途中でフェッラーラに立ち寄ったのは、クリスマスの時期を何日か、生まれ故郷で過ごそうと考えたからだ。十二月二十二日の、「殉難者」の葬儀に居合わせたのは、ほとんど偶然のようなものだった。硬く扱いづらそうな髪が額を覆い、豊かな黒いあごひげをたくわえている。イタロ・バルボという男だった。

胸を打つ葬儀が、われわれの肉体と忠誠にさらなる力を与えました。われわれの死者のために、かならずや、正当きわまりない復讐が果たされることでしょう。われわれはひとつです。いまも、これからも、血のなかで、苦しみのなかで、勝利のなかで。わが手に勝利を!

フェッラーラ・ファッショの創設者A・デル・ファンテによる、ミラノ宛て書簡、一九二一年十二月二十二日

ベニート・ムッソリーニ　ミラノ、一九二〇年十二月二十四日

「ここで罪が犯されようとしている。配下の兵を率いて各地の県庁に攻めこみ、警察を襲う用意はできているか？」

フィウーメからミラノへ届けられた書簡には、包囲された者たちの悲痛な叫びが記されていた。ミラノは二日前から霧に包まれていた。ここ一年で、もっとも厳しい冷えこみだった。歩道沿いの駐車スペースに停められた車の屋根に、樹氷の薄片がはらはらと舞い落ちる。クリスマス・イヴのこの日、ムッソリーニが戦闘ファッショの事務局に入っていくとき、ダンヌンツィオの手紙はジャケットの内ポケットに入れられていた。

ダンヌンツィオの手になる絶望に彩られた書簡は、今朝方、バリスティ大尉が直々に持参してきた。フィウーメ司令部の将校であるバリスティは、夜通し旅を続けたすえにミラノに到着した。じきに、フィウーメからイタリアへの通信手段が遮断されることを知った司令官は、十二月二十三日の晩、腹心の配下たちを最終の汽船に乗りこませ、各支援者のもとへ派遣したのだった。もはや、ジョリッティがいつフィウーメ襲撃の命令をくだしてもおかしくはない。ダンヌンツィオの手紙はムッソリーニに、どうか約束を守ってほしいと必死に訴えかけていた。非道な「兄弟殺し」が実行に移された場合は、配下のファシストを率いて蜂起すること。ほかに誰もいない場所で書簡に目を通してから、ムッソリーニはダンヌンツィオの使節に向かって吐き捨てた。

「そちらの詩人は偉大だ。だが、気が触れている。われわれはすでに警察から目をつけられている。連中がファシストの検挙に踏み切るのも時間の問題なんだぞ」

フィウーメの命運は風前の灯《ともしび》であり、ミラノの会議の結論は曖昧だった。ファッショの指導者の家庭では妻や子供が、クリスマス・イヴの食卓を整えて父親の帰りを待っている。

アドリア海の北岸では、最後通牒の提示と延期が繰り返されていた。すでに十二月のはじめには、ローマの中央政府から使節団が派遣され、ラパッロ条約の受け入れを促していた。使節団の団長であるカヴィリア将軍は、条約を蔑《ないがし》ろにする形で占拠されているヴェリアとアルベを早く解放するよう、ダンヌンツィオに厳命した。十二月二十日、カヴィリア将軍の新たな最後通牒がダンヌンツィオのもとに届けられた。条約により認められたフィウーメ国家の領域内に軍団を撤退させるため、将軍はダンヌンツィオに四八時間の猶予を与えた。並行して、フィウーメに通じる陸海を封鎖する指示も出されていた。

最後通牒を突きつけられたダンヌンツィオは、声明で対抗した。二四時間のうちに、じつに三つの声明を発表した。十二月二十三日付の第一の声明は、フィウーメのイタリア人、すなわち、「英雄的な兄弟」を包囲している、イタリア海軍の兵士たちに宛てられたものだった。「祖国はいま、きみたちのひとりひとりが、命令に背くことでみずからの務めを果たすものと信じている」。二つ目の、より短い声明では、詩人は憂鬱に身を任せた。フィウーメは売られた。抵抗すること。そして、必要とあらば死ぬこと。それだけが、すべての人びとに課された使命だ。三つ目の声明は、ふたたび「兄弟を包囲する兄弟」に宛てられていた。破れかぶれになった詩人は、兵士たちの母親を駆け引きの道具に使った。もし、カヴィリア将軍配下の兵士が、フィウーメのイタリア性を守らんとする同胞に引き金を引いたのなら、兵士の母親たちは――情緒的な脅迫を期待された盲目の易者が、水晶の表面を撫でまわしながら確言したところによれば――彼らを勘当するだろう。「私は、そんな子を産んだ覚えはありません」

ここ数日はムッソリーニも、ミラノで多くの記事を書いてきた。ダンヌンツィオの執政府を公的に承認するようジョリッティに勧告し、フィウーメの都市封鎖に激しく抗議し、そしてとりわけ、フィウーメ軍団にたいする軍事行動の開始が迫っているという観測を受けて、苛烈な非難の言葉を書き連ねた。『ポポロ・ディタリア』主筆は紙面を通じて、イタリアの兵士にイタリア人の軍団への攻撃を命令することは取りかえしのつかない過ちであると叫び、フィウーメの都市封鎖は「野蛮な無理強い」であると断じ、中央政府の振る舞いは恐るべき帰結をもたらすと脅しをかけた。それでも、最後はつねに、血が流されることはないだろうという希望的観測をもって論説を締めくくった。

すでに印刷所にまわしてある、二十五日付の新聞の紙面でも、ムッソリーニはこの確信めいた観測を繰り返していた。同時に、いつもどおりふたつのテーブルで賭けをしながら、ファッショの創設者はジョリッティ首相を安心させようと努めていた。ルジニョーリ知事との面会では、詩人のはた迷惑な行動に同調する気はないと断言した。仲介役の知事は、面会の内容を逐一首相に報告した。「あれは見せかけです。ムッソリーニが新聞に書いていることは、あくまで見せかけです」。ファッショが動くことはない。道は開かれている。

十二月二十四日に開かれた、ミラノ中央委員会の秘密会合は、とくに紛糾することもなく滑らかに進行した。「健全な現実主義」、「国家の指針」、「より穏健な勧告」といった表現が繰り返され、常識を尊ぶことが確認された。妥協を是とする空気を感知したムッソリーニは、フィウーメ問題は目下のところ、自分にとって最重要の課題ではないことを打ち明けた。ファシズムは、対外的な政治において強硬を貫くべきではない。採るべき道は別にある。国内政治こそ、ファシズムの戦場なのだ。

抵抗を示したのは、トリエステのファシストだけだった。だが今日はクリスマス・イヴだ。町に立ちこめる霧が結晶となり、ドゥオーモの尖塔がくすんだ外套に覆われる。いまではもう、ミラノ市民の大半は、フィウーメの司令官を誇大妄想狂と見なしていた。家に帰れば、鶏のブイヨンがぐつぐつと煮えたっていることだろう。ダンヌンツィオの最後の手紙が、ムッソリーニのジャケットの内ポケットから取り出されることはなく、絶望の叫びはけっきょく、ファシストの耳に届かずに終わった。

午後五時、イタリアの正規軍によるフィウーメへの攻撃が始まったとき、ファッショ中央委員会の秘密会合はすでに終わり、男たちは家路を急いでいた。われらが主イエス・キリストの聖なる降誕日を、家族とともに祝わなければいけないから。

ムッソリーニと面会。ダンヌンツィオの行動にはまったく賛同していない由。新聞でフィウーメ執政府の承認を勧告したのはなぜかという問いにたいしては、かかる承認により、併合の選択肢を排除したまま現今の対立を解消できるからとの答え。なんにせよ、自分としてはそのようにしか書きようがなかった、さもなくば同志から裏切り者と見なされるとのこと。

ミラノ県知事アルフレード・ルジニョーリによる　ジョヴァンニ・ジョリッティ首相宛て書簡、一九二〇年十二月二十日

わが軍への恭順を拒む者は誰であれ圧倒し、全戦線においてただちに前進せよ。可能なかぎり短時間でフィウーメに入ること。祖国を救い、その名誉を守ることが作戦の目的である。町を占拠するまで、攻撃の手を緩めてはならない。

イタリア政府がエンリコ・カヴィリア将軍に下した命令、一九二〇年十二月二十四日

ガブリエーレ・ダンヌンツィオ　フィウーメ、一九二〇年クリスマス

司令官はもう、それまでの彼ではなかった。攻撃が始まってからというもの、アフリカで蜃気楼に見惚れるように、じっと遠くを見つめていた。敵襲の報せが司令部にもたらされたのは、十二月二十四日の午後六時ごろだった。軍団の監督官であるヴァリアシンディ少佐は、敵兵にたいする発砲の命令を司令官から引き出すのに一時間も費やした。そうこうする間に、カントリダ周辺に展開していた最前線の守備隊は包囲され、軍団の兵士たちはイタリア王国正規軍の兵によって捕虜にされていった。

ダンヌンツィオは何週間も前から、もしものときは死ぬ用意があると言明していた。フィウーメを守る軍団兵は、もう五〇〇〇人しか残っていない。いまの彼には、希望ではなく死こそが、最後の女神のように映っていた。ところが、ヴァル・スクリーニャから海上へいたるまでの複数の前線から、アルプス歩兵旅団と憲兵隊の精強な部隊が攻めこみ、何度も口にしてきた死がほんとうにもたらされようとしているいま、司令官はためらい、そしてそれ以上に、戸惑っているように見えた。では、フェルト帽の赤い飾り房に、珍妙な黒い羽根を挿した男たちの隊列が、死の運び手というわけか？

戦闘は避けるようにと指示を受けていたフィウーメの軍団が、都市の最終防衛線まで部隊を後退させていたにもかかわらず、正規軍は容赦なく怒濤の攻めを展開した。イタリア人の同胞愛を喚起する悲壮なポスター――「兄弟よ、大いなる惨事を避けようと望むなら、この境界を越えてはいけない」――は無視された。それでも、ついにダンヌンツィオから開戦の命がくだると、軍団は防衛線のほころびを修

復し、反撃を加えることにさえ成功した。急襲は無効化された。夜が更ける前に、フィウーメ周辺の防衛線は再構築された。

攻撃が退けられたことを知ると、正規軍全体の司令官であるフェッラリオ将軍は、クリスマスを迎えてからの作戦再開を見越して、砲兵隊の大がかりな投入を決定した。しかし、作戦の陣頭指揮を執るカヴィリア将軍は、ダンヌンツィオの兵士たちが改心するのを期待して、二十六日の夜明けまで停戦とした。生と死の裂け目のあいだで二四時間を過ごすうち、詩人は霊感を取り戻し、トリエステとヴェネツィアの住民に向けた声明文を協力者に手渡した。「罪は犯された。フィウーメの大地は、同胞の血で赤く染まっている……夜、われわれは負傷者と死者を担架で運んでいる。一対一〇、一対二〇の情勢下で、必死の抵抗を繰り広げている。フィウーメの土を踏もうとするなら、われらの亡骸を踏み越えていくしかない……世界の前で永遠に面目を失ったイタリアは、叫びをあげないのか？　手を差し伸べないのか？」

しかし、イタリアはクリスマスの昼食のテーブルについており、乾杯の掛け声を除けば、いっさいなんの叫びもあげなかった。トリエステにおいてのみ、フィウーメを支援するための暴動が起きた。民衆のじゅうぶんな参加が得られなかったこともあり、暴動は早々に鎮圧された。

十二月二十六日午前六時五〇分、イタリア軍は攻撃を再開した。砲兵隊の射撃に作戦の軸を置き、軍団が防衛している区域の中央部分に火力を集中させる。目論見はまたも崩れた。防衛線は撓《たわ》んだものの破られることはなく、フィウーメ軍団は大砲を奪いとって反撃し、正規軍の兵士を捕虜にした。市中に入るには殺戮《さつりく》に訴えるしかないことは、昼前には明らかになっていた。

カヴィリア将軍は正午、フィウーメ港付近に停泊中の軍艦「アンドレア・ドーリア」を指揮するシモネッティ提督に、市内の軍事施設を標的にして砲門を開くよう命令した。

声明を執筆していたダンヌンツィオは、ふたたび放心し、無気力になり、謎めいた心的空白によって、どこか遠くへ引きずられていった。ひとり閉じこもっていた司令室からバルコニーへ出る。一年以上も、世界へ向けて語りかけてきたこの場所で、詩人はいま、水平線の彼方に溶け去ろうとしている。海岸から八〇〇メートルしか離れていないアンドレア・ドーリアの艦上で照準器を覗いていた砲兵は、望遠レンズの先に司令官の姿をはっきり捉えた。詩人は室内に戻り、バルコニーのフランス窓を閉めた。それから数秒後、一五二口径の砲弾が二発、建物のファサードに命中して爆発した。破片のひとつが、司令室の窓の額縁に直撃した。ダンヌンツィオはひじかけ椅子の上で腰を浮かし、上半身を前に折った。激しい爆風を受けて、額をしたたかに机に打ちつける。天井から降ってきた石灰片を浴びて、首筋に軽い傷を負った。三人の将校が駆けつけてきて、ダンヌンツィオを司令室から引きずりだした。玄関前の大広間の床で、機関銃の射手が転げまわっていた。砲弾の破片に、背中の肉をごっそりと抉《えぐ》られている。ダンヌンツィオを救助した将校たちは、半死人にかかずらうのは時間の無駄だと判断した。

どちらの陣営に属すにせよ、砲撃があらゆる幻想を打ち砕いた点は変わらなかった。ダンヌンツィオは目を覚ました。砲弾は瞬く間に、陰鬱な無気力を怒りに満ちた復讐心へ変貌させた。司令官は命令した。恥ずべきイタリアへの報復として、フィウーメ港に停泊する戦艦「ダンテ・アリギエーリ」に魚雷を発射せよ。この命令は実行されなかった。

同じころ、市中では詩人が死んだという噂が広まっていた。ところが、詩人は現実には生きており、この局面にいたるに及んで、生きつづけようという意志が芽生えた。怒りに駆られ、詩人はまたしてもペンをとり、攻撃が開始されてから二本目の声明文に署名した。「おお、イタリアの卑怯者どもよ。いまなお私は生き、不屈の闘志を燃やしている」。たんに正義のために立ちあがらないだけでなく、そうした振る舞いを恥ずかしいとすら感じない民衆に、詩聖は呪いの言葉を吐きかけた。彼はこれまで一〇〇回も、微笑みとともにみずからの生を差しだしてきた。しかしいまではもう、そんなつもりは毛頭なかった。詩人はきっぱりと宣言した。昨日までは、わが身を犠牲に捧げるつもりだった。だが、もうお断りだ。

それはおそらく、ガブリエーレ・ダンヌンツィオの長く、燃えさかるような生涯を通じて、最初で最後の経験だっただろう。不意に、なにもかもが、ばからしく思えてきたのだ。どうか私を責めないでほしい。善意だけではどうにもならないことがある。政府が無慈悲な決断をくだし、祖国の英雄を殺そうとしているときでさえ、クリスマスの宴からほんのいっときも気を逸らすことのできない民衆のために、どうやって犠牲になれというのか⁉　いかなる英雄的な死も、イタリア人にとってはなんの意味もない。酒場で喧嘩になったときには、相手の喉をかき切るためにすぐさまナイフを取りだす連中が、イタリアのためには指一本も動かす気にならないらしい。「イタリア」とかいう地理的・政治的な抽象概念は、お喋りの素材にも、笑いの種にも、酒の肴《さかな》にもなりはしない。こんなからっぽの言葉を夕食の席に招いたら、せっかくの食事が台なしになるだろう。

その後の四八時間に、中心市街が軽微な砲撃にさらされた。一般市民からひとりの死者と、複数の怪我人が出た。十二月二十八日の朝、フェッラリオ将軍はフィウーメ軍団が降伏するにあたっての条件交渉を拒絶し、砲撃を強化すると脅しをかけた。市民の代表はダンヌンツィオに、降伏を懇願した。司令官は権力を手放した。「ロンキの夜にそうであったように、私はいまも軍団の長《おさ》だ。勇気のほかには、もうなにも手元に置いておくつもりはない……この英雄的な町に、破滅と全面的な死を押しつけるわけにはいかない……九月十二日に託された権限を、フィウーメ市長、および、フィウーメ市民の手に返そう」。戦火が散った一週間を通じて、「戦う詩人」はほとんど執務室から出ることはなく、前線の兵士のもとへは一度たりとも駆けつけなかった。詩人はずっと、壁に映る影でしかなかった。

十二月三十一日午後四時三十分、両陣営の代表者がアッバツィーアにて、フィウーメ軍団の完全な動員解除を取り決めた協定に署名した〔「アッバツィーア」は、クロアチアの都市オパティヤのイタリア名〕。それに続く数時間、刻一刻と午前零時が近づくなか、ガブリエーレ・ダンヌンツィオは未来を見ていた。もうじき、苦痛と戦慄の一年が終わる。もうじき、新しい一年が始まる。それはすでにわれわれのものだ。次の一年はわれわれのものだ。

月桂冠に飾られた頭蓋骨が浮かびあがる。髑髏《どくろ》はむき出しの歯に短剣を咥《くわ》え、深い眼窩から未知をじっと見つめている。

今宵、死者と生者は同じ相貌を獲得し、同じ身ぶりを示すだろう。

未知《アノイ》とは、誰のものだ？

われわれだ！

ベニート・ムッソリーニ　ミラノ、一九二〇年十二月三十一日

　クリスマスは廃止した方がいい。休暇期間のすべてを、食卓で過ごす時間のすべてを、料理のすべてを廃止しよう。むずかる子供も、お喋りに興じる妻たちも、たるんだ腹部も、みんなまとめて屑籠に放りこめ……こんな日々を過ごしていたら、男は衰弱し、水で戻した干鱈のようにぐにゃぐにゃになってしまう。クリスマスの休暇を家庭で過ごせば、一〇日で一年分は老けこむだろう。もし決定権が自分にあるなら、クリスマスを廃止することに一片の迷いもなかった。

　クリスマス当日、ムッソリーニ家の面々は三時間以上も昼食の席についていた。一連隊の飢えをも満たすパスタのオーブン焼きであろうとも、家族が一〇人いればきれいに平らげていたに違いない。妻のラケーレは、夫がコヴァ〔十九世紀はじめに創業された、ミラノの老舗菓子店〕で買ってきたパネットーネだけでは飽き足らず、手作りのケーキまで用意していた。それは、女性雑誌の勧めのとおりに、「芸術的に」粉砂糖が振り撒かれ、円形に切り抜かれたカートン紙に載せられて食卓に供された。食事のあとは、小さなエッダが歌うクリスマスの童謡やら、弟のアルナルドによるイエス・キリストへの感謝の祈禱やらに耳を傾けなければならなかった。

　しかし、一九二〇年十二月三十一日、サン・シルヴェストロの祭日の午後は、ムッソリーニは心穏やかに、若い愛人チェッカートの、ドゥオーモのそばの家で過ごすことができた。十月末に子供が生まれたあと、ムッソリーニはピエトロ・ヴェッツリ通り一番地に立つ住居を手配し、六か月分の家賃一二〇〇

リラを先払いしたうえでチェッカートにあてがった。チェッカートとその母親、そして、小さなグラウコの三人暮らしだった。この名前は、『イーリアス』に謳《うた》われるグラウコスに由来する。船団を守るためアカイア人によって建てられた壁を、サルペドンとともに襲撃した英雄だ。

瞳も髪も、父に似て黒ずんでいたものの、戸籍には母親の姓しか記載されていなかった。「グラウコ・チェッカート、父親不詳」。なんにせよ、ムッソリーニが会いにくると、ビアンカは幸福に顔を輝かせた。靴を並べ、ひじかけ椅子でくつろぐように勧め、いまの生活についてはなんの不満も口にしなかった。

しかもこの日は、新年をともに祝うために、グラウコの父親は菓子とスプマンテまで持参してくれた。家族のために、少しでいいからバイオリンを弾いてほしいと頼みこみ、チェッカートはムッソリーニをいい気にさせた。父親が弾くバイオリンほど、小さなグラウコの心を落ち着かせるものはないのだと言っている。彼は喜んで弓をとった。家と娼館、妻と娼婦のあいだを行き来するような時間はもうなかった。来年には三十八歳になる。もう、商売女に入れあげるような歳ではない。一方で、一家の誠実な父親にも、生の喜びを放棄しないでいる権利が——そしておそらく、義務さえもが——あるはずだ。

それに、彼が休息を求めるのも無理はなかった。ここ最近も、相変わらず過酷な日々が続いていた。十二月二十七日、ファッショの執行委員会は、フィウーメにたいする政府の軍事行動を弾劾する公式声明を発表すべきだと強硬に主張した。この動議にはムッソリーニだけが反対し、けっきょくは圧倒的な賛成多数で可決された。それでも翌日、ムッソリーニは新聞の読者のために、ダンヌンツィオを擁護する火を噴くような記事を発表した。「犯罪だ！」と題されたその記事には、おびただしい数の感嘆符が用いられていた。いずれにせよ、フィウーメはもう、流れ去った水でしかない。イタリア人は顔を背け、フィウーメの運命を直視しないようにしていた。さしものダンヌンツィオも、からっぽの客席を前にしては、芝居の上演を続けることはできなかった。

反対に、ファッショの劇場の客席は、驚くべき速さで埋まりつつあった。ウンベルト・パゼッラはようやく、登録者の数について嘘をつかなくて済むようになった。十、十一月の会員証の販売数は一〇六五だったが、ボローニャとフェッラーラの惨劇を受けて、十二月の販売数は一〇、八六〇に跳ねあがった。いまやイタリア全国に八八の支部が存在し、登録者の合計は二〇、〇〇〇人になる。ボローニャだけでも、十一月のはじめには数十人だった登録者が、すでに二五〇〇人に達していた。さらには、あらゆる業種の労働組合が、社会党の労働評議会を見限りはじめていた。わずか数週間のうちに、市役所および県庁職員、税務署員、大学教授、少し間を置いて自治体警察官、学校教師、慈善事業団体の職員といった人びとが、労働総同盟の会員証をびりびりに引き裂いて、ファシストの会員証を取得した。ファシストの行動隊が広場で赤旗を燃やすたびに、何百人ものプチブルがファッショの事務所の前で列を作った。成果は目ざましく、ファシズムは伝染病を思わせる勢いで拡散していった。それは新しい人びと、未知の人びと、一年前のムッソリーニなら、いっしょにコーヒーを飲むことさえ考えられないような人びとだった。戦前は政治に無関心で、右でも左でも、はては中道でもなく、赤くもなければ黒くもなかった、勤め人や商店主の群れだった。いまも、これからもずっと、灰色の領域で動きつづける人びとだ。だが、彼らはもはや傍観者ではない。そうとも……観客は変質したのだ。

ときには、フェッラーラでそうであったように、たんなる不作が恐慌の引き金になることもある。なんとすばらしいのだろう、この恐慌というやつは。まさしく歴史の産婆ではないか！　チェーザレ・ロッシはしきりに、ファッショが立脚すべき奇跡的な物々交換について力説した。恐れを憎しみと交換すること。新たなファシストは、昨日まで社会主義の革命を恐れ震えていた人びとだ。恐れながら生き、恐れながら食べ、恐れながら飲み、恐れながら寝床についていた人びとだ。寝ている最中、小さな子供のようにすすり泣き、「あなた、どうしたの?」と妻から訊かれると、洟をすすりながら「なんでもない。なんでもないんだ。もう寝ろ」と返事をしてきた男たちだ。いま、株式市場では乞食たちが、苦悶という重金属を、深甚な憎悪という高額紙幣と交換しようとしている。

憎しみをたぎらせたプチブルの集団。これこそ、ファシストの軍隊を構成する人びとだ。戦争を投機に利用した大資本によって零落させられた中産階級。平凡な日常生活と引き換えに部隊の指揮権を失ったことに耐えられない若手将校。農夫の娘がぴかぴかの靴をはいているのを見ると、耐えがたい侮辱を受けたような気になる小役人。カポレットの敗戦後に小さな土地を購入し、それを守るためなら人を殺すことも辞さない覚悟の折半小作農。恐慌をきたし不安の沼に引きずりこまれている、善良かつ高潔なすべての市民。強い男に服従し、しかも同時に、無防備な隣人を屈服させたいという、自身の内奥から湧きあがる抑えがたい欲望に身を震わせているすべての人びと。こうした男たちは、足蹴にする相手を用意してもらえるなら、新しい主人が誰であろうと、喜んでその靴にキスするだろう。

小さなグラウコは寝入っている。バイオリンの音色のおかげで、心が落ち着いたらしい。モンテナポレオーネの方角へ向かう自動車を別にすれば、ピエトロ・ヴェッリ通りにはほとんど往来がない。嵐の前の静けさだ。あと数時間もすれば、ミラノのどこにいようとも、集合住宅の住居と住居をつなぐ階段の踊り場で、ベンガル花火が焚かれる光景が見られるだろう。そうして祭りが始まり、まっさらな一年の幕が開くのだ。

ファッショの創設者は、弓形の古いガラス窓のなかに、自分の姿を見てとろうとした。だが、ガラスの先の自分は、うまく像を結ばない。彼が創始した運動は、ほんの二年足らずのあいだに思いもよらない拡がりを見せ、他者の思考、なじみのない生の荘厳さをまとって、彼のもとへ帰ってきた。

だが、実際のところ、この連中は何者なのか? 今日の今日まで、いったいどこに隠れていたのか?

突然に棍棒を手にとった大量の日和見主義者の生みの親が、ムッソリーニであるなどとは考えられない。戦争がこいつらを生んだのか？　それも違う。率直に言うなら、戦争でさえ、万物の父親にはなれない。エミリア街道沿いに増殖し、労働評議会に火を放つよう数千の郵便局員を誘導しているウィルスは、平和な時代にすでに潜伏していたのだろう。そうに決まっている。この連中は、戦争を通じて生まれ変わったのではない。戦争はただ、本来の姿を取り戻させただけ、かつてそうであったものに戻しただけだ。ファシズムはおそらく、拡散するウィルスの宿主ではない。むしろ、このウィルスに寄生する客人と言うべきか。

事を急き立て、駆り立てなければならない。すべてはそこにかかっている。来年には、レフェリーの役がまわってこないともかぎらない。どうやら、革命を成し遂げるのは共産主義者ではなく、郊外のマンションに２ＤＫの住居を所有するプチブルということになりそうだ。

一九二二年

ニコラ・ボンバッチ　リヴォルノ、一九二一年一月十六‐十七日
ジャコモ・マッテオッティ　フェッラーラ、一九二一年一月十八‐二十二日

一九二一年一月十五日午後二時、リヴォルノ――風光明媚な海水浴場と温泉施設で知られる観光地――にて、イタリア社会党第一七回党大会の開会式が行われた。暫定議長のジョヴァンニ・バッチは開会の辞のなかで、一九一九年のスパルタクス団蜂起〔「スパルタクス団」はドイツ社会民主党の左翼急進派グループ。一八年末にドイツ共産党に発展、一九年一月にベルリンで武装蜂起したが、エーベルト政府に鎮圧された〕を、胸を震わせながら回顧した。議長の式辞に続けて、フランチェスコ・フローラ書記が、共産主義インターナショナル執行部からの挨拶文を、イタリア語の翻訳で読みあげた。モスクワでは、改良派の同志や、改良派の排除にいまだ抵抗を示しつづける党員にたいし、苛烈な攻撃が加えられているとのことだった。この日の大会では、昼食の直後から、イタリアのプロレタリアートの悲劇が始まった。

開会の挨拶でありながら、すでにして最終宣告であるようなその言葉を、ニコラ・ボンバッチは、ゴルドーニ劇場の左側のボックス席で聞いていた。周りには、総計五八、〇〇〇人の党員から信任を得た、共産主義派の議員が集まっている。参加者の席の配置は、党派の対立状況をそのまま反映していた。共産主義派が左側のボックス席を陣取っているのにたいし、一〇〇、〇〇〇人の党員から支持を集める強力な「中道勢力」は一階の舞台正面席を、一五、〇〇〇人の支持者がいる改良派は右側のボックス席を占めていた。大会はまだ始まったばかりなのに、勝負はすでに決したかのようだった。意気を阻《そ》喪《そう》させる重苦しい空気が、劇場全体にずしりとのしかかっている。

共産主義インターナショナルは、昨年七月に開かれた党大会で、異論をいっさい受けつけない二一箇条を採択した。それは、プロレタリア統一の棺に打ちこまれた、二一本の釘のようなものだった。結果として、イタリア人がインターナショナルに留まるためには、党を改名し、社会主義は信じているが革命は信じていないすべての同志を、反革命の徒として絶縁しなければならなくなった。ところが、工場占拠の挫折を目の当たりにしたうえで、いまなお革命を信じているイタリア人といえば、ボンバッチとその取り巻きくらいのものだった。セッラーティ書記長が率いる党の最大派閥「最大綱領派」にしても、口ではいまだ革命を唱えているとはいえ、内心ではその実現を諦めていた。指導層が革命に見切りをつけている一方で、外側に目を転じるなら、イタリアの社会主義はなおも拡大していた。昨年十一月の地方選挙では、社会党は二一六二の自治体で議会多数派となる劇的な勝利を収めた。現在、国会議員は一五六名、党員は二一六、〇〇〇名、支部は二年間で三倍増の四三〇〇を数えるようになった。機関紙『アヴァンティ！』の一日当たりの発行部数は、じつに三〇〇、〇〇〇部を超える。外では、イタリアのプロレタリアートはまだ、英雄的な努力を捧げる用意がある。ところが中では、リヴォルノのゴルドーニ劇場の内部では、党派の軋轢《あつれき》に侵食され、出口の見えない内部抗争に明け暮れていた。

十六日午前には、インターナショナルの代表団のひとり、クリスト・カバクチェフが演説した。このブルガリアの共産主義者は、蝶ネクタイに近視用の小ぶりな丸眼鏡という出で立ちで、イタリアの同志に最後通牒を突きつけた。もはや一刻の猶予もない。時代が革命を欲している。ゆえに、生ぬるい改良主義者と足並みを揃えて革命を阻む輩《やから》は、誰であれ裏切り者だ。党内結束を求める最大綱領派の動議に賛成票を投じた者は、モスクワのコミンテルンによって除名されるだろう。ボンバッチや共産主義派はカバクチェフの言葉に拍手を送ったが、劇場に居並ぶそのほかの党派からは、皮肉交じりの怒声が上がった。「多数派を破門するときたか！　教皇《パパ》、万歳！　パパ、パパ、パパクチェフ、万歳！　われわれは下僕ではない、教皇の使節なぞに用はないぞ！」要するに、三つの舞台にわかれて、めいめいが好き勝手に曲芸を演じているだけだった。

　翌十七日も、剣呑な空気のなかで、改良派と革命派、統一派と分離派、左右それぞれの強硬派、議員と組合の活動家が論争を繰り広げた。日も暮れるころになって、シチリアのサンディカリストであるヴィンチェンツォ・ヴァチルカが、発言を求めて壇上に立った。十六歳のときに早くもラグーザで農村同盟を組織し、これまでイタリアやアメリカでたびたび暴行の標的にされながら、その都度危難を免れてきた人物だ。ヴァチルカは南部の日雇い労働者階級の言い分を熱っぽく擁護し、聴衆から広い共感を得た。ところが、夕食の蜃気楼がちらつき、会合の空気が弛緩しはじめたころ、思考の自由と行動の結束の名のもとに、ヴァチルカはモスクワの行動方針の批判に着手した。日雇い労働者の敵であるシチリアの大土地所有者からしてみれば、共産主義と社会主義のあいだに違いはない。労働者や農夫の運動が激しい反発にさらされているのは、あえて言うなら、無駄に暴力を称揚してブルジョワの弾圧を誘発している、お喋り好きな同志たちの責任である。悪いのは、「ポケットナイフの革命家たち」なのだ。

　観念的な規範によって組み上げられた牢獄のなかへ、不意に、現実の息吹が入りこんできた。ゴルドーニ劇場は、突如として、静寂に包まれた。名指しこそしなかったが、ヴァチルカが誰のことを言っているのかはあまりにも明白だった。これは、個人を標的とした嘲笑だ。昨年十月に公表されたインタビューのなかで、ニコラ・ボンバッチは、「労働者のキリスト」は、暴力について話を振られた際、温和で誠実な男にふさわしく、「ポケットナイフの使い方さえわからない」ことを言明していた。

　ボンバッチへの嘲《あざけ》りがより棘を含んだものになるように、ヴァチルカは上着のポケットから小さなナイフを取りだし、相手を挑発するような、虚仮《こけ》にするような態度で、ゆっくりと刃を広げた。束の間、党派の対立は解消された。劇場にいる全員が、左側のボックス席の方を振りかえり、栗色の柔らかなひげに包まれた「ロマーニャのレーニン」の顔を見つめた。

ニコラ・ボンバッチは、客席から押し寄せる恥辱の激流に煽られて、勢いよく立ちあがった。怒りに震えているものの、どうしたらいいのかわからない。

「おい、これを。あいつに思い知らせてやれ」。モスクワの方針に同調している共産主義派の領袖《りょうしゅう》ウンベルト・テッラチーニが、ボンバッチの背後から耳元にささやきかけた。下の方で、まわりから見えないように、拳銃を持った手を伸ばしている。

生涯を通じて一度も武器を手にとったことがないニコラ・ボンバッチが、拳銃をつかみ、ボックス席から身を乗りだす。人を愚弄《ぐろう》し、糾弾するために、なおも腕を伸ばしたまま演壇で固まっているヴァチルカに、ボンバッチは銃口を向けた。

「これはポケットナイフじゃないぞ。貴様でもわかるだろう！」

極度の興奮状態に陥ったボンバッチは、侮辱に喉を締めつけられながらも、ホール全体に響く声で叫んだ。舞台周辺では、代表団の面々が椅子の下に身を投げている。バラ色の、ふっくらとして柔らかそうな手が、拳銃の重みで揺れている。

まだ火を噴かないうちに、銃は下に置かれた。ボンバッチはボックス席の暗がりにくずおれた。悲劇は笑劇《ファルス》に落ちぶれた。

異なる党派への憎しみ。規範への隷従。観念的盲目。形式的な問題をめぐっての、論理的整合性のみを争う舌戦。けっして解消されることのない個人的対立関係。激動する社会情勢や、夜明けの約束にたいする不感症。

金属音を響かす車輪が、これらすべてを粉々に挽いていく。列車は河口の方角へ向けて、ポー平原を走っている。目的地はもうすぐそこだ。耳をつく蒸気の音が、党大会で飛び交った言葉もろとも、すべてを吸いこんでいく。果てしない思索、批判、議論、犠牲。人種、時代、言語、緯度、地域を問わない、あらゆる肌の色をした労働者による、搾取に抗うための有史以来の闘争。無名の同志の希望、同胞と異邦人の別を問わない、全人類の希望。歴史の決定的な構築。同志へ突きつけた拳銃の耐えがたい重みに負けた、ニコラ・ボンバッチの女のような両手のことを考えると、風邪でも引いたようにこめかみが脈打つのを感じる。

ジャコモ・マッテオッティは駆け足で党大会を後にした。夜のうちに、フィレンツェ行きの列車でリヴォルノを発たなければならなかったのだ。フィレンツェでボローニャ行きの普通列車に乗り換え、その後さらに、フェッラーラ行きの地方支線へ乗り換える。先だって、フェッラーラで労働評議会の役員に選出されたマッテオッティは、県都に急ぎ戻るために、党大会での発言の機会も諦めなければならなかった。十二月二十日に起きた、ボローニャのファシストとの衝突が原因で、マッテオッティの秘書はフェッラーラ市長ともども逮捕されていた。リヴォルノでは、火傷しそうな熱気に包まれたゴルドーニ劇場のホールで、マッテオッティは二日間にわたり、イタリア全土と、ヨーロッパの半分からやってきた闘士たちが、かわるがわる何十人も演壇にのぼり、社会主義者の結束や、正統派マルクス主義のドグマや、モスクワの主張についてえんえんと議論を闘わせるのを聞いていた。エミリアとロマーニャに行動隊を展開しているファシストについては、誰ひとり、ひとことも言及しなかった。

電車は正午きっかりに駅に到着した。ごく少数の同志がマッテオッティ議員を迎え、ジョヴェッカ通りへ同伴し、最初の会合が開かれるバラルディ弁護士の事務所へ案内した。

それから一時間もたたないうちに、町なかで騒ぎが持ちあがった。マッテオッティ到着の報《しら》せは瞬く間に広がり、学校の入り口周辺は学生であふれかえり、千人を超えるデモ参加者が集まった。リヴォルノからやってきた社会党の代議士を、棍棒を握ったファシストの群衆が待ちかまえている。マッテオッティは自動車の利用を断り、徒歩で労働評議会に向かった。そのあいだ、護衛の警察が彼を取り囲み、群衆のリンチから守っていた。一行は、イエス・キリストの十字架の道行きにも比したくなるような、曲がりくねった困難な道のりを進んでいった。唾を吐きかけられ、野菜を投げつけられ、首すじや耳のあたりに拳をお見舞いされた。警備増強のためにやってきた憲兵隊が列を組み、マッテオッティの周囲に壁を作り、デモ隊を追い払った。デモ隊は、いっとき散り散りになったように見えたものの、すぐにまた集まってきた。棍棒のひと振りが憲兵の頭を越えて、マッテオッティのこめかみに当たった。マッテオッティは襲撃者たちに、何度も怒鳴りかえした。「ごろつきめ！　悪党め！」

これはほんの序幕だった。翌日には、パン屋を営むエットーレ・ボルゲッティという社会党員が、労働評議会での面談を終えて出てきたところを射殺された。社会党が議会の圧倒的多数を占めるフェッラーラで、マッテオッティは護衛なしには町を出歩くことさえできなかった。一月二十二日午前、彼はプリエーゼ県知事に、警察の監視を解くよう要求した。棍棒で武装した同志がいれば、護衛にはじゅうぶんであるというのが、マッテオッティの言い分だった。この日の朝刊によれば、リヴォルノでは最大綱領派が改良派の排除を拒絶し、共産主義者は最大綱領派と決別したとのことだった。

その前日、ジャコモ・マッテオッティがフェッラーラの道々でファシストに追いまわされているあいだ、リヴォルノのマンゾーニ劇場では、共産主義派の指導者アマデオ・ボルディーガが演壇に上がり、いつもどおり冷ややかな、軽蔑のこもった調子で、兵卒に命令をくだす上官のようにして、いますぐ劇場を去るように共産主義派の議員に指示を出した。

報道によれば共産主義派は、「インターナショナル」を歌いながら劇場を去り、そこから数百メートルしか離れていないふたつめの劇場、テアトロ・サン・マルコに向かったという。この劇場で、イタリア共産党は産声をあげた。舞台の床はぐらぐらと不安定で、ずたずたのカーテンが舞台開口部のあたりにぶら下がり、ずぶ濡れになった天井の大きな裂け目から、氷のように冷たい雨粒がばらばらと降り落ちてくる。共産党の創設者たちは、坐るための椅子もベンチも見つけられなかった。鎌と槌を配した正式な会員証を作成するまで、創設者たちは数時間、降りしきる雨の下で立ちんぼになっていた。

ジャコモ・マッテオッティはフェッラーラから、妻のヴェリアに手紙を書いた。「毅然としてフェッラーラ防衛の任を引き受けることが、僕の使命だった。すべての横暴に抗するためには、それがきわめて重要なことだったんだ」。もうすぐ第二子を出産する予定の妻は、英雄としてではなく、父親としての責任を思い起こすよう促しつつ、次のように返事を書いた。「こんな状況になり、命の危険さえ迫っているというのに、それでもあなたは、けっして臆病に振る舞う気はないと仰るのですか。あなたの望みを果たすには、ほかのすべてを忘れなくてはならないでしょうね」

われわれは後継者だ。はじめの一歩を踏み出したとき傍《かたわ》らにいてくれた人びと、そして、いまはもう去ってしまった人びとの教えを、われわれは受け継いでいる。同志よ！　もし、われわれが党を去らねばならないなら、われわれはあなた方から、あなた方の過去の栄誉を持ち去るだろう。

共産主義分離派の指導者アマデオ・ボルディーガ、イタリア社会党第一七回党大会、リヴォルノ、一九二一年一月十九日

こう言わざるを得ないだろう。われわれは出来事になぎ倒された。われわれは企図せずして、イタリア社会の全的な解体の一側面となっていた……われわれはある慰めを分け合い、頑固にそれにしがみついていた。「いざその時がくれば、何人《なんぴと》たりとも救われはしないし、自分たちはこの破局を数学的に予見していたと誇ることができるはずだ」。これが、われわれにとっての慰めだった。

イタリア共産党の共同創設者アントニオ・グラムシによる、リヴォルノの分離をめぐる論評、『オルディネ・ヌオーヴォ』、一九二四年

リヴォルノで、イタリアのプロレタリアートの悲劇が始まった。

過去にはイタリア社会党の闘士として活動し、一九一九年に戦闘ファッショのボローニャ支部を設立したピエトロ・ネンニ、『四年間の歴史』、一九二六年

イタロ・バルボ　フェッラーラ、一九二一年一月二十三日

粘り気があり、深い陰影を宿した、くすんだ色合いのリキュールだ。凝固した血液の色、経血を思わせるような濁った赤。あるいは、糞便に混じっていたら不安を呼ばずにはいない、病の兆候たる禍々しい血の赤だ。ところが、味わいは甘いことこの上ない。さくらんぼの種と果肉を、蒸留酒に数か月のあいだ漬けこんでおくと、このリキュールができあがる。女性がチェリーブランデーを好む理由は、その心地よい甘さにある。婦人を仰向けにしたいとき、これほどぴったりの一杯もない。とはいえ、男のなかにも、この酒を愛してやまない者がいる。チェリーブランデーをその名称の由来とする、ファシスト行動隊「チェリバーノ」の男たちだ。部隊の名付け親は、かつて突撃隊で機関銃の射手をつとめ、戦闘ファッショのフェッラーラ支部には創設当初から会員としてかかわってきた、ビニャルディ商会の社員アルトゥーロ・ブレヴィリエーリだった。フィウーメの兵舎の食堂に常備されていたというこのチェリーブランデーは、血のように暗いその色にちなんで、ダンヌンツィオみずからが「モルラッキアの血」と名づけた飲料でもある。この呼称は、ディナル・アルプス〔バルカン半島西部、アドリア海岸沿いに南北に走る山脈〕の渓谷の暗がりのなかで、何世紀ものあいだ蛮族の侵略を耐え抜いた、流浪のラテン民族の恐るべき戦士たちを想起させる。それはともかくとして、フェッラーラのローマ通り、エステンセ城の開廊正面に位置する「カフェ・モッツィ」でチェリーブランデーを飲んでいる戦士たちは、自分たちの部隊の名前のもとになっているこのリキュールから、戦いに臨むための勇気をもらっていた。実際、

「チェリバーノ」というのは、「チェリーブランデー」の発音が訛った形なのだ。

田園地方や周辺の村落を目指して、一月二十三日にフェッラーラを発った懲罰部隊は、軍隊の手法で組織された最初の集団だった。部隊は数十人の男たちで構成され、全員がしっかりと武装し、同時に多数の目標を攻撃できるよう統制されている。あらかじめ計画された決然たる暴力、奇襲攻撃、地主から提供されるトラックを恃《たの》みにして、サン・マルティーノ、アグシェッロ、コナ、フォッサノヴァ・サン・ビアージョ、デノレ、フォッサノヴァ・サン・マルコの農村同盟を壊滅させる手筈になっていた。したがって、人数はひとりでも多い方がいい。おそらく、「赤ども」はこちらの襲撃を待ちかまえている。衝突が起きた際は、曖昧さの入りこむ余地がないよう、徹底的に敵を蹂躙《じゅうりん》しなければならない。

中心市街を囲む城壁を出たところにあるバス乗り場には、出自をまったく異にする男たちが集まっていた。綬章《じゅしょう》に飾られた制服を身にまとう、暴力を血肉化したアルディーティ。フィウーメ軍団の美学に心酔するラテン語教師。特権階級の生まれの華奢《きゃしゃ》な男たち。その代表が、資産家の子息であり、大戦から帰還後は自動車関連の事業を立ち上げたバルバート・ガッテッリだ。一九二一年一月二十三日、農村を懲らしめに行くために、多くのフェッラーラ人がファシストの行動隊に参集した。多くの人数が集まった。だが、全員ではない。

オラオ・ガッジョーリはいなかった。ダンヌンツィオにたいするムッソリーニの冷淡な態度、および、ファッショの運動に地主層を引き入れたことに抗議するために、ガッジョーリは十二月十七日、フェッラーラ支部の書記を辞任していた。ガッジョーリを欠くのは痛手だった。というのも、彼はフェッラーラ支部を創設した張本人であり、一九一九年三月二十三日、サン・セポルクロ広場における戦闘ファッショの結成式にも参加していた古株だからだ。戦時の功績で四つのメダルを下賜《かし》されたアルディーティの中尉であり、フィウーメ軍団の一員だったこともある。アックルシオ宮の襲撃においてはフェッラーラの行動隊を指揮し、エステンセ城の虐殺の渦中でも社会主義者に真っ向から立ち向かった。巨大な体軀と並はずれた怪力を誇るガッジョーリは、ファッショにとって貴重な戦力だった。十二月末には、兄オラオと同様に、富裕者のために働くことを嫌ったルイジ・ガッジョーリが、ミラノの中央委員会宛てに書簡をしたため、ファッショのフェッラーラ支部が地主層から財政援助を受けていること、および、同支部が「大ブルジョワの護衛団」と化しつつあることを、直截な言葉で告発している。

現地でなにが起きているのか理解するため、そして、フェッラーラにおける運動の勢いを維持するため、ムッソリーニはマリノーニという男を視察者として派遣した。マリノーニが報告したところによれば、エステンセ城の虐殺からの一か月間で県内に設立された数多の新支部は、「あらゆる政治的、思想的な内実を欠いて」おり、社会主義者との対決だけを唯一の目的に掲げているということだった。当然ながら地主層は歓喜し、物質面での支援を惜しまなかった。土地所有者の大半が賛助会員として登録し、その息子たちはファッショの行動隊のメンバーになった。虐殺が起きた十二月二十日以後に支払われた会費は、すでに二〇、〇〇〇リラにもなる。大小の土地所有者、農場主、個人商店主、折半小作農など、誰もがファッショのもとに駆けつけた。

農村ファシズムは大土地所有者の利益に奉仕している……世間にそんな印象を抱かせぬよう、ミラノのムッソリーニは新聞の紙面で、「耕す者が土地の主」というスローガンを打ち出した。そして、未開墾地を小区画に分割し、そこで働く意志のある農夫に分配する施策を提案した。所有権の移譲については、ファッショが運営する「土地管理局」に実務を担わせるつもりだった。ちょうど、懲罰部隊がフェッラーラを発った一月二十三日に創刊号が発売された、フェッラーラ支部による新たな機関紙『バリッラ』にも、フェッラーラのファシズムが生まれたのは「広場」であって、「金持ちたちのサロン」ではないとする、地主層から距離をとるような論調の記事が掲載された。懲罰部隊の指揮は、ミラノの意向にもとづき、イタロ・バルボに任されていた。若きマッツィーニ主義者にして、突撃隊に分遣されたアルプス歩兵旅団の元大尉、熱烈な愛国者であり、ボリシェヴィキに激しい憎悪を燃やす男だ。バルボもまた戦争の英雄であり、未来と雇用を求めてさまよう復員兵でもあった。

ファシストとしては無名であったにもかかわらず、突然に頭角を現したこの男にかんしては、真偽はともかく魅力的な逸話が早くも流布していた。トレンティーノでフロリオ伯爵の娘を誘惑したとか、フィレンツェ大学在籍時、教授に暴力をちらつかせて社会科学の学位を取得したとか、ファシズムに合流したのはたんなる偶然であり、欲得に動かされたからだとか、そんな噂がまことしやかにささやかれていた。虐殺の犠牲者の葬儀が営まれていたころ、バルボはとあるカフェの奥のテーブルで、ポーカーに興じていた。店先を葬送行列が通りかかると、表に出てその様子を眺め、そばにいた人にこう尋ねたという。「この金は誰が払ってるんだ?」あるいは、ファッショへの入会を勧められたとき、彼はまず、郷里の方言で次のように返答したとも言われている。「サス・チャパ・ア・ファル・エル・ファシスタ?(ファシストって儲かるのか?)」これもまた真偽は不明だが、ファッショへの参加を承諾するにあたり、バルボは三つの条件を提示したとされている。一五〇〇リラという破格の月給、政治局書記長への就任、そして雇用の保証だ。勤め先としては、地主連合の長ヴィコ・マントヴァーニが所有する、共済銀行の監督官あたりのポストを想定していた。

だが、目的地へ向けてトラックが進みだしたいま、そんな噂話を気にかけている場合ではなかった。いまは武器について語るときだ。そのほかのことはどうでもいい。

バルボは軍の放出物資であるトラックの荷台の上で、ブレヴィリエーリやそのほかの「チェリバーノ」と肩を並べていた。トラックは、ポー川の支流であるヴォラーノ川右岸に位置する、デノレという小村に向かっている。隊員たちはいま、遠征に参加した動機や、置かれた境遇や、舐めつくしてきた辛酸の別なく、昨日までの生を営む土台だった出自や職業も関係なしに、寝そべることも腰かけることもできないトラックの荷台の上、牧歌的な田園にのしかかる白い空の下で、武装した男たちの紐帯《ちゅうたい》の一部となって縮こまっていた。視線の先では灰色の愚鈍な牛が、ガラスのようにもろく、透明な静けさのなかで、ゆっくりと畑を耕している。近くしか見えないその瞳も、途方もなく大きいその心臓も、この静けさを破りに来た人間たちの物語のことはいっさい知らない。その頭上では、そこからそう遠くない河口周辺の池に群生する柳の低木のあいだに巣を作っているアオサギが、一〇羽ほどで群れをなして、無音の畑仕事を追いかけている。湿原、砂洲、帯状に延びる砂丘、堆積物の漸進的な移動や海の後退によって生じた砂地の塩気を孕んだ残響を、アオサギの群れが伝えている。さらに高度を上げた場所では、平らかな空の白のなかで、一羽のハヤブサが柔らかな円を描いて飛んでいる。

荷台の上の誰かが、ハヤブサを吉兆として受けとった。発泡性の軽いワインをまわし飲みする。人はなぜ喉を切られるのだろう、なぜ死ぬのだろう？　恐れが男たちの結束を強める。出発するところを誰かに見られていたのは間違いない。すでに報《しら》せは広まっているだろう。フォッサノヴァでは三日前に、ある農場主が、政治集会が開かれていた司祭館から出てきたところを、社会主義者に銃撃されている。今日は、このなかの誰かが撃たれる番かもしれない。トラックの荷台の上で、立ちっぱなしのまま身を寄せあっている、武装した兄弟のなかの誰かかもしれない。静かな畑に漂う不穏な空気がファシストを包みこみ、その肌に浸潤していく。茂みの裏手から、干上がった河床と土手のあいだから、いつ敵が出てきてもおかしくない。ポケットのなかをこっそりまさぐり、拳銃の冷たい鉄に触れて、男たちは心を奮い立たせる。

ステッラータの十字路までくると、トラックは二手にわかれた。二隊はコナとフォッサノヴァに向かい、残りはアグシェッロとデノレに向かう。アグシェッロの村境までくると、土地の地主の自動車に迎えられ、小さな村内をぐるりとまわった。社会主義者の抵抗は物の数ではなかった。何者かが、鶉《うずら》を撃つのに使うような猟銃で発砲してきただけだった。ちっぽけな銃弾は、軍服の分厚い生地をかろうじて貫通したものの、ファシストを負傷させるにはいたらなかった。農村同盟の事務所はかんたんに制圧された。窓ガラスが割られ、運びだされた家具が広場で破壊される。憲兵隊は、自衛のために散弾銃を使用した社会主義者を逮捕した。

襲撃者たちは有頂天になって、ふたたびトラックの荷台に乗りこんだ。歌を歌い、緩んだ食道をワインがどくどくと駆け降りていく。デノレに着くと、大地主のジュゼッペ・ゴッツィが、農村同盟の事務所までファシストを案内した。しかし、この村は社会主義者の数が多く、建物にはバリケードが築かれ、防衛態勢はしっかり整っていた。

イタロ・バルボがトラックから飛び降りた。その手には、クラス地方のサン・ミケーレ山で、ハンガリー兵が負傷した敵兵の頭蓋を砕くのに使っていたような、鉄具つきの棍棒が握られている。ただしここでは、暴力には熱があり、個人の顔があり、直接的かつ即時的な性格がある。塹壕のなかで、自分の順番がまわってくるのを待つあいだの、いつ果てるとも知れない時間はここにはない。ここでは、この世の終わりを思わせる重砲の熱によって、何百、何千という男たちが、細菌のように押しつぶされることはない。ここには、みずからの意のままになる肉体だけがある。温かな血と香《かぐわ》しいワインに濡れたこの肉体は、祝祭の喧騒にでも飛びこむように、騒乱のなかに身を投げる。壮絶な戦いだった。農夫の激しい抵抗を受け、ひとりのファシストが拳銃を取りだし、二名に重傷を負わせた。バルボ、ブレヴィリエーリ、キオッツィも軽傷を負った。

帰路の途中、武装した男たちの束《ファッショ》は、なんの防衛策も講じられていない、サン・ビアージョの農村同盟の事務所も蹂躙《じゅうりん》した。いまや、憎しみは自由に羽ばたいていた。いまや、路面の穴を越えるたび大きく揺れる荷台の上には、アルディーティも、ラテン語教師も、土地所有者の息子もいなかった。いまや、男たちは流された血によって縁続きになっていた。もう、誰も独りではなかった。分断も党派もなかった。ともに殺すというかけがえのない経験が、社会的平等という恵みをもたらしたのだ。

いま、男たちは荷台の上で、ほんの三〇分前に成し遂げられたにもかかわらず、すでに太古の冒険となった記憶に心を震わせ、冗談を言い合い、声を張り上げて歌っている。命がけの襲撃を敢行した男たちの束《ファッショ》には、みずからの感情を、みずからの欲望を表明する権利がある。いま、「チェリバーノ」とバルボの行動隊は、「カフェ・モッツィ」で彼らを待っている「モルラッキアの血」を飲んだときと同じように酔い、スパイスがきいた辛いサラマ・ダ・スーゴ〔フェッラーラ特産の腸詰肉〕を食べたときと同じように火照り、アルナルド・ダ・ガッジャーノ小路の娼館「リナ」で過ごした夜にも劣らない悦楽を味わっていた。

しかし眼前では、ヴォラーノ川右岸の土手に沿って延びる畑で、愚かで一徹な牛たちが、その鈍重な眼差しを人間の物語に対置させていた。ついさっき踏みにじってきた連中と、まるきり同じ眼差しだった。

貴県における武器携行の許可を即座に撤回すること。ただちに対応されたし…… 一九二〇年十二月二十六日の法失効にともない、武器携行が判明したものは逮捕され、司法当局により裁かれる。

ボローニャ、モデナ、フェッラーラ県知事宛ての、ジョヴァンニ・ジョリッティ首相の通達、一九二一年一月二十五日

現在、鋭意対応中……しかし、地主層は武器放棄の命令に激しく反発。中心市街や憲兵隊分署から離れた干拓地に居住しているのに、自衛手段を差し出さなければならないのかと不平を並べる。

フェッラーラ県知事サムエレ・プリエーゼ、内務省宛ての電報、一九二一年二月五日

ミラノに籍を置く中央委員会が、運動の計画者および推進者であるにしても、ファシズムにとっての真の揺籃の地は、激しい経済闘争の舞台だったエミリア地方である。ボローニャ、フェッラーラ、モデナ、レッジョが、ファシストの騒擾《そうじょう》にもっとも苦しめられた県といえる。そして、ピエモンテ、ロンバルディア、ヴェネトといった隣接する地方の各県に、この騒擾が拡散していった……ファシストは武装してトラックに乗りこみ、懲罰遠征に向かう（社会主義者の勉強会、同盟、協同組合の襲撃や破壊、関係者の誘拐や監禁、敵対陣営のリーダーを標的とする脅迫や暴力などが、懲罰の内容である）。社会主義者の、共産主義者の、あるいは民衆の敵によってなされる、正真正銘の侵害かつ不正行為（あるいは、そうである疑いが濃厚な行為）である。これは、ファシストによる「赤」への復讐とも言い換えられる。衝突はほとんど毎回、多数の負傷者と死者を出して終わる。

ジャコモ・ヴィリアーニ警視長によるレポート、一九二一年六月

マルゲリータ・サルファッティ　ミラノ、一九二一年一月三十日

ヴィヴァイオ通りにある盲人協会のホールは、ある青年の追悼式のために集まった善男善女でごった返していた。今日はロベルト・サルファッティのために涙を流し、彼の思い出を偲ぶ日だ。ロベルトは一九〇〇年五月十日にヴェネツィアに生まれ、一九一八年一月二十八日、コル・デケレの戦線で、運命の裂け目に飲みこまれた。

前方の席には、英雄の母、父、妹に並んで、盲人協会の会員が数十人も坐っている。弁士の声のリズムに合わせて首を振り、演説の内容を追おうとしているのは、盲目になってまだ日が浅い者たち——たいていは傷痍軍人——だけだった。そのほかの、世界の光をついぞ知らない者たちは、たんに盲《めしい》であるだけでなく、まるで聾《ろう》でもあるかのように、死者を思う生者の心痛にはまったく無頓着なまま、微動だにせず坐っている。故人の家族や盲人のうしろには、ミラノの戦闘ファッショの若い闘士が一〇〇人ほど控えている。追悼式を企画したのはミラノのファッショであり、若者たちはベニート・ムッソリーニが演壇にあがるのを待っていた。アックルシオ宮の虐殺や、ポー平原の農村地帯における懲罰遠征の開始以降は、ここミラノでも、打ち寄せる満ち潮のように登録者数が急増していた。

弁士たちが代わるがわる、「名誉の間」の演壇にあがる。ブッツィ、パンツィーニ、シチリアーニ、それに女流詩人のアダ・ネグリなど、すでに多くの登壇者が演説を終えていた。「血のクリスマス」よりも前にガブリエーレ・ダンヌンツィオが作成した、一分の隙もない荘重な告別の辞まで読みあげられ

た。それでも、会場に居合わせた人びとは全員、ムッソリーニを待っていた。演壇にのぼったムッソリーニは、まずはへりくだってみせた。「本日は自分の力量を超えた大役を仰せつかりました。私の弁論には、卑しい闘争の二〇年がのしかかっています。英雄の称揚は詩人の仕事、選ばれた魂にこそ託すべき仕事です。われわれのように、目まぐるしい日常の騒乱に首まで浸かりきっている、いわゆる政治家と呼ばれる人間に務まる仕事ではありません」

ムッソリーニはそのように前置きしたあと、一九一五年、故人が十五歳だったころを回顧した。世紀と同い年の少年は、すでにして戦いへの欲求に燃えていた。十六歳のときには、名前を偽り、フィリッポ・コッリドーニに手配してもらった偽の身分証明書を携えて、ボローニャの兵舎で一か月を過ごした。参戦論の主唱者であり、やがてはその信念に殉じたコッリドーニの名前が出ると、参列者は勢いよく立ちあがり、しばらく拍手を送りつづけた。それからムッソリーニは、故人が十七歳のときに書いた手紙の一節を読みあげた。カポレットの敗北の後、ついに軍に入隊したロベルト・サルファッティは、戦線に向けて発つ日をいまや遅しと待ちかまえていた。「イタリアを守る力がある者は誰であれ、いますぐに、ためらいなく行動を起こすべきです。これはたんなる戦争ではありません。異なる民族の衝突なのです。テウトニとキンブリの蛮族に抗する、ラテン民族の戦いです。ローマにはいまもなお、ラテン民族を支え、争いを制する責務があります」。聴衆が英雄に拍手を送る。

しかし、一列目に坐る母親は拍手しなかった。ひどく感じやすかったわが子のことを、静かに思いだしている。出征を待つあいだ、息子は落ち着きなく指を絡ませ、関節を鳴らす厭《いや》な音を響かせていた。星が美しく輝く夜、母と息子は、どれほどの絶望に苛まれていたことだろう！　親子は目に涙をためて、悲壮な調子の戦況報告に目を通した。容赦なく、押しとどめようもなく、敵はイタリア領内を前進している。女たちは涙にかきくれ、ヴェネトからの避難民を乗せた列車がひっきりなしに通過していく。母と子は、祖国に攻め入るトルコ人、ドイツ人、ブルガリア人の軍靴の歩みに、心が踏みしだかれるような思いだった。だが、心に残された足跡の形は、母と子で同じではなかった。「僕はイタリアのために戦争に行くんじゃない。僕のために、僕の責務のために、僕の良心のために行くんだよ」。息子はそう言って母親に反発した。

ムッソリーニが、個人的な記憶について語りはじめた。一九一八年一月、戦功によりすでに伍長に昇進した青年が、特別休暇で里帰りした際に、新聞の編集部を訪ねてきたときのことだ。ムッソリーニは部隊の士気について質問した。すると青年は、士気は高い、高すぎるくらいだと請け合った。「勝利はわれらの欲求であり、われらの義務です。勝ちますよ」。それが別れの言葉となった。

聴衆はまた拍手した。その横で母親は、たがいの魂を啜り合うようにして対峙する、ふたりの男を思い浮かべた。誇りから出た息子の嘘に、もうひとりの男がおざなりな満足を表明している。前線から戻ってきた息子は、目つきは険しく、つねに殺気立ち、腰を曲げて歩いていた。もう、彼女が知っている息子ではなかった。あのとき自分が口にした、息子の耳には届かずに終わった言葉を思い起こす。「生きるか死ぬかの冒険にふけるのは、もうやめにして。生きてちょうだい。それが大切なことなのよ」

その翌週の月曜日、午前十時ごろ、ロベルトは配下の歩兵を引き連れて、アジアーゴ高原からコル・デケレ襲撃に出発した。敵から一挺の機関銃を奪取し、狂犬のように目を血走らせて、山頂にそびえる最後の砦の攻略に向かう。そのとき、銃弾がロベルトの顔面に命中した。

「塹壕に到達した最初の兵に混じって、敵の連絡壕に身を投げた……勇気と、軍人としての崇高な美徳を備えていたことの、なによりの証左である……その後、またしても地下道を攻めるために突撃し……」。ロベルトへの金メダルの授与を提案する文書を、ベニート・ムッソリーニは読みあげた。戦争で盲目になった男たちが、光を求めて首を伸ばす。生まれながらの盲人たちは、はじめから光など気にかけず、胸を震わせる静寂のなかで口を噤《つぐ》んでいる。ベニート・ムッソリーニがロベルト・サルファッティを、ファシズムの最初の殉難者として称揚する。

あれから三年が過ぎた。ロベルトは死んだ。市街地から遠く離れた、物寂しい小さな墓地で、ひとりきりで眠っている。母にはもう、息子の墓を見守る役割しか残されていない。灰緑色の軍服を着た粗暴な復員兵や、田舎家の農夫に死をもたらす黒シャツの男たちが、いまでは彼女の家族だった。マルゲリータ・サルファッティは、かつては社会主義者だった。農夫の大義のために身を捧げ、長らく参戦に反対の立場をとってきた。だが、生とはしょせん個人的な事柄であり、もしそうでないなら、それは虚無でしか有りえないのだ。

葬儀の日、ベニート・ムッソリーニは母の悲嘆の前で身をかがめ、その苦しみを分かち合うことはできるかとサルファッティに申し出た。夫のチェーザレは、息子が死んで以来、悔恨の霧に迷いこんでしまった。社会主義者の古くからの仲間たちは、相も変わらず軍人を忌み嫌っている。サルファッティの苦しみに理解を示そうとした男は、ムッソリーニただひとりだった。彼の腕に身をゆだね、サルファッティはロベルトの墓のろうそくに火をともしつづけた。息子の死に意味を与えられるのは、ファシズムだけだ。

こうして母は、より長く息子の傍《かたわ》らにとどまるために、ヴェネツィア通りの邸宅の広間を見限り、新聞社の窮屈な編集部で、夜遅くまで過ごすようになる。こうして女は、彼女のロベルトを見捨てないために、貧相な安宿の不潔な小部屋で、男の荒れ狂う情欲の前に、恥じらいもなくその身をさらけ出すようになる。妻は夫を――夫と、そのほかのすべてを――裏切るようになる。母として、息子に忠実であるために。

愛しいロベルト、心からの、かぎりない愛情を伝えるために、今回はじめて、新年を祝う手紙を書くことにしました。おめでとう！　大きな愛を受けて育った小さなあなた、私の幸福のほとんどはあなたに由来しています。あなたの幸福、あなたの健康、あなたの喜び、これらすべてが、けっして欠くことのできない要素として、私の幸福を形づくっています。毎時間、あらゆる瞬間、私の心はただひとつのことを祈っています。「あなたに神の祝福がありますように！」今日は三通、昨日は一通、あなたの葉書を受けとりました。愛しいあなた、優しい言葉に感謝しています。間を置かずに、熱心にそちらの様子を教えてくれて、ほんとうにありがとう。

息子ロベルトに宛てたマルゲリータ・サルファッティの手紙、一九一八年一月一日

ジャコモ・マッテオッティ　ローマ、一九二一年一月三十一日　王国議会

モンテチトリオ宮の議場は閑散としていた。大半の議員はまだ、昼休みから戻っていない。おそらく、食堂でぐずぐずしているか、議員室の椅子にへたりこんでうたた寝でもしているのだろう。

リビアの補給基地をめぐる醜聞の報告が終わったあとで、一九二一年一月三十一日の国会は、内政関連の議論を再開した。議場にいる議員の数は七〇人にも満たず、そのほとんどが左側の席に坐っている。五六名の登録発言者のなかで、口火を切ったのがジャコモ・マッテオッティだった。議長のデ・ニコラ――民主党の選挙リストから当選した、自由主義陣営のナポリ人弁護士――から発言を認められるなり、ヴェネトの若き代議士は、虚空に向かって猛然と襲いかかった。政府与党の席でぐったりとしていた老人たちは、昼食後の虚脱状態からただちに覚醒した。アリスティデ・サルトリオの壁画の下、これまで誰の口からも語られなかった糾弾が響きわたる。こうして、イタリア議会においてはじめて、ファシズムの暴力が公然と議題にのぼった。

「われわれは、たんなる政権の継承ではなく、大いなる社会変革の実現を党是としています。無限の利権を侵害するために、多少なりとも暴力とかかわりを持つ覚悟はできていますし、そのことを悔やむつもりもありません。したがって、不平を訴える気はないのです、ファシストの暴力に」

そこまで言ったところで、マッテオッティは修辞上の計算にもとづく休止を挿《はさ》んだ。ファシズムの隣に配置された「暴力」という言葉が、モンテチトリオ宮の巨大な半球型の空間を覆うガラスの丸天井《クーポラ》の

下で、当てどもなくひらひらと舞っている。それから、薄い上唇で下唇を押さえつけ、政府与党の席をまっすぐに睨みつけて挑発した。

「犯罪に文句を言う気も、それについて語る気もありません。政府にはいかなる奉仕も求めません。われわれは政府にも、誰にたいしても、いっさいなにも求める気はないのです」

いまや、議場にいる全員の関心は、裕福な家に生まれながら貧者の大義にわが身を捧げる青年の、ほっそりとした上唇に注がれていた。誇りをひけらかしたあとで、フラッタ・ポレジネ選出の代議士は、知的誠実さの開陳に取りかかった。「われわれは大衆政党であり、大衆が犯したいかなる過ちも否認しません。それどころか、ブルジョワ国家の廃止を目的とした革命的暴力の理論化が、時としてわれわれの闘士の一部を、突発的な暴力行動という過ちに陥らせることもあると、率直に認めています」

「厚顔無恥とはこのことか！」自由主義陣営の議席から飛んできたダヤラ議員の野次は、社会主義者の抗議の声にただちにかき消された。マッテオッティは演説を再開した。

「然《しか》るに今日のイタリアには、暴力に、報復に、脅迫に、放火に訴えることも辞さないと公言し、会員も、指導者も、住所も判明している公認の組織が存在します。労働者大衆が、雇用主やブルジョワ階級に仇なす行動に及んだという報《しら》せが広まるなり、事の真偽にかかわらず、先に述べた暴力が実行に移されます。これは完全なる私刑の組織化です。そこに疑いの余地はありません」

外を出歩くときは護衛をつけざるを得ないマッテオッティが、その原因であるファシストよりむしろ、みずからのルーツでもあるブルジョワの地主階層を鋭く告発しているあいだに、議場の席は徐々に埋まりはじめた。爬虫類のようにのんびりと消化活動にいそしんでいた男たちは、大音量の罵詈雑言を浴びてわれに返った。マッテオッティが彼らに非難の矛先を向ける。ファシストの暴力と対峙するどころか、その暴力に財政的な支援を与えている、裕福で卑怯なブルジョワを指さして糾弾する。

「イタリアの資本主義社会においては、表立ってはファシストを支持しないという偽善がまかりとおっていています。そうであればわれわれは、みずからの行為を隠し立てしないファシストにこそ、勇気を認めないわけにはいきません」

「ファッショ、ばんざぁーーーい！！！」

両手で搾りだされたのかと思うような、病的な裏声による耳をつく叫びが、マッテオッティの演説にかぶさる形で、右側の議席から飛んできた。叫んだのは、王政派のナショナリストの名簿から選出された、復員兵のヴァレンティーノ・コーダ議員だった。

マッテオッティは首相の方へくるりと向きなおった。大土地所有者というものは、自分の財布が守られているかぎり、国家の行く末など歯牙にもかけない生き物なのだ。青年代議士はそう叫びながら、怒りに震える指を老ジョリッティに突きつけた。

「あなた方のなかの誰が、ファシズムの責任をとるのですか⁉」社会主義者たちは拍手喝采し、自陣の雄弁家に賛意を示した。しかし、弾劾演説はまだ終わってはいなかった。

「政府はみずからを指して、階級の外にある存在、上にある存在、社会秩序の後見人だなどと嘯《うそぶ》いていますます……しかしわれわれは断言しましょう。ジョリッティ議員の政府こそ、これらすべての暴力の共犯者であることを！」

「そんな話を、本気で信じているわけではないでしょうな」

五〇年にわたり議会の多数派工作に奔走してきた、八〇歳の老ジョリッティが立ちあがった。その高齢にもかかわらず、一九〇センチの体軀には、いまなお威圧的な迫力が備わっている。

「いいや、ジョリッティ議員、いまは議会運営の手腕など、なんの役にも立ちませんよ」

マッテオッティは、自分の曾祖父であってもおかしくない老いた首領を相手に、まったく怖じ気づくことなく演説を続けた。

「あなたがお得意とする遊戯には、なんの価値もないのです。問題はもっと単純です。あなた方には、われわれはなにも求めません。まずもって、われわれはあなた方のような、不実に振る舞うことしか知らない奉仕者を信用しません。われわれはなにも求めません。社会党はジョリッティ議員に保護を求めるだろうなどと書く新聞は、誤報を拡散しています。いっさい、なにも、あなた方に乞いはしない！」

ジョリッティは着席した。マッテオッティはジョリッティを離縁した。自由と権利の制度的保証人としてのジョリッティの役割を否認し、かろうじて社会主義を国家に結びつける見込みのあった糸を断ち切った。なにも求めない、なにも乞わない。社会党から国家に突きつけられた離別の言葉、演説のなかでマッテオッティが繰り返した「なにも」の一語が、議場のなかを浮遊している。

社会党の青年代議士は、マルクス主義的な観点にもとづく状況分析に着手した。現状においては、富、軍隊、司法権力、警察権力を保持するブルジョワ階級が、法の外に出て、プロレタリアートに抗して武装し、自身の特権を守ろうとしている。もはや、「万人にとって平等な法」という原則に立脚する民主国家とやらは、出来の悪い冗談でしかなくなった。「暴力の種が実を結ぼうとしています。そう、暴力の果実が……いたるところで実ろうとしている……」

ジャコモ・マッテオッティが着席したとき、議場は息詰まるような空気に満たされていた。「暴力」という言葉が、漏出したガスのように、またもあたりに充満していく。議場の扉が閉ざされたままでは、窒息する議員が出てもおかしくはなかった。

マッテオッティのあとは、自由主義陣営のサッロッキ議員が動議を提出した。そのあいだも断続的に、議場に人が戻ってくる。午睡のおかげで元気になった議員を含め、いまでは少なくとも二五〇名が議席に坐っている。サッロッキ議員はポー平原を揺るがしている暴力に言及し、その責任は社会主義者にあると主張した。社会主義者による排斥、賠償金、脅迫、残虐行為、工場の占拠について、もはやお定まりとなった不平不満を、自由主義の議員がくどくどと言い連ねる。

「排斥された市民のなかには……」過度の悲壮感を漂わせつつサッロッキは言った。「屋根もなく、生計を立てる術もなく、村から村へめぐり歩いた末に、他国への移住を余儀なくされた者もいます」

「〈さまよえるユダヤ人〉か！」マッテオッティの嘲弄《ちょうろう》を聞いて、社会党の議員たちはげらげらと笑った〔「さまよえるユダヤ人」とは、ヨーロッパの伝説に語られる、永遠に呪われた放浪者のこと〕。別の陣営から抗議の声があがる。サッロッキは続けた。

「この数年に赤の同盟がもたらした損害額が、合計でいくらになるかご存知ですか？　一一〇〇万リラですよ！」

「なんだ、それっぽっちか！」共産主義者のベッローニ議員が叫んだ。議場がざわつき、抗議が渦巻く。

「無責任にもほどがあるぞ！」誰かが叫んだ。

審議はまだまだ続いたが、じつはとうに終わっていた。

したがって、腹蔵なく述べるとするなら、マッテオッティ議員の演説は党派的な欺瞞に満ちたものであった。この社会党の代議士は演説に臨むにあたって、エミリア地方の現状の概略的な見取り図を提示することはしなかった。出来事の深層に潜む、はるか遠い原因の探求には、はじめから興味がなかったのである……社会党、および、同党の指揮下にある諸組織は、二〇年におよぶ粘り強い仕事を通じて、政治、経済の両分野で実りつつあった豊かな果実を、ファシストの突然の反撃により、瞬く間に失ってしまうことを恐れている。敵の攻勢に直面した社会主義は、議会および国家において、守りの姿勢を取らざるを得なくなり、それゆえに、みずからの過去の暴力を忘れさせようと努めている……いま必要とされているのは、ジョリッティ議員が、自身の政治的行動の源泉である考えをはっきりと表明することである。先人と異なり、ジョリッティ議員はある好条件に恵まれているのだから、これを利用しない手はないだろう。好条件とは、すなわち、社会主義者の横暴にたいする、世論の自主的な反発である。

社説（署名なし）、『コッリエーレ・デッラ・セーラ』、一九二一年二月一日

ベニート・ムッソリーニ　ミラノ、一九二一年二月末

暴力、暴力、暴力。延々と尽きることのない暴力をめぐる議論……あたかも、暴力について、なにか言うべきことがあるかのごとくに！　ファシズムが、政治が、二〇世紀が、敷石にこびりついた血痕に帰するとでも思っているのか？

政治闘争に暴力を持ち込むなという批判がある。ムッソリーニの主張は明快だ。ファシストは、そうせざるを得ない場合においてのみ、暴力を行使する。以上。ほかに付け加えることはない。ファシストは、そうするよう強いられた場合にかぎり、破壊し、粉砕し、放火する。それがすべてだ。ムッソリーニにとってみれば、これはじゅうぶんに満足のいく原則だった。

議会で交わされた、ボローニャの虐殺をめぐる議論の結論も、ムッソリーニの考えを支持しているように思われた。社会主義者に革命の遂行能力が欠如していることのアリバイを、むなしくもファシズムの暴力に求めようとしたマッテオッティの告発にもかかわらず、モンテチトリオ宮の議事堂は二月三日、ジョリッティへの十全な信任を再確認した。これはつまり、「暴力には暴力を」という考えが承認されたことを意味している。穏健派はファシストを、病原体のようなものとして捉えている。毒はあるが、社会組織の延命という至上の目的にとっては必要な存在なのだ。社会主義に抗するために接種される、一種のワクチンと言ってもいいかもしれない。

一月二十二日、モデナにて、マリオ・ルイーニという若いファシストが、三人のアナーキストに夜の

町角で待ち伏せされて殺害された。その翌日、マリオ・ルイーニの葬儀が営まれている横で、黒シャツ、共産主義者、王国護衛隊の衝突が勃発し、さらにふたりのファシストが殺害され、レアンドロ・アルピナーティも片足を負傷した。そういうわけで、同日の晩、報復としてカルミネ通りの労働評議会に火が放たれ、さらにその翌日、アルピナーティ自身の手によって、社会主義協議会と機関紙『ラ・スクイッラ』編集部が籍を置く、ボローニャの労働評議会も焼き払われた。暴力は、政治の不出来な弟分は、このようにして作用する。壮大な理論で飾りたてている場合ではないのだ。そんなことをしていては、複雑な全体像が見えなくなる。

分裂の後、社会党の危機は手の施しようがなくなっていた。リヴォルノに集まった一五、〇〇〇人の代表団は、もはや誰のことも代表していなかった。だが、ファシストが果実を摘むには、迅速な行動が求められる。大勢順応的な民主主義者も、社会党の機能不全を察知すれば、安堵のため息をつき、もうファシストは必要ないのだと胸をなでおろすことだろう。雨乞いの祈禱師たる老ジョリッティが、社会党が弱体化した隙を突いて、議会の解散に打って出る可能性は高い。新たに選挙を告示して、社会党の長老フィリッポ・トゥラーティや、彼に付き従う穏健な改良派を政府に引き入れれば、赤の壁に入った亀裂は今度こそ決定的になる。いかにも、老獪《ろうかい》なジョリッティが考えそうな筋書きだ。迅速に動かなければならない。船に乗りこみ、底荷《バラスト》をかなぐり捨てて軽快に旅するのだ。

暴力を担う人間がいなくてはやっていけないということを、老いて耄碌《もうろく》したブルジョワに理解させるまで、暴力の手を緩めてはならない。だが、ポー平原の低地部で、楽しみのために殺戮《さつりく》に興じている獣《けだもの》には、よくよく用心する必要がある。この点にかんしては、チェーザレ・ロッシの言うことが正しかった。余剰品を処分せよ、断固とした姿勢で選別を行うべし。華々しい成功が災いして、ファッショは短期間に成長しすぎた。去れ！　ためらうことなしに、底荷《バラスト》を捨ててしまおう。それに、左派との最後の結びつきを維持することも、忘れないようにしなくては。左派からの票がなくては、次の選挙に勝つ見込みはない。そのために、わざわざスローガンまでこしらえたのだ。「耕す者が土地の主、実らせる者が土地の主」。何世紀にもわたる飢えから解放してやりさえすれば、農村大衆はついてくることだろう。あとは司令官だ。ダンヌンツィオはいま、ガルダ湖畔の瀟洒《しょうしゃ》なカルニャッコ荘に隠棲し、奢侈《しゃし》と安楽のなかで剝製と化している。彼はそこで、かつて経験したことのある唯一の仕事、すなわち、「自分自身」という仕事に専心したいと誓ったのだった。友人たちの目に映る詩人は、憔悴《しょうすい》し、一気に老けこみ、失望し、眼光を失い、手ひどく打ちのめされていた。それでも、ダンヌンツィオの同意を取りつけておくことは、過った道を避けるために必要な手続きだった。あの土地なら、孤独への高貴な欲求を満たすことも難しい話ではない。詩人は新しい環境で、彼がつねにそうであったように、室内装飾家としての横顔を取り戻すだろう。彼に仕える忠臣、金細工師、月桂樹、大砲、馬、昔からの愛人と新しい愛人、妄想、愛犬といっしょに、湖畔に佇む墳墓《ピラミッド》のなかで、生きたまま埋葬されるだろう。ガルダ湖の岸辺で数か月も苦悶を味わえば、詩人は虚無の犬となり果てる。

いま問題となっているのは、世界における居場所をイタリアに与えること、歴史における居場所をイタリア人に与えることであって、宇宙における居場所を人類に与えることではない。外交政策がダンヌンツィオの狂気に左右されるようなことがあってはならない。二月七日、トリエステのロッセッティ劇場で開かれた会合で、フィウーメを見捨てたことを非難されたムッソリーニは、はっきりとそう言った。暴力は短し、されど政治の技芸《アルテ》は長し。シナリオは長大で、込み入っており、さまざまに枝分かれしている。時代は不安定だ。自分たちに求められているのは、世界情勢を大局的な観点から見ることだ。思いつきのロンキ進軍やら、突発的な暴力やらにかまけている場合ではない。われわれは、つねに同じ課題を抱えている。世界と対峙することは、劇場の客席と対峙することと変わらない。観衆は牙を剝いて唸っている。高いチケット代を払ったのだから、派手なフィナーレでなければ承知しないぞと息巻いている。革命を、ポケットに入れて持ち運びできるびっくり箱だと思っているなら、それは大きな間違いだ！

視野を国外に広げるなら、全体像はなおも錯綜してくる。ヨーロッパは均衡の再構築に難渋している。アメリカと日本のあいだには強い軋轢《あつれき》が生じている。文明の軸はロンドンからニューヨークへ、大西洋から太平洋へ移行しつつある。ロシアは大いなる謎のままだ。均衡を見いだそうと喘《あえ》いでいるヨーロッパにおいて、明日の歴史を担うのがロシアとドイツの世界であることは、ますます疑いようがなくなっている。イタリアを待ち受けるジレンマはここにある。ドイツかロシアと手を組んで、旧大陸の生を指揮する責務を分かち合うのか、それとも、世界中から客を集める巨大な「カジノ」に成り下がるのか。ヴァカンスにやってきた金持ちのスラヴ人、ドイツ人、東洋人、アメリカ人に悪徳の捌け口を提供する、給仕と娼婦の国になるのがイタリアの望みなのか。

彼は、戦闘ファッショの創設者は、高く飛びたいと思っている。それなのに、さもしい現実がいつもかならず、彼の足をひっつかみ、地面すれすれへ連れ戻してしまうのだ。このときもそうだった。秘書がムッソリーニに来客を告げる。クッチャーティ氏が編集部にいらっしゃっています。主筆と面会をご希望です。ムッソリーニはうんざりした。面会希望者の娘は、ブルーノ・クルティとかいう血の気の多い男と結婚した。こいつはミラノのファシストで、たいした権力もないのに行動隊で大将風を吹かしているちんけな小物だ。親から青銅関連の事業を引き継いでいるので、それなりに財産はある。その男が、どこやらで乱闘を起こし、誰やらに発砲して、いまは牢獄にぶち込まれているらしい。また暴力だ。いったい何度、似たような話を聞かされてきたことか。だが、今回も無視するわけにはいかなった。面会希望者のジャコモ・クッチャーティは、ムッソリーニが社会主義の闘士だったころからの古い仲間だ。

かつてはクッチャーティも、富裕な地主の子でありながら、貧者の大義のために闘うことに熱中していた。言うなれば、あのジャコモ・マッテオッティの同類だ。ムッソリーニは仕方なく部屋に通した。

クッチャーティが入ってきても、椅子に坐ったままでいるつもりだった。厄介者の意気をくじくのには有効な手だ。こちらは腰かけ、向こうが立っていれば、面会はすぐに終わる。

ところが、予期していなかった事態が起きた。ジャコモ・クッチャーティは主筆の部屋に、絹織物《シフォン》とレースを身にまとった、かぐわしい香気を連れてきた。それはクッチャーティの愛娘、件《くだん》の愚かな乱暴者の細君だった。ムッソリーニは立ちあがった。

旧友同士のあいさつはすぐに終わった。明らかに、主筆の関心は若い女の方へ向けられていた。黒い大きな瞳、美しく張った頬骨、くっきりとしたあご、黒々と波打つ肩までの髪、ふくよかな腰、豊かな胸。男を興奮させるために作られたような女だ。そして、実際、男は興奮していた。後世に遺す写真を撮影しているときのように、かっと目を見開いて、男は女を凝視していた。父は娘の腕を放し、少しばかり距離を空けた。

娘婿の身に起きた悲しい出来事について舅《しゅうと》は語った。ムッソリーニはあごを上げ、興味があるような素振りを見せた。

ブルーノ・クルティが、殺人罪で牢屋に入れられているんだ。

どこで?

ミラノ。サン・ヴィットーレだ。

そうか。

戦闘ファッショのメンバーなんだが……

ああ、わかってる。

ブルーノの行動隊は、ガッダとかいう教師に罰を与えてやったんだよ。こいつはボリシェヴィキさ。

当然の報いだな。

ガッダは、そのときの傷がもとで死んだ。

まあ、戦争だからな……

なにしろ、銃を使っているだろう。捜査官の態度も頑なでね。

どうにか手をまわしてみるが、簡単じゃないぞ。最近は向こうさんも、この手の暴力に神経をとがらせているからな……

不安を誘う、ため息交じりの所見をムッソリーニが口にしたところで、ふたりの会話はぷつりと途切れた。黙りこんだ父親が、娘の方を振り返る。娘は深く息を吸いこみ、つと視線を下げ、ただひとことこう言った。

私たち、ひどく若いうちに結婚してしまって。私なんて、まだ二十二歳で……

父に連れられ、夫の不始末の執り成しを依頼しに来たアンジェラ・クッチャーティ・クルティは、父親の隣に礼儀正しく坐ったまま、こぼれる涙をオーガンジーの小さなハンカチで拭きとった。それから、彼女がつつましやかに視線を上げると、まるで、その口もとから精液の小川が滴っているのを見たかのごとくに、ベニート・ムッソリーニはびくりと体を震わせて、アンジェラの顔に視線を釘づけにした。

世事に通じたジャコモ・クッチャーティは、自分の計画がうまくいったことを見てとった。そこで、白々しい言い訳を残し、いったん席を外した。

クッチャーティが部屋を離れるなり、『ポポロ・ディタリア』主筆は、戦闘ファッショの創設者は、アルディーティの部隊を統《す》べる指導者《ドゥーチェ》は、恐るべき革命家は、私的な領域を隔てる壁をただちに打ち壊しにかかった。彼は娘に近づき、耳もとになにかささやきかけた。

政治的生に暴力を持ちこむことへの批判がある。われわれが暴力を行使するのは、そうせざるを得ない場合においてのみである……われわれの暴力はつねに、理想的な基準および原理に依拠した、大衆の暴力でなくてはならない……われわれは、あらゆる教会の敵ではあるが、正当な誓いが立てられた信仰であれば尊重する。そのわれわれが、これら赤の司祭や神父と遭遇したなら、臆病な羊の群れに飛びこんでいって、すべてを打ち砕くだろう。

ベニート・ムッソリーニ、「ロンバルディアのファシストへ」、『ポポロ・ディタリア』、一九二一年二月二十二日

新聞各紙の紙面は、ファシストと社会主義者による暴力の応酬をめぐる記事であふれかえっている……闘争が今後も継続することを考慮するなら、いま求められているのは、われわれの暴力に「指針」を与え、ファシストとしての性格を保つようにすることだ……なによりもまず、ファシストにとって暴力は、たんなる気まぐれでも、絶対的な目的でもないことを確認しておく必要がある。それは、芸術のための芸術とは違うのだ。それは外科的な必要性に迫られて、痛ましい必要性に迫られて行使される。第二に、ファシストの暴力は、「挑発」の暴力ではありえない……最後に、ファシストの暴力は騎士道精神にもとづいたものでなければならない。絶対に……わが身を危険にさらさずに境界を越えることはできない。われわれにとって暴力は、習慣でも様式でもなく、ある種の例外的措置である。われわれにとって暴力は、個人的な復讐という性質ではなく、国家の防衛としての性質を有するものである。

ベニート・ムッソリーニ、「暴力をめぐって」、『ポポロ・ディタリア』、一九二一年二月二十五日

ポレジネの農村地帯　一九二一年二月末、夜

田舎家は眠っている。ポー平原の凍てつく冬の、静寂と暗闇のなかで眠っている。夜は深く、太陽はちょうど地球の裏側を照らしている。夜が忘却に満ちる時間、時の流れがとまる時間、狼の時間だ。家のなかだろうが、外だろうが、半径一〇キロ以内のあらゆる生き物が眠っている。子供も老人も眠っている。女も男も眠っている。父も、母も、息子も娘も眠っている。家畜も、犬も、何百種類という野生の獣も、三角州の湿地で冬眠している哺乳類も、爬虫類も、両生類も、魚類も眠っている。

トラックはフェッラーラから出発した。半ダースほどの男たちが、むき出しの荷台に坐っている。町を出る前に、食堂でたっぷりと食べ、笑い、賭けに興じ、それから、なじみの店でリキュールを呷《あお》って時間をつぶしてきたところだ。軍の放出物資のトラックは、ソリッドタイヤでひどくゆっくりと進んでいる。沼地の排水のために設けられた水路のあいだで、霧が立ちこめる曲がりくねった道をうろうろしている。このあたりは地盤沈下の度合いが激しく、かなりの部分が海面よりも低い位置にある。沈下する地盤、ゆっくりと沈潜する大陸の切れ端に、ソリッドタイヤがなおのこと重みを加え、大地の表皮の下、果てしなく広がっている岩屑《がんせつ》質の地層を押し下げる。

田舎家を視認できるところまでくると、トラックはさらに速度を下げ、ほとんど人が歩くのと同じくらいの速さで進む。誰かがヘッドライトを消すように言ったものの、からっぽの空に月は出ておらず、明かりがなくては道に迷ってしまうに違いなかった。地面を這って生きる卑しい生き物たちが、ヘッド

ライトに引きつけられ、ことごとく棲み処から顔を出した。鼠、もぐら、とかげ、やもり、蛇、みみず、毛虫、蛙、百足《むかで》らが、腹ばいになってトラックに近づいてくる。あらゆる大きさ、あらゆる重さの蛾が、ヘッドライトの人工的な明かりにぱたぱたと体をぶつけている。

ニンニクガエルの丸っこい小さな体に、トラックのタイヤが接近する。蛙はむなしく、角質に覆われた脚で地面を掘り返そうとする。伸縮性のあるちっぽけな肉体の、オリーブ色の斑点があるその背中に、岩のようなものがのしかかる。ゼラチン質の表面がぴんと張りつめ、直後に破裂音が鳴り、体から吐き出された空気や液体と混ざり合う。田舎家の庭に押し入るころには、トラックのタイヤは地面をつかむ力を完全に取り戻していた。

男たちは家を取りかこみ、住人の名前を呼んだ。標的を呼ばわる声が、身じろぎひとつしない田園の静寂のなか、一キロ先まで響きわたる。イタリア製かオーストリア製かの違いはあれど、ひとりを除いた全員が、大戦で使用された小銃で武装している。銃を持っていない人物は、背が高く、黒革のトレンチコートを着用している。バイク乗りを思わせる大ぶりな眼鏡が、顔のほとんどを覆い隠している。銃の代わりに、先端が鉄塊で強化された、大きな棍棒を握りしめている。この男が、夜のしじまのなか、標的の名を呼びつづける。

農村同盟の支部長は、トラックが近づいてくる音を聞きつけ、暗闇のなかにヘッドライトの光を見てとると、裏手の戸口を出て畑の方へ走っていった。黒のトレンチコートを着た男が、棍棒で玄関の扉をぶち破っているころには、すでに安全な場所へ逃げおおせていた。住居の破壊は、徹底的に、なんの迷いもなく遂行された。浮かれ調子になった破壊者たちは、前日のパンがしまわれている長びつにまで拳銃の弾丸を撃ちこんだ。遠くで妻や娘の恐ろしい悲鳴が響いていることに気がつき、逃走中の男は来た道を引き返した。両腕を開いて、中庭の男たちに近づいていく。

「ほら、ここだ。俺に用があるんだろう？」

男は外壁に背をつけて立たされた。息子の、夫の、父親の処刑に立ち会わせるため、老人、妻、子供たちが庭に連れ出され、死刑囚射撃隊を気どる男たちが一列に並んだ。ふたりの娘――おそらく七歳と九歳――は、泣き叫ぶようなことはしなかった。差し迫る父親の死と、自分たちの世界の破局を前にして、口がきけなくなっている。

部隊の男たちは銃を構えた。バイク乗りの眼鏡をかけた男の号令を合図に、いっせいに引き金が引かれる。ところが、支部長は倒れなかった。男たちは銃口をやや上に向け、見せかけの処刑を実行したのだ。

夫の無事を知った瞬間、妻はわっと泣きだし、とめどなく安堵の涙を流しつづけた。夫は家の壁から離れ、用心深く妻の方へ近づいていった。気がついたのは、年嵩《としかさ》の娘だけだった。小さな手を家の外へ向かって高く伸ばし、終生にわたり耳の奥にとどまるであろう叫びをあげた。

「だめ、お父さん、逃げて、逃げて！」

眼鏡をかけた男は、鉄具のついた棍棒を頭上でくるりと回転させ、支部長の頭蓋にしたたかな一撃を食らわせた。地面に倒れこんだ父親が、娘たちの方へ這っていく。血まみれになった顔で、なにか意味をなさない言葉をつぶやいている。そんな父親を、男たちが銘々の棍棒で打擲《ちょうちゃく》する。

もうだめだ、死んでしまう。ところが、人殺したちの頭目は、虐殺をやめるよう手下どもに合図した。地面に横たわる男の方へゆっくり進み、その体にまたがって膝を折ると、まるで唐突に便意でも催したかのように、下品で不作法なしぐさでもってしゃがみこんだ。男は便を出す代わりに、トレンチコートのポケットから拳銃を取りだし、半死人の背中に銃弾をお見舞いした。体がびくんと跳ねあがった。これで終わった。

帰り道、トラックの荷台で肩を寄せ合い、人殺したちは歌っていた。三角州の河川敷から顔を出した太陽が、天地創造の一日目のごとくに世界を照らす東の空に、男たちの歌は消えていった。この夜をもって、ポレジネの農村地帯の生活は一変した。恐怖が霜の膜のなかで、鋭く、均質に、いたるところへ拡がっていく。

牢屋がなんだ／むごい死に方がなんだ／この強い男たちに覚悟させよう／いま死んだって構やしないと。／世界は知っている／黒シャツを着ているのは、殺して死ぬため、戦って苦しむためであることを……

フェッラーラの行動隊の隊歌

アメリゴ・ドゥミニ　フィレンツェ、一九二一年二月二十七日－三月一日

その報せは人から人へ、町角から町角へ伝えられた。会合はオッタヴィアーニ通りの事務局で、午後三時から。アンティノーリ宮に面した広場で、「赤ども」が爆弾を爆破させた。すべてのファシストは、武装して集結せよ。

正午を知らせる空砲のごとくに、爆発音は市街地のすみずみまで響きわたった。しかし、それは空砲ではなかった。それはいつもの「ボリシェヴィキ」の仕業《しわざ》だった。神とも、祖国とも、家族とも無縁に生き、背後から人を刺しては倒れた敵を辱める、いつもの卑怯者どもの仕業だった。共和派の黒いネクタイがはためているのを見たという者もいれば、赤いカーネーションの目撃談もあり、また別の者は、アナーキストの所業だと主張した。だが、そんな違いはどうでもいい。この日は、ナショナリストとファシストの支持を受けた自由党が、学生団の隊旗をお披露目することになっていた。まず、サン・マルコ教会とドゥオーモでミサに参列してから、関係者はぞろぞろと菓子屋の方へ移動していった。愛国者の行列の先頭がサン・ガエターノ教会の前を通りかかったとき、その足もとで爆弾が炸裂した。これが事実だ。

爆弾を投げたテロリストのことは、誰も見ていなかった。現場にいた憲兵は、狂ったように銃を乱射した。地面は薬莢に埋めつくされ、あたりはさながら戦場のようだった。頭蓋から脳みその中身を垂れ流している兵士と、四肢がずたずたになったファシストの青年を、ミゼリコルディア会が担架で運んで

いった。ふたりとも、病院に到着する前に息を引きとった。負傷者は数十人にのぼり、重傷を負った者も少なくなかった。死者の数はまだまだ増えるに違いなかった。

町は恐怖に引きつったようになった。救急車が病院に向かう途中、付き添いで同乗したファシストが通行人に向かって、犠牲者のために首謀者を見つけるよう大声で呼びかける。ロッジャ・デル・ビガッロの前を通りかかったとき、鳩目に赤いカーネーションを挿した男が、忌々しげに新聞を振りまわしているのが見えた。被害に遭った同僚の護衛として救急車の踏み板に立っていた憲兵は、怒りのあまり涙を流し、拳銃を構えるように片腕で小銃を支え、カーネーションの男に向けて引き金を引いた。即死だった。同じ救急車が、カーネーションの男の死体も運んでいった。

オッタヴィアーニ通りの事務局に集まったファシストの数は、一〇〇人に届くか届かないかというところだった。この日は日曜で、普段の祭日と同じように、少なくとも五つの行動隊が近隣の農村へ遠征に出かけていた。町に残っていたファシストは、全員が事務局に馳せ参じた。それはおなじみの顔ぶれだった。キオストリ、モローニ、マンガニエッロ、華奢《きゃしゃ》でぞうきんのように青白い、ヴェネツィアの伯爵の「御子息」ことアンニーバレ・フォスカリ、いつもどおり髪がぼさぼさの巨漢カパンニ。がやがやと騒がしい室内で、気の触れたピッロ・ネンチョリーニが洟をかむ音が、ひときわ騒々しく響いている。禿げで猫背のネンチョリーニは、身ぶり手ぶりを交えながら、ひとりで冒瀆《ぼうとく》の言葉を吐きつづけていた。「呪われた神め、不死の神め、呪われた神め……」。部屋のすみではブルーノ・フルッリーニが、険しい顔つきで拳銃に弾丸を込めている。

事務局に集まったファシストは、ディーノ・ペッローネ・コンパーニ侯爵が話を始めるのを待っていた。ここ数か月、フィレンツェのファッショはまっぷたつに割れていた。一方には、上流階級のサークルに自由に出入りできる新参のファシストがいる。もう一方には、老いた両親に養ってもらいかろうじて生きているドゥミニのような男や、チック症と怨恨のなかに閉じこもっているウンベルト・バンケッリのような男や、犯罪証明書が窃盗歴で埋まっているトゥッリオ・タンブリーニのような男がいる。絶望した男たちには、どんなことでもやってのける準備がある。だが、ピサでの懲罰、社会党の新聞社への放火、「赤ども」に三色旗を掲げさせるための県議会での騒擾《そうじょう》といった場面では、とにもかくにも一丸となって行動した。報酬に違いはない。抱えている憎しみはみな同じだ。

内部の亀裂を埋めるために担ぎ出されてきたのが、これから演説するコンパーニ侯爵だった。ファシストのなかではやや年長の部類——おそらく四十代だろう——に入る人物で、きわめて口数が多く、いまだに母親の家で暮らしている。侯爵夫人である母親は、かつてはグレーヴェに農地を所有していたという話だが、賭け事の負債のせいですべては露と消えてしまっていた。戦時中、甘ったれの坊ちゃんは兵站部《へいたん》に引きこもって戦闘から逃れ、戦後は、賭け事の負債が理由で騎馬隊の将校から一等兵へ降格させられた。ドゥミニやバンケッリからは「クラーニャ伯爵」と陰口を叩かれ、ほんとうの貴族からはつねに侮蔑の眼差しを注がれている〔「クラーニャ伯爵」は、十七世紀に活躍したイタリアの詩人アレッサンドロ・タッソーニの『奪われた桶』に登場する臆病な騎士〕。とはいえ、フィレンツェの名士というのは細かいことにはこだわらない大らかさも持ちあわせていた。なにかと利用価値のある人物ではあったので、侯爵がまずまずの生活を送れるように、周囲が面倒を見てやっていた。

とうとうペッローネ・コンパーニ侯爵の演説が始まった。電報の文面でも読みあげるように、一語一語をはっきり区切って喋っている。

「目には、目を、歯には、歯を！　ボリシェヴィキの頭領たちは今宵のうちに、恥ずべき蛮行の報いを受けることだろう！」地鳴りのような喝采が湧き起こった。ペッローネ・コンパーニは続ける。「警察や憲兵よりも先に行動を起こさなければならない。治安を守り、正義を執行するのは、われわれの役目なのだ」。そう言いながら、上着のボタンを外し、ベルトに挿《はさ》んである拳銃をひけらかす。

軽く話し合いが行われた。計画について熱弁が振るわれ、行動隊は五つに分けられた。警察がやってきてファシストに嘆願した。どうか復讐はやめてほしい、フィレンツェに銃口を向けてはいけない。誰ひとり、警察の言葉に耳を傾けなかった。ファシストは報復に向けて出発した。

ドゥミニは「カフェ・ガンブリヌス」に自身が指揮する行動隊の司令部を置いた。ドゥミニの隊には、つねに彼の傍《かたわ》らに控えている相棒バンケッリや、仲間内では「ジジ」と呼ばれているルイジ・ポンテッキがいた。ジジは元サイクリストで、すでに五十の峠を越しており、ひとたび棍棒を握れば敵の息の根をとめるまで振り下ろすのをやめない、隻眼の奇人だった。日が暮れるまでは、ドゥミニらはあくまで、喪に服すために店を閉めさせたり、半旗を掲げるように指示したり、手の甲で顔を打ってレストランから人払いをしたりするにとどめておいた。ときには、通行人を呼びとめて、警察のように身分証明書をチェックすることもあった。抗議する者には、拳をお見舞いしてやった。しかし、そんなことをしなくても、通りからは瞬く間に人気《ひとけ》がなくなった。装甲車が町中を走りまわり、工兵隊のサーチライトがミケランジェロ広場を照らし、庶民的な界隈、「赤」の界隈に続くアルノ川の橋のいくつかを、警察の機関銃が臨戦態勢で見つめている。いたるところに、悪夢のような空気が充満していた。どこで復讐が果たされるのか、誰にもわからなかった。

やがて、ファシストのなかのひとりが妙案を思いついた。三〇人ほどの行動隊が、軍隊のように「三×三」の隊列を作り、道の真ん中を行進していく。たいていは軍服姿で、ヘルメットをかぶっている者もいれば、房飾りのついた黒いフェズ帽をかぶっている者もいる。途中、ジノリ通りで葬送行列と行き違った。脇へ寄った男たちは、司令官から軍隊式の敬礼をするように指示を受け、いっせいに顔の向きを変えた。通行人は、男たちがみな拳銃を握っているのを見て恐怖に駆られた。全員が、銃身を右肩に寝かせて歩いていた。

　行動隊はタッデア通りを進み、じきに午後六時になろうかというころ、通りの二番地までやってきた。日没の時間で、冷たく乾いた突風が吹きつけてくる。鉄道員組合の扉は、開いたままになっていた。見張りはいない。行動隊の大部分は通りに残り、イタロ・カパンニとほか二名だけが、組合の階段をのぼっていった。

　男たちは慎重に建物のなかを移動した。二階の扉も半開きになっている。誰もいない。各部屋へ通じる廊下にも、まったく人影がない。おそらく「赤ども」は、オルトラーノ地区に身を隠しているのだろう。静かだった。あたりは薄闇に包まれている。だが、ひとつだけ、扉からわずかに明かりが漏れ出ている部屋があった。男たちは扉を押した。捜しもとめていた相手がそこにいた。机に向かい、口には煙草をくわえている。フィレンツェが戦争状態にあるなかで、彼は、スパルタコ・ラヴァニーニは、鉄道員組合の書記長にして週刊新聞『アツィオーネ・コムニスタ』の編集長は、トスカーナの全ボリシェヴィキから革命の担い手として期待されているこの男は、ひとり自分の仕事場にこもり、背中を曲げ、手にペンを持ち、紙になにか書きつけていた。倦《う》むことなく、無防備にペンを走らせ、みずからの務めに邁進し、草稿を手直ししている。まるで、一度の不注意、一か所の誤植によって、世界の運命が変わるとでもいうかのごとくに。

　スパルタコ・ラヴァニーニが紙から顔を上げたとき、視線の先、一メートルの距離に、彼の命を奪いにきた殺し屋が立っていた。額に銃口が向けられる。射撃の名手であり、老いた猟師でもあるこの男は、無力な獲物に一発目を撃ちこむという、つねに自分のために確保してある特権を行使した。

　ところが、銃弾は的を外した。ラヴァニーニは鼻の下にかすり傷を負った。机に頭を強く打ちつけ、それから床に倒れこんだが、まだ死んではいなかった。二発目は至近距離から、左耳のど真ん中に撃ちこまれた。大きな獲物はうつ伏せになっている。すでに絶命しているであろう標的に向かって、殺し屋はなおも数回、わきの下あたりを狙って引き金を引いた。ラヴァニーニはもう、床に横たわったままぴくりとも動かない。

そのとき、殺し屋の頭のなかに、悪魔的な思いつきがむらむらと湧いてきた。あたかも、いましがたみずからの悪意が粉砕した宇宙の秩序を、すっかり元どおりにしようとするかのごとくに、無惨な姿に成り果てた犠牲者の髪をつかみ、仕事に没頭していたところを不意に襲われるまで腰かけていた椅子に坐りなおさせ、殺戮《さつりく》のあいだもずっと吸っていた煙草を口から外して、死者の折れた歯と歯のあいだに詰め物のように挿し入れたのだ。犠牲者の口のなかで、殺し屋の唾液が血と混ざり合う。

この夜、町はふたつに割れた。悲劇の夜が明けるころ、アンティノーリ宮の爆弾とスパルタコ・ラヴァニーニの殺害が刻んだ深く長い断絶に沿って、ふたつに割れたフィレンツェが目を覚ました。

数世紀にわたりこの町を形づくってきた熟練の職人たちが、闇夜の数時間のうちに、接合剤も使わずに石を積み、舗石でバリケードを築きあげて、アルノ川の左岸をフィレンツェのほかの部分から切り離した。襲撃を恐れる人びとは、サン・フレディアーノからスカンディッチまでの庶民的界隈に閉じこもった。右岸は右岸で、民衆の暴動を恐れ、軍隊を展開していた。ヴィットリオ・ヴェネト広場に並んだ六五門の大砲が町を睥睨《へいげい》し、臨戦態勢の警察が橋を封鎖する。鎮圧は間近に迫っている。誰ひとり、警察でさえ、思い切って左岸に足を踏み入れようとはしなかった。アルノ川を隔てた先に、安らかな眠りを食《は》んでいる者はいない。スパルタコ・ラヴァニーニのために涙を流し、この先の展開に幻想を抱くことなく、ひたすら自問している。誰が爆弾を投げたのだろう？　労働者による五〇年の歩みを危機にさらして、誰が得をするというのだろう？　誰かがこんなふうに喚いている。人ごみで爆弾が爆発すれば、殺したのが誰であれ、殺されたのが誰であれ、最後には左翼のプロレタリアが犠牲になるのだ。

町では朝から、生活の火が消えた。ラヴァニーニ殺害の報が広まるなり、鉄道員はリフレーディ駅、カンポ・ディ・マルテ駅、サン・ドンニーノ駅で列車の運行をとりやめた。それからすぐに、トラムの車掌が連帯を表明し、電気技師がそのあとに続き、次第次第に、ほぼすべての職種のプロレタリアートが闘争の輪に加わった。水、ガス、電気がとまり、電車とトラムがとまり、店舗は営業をとりやめた。

ファシストは正午までは行動を起こさなかった。昨晩は、オッタヴィアーニ通りの事務局で、ポンチをがぶがぶとやりながら眠気と戦って過ごしていた。遅く目を覚まし、昼食をとったあとで、左岸のサン・フレディアーノ地区を襲撃するため、縦隊を組んで出発した。ずっと遠くの、サン・ニッコロ橋から川を渡った。急坂をのぼり、コッリ通りを進んでいく。ファシストの数は少なかった。しかも、これから乗りこもうとしているのは、いま勝たなければ二度と勝てないことに気づいている者たちの、執拗な怒りによって守られている界隈だ。

タッソ広場までやってくると、砲弾の代わりを務めるさまざまな物体が、ドゥミニ一行の頭上に降りそそいだ。瓦に始まり、壁から引きはがされた扉、ナイトテーブルの大理石ときて、しまいには石造りの流し台まで降ってきた。庶民階級の女たちが家の男ども焚きつけながら、狂乱の態《てい》で喚《わめ》いている。窓から銃弾が放たれる。ファシストのひとりが、地面に倒れこみ苦悶のうめきをあげた。グレーの服からくすんだ色合いの血が流れだし、石畳を汚している。さしものアルディーティも、手近な表玄関に身を寄せて、庇の下に姿を隠さざるをえなかった。軍隊の大砲は、アルノ川の右岸から動く気配はない。もはやこれまでかと思ったところで、警察の装甲車がファシストを救出しに来た。

ファシストの襲撃が失敗したあと、警察は軍の介入を要請した。サンタ・トリニタ橋とカッライア橋から、第八四歩兵隊と第六九歩兵隊が、ベルサリエーリにともなわれてオルトラーノ地区へ進入した。

「赤」のバリケードは装甲車に突破されたが、それでも民衆は諦めなかった。軍隊は仕方なく、家から家へ攻撃を加え、抵抗の拠点を一か所ずつ潰していった。ファシストは軍と警察のあとに続いて、敵が立てこもる界隈に踏みこんだ。ひっきりなしに救急車が行き交い、ミゼリコルディア会のサイレンがあちこちから聞こえ、残虐行為の噂が界隈を駆けめぐった。

アルノ川にかかるとある橋を、武装した共産主義者の集団が監視していた。そこへ、手袋に革製のゲートルという出で立ちの青年――どこからどう見ても労働者ではない――が自転車に乗って通りかかり、無思慮にも、橋を渡らせろと強硬に言い張った。青年は共産主義者に撲殺され、遺体はアルノ川に遺棄された。この件を指して、暴行されたファシストは橋の欄干にしがみついていたのに、共産主義者がその手を痛めつけて落下させたのだという噂が広まった。青年の遺体は、鉤で河床をさらって引き揚げられた。顔にはたくさんの打撲傷があったが、手にはまったく傷痕はなかった。

ふたつに割れたフィレンツェに、二度目の夜の闇が下りた。ヴェスプッチ病院そばのボルゴ・オンニサンティ通りや、サンタ・マリア・ヌオーヴァ病院の開廊は、負傷した親族や友人の容態を知ろうとする人びとであふれかえった。

三月一日の朝、戦闘が再開された。ポンテ・ア・エマ地区では、女子供はすでに丘の上に避難させられ、界隈には男しか残っていなかった。この街区の防衛を突破するには、大戦で使用された七五口径カノン砲まで持ち出さなければならなかった。サンタ・クローチェ広場周辺の戦闘は五時間続いた。夕方近くになって、兵士たちはようやく、勝利の凱歌をあげながら戻ってきた。ベルサリエーリは、青い飾り房のついた赤のフェズ帽をかぶって、「マメーリの讃歌」を歌っている〔「マメーリの讃歌」は、十九世紀の愛国詩人ゴッフレード・マメーリの詩に、ミケーレ・ノヴァーロが曲をつけた作品。一九四六年にイタリア国歌として採用されている〕。共産主義者から奪った赤い旗を振り、レーニンの巨大な肖像画をひけらかしている。

マルテッリ通りに到着すると、カノン砲と砲架がミモザの花で飾られた。

どこへ行っても、警察と軍隊が盾となって、敵の協会の拠点を蹂躙《じゅうりん》するファシストを援護していた。警察権力はもう、投獄をちらつかせてファシストを脅すようなことはしなかった。それどころか、ファシストは軍のフィアット・15・Terに同乗し、一二〇丁の小銃と三ケースの手榴弾を提供されていた。

その日の終わり、ティントーリ通りの労働評議会の一室で、それまでの五六時間ひっきりなしに神を罵倒しつづけていたピッロ・ネンチョリーニが、長椅子、名簿、赤旗の山に火をつけた。みながその様子を遠巻きに眺めるなか、誰かがネンチョリーニをからかった。

「おい、ピッロ、新品の靴まで燃やさないように気をつけろよ」

「うるさい、ほっとけ、俺はみんな燃やしたいんだ、不死の神め」

痙攣《けいれん》症の悪態吐き、終わりのない怒りに音溝《おんこう》が彫られたレコード、仲間たちからも距離を置かれる狂《きょう》癲《てん》の野良犬は、ひとり部屋に残って火にあたっていた。炎の熱が両手に伝わり、体に幸福が広がっていく。

市民たちよ、「新たな人類《ウマニタ・ノヴァ》」、「新たな秩序《オルディネ・ヌオーヴォ》」とやらの擁護者が、あらゆる犠牲と引き換えに平和を得ようとする悪臭ふんぷんたる十字軍騎士が……またしても野蛮な犯罪をたくらみ、決行した……汚らわしい巣から這い出て……われらの息子を、若き同胞《はらから》を殺したのだ。美しく、無垢であるということが、犠牲者たちに負わされた罪であった。〔「新たな人類」と「新たな秩序」は、アナーキスト系の新聞『ウマニタ・ノヴァ』と共産主義系の新聞『オルディネ・ヌオーヴォ』へのほのめかし〕

アンティノーリ宮の襲撃の後に市街地に貼り出された、フィレンツェのファシストのチラシ、一九二一年二月二十八日

日が沈むころ意図せずして衝突に巻きこまれ、あたら命を落としたジーノ・ムニャイのことを思って、われらが深い悲しみに暮れているあいだ、スパルタコ・ラヴァニーニの身の毛もよだつような死の報せが、われら兄弟の心を粉々に打ち砕いた……ラヴァニーニが殺されたのは、心静かに書記の仕事に精を出しているときだった……自由な精神をもって表明された彼の思想が、敵の怒りを買ったのだ……煙草を吸いながら、いかなる罪ともかかわりのない活動に没頭していた最中に、殺し屋が待つ扉を開けに行った……犠牲者たちが、墓のなかで安らかに、永遠の眠りにつくまでは、駅にも、工場にも、人影が戻ることはないだろう。

フィレンツェの社会主義者の鉄道員が市街地に貼り出したチラシ、一九二一年、二月二十八日

フィレンツェのプロレタリアートの反乱は、高潔さと激情を旗印とした、非の打ちどころのない行動だった。歴史を記述する者は、二日間にわたり民衆がいかにして街区と住居の主人となり、武器を手にいかにしてそれらを防衛したかを語らなければならない。粗末な武器で機関銃と大砲

に対峙した、労働者の冷然たる胆力を讃えなければならない……戦いに斃《たお》れた指導者や党員に、感謝と別れのあいさつを送るとともに、ここにはっきりと断言しよう。われわれの誰しもが、みずからの番がまわってくれば、襲い、倒れ、死に、殺す用意があるのだということを。抗うことなく暴力と侵害を甘受するくらいなら、五〇人の亡骸を石畳のうえにさらそうではないか。そのほうがはるかに、一〇〇倍も望ましいことだから。

パルミロ・トリアッティ、「フィレンツェが示した模範」、『オルディネ・ヌオーヴォ』、一九二一年三月二日

われわれには、なにひとつ実現する力がありませんでした。資本家たちの戦争が終わったあとで、われわれもまた自分たちの戦争を戦いました。しかし、われわれの戦争は弱者の戦争です。今日、われわれは革命を成し遂げる前から、反革命の波にさらされています。

リナルド・リゴラ、社会党改良派の指導者、労働総同盟の代表者会議における発言、一九二一年三月一日

秩序を再建するという任務がファシストに託されて以後、イタリアの秩序はかつてないほどに乱れている。

ルイジ・サルヴァトレッリ、「階級と国家」、『スタンパ』、一九二一年二月二十二日

ベニート・ムッソリーニ　ミラノ、一九二一年三月五日

「昨日、『ポポロ・ディタリア』主筆のベニート・ムッソリーニ氏が航空事故に遭った。午後、アルコレ飛行場にて、パイロット免許取得のために、飛行士のチェーザレ・レダエッリ氏の指導のもと訓練に取り組んでいたときのことだった。突如として機体が傾き、高度四〇メートルから、たちまち落下していった……」

事故の原因は、エンジンの冷却管に詰まった一個の松かさだった。些細な事故が、ときとして、歴史の流れを変えることもある。アルコレのちりめんキャベツ畑の片隅、この世の尻の穴のような場所で、すべてがゆがんだ鉄板となって終わることも有りうるのだ。

春の気配が感じられるころになって、ムッソリーニはようやく飛行訓練を再開できた。しかし、三月二日の晩、妻のラケーレは、ユリウス・カエサルの妻カルプルニアのごとく、ひどく嫌な予感に襲われた。しかし夫は、ヨーロッパではじめての、自機を駆って空を旅した政治家になると心に決めており、無知な田舎者の迷信なぞに引きとめられはしなかった。妻を安心させるために、飛行士用の毛皮のコートは家に置いたままにして、自転車でアルコレまで駆けつけた。

二度目の飛行の最中、田園の上空をぐるりと旋回したあとで、エンジンの働きが急に低調になった。不時着を試みる時間の余裕もなかった。機体は推力を欠き、高度四〇メートルから錐もみ状態になって落下した。レダエッリは、体のところどころに擦り傷を負っただけで、ほとんど何事もなくこの事故を

切り抜けた。一方のムッソリーニは、頭蓋に軽い外傷と、左膝に強い打撲傷を負い、ポルタ・ヴェネツィアの救急病院で応急手当を受けた。家に帰ると、ラケーレが恐慌に陥り、発狂したように喚き散らした。「やっぱり！　やっぱり！　だから言ったのに！」

悪いことばかりではなかった。たいした怪我もしていないのに、あの『コッリエーレ・デッラ・セーラ』が今回の事故を取りあげたのだ。二年前、戦闘ファッショ創設が報じられたときと同じだけの紙幅が割かれていた。見方はどうあれ、イタリア政治の新たな支配的潮流として、ファシズムが注目を集めていることは間違いない。次の選挙で、ファッショは政党に改組されるだろう。それどころか、ファッショこそが、政局の鍵を握る存在になるはずだ。主筆は事故前日の紙面に、はっきりと書いていた。国会は一日ごとに一〇年分も老けこんでいる。新たな状況に対応するには、新たな男たち、新たな議会を選出するほか道はない。

ファシストを、暴力の十字架に磔《はりつけ》にすることなどできはしない。誰より先に、自分自身を説き伏せようとするかのように、主筆は飽くことなく繰り返した。暴力とは、ファシストが犠牲の精神をもって運んでいる十字架であって、それ以上のものではない。トスカーナからは毎日のように、野蛮な報せがもたらされている。エンポリでは三月一日、ファシストの懲罰遠征を恐れたボリシェヴィキの民衆が、海軍の機関助手を待ち伏せて襲撃した。襲われたのは、ボリシェヴィキの鉄道員のストライキによって運行が停止された鉄道を動かすために、火夫としてフィレンツェに移ってきた人びとだった。九人が死に、一〇人が負傷した。恐怖にとりつかれた農夫らは、猛り立つ野獣のように、哀れな機関助手の亡骸をずたずたにしたと伝えられている。

人道的観点から見るならば、痛ましい事件としか言いようがない。他方、歴史的必然性という観点から見るならば、暴力は不可避の過程である。これもまた、彼が『ポポロ・ディタリア』の紙面でたえず繰り返している主張だった。現下の危機を通じて、世界は均衡を取り戻す。手綱を緩める気はさらさらない。社会主義者が罪を犯すたびに、容赦ない報復が彼らに襲いかかるだろう。戦いは続く。休みなく、絶え間なく。この戦争を始めたのはファシストではないが、この戦争を終わらせるのはファシストだ。いま必要なのは、暴力をより知的にすることであり、外科的な暴力を創出することである。

ムッソリーニは新聞に何度も書いた。暴力は、芸術のための芸術ではない。むごいながらも不可避な営み、それが暴力である。

しかし、頭に包帯を巻いて横になり、膝の関節に血塊《けっかい》を溜めこんだ状態では、さしもの主筆も健筆の振るいようがなかった。昨晩は熱が四〇度まで上がった。ビンダ医師は頭を五針縫い、怪我した方の足から血を吸引した。一九一七年に、臼砲の爆発によって負傷したときと同じ足、同じ膝だった。あのときも、傷口がなかなかふさがらず、足の感覚が失われて歩行が不具合になった。どうやら血が汚染されているようだと、ビンダ医師が言っている。脊髄癆《せきずいろう》。梅毒の第三期症状。医師は患者に金塩《きんえん》を投与した。ムッソリーニの血漿《けっしょう》は、血管のなかで鎮まっていることをよしとしなかった。

そのあいだ、エッダは頭をはたかれてキッチンでえんえんと泣き、ヴィットリオとブルーノは揺り木馬のまわりで取っ組み合いの喧嘩をしていた。どんな男も、家庭のなかで七日以上生きのびることは不可能だろう。

ラケーレが来客を告げた。怒りに駆られているらしく、顔から血の気が引いている。事故を起こしてからというもの、やかましい見舞客やら、安否を気遣う手紙やらが次から次に押し寄せ、ラケーレは気が休まる暇がなかった。おまけに、窓の下ではファシストの闘士たちが、アルディーティの讃歌「青春」を大声で歌っている。

夫婦の寝室の入り口に――そこに、彼の自宅に、彼の妻のすぐうしろに――マルゲリータ・サルファッティがいた。いつものとおり、咎《とが》めようのない立ち居振る舞いだった。優雅で、礼儀正しく、よそ行きの丁寧な言葉遣いで恋人に話しかける。サルファッティは子供たちへの贈り物を持参していた。ラケーレとともに毎夜を過ごしているベッドに腰かけるよう、ムッソリーニはサルファッティに促した。

女はすこしも遠慮する素振りを見せなかった。ここ最近、新聞社でもその外でも、ふたりの関係はますます分かちがたいものになっていた。いまではふたりで日記の共有までしており、彼はそのなかで恋人に、いくぶんダンヌンツィオ風ともとれる「帆《ヴェーラ》」というあだ名を与えていた。

「帆《ヴェーラ》」はいま、口もとから不快の念を取り除くのに苦労していた。庶民の夫婦生活、庶民の住居、庶民の暮らしぶりを目の当たりにしたときの、上流階級の人士にお決まりの反応だ。しかし、英明な知性の持ち主であるサルファッティは平静を装った。ヨーロッパの政治について、ムッソリーニに語りかける。暴力の神話の理論家である、あの偉大なジョルジュ・ソレルによる、じつに喜ばしい評言について報告する。ソレルは近ごろ、友人を相手にこんなことを言っていたらしい。「器の大きさという点では、ムッソリーニはレーニンに引けを取らない。彼は、私の本にも書かれていないことを考えだした。つまり、国家と社会の統合だ」

彼は、レーニンにも引けを取らないその男は、夫婦のベッドに横たわりながら、膝の血が沸き立つのを感じていた。

サルファッティが出ていくなり、ラケーレは癇癪《かんしゃく》を起こした。「厚かましいにもほどがあるわ。窓から放り出されなかったことを感謝してもらいたいくらいよ」

夫はまともに取り合わなかった。寝返りを打って、妻の顔を見ないようにする。ばかを言うな、お前はなにか勘違いしているんだ。夫は妻にそう言った。

昨今の出来事はすべて、人道的な観点から見るならば痛ましくはあるものの、同時に不可避の事象でもある。この内的な危機を通じて、国家は均衡を再発見するだろう。ファシストには、歩みを緩める気はまったくない。ファシストは暴力をますますもって知的にしていく。しかし、降伏の白旗が敵陣に高々と掲げられるまでは、けっして暴力を手放すことはないだろう。ファシストは歯をくいしばり、あらゆる出来事に備えている……

ベニート・ムッソリーニ、『ポポロ・ディタリア』、一九二一年三月一日

社会主義者が真摯に武装解除するのであれば、そのときこそ、ファシストもまた武器を捨てるだろう。何度でも繰り返すが、われわれは暴力から満足を得ているわけではない。われわれにとって暴力とは異議申し立てであって、方針では有りえないのだ。むごたらしく、だが不可避な営みとして、われわれはこの一種の内戦を受け入れた……

ベニート・ムッソリーニ、『ポポロ・ディタリア』、一九二一年三月五日

ジャコモ・マッテオッティ　一九二一年三月十-十二日

一九二一年三月十日午後、ジャコモ・マッテオッティは国会で、ファシストの暴力にたいする二度目の告発を行った。

マッテオッティの発言に先立って、議会はデ・ニコラ議長の運営のもと、グリエルミ議員の発議に従い、二日前にアナーキストの革命家によって殺害されたスペインの首相に、満場一致で哀悼の意を表した。イタリアの社会主義者も、個人の生命への侵害行為を非難することには反対しなかった。ただし、社会党はヴェッラ議員の口を借りて、他党との違いを強調することも忘れなかった。スペインで、労働者の利益を志向する自由な政治が受け入れられることを、わが党は切に望む。したがって、これからマッテオッティがなにを語ろうと、その言葉はヨーロッパ内戦という灼熱の冥界《タルタロス》に、目を凝らしても底が見えない深淵に呑みこまれるに相違なかった。

マッテオッティの演説に先立って、コッラディーニ内務次官が発言した。次官は前回のマッテオッティの告発に反論した。暴力の問題を、労使協定の更新をめぐる農村闘争という図式に矮小化《わいしょう》し、地主層の対応が「度を越していた」ことは認めつつも、現政権は目下のところ、ファシストの遠征を鎮圧するためあらゆる策を講じている最中だと請け合った。それから、議長のデ・ニコラはマッテオッティに発言を促した。社会党の若手代議士も、政府からこれだけの言質《げんち》を引き出せれば満足したことだろう。

ところが、ジャコモ・マッテオッティはいささかも満足していなかった。

「夜更け、善良な市民が自宅で眠りについているころ、村へ、田舎へ、人口数百人程度のちっぽけな集落へ、ファシストを乗せたトラックがやってきます。もちろん、土地の地主もいっしょです。つねに地主が案内係を務めています。でなければ、暗がりのなか、人家もまばらな集落で、同盟の支部長の住まいや、わびしく貧相な出荷事務所を見つけられるはずがありません。ファシストがトラックから降りると、命令の声が響きわたります。〈家を囲め！〉少なくて二〇人、多いときには一〇〇人の男たちが、小銃や拳銃で武装して、標的の家を包囲します。同盟の支部長の名を呼び、庭に降りてこいと脅します。降りてこなければ、今度はこう言います。〈出てくる気がないなら、お前の家を、お前の妻を、お前の子供を燃やしてやるぞ〉。観念して出ていったが最後、体をつかまれ、縄で縛られ、トラックに乗せられ、筆舌に尽くしがたい拷問にかけられます。殺してやろうか、溺死させてやろうかなどと脅された末に、裸のまま木に縛りつけられ、畑地に置き去りにされるのです！　標的の支部長が肝の据わった人物で、扉を開けず、自衛のために武器をとろうものなら、夜更けに、一対一〇〇で、ただちに殺戮《さつりく》が決行されます。これがポレジネの遠征の仕組みです」

議場は静まり返っていた。今度ばかりは、野次を飛ばす者も、抗議の声を上げる者もなく、拍手も嘲笑も聞こえなかった。まるで、ポレジネの夜の切れ端がモンテチトリオの丘まで、その闇を投げかけたかのようだった。

続けてマッテオッティは、具体例の列挙に取りかかった。厳密で、正確で、詳細な記述だった。前回の告発とは異なり、下方へ、事実へ、日頃はすぐそばにある事物の陰に隠れている存在の細部へ、マッテオッティの演説は身をよじらせて下降していった。あたかも、いまや村の、道の、人物の名前だけが、言及するに値する対象であるかのごとくに。

サララでは、とある哀れな労働者が、夜半に扉をノックする音を聞いた。誰だ？　彼は尋ねた。知り合いだ！　ノックした人物はそう答えた。そっと扉を開けると、隙間から二〇発の銃弾が撃ちこまれ、男はその場で絶命した。ペットラッツァでは、同盟の支部長が、夜半に家の戸を叩く音を聞いた。そう、いつも夜半なのだ……田園地帯にぽつりとたたずむピンカラという小村では、深夜、出荷事務所の前に一台のトラックがやってきた。事務所というのは、小部屋がひとつあるきりの貧相なあばら家だった……アドリアでは、深夜、社会党の支部長の家に来客があった。男たちは支部長を捕らえ、縛り、アディジェ川まで連行し、水中に沈め、電信柱に縛りつけて置き去りにした……ロレオでは……アリアーノでは……レンディナーラでは……いたるところから、似たような話が伝わってくる。なのに、誰も介入せず、誰も検挙されず、犯罪者がどこの誰なのかもわからない。昼には昼の、夜には夜の世界があるとでもいうように、放火や殺人が繰り返される。いまやポレジネ地方の哀れな農村では、夜中に誰かが戸を叩き、「警察だ」という声が聞こえたなら、それは死刑執行を意味するのだと認識されている。

マッテオッティがここまで語ると、モンテチトリオ宮の議事堂にささやき声が聞かれはじめた。右側の議席に坐る議員たちが、小声で意見を交わしている。政府の責任に話が及んだとき、議場全体にかけられた静寂の魔法が解けた。マッテオッティが声量を上げる。

「ここで行われているのは、私兵団による襲撃、山賊行為の組織化です。もはや政治闘争ではありません。われわれは未開を、中世を生きているのです」

マッテオッティはその後も、左からの喝采と右からの怒号を浴びながら、痛ましい内容を延々と繰り返した。議長は苛立ち、話を終えるよう何度も勧告した。

反論を展開したのはファシストではなかった。右の過激派、マッテオッティの敵ではなかった。そうではなく、ドン・ストゥルツォによって設立されたカトリック政党「人民党」に所属し、ロヴィゴーフエッラーラ選挙区で同党からただひとり当選した、ウンベルト・メルリン議員だった。マッテオッティとは同い年で、ロヴィゴのチェリオ高等学校の同窓でもある。一九一九年、社会主義者の農夫から棍棒で打擲《ちょうちゃく》されていたところを、マッテオッティが体を張って救い出したこともある人物だ。

「マッテオッティは認めなければいけません」。メルリンは明瞭な口調で言った。「同志の死のために泣いていたのは、社会主義者よりもファシストの方が先であったということを」

その言葉は社会党の議員を凍りつかせた。メルリンは、ガヴェッロでとある青年がナイフで刺された件や、バディーアで別の青年が短剣で刺された件に言及し、これらの出来事が、ポレジネに吹き荒れる殺戮《さつりく》の嵐の誘因になったことを指摘した。カトリック信徒の立場を擁護しつつ、メルリンは続けた。「三〇年前、わが県で社会主義者を名乗るには、並はずれた勇敢さが必要とされました。しかし今日、わが県は完全に赤に染まり、立場がすっかり逆転しました。われらの組織に加入し、みずからの信仰や、みずからの父祖の信仰を再確認することは、すべての慎ましやかな労働者にとって、大いなる勇気を要する営みとなったのです」。メルリンはそう言って、かつての級友が坐っている方へ向きなおった。「社会主義者に、誠実かつ明朗な言葉を捧げたいと思います。恥ずべき、耐えがたいこの状況を、文明国の名にふさわしくないこの状況を、変えたいとお考えですか？　そのためには、平和の調停役になるためには、他者の暴力を告発するだけではいけません。みずからの暴力にたいして社会が批判の眼差しを注いでいるというのに、情状酌量を求めてばかりではいけないのです」

拍手が議場を満たした。ファシストの暴力にたいするマッテオッティの二度目の告発も、ヨーロッパ内戦という大釜のなかに沈んで消えた。

二日後の三月十二日、ある政治集会に参加するため、ジャコモ・マッテオッティはピンカラの市長に付き添われて、ロヴィゴ県のカステルグリエルモを訪問した。県全体から集結した一〇〇人規模のファシストが、マッテオッティを待ちかまえていた。つねのごとく、兵隊の多くは、すぐそばのフェッラーラからやってきた男たちだった。

社会党の代議士は、地主連合の事務局へ連行された。マッテオッティはもともと丸腰だったという声もあれば、ファシストから拳銃を取りあげられたのだという者もいた。いずれにせよ、ファシストはマッテオッティに、棄教宣誓に署名するよう強く迫った。マッテオッティは拒絶した。ファシストは農村同盟の事務局に火を放ち、マッテオッティをトラックに乗せた。

マッテオッティはあちこちの農村を連れまわされ、暴行され、罵倒され、行状を改めなければ命はないぞと脅迫された。それから、夜が更けたあとで、レンディナーラ近郊に放りだされた。

身柄の拘束は数時間に及んだ。近隣の農村は、ジャコモ・マッテオッティの話で持ちきりになった。男色行為を強要されたという噂が、あたり一帯を駆けめぐった。

フェッラーラは、人口当たりの娼館の軒数がイタリアでいちばん多い町だ。付近に五つの兵舎があることも、娼館が多く集まる理由かもしれない。十九世紀に二度首相を務めたクリスピは、売春業にかかわる最初の法制度を整え、いわゆる「寛容の家」を、一等、二等、三等という三つの等級に分類した。高級な娼館は一〇リラ、庶民的な娼館は四リラと、法律により価格が定められた。クローチェ・ビアンカ通り、サッカ通り、コロンバ通りといった、物静かなほとんどすべての通り、そしてとりわけ、かつて「線状」に展開していたフェッラーラの長い軸に相当するヴォルテ通りに、娼館が軒を連ねていた。客はヴォルテ通りを歩きながら、十四、五世紀の建築物や、通りの名の由来である、頭上に架かる半円筒形の屋根《ヴォルテ》を眺めて目を楽しませる。

政治を娼館に持ちこまないというのは、客と娼婦が共有する不文律だった。愉しみのためにやってきたのに、堅苦しい話をしても仕方がない。ところが、フェッラーラの娼館では何日も、何週間も、辱《はずかし》めをうけた社会党議員のことばかりが話題にのぼった。ファシストの兵隊や常連客が、あることないことを吹聴し、くだらない噂にあれこれと尾ひれがついていった。金がないため、娼婦といっしょに個室に上がれず、下の階にたむろするばかりの学生も例外ではなかった。彼らでさえ、マッテオッティ議員が棍棒で尻を突かれたという噂をたねに、娼館の女将と冗談を言い合うようになった。学生はげらげらと笑いながら、「マッテオッティ」を実践している客の名前や、「マッテオッティ」の合法性や、「マッテオッティ」の価格について知ろうとした。

ジャコモ・マッテオッティは故郷から追放された。カステルグリエルモで身柄を拘束されているあいだ、彼はファシストからこう言われた。命が惜しいなら、この県から出ていって二度と戻るな。

こうして、身分を隠して各地を転々とする、野良犬のような生活が始まった。どこへ行っても、危険と隣り合わせだった。彼はいまや、法秩序の外にある聖なる人間、彼を殺したところで何人《なんぴと》も罪に問われない存在と化していた。仮住まいの住所は誰にも、郵便配達人にも知られてはならなかった。家族のそばにとどまるために、一か月をヴェネツィアで過ごしたものの、居場所を突きとめられ、そこからも逃げださざるをえなくなった。妻のヴェリアに宛てて手紙を書く際は、差出人の名前を記さないようにした。

「再出発には何年もかかるだろう。そのあいだに、三〇年前の状況に逆戻りしてしまうかもしれない。自分のことはどうだっていい。人生を立てなおす方法なんていくらでもあるんだから。でも、あれほど苦労して興《おこ》した僕らの運動や、いくらかやり過ぎた面はあるにせよ、ようやっと奴隷状態から解放された貧しい人びとのことを考えると、残念でならないんだ」。それから、マッテオッティは妻の不安を取り除こうとした。「どうか安心してほしい。極力用心するつもりでいるから。以前のように、勇気ある行動が有益な時期は過ぎ去った。そんなものには、もうなんの価値もない。むしろそうした行動は、実践した当人だけでなく、周りの人間にとっても有害なんだ」

レアンドロ・アルピナーティ　フェッラーラ、一九二一年三月十八日

牢獄の中と外を、振り子のように往き来する日々だった。

三月十二日、ボローニャ発の列車から降りるなり、レアンドロ・アルピナーティはまた逮捕された。四月はじめにエミリアで予定されている、ファシストの大集会について打ち合わせるため、ミラノでムッソリーニと会う直前の出来事だった。ムッソリーニは待ちぼうけを食わされた。「親友」のアルピナーティには、駅舎から町へ出る時間さえなかったのだ。ホームの端で呼びとめられ、手錠をかけられた状態でロマーニャ行きの列車に乗せられ、そのままフェッラーラのピアンジパーネ通りに立つ拘置所に連行された。レアンドロ・アルピナーティが牢屋に入るのは、この十八か月で五度目だった。

一度目は、ファシストがはじめて選挙に臨んだ一九一九年十一月、ローディのガッフリオ劇場で流血沙汰を起こしたときのことで、四六日間を牢屋で過ごした。その次は約一年後、一九二〇年九月にボローニャで、社会主義者の闘士グイド・ティバルディが、ナショナリストの市民自警団との衝突の際に殺害された一件で逮捕された。だが、たしかにアルピナーティは殺害の現場に居合わせていたものの、銃撃戦には参加していなかったため、勾留からわずか三日で釈放された。三度《みたび》牢屋に舞い戻ったのは、十二月十八日、ボローニャでのことだった。このとき捕まったのは、社会党のベンティーニ議員とニッコライ議員への暴行が原因だった。以前からたびたび脅迫を受けていた両議員は、あの日、強硬にボリシェヴィキ擁護の論陣を張ったあと、裁判所から出てきたところを襲撃された。しかし、このころにはす

でに、社会の潮目が変わっていた。一か月前には、あの「アックルシオ宮の殺戮《さつりく》」が起きており、いまやファッショの黒い帆には順風が吹きつけていた。アルピナーティが牢屋に入れられたのも、みずからの意思で警察に出頭したからだった。臆面もなく、三人の同志を引き連れ、懲罰遠征の件で自首したのだ。警察としては、アルピナーティを逮捕せざるを得なかったが、議会の構成員への侮辱および脅迫罪を告発するにとどめ、暴行罪にかんしては不問に付した。四度目の逮捕は年が明けてからだった。そして今回、ミラノで五度目の逮捕となった。今度の罪状は、ピアーヴェ・ディ・チェントへの懲罰遠征のためにトラックを手配したことだった。アルピナーティ自身は参加していなかったものの、このときの遠征ではひとりの女工員が、「不運にも」命を落としていた。

事態を回避する術はない。目下の状況は、正真正銘の内戦である。ファッショの機関紙『アッサルト』で、アルピナーティはそう言明した〔「アッサルト」は「襲撃」の意〕。社会主義者とファシストはけっして相容れることのない敵同士であり、死にいたる闘争を繰り広げるべく定められている。憎しみの空気が顔のまわりで渦を巻いている。ファシストも社会主義者も、それを吸わなければ生きていけない。

ボローニャ・ファッショも一枚岩というわけではなかった。大土地所有者への肩入れが過ぎるのではないか、ファシストは反動勢力の走狗となりつつあるのではないかという不満が、ことあるごとに表明された。しかしアルピナーティは、理論をこねまわしてばかりの集会に我慢がならなかった。一月三日の集会では、ファッショの左派勢力がフィウーメ軍団と意を通じて、「老いたイタリア」に奉仕する右派を激しく攻撃した。一触即発の空気が漂うなか、『アッサルト』の編集長でもあるディーノ・グランディがあいだに入ることで、どうにかその場は丸く収まった。

書記長の任に就いていたとはいえ、アルピナーティは集会ではまったく目立たず、採決を方向づけるだけの手腕もなかった。しかし、広場での闘争となれば、ディーノ・グランディも含め、男たちは彼のあとについていった。アルピナーティは一個の偶像であり、ボローニャのファシストは彼のことを「指導者《ドゥーチェ》」のように崇めていた。アルピナーティにとって、ファシズムとは「行き過ぎること」だった。マッジョーレ広場の古い敷石を踏みしめる、手のつけられない若さの歩みであり、奴隷根性に支配された無気力な国を揺さぶる、自由で暴力的な組織運動だった。彼は農村のことはわからなかった。だが都市は、ボローニャは、なにもかもが彼の掌中にあった。

週末になると、アルピナーティとその取り巻きは近隣の農村に出かけていく。労働者会館を、組合の事務局を、赤の役場を襲撃し、ボイコットをやめさせ、殴り、破壊し、敵の旗を奪い、マッジョーレ広場に持ち帰り、見せ物を心待ちにする市民の前で盛大に燃やしてやった。ときには、あえて暴力に訴えるまでもないこともあった。パデルノに遠征に行ったときが良い例で、同盟の支部長のなかには、軽く脅迫するだけで、ただちに屈服して旗を差しだす者もいた。

もちろん、激しい戦闘にも事欠かなかった。乱闘で傷を負うことは日常茶飯事だが、アルピナーティはそのほかにも、すでに二度撃たれていた。一度目は十二月にフェッラーラで、二度目は一月二十四日にモデナで撃たれた。これは、その三日前に殺された、ファシストのマリオ・ルイーニの葬儀の最中の出来事だった。まったく信じがたい話ではあるが、ファシストたちはモデナまで、楽しいピクニックに出かけるように、お祭りにでも足を延ばすかのように出かけたのだった。なかには、ボローニャから妻や恋人を同伴している者さえいた。アルピナーティもその例に漏れず、リナと妹を同伴していた。モデナではふたりの同志、二十二歳と十九歳の若者が死亡した。アルピナーティは、くるぶしに拳銃の弾丸を受けて負傷した。その夜、ファシストは報復として、まずはモデナの、次にボローニャの労働評議会に火を放った。警察は静観していた。

いまでは首相のジョリッティも、ファシストを武装解除させる道を模索していた。首相はボローニャの新知事として、チェーザレ・モーリを派遣した。シチリアの暴動や、ダンヌンツィオ主義者のローマにおける騒擾《そうじょう》を、徹底的に弾圧した実績がある人物だ。赴任したモーリが講じた最初の措置は、土曜午後から日曜晩まで――要するに、ファシストが遠征に出かける時間帯――県内のトラックの往来を禁止することだった。アルピナーティの直近の逮捕の原因となったピアーヴェ・ディ・チェントへの遠征にしても、農場にトラックを停め、野天で参加者を荷台に乗せていたところを見とがめられたのだった。

しかしモーリも、こんなやり方でファシストをとめられるはずはなかった。交通禁止などという、面白みにまったく欠けた、老いて干からびた政治家にお似合いの対策で、ファシストの衝動を抑えこめるはずがない。それはたしかに、物事が正しくない方向へ進むこともある。ピアーヴェでは運の悪い哀れな女が、アンジェリーナとかいう名前の女工員が、手違いで銃殺された。よろい戸を閉めようとしていたとき、拳銃で顔面を撃ち抜かれたのだ。

しかし、レアンドロ・アルピナーティはピアーヴェ・ディ・チェントの遠征には参加していなかった。自分たちのリーダーが不当に逮捕されたということで、ボローニャのファッショは激しく反発した。しかも、ファシストのシンパである多くの政党が、レアンドロ・アルピナーティへの、ボローニャのボリシェヴィキを征伐した男への連帯を表明した。商工業同盟にいたっては、アルピナーティの逮捕を不服として、店舗を閉鎖するとまで言って脅してきた。

アルピナーティの五度目の釈放は、三月十七日晩の出来事だった。ボローニャの有力日刊紙『イル・レスト・デル・カルリーノ』によれば、町へ帰還したこの英雄を、「波のように押し寄せる民衆」が歓呼して迎え入れ、ネットゥーノ広場まで付き添っていったという。警察の報告書は、アルピナーティのあとに続いた約三〇〇〇人の行列について伝えている。この時期、状況の推移はじつに目まぐるしかった。今日牢屋に入ったものが、明日には勝利の凱歌をあげて戻ってきた。

ベニート・ムッソリーニ　ミラノ、一九二一年三月二十三－二十七日

二十三時。昼間は熱心に仕事に励む、ミラノの真っ当なブルジョワであれば、もう眠りにつく時間帯だ。今年の復活祭は三月末と、例年より早くやってくる〔復活祭は移動祝日。春分後の最初の満月のあとの日曜日に当たる〕。だが、明日はまだ木曜日だ。復活祭まで、あとすこし働かなければならない。

ヴェネツィア通りに面した邸宅で、軽い夕食を済ませたあと、マルゲリータ・サルファッティは何人かの友人といっしょに、野育ちのフェンネル、ハイビスカス、カノコソウのハーブティーに唇をひたしていた。フェンネルは消化を助け、カノコソウは入眠を促すと言われている。ハイビスカスにどのような効能があるのかは、その場にいる誰ひとり思い出せなかった。

突然、中国製のティーセットの磁器カップがソーサーの上でかたかた震え、それから、この上なく細かな粒子を使った飾り焼結《しょうけつ》ガラスにひびが入った。爆風からコンマ何秒かおいて、轟音が響きわたる。通りに面した大ぶりのフランス窓が激しく揺れる。覚えず、建物が土台から崩れ落ちるのではないかと不安になる。

室内にいた全員が、慌てて窓辺へ駆け寄った。だが外に人気《ひとけ》はなく、あたりは静まり返っている。二分ほどたってから、逃げてくる人びとで通りが埋まりはじめた。ポルタ・ヴェネツィアの方角から、町の中心部へ向かって走っている。

時おりうしろを振り返る者もいるが、走るのをやめることはない。背後の虚空に向けて、あとから追

いかけてくる恐怖に向けて、身ぶり手ぶりでなにかを伝えている。なのに、誰も叫び声をあげていない。理由は定かではないが、その恐怖には声がなかった。錯乱した無声の亡霊が、ミツバチの群れのように夜のミラノを移動している。

ある楽団員の解雇と、同僚たちの抗議による同団員の復帰といういざこざのために、クルサル・ディアナ〔二〇世紀はじめに建造された、ホテルや劇場が入居するミラノの遊興施設〕の公演は予定より大幅に遅れて開幕した。演目はフランツ・レハールの『青いマズルカ』で、一五日目のこの日は興行の最終日だった。

ブルジョワの聴衆はこのオペレッタが大好きだった。単純で作り事めいた筋立て、パロディへの嗜好、豪華絢爛な演出、活気のある鮮やかな音楽、深いことを考えずに楽しめる娯楽性、それになにより、作品の全篇に認められる、躁病的とさえ言いたくなるダンスへの執着が、ブルジョワの聴衆をとりこにした。一〇人、一二人、ときには一六人の踊り手がいちどきに舞台に現れ、世紀末の上流社会を舞台にした、感傷的な物語の無邪気な陽気さを呼び起こす。「友よ、宴の装いに着替えろ、色男になれ、気まぐれな夜がやってきた……」。紳士淑女の皆さま、世界大戦前の生の甘美さを、今宵あなたに。

とはいえ、クルサル・ディアナの光り輝く芸術的なホールには、たくさんの庶民も集まっていた。なにしろこの芝居には、貧しい人びとが心から愛するマズルカのシーンがある。旋回運動を多用する三拍子のダンスで、もとはポーランドの農夫の舞踊だった。ウィンナ・ワルツとよく似ているが、テンポはそれよりも穏やかで、動作はよりきっぱりとし、かかとを打ち鳴らすステップがアクセントを添えている。激しく、それでいて軽やかなこのダンスを、踊り手はふたりひと組になって、輪を描いて演じていく。古代における原初の舞踊の、魔術的な円環だ。鬱蒼とした森の外れ、かぎりない闇に囲まれながらも、ちっぽけな光の染みのなかで踊っていた女と男の、小さくも勇ましい共同体が備えていた、力と結合のシンボルだ。

爆弾が爆発したのは、第一幕の終わりごろだと伝えられている。

爆弾が仕掛けられていた場所は、マスカーニ通り側の楽屋口そばに違いなかった。というのも、この通りは爆発のあと、建物の残骸で埋まっていたから。ガラス窓の骨組みのあいだから覗かれた舞台には、四肢がばらばらになった楽団員の遺体が散乱していた。王国護衛隊が取り除いた瓦礫の山は、あいだに通りを一本挟んだメルツォ通りまで延びていた。

シャッターが半分降りた状態の正面入り口では、警察から派遣された少人数のベルサリエーリが弓なりに整列して、警備と監視に当たっていた。周辺地域では消防署の電話がひっきりなしに鳴りつづけ、一足先に到着した三〇人ほどの男たちが、消防車で消火活動に努めていた。救急隊の担架が建物の残骸から出てくるたびに、ずたずたになった肉体が野次馬の視線にさらされた。ブエノス・アイレス通りから流れこんできた市民たちは、狼狽のささやきを漏らしつつ、負傷者が運ばれていく様子を眺めていた。

近くにあるポルタ・ヴェネツィアの救急病院は、すでに死体と重傷者でいっぱいだった。そのほかの負傷者は、消防隊の救急車で、より遠くの救急診療所に送られた。惨事を受けて自宅を開放した近隣住民の家に運ばれ、応急処置を受ける者も少なくなかった。もはや見る影もなくなった劇場の入り口では、犠牲者の家族が泣き叫び、その声は狼の遠吠えのように夜のミラノに響きわたった。そのまわりでは新聞記者が、翌日の朝刊のために、肉体に加えられた責め苦を詳しく記録していた。階段をあがりきった先、八番のボックス席そばに、女性の長い髪に覆われた頭蓋の欠片がひとつ。一〇番のボックス席内部には、石灰片、ガラスや骨組みの破片のなかに、シルクのシャツの袖に包まれた、女性の華奢な腕が一本。一三番のボックス席と舞台脇のボックス席のあいだに、幼い少女のむき出しになった胴体がひとつ。

アナーキストだ。間違いない、やつらの仕業だ。ミラノの牢屋に入れられている、アナーキストの古くからの首領エッリーコ・マラテスタは、謂われなき逮捕に抗議するため、数日前からハンガーストライキを敢行していた。ときを同じくして、ミラノの町のあちこちで、火力の小さな爆弾が爆発するようになった。今夜の事件の生存者のなかには、アナーキストが舞台に爆弾を投げるのを見たと断言する者もいた。ばかげた話であることは確かだが、爆弾を仕掛けたのがアナーキストだというのも、同じくらい確かな話だった。

ベニート・ムッソリーニはアナーキストのことならよく知っていた。事件が起きた界隈にもなじみがある。ミラノ警察のガスティ署長に会うために、何度も出入りした場所だ。劇場に隣接するホテル「ディアナ・マジェスティック」の上に、署長は自宅を構えている。今回の大量虐殺も、おそらくガスティを狙ったものだろう。

爆発音を聞いて現場に駆けつけたファシストの一団が、人ごみのなかのムッソリーニに気がついた。まわりを取り囲み、すぐに反撃するつもりだとボスに伝える。報復精神を競い合うように、次々に襲撃の対象を列挙していく。『アヴァンティ!』編集部、労組連合の事務局、マラテスタが主導するアナーキストの新聞『ウマニタ・ノヴァ』編集部……。いつもとまったく代わり映えしない標的リストだった。たいていの場合、憎しみには想像力が欠けている。

ムッソリーニはファシストをとめなかったが、駆り立てもしなかった。報復に行くというなら行けばいい。彼はその場にとどまった。ひとり群衆にまぎれ、誰にも気づかれることのないままに、目の前の惨状をつくづくと眺めていた。人目を避けるように、帽子を深くかぶっている。この爆弾はすべてを変えた。この破滅が、イタリアの政治を死に導いた。新たな始まりを告げ知らせる、神意のごとき爆弾だ。

ファシストは若く、彼らには歴史がない。ムッソリーニはこの日の朝、『ポポロ・ディタリア』にそう書いたばかりだった。あるいは、ひょっとしたら、すでに歴史を背負いすぎているのかもしれない。それでも、宇宙の企みを感じさせるこの奇妙な一致には、身震いを覚えずにいられなかった。まるで、血なまぐさく鈍重な神が、比類のない残忍さを発揮して、世紀の暦から宿命の日づけを選びとったかのようだった。ちょうど二年前のこの日、彼はファッショを創設したのだ。あのころは小さかったが、いまでは大所帯に発展した。だが、この大量虐殺は「過去」にほかならない。ファシズムの手に握られているのは、「未来」の大量虐殺だ。

ファシズムとは教会ではなく訓練場であり、政党ではなく運動であり、綱領ではなく情熱である。ファシズムとは、新しい力である。いま重要なのは、深淵の底に視線を投げかけ、暴力のスペクトルのなかに光の性質を正しく浮かび上がらせることだ。銃の照星を見つめる瞳に、ひとつの明白な事実が映りこむ。ベニート・ムッソリーニは、戦闘ファッショの創設者は、みずからの新聞で次のように確言した。ファシストは棍棒で殴ることも、銃撃することも、火を放つこともある。しかし、劇場に爆弾を仕掛けるような真似はしない。社会主義者と路上で戦うことはあっても、オペレッタの観客に、『青いマズルカ』を見て一夜の気晴らしをしようという善良で無防備な一般市民に、害をなすことなど断じてない。ファシストは闘士であり、無差別虐殺者ではないのだから。無差別殺人とは、ファシストではない者たちが、アナーキストが、共産主義者が行使する、暗がりのなかの暴力だ。ファシズムの暴力は光であり、その波長は黄、オレンジ、赤のスペクトルに一致する。黒の盲点に、ファシズムの暴力の居場所はない。ファシズムが考える戦争とは、テロリズムへのアンチテーゼである。いや、むしろこう言おう。ファシズムの戦争とは、テロリズムにたいする戦争である。

明日の紙面に載せる記事は書き終えた。明後日の記事も用意してある。明日には、国家を統《す》べるために立候補する手筈になっていた。

葬送行列は復活祭翌日の月曜に営まれた。虐殺からすでに五日が経過していた。五夜にわたって、亡骸は霊安室にとどめ置かれたことになる。葬儀の挙行が遅れたのは、大衆の死を前にしてなお、党派間の合意が得られなかったせいだった。

社会党が多数派を占めるミラノの市議会は、事件が起きてすぐに、自治体が費用を負担して葬儀を執り行うことを提案した。ところが、多くの市民団体の代表者は、虐殺者と通じていると目される社会党の人間が葬儀に参加することに反対した。捜査の結果、大方の予想どおり、極左のアナーキストの闘士が事件の首謀者であったことがすぐに判明した。そのうえ、トリノとミラノの共産主義者は、今回の虐殺を明確に非難していなかった。長い交渉を経たすえに、ローマがあいだに入ってようやく話がまとまった。中央政府はミラノ県知事を通じて、国葬の挙行を告知した。葬儀で掲げることが許されるのは、弔意を示すために黒く縁どられた三色旗だけだった。それ以外のいかなる旗も、葬儀に持ちこんではならない。

死者二〇名、負傷者八〇名。うち、少なくとも三〇名が重傷だった。ミラノ記念墓地では、聖三位一体修道会の一五人の聖職者が、信徒のささやきが響くなか、記念堂の祭壇から死者の亡骸に祝福を捧げた。それから、聖職者たちは棺のあいだに降り立ち、葬送行列がドゥオーモに向かって出発した。乗馬した憲兵隊と、第三竜騎兵「サヴォイア」の小隊が、槍旗《そうき》をはためかせながら行列の先頭を進んでいく。地下の霊安室から最初に運びだされたのは、五歳の少女レオンティーナ・ロッシの、白いリボンで飾られた小さな棺だった。

棺のすぐうしろには、二〇〇〇人のファシストからなるびっしりと密集した縦隊が控えていた。花冠を境にしていくつかの班に分かれ、きびきびとした足どりで行進している。ムッソリーニに約束したとおり、ファシストは『アヴァンティ！』やアナーキズム系の新聞社を襲撃し、彼らの流儀で犠牲者の仇討ちを済ませていた。ミラノが、労働者の町が、「赤の」町が、みずからの道々に黒シャツの隊列を受け入れるのは、これがはじめてのことだった。そして、現況を鑑《かんが》みるに、これで最後とも思えなかった。ファシストの行列には、敬意の眼差しが向けられている。抗議の声は、どこからも聞こえなかった。

葬儀に先立つ何日か、ムッソリーニはキレナイカの戦場から帰還したばかりのアッティリオ・テルッツィ少佐の力を借りて、ファシストに訓練を施すべく躍起になっていた。戦闘ファッショの事務局正面、モンテ・ディ・ピエタ通りの歩道の上で、ファシストは練習に取り組んだ。わらわらと群れをなしての移動に慣れている粗暴なファシストにとって、隊列を固めて階段を下りるのは簡単な作業ではなかった。だがいま、ファシストはドゥオーモ広場で、整然と列をなして行進している。黒シャツを着たムッソリーニが、沈鬱な表情でまっすぐに前を見つめ、行動隊の先頭を歩いている。この人物が一〇年前には、ブエノス・アイレスのコロン劇場の客席に爆弾を投げこんだアナーキストを称揚していたことなど、もはや誰ひとり覚えていなかった。

ドゥオーモの墓地でラッチ大司教が、厳《おごそ》かな祭服に身を包んだ聖職者を従えて、亡骸に赦《ゆる》しと祝福を与えた。大司教の背後、開け放たれた扉の先に、慈悲と聖歌に照り輝く大聖堂の姿が見える。大司教の正面には、行動隊の先頭に立ち、堂々と階段を踏みしめるムッソリーニがいる。もちろん、みずからの足で立っているのだが、群衆にまぎれてその様子を眺めていたマルゲリータ・サルファッティには、ファシズムの指導者《ドゥーチェ》が馬にまたがっているように見えていた。まるで、一体の騎馬像のようだった。

大都市の闇が怪物を抱えこんでいるとは、考えただけでぞっとさせられる。犯人の胸中など、とても想像できはしない。殺されたのは、対立する意見を主張したわけでもなく、ただ、みずからのパンを稼ぐため、そして、日中の仕事を終えてささやかな休息を味わうために、なにも知らずに劇場を訪れていた人びとなのだ。それが不意に、恐るべき死のなかになぎ倒され、ずたずたにされ、虐殺された……闇に包まれた魂のなかに、かかる退廃を可能にする想念を呼び覚ますのであれば、どんな理論も、演繹《えんえき》によって導かれたいかなる原則も、市民権を有するに値しない。生に意味があり、わずかであっても、文明に光がともっているかぎりは。

ルイジ・アルベルティーニ、『コッリエーレ・デッラ・セーラ』、一九二一年三月二十四日

今日はあらゆる新聞が、ディアナ劇場を襲った悲惨でおぞましい出来事に憤慨している。ところが、ボローニャの、フェッラーラの、ポレジネの、ロメッリーナの農夫にたいする凄惨でおぞましい武装闘争については、すべての新聞が沈黙を守ったままだ。イタリアはもう、公正とはなにかということがわからなくなっている。

『オルディネ・ヌオーヴォ』、アントニオ・グラムシにより創設された共産主義系の新聞、トリノ、一九二一年三月二十四日

近く犠牲者の葬儀が営まれる。恣意的に反プロレタリアの性格が付与されたこの催しに、われわれは関与しない。

イタリア共産党ミラノ支部のポスター

事実の途方もない歪曲を防ぐために、ただちに抗議しておかなければならない……あの野蛮な企てを、ファシズムと社会主義の闘争という図式から捉えようとする向きがあるが……今回の事件とわれわれの闘争のあいだには、いかなる関係も存在しない。このことを、即座に言明しておく必要がある……ディアナの虐殺は、テロリズムの暴発だ。

ベニート・ムッソリーニ、『ポポロ・ディタリア』、一九二一年三月二十五日

ベニート・ムッソリーニ　ボローニャ-フェッラーラ、一九二一年四月三-四日

「この色彩のきらめきのなかに、生がある」

断固とした調子だった。ボローニャで彼を迎えた色鮮やかな隊旗の眺めを『ポポロ・ディタリア』の読者に伝えるために、主筆はゲーテの一節を引用した。これまで生きてきた三七年、革命を志向する若い社会主義者たちの偶像だったころでさえ、このような瞬間に立ち会ったことはない。ベニート・ムッソリーニが駅の外に出ると、レアンドロ・アルピナーティが組織した一〇、〇〇〇人ものファシストが、隊旗や国旗を掲げて彼を待ち構えていた。

神格化と言ってもいいほどの扱いだった。部隊は四つに分割され、縦隊を組んでいる。それに加えて、自転車部隊、オートバイ部隊、若者からなる前衛部隊、婦人グループ、ファシストの軍楽隊がいる。ほとんど全員が、ファシストの黒シャツか、灰緑色の軍服という出で立ちで、平服を着ているのはムッソリーニとアルピナーティだけだった。ムッソリーニは、まだ飛行機の墜落事故の怪我が治りきっていないこともあり、黒のウールのセーターにベージュのトレンチコートという、くつろいだ身なりをしていた。アルピナーティはというと、フランネルのズボンにシャツ一枚という、これまたラフな装いだ。まるでふたりの王様が、群れなす領民にデパートの商品の威厳を見せつけているようだった。

軍隊行進曲の演奏に合わせて、行列は町を横断し、アックルシオ宮の下を通過していった。ちょうど同じ日、ボローニャ県知事は、昨年十一月二十一日の「アックルシオ宮の虐殺」の捜査結果を受け、社

会党が多数派を占めるボローニャ市議会の解散を通告した。

サン・ペトロニオ大聖堂の前までやってくると、ムッソリーニが乗っている無蓋の自動車の前で若者の部隊が整列した。ファシズムの指導者《ドゥーチェ》は、運転席に立って閲兵した。右手を伸ばし指を揃え、なかば開いた手のひらを地面に向ける「ローマ式敬礼」で、若き兵たちに祝福を与える。ポデスタ宮の塔から、鐘の音が降りそそぐ。堂々たる大勝利だ。ここボローニャで、「赤の」権力がこんな形で崩壊するとは、一年前は誰も想像していなかった。

ボローニャはムッソリーニを指揮官のように迎え入れたが、ここは彼の町ではなかった。ボローニャはアルピナーティの、ディーノ・グランディの、ムッソリーニは顔も知らないそのほかの「ボスたち」の町だった。客人のための大々的な歓迎には、権勢の誇示という意味合いもあった。客人はこの力の生みの親ではない。彼はただ、この力を魅了するためだけにやってきた。明日の夜が更ける前には、たくましく毛深いその肉体で、この力を籠絡し、わがものとしなければならない。ボローニャ、大いなる母、この女王蜂の前では、彼はファシズムの父ではなく、一匹の雄蜂に過ぎなかった。

この時期、エミリア・ロマーニャの勢いは群を抜いていた。ボローニャの五一三〇人、フェッラーラの七〇〇〇人にたいし、ファッショ発祥の地であるミラノの会員数は六〇〇〇人に過ぎなかった。運転席に立つ雄蜂の眼前には、エミリア地方の一一七支部の隊旗がはためいている。ミラノがあるロンバルディアでは、ファッショの支部の数はまだ一〇〇にも達していない。ミラノから離れた地方のファッショは、制御のきかない力だった。農村におけるファシストの暴力はとどまるところを知らず、遠征に参加する男たちは部隊を直接に指揮する人間の言うことしか聞かなかった。ファッショの地方支部の運営人は、大土地所有者から提供される莫大な資金を、ミラノの中央委員会に差し出すことを拒否していた。

そして、ボローニャにはいま、新星ディーノ・グランディがいる。ボローニャ支部の頭脳であり、数か月のあいだに自由主義から共和派へ、共和派からファシズムへ鞍替えした人物だ。ファシズムの会員証を購入したのは「アックルシオ宮の虐殺」が起きたあとのことで、友人の新聞記者にたいしては、「たんなるファシストのひとりであって、それ以上の何者でもないと見なされること」への不安を打ち明けている。とはいえ、政治活動に身を投じて以後、一貫して急進的であったことは確かであり、参戦論を支持し、大戦ではアルプス歩兵旅団の大尉を務め勲章も授かっている。除隊するより前に大学の法学部を卒業し、それからすぐに機関紙『アッサルト』の編集長になって、幹事会のメンバーに加わった。ボローニャのファシズムの、政治面での首領は彼だった。革命のロマンチシズムと、民族主義的なサンディカリスムと、亜流のダンヌンツィオ風文体が組み合わさって、グランディ独特のスタイルを形づくっていた。ファシズムとフィウーメ主義を同一視し、国家の名のもとに土地を供与して農村大衆を社会主義から救うのだと主張する一方で、大土地所有者からの資金援助も敢えて拒もうとはしなかった。乱雑ではあるものの把握する力には長けている、爬虫類型の脳の持ち主だ。ムッソリーニはこれから、この男と向き合わなければならない。

そう簡単に事態が運ぶとは思えなかった。ムッソリーニがこの町にやってきたのは、暴力の抑制と、ジョリッティとの選挙協力という、ボローニャのファシストにとって受け入れがたい事案を承諾させるためだった。ダンヌンツィオを崇拝する獰猛な若者たちに、ダンヌンツィオに砲撃を見舞った男と手を組むよう説得しなければならない。老いぼれの低能であふれかえった議会の梅毒を浄化するには、ローマの売春宿よりかび臭いすべたどもと手を組む必要があるのだと納得させなければならない。そしてとりわけ、共産主義者の根城に突っこむときに得られるオルガスムスを抑制するよう、血気に逸《はや》る若者たちに言い聞かせなければならない。純粋さを守るためには、老いさらばえた娼婦とも寝なければならないのだ。

運命の集会は市立劇場で開催された。同じ場所でイタリアの社会主義者が、ボリシェヴィキ革命の綱領を熱狂とともに採択してから、まだ二年もたっていなかった。

集会は午前に始まり、滑り出しはすばらしく好調だった。ミラノからやってきた首領が演壇に立つ前に、重要な報《しら》せが告げられた。ムッソリーニとダンヌンツィオは雪解けの季節を迎え、四月五日、ついにガルドーネで面会する。詩人に心酔するディーノ・グランディは、ムッソリーニに心からの賛辞を捧げた。

「イタリア最初のファシスト、ベニート・ムッソリーニ氏にごあいさつ申し上げます。唯一無二の人物にして、けっして折れ曲がることのない鉄の男である氏は、侮蔑と、怠惰と、歴史による見かけ上の拒絶のあいだで、万人のなかひとり孤独を守り、ひとりで万人に立ち向かい、配下の軍団を持たないひとりきりの将軍として、きわめて悲劇的かつ悪意に満ちた闘争を戦い抜きました。本日、氏はわれわれの立ち会いのもと、浄化されたこの古《いにしえ》のボローニャに帰還しました。かつて氏は、社会主義者という、祖国を持たない道化の徒党の意思により、この町を追われたのです。本日、指導者《ドゥーチェ》は勝者として帰還しました」

さあ、出番だ。ひとたび出番がまわってくれば、そこは彼が統《す》べる場となった。劇場の設備――舞台、緞帳《どんちょう》、背景、聴衆、一階正面席――はいつもどおり、ベニート・ムッソリーニを引き立てていた。賛辞に彩られたグランディの前置きのおかげで、すべてが始まる場所、すなわち、自分自身についての事柄から説き起こすことができそうだ。飾り気のない、引き締まった文体だった。一文一文がピリオドではっきりと区切られ、文頭には毎回のように「私」の旗が掲げられる。私は、戦争が終わったとき、自分の仕事はまだ終わっていないと感じた。私は、一九年の選挙に敗北したとき、自分に投じられた四〇〇〇の票を誇りに感じつつ、戦いは続くと宣言した。私は、かくも生命力に満ちた被造物の父であると宣言するこの私は、ほんのときおり、運動がすでに、私自身の定めた控えめな境界線を越え出て氾濫しているように感じることがある。

それから、暴力と選挙という、困難をきわめるテーマに取りかかった。ここでは同時に、ふたつの異なる言語を話す必要に迫られた。「われわれは、火柱が噴きだす大地を進まなければならない」。指導者《ドゥーチェ》は戦士たちにそう語りかけた。ところが、そのすぐあとに、今度は政治家が口を開いた。「だが、注意してほしい。ファシズムに必須の暴力は、ひとつの指針に、明白に貴族的な様式に、あるいはこう言ってよければ、明白に外科的な様式に沿ったものでなければならない」。いよいよ選挙に触れるときだ。ここで扇動者は詩人になった。ムッソリーニは「老いた議会、老いているどころではない、腐って朽ちている議会」について語った。「使い古された男たち」について語り、それどころか、完全に干上がってしまった男たちの、退屈きわまりない中途半端な悲劇」について語り、古いイタリアの古い男たちを一掃する選挙について語った。誰よりも老い、誰よりも干上がっているジョリッティとの選挙協力を呑ませるため、「私」から「きみたち」に旋回し、ダンヌンツィオというカードを切った。「きみたちも感じているだろう。国家の舵取りは、一九一五年の老いた中立主義者ジョヴァンニ・ジョリッティから、新しい人間ガブリエーレ・ダンヌンツィオへ、ひとりでに明け渡されたのだということを！」鳴りやまない拍手、客席のあちこちから響く「ダンヌンツィオ万歳！」の叫び声。目的は達成された。ボローニャは籠絡された。

演説が終わると、全員が立ちあがり、熱烈な歓声が送られた。ファシストはもう一度、ミラノからやってきた指導者《ドゥーチェ》の前に整列した。日が暮れてからも、松明、灯火、三色の電球に照らされた劇場で、集会は継続した。

翌日に訪れたフェッラーラでも、前日を上まわるほどの成果を得た。ボローニャでのアルピナーティの役割は、ここではイタロ・バルボが受け持っていた。今度は一〇、〇〇〇人ではなく、二〇、〇〇〇人のファシストがムッソリーニを迎え入れた。選挙の妥協を受け入れるよう、あえて説得する必要もなかった。フェッラーラのファシストはムッソリーニに、支部の名誉のため、地元の大土地所有者といっしょにこの県から立候補してほしいと陰で要請した。いまや誰からも、ファシズムの「ドゥーチェ」と呼ばれるようになりつつあったこの人物は、ふたりの男に付き添われてフェッラーラに到着した。ほんの一〇年前には、土地の社会党の扇動的な労働評議会でリーダーを務めていた、ウンベルト・パゼッラとミケーレ・ビアンキだ。戦前は農夫をそそのかして地主への暴動を組織していたこのふたりも、いまでは地主連合のトップで反動主義者のヴィコ・マントヴァーニと手を結んでいる。

だが、フェッラーラ周辺ではすでにイタロ・バルボが、組織的な暴力と土地の再分配の約束によって、勢力図をすっかり塗り替えていた。あろうことか、社会党の農村同盟は続々と、ファシストの労働組合に合流していた。その先陣を切ったのが、サン・バルトロメオ・イン・ボスコの同盟だった。

この華々しい勝利を、バルボは得意がるというよりは楽しんでいるように見えた。巻き毛の髪は非常識なほどに長く、首筋のあたりで櫛が当てられうしろに逆立ち、おかげでその頭はなおのこと、ふわふわとつかみどころのない蒸気のような形を帯びていた。厳めしい顔つきで胸を反り返らせている禿頭《とくとう》のムッソリーニの隣を、バルボはみずからの名を高からしめた棍棒を握りしめて、薄ら笑いを浮かべながら、気だるげな足どりで歩いている。しかし、不作法な崇拝者がふたりの前に飛び出してこようものなら、ボルボは有無を言わさずに、怒りを込めて二度棍棒を振りおろし、通行の妨げになる輩《やから》を排除した。それから、けろりとした顔つきで、いままでの上機嫌を損じることなく、打擲《ちょうちゃく》された者の方を振り返りもせずに歩きつづける。

「どうでもいいさ」《メ・ネ・フレーゴ》。もとはダンヌンツィオのモットーであり、いまではファシストがよく口にするこの言葉が、バルボほどよく似合う男もいなかった。他人の人生なぞに興味はない。だが、それを言うなら、自分の人生だってすこしも気にかけちゃいないのさ。バルボはまるで、そんなふうに嘯《うそぶ》いているようだった。

　舞台はマルフィーザ公園に設営されていた。隣には、十六世紀の貴人フランチェスコ・デステが、愛娘のために建造した住居がある。舞台の奥では、敵から奪いとった社会主義者の旗が七〇本、風にはためいている。舞台の下には、巨大な群衆がひしめきあっている。舞台の上のムッソリーニは、演説を始める前、その光景に言葉を失った。

「これをぜんぶ、きみが集めたのか?」ムッソリーニはバルボにささやきかけた。ロマーニャの棍棒男が、口もとをゆがめて笑う。ええ、俺が集めました。

　同日の晩、宴席に参加したあと、ふたりはディーノ・グランディといっしょに、ダンヌンツィオが待つガルドーネへ向かった。酒飲みのバルボは、この日もすっかり酔いつぶれていた。巻き毛の頭を左右に揺らし、しまいには、ドゥーチェの肩にもたれかかって眠ってしまった。ドゥーチェは、辛抱強く耐えていた。

本日のボローニャでの集会は、ファシストの闘争の一年を祝うものである。それは勝利の正統化である。次なる闘争、次なる勝利への準備である。ファシズムは拡散する。なぜなら、死滅の芽でなく生命の芽が、ファシズムのうちに胚胎しているから。それは、目的を達成する前に挫折することは有りえない運動である。そして、ファシズムは挫折しない。「この色彩のきらめきのなかに、生がある」。山と海にかかる美しい虹の眺めを前にして、老ゲーテはそう語った……

ベニート・ムッソリーニ、『ポポロ・ディタリア』、一九二一年四月三日

われわれは中傷を受けてきた。われわれは理解を拒まれてきた。いかに暴力が批判にさらされようとも、無感覚な脳にわれわれの思想を叩きこむためには、棍棒を打ちつける音を響かすほかなかったのだ。

ボローニャ市立劇場での、ベニート・ムッソリーニの演説、一九二一年四月三日

親愛なるバルボくん、あらためて、心から礼を言います……言葉にできないほどの感動を経験しました。この喜ばしい記憶を、私は生涯にわたって大切にすることでしょう。

ベニート・ムッソリーニによる、イタロ・バルボ宛ての私信、一九二一年四月六日

ベニート・ムッソリーニ　一九二一年四月二十三日－五月

「候補者リストについては論じない。投票せよ」

最後の障壁も崩れ去った。自由主義のブルジョワを主たる読者層とする『コッリエーレ・デッラ・セーラ』の紙面で、新聞のオーナーであり主筆でもあるルイジ・アルベルティーニ議員は、自由主義陣営とファシストの同盟が放つ悪臭にたいしては、鼻をつまんでやり過ごすように促した。ベニート・ムッソリーニはその記事を読んで、ついにファシズムが、血に汚れたどぶから国会の議場へ跳躍したことを感じとった。

アルベルティーニは二日前まで、「国民ブロック」へのファシストの合流に強硬に反対していた。「国民ブロック」とは、ジョリッティが自身の権力を強化するために提案した、反ボリシェヴィキを旗印とする全保守政党の連合体だ。いまや、そのアルベルティーニも膝を屈した。残るはトリノの『スタンパ』だけだ。こちらは、やはり自由主義者で国会議員のフラッサーティが、オーナーと主筆を兼任している。暴力を称揚する勢力と混じり合うことなど、大方の保守政党のように自殺願望があるのでないかぎり、自由主義者にとって容認できる話ではないはずだと、『スタンパ』の紙面は強く主張していた。

だが、フラッサーティがなにを喚《わめ》こうが、もはやムッソリーニにはどうでもよかった。

すでに、重要な局面は過ぎ去った。四月七日、議会の解散とまさしく同日、ボローニャ、フェッラーラの集会と、ダンヌンツィオへのご機嫌うかがいから戻ったあとで、ディーノ・グランディを含む中央委員会のメンバーは「国民ブロック」への合流に賛成票を投じ、翌日の晩、ミラノ・ファッショの会合でその方針が承認された。大事なこと、それは妥協だ。『ポポロ・ディタリア』主筆は次のように明言した。象牙の塔で孤独な生を送りたいと望むのでなければ、生はある種の接触を、ある種の変遷を、そして——あえておぞましい言葉を用いるなら——ある種の妥協を促してくるものである。あらゆる偉人が、生涯のどこかで妥協を受け入れていることからもわかるとおり、妥協とは恥ではない。それは智慧《ちえ》の所産なのだ。大事なのは妥協であり、そのほかのすべては、難破船で催される宴でしかない。

ジョリッティは、ファシストの不法行為を、あくまで過渡的な現象と見なしていた。そうした認識のもと、彼らの暴力に手綱《たづな》をつけ、合憲的な枠組みのなかに絡めとることが、ジョリッティの計画だった。たいするムッソリーニは、まるきり反対の計画を描いていた。秩序を立て直す力があるのは自分だけであると知らしめるために、無秩序を引き起こす。ファシストの行動隊を、一方の手で扇動し、もう一方の手で制御する。しかし、そのためにはふたつの闘争を、ふたつの異なる前線で戦わなければならない。そこでは、敵と仲間が目まぐるしく入れ替わる。なにかを構築し、そのなにかを破壊し、ある考えを肯定し、それと正反対の考えも肯定し、虚偽であると無意識のうちに気づいていても、それは真実なのだと意識的に了解する。そうした作業を可能にするような、一種の催眠術が必要だ。いま、なにより求められているのは、なにかを忘れ、忘れたことをも忘れられる力なのだ。要するに、必要なのは二重思考だ。それさえあれば、つねに正統にとどまることも難しくはない。

当然ながら、行動隊の面々はこうした遊戯に反感を抱いていた。彼らのなかでは、反‐議会の意志が激しく燃えさかっている。議場の外で圧倒的な存在感を示しているファシストが、いまさら一〇人だか一五人だかの代議士を国会に送りこんだところでなんになるのか。たしかに、これは筋の通った意見だった。そもそもファシズムは、反‐議会の運動として生まれたのだ。だが、ドゥーチェは彼らに約束した。なにも変わらない。倦《う》むことなく、つねに同じ目的地を目指して、われわれは前に進んでいる。さしあたっては、議会を懲《こ》らしめてやるために、議会の輪に入ろうではないか。

しかし、問題はこれで終わらなかった。反ジョリッティの徒、ダンヌンツィオのフィウーメ軍団のことも考えなければならない。彼らをどうやって納得させよう？　なにも難しく考えることはない。ファシストはジョリッティと同盟するが、「国民ブロック」は反ジョリッティの性格を持った団体なのだと主張しつづければいい。実際、ムッソリーニは四月二十六日の紙面にそう書いていた。しかもドゥーチェは、投票から数日後には、次のように公言することになる。ジョリッティも永遠に首相の座に就いていられるわけではない。なぜなら彼はすでに老い、時代から取り残されてしまった人物だから。二重思考だ。つねに二重思考が必要なのだ。

もっとも、二重思考はファシストの専売特許ではない。ジョリッティや、彼に付き従う穏健な有権者たちもまた、こうした欺瞞に慣れっこになっている。その有権者はいま、ファシストの暴力に、安堵を覚えると同時に戦慄している。かと言って、ファシストを表だって非難するだけの度胸もない。黒シャツを身にまとう、ピサの丘陵地帯を生息地域とする食人種どもは、四月十三日に小学校の中庭で、教員組合の活動家カルロ・カンメオを銃殺した。先生の指示に従って行儀よく二列に並んでいた、白いエプロンと赤いリボンを身につけた少女たちの目の前で、拳銃の引き金が引かれた。数日後にはフィレンツェのファシストが、懲罰遠征の際に三人の同志が殺されたことへの報復として、アレッツォ近郊のフォイアーノの広場で人民裁判を開き、無防備な九人の市民を殺害した。行動隊は共産主義者の農夫をひざまずかせ、尋問し、顔面に銃弾をお見舞いした。かかる前代未聞の凶行を前にして、ジョリッティ支持の良識人が逃げにまわろうとするのも無理はなかった。

いまこそ、第二の手を打つ必要がある。ムッソリーニにはわかっていた。恐怖に狼狽した世論が、ファシストの暴力を「赤ども」の暴力に結びつけるようなことがあってはならない。そこで有効なのが、「スコットランド式シャワー」の手法だ。片手で火を焚き、もう片手で冷却する。社会主義者の蛮行にたいする暴力による報復を、ファッショの創設者が褒めたたえる一方で、『ポポロ・ディタリア』主筆は暴力に反対の立場をとる。四月二十七日、ムッソリーニはこう書いた。ファシストの暴力は「騎士道的」である。「物事の限度」を弁《わきま》えるファシズムは、社会党の最大綱領派を屈服させることで、「智慧のなんたるか、狂気のなんたるか」をあらためてイタリアに教示した。そう、前に進むには、二重思考が必要だ。

周知のとおり、暴力には二面性がある。それは毒であり、しかも同時に、解毒剤でもある。投与される量が変わるだけで、暴力は悪にも薬にもなる。あのパスツールだって、狂犬病のワクチン接種を行うにあたり、病に感染した兎の脊髄を使ったではないか。

選挙戦の最中、ムッソリーニはほとんど表に出てこなかった。五月三日、ミラノで政治集会を開いたのは、すべてが始まった場所に立ち戻り、気勢を上げようという考えからだった。ベルジョイオーゾ広場では、二年前にはムッソリーニを中に入れようともしなかった、貴族の私邸のバルコニーから演説することができた。

あとは、二度目の集会をヴェローナで、三度目をモルターラで開いたきりだった。モルターラまで足を延ばしたのは、トスカーナや、フェッラーラや、ロベルト・ファリナッチが暴れまわっているクレモナと並んで、ファッショの暴力が猛威を振るっている土地だからだ。モルターラがあるロメッリーナ地方のトップは、あたり一帯でもとくに富裕な地主を親に持つ、チェーザレ・フォルニという男だった。青年時代はコカインに溺れて放蕩を尽くしたものの、大戦では砲兵隊の大尉を務め、七つのメダルを授かっている。長身で体格が良く、髪は金髪で、目の下にはいつもくまがあり、気前は良いが怒りっぽくもある。四月の二度目の週末、土曜日から日曜日にかけて、フォルニは独断で、ビッリの相互扶助協会と、ガルラスコ、ロメッロ、トロメッロ、サン・ジョルジョ、ヴァッレ・ロメッリーナ、オットビアーノの社会党支部を襲撃した。これらの施設すべてが、四八時間のうちに蹂躙《じゅうりん》された。

しかし、ムッソリーニの関心はむしろ、反ボリシェヴィキの十字軍にまつわる、この土地のもうひとつの逸話にあるらしかった。それは、伯爵夫人ジュリアが主役を務める物語だ。ジュリア・マッタヴェッリは、貧しい家庭に生まれた肉づきのよいブロンド女性で、健康な庶民に似つかわしい豊かな乳房を誇っていた。長じてから嫁いだチェーザレ・カルミナーティ・ブランビッラ伯爵は、色白で、歩き方は不自然でぎこちなく、たえず口もとが引きつってしまう痙笑《けいしょう》の症状に悩まされ、いつもどこかをほっつき歩いている、怠惰で無気力な、ひどく意地の悪い人物だった。戦時中は騎兵隊で将校の任に就き、いまは地代で生計を立てている。この夫婦はあちこちから傭兵をかき集め、自領の農夫を震えあがらせていた。夫婦はさらに、邸宅内に立つ塔——ミラノのファシストは警察に追われているとき、よくここに身を隠した——に、闇夜に沈む農村を光で切り裂く、強力な探照灯を設置していた。土地のファシストが懲罰遠征に向かう際は、伯爵夫人みずから馬を駆って襲撃に参加しているらしい。さらに、勇猛な女戦士《アマゾン》であると同時に売笑婦の気質も持ちあわせている伯爵夫人は、遠征でもっとも功績をあげた男や、もっとも凶暴だった男への褒章として、進んでわが身を差し出すという噂もあった。世を拗《す》ねて無聊《ぶりょう》をかこつ、奸智《かんち》に長けた悪党の伯爵は、あえて妻の好きにさせていた。ファッショの組織内でより上の地位を目指すために、夫人を利用しているのだという声もあった。

五月八日、ちょうど一週間後に投票を控えた日曜日、ミケーレ・ビアンキと実弟アルナルドを伴って、ムッソリーニはモルタータに到着した。パヴィア県にあるこの町を訪れたのは、今回がはじめてではなかった。一九一四年の春、社会党の機関紙『アヴァンティ！』の編集長として、「人民の家」の発足を祝うために来たことがある。もっとも、いまではその施設も、ファシストの行動隊によって破壊されていたのだが。

黒シャツで埋めつくされた役場前の広場に、ファシズムのドゥーチェが活気を吹きこむ。ムッソリーニは聴衆に、歓待への感謝を告げた。演壇から降りたドゥーチェは、彼のために設けられた宴席に参加したあと、すぐにミラノに戻るつもりであることを伝えた。メダルの授与の段になって、祝典の盛り上がりは最高潮に達した。ドゥーチェにメダルを手渡したのは、伯爵夫人のジュリアだった。すると、ベニート・ムッソリーニは、「三色旗がはためく、すばらしくイタリア的な舞踏会」にも出席することを決めた。彼は踊った。ムッソリーニとジュリアはそっと舞踏会を抜け出し、ホテル「トレ・レ〔三王の意〕」の五号室にしけこんだ。

翌日、モルターラにはこんな噂が駆けめぐった。ホテルのメイドが五号室に足を踏み入れると、部屋中が滅茶苦茶だった。室内は性の痕跡であふれかえり、ところどころに血痕もついていた。

候補者リストについては論じない。投票せよ。たとえ、そこに並ぶ名前を見て、共感と反感の板挟みになった批判精神が、解離の症状をきたしたとしても。国民ブロックは統合を目的としたものである……見てのとおり、このリストはひとつの「信念」である。それにもとづき、社会主義者という共通の敵を打ち倒さねばならない。

「国民ブロックの候補者について」、『コッリエーレ・デッラ・セーラ』、一九二一年四月二十三日

大方の政党のように自殺願望があるのでないかぎり、「ファシストのように」暴力を社会的な生と闘争の原理として肯定し、称揚し、実践しているような勢力と混じり合うのは、自由主義者にとって受け入れがたい選択のはずである。

「自由主義者へ」、『スタンパ』、一九二一年四月二十九日

処女性（特権）を失いやしないかと絶えず恐れている（そのくせ、心の奥底では、失うことを心から欲している！）おしろいを塗りたくった年増の処女の群れは、われわれとは無関係である。混じり合うこと、縮むこと、自慰的な「孤立《アイソレーション》」の輝きをヴェール一枚分でさえ曇らせてしまうことに絶えず怯えているような連中は、われわれファシストとは無関係である。

ベニート・ムッソリーニ、ミラノ・ファッショの会合においてなされた、自由主義陣営との選挙協力を正当化するための発言、一九二一年四月八日

イタリアの名誉がかかっている、弱腰になってはならない。ボルツァーノで起きたことは、文明国の名に値しない……見せしめの鎮圧が必要だ。この極悪非道な行為に荷担した者を、すべて逮捕すること。

——ファシストとの選挙協力を選択したジョヴァンニ・ジョリッティが、ファシスト行動隊の遠征の後にボルツァーノの警察署長に宛てた電報、一九二一年四月二十七日

イタロ・バルボ　一九二一年四月−五月

　ファシストの活動を不滅にする、一九二一年春に撮影された数枚の写真のなかで、笑みを浮かべているのはイタロ・バルボひとりきりだ。ムッソリーニは、もはや彼のトレードマークとなった、険しく、だが人を惹きつけずにいない、かっと見開いた目つきでこちらを睨《ね》めつけている。ほかの幹部もみな、真面目でいかめしい表情をしているというのに、イタロ・バルボだけは歯を見せている。毎回が、悪意ある含み笑いというわけではない。ヴェネツィアに遠征し、労働者の街区カステッロを陥落させた際にサン・マルコ大聖堂の前で撮った写真では、軽く頭をうしろにそらし、ブルジョワ風の厚手のコートで棍棒をほとんど隠して、若者らしい快活な笑みを浮かべている。遠征に赴く残忍な男たちのあいだに漂う空気は、情熱的で、魅惑的で、おそらく致死的でさえあっただろうが、それでもやはり、呑気で無頓着なものには違いなかった。「ヴェネツィア、一九二一年春。まるで明日などないかのごとくに」。サン・マルコ広場の鳩に囲まれて撮った記念写真にキャプションをつけるとしたら、そんな文面が似つかわしいかもしれない。日が暮れる前に、ここに写っているひとりがサン・フランチェスコ小路で無惨な死を遂げることになるのだが、男たちの楽しそうな笑顔を眺めていると、思わず自分もこの遠出に参加したかったような気になってしまう。

　バルボにまつわる数々の逸話は、この呑気で無頓着な残酷さと切っても切れない関係にある。生まれついてのものなのか、あるいは意図的にそうしているのか、強情な悪童じみた気質を持つバルボには、度を越した悪ふざけに耽らずにはいられないところがあった。モーリ知事が外出先での棍棒の使用を禁止すると、フェッラーラのファシストは干鱈《ひだら》を使うようになった。人を殴るときは、尾の部分を柄の代わりにした。傷口に塩を塗りこむことも、ファシストの楽しみのひとつだった。さらにバルボは、「様式に沿った打擲《ちょうちゃく》」をお見舞いするよう、配下のファシストに要請した。それはつまり、口の両側、下あごの関節部分を打ちつけ、あごの骨が折れるようにしろという意味だった。四月半ば、ラヴェンナ近郊にあるヴォルターナの農村同盟を破壊しに行くとき、チェリーブランデーを愛する「チェリバーノ」の男たちはわざわざ列車を使った。ファシストがすべてを焼きつくすまで、列車の機関士はおとなしく待っていた。事務局の屋根が崩れ落ちるのを確認してから、ファシストは列車に乗りこみ、出発するよう機関士に合図した。列車は無事にフェッラーラに到着した。定刻からわずか三〇分しか遅れていなかった。

それは、冷笑的ではあるが、統制された入念な残酷さだった。つねに軍隊の戦術を採用し、火力の集中と移動を念頭に置いたうえで、自軍の優越性を確保した。バルボの軍の作戦は、厳密で、正確で、残虐だった。偶然の衝突、戦闘で発揮される勇気、闘争の神聖性への耽溺《たんでき》といった要素をひとり歩きさせないよう、細心の注意が払われた。これから先、敗北のリスクを冒すつもりはない。戦略的な視野に沿って、神出鬼没の戦闘集団が、春を迎えた農村を転々と移動していく。疲れを知らぬ強行軍だ。

議会が解散してすぐの四月八日には、ヨランダの出荷事務所に火が放たれ、運営者が辞任を強要された。その二日後、行動隊のアルトゥーロ・ブレヴィリエーリがポンテラゴスクーロへの遠征の最中に殺害されると、ファシストは武力で町を制圧し、労働評議会に火をつけて、亡骸の手にキスをするよう社会主義者に強制した。四月十一日、バルボ配下の男たちはポレジネ地方にあるグランツェッテの労働評議会を襲撃し、出納係のルイジ・マシンを、彼の自宅で、家族の目の前で殺害した。十四日、一〇〇人規模の行動隊が二日にわたってフェッラーラを占拠し、「人民の家」と鉄道員センターに暴虐のかぎりをつくした。ロンコディガでは十五日、ファシストの労働組合に宗旨替えした農村同盟の会合で、ウンベルト・ドナーティが労働評議会への復帰を提案した。ドナーティはその場で殺害された。こんな具合に、ボンデーノ、ガイバネッラ、オステッラートなど、多くの同盟が粉砕されていった。わずか二、三か月のあいだに、九つの労働評議会、ひとつの生活協同組合、一九の農村同盟が壊滅させられた。かつてマッテオッティが組織したロヴィゴの労働評議会は、物理的にはすでに何度も破壊されたことがあったのだが、ここへきてついに、完全に息の根をとめられた。評議会は解散した。

社会主義勢力の瓦解は、とどまるところを知らなかった。「ファッショおよび地主連合の諸兄よ」、フェッラーラの社会党系の新聞『ラ・シンティッラ』はこう書いた、「このような手法で果たされた征服が、確固たる安定性を獲得すると、あなた方は本気で信じているのか？　かくも壮大な政治的構築物が、棍棒のひと振りや拳銃による威嚇によって瞬時に崩壊すると考えているなら、それは子供じみた夢想だと言うほかない」。だが、現実はそのとおりになったのだ。子供の夢想には計り知れない力がある。

いまや各地で、農村大衆は赤旗をおろしファシストの組合に加入していた。抵抗をやめない者の多くは、自暴自棄に陥りながら、なおも敵に銃弾を放ったり、地主の家畜を殺したり、馬小屋のねじを抜いたりしていた。マッテオッティは、福音的な従順を説きながら、孤独な抵抗を続けていた。「家から出てはいけない。挑発に応じてはいけない。沈黙すること、臆病に振る舞うことは、ときとして英雄的な行為なのだ」

農村運動の指導者たちは、すさまじい速度で進行する崩壊を前にして、なすすべもなく立ちつくしていた。一種の心理的麻痺が伝播《でんぱ》し、混乱の悲鳴が農村を凍りつかせ、屈辱的な降伏が際限なく積みあげられていった。

社会主義者は戦いもせずに旗を譲り渡し、公的な場で旗を踏みにじることを受け入れ、両手をあげて降伏した。少数ではあるが、コドレーアのように、抵抗を選択した自治体もあった。しかしそこでは、プロレタリアートの会合に大人数の行動隊が押し入り、会合参加者の面前で書記長が殴打された。農夫たちはその場でファッショへの加入を決めた。

年のはじめにリヴォルノで、グラムシやトリアッティらとともに、社会党からの分離を決めた共産主義派の指導者アンジェロ・タスカは、これらの破壊行為の現場に何度か居合わせたことがあった。そこでタスカは、この言葉にしようがない事柄を、なんとか言葉にしようと試みた。彼は書いた。ファシストのほとんどはアルディーティか元軍人であり、将校によって指揮されている。戦線にいたときと同じように、たいていが流れ者で、どんな土地でも生きていける。反対に労働者は、自分の土地に、言い換えるなら、長い闘争を通じて、賞賛に値する成果を勝ち取ってきた場所に縛りつけられて生きている。こうした状況が、敵に全面的な優位を与えている。向こうは攻める側であり、こちらは守る側である。向こうの戦闘は移動式であり、こちらの戦闘は土地に張りついている。向こうは不法行為を犯しても罰を受けず、こちらは合法的に振る舞おうと努めている。労苦とともに築きあげてきたものも、破壊するのは簡単だ。失うものなどなにもない者たちが、失うものだらけの者たちに襲いかかっている。

「人民の家」は、三世代にわたる犠牲がもたらした果実だった。労働者はこの施設を愛しており、たんなる戦争の道具のようにそれを利用することには、本能的な抵抗を感じていた。炎が「人民の家」を飲みこむあいだ、労働者の心は千々に乱れ、絶望に押しつぶされた。そのあいだ襲撃者は、陽気に、快活に、横柄に笑っていた。トラックと「人民の家」の戦いでは、つねに前者が勝利を収めた。勤勉な働き蟻の群れは、軍隊蟻の餌食になるものと相場が決まっている。

とはいえ、この突然の崩壊には、どこか不可解な点が残っていた。ロヴィゴ県の六三の自治体は、すべて社会党が掌握していた。それにもかかわらず、ひとつ、またひとつとファシストに拠点が攻め落とされているあいだ、この地域の社会主義者は、団結して襲撃に対抗しようという考えを一度たりとも起こさなかったのだ。社会党はわずかひと冬のあいだに、県への影響力を完全に喪失した。この謎を抱えたまま、住民は五月十五日の選挙に臨むことになる。

バルボは笑っていた。ひまし油の利用というアイディアも、悪ふざけの名人バルボの思いつきだと言われている。ファシストの脅しに屈しない社会主義者を見つけると、その口にじょうごを突っこみ、通じ薬に用いられるひまし油を一リットル、無理やり胃に流しこむ。それから、車のボンネットに縛りつけ、屁をひり糞《くそ》をもらす姿を、村中の住人にさらしてやる。血を流す必要もなければ警察から逮捕される心配もない、じつに手っ取り早い方法だった。これが笑わずにいられようか。

それに、この悲喜劇には別の効能もあった。ひまし油を飲まされた人間は、殉難者になる資格を喪失する。恥辱が同情を吹き払ってしまうからだ。糞をもらした人間に、崇拝の念を抱く者はいない。

最後に、嘲笑には優れて教育的な効果がある。その効き目は長く続き、人格の形成に影響を与える。排泄物は血よりも広く、国家の未来に拡散していく。復讐の観念が糞にまみれたとき、それは何十年にもわたって、世代から世代へと受け継がれる。現場を目撃したのであれ、みずからが被害に遭ったのであれ、下剤の恥辱を帳消しにするためには、破局に匹敵するなにかが必要となるだろう。

われわれの兵力を、可能なかぎり迅速に、軍隊の規律をもって組織化することが必要不可欠です。この目的のために、各自が惜しみなく尽力してください。今年の九月には、フェッラーラのファシストは、堂々たる軍隊として組織されていなければなりません。統率の行き届いた軍があってはじめて、決定的な勝利を得ることができるのです……行動隊の指揮を執《と》るのにもっとも適しているのは元将校です。とりわけ、アルディーティや歩兵隊を率いていた者がふさわしいでしょう……機関銃の射手については、オーストリア製の機関銃と、フィアット、ルイス、サン＝テティエンヌの軽機関銃および機関銃の扱いを習熟させておいてください。

ファッショのフェッラーラ支部、秘密通達第五〇八号、イタロ・バルボより全支部の政治局書記長へ、一九二一年七月

家から出てはいけない。挑発に応じてはいけない。沈黙すること、臆病に振る舞うことは、ときとして英雄的な行為なのだ。

ジャコモ・マッテオッティによる、ポー平原の農夫への呼びかけ、『クリティカ・ソチャーレ』、一九二一年第七号

ベニート・ムッソリーニ　ミラノ、一九二一年五月十六日

金星、「地球的な」惑星、双子の星、大きさも質量も地球と似通い、月を別とすれば、夜空でもっとも明るいこの天体は、日没後か日の出前のわずかな時間、太陽の獰猛な輝きが弱まったときにだけ、その美しいきらめきを目にすることができる。そのあいだ、金星に光を与え、かつまた奪いもする太陽は、その狭い軌道にこの惑星をつなぎとめている。これが、ふだんの夜空で起こっていることだ。しかしこの日は、宵の明星の白みを帯びた黄色い光が、日没の少なくとも二時間前には、西の地平線のすぐそばで、きわめて強い輝きを放ちはじめた。

昼間に金星が輝くのは、日蝕と同じくらい珍しい現象である。迷信深いことで有名な『ポポロ・ディタリア』主筆が、ロヴァニオ通りの仕事部屋からその光景を眺めていると、何人かの編集者が、昼間に金星が見えるかどうかは、黄道の地平線へのかかり方次第なのだと説明してきた。聞けば、北半球では春分のころに、地平線にたいする黄道の角度が最大になるらしい。だが、春分などとうに過ぎているし、彼は科学よりも天命を信じていた。そういうわけで、主筆は新しい社屋の窓辺に張りつき、傾きかけた太陽が照らしている澄んだ空に輝く星を、少なくとも一時間にわたって見つめていた。暮れ方の星である金星は古来から、「明けの明星」としても知られてきた。それは吉兆として解釈される。間違いない。星のめぐりはベニート・ムッソリーニに味方している。

内務省から流れてきたデータを見れば、一目瞭然だ。社会党は議席を減らしたが、予測されていたほ

どではなく、二五パーセントの得票により第一党の座を守った。しかも、社会党が失った票の大部分は、得票率三パーセントの共産党と、二パーセントの共和党が分け合う形となった。カトリック系の人民党は二〇パーセントと健闘し、国民ブロックの諸政党は伸長したものの、ジョリッティが期待したほどではなかった。民主主義者、自由主義者、ナショナリスト、およびその他の群小勢力が獲得した票は、すべてを合わせても四七パーセントに過ぎなかった。疑いの余地はない。一九二一年五月の選挙の勝者はファシストだ。

ジョリッティの密使との交渉で疲労困憊に陥りながら、チェーザレ・ロッシは一か月にわたり精力的に動きまわり、国民ブロックの候補者リストに載せるために、八〇名のファシストの候補をかき集めた。このなかから、少なくとも四〇名が、議会へ送りこまれることとなった。そのほとんどが、立候補地区における最高得票の当選者だ。もちろん、少数であるには違いない。何百人といる社会主義者や自由主義者と比較すれば、無にも等しい勢力だ。だが、ファシストの議員の多くは三十歳に満たない青年で、全身を隙なく武装した行動隊の指揮官でもあった。これはイタリア政界にとって前例のない事態であり、彼らは文字どおり氾濫する力だった。ジョリッティの古びた術策は破綻した。

選挙戦は、始まったときと同じように、暴力が渦を巻き、新たな犠牲者の血が流され、家屋に放たれた火が皓々《こうこう》と輝くなかで終結した。投票日当日だけでも、ビエッラ、ノヴァーラ、ヴィジェーヴァノ、マントヴァ、クレーマ、パドヴァ、レッチェ、フォッジャ、シラクーサで、死者を出す衝突が勃発した。わずか一日で、二九人が死に、一〇四人が負傷した。それにもかかわらず、というより、だからこそと言うべきか、この血に魅了された新たな共感者たち、血を流す用意のある新興小地主の一団が、われ先にとファシストに票を投じた。流された血は投票箱によって浄化され、贖《あがな》われた。

ジョリッティは、老狐は、雨乞いの祈禱師は、老いさらばえた娼婦は、ファシストを手なずけるつもりで、代わりに正統のお墨つきを与えてしまった。ファシストの棍棒で社会主義者をぺしゃんこにして、社会党の崩壊をますます早め、自身の政権を強化する腹づもりだったのに、その思惑は見事に外れた。議会は共存しえない政党に細分化され、各勢力は敵愾心《てきがいしん》に満ちた貪欲な党派の乱立によって内部からずたずたにされている。この議会を制御することは、さしものジョリッティでも不可能だろう。要するに、いまやおなじみの糞便じみた茶番が、ますますその密度を増し、ますます糞便らしくなっただけのことだ。

民主政体は存亡の機に直面している。議会の退廃を食いとめる術はない。春分の空、地平線のそばに浮かぶ星が、その運命を暗示している。その黄昏の薄明のなかで、若く、小さく、強靭なファシスト党が、議会の第二六会期、退廃の最終局面とともに、みずからの生を生きはじめる。次こそは、単独で戦いに臨んでみせる。第二七会期は、ファシストが統《す》べる最初の会期となるだろう。

個人としても、劇的な勝利だった。ベニート・ムッソリーニはミラノで一九七、〇〇〇票、ボローニャで一七三、〇〇〇票を獲得し、それぞれの選挙区における最高得票者となった。全国レベルで見ても、第三位の得票数だ！

あまりの成功に、この報《しら》せがもたらされるなり、ムッソリーニ家では滅多にお目にかかることのない、夫婦そろっての熱狂的な興奮が爆発した。勝者は妻ラケーレを抱きしめ、それからキッチンの扉に押しつけると、つねにない仕方で妻の瞳をじっと見つめ、胸を震わせながら妻に忠告した。「ラケーレ、覚えておけ。これから先、俺たちの人生で、こんなにもすばらしい瞬間はそうそうないぞ」。ラケーレは、ふだん縁のない歓喜の言葉を聞いて不安に駆られた。この粗末な家で、夫の予言をどう受けとめたらよいのかわからず、黒と黄土色の砂岩タイルが敷かれた床に、つと視線を投げ下ろした。

しかしいま、ベニート・ムッソリーニはひとりだった。窓辺を離れ、日暮れの空に浮かぶ宵の明星に背を向けて、仕事部屋をぶらぶら歩き、こみあげる喜びで室内を満たしていく。放逐すべき亡霊には事欠かなかった。一九一九年、四〇〇〇票しか得られず敗れたときに、彼の亡骸を模して運河に沈められたぶざまな人形。一九一四年、社会党の同志から、恐水病にかかった犬のように追い払われた裏切り者。一九〇八年、スイスの橋の下で眠っていた、怒りに取り憑《つ》かれた移民。靴底がすり減らないようにするために、靴を肩にかけたまま裸足で線路を歩き、村と学校までの一マイルを行き来していた小学校教師。きわめて珍しい昼間の金星の輝きには、はるか昔の、子供の亡霊まで投影されていた。場所はロマーニャの農村で、黄色いぶどう畑や、いつでもぶどう摘みを始められるように準備されたワイン醸造用桶が見える。少年はそこで、太陽が光り輝く朝、祖母の死を告げる鐘の音が、九月の空気のなかに鳴り響くのを聞いていた。

そんな彼も、いまや「ムッソリーニ議員」となった。彼の時が近づいている。万人の時が、復讐の時が。彼は今回、幼いベニートを飢えさせた大地主の金を使い、ジョリッティの庇護のもとで勝利した。彼はいま、自分と似たような境遇にある人びとの敵、若き日の敵の側に立っている。それでも、勝ったことに変わりはない。

いっとき、不信と怨恨のこもった目つきで、新しく優雅な仕事場を眺めた。だがすぐに、サルファッティの声が耳元でささやくのが聞こえた。「大切なのは、男になること。青年期は種まきの、壮年期は収穫の時期よ」

すでに彼も、四十に手が届きかけている。頭はほとんど禿げあがり、毛髪の最後の一本まで失われるのも時間の問題だ。種まきの季節はもう終わった。刈り入れをしなければならない。決着をつけなければならない。勝たなければならない。そして、勝った後に、また勝ち、さらに勝たなければならない。なぜならこの世界は、勝者に手心を加えるようなことはしないのだから。

ムッソリーニ議員は思う存分、横柄な喜びに身を任せた。まさしく、ベニート少年が憎しみを抱いていた大人そのものだった。

ベニート・ムッソリーニ　ローマ、一九二一年六月二十一日　イタリア議会

ムッソリーニ議員は、彼以前には誰も坐ろうとしなかった、最右翼の席を選んだ。ほかのすべての議員から離れた場所で、ひとり高みに控えている。つねにまわりの様子を窺い、まわりも彼の様子を窺っている。下方から、あるいは左翼の議席から見ている者には、その姿はまるで、岸壁にうずくまる禿鷹《はげたか》のように映っていた。頭部の毛が抜け落ちた、屍肉を喰らうこの鳥は、今日、はじめての国会演説に臨む予定だった。

全員から忌み嫌われた岸壁に、禿鷹は喜んで巣を構えていた。モンテチトリオ宮への初登院を果たした彼は、本能的に左へ向かうと、視線の先の議席がすべて、かつての友である社会主義者の蔑《さげす》みに占められていることに気がついた。反対側はどうかと言えば、そこを占領しているのは、ジョリッティの小判鮫とでも呼ぶべき、軽蔑に値する新たな友の傲《おご》りだった。うぶな子供のように驚きに打たれ、軽い苛立ちと困惑を覚えたあとで、彼はすすんでいちばん端の席を陣取った。

とはいえ、議会はムッソリーニにとって、あまり愉快な場所ではなかった。ある新聞記者に打ち明けたところによれば、議席に坐る彼の目には、「物も人も灰色に」見えたという。議場で演説に臨む際は、議場の外にいるときと反対の形式に従わなければならない。つまり、低いところにいる聴き手に向かって語りかけなければならないのだ。この転倒した、誤った位置関係のせいで、なにもかもが無益なお喋りに堕してしまう。それにあそこの廊下ときたら……あちこちから聞こえ

るささやき声、なれなれしい同僚のお喋り。べたべたと甘ったるい態度を繕って、肩を叩いてきたり、握手した手をいつまでも離さなかったりする連中。昼間には、重たそうな体を引きずって、先を競ってファシストの前に列を作りながら、晩にはサロンで、恐怖と興奮にとらわれたご婦人方に向かって、今日はファシストに、あの野蛮な食人種に、議会というジャングルの老探検家ジョリッティが、自分のサーカスのために手なずけてみせると約束した風変わりな獣に会ってきたよと吹聴する、不快きわまりないブルジョワども。

だが、ムッソリーニは未知の獣のままでいようと固く心に決めていた。任期の最初の数週間、ローマではほとんど誰とも会わず、いっさい、なんの親交も築かなかった。友人など作れるはずがなかったし、作りたいとも思わなかった。そこで、個人秘書には裏切り者のアレッサンドロ・キアヴォリーニを任命した。一九年の選挙で破滅的な敗北を喫したあとの、人生でも最悪の一時期、『ポポロ・ディタリア』主筆としてロンバルディア報道陪審会の審理を受けていたとき、連帯責任を承諾する書状へのサインを拒絶した唯一の編集者だ。そう、友情など必要ない、主従の関係だけあればいい。偽の友人よりは裏切り者キアヴォリーニの方が、よほど当てになる存在だ。

「議員諸氏よ、社会主義の野獣が勝ち誇り、その商いが繁盛していたころは、誰もあえて坐ろうとしなかった最右翼の議席から、私の最初の演説を始められることを嬉しく思います。ただちに言明しておきますが、私の演説は反動的な主張を支持するものです。私の演説は、反民主主義的、かつ、反社会主義的なものになるでしょう」。右翼席から賞賛の声があがる。「そして、私の言う反社会主義とは、反ジョリッティのことでもあります」。議場にさざめく笑い声。

ムッソリーニが、主たる選挙協力者であるジョリッティに向かって冷ややかな愚弄《ぐろう》を言い放つのを耳にしても、議員たちは別段驚きはしなかった。そもそもファッショの創設者は、選挙翌日の時点ですでに、『イル・ジョルナーレ・ディタリア』に掲載された衝撃的なインタビューのなかで、ジョリッティとの同盟の終了を通告していた。そうして彼は、議会運営の術策のために自分を利用しようとした老首相の目論見を、こっぱみじんに叩きこわした。いまや誰の目にも明らかだった。ファシストはさっそく、モンテチトリオ宮の議場に、自分たちの闘争の仕組みを持ちこんだ。ファシストは誰にたいしても配慮しない。ファシストを手なずけようとするジョリッティの計画は破綻した。これから先のゲームには、新しいカードが使用される。ムッソリーニは賭けのテーブルについている面々を虚仮《こけ》にして、胴元の側にまわった。自由主義者と企業家からなる、経験豊かで権威ある政治サークルの男たちは、悔しさのあまり歯嚙みしている。

ムッソリーニはまず、議会における初演説の冒頭三〇分間で、ジョリッティの外交政策を手きびしく弾劾した。国家主義的な激情の昂《たか》ぶりのなかで、ムッソリーニはジョリッティの従順な態度を、イタリアに運命づけられた偉大さの放棄を非難した。東方におけるイタリアの影響力の維持にも、モンテネグロの独立にも、ジョリッティはまったく関心を示さなかったではないか。ムッソリーニの眼《まなこ》には、現代の世界が抱えるあらゆる問題が映し出されていた。この日の演説では、パレスチナにおける諸宗教の困難な共生という問題まで取りあげられた。すでにジョリッティは打ち倒された。生まれたばかりの新政権が余命いくばくもないことは、いまでは万人の了解事項だった。

それから弁士は、自分の声がもっとよく聞こえるように階段を降り、より短い半径で議場全体を視野に収めた。半円形の席に居並ぶ、議会のすべての勢力を、順繰りに検分していく。まずは共産主義者だ。共産主義は貧窮と絶望の時代に生じた理論であり、新たな時代の精神主義的な哲学である。それは牡蠣《かき》と同じで、舌にのせたときの味は良いが、飲みくだすには苦労する。ムッソリーニは共産主義者を嘲《あざけ》り、嗤《わら》い、しかしそのあとで、わざとらしく罪悪感を装いつつ、父親的温情主義《パターナリズム》をもって彼らを受け入れた。

「共産主義者のことはよく知っています。というのも、彼らの一部は私の息子なのですから……もちろん、精神的な意味合いにおいてです。どうぞ誤解のなきよう」。右からも左からも、笑いが飛び交う。社会主義者の番になると、飴と鞭の戦術への傾斜はより深まった。まずは、社会主義者が犯してきた罪を強調し、それから、概念の区別——労働運動と政党の区別、政党の指導者と組合の代表の区別——に進み、そのうえでこう約束した。「これから言うことをよくお聞きください。あなた方が一日八時間労働の法案を提出されるのであれば、われわれファシストは賛成票を投じます」。最後は、カトリック大衆の代表たる、人民党の番だった。ムッソリーニはここでも撒き餌を怠らなかった。「今日、古代ローマのラテン的、帝国的伝統は、カトリック教会によって代表されています……普遍的な観念なくして、人がローマにとどまることはありません。そして、今日のローマに存在する唯一の普遍的観念とは、ヴァチカンが世界に向けて発信している観念なのです」

要するに、全勢力に向けての飴と鞭だった。締めくくりに、お決まりのテーマである暴力に、たっぷりの時間が割かれた。ここでも、まずは脅迫、次に約束という手順が踏まれた。もし、社会主義者が暴力に訴えることをやめないなら、ファシストもまた同じ領野で戦いに臨むだろう。そろそろ認めてはどうか。世界は左ではなく、右に向かっている。資本主義の歴史は始まったばかりだ。もし、社会主義者が精神を武装解除するのであれば、ファシストもそれに倣おう。暴力はスポーツではない。内戦という、悲しむべき歴史の一幕は、そろそろ終わりにしていいころだ。われわれは人間であり、人間にかんすることはなにひとつ、われわれと無関係ではない。

ムッソリーニは演説を終えた。右からの盛大な拍手は、いつまでも鳴りやまなかった。賞賛の言葉がやむことはなく、みながこぞって、ムッソリーニの演説にみずからの見解を付け加えた。

だが、議会にたどりついたいま、ファッショの創設者は自宅の清掃に取りかからなければならなかった。彼の手になる被造物の出自は卑しい。それは暴力の坩堝《るつぼ》から、ごた混ぜの歴史の痙攣《けいれん》から生まれたのだ。ブルジョワは疲れはじめている。ファシストが、暴力にたいする防波堤として受け入れられたとするならば、そう遠くないうちに、新たな暴力として否認されるだろう。選挙での成功から果実を得なければならない。イタリアという国家においては、革命が革命的手法によって実現されることは有りえない。

ファシズムは、資本主義と共産主義のあいだ、ふたつの敵対者のあいだにある、第三の道でなければならない。ファシズムのほかに、その立場を享受できる勢力はない。あらゆる転換、結合、策略、跳躍、飛翔が可能となるように、つねに身軽でいる必要がある。ファシストは、闘争関係にあるふたつの巨大な階級の片割れではなく、その中間の層、猛り狂うプチブルが抱える不安の心理的危機から生じた、深く激しい苦悶である。プチブルは恐れている。じゅうぶんに所有したことなど一度もないのに、すべてを失うのではあるまいか。青物商は、巨大資本の鉄床《かなとこ》と共産主義の槌のあいだに置かれ、この世界のどこが自分の居場所なのかもわからず、そもそもはじめから居場所などあったのかと訝《いぶか》しみ、自分の存在さえ疑いはじめている。中間の世界に生きる大衆のために、議会政治の枠組みのなかで確たる展望を示すことができる、新たな巨大政党が求められている。プチブルは慰めを欲し、国家は平穏を欲している。ならば、その両方を与えてやろう。

あまりにも長いあいだ、玉座は空席のままになっている。暴力はいつもかならず、影をともなってやってくる。いまは剣を鞘におさめるときだ。ファシズムの運転席に坐るのは政治家であって、戦士ではない。首座に坐るのはこの私だ。やかましく吠えたてる戦争の犬どもを、いまは手もとに呼び戻そう。

アメリゴ・ドゥミニ　サルザーナ、一九二一年七月二十一日

おおよそ次のとおりに、事態は推移したと伝えられている。

深夜一時、マッサ・カッラーラの沿岸地帯にあるアヴェンツァの海岸で、アメリゴ・ドゥミニは相棒の「魔術師」バンケッリとともに、海水浴客向けの小屋にもたれかかって、静かに煙草をふかしていた。ほぼ満月に近い月が、西の空高くに浮かび、渓流の河口に立つ中世の塔を明るく照らしている。塔の背景、東の空では、冠状に延びるアルピ・アプアーネ山脈が、地平線を丸く閉ざしている。会合の進行はスムーズだった。鉄道、バス、そのほか間に合わせの手段を使って、ピサ、フィレンツェ、ヴィアレッジョ、プラート、ペーシャをはじめとする近郊各地から、約五〇〇人のファシストが砂浜に集結した。相当の大所帯だが、それでも、期待していたほどではなかった。それに、五〇〇人のうち少なくとも半分は、年長者に付き従って冒険に身を投じた、十六、七の若者だった。なにを言われても額面通りに受けとめることしかできない、共産主義者に悪態を吐くときはいつも小声の洟垂《はなた》れどもだ。この夜も、待ち受ける死の予感に震えつつ、隊旗の下、ファシストの隊歌をささやくように歌っていた。

斥候《せっこう》として放たれた、レナート・リッチ配下のふたりの男が戻ってきた。彼らが聞いたところによれば、サルザーナ周辺の農村にはすでに厳戒態勢が敷かれ、農夫には拳銃や猟銃に加えて、アプアーネの石切り場で働くアナーキストの石工が用意した、単純な仕組みの爆弾が提供されているという。この土地の住人は手ごわい。生涯ずっと、数世代にわたってずっと、ダイナマイトで大理石を爆破することを

生業《なりわい》にしてきた連中だ。

サルザーナの人びとは何か月も前から戦争の準備を進め、敵の襲撃をいまかいまかと待ちかまえていた。当初から、ファシストにたいしては対決姿勢を鮮明にしていた。農夫が怪しいよそ者を見かけるたび、伝令が村々を走り、通りは武装した男たちであふれかえった。

この地域のファシストの指導者であるレナート・リッチは、山賊風のフェズ帽をかぶって近隣を荒らしまわり、カッラーラのほぼ全域を支配下に置いた人物だった。しかし、ここサルザーナでは、「赤の」要塞を陥落させるのに幾たびも失敗し、いまは同地で獄中生活を送っていた。憲兵隊は、マグラ川の乾いた河床の岸に生える柳のあいだで、敗走するリッチや行動隊を包囲して一網打尽にした。したがって、ファシストは速やかに、リッチの釈放を勝ちとらなければならない。アヴェンツァの浜辺で、ドゥミニ率いるフィレンツェの行動隊が一夜を明かしているのは、そうした理由からだった。いまこそ、サルザーナの住人と決着をつけるときだ。

作戦計画と呼べるようなものはなかった。すべてはその場の思いつきで進行し、行動隊の面々の多くは、お互いの顔と名前さえよくわかっていなかった。月明かりに照らされる海を横目に、ファシストは浜辺を歩いていった。足どりは鈍く、眠たそうな顔もひとつやふたつではない。一列に並んではいるのだが、酔っ払いの集団のように、前後の間隔が一〇メートルも空いていることさえある。一行はやがて海岸を離れ、線路が延びる方角へ進んでいった。斜面沿いの小道を這いのぼり、鉄道のレールに沿って歩く。深夜便の運転士は、進行方向に障害物を認めると、列車の速度を緩め、停止し、そしてまた出発した。駅まで乗せてもらうことを期待したのか、深夜の行軍に疲労困憊した粗忽《そこつ》者が、列車に向かって引き金を引いた。

この軽率な発砲が、到着の報《しら》せとなった。黒シャツを着た復讐者は、夏の夜明けから三〇分後、五時半にサルザーナ駅に到着した。すでに陽は高くのぼり、アルピ・アプアーネの突端にある大理石の採掘場を照らしている。だが、敵意に満ちているはずの町に人気《ひとけ》はなく、ひっそりと静まりかえっていた。ファシストの来襲にもかかわらず、夢のなかにまどろんでいるかのようだ。ドゥミニは招集をかけてから、中央の広場に続く大門を開くよう門番に命令した。敵の要塞を陥落させるためにやってきたファシストの眼前に、ふたつの世界の英雄ガリバルディの名をとった、プラタナスの立ち並ぶ美しい大通りの眺めが開けた。

ところが、驚いたことに、大通りに足を踏み入れるなり、一列に並んだ憲兵隊の姿が目に入った。せいぜい一五人というところで、機関銃は駐車されたトラックの荷台に積まれたままだ。向こうは一五、こちらは五〇〇。それに、行動隊が懲罰遠征へ赴く際、憲兵はこれまでずっと、良き友であり共犯者だった。「憲兵万歳、陸軍万歳、イタリア万歳！」ファシストはいつものごとく叫んだ。

その直後——すでに時計の針は六時をまわっていた——、この日ふたつめの驚きがファシストを襲った。話し合いに臨むため、友好的な笑みを浮かべて進み出たドゥミニの前に、ふたりの憲兵が立ちはだかった。ひとりは平服、もうひとりは軍服姿で、ふたりとも敵意をあらわにしている。大尉にいたっては、手袋をはめた右手に牛革の鞭まで握っているではないか。

ドゥミニは単刀直入に、来訪の目的を説明した。レナート・リッチの解放と共産主義者への報復は、どちらもきっぱりと拒絶された。

「われらに《ア・ノイ》！」ファシストは隊列も組むことなく、軽率に前進を開始した。勝つに決まっているさ、負けるはずがないんだ。憲兵隊の大尉は、銃剣と火器の使用に備え、地面に片ひざをつくよう兵士たちに命令した。そして、銃が構えられたときのつねとして、ファシスト側の何人かがこらえきれずに引き金を引いた。憲兵のひとりが倒れる。応戦のために仲間の兵士がいっせいに銃弾を放ち、最前列にいたファシストの群れがなぎ倒される。激しい銃撃戦が始まった。

職業軍人にはよくわかっていた。最初の激しい応酬が終わったあと、武装したふたつの勢力のあいだには、奇妙な逡巡の瞬間が訪れる。それはときには、同時に弾倉が空になったためであり、またときには、血の顕現を前にしたときの神聖なためらいのせいでもある。その瞬間、ファシストのリーダーたちと憲兵隊のユルゲンス大尉は、銃撃を中断させるのに成功した。ふたたび話し合いが始まった。

だが、負傷者のうめきはいまや朝もやを切り裂き、広場の敷石は死体から流れでる血にまみれていた。予期せぬ抵抗に狼狽したファシストは、生け垣、溝、壁を乗りこえ、一目散に逃げだした。一〇〇人からの男たちが、散りぢりになって平原を駆けていく。背後から、ユルゲンス大尉の悲壮な叫びが響きわたる。広場へ戻るよう命じる大尉の声は、ほとんど懇願するような調子でもあった。

そのとき、銃火にまみれた一日の、みっつめの驚きが出来《しゅったい》した。「赤ども」が、茂みのあいだでファシストを待ち伏せしていたのだ。敵の家に火をつけに来たつもりで、いまは恐慌をきたし逃げまどっている復讐者たちを、熊手、斧、短剣で武装した農夫の一団が、次々と掃討していく。ファシストは麦打ち場、干し草置き場、生け垣の裏に連れていかれ、畜殺される豚のように、突き錐で喉をかき切られた。陽の当たる場所に放置される死体もあれば、木に吊される死体もあった。

銃撃戦は終わった。最初の銃声を聞いて増援に駆けつけた王国護衛隊が、遺体の回収のために田園を捜索してまわっている。町に残ったファシストは、駅舎に身を隠していた。多くの若者が、ベンチの下で肩を寄せ合い、泣きながら助けを求めていた。

ドゥミニはいちおう、リッチの釈放を勝ちとった。サルザーナを陥落させるはずだった行動隊の生き残りは、もと来た場所へ送り返されるための特別列車まで護送された。一部の同志の亡骸は、惨めな姿のまま何日もその場に留めおかれ、山地の斜面に沿ってまばらになっていく木々のあいだのほら穴で、野禽《やきん》に食い物にされていた。

「棺から幸運を引き出すんだ。その幸運を、敵に掠《かす》めとられるようなことがあってはならない」

ファシズムのドゥーチェは、サルザーナの虐殺の報がローマに届いてすぐに招集された全国会議の会場に入る前に、チェーザレ・ロッシにそう耳打ちした。それは七月二十一日から二十二日にかけての晩で、ひどく蒸し暑い夜だった。ムッソリーニは、同志の死よりもむしろ、別の死に動揺しているようだった。迷信深い彼は今回の一件を、より曖昧ではあるとはいえ、より恐ろしい別の死の、不吉な予兆として受けとめていた。「ファシズムが死ぬことは有りえない」。会合に臨む前に、ムッソリーニはそう言った。

みずからの暴力が導いた致命的な帰結からファシズムを救うために、ムッソリーニが提示した計画は、しごく単純であると同時に、狂気の沙汰とも呼べるものだった。社会主義者と和解すること。その計画は「和平協定」と名づけられた。七月初旬の時点ですでに、地方の行動隊は、この計画にたいする拒絶の意志を表明していた。七月十二日、ミラノでは、ファリナッチとグランディの主導により開催されたファシスト全国会議において、ムッソリーニへの不従順が議決され、あらゆる和平案に反対する方針が確認された。そのあいだも、一五〇〇人の行動隊が武力でトレヴィーゾを制圧し、カトリック人民党や共和党の事務局を焼き払っていた。

だが、いまでは状況が変わっていた。ジョリッティの政権は倒れた。後を継いだのは、ほかでもないムッソリーニが一九一二年に社会党から追放した、改良社会主義者のイヴァノエ・ボノーミだった。ボノーミは、社会主義から出発した人物であるにもかかわらず、カトリック政党である人民党を政権に引き入れることに成功した。もしボノーミが、社会主義の穏健派まで政権に取り込んだら、反ファシストの共同戦線ができあがってしまう。そうなれば一巻の終わりだ。孤立を回避する手立てを講じなければならない。自殺を望まないのであれば、原理原則に立ちかえり、「殲滅主義《せんめつ》」を取り下げることが必要だ。でなければボノーミは、社会党最大綱領派をファシズムの暴力でもって放逐したあと、穏健な社会主義者と同盟を組み、無力なロバと成り果てたファシストにさらなる痛撃を加えてくるだろう。

サルザーナの出来事は、すでに警察が、新たな権力の言葉に従っていることを示している。それに、もうひとつ、明らかになったことがある。今回、五〇〇人のファシストは、一五人の憲兵によって敗走させられた。これはつまり、いままで警察当局と共謀して、組織化されていない無防備な敵にたいし暴虐をほしいままにしてきたファシストの残忍性は、訓練の行き届いた軍隊の最初の一撃で雲散霧消するであろうことを意味している。

「ファシズムの周囲で、憎しみの輪が狭まりつつある。この輪を砕かなければならない。イタリアの広場を、日曜の屠畜場に変えてはいけない。国家は平穏を欲している。祖国の神聖なる価値を否認する社会主義者に憎しみをたぎらせるファシストの青年と、労働者の同盟や組合の発展を弾圧したいだけの地主連合の会計係を、いっしょくたにしてはならない。われわれの運動が、専制の没落の兆候となってはじめて、国家はわれわれのものになる。反対に、ファシズムが新たな専制の相貌を呈するのであれば、国家はわれわれを拒絶するだろう」

ムッソリーニの口から語られる急激な後退の指示に、中央委員会のメンバーは静かに耳を傾けていた。あらゆる個人的暴力の中断、懲罰遠征の全面的な廃止、会員の前科の精査、最近になって戦闘司令所に配属になったファシストの解職、加害行為にたいする責任の所在の調査。

これらの提案を前に、議論は激しく沸き立った。会合は夜明けまで続いた。とりわけ地方のボスたち——ファリナッチ、タンブリーニ、フォルニ、ペッローネ・コンパーニ、バルボ、グランディら——は激しく抵抗し、「赤ども」とのあらゆる和平に断固として反対の立場をとった。

会合が終わるころ、ドゥーチェはチェーザレ・ロッシをわきに呼び寄せ、社会主義者との交渉を再開するように耳打ちした。

「分裂はさせない。われわれは軍隊であって、蜂の群れではない。この軍隊を指揮するのは私だ……」

数々の矛盾を経たのちに、本日、ファシズムが矯正されないかぎり、自分はファシズムを破壊するつもりだと、ムッソリーニはすごんでみせた。

じつにばかげている。ファシズムはみずからの指導者《ドゥーチェ》を破壊するだろう。社会主義者を、革命派の参戦論者を、フィウーメを、旧来のファシストを裏切ったこの男は、いままでとまったく変わらない無頓着さで、別の党や集団の方へ身を投げ、いままでしてきたこととは正反対の立場にある新しい伴侶を見つけようともがくだろう。

彼は今度も、自分のあとについてくる別の夢想家を見つけるのだろうか？ それとも、イタリア人の良識がムッソリーニの勝利を終わらせ、もうたくさんだと叫ぶのだろうか？

ウーゴ・ダルビ、革命的サンディカリスト、『シンダカート・オペライオ〔「労働組合」の意〕』、一九二一年七月三十日

イタロ・バルボ　ガルドーネ、一九二二年八月十八日

ガブリエーレ・ダンヌンツィオは目に見えて太っていた。修辞のうえでは、機敏な痩軀《そうく》に絶対の忠誠を捧げ、酒はいっさい嗜まない詩人ではあったものの、一八か月にわたるガルダ湖畔での隠遁生活は胸骨の下に、大酒飲みにこそふさわしい、丸々と膨らんだ張りのある腹をこしらえていた。イタリアのどこを探しても、いまの彼に着せられそうな軍服は見つかりそうにない。何年ものあいだ、遠く離れた場所から司令官を崇めてきたあとで、はじめて目通りが叶ったバルボのような人物――彼はひどく痩身だった――にとってはなおさら、この腹部から目を逸らすのは困難だった。バルボとディーノ・グランディは八月十六日の夜、ボローニャからガルドーネに向けて出発した。ポー川流域のファッショを集めた会合で、ムッソリーニが提起する「和平協定」への反対決議が採択された直後のことだ。ふたりは「戦う詩人」に、ファシズムの指揮を執《と》るよう要請しにきたのだった。

羞明《しゅうめい》の気《け》がある詩聖は、十七日朝、分厚いカーテンによって陽光が遮られた部屋でふたりを迎えた。淡く柔らかな光が広がる詩人の館は、注意深く整えられた無数の調度や書籍で窒息しかかっていた。家のなかにある物はみな、謎めいた象徴の遊戯の小道具であり、そこはまるで、生けるミイラの記憶に捧げられた霊廟のようでもあった。ダンヌンツィオは、死をめぐる詩的観照の記録、『夜想譜』の決定版を完成させるために目下取り組んでいる改稿作業について、二十代なかばの血気盛んな若者ふたりに長々と語って聞かせた。『夜想譜』は一九一六年、飛行機でトリエステへ向かっていたときの劇的な不

時着により、一時的に視力を失った数か月間に編まれた作品だ。会話の最中、詩人は自分のことを「もの見る盲《めしい》」と表現していた。ようやく自分の話が終わると、客人の申し出に静かに耳を傾け、多色のクリスタルガラスに入った極上のヘーゼルナッツチョコレートを若者たちに勧めてから、ひと晩考えさせてほしいと返答した。詩人は暇乞いの際に、決断をくだすときはいつも、星のめぐりを参照してからにしているのだと打ち明けた。

反逆派を代表するふたりのファシストは、湖畔に立つ物憂げな安ホテルに投宿した。各人が、それぞれのやり方で空いた時間をやり過ごした。グランディは共謀者に手紙を書き、バルボは宿のメイドにちょっかいを出していた。

「赤」と「黒」の対立を終結に導くであろう「和平協定」は、八月三日の晩、国会議長であるエンリコ・デ・ニコラの事務所にて、ファシストおよび社会党の議員代表団と、労働総同盟の代表であるバルデージ、ガッリ、カポラーリの署名により成立した。署名者の筆頭はベニート・ムッソリーニだった。両陣営は協定にもとづき、あらゆる暴力行為の即時中止と、違反者の訴追に取りかかった。署名がなされたのち、社会党の指導者らはファッショの創設者と握手することを拒んだと伝えられている。おそらく、根も葉もない誹謗《ひぼう》の類ではあろうが、その一方で、ファシズムの地方ボスたちの拒絶は、厚かましいほどに確かだった。

トスカーナ、ヴェネト、エミリア地方のファッショは合同で会議を開き、署名から四八時間もたたないうちに協定の破棄を通告した。こうした動きに、ムッソリーニは蔑《さげす》みを込めて応答した。彼は地方のボスたちを、エチオピアの野蛮な戦争指導者を念頭に「ラス」と名づけた。『ポポロ・ディタリア』の紙面では、道を踏み外した息子を矯正するため「鞭を使うこと」を強いられた父親の立場から、反抗分子に語りかけた。せせこましい郷党心にとらわれ、俯瞰的にものを考えることができず、「より広大で、複雑で、瞠目すべき世界の存在」を、見ることはおろか信じることさえできない、無知な田舎者としてのラスに憐れみを寄せた。

八月六日に活字になったドゥーチェへの反論記事のなかで、グランディはファシズムの内部分裂を言《こと》祝《ほ》ぎつつ、「父」とはムッソリーニではなくダンヌンツィオであると断言した。さらにグランディは、真のファシズムがどこで生まれたかという点に議論を進め、それは「アックルシオ宮の虐殺」が起きたボローニャであって、ミラノではないのだと主張した。お次はバルボが、なんの遠慮会釈もなしに、ファシズムの首領に襲いかかった。彼は書いた。ファシズムと社会主義の闘争は、どちらか一方が絶滅することによってのみ決着する。それが現実であり、そのほかの考えはすべて「子供じみた空想、女々しい感傷主義《センチメンタリズム》」でしかない。

ムッソリーニはチェーザレ・ロッシの援護を受けつつ、大土地所有者に隷属するエミリア地方のファシストは、もはやファシストではないと反論した。反逆者は追放してやる、いやむしろ、自分がファッショから出ていってやると言って、父は息子たちに揺さぶりをかけた。

ムッソリーニの計画は、いつもどおり狡猾だった。どちらに転んでもいいように、いつもどおりふたつの道が用意されている。社会主義者との和平がうまくいけば、「尊敬に値する」ファシズムのイメージが優勢となる。自由主義者は諸手をあげて彼を受け入れ、大臣の椅子を用意してくれるだろう。仮に失敗したとしても、いずれにせよムッソリーニは、地方の獰猛なラスとは一線を画す、道理が通じる唯一のファシストという評価を確立できる。早い話が、この茶番劇の結末がどうなろうと、ムッソリーニには得るものしかないのだった。

反対に、地方のボスたちは失うものだらけだった。和平協定とは、バルボやグランディのような手合いにとって、確実かつ迅速な終焉を意味していた。光がないがゆえに歴史がなく、歴史がないがゆえに光がない、戦いを奪われた者がつなぎとめられる暗がりの辺獄への流刑だった。彼らには、命を賭する覚悟はあったが、あたら命を差し出す気はさらさらなかった。

こうして、八月十六日、ボローニャの会合の日がやってきた。エミリア・ロマーニャの六〇〇のファッショが集結し、状況になんらかの変化が認められないかぎり、暴力のための武器を手放すことはないと宣言して、ファッショの首領に不信任を突きつけた。バルボとグランディはその足で、詩聖に運動の指揮を乞いに向かったのだった。

ところが、ダンヌンツィオはなかなか返事をよこさなかった。ブリッジで遊んだり鉱泉水を飲んだりしながら、わずかな余生に必死にしがみついている半死の年金生活者に囲まれて、バルボとグランディはほとんどまる二日を無為に過ごす羽目になった。十八日の午前遅く、詩人の休息をじゃませぬよう正午近くまで待ってから、ふたりの巡礼者はカルニャッコ荘を訪ねた。ダンヌンツィオは面会に応じなかった。代わりに対応した召し使いは、いましばらく待つようにとふたりに伝えた。その夜は曇っており、月の女神ディアーナは姿を見せなかった。「星のめぐりは、吉兆を伝えていない」

虚仮にされたバルボとグランディは怒り狂った。こうなっては、来た道を引き返すか、あるいは、思い切ってミラノへと進路をとるしかない。次の一手を考えあぐねていると、新聞の売り子がその日のニュースをがなり立てているのが聞こえた。ムッソリーニ、ファッショの中央委員を辞職。

「勝負は終わった。負けた者は去らねばならない。私はファッショの指導部を去ることにする。叶うなら、ミラノ・ファッショの一兵卒として、組織にはとどまるつもりだ」。その日、ファシズムのドゥーチェは『ポポロ・ディタリア』にそう書いた。

地方のファッショは、農村での計画に致命的な支障が出ることを懸念し、和平協定に明確に反対している。たいする社会主義者は、和平案を積極的に受け入れているとはいえ、成り行きを楽観しているわけではない……共産主義者とアナーキストは反対している。人民党は肯定的だが、具体的な見解は示していない。自由主義者と急進主義者は、かかわり合いを避けている。新聞は、ファッショへの恐れから、この件については沈黙している。

ミラノ県知事チェーザレ・モーリによる政府宛て電報、一九二一年七月十二日

異論、困惑、そしてときには、われら自由なる人間の感情をことごとく害するある種の振る舞いへの嫌悪。たとえば、友よ、あなた方は考えてみたことがあるのだろうか？　ポー平原のいくつかの土地で、われらの兵卒が平然と、そこに敵が住んでいるというただそれだけの理由から、家財道具も愛着もひとまとめに焼き払っている「人民の家」が、人びとにとってどれほど神聖な場所であったかということを。

チェーザレ・ロッシ、ファッショ副書記長を辞任することを伝えた書簡、一九二一年八月二十一日

ファシズムの破滅を早めるために、槌を勢いよく振り下ろすことが必要なら、私はその嫌な役まわりを受け入れよう。ファシズムはもはや解放ではなく、専制である。ファシズムはもはや国家の救済者ではなく、イタリアに存在するもっとも愚鈍で、頑迷で、卑劣なカーストの金庫番である。かかる外貌を備えたファシズムは、いまだファシズムではあろうが、あの悲しむべき数年間に、ごく少人数で大衆の怒りと銃弾に立ち向かったときのファシズム、私によって受胎されたファシズムとはもはや言えない。

ベニート・ムッソリーニ、「揺りかごとその残骸」、『ポポロ・ディタリア』、一九二一年八月七日

——いちど裏切ったやつは、また裏切る。
ボローニャ市街の壁に貼られた、反ムッソリーニのビラの文言、一九二一年八月

ベニート・ムッソリーニ　モデナ、一九二一年九月二十八日

ラスの集団には、視野の狭さという強みがある。自己の生を生きようとするかぎりにおいて、これほど有益な特質はそうそうない。郷土に結びついた古くからの怨恨、毎日曜の公開殺戮、近所のご婦人を楽しませる陽気なお喋り、酒場の前に停まった最新鋭のスポーツカー。地方の小ボスは、新聞記事の狭い枠組みのなかで生きている。「現在」という巻き尺で時代を測っているうちに、生活のあらゆる側面は慢性化して、時間をかけてゆっくり進行する不治の病に変貌する。骨の髄まで記者根性が染みついた彼はよく知っていた。新聞の記事はいつだって、黒か赤に染まっている。情事と交通事故、浮気沙汰と刃傷沙汰が、日々の紙面を埋めつくしている。組み敷かれた女やら、へし折られた背中やら、過激で極端な話ばかりが好まれる。それがニュースというもので、記者によって語られる世界とは詰まるところ、「紙面の短信」でしかない。

商売人、商店主、土地所有者、零細投機家、この無能で古びたブルジョワどもが演じる、不快きわまりない見せ物が良い例ではないか。こいつらは、自分たちの特権を手放さずにいるためなら、なんでも売り払う用意がある。いまはファシストのあとについてきて旗を振り、鼻にかかった声で「国王万歳、イタリア万歳」と叫んでいる。だが、一九一四年の「赤い一週間」には、まったく同じ声で「共和国万歳！」と叫んでいたのだ。怠惰で、愚図で、陰鬱なこの大衆を見るがいい。理想も信念もなく、どんな裏切りにも喜んで手を染める連中が、他を圧して君臨するこの世の中を見るがいい。

だが、民衆の生となれば話は変わってくる。ドヴィアのつましい鍛冶屋の息子ベニート・ムッソリーニが、日々の生を歴史の一部として生き、語ろうとするとき、展望は世界へ開け、地平線は弾《はじ》けとび、もはや踊りと踊り手の見分けはつかなくなる。八月二十七日、フィレンツェで開かれたファッショの全国会議にて、ムッソリーニの辞任は否決された。地方のラスは相変わらず、和平協定には反対していた。とはいえ、哲学者きどりのグランディを含め、地方の枠を越えた全国的な舞台において、ムッソリーニの役を奪いとろうという者は誰もいなかった。

一連のいざこざで割を食ったのが、チェーザレ・ロッシとレアンドロ・アルピナーティだった。ムッソリーニへの忠実な態度を貫いたために、ロッシはミラノの中央委員会から、アルピナーティはボローニャのファッショ事務局から離れることになった。さしあたり、ふたりのためにしてやれることはなにもなかった。だが、運動を再開するためにやるべきことならいくらでもある。命令を聞かせる相手が自分自身しかいない首領に、いったいなんの価値があるというのか?

全国の支部から、ムッソリーニの代わりはいないという声が響きわたった。地方の小ボスが演出したこの腕ずくの結束から、いまこそ手形を振り出すべきだ。だが、起源への回帰というレトリックに効き目はない。いま求められているのは、未来への疾走だ。伝統的政党にたいする軽蔑はそもそもの始めから、ファシストの運動にとって導きの星だった。だが、国を統治するために、いま必要なのは政党だ。統治不能なものを統治するには、混沌を屈服させるには、政党が、行動隊の暴力を諫《いさ》める政治組織が、教義を同じくしないあらゆる異端を包摂する普遍的教義が、反‐政党の政党が必要だ。国民ファシスト党。ここが、ファシズムの生死の分かれ目だ。

ムッソリーニは九月七日、国会議員グループの議論のなかで、ファシストの運動を政党へ発展させることを提案した。反対意見もあったものの、ひとまずこの提案は採択された。あとは、全国評議会で承認を受けたうえで、代表者会議に諮《はか》らねばならない。ファシズムの運命がかかっている。早急に会議を招集しなければ。ヴェネツィアのマルシクをはじめとして、すでに一部のラスは、政党化はファシズム本来の精神への裏切りだと声をあげている。ボローニャのディーノ・グランディとその取り巻きは、政党化するしないにかかわらず、和平協定にはぜったいに反対であると表明している。だが、これらはしょせん小競り合いの類に過ぎなかった。政党化という考えにとって真の脅威となるのは、マルシクのような懐古主義者ではなく、戦力を備えた部隊だった。そしてそれは、灰緑色の制服に身を包んだイタリア王国の軍隊ではなく、黒シャツを着た行動隊のファシストだった。

地方のラスは和平協定を形なしにするために、持てる力のすべてを動員した。彼らの目的は達成された。九月十二日、ダンテ没後六〇〇周年と、フィウーメ占領二周年を記念して、バルボとグランディは三〇〇〇人の行動隊を集結させた。ファシストは軍隊式に整然と縦隊を作り、ロマーニャの街道をラヴェンナまで行進した。さらにバルボは、今回はじめての試みとして、行進に参加した全員に、制服として黒シャツを着用させた。それは、いままで誰も目にしたことのない、驚くべき力の顕示だった。ファシストの真の軍隊は、この行進をもって産声をあげた。運動と政党の二者択一は、いまやほんとうのジレンマではなかった。政党を作るのか、軍隊を作るのか、それこそがほんとうのジレンマだった。伝承に倣い、ゴルディオスの結び目は断ち切られた〔「ゴルディオスの結び目」とは、フリギアの王ゴルディオスが結んだ複雑な結び目のこと。これを解いたものはアジアを支配すると予言されていたが、アレクサンドロス大王は解くのではなく剣で両断し、アジアの征服者となった〕。政党は政党でも、軍隊に変容できる政党を、いつでも暴力闘争に臨めるよう、党員が即座に兵士に変容できる政党を作ればいい。いわば、転換自在の「党－軍」だ。わかっている、そんな党は前代未聞だ。だが、時代は不確かに移ろっている。「明日」は深い謎に包まれ、思いもよらない方向へ転がっていく。

彼は、一兵卒に戻ったドゥーチェは、着々と準備を進めていた。賭け金を上げ、闇へ飛びこむ用意をしていた。「変容」のための委員会を発足させ、政治哲学の学校を設立した。粗削りの思想ではある。それは間違いない。だが、日曜の社会面を賑わす殺人者どもを調教するには、歴史への突進に導いてやることが必要なのだ。そうやって、岸壁の高みより、倫理的、政治的な観点から見た祖国の偉大さ、地中海的、世界的な偉大さを看取しなければならない。ある種の哲学的問いに、いまこそ答えを出すべきだ。国家を前にしたときの、ファシズムの立ち位置とは？　体制を前にしたときは？　資本主義を前にしたときは？　サンディカリスム、社会主義、カトリック信仰を前にしたとき、教会と神を前にしたときは？　この宇宙における、ファシズムの立ち位置とは？

社会主義者だからという理由で頭を叩き割ってやった、きみたちの家の門番を憎んでいるだけではいけない。顔をあげ、流れゆく歴史を見つめるのだ。ロシアを覆う恐るべき飢饉を、飢えに苦しむ数百万の人びとを見つめるのだ。英国の支配に抵抗する、ガンジーの運動を見つめるのだ。ムッソリーニは記事のなかで予言した。インドの独立は「可能性の問題ではない。それは時間の問題だ」

ラスとの関係断絶の後、ベニート・ムッソリーニは九月二十八日、八名の同志の葬儀に合わせ、モデナでファシスト大衆の前に姿を見せた。

事態のあらましはこうだ。その二日前、興奮に駆られた行動隊の面々が、王国護衛隊の隊長に向かって棍棒を振りあげた。農夫が実りきった小麦を刈るようにして、兵士たちはファシストをひとまとめになぎ倒した。

いま、ファシストの兵隊で埋めつくされたサンタゴスティーノ広場では、九月の澄み切った空の下、数百の隊旗が棺を取り巻き、そのなかでファシズムのドゥーチェは、国政を担う政治家として、歴史に向かって語りかけた。「ここで斃《たお》れた若者たちにとって、生き残った若者たちにとって、イタリアとはブルジョワでもプロレタリアでもない。イタリアとは、国民の魂をろくに理解せぬまま、国を治めたり、乱したりするものでもない。イタリアとは民族であり、歴史であり、矜持《きょうじ》であり、情熱である。イタリアとは、過去の偉大さである」

ファシズムは、暴力的であることをやめるやいなや、そのあらゆる邪悪な特権を、そのあらゆる力を失うだろう……ファシズムは、逆さにされた革袋のようにからっぽになるだろう。そして、暴力の記憶を置き土産として、発足当初の一九一九年にそうであったような、未来への展望などなにもない、少数派の小さな運動に戻るだろう。私の見通しは間違っているかもしれない。だが、私にはそれが、自然の成り行きであるように思えるのだ。

ルイジ・ファッブリ、アナーキストの闘士、『予見された反革命』、ボローニャ、一九二一年

ファシズムの危機の起源および過程が、悲劇の上演を強要している。政党を作るのか、軍隊になるのか、それが問題だ……私見を述べさせてもらうなら、この問題は次のごとく解決される。いま設立すべきは、きびしい訓練を積み重ねた、規律を堅持する政党だ。それは、必要とあらば、暴力の領域で展開可能な軍隊に変貌する……ローマの会議では、この点について検討が行われるだろう。

ベニート・ムッソリーニ、「未来へ向けて」、『ポポロ・ディタリア』、一九二一年八月二十三日

一九二二年、最初の偉大な試みを実行した。三〇〇〇人を動員した、ラヴェンナまでの行進だ。このときはじめて、ふたつの県――フェッラーラとボローニャ。あとはレッジョからも代表団が来ていた――の行動隊が一五〇〇人の縦隊に分けられ、各縦隊は中隊および小隊に分割された。指揮に当たる者には全員、階級が割り当てられた。これは、軍服としての黒シャツをお披露目する絶好の機会だった。ロマーニャの労働者の普段着が、革命の兵隊の制服となったのだ。

イタロ・バルボ、『日記』、一九二二年

ベニート・ムッソリーニ　リヴォルノ、一九二一年十月二十七日

じつに奇妙な光景だった。虚無に囲まれた小さな亡霊がふたり、警察の目を逃れるために、田舎の邸宅の地階に閉じこもり、みずからに定められた場所に立っている。砂と松やにでこしらえられた即席の足場のうえで、もはや若くはないふたりが、あいだに一〇歩の距離をとり、上半身を揺らし、武器を構え、重心を低くとるあの滑稽な姿勢のまま、レフェリーの「はじめ！」という掛け声を待ち構えている。たがいに襲いかかり、非‐実存の世界へ引き返していくために。

フランチェスコ・チッコッティ・スコッツェーゼとの勝負は、ベニート・ムッソリーニにとって三度目の決闘だった。前回は一九一五年三月、ミラノ北東のビコッカに立つ屋敷で、社会党の同志クラウディオ・トレヴェスと戦った。ムッソリーニがその座につくまで、機関紙『アヴァンティ！』の編集長だった人物だ。今回の決闘相手フランチェスコ・チッコッティも、やはり社会党の国会議員であり、ムッソリーニにとっての元同志だった。ただし、つねにライバル関係にあったトレヴェスとは異なり、フランチェスコ・チッコッティは古い友人でもあった。彼は一九一二年、ムッソリーニの代理として『ラ・ロッタ・ディ・クラッセ〔「階級闘争」の意〕』の編集長を務めるためにロマーニャに越してきたとき――ムッソリーニは当時、リビア戦争に反対して暴動を起こした廉《かど》で牢獄に入れられていた――、ムッソリーニを党の指導層の一角に加えることを熱烈に主張した。戦争が始まったあとも、自身は中立論者の立場を崩さなかったとはいえ、参戦派の急先鋒となって世間を騒がせたあの裏切り者に、チッコッティは

一度も非難の言葉を向けなかった。

それでも、ムッソリーニはこの古い友にたいする決闘を、憎しみを生業《なりわい》とする者の執拗さをもって要求した。すでにチッコッティは、ファシストのほかの剣士から幾度となく挑戦を受けていたが、そのたびに頬かむりを決めこんでいた。しかしムッソリーニは、猛々しい侮辱の記事（「フランチェスキエッロ・スコッツェーゼは、イタリアの公人生活を汚す者たちのあいだでも、もっとも軽蔑に値する人物である」〔「フランチェスキエッロ」は、「フランチェスコ」に軽蔑のニュアンスを加えた呼称〕）でもって、決闘の介添え人を手配せざるを得ない状況にチッコッティを追いこんだ。さらには、本件をめぐる警察の対応を念頭に、議員の任期をつうじて、あとにも先にもこれきりとなる国会質疑まで行った。それはつまり、国会議員同士の決闘を防ぐために、ボノーミ内閣が警察の動員を決めたことへの批判だった。なおも収まりがつかないムッソリーニは、警察の監視にもかかわらず、十月二十八日朝、警察の車両に追われながら、雪降りしきるアペトーネで狂ったように自動車を走らせ、かつての友に襲いかかるために、二四時間の道のりを走破していった。

運転の腕前を鼻にかけているムッソリーニではあったものの、今回は警察の追跡を振り切るために、狂気のドライバーにハンドルを握らせていた。アルド・フィンツィ。マッテオッティの故郷から数キロしか離れていない、バディア・ポレジネの裕福な製粉業者の子息で、戦時中は第八七飛行中隊のパイロットとして勲章の金メダルを授かっている。ダンヌンツィオのウィーン飛行にも同伴しており、先の九月にはオートバイのレースに参加して、ジェノヴァにある新生のイタリア企業、モト・グッツィの五〇〇馬力レーサーのデビュー戦を走っている。彼の速度への愛着は、父の農地で働く乞食どもへの軽蔑と同じくらい大きかった。その両極の感情は、曲がり角を曲がった先で、羊の群れが道路をふさいでいるのを目にしたとき頂点に達した。フィンツィはアクセルを踏みこみ、農夫の生活をかろうじて支えている獣たちを、容赦なく轢き殺した。フィンツィの車を追いかけるパトロール隊は、ピアチェンツェのあたりで干し草を運ぶ馬車に行く手を阻まれ、そのまま標的を見失った。

ムッソリーニとフィンツィは、決闘の場に指定されたリヴォルノに到着した。ところが、肝心のチッコッティは警察に監視され、「パラス・ホテル」の外に出られないらしかった。真相を勘繰るなら、警察が張りついていることを承知のうえで、チッコッティはみずからの素性を明かして部屋をとり、またしても決闘から逃れようと考えていたのではあるまいか。なにしろフランチェスコ・チッコッティ・スコッツェーゼは、たんに臆病者であるばかりか、心臓病を患ってもいたのだから。

過去の二度の決闘ではなかったことだが、ムッソリーニはここまで車を運転してきたアルド・フィンツィをパラス・ホテルまで派遣し、決闘相手を約束の場所まで引きずってこさせた。この人物はどういうわけで、ここまで執拗に追いまわされる羽目になったのか？　それは、自身が編集長を務める新聞『イル・パエーゼ』で、彼がファシスト行動隊を「犯罪結社」呼ばわりしたからだった。もっとも、それを言うなら、イタリアで社会主義を標榜するすべての新聞が同罪だ。イタリアの社会主義は、もはや自殺者も同然だった。死者の口から発せられた侮辱を看過する気は、ムッソリーニには毛頭なかった。ムッソリーニはよく知っていた。もし、社会主義が勝者の立場にあったなら、ムッソリーニが犯すどんな小さな罪も見逃さなかったことだろう。したがって、フランチェスキエッロ・チッコッティを見逃すのは無理な相談だった。溺れる犬には、さらなる折檻を加えてやらなければ。

疑いなく、社会主義は溺れていた。二年にわたって、あらゆる革命の機会をみすみす逃してきた社会党の指導者たちは、ほんの二週間前にも、反ファシストを旗印とするボノーミ政権との協調の可能性を、きっぱりと却下したばかりだった。すでにモスクワは、イタリア社会党の共産主義インターナショナルからの追放を決定していた。国内では、リヴォルノでのばかげた分離騒動の後、じつに一〇万人の闘士が党員資格の更新をとりやめている。かつての同志ボノーミの誘いを蹴り、国家を統治する責任を拒絶したいま、社会党の孤立はかつてないほどに深まっていた。ムッソリーニは自身の新聞の紙面で、安堵のため息をつきつつ欣喜雀躍《きんきじゃくやく》した。「そういうわけで、格段の満足をここに表明しよう。いま、ファシズムの前途には、広大な可能性が開けている」

リヴォルノ近郊に位置する「ペルティ荘」の地階、砂と松やにを使って即席に用意された足場のうえで、ムッソリーニはフランチェスコ・チッコッティ・スコッツェーゼと、正面から向き合っていた。戦う前から、血の臭いを嗅ぎ、血を欲している。傷から細菌が入らないように、お抱えの医師であるアンブロージョ・ビンダが、決闘で使用される剣を消毒する。ビンダはアルコールを含ませた布切れに、刃の切れ味を鈍くするための軽石を隠していた。そのことに気づいたムッソリーニは、軽石を捨てるよう、怒りを込めて医師に命令した。

レフェリーが決闘の開始を合図するなり、ムッソリーニは猛然と敵に襲いかかった。心臓を病んでいるチッコッティは息を切らしながら後退し、すぐに闘技場の境界線を越えてしまった。

「はじめ」の合図からわずか数秒後には、「やめ」の合図が響いていた。第一ラウンドからもう、社会党の代議士の劣勢は明らかだった。第二ラウンドに入ると、チッコッティはぜえぜえと肩で息をしはじめた。チッコッティの心臓が全身にじゅうぶんな血液を送り出すには、心室に異常な負荷をかけるほかなかった。第四、第五ラウンドで、ムッソリーニの剣の切っ先がチッコッティの体を突いた。一撃目はひじの上、二撃目は腋《わき》から指四本ぶん下のあたりだった。決闘は中断された。チッコッティは血を流している。ムッソリーニは荒れ狂い、続行を強く求めた。

続くラウンドは毎回すぐに終わりを迎え、そのたびに社会主義者の喘《あえ》ぎがあたりを満たした。チッコッティは青ざめ、息を切らし、全身が汗みずくで、あからさまに力を欠いていた。ムッソリーニは彼を侮辱し、「心臓病み」と呼んで罵り、さっさと続きを始めるように要求した。第九、第一〇、第一一ラウンド。動悸はますます速まっていく。立ち会いの医師たちは、このままでは命にかかわると判断し、介添え人に対応を求めた。ムッソリーニは異議を申し立て、怒りをぶちまけた。第一二、第一三、第一四ラウンド。もはやチッコッティはぼろぞうきんのようだった。心房では血栓のリスクが極限まで高まり、動脈の血圧が上昇し、心臓の細動が始まった。敗者は屋敷の一室で床に寝かされ、ストロファンチンとカンフルの注射を打たれた。

地下にいる勝者は、この状況でもまだ満足していなかった。どっかりと椅子に坐り、不満を募らせ、剣を縦に持ったまま腕組みして、じっと柄を見つめている。苛立ちを持て余し、怒りに唇を震わせ、このみっともない決闘の結末に不快感を表明し、すぐにでも再開すべきだ、それがだめなら今日の夜だ、あるいは明日か、もっと良いのはピストルで決着をつけることだとがなり立てた。勝者はいま、長年にわたり彼を「裏切り者」と呼び、胸を打ちながら罵声を投げかけてきた幾万の輩にたいする怨みを、心臓病みの亡骸の上に吐きだそうとしていた。

この常軌を逸した逆上ぶりを目の当たりにしたビンダ医師は、みずからの職業的な立場を利用して、なじみの患者の、人ひとり殺しかねない激情を静めるための口実を、なんとか探りあてようとした。そこで医師は、ムッソリーニの脈をはかった。

驚いたことに、脈拍は正常だった。むしろ、数値は通常よりも低いほどで、一分あたりの脈拍数は七〇回にも届かなかった。休息中の成人の数値、深い眠りから覚めた直後の心臓だ。フランス風の口ひげの下で、ビンダ医師は笑みをもらさずにいられなかった。

ローマ、一九二一年十一月七－九日　アウグストゥス劇場　戦闘ファッショ全国代表者会議

名もなきファシストたちの時代だ。ファシズムは人格を失わなければならない。責任は一個人の肩が担うのではなく、大衆が背負わなければならない。ゆえに、自分は、身を引く覚悟を固めている。ファシストであふれかえるアウグストゥス劇場のホールに足を踏み入れる前、ムッソリーニはそう繰り返した。彼個人のプロパガンダ機関紙に載せる記事を用意するため、取り巻きの記者たちは忠実にその言葉を書きとめた。私は、身を引く覚悟を固めている。それは明日の話だ。だが、オクタウィアヌス・アウグストゥス、初代皇帝の霊廟があった場所に建てられ、数世紀にわたり馬上槍試合、狩猟、闘牛の舞台となってきたローマのこの劇場は、今日、過去の闘争へ回帰したようだった。

劇場のホールでは、鋲のついた占領軍の軍靴をはいて、イタリア全土から駆けつけたファシストの黒い海が、それぞれのボスのまわりで党派ごとのグループを作っていた。ファッショの創設者が望んだ和平協定を撥《は》ねつけた、ポー平原、トスカーナ、ウンブリア、ヴェネト、プーリアの「殲滅《せんめつ》主義」派が、最大多数を占めているようだった。なかでもひときわ目立っていたのが、行動隊のなかでもとりわけて悪名高い、フィレンツェの「絶望団」の面々だった。彼らはぴかぴかの新しい制服を身につけていた。シャツの胸には赤い百合が、カラーにはふたつの炎が刺繍されている。なにより目を引くのが、黒地に浮かびあがる白い髑髏《どくろ》だ。その図案は、ヨードチンキの小びんに貼られたラベルを想起させずにはいなかった。「警告。飲まないでください。死ぬ危険があります」。「絶望団」の長であり、「大打擲《ちょうちゃく》者」と

あだ名されるトゥッリオ・タンブリーニ配下の男たちが、劇場の入り口に陣取って、入場者の会員証をチェックし、通行人に侮蔑の罵声を浴びせながら歌を歌っている。「どうでもいいさ《メ・ネ・フレーゴ》がわれらのモットー、死ぬことなんざどうでもいいさ、ジョリッティなんざどうでもいいさ、未来の太陽、われらを包む漆黒の旗、警察なんざ、知事なんざ、国王なんざどうでもいいさ！」

　入り口の先では、騒々しい話し声や、口笛や、喝采や、軍歌をがなり立てる声が響いている。怒号、喧噪、興奮。激しい口論、熱のこもった拍手、耳をつんざく口笛の音。空気はぴんと張りつめ、報復で行使するような発作的な暴力が、いまにも爆発しそうな気配に満ちている。オーケストラピットに役員の机が並び、戦いに備えるラスたちがそのまわりを取りまいている。

　だが、包囲されているのは劇場のなかだけではなかった。ファシストの会議それ自体が、敵に包囲されているようなものだった。特別列車が到着した直後、早くも町なかで最初の衝突が勃発した。ファシストを迎えるローマ市民の態度は総じて敵対的で、地方から来た行動隊のファシストは、この冷ややかな大都市に深い嫌悪の念を抱いた。彼らにとってローマとは、国家のあらゆる悪徳が巣くう忌まわしき首府であり、ファシストの蜂起の巨大な標的にほかならなかった。腐敗と、政府の怠慢と、混迷の一途をたどる南部問題と、普遍的堕落の臭いを嗅ぎながら、不潔で、怠惰で、軟弱で、無気力なこの町を、ファシストはきびきびと歩いていった。そんな彼らを、カピトリーノの丘にへばりつく永遠の下層民が、軽蔑のこもった視線で、町角の曇った凸面鏡越しにじろじろと眺めている。まるで、この悪臭を放つ汚濁を浄化しに、ローマの外からやってきた彼らのことを、大聖堂を侵略しにきた蛮族だとでも思っているかのようだった。

　こうした雰囲気のなか、ムッソリーニは演壇に上がった。彼がホールに入ってきたとき、拍手はどちらかというと控えめだったが、ライバルたちの頭目であるディーノ・グランディが姿を見せたときは、盛大な喝采が場内を満たした。参加者の興奮を静めるために、和平協定にかんする議論はひとまずわきに置いておこうと提案した、パゼッラからデ・ヴェッキにいたるまでの午前の登壇者らの声は、抗議の口笛によってことごとくかき消された。会議は、もう何時間も前から、ムッソリーニ支持派とグランディ支持派に二分されていた。

ところが、このボローニャのラスは、ムッソリーニに先立って演説に臨んだ際、開口一番、両陣営の熱狂的な支持者が鋭く対立してしまっている現状にたいし、悲嘆と憂慮の念を示してみせた。

跳ね、震え、沸き立つ行動隊の男たちには知らされていなかったが、じつはその前日、ムッソリーニとグランディは秘密裡に面会していた。ムッソリーニは和平協定を取り下げるかわりに、ファシスト党の創設を提案した。すでにグランディの同意は取りつけたも同然だった。こうして、社会主義者との和解の道は露と消えた。あとは、党を発足させるまでの手続きを画定するだけだ。行動隊の面々は主役になったつもりで延々としゃべっていたが、そのじつ、彼らは台本のある喜劇の端役《はやく》に過ぎなかった。

グランディによる地ならしのおかげで、彼のあとに登壇したムッソリーニにも、万雷の拍手が送られた。ムッソリーニは数秒間、あふれでる喝采をそのままにしておいた。腰に手を当て、唇をとがらせ、拍手の嵐のなか、来たるべき時の臭いを嗅ぎとろうとするように、あごを前に突き出している。初代皇帝の墓の上に建てられた劇場の気流のなかに、ファシズムのドゥーチェは死んだ獣の臭いを嗅ぎとり、勝者の足跡をついていった。

演説に臨むベニート・ムッソリーニは、完璧に落ちつき払っているように見えた。快活な笑みを浮かべ、軽く上体を揺らしている。自分が口にした言葉にしきりに頷き、身ぶり手ぶりにはあまり頼ろうとしない。ほんのときおり、二本の腕を解き放ち、とめどない言葉の氾濫に合わせるように、頭上で手を振りまわすこともあった。しかし、昂《たか》ぶりはじきにおさまり、ドゥーチェはまた自分自身に頷きながら、両手をポケットに入れなおした。

問題は単純だった。もし、代表者会議が和平協定の採決を望まないなら、自分としても、あえて主張を押し通そうという気はない。反対に、採決を取らざるを得ないのなら、とことんまで戦い抜くつもりだ。採決すべきか、せざるべきか。だが、採決するなら、票は正確に集計されなければならない。最後のひとりまで。ムッソリーニはいつものように、甘言と脅迫の調合に細心の注意を払っていた。それから彼は冗談を飛ばした。自分は統一論者だが、かといって、トゥラーティ〔社会党改良派の長老〕になるつもりはない。笑い声、拍手、「いいぞ！」の掛け声。自分はあくまで、統一が可能であるかぎりにおいてのみ、統一論者でいるつもりだ。協定を採決すべきか否か、ムッソリーニはあらためて問いかけた。ひとりひとりが、決断に参加すべきだ。私の考えでは、ファシズムの死活にかかわる問題は別にある。党の創設とその綱領。

一瞬、会場はあっけにとられ、静寂に沈んだ。

いつものアクロバティックな跳躍でもって、ムッソリーニはものの見事に、未来の見通しをひっくり返した。客席を二分していた和平協定は生贄として捧げられ、はやくも後方へ置き去りにされた。もう、そこに詰めこむ内容は、きれいさっぱり消えてしまった。行動隊が政党化を認めさえすればじゅうぶんだ。それだけで、武器を手にした同志たちは、魔法にでもかけられたように融和を取り戻すだろう。

演説を終えると、ムッソリーニは二度目の喝采を浴びた。彼が放った弾は、的のど真ん中を撃ち抜いた。

ひとこと付け加えるため、グランディがふたたび演壇に立った。代表者会議の目的は、すべてのファシストを密な塊にまとめあげることにある。それだけ言うと、この若きロマーニャ人は演壇を降りた。その瞬間、客席のファシストは衝動的に、弾けるように立ちあがった。拍手はいつまでも鳴りやまなかった。内部抗争の重圧からは解放された。外に向かって、自分自身ではない「ほかの誰か」に向かって暴力を行使する喜びを、また仲間たちと分かち合うことができるのだ。絶え間ない拍手は、海水を川に押し戻そうとするかのごとくに、ディーノ・グランディを水源へ遡《さかのぼ》らせようとした。その力を感じとったグランディは、同志の波をかき分けて、役員席の傍《かたわ》らに立つムッソリーニの方へ近づいていった。グランディはムッソリーニの首に抱きついた。

それからようやく、聴衆の熱狂は和らいだ。とはいえ、二階席でも、一階席でも、ボックス席でも、相変わらず全員が立ったままだ。武器を手にした同志たちがキスを交わし、それが伝染病のように広がって、ムッソリーニの前には抱擁とキスを求める長い列ができた。ある巨漢が、ムッソリーニを持ちあげて役員テーブルの上に乗せた。それはイタロ・カパンニという男だった。フィレンツェで、スパルタコ・ラヴァニーニの顔面に至近距離から冷然と銃弾を放ち、折れた歯のあいだに自分の煙草を挿し入れたあの男だ。国民ファシスト党はこうして生まれた。

劇的な和解から一夜明けて、ムッソリーニはふたたび演壇に立った。新たな党には未来のための綱領が必要であり、それを提供するのは彼の役目だった。ムッソリーニは約三時間、原稿もなしに、ファシストの新たな信条《クレド》をまくし立てた。

その視点は包括的で、なにひとつ取りこぼすことはなく、その全能の意志は、世界をふたたび形づくることを欲していた。まずは、直近の歴史、なじみの問題、他の諸政党に焦点を当てた。ファシズムとは、すべての統合体である。われわれは自由主義と自由主義者を吸収する。なぜなら、ファシズムは暴力という手法でもって、それ以前のあらゆる手法を埋葬したからである。それから、未来へと目を転じ、新しいテーマを導入した。ファシズムは、イタリア人の国民形成を完遂する。ファシズムが統治するイタリアには、ヴェネト人も、ロマーニャ人も、トスカーナ人も、シチリア人も、サルデーニャ人もいない。そこにはイタリア人が、イタリア人だけが存在する。だが、ひとたび国境を越えれば、ファシズムは帝国の神話を感知する。国民自身が、帝国の観念に衝き動かされないかぎり、国民の偉大さは存立しえない。そしてカトリック教会は、千年を超える歴史を持つ普遍的教導権を携えて、帝国の賛美に加わるだろう。反教権主義など、もはや無用の長物だ。国家については、多言を弄《ろう》するまでもない。国家とは、われわれだ。なら、経済は？　言葉のもっとも古典的な意味合いにおいての自由主義だ。お次は、グランディやサンディカリストが得意とする、「大衆の征服」なるテーマについて正確を期しておこう。人は言う。大衆を征服しなければならない。次のように言う者もいる。歴史は個々人によって、英雄によって形成される。真実は、その中間にある。代弁者を持たずして、大衆になにができるというのか？　われわれは反プロレタリアではない。われわれは大衆に仕え、大衆を教化し、だがまた、大衆が間違いを犯した際には、これを懲らしめる存在でありたいと願っている。最後の検討事項として、民族をめぐる問題が残っている。もし、イタリアが病人と狂人であふれているなら、偉大な国家など幻想でしかない。ファシストはしたがって、民族の健康に留意しなければならない。なぜなら民族とは、それによってわれわれが歴史をも構築しようとしている素材だからだ。

党、国民、教会、帝国、国家、大衆、民族。ファシズムの創設者は、世紀全体を三時間で要約したあと、未来へ向けた綱領の最後の論点に言及した。未来へ向けた綱領の最後の論点とは、彼自身、ムッソリーニ個人だった。自分はこれまで、われながら手を焼いている厄介な気質が災いして、たびたび過ちを犯してきた。だが、これからはもう、そうした事態が起こる心配はない。「新たな組織においては、私は消えようと思っている。なぜなら、きみたちは今後、私という病から回復し、自分の足で歩かなければならないからだ。そうやって、責任や問題と正面から向き合ってはじめて、偉大なる闘争で勝利をつかみとることができるのだ」
日暮れごろ、かつて誰も聞いたことがないような言葉を三時間にわたって吐きだしつづけたあとで、ムッソリーニはようやく黙った。アウグストゥス劇場の客席に、熱狂の渦が巻いた。聴衆は叫び、歌い、「アララ！」と鬨《とき》の声をあげ、割れんばかりの拍手を送った。ドゥーチェはキスされ、抱擁され、花で飾りたてられた。会議は中断され、熱狂は通りまであふれだし、隊列を組んだファシストは、ヴィットリオ・エマヌエーレ二世記念堂にある「無名戦士の祭壇」に向けて行進を始めた。

その五日前の十一月四日、対オーストリア戦勝利の記念日に合わせて、さる無名戦士を祀《まつ》るための儀式が挙行された。イタリアが統一されてからこの方、一度もお目にかかったことがないような、すばらしく荘厳な祭典だった。儀式に先立ち、戦士の遺体は特別列車に乗せられて、イタリアの津々浦々を縦断した。半島と同じ長さの列を作った群衆が、線路の両わきから歓声を送っていた。損壊の激しい身元不明の兵士の遺体が、万人の視線にさらされるために選びだされるのも、知られざる神の祭壇の前にいるかのごとくに、人びとが同胞の墓の前で祈りを捧げるのもイタリアの歴史上はじめてのことだった。無名戦士の亡骸を納めるこの大理石の棺は、人を殺す行為が機械的作業と化し、死が集合的、非人格的、日常的な経験に変貌する、戦争という名の信仰にふさわしい祭壇に違いなかった。

北イタリアからやってきた行動隊が、指導者の統制を振り切って、ローマの庶民的界隈で乱闘騒ぎを起こしていたころ、ムッソリーニを筆頭とする国民ファシスト党の創設者たちは、永遠の都、よそよそしく敵対的な都のまさしく中心に集まって、名もなき兵士の棺の前でひざをつき、三〇分にわたり祈りを捧げていた。もはや疑いの余地はなかった。政治は、宗教と化しつつある。

私のなかではふたりのムッソリーニが闘っている。ひとりは、大衆を忌み嫌う、個人主義者のムッソリーニであり、もうひとりは、規律に完全に従順なムッソリーニだ。この口から苛烈な言葉が放たれることもあるかもしれないが、それはファシストの軍隊に向けられたものではない。私が指弾するのは、国家を防衛する使命を負ったファシズムにくびきをかけ、私的利益につないでおこうと目論む輩《やから》だ。ぐずぐずと決断を先送りする同毒療法《ホメオパシー》よりも、壊疽《えそ》を起こした肉にきらめく刃を突き立てる外科手術の方が、よほど私の性に合っている。新たな組織においては、私は消えようと思っている。なぜなら、きみたちは今後、私という病から回復し、自分の足で歩かなければならないからだ。

帝国とは、生を切り開こうとするあらゆる個人が本能的に必要とするものであり、この疼《うず》きを感じない民衆は、生身を備えた人間とは到底呼べない。

ベニート・ムッソリーニ、第三回ファッショ全国代表者会議、一九二一年十一月八日

ジャコモ・マッテオッティ　ローマ、一九二一年十二月二日　下院議会

ファシズムは過渡的な現象ではない。ファシズムは継続するだろう。

十二月二日、ジャコモ・マッテオッティがイタリア議会で、ポレジネにおけるファシストの恐怖について、これで三度目となる告発に臨んだとき、モンテチトリオ宮の議場にはまだ、前日にムッソリーニ議員が口にした予言が残響をとどめていた。ファシストはすでに、十一月十四日をもって、和平協定を撤回していた。それは、ローマの町中での襲撃行為が、プロレタリアートの抵抗に押し返された直後のことだった。ムッソリーニはこの件を受けて、騒動の渦中で命を落とした同志の名前を、国会議員諸氏の前で列挙した。

マッテオッティはまず、できることなら、発言の機会を放棄したかったと打ち明けた。だが、彼の地盤であるポレジネが苦しみに埋めつくされている現状を前にして、口を閉ざしたままでいるわけにはいかなかったのだ。いままでの告発と比較すると、マッテオッティの語りだしは穏やかだった。悲哀の漂う語り口が、批判の調子を和らげている。マッテオッティの対決姿勢は、この夏から航路を変更していた。いまでは彼は、激しい光に照り輝く非妥協の星ではなく、より柔和な光を放つ解放の星、成熟した現実主義の星に導かれていた。

和平協定の締結に前後して、マッテオッティは社会党と人民党の協調による反ファシスト・ブロックの形成に奔走し、それに続けて、民主主義を守るために、ボノーミ内閣と社会党の連立の可能性を模索

していた。十月十五日に開かれた党の会合では、哲学的な議論で時間を無駄にするのはいい加減やめにして、「外にいる労働者、行動を待っている労働者の巨大な世界」に目を向けてくれと同志たちに懇願した。

いま、モンテチトリオ宮の議場には、四月にジョリッティのおかげで当選したファシストの議員がいる。したがって、マッテオッティは今回はじめて、当のファシストの面前で、ファシストの暴力を告発することになった。いままでになく抑制の利いた口調や、言葉を発する際の苦々しげな唇のゆがみにもかかわらず、厳密を事とするマッテオッティの議論においては、事実の揺るぎない重みが欺瞞を押しつぶした。地方の行動隊にとって、協定は「紙くず」と変わらなかった。なるほどたしかに、大規模な懲罰遠征は鳴りを潜めた。だが、それはファシストが協定に従ったからではなく、襲撃者にたいする社会の風向きが変わったからだ。田舎の小村や農夫の自宅を標的にした小規模な遠征は、一度たりともやんだことはない。行動隊は、意気軒昂として戦果を触れまわっている。死の制服を身にまとった男たちが、法による裁きを受ける不安とはまったく無縁に、棍棒や、拳銃や、小銃や、爆弾や、ガソリンを持って、そこらじゅうを徘徊している。なるほどたしかに、ファシストの側にも死者は出ている。だが、ファシストが死ぬのは農夫の家を襲撃しているときだ。たいする社会主義者は、自分の家を守ろうとして斃《たお》れている。現状において力を握っているのは、テロリスト集団、犯罪結社、人殺しの専門家の側であると言わざるをえない。

マッテオッティの演説はそもそものはじめから、野次やざわめきで幾度も遮られていたのだが、議論がここまで及ぶと、いよいよ抗議の声が激しくなった。チェーザレ・デ・ヴェッキは議席に飛び乗り、このような侮辱を許すわけにはいかないと喚きたてた。議長はいったん、審議を中断した。

一〇分後の午後五時に審議は再開し、マッテオッティはあらためて、穏やかな口調で話しはじめた。

だが、「悪人」、「人殺し」、「犯罪者」といった言葉はなおもマッテオッティの喉のなかで反響しており、演説はまたもや怒号や絶叫に遮られた。公正への情熱も最後には、悲嘆に取って代わられた。

「もう何か月にもわたって、私は自分の仲間にたいしても、すべての暴力を甘受せよ、抵抗はするなと説き聞かせてきました。告白するなら、私はとうとう、臆病に振る舞うことを賛美するようにさえなったのです。なぜなら、臆病に振る舞うこともまた、時として英雄的行為でありうるからです。しかし、ボノーミ議員、そして国会の議員諸氏よ、どうかお聞きください。犠牲、期待、忍耐の数か月を過ごしたあとで、私はいま、こう感じています。このままではいけない、行動を変えることを決断しなければいけない」。マッテオッティによれば、ファシストの暴力は善良な人士の精神に、徹底的かつ根本的な、痛ましい変化を引き起こした。これまで信じていたもの、これまでそうであったもの、この先そうなれると思っていたものに、人びとはいま、悲しみとともに別れを告げている。ヒューマニズムと革命、文明と解放は両立しないのだと、人びとはみずからに言い聞かせている。社会主義者を数世代にわたって導いてきた、政治という解放の星は、もはや人間性を喪失した。残された道はふたつしかない。適応するか、屈服するか。

翌日、マッテオッティに反論するために、三十代の若さですでに伝説となった男が、右翼の議席から立ちあがった。アルド・フィンツィ。ムッソリーニをチッコッティとの決闘に送りとどけた、狂乱のドライバーだ。マッテオッティと同じくポレジネ地方の出身で、富裕な地主の息子である点もマッテオッティと共通している。ただしフィンツィは、マッテオッティとは違って、みずからが属すカーストと縁を切らなかった。豪奢な生活を送り、尊大きわまりなく、才能にあふれ、自動車レースのパイオニアであり、戦争には志願兵として参加し、複数回にわたって勲章も授与されている。フィンツィの業績のなかでもとくに目を引くのが、ダンヌンツィオとともにしたウィーン上空飛行だ。一九一八年八月九日、中立論者としての政治活動を咎《とが》められたマッテオッティがシチリアへ流刑に処されていた時期、一〇機の一人乗り飛行機が午前六時にパドヴァを飛びたち、オーストリアの首都まで到達して、空から宣伝ビラを振り撒いた。この伝説的な壮挙に、飛行士のひとりとして参加していたのがフィンツィだった。境遇の近しさを考えるなら、マッテオッティとフィンツィのふたりは、同じ家で育った兄弟のようなものだった。違いがあるとすれば、ひとりは主人が使う表玄関から世界へ出てゆき、もうひとりは、使用人のための裏口から出ていったというだけのことだ。

フィンツィの批判的修辞は、マッテオッティの演説を正面から鏡で映したような、対称的な性格を帯びたものだった。ポレジネにおける暴力は、憎悪に満ちた社会主義者の宣伝工作、無責任で有害な扇動活動の帰結である。すでに幾たびも聞かされてきた、ほとんど聞き飽きたような指摘ではあったものの、双子の片割れと言ってもよいフィンツィの口から語られることで、それはマッテオッティの分析を完全に転倒させ、告発を弾きかえす効果を生みだした。「われわれの土地やその周辺で、ほかのどこよりも活発なファシズムが生まれたからといって、それはファシズムが悪いのではありません。責任はあなた方に、人類の友愛とやらの伝道者たるあなた方にあるのです。恐怖の体制を築きあげ、すべての善良なる市民を巻きこみ、最終的にはこの上なく温和な人びとまで蜂起へと駆り立てたのは、ほかでもない、あなた方ではありませんか。かかる状況下で、われわれは悲劇的な選択を迫られました。わが身を守るか、坐して死を待つか」

議事録には、フィンツィにたいするマッテオッティの反論は記載されていない。ただ、マッテオッティは同じ日に妻に宛てて、自分のことを三人称で語りながら、誇りとささやかな気取りが読みとれる手紙をしたためている。「昨日の論戦は激しかった。想像できるかい？　やつらはこのジャコモを黙らせるつもりだった。虐げられたポレジネの貧民をめぐるあれやこれやを、なにもかも呑みこませようという肚《はら》だったんだ。だが、けっきょくやつらは最後まで、執念深い僕の言葉を聞きつづける羽目になった。マムシに嚙まれたような顔をしていたよ。もっとも、あの連中はなにひとつ悔いていないし、ほんのわずかな同情さえ抱かなかったようだけどね」

妻のヴェリアは、いまでは次男マッテオのことも、父親から離れた場所で、こそこそと身を隠しながら、女手ひとつで育てることを強いられていた。そのヴェリアが一〇日後に書いた返事には、夫の言葉に認められた熱っぽい昂揚《こうよう》の痕跡はまったくなかった。「生涯で最高の時間になるはずだったこの数年が、わずかな光もなしに過ぎていったことを思うと、女の人生はなんとむなしいものなのだろうと思わずにはいられません。未来への希望はすべて、はかない煙のように、私のもとを去ってしまいました」

ムッソリーニ議員は昨日、社会主義者の優柔不断をお嗤《わら》いになった。そう、われわれを社会主義へ導いた原初の力を見捨てなければならないというのは、われわれの魂が演じる悲劇です。われわれはいま、痛ましい苦悶に打ちひしがれつつ、次のことを認めようとしています。われわれが熱望したプロレタリアートの文明、プロレタリアートの解放は、もはや実現されることはないのだと。この領野に、もはや未来はありません。哀れな農夫に向かって、血の一滴にいたるまで、全生命を捧げよと命じることなど、われわれにはできません。

ジャコモ・マッテオッティ、議会演説、一九二一年十二月二日

ベニート・ムッソリーニ　一九二一年十二月二十八日

目に包帯が巻かれている。ベッドで仰向けになり、上半身は動かず、足よりわずかに低く頭を下げている。部屋はすべての光にたいして沈黙している。暗がりのなかで私は書く。釘を打たれた板のように、腿と腿のあいだに横たわる堅い夜のなか、みずからの痕跡を残していく。私は新たな技芸を学ぶ。

ガブリエーレ・ダンヌンツィオの新著『夜想譜』の出版は、言論界に激しい反響を呼び起こした。詩聖がこの作品を手がけたのは、一九一六年、戦争に身を投じ、数々の破天荒な冒険に臨むなかで航空事故に遭った直後のことだった。一時的に盲目になり、ベッドの上で体の自由を奪われた詩人は、暗がりのなか一語ずつ、一万の紙片に言葉を書きつけていった。一文ごとに、一枚の紙片が使われた。言論界は自問していた。かりそめの盲人が著《あらわ》した、この荒々しいまでに夢想的な散文は、骨のような、クルミの種子のような、詩人の鼻先をかすめていった無愛想な死のような、痩せて乾いたその文体にもかかわらず、やはり、われらの時代における最大の詩人の、小さな傑作と見なしうるのか。それともこれは、たんなる事故として黙殺しておくべきなのか。だが、言論界にとってこの作品には、また別の意味合いがあった。真価の測りがたい詩聖と同じく、世界の流れにたいして盲目になっていた言論界は、この作品に救われた思いがしたのだ。

ミラノの出版社トレヴェスから刊行された『夜想譜』新版の、詩人の自署入りの一冊に加えて、ムッソリーニは年末にもうひとつ、詳しい検討を要する文書を受けとった。生まれたばかりの党の指導部に任用された、アスクレピオ・ガンドルフォ将軍による、ファシスト行動隊の軍事組織化にかんする計画書だ。ガンドルフォはファシストの軍隊を、古代ローマの軍団《レギオン》に倣《なら》って、第二列重歩兵《プリンキペス》と第三列兵《トリアリイ》のふたつに分割することを提案した。ひとつの部隊は二〇名から五〇名の兵士からなり、四つの部隊が百人隊《ケントゥリア》を、四つの百人隊が大隊《コホルス》を、三つから九つの大隊が軍団《レギオン》を形成する。指揮官《コンスル》が率いる軍団の隊旗には、古代ローマの鷲の図案を用い、旗手は「イタリアの星」があしらわれた束桿《そっかん》を掲げる〔「束桿」とは、束ねた棒の中央に斧を入れて縛ったもの。ラテン語では「ファスケス」。古代ローマの公的権力の表徴であり、ムッソリーニのファシスト党のシンボルでもある〕。兵士はみな同じ軍服を身につけるが、小さな階級章や記章については、あらかじめ許可を得たうえで、各軍団が固有のものを採用できるようにする。地方において、軍団には最大限の独立性が認められているため、どの階級に誰が就くかは、すべて選挙によって決められる。実際のところ、ファシズムはいまもって、確たる指揮系統に従う兵士ではなく、みずから首領を選びとる戦士によって構成される雑多な集団だった。したがって、政治的なトップと軍事的なトップは、同一人物が兼任することになる。選挙を通じて階級を付与するというアイディアと、軍における階級制度の原理を両立させることの困難は、ガンドルフォ将軍も重々承知していた。一方で、軍事化、規律、階級制という、ファシズムを導く三つの指針にかんしては、異論を抱く者はいなかった。政治とは要するに、国家の敵と見なされる勢力との内戦であるという認識についても、異論があろうはずはなかった。世界大戦の終結以後は、ファシストだろうが社会主義者だろうが、誰もがそうした立場をとってきた。ただ、社会主義者が抗議集会やら象徴の闘争やらに踏みとどまっているあいだに、ファシズムはその先へ進んだというだけの話だ。当然ながら、ファシストにとって戦争はまだ終わっていない。

謎めいた息吹が、目をくらます広がりから、人と獣の浮彫《レリーフ》を立ちあがらせる。目の前には、人間と怪物が彫りこまれた灼熱の岩石の、堅固な壁が立ちはだかっている。一本目ではなく、二本目や、その先の線にこそ、困難は宿っている。

首相のボノーミも、これが予知の文章であることにようやっと気づいたようだった。気の毒なこの男は、夏からずっと、自由主義国家を襲う痙攣《けいれん》症状と格闘していた。ファシストの行動隊に手綱をつけるという計画は、まったく機能しなかった。憲兵隊はファッショ化し、懲罰委員会はファシストに無罪放免の裁定をくだし、司法府の対応も腰砕けに終わった。十二月十五日、ボノーミは県知事宛ての通達で、携行許可が必要な武器のなかに棍棒を含め、準軍隊的なファシストの集団を非合法組織に認定するよう勧告した。ボノーミの試みは、それから四八時間もたたないうちに、ミケーレ・ビアンキが発布した規定により形なしにされた。この、新たに選出された国民ファシスト党の書記長は、党部門と戦闘組織は不可分の総体を形づくっていることを明言した。ビアンキの主張は無遠慮にも、『ポポロ・ディタリア』の紙面に掲載された。

「国会に議員を送りこんでいる政党の書記長が、あろうことか、軍事組織の創設を表明している。「国家」の名が飾りでないなら、即座に、問答無用で、関係者全員を逮捕すべきだろう。だが、「国家」はもう、しばらく前から存在していなかった。事実、このような事態を前にボノーミがいかなる対応をとったかというと、十二月二十一日にあらためて、知事宛ての通達を出しただけだった。そのなかでボノーミは、治安にかかわる政府の命令の多くが、いまだ遵守されていないと嘆いてみせた。たとえば政府は、日曜には多くの人出でにぎわうような大通りで、先がとがっていたり、先端に突起物がついていたりする棍棒を日常的に使用することを、一般市民に向けて禁じる命令を出していた。だが現実には、この命令はほとんど形骸化していた。

まぶたも、そのほかの覆いも、私を守ってくれはしない。額の下に猛烈な熱さが渦巻き、逃れる術はどこにもない。黄色は赤らみ、平原はもだえ苦しむ。なにもかもに棘が生え、なにもかもが鋭利になる。

ミケーレ・ビアンキは、ファシスト党の書記長にうってつけの人物だった。南伊カラブリアのブルジョワ家庭に生まれたビアンキは、社会主義者、サンディカリスト、革命家、反軍国主義者、反教権主義者、反帝国主義者として政治活動に励んだあと、世界大戦がプロレタリア革命を実現に導くという確信のもと、ムッソリーニと同じく一夜にして、それまでとまったく変わらない熱意をもって参戦論者に転向した。いかなる主義を信奉しようと、抑えがたい熱狂がビアンキから去ることはなく、ひっきりなしに煙草を吸いつづけるその姿にも、どこか狂気に近いものが感じられた。体つきは貧相そのものだが、政治的嗅覚は鋭敏だった。軍服というものにがまんがならず、普段着のうえに黒シャツを着用している。その陰鬱な外貌が、周囲から物笑いの種にされていることを、ビアンキはよく承知していた。吐き捨てた痰に混じった血、けっして下がらない微熱、大量の寝汗、減る一方の体重……医師でなくとも、診断を間違えるはずがなかった。ミケーレ・ビアンキは結核であり、肌身離さず死を携えている。まだ三十二歳だが、残された時間はもう幾ばくもない。誰もがそれを知っていた。彼の姿をひと目見るだけでじゅうぶんだった。ビアンキと面識のない者でさえ、廊下の突きあたりで、苛立ちのこもった乾いた咳を耳にするなり、それが末期《まつご》の声であることを感じとった。あまりにも明白に差し迫った死の宿命が、ビアンキを国民ファシスト党の完璧な書記長に仕立てあげていた。ビアンキは、権力への個人的な野心など抱かない。彼はただ、一心不乱に革命へ献身している。壊死《えし》した肺から吐き出される苦しげな喘《あえ》ぎが、有無を言わせぬ信頼感をもたらしていた。

すべてが闇だ。私は地下の墓の奥にいる。板絵で組まれた棺のなかにいる。鞘のように狭く、私の体にぴったりと合っている。まるで遺体整復師が、私の体に完璧な処置を施したかのように。私の仲間は死に、埋葬され、溶解した。私は生きている。だが、死んだ仲間が彼の暗がりのなかにいるのと同じように、私もまた、まさしくみずからの暗がりのなかに置かれている。

新しい一年は、この上なく好ましい吉兆のもとに始まるだろう。ファッショの創設者は十二月一日、自身の議会演説を締めくくるにあたって、次のように言い放った。独裁は巨大なカードであり、切れるのは一度きりだ。同じようにあけすけに、自身の新聞にはこう書いた。独裁は恐るべきリスクを孕んでいる。だが、現状のまま手をこまねいていたところで、これから先より自由で、より民主的な社会がやってくるという見込みはまったくない。婦人参政権の主張は、もはや時代遅れだと言っていい。おそらく、「多」にして「全」の政府から、「少」または「個」の政府への回帰が起きる。経済の分野では、「多」または「全」の政府の試みは、すでに挫折した。ロシアの人びとは、工場の独裁者のもとへ立ち返った。ただし社会主義は、一リットル瓶、鶏肉、女、映画など、市民生活における最低限の幸福を保障するという過ちを犯した。実際には、幸福などどこにも存在しないのに。幸福を約束するという大失態を、ファシズムは繰り返さない。

いずれにせよ、政治が経済に後れをとるわけにはいかない。すでに大衆は、独裁者を切望している。栄光がひざをつき、塵に接吻《せっぷん》する。外へ出る。霧を食《は》む。都市は亡霊であふれかえっている。男たちは靄《もや》に包まれながら、音も立てずに歩いている。運河が蒸気を発散させる。酔いどれの歌声、叫び声、喚き声。私は死の充溢のなかに口を入れる。棺とは、わが飢えを満たすためのまぐさ桶だ。ほかの糧《かて》など耐えられない。闇のなかで引こうとしている、この一本目の線の前で、私は震える。

ムッソリーニの論説が載った『ポポロ・ディタリア』を送ります。イタリアを救うには独裁が、というより、独裁者――彼自身のことです――が必要だと訴えています。

アンナ・クリショフによる、フィリッポ・トゥラーティ宛て書簡、一九二二年十一月二十四日

M. IL FIGLIO DEL SECOLO
Antonio Scurati

Questo libro è stato tradotto grazie ad un contributo alla traduzione assegnato dal
Ministero degli Affari Esteri e della Cooperazione Internazionale italiano
この本はイタリア外務・国際協力省の翻訳助成金を受けて翻訳されたものです。

栗原俊秀（くりはら・としひで）
翻訳家。1983年生まれ。訳書にC・ロヴェッリ『すごい物理学講義』（小社）、J・ファンテ『ロサンゼルスへの道』（未知谷）、ゼロカルカーレ『コバニ・コーリング』（花伝社）など。C・アバーテ『偉大なる時のモザイク』（未知谷）で、第2回須賀敦子翻訳賞、イタリア文化財文化活動省翻訳賞を受賞。

小説ムッソリーニ　世紀の落とし子　上

2021年8月20日　初版印刷
2021年8月30日　初版発行

著　者　アントニオ・スクラーティ
訳　者　栗原俊秀
装　幀　岩瀬聡
発行者　小野寺優
発行所　株式会社河出書房新社
〒151-0051 東京都渋谷区千駄ヶ谷2-32-2
電話（03）3404-1201［営業］（03）3404-8611［編集］
https://www.kawade.co.jp/
印　刷　株式会社亨有堂印刷所
製　本　大口製本印刷株式会社
Printed in Japan
ISBN978-4-309-20834-3

レストラン「ドイツ亭」

A・ヘス著
森内薫訳

ベストセラー『朗読者』を彷彿とさせるノンフィクション小説。1960年代のアウシュヴィッツ裁判で裁かれたナチス戦犯の中に父母を発見した女性主人公。崩壊する絶望の家庭と希望。

クオリティランド

M・クリング著
森内薫訳

恋人や仕事・趣味までアルゴリズムで決定される究極の格付社会。アンドロイドが大統領選に立候補し、役立たずの主人公が欠陥ロボットを従えて権力に立ち向かう爆笑ベストセラー。

河出文庫

私はガス室の「特殊任務」をしていた

知られざるアウシュヴィッツの悪夢

S・ヴェネツィア著
鳥取絹子訳

アウシュヴィッツ収容所で殺されたユダヤ人同胞たちをガス室から搬出し、焼却棟でその遺体を焼く仕事を強制された特殊任務部隊があった。生き残った著者がその惨劇を克明に語る衝撃の書。

河出文庫

見えない都市

I・カルヴィーノ著
米川良夫訳

現代イタリア文学を代表し世界的に注目され続けている著者の名作。マルコ・ポーロがフビライ汗の寵臣となって、巨大都市や無形都市など様々な空想都市の奇妙で不思議な報告を描く幻想小説。

河出文庫

見えない都市

I・カルヴィーノ著
米川良夫訳

現代イタリア文学を代表し世界的に注目され続けている著者の名作。マルコ・ポーロがフビライ汗の寵臣となって、様々な空想都市（巨大都市、無形都市など）の奇妙で不思議な報告を描く幻想小説の極致。

河出文庫

なぜ古典を読むのか

I・カルヴィーノ著
須賀敦子訳

卓越した文学案内人カルヴィーノによる最高の世界文学ガイド。ホメロス、スタンダール、ディケンズ、トルストイ、ヘミングウェイ、ボルヘス等の古典的名作を斬新な切り口で紹介。須賀敦子の名訳で。

河出文庫

すごい物理学講義

C・ロヴェッリ著
竹内薫監訳
栗原俊秀訳

わたしたちは、こんな驚きの世界に生きている！これほどわかりやすく、これほど感動的に物理のたどった道と最前線をあらわした本はなかった！最新物理のループ量子重力理論まで。

河出文庫

すごい物理学入門

C・ロヴェッリ著
竹内薫監訳
関口英子訳

『すごい物理学講義』や『時間は存在しない』で世界的にベストセラーを誇る天才物理学者ロヴェッリの最初の邦訳書、ついに文庫化。難解な物理学の全容を世界一わかりやすく説明した名著。